明月昭昭·上

大白牙牙牙 著

时代出版传媒股份有限公司
安徽文艺出版社

图书在版编目（CIP）数据

明月昭昭：上、下/大白牙牙牙著. —合肥：安徽文艺
出版社，2024.1
ISBN 978-7-5396-7686-9

Ⅰ．①明… Ⅱ．①大… Ⅲ．①长篇小说－中国－当代
Ⅳ．①I247.5

中国国家版本馆 CIP 数据核字（2023）第 010033 号

明月昭昭：上、下
MINGYUE ZHAOZHAO：SHANG、XIA

出 版 人：姚　巍
特邀策划：紫　总　芙　芙
责任编辑：张妍妍　　姚爱云
装帧设计：喟　喟　tomato　徐　睿

....

出版发行：安徽文艺出版社　　www.awpub.com
地　　址：合肥市翡翠路 1118 号　　邮政编码：230071
营 销 部：(0551)63533889
印　　制：北京盛通印刷股份有限公司　(010)67887676

....

开本：710×1010　1/16　印张：38.25　字数：850 千字
版次：2024 年 1 月第 1 版
印次：2024 年 1 月第 1 次印刷
定价：79.80 元（上、下）

....

目录

明月昭昭·上

第一章 王朝因我兴替1

衡玉睁开眼，入目便是挂满白幡且古韵十足的厅堂。

她正被人搀扶着，手脚冰凉，无力地站在厅堂中央。

面前站着一个手捧圣旨的中年官员，气质出众，带着常年养尊处优的矜贵。

注意到衡玉打量的视线，他朝衡玉温和地一笑，只是笑容里带了几分无奈与同情。

"陛下圣明，感伤孝贤皇后的逝世，特此开恩，于两日后召开三司会审，要求三司重新审理容家通敌叛国一案。"中年官员温声道。

他将圣旨递给衡玉，道："到那时，容家需要出一人到衙门接受审判。"

系统及时将记忆传送给衡玉，她很快就弄清楚了自己此刻的处境。

中年官员稍等片刻，见衡玉还是没动弹，以为对方是忧思过度，不由得出声安抚道："审判会持续很长时间，容姑娘多多保重。"

只是……他并不看好两日后的三司会审。

本朝开国时，太祖皇帝为了减少冤假错案，特别设立了三司会审这个制度，遇有重大冤情，可以申请召开三司会审，由延尉、御史中丞和司隶校尉共同审理。

但是……只要是熟悉其中内情的人，都知道这三司会审背后代表的其实是皇帝的意志。

容家通敌叛国的罪名就是皇帝钦定的，他是绝对不可能承认自己冤枉了忠臣的。事实上，皇帝同意召开这次三司会审，只是想走个形式，堵住悠悠之口。

就在昨日早朝时，出身容家的容皇后身穿华服突然闯入殿内。那时候，废后的旨意已经写好，只是还没传诏天下。

只要旨意一日没传诏天下，她就仍是这雍朝的皇后。

容皇后已经走投无路，最后能做的就是打这个时间差，在众臣诧异的目光下大喊容家冤情至深，通敌叛国的罪证皆为乐家伪造。

明知三司会审里的猫儿腻，她还是哭着争取了一次机会，求开三司会审，还容家清白。

随后，容皇后拔出发间金簪，快狠准地刺入自己颈间，血洒金殿，以命谏言。

母仪天下的皇后鸣冤而死，无论是为了给朝臣一个交代，还是给天下人一个交代，这三司会审都必须要开。

衡玉现在的身份，就是容家仅存的孤女——容衡玉。

时空管理局掌管着亿万时空洪流，最初是为了维持各个小世界的稳定而存在的。

衡玉本是时空管理局的研发部部长，主管系统研发，因为支持时空管理局改革，改革失败后被清算。

但即使被清算，时空管理局里依旧有人敬仰她，投鼠忌器之下，最后将她放逐于亿万时空之中，并给她一个代号——零。

被放逐后，她成了一名时空旅行者，只不过在每个小世界里她都是命运悲惨的炮灰配角。

她只求自在，是不可能被命运线束缚成为炮灰的。所以无论开局如何，到最后她都能成功逆转，成为人生赢家。

结束了上一个世界的旅行后，现在她又开启了新的征程。

本朝国号为雍，到如今已传承一百五十余年，此时正是皇朝末年。

边境外族极端强悍，时常南下劫掠、侵扰百姓。

但自从二十年前她的祖父容老将军镇守边境后，外族就再也没有得过一次便宜。

凭着战功，容老将军被封为大将军，民间盛赞其为雍朝基石。

五年前，容老将军身体大不如前，缠绵病榻。他是雍朝的战神，一旦倒下，那些刚安分下来的外族绝对会蠢蠢欲动。

于是容老将军命人死死封锁消息。

可是，匈奴不知道是从哪里得到了消息，竟突然派遣大兵压境。无奈之下，容老将军派原身（原来身体的主人）的父亲——自己的大儿子领兵做先锋。

局势极端凶险，但原身的父亲领兵征战多年，靠着军民一心，慢慢扭转了局势。

就在她父亲反败为胜并且要趁势追击时，谁也没想到，出身清河乐氏的乐成言竟故意在粮草上动手脚，导致前线粮草匮乏，原身的父亲深陷匈奴的包围圈，最终被匈奴的兵马踩踏而亡。

事后，容老将军回到京城，得知陛下因为宫中乐贵妃的枕边风，居然想要轻飘飘地放过乐成言。悲怒之下，容老将军亲自披甲堵在乐府门前，废掉了乐成言的"三条腿"。

乐贵妃收到消息，围在雍宁帝身边拭泪，想要为兄长讨回公道；容皇后则盛装赶去帝王寝宫，与乐贵妃对峙。

双方僵持不下，最终这件事居然被含糊过去，不了了之了。

但它造成的影响却一直存在，两家也就此结下死仇。

三个月前，乐家家主突然上书，状告原身的小叔容宁勾结鲜卑、羌人，有通敌叛国之嫌，而容老将军明明有所察觉，却护着自己的儿子，几次出手帮忙遮掩。

雍宁帝当场大怒，派乐家家主和贺家家主赶赴北境调查此事。不久，两人回到京城，带回了容老将军羞愤自尽、容宁死于大火的消息。

他们一同带回来的，还有所谓容宁和鲜卑、羌人来往勾结的书信。

证据确凿之下，雍宁帝定下了容家通敌叛国的罪名。

原身从小千娇百宠，虽然性情坚韧，到底只是个十四岁的小姑娘，在家族巨变面前惶恐惊惧，风寒入体后卧病在床。

不过她没有多少时间悲怨。

得知皇后姑姑付出了怎样惨重的代价，才勉强争取来三司会审的机会后，她强行振作起来，想要在三司会审上好好表现。

可她明明能看出信纸和私章是伪造的，堂上的官员却非要追问她是如何伪造、如何做旧的。

她明明知道信纸上的字迹是临摹的，却被追问世上怎么会有人临摹得这么像，容姑娘能否临摹出她小叔的字迹。

如此胡搅蛮缠、不容分辩，这就是雍朝的高官。

到最后，原身输了这场三司会审，也失去了为容家洗刷污名的最后机会，收押进大牢的当晚就被下暗手废掉了双腿。

她在大牢里日日以泪洗面，不知道该恨的是乐家，还是给容家定罪的雍宁帝，抑或是三司会审的官员们。

她哭得太狠，仿佛是要把自己这一辈子的泪都流尽。

一个月后，乐贵妃被册封为后，内侍携着她的懿旨走进关押原身的牢房。

在懿旨中，乐皇后说念着容老将军对朝廷的贡献，网开一面，为容家留一条血脉，只是她要进乐府成为乐成言的侍妾。

等内侍走后，原身浑浑噩噩，终是不堪其辱，撞墙自尽而亡，结束了自己这短短的一生。

……

衡玉密如鸦羽的睫毛轻轻垂下，遮去她眼中的冰冷。

如果容家当真通敌叛国，站在衡玉的立场看，有这样的下场并不冤。

但容家数十年如一日地镇守北境，与外族之间有着血海深仇，这雍朝谁都有可能与外族合作叛国，唯独容家人绝无可能！

这整件事背后，必然与乐家、贺家有着莫大的关联。

但容家栽得如此彻底，这背后……难道真的没有雍宁帝的授意吗？要知道，狡兔死走狗烹之类的事情可不少见。

衡玉掌握的消息还是太少，暂时没办法判断出其中隐秘。

没关系，她接管了原身的身体，从今往后，原身的人生就是她的人生。

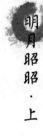
她会慢慢梳理，调查其中隐情，不让容家再蒙受任何屈辱。

这些念头在脑海中迅速闪过，不过只花了须臾工夫。面上，衡玉依旧是一副哀戚模样，伸手接过中年官员手中的圣旨："多谢这位大人。"

中年官员点点头，告辞离去。

"大人且慢，臣女有个不情之请。"

衡玉低着头解下腰间的玉佩，苦笑道："在容家出事之前，臣女的未婚夫贺瑾就已经与臣女断了联系。我容家待贺家，说一句恩重如山也不为过，可他贺家却背弃了我家。

"我与他有婚约在身，无论如何都该有个说法。若是大人不嫌麻烦，请大人帮忙跑一趟，将这枚玉佩送到贺府可好？"

说实话，容家战功赫赫，容老将军又是那种义薄云天的人物，朝中受他恩惠的人极多。但是……容家一出事，这朝中之人却大多袖手旁观。

仅仅这样也就罢了，毕竟世态炎凉。但像贺家这样雪上加霜的，就很令人鄙夷了。

中年官员本就有些同情衡玉，想了想，还是应下了她的请求，取走了那枚玉佩。

衡玉站在原地目送着中年官员离开。

厅堂的门窗没有关紧，衡玉被倒灌进来的冷风呛得连连咳嗽，原本就苍白的脸更是褪尽了血色。

现在是寒冬腊月天，这厅堂灌风，管家不敢让衡玉再在这里待着："小姐，你的身体到现在还没好透，可不能再着凉了。咱们府里……如今就要靠你撑着了。"

说着，管家的声音便哽咽起来。

衡玉有些无力地抬起手，紧了紧身上的灰色大氅，对管家说："陈叔，先扶我回房休息吧。"

管家将衡玉送回院子后就离开了。府中现在乱糟糟的，哪里都离不得他。

婢女将衡玉扶进里屋。

里屋四个角落都摆着炭盆，炭火很旺，一走进里面，衡玉身上的寒意便尽数消散。

"小姐，奴婢去给你端药。"婢女为衡玉掖好被角，绕过屏风离开里屋。

衡玉倚着枕头，右手指尖搭在左手手腕间，按住脉搏为自己把脉。

她去过很多世界，不敢说精通所有技能，但一些比较常用的技能都是学习过的。医术就是其中之一。

过了好一会儿，衡玉慢慢放下自己的手——郁结于心，兼风寒入体。

虽然不是什么大病，但在缺医少药的古代，必须要好好养着。

等婢女端着温度合适的药回来，衡玉捧着碗，先在鼻尖前停顿了片刻，确定这只是普通的伤寒药，并没有被人做过手脚后，她一口气将黑漆漆的药汁喝完，躺回床榻上闭目养神，顺便思索现在的局势。

系统见她这么不紧不慢，提醒道："按照剧情，两天后三司会审召开，无论你表现得多好，那些人都不会放过你的。"

"你说得对。"衡玉点头，"我已经决定在三司会审之前离开京城。"

"那你还这么淡定！快行动起来啊！"系统连声催促。

衡玉不紧不慢道："因为急也没用。"

"为什么？"系统茫然地问。

衡玉的语气骤然变得低沉起来："一是我的身体还比较虚弱。二是现在盯着容府的人太多了，逃出京城容易，但想摆脱朝廷的抓捕，势必要制造混乱和事端拖延时间。

"三是容家儿郎顶天立地，马革裹尸者足有十余人，为边境安稳立下了汗马功劳。皇后姑姑明知希望渺茫，还是用自己的性命争取了三司会审的机会。她想要为容家做最后一搏，维护容家的荣誉。我如果直接逃走，姑姑就白牺牲了。"

在这个时代，真相都是上位者说了算。衡玉知道自己短时间内不可能洗刷掉容家的污名，但真的什么都不做，这不是她的风格。

系统迟疑道："这样会不会太冒险了？"

衡玉翻了个身，在床头的角落摸索一番，不知道按了什么东西，原本闭合的床板突然凹陷下去一个巴掌大的空间。

衡玉伸手，从里面取出令牌——这是容家令。

见容家令，如见容家家主。

容老将军虽然是个武将，但他绝对不是个蠢人，早早就给她留了一条退路。

令牌取出来后，衡玉下了床，按照一定的规律摆弄着某个样式普通的花瓶摆件。

一阵轻微的响声在室内响起，随后，衡玉的床头彻底凹陷下去，可以通往城外的密道出现在衡玉身前。

"君子不立危墙之下，这个道理我清楚。"

在里屋休息了片刻，衡玉喊来自己的婢女，命她将管家请来。

小半刻钟后，管家急匆匆地绕过屏风走进外屋，余光扫见端正地跪坐在案前、气质从容的衡玉时，心头微微一讶。

不知道是不是他的错觉，他总觉得自家小姐好像有了些变化。

可转念一想，容家遭逢这样的大变，小姐再如何成长都不为过。

管家温声问道："小姐怎么不多歇会儿？"

衡玉苦笑道："陈叔，现在这种情况，我怎么睡得着？"

稍一振作，衡玉说："这些事不说也罢，我找陈叔来，是想跟陈叔沟通些事情。

"容家如今出了这种事，为了避免牵连府中之人，还请陈叔尽量在明日，将所有忠于容家的下人和侍卫都遣走，只留下你、贴身伺候我的婢女和侍卫长即可。

"遣散他们时，依照他们对容府的忠诚程度和往日贡献，分发一些银两和宝物给他们。"

如果她的计划顺利，最迟明晚她就要开始逃亡。

逃命的话当然得轻装上阵，她只会带走府中的所有银票，那些笨重的财宝和银子与其留在府中被抄走，还不如分发给忠于容家的家仆。

遣散家仆？！

管家心下一惊，抬眼看向衡玉。

衡玉平静地凝视着他，语气里带着无法拒绝的坚决："陈叔就照我说的去做吧，如果旁人问起，陈叔苦笑便是。"

这种平静的目光里蕴含着惊人的从容。

窗外的阳光照耀着她的半边侧脸，静谧又平静，仿佛面对再严峻的局势，她都有底气掌控它。

隐约间，管家觉得自己从小姐身上看到了老将军的影子。

他的视线一下子就花了起来，不再多问："是，老奴会尽快安排好这一切。"

"那就退下吧。"在管家准备绕出屏风时，衡玉又想起一事，"陈叔，麻烦你往前院走一趟，让陈退过来找我。"

陈退是个长相平平无奇的中年男人，在府里负责采买一事。

他是管家的独子，她祖父的义子，也是……容家暗卫的负责人。

衡玉这具身体太过虚弱，这一番布置已经足够伤神了。

见到陈退后，衡玉没有耽搁，将容家令在陈退眼前晃了晃，直接出声吩咐：

"采买一些药材和普通百姓的衣服，全部要男装。备好骏马，带着暗卫分批退出城，在城郊东边那座废弃的城隍庙等我与你们会合。"

一大清早，京城下起鹅毛大雪来。

天地间碎雪簌簌而下，快速铺满容府门前。

深冬时节天亮得很慢，衡玉早早醒来，命人在屋内点灯。

昨天管家就按照她的吩咐，将遣散的消息传达了下去，也给每个人都分发了遣散费。

用过早膳后，容府的下人们陆陆续续走到衡玉的院门外，行了礼、磕了头，方才带着收拾好的行李离开容府。

管家在衡玉旁边跪坐着，他从小在容府长大，亲眼见证了容府的兴与衰，听着外面的动静，脸上不由得浮现出惆怅之色。

衡玉宽慰道："陈叔莫要伤怀。你这些天忙前忙后的，再郁结于心，一旦连你也病垮了，这家里还能靠谁呢？"

一听这话，管家勉强打起精神。

小姐说的是，现在这种情况，他可不敢垮掉。

直至接近午时，衡玉才放下毛笔，用手帕捂着嘴剧烈地咳了许久，之后从案后缓缓起身，道："陈叔，随我出去逛逛吧。"

出了后院，绕过长廊，迎面就碰上急匆匆跑过来的门房。

寒冬腊月天，门房额上都是疾跑后冒出来的热汗，他道："小姐，贺府的人上门，说是想与我们府中商量一下退婚之事。"

管家先是一愣，下一刻，他脸色涨得通红，语气里夹杂着怒意："三个月之前容府遭难，贺府在里面掺和。现在皇后刚出事，他们又急不可待地跑来退婚。这么落井下石、忘恩负义，贺家人还真是连脸皮都不要了！"

衡玉语气平静道："我出去见见他们。"她抬手按住管家，温声道，"陈叔不必为这等小人动怒，你是知道庚帖放在何处的，麻烦陈叔多走一趟，为我取来庚帖。"

这个世界上最不缺的就是落井下石之人。

而且，这贺家可是被她特意招来的。

——三个月前，乐家家主和贺家家主北上调查容家，随后容家出事。

贺家绝对有问题！

目送着管家离开，衡玉抬手捋了捋鬓角碎发，脚步从容地朝府门走去。

靠近府门时，一阵尖锐刻薄的声音被呼啸的寒风送进衡玉耳中。

"听说道士早就给容姑娘批过命，她啊，命里克亲，福薄得很。"

"也就是我们家大老爷傻，念着跟容老将军的交情，不忍心让容姑娘背上被退婚的名声，坚持履行婚约。"

"前段时间容家通敌叛国的消息传来，这搁一般人，肯定是要离容家远远的，也就我们家瑾少爷心地善良，不忍让容姑娘连番受到打击，因此没提出退婚。"

"谁承想，我们家大夫人突然病倒了。瑾少爷为了大夫人的病里里外外不知道跑了多少趟，只可惜大夫人的身体一直不见好转。"

"直到昨天，老爷请青云观的道长过来瞧了瞧，你们知道道长说了什么吗？他说啊，原来是容姑娘命硬，克了我们家夫人。瑾少爷孝顺，为了大夫人的身体着想，就算在这个节骨眼上背上个污名也不怕。果然，府里刚决定退婚，大夫人的情况就眼见地好转不少。"

贺家来人这番一唱一和，直把贺瑾说成天地间一等一的大孝子，他的此番行为是有苦衷的。

容家这些天非常热闹，府外聚了一堆看热闹的百姓。

听到这番话，百姓们纷纷出声。

"没错，贺少爷这都是为了孝道啊。"

"就是这个道理，贺少爷不应该背负污名，他完全没有做错。孝义不能两全，我们都能理解贺少爷的苦衷。"

外面的声音越来越激动，附和的人也逐渐变多，要说这里面没几个贺家的托，衡玉是绝对不信的。

"对对对，要我说啊，贺少爷这婚事退得好！容家人犯了这等十恶不赦的大罪，本就应该要满门抄斩的，陛下虽未下旨追究容氏女，可这不代表她就能逃过去，更休论嫁到高门大户活得体面富贵了！"

"我有个亲戚就在靠近北边的镇子里住着，后来匈奴闯入城中，把他的妻儿都杀了，死状非常凄惨。这都是容家造的孽啊。"

"可是……皇后娘娘不是说案子有隐情吗？"有人小声嘀咕，声音险些被淹没在人海中。

他旁边的人听到了，大声喝骂："什么隐情啊，那些出身世家大族的大臣还没她一个后宫女子懂吗！"

这些声音里，还夹杂着碎石块、烂菜叶砸中墙面发出的沉闷声响。

衡玉闭了闭眼，蓄积好身体的力气，缓缓推开婢女的手，挺直脊背，不疾不徐地走出容府。

少女穿着一身孝服，头发梳起，只用最简朴的木簪子固定。她脸色苍白，眉眼间尽是倦色，站在呼啸的寒风中似乎随时都会倾倒。

偏偏就是看起来这样脆弱的人，拥有着一双极具压迫力的眼睛。

下方众人与她对视上时，莫名心虚地哑了嗓子。

府门前挂着的白幡掉落下来，不知道被谁踩了几脚。

衡玉弯腰捡起白幡，拍打干净白幡上的鞋印，将目光落在贺府来人身上。

打量一圈，衡玉发现她的未婚夫贺瑾并没有亲自前来，贺大夫人"病重"，自然也没有来，来的只是贺家旁支的贺三夫人和几个家仆。

贺三夫人出身小门小户，性情刁钻泼辣，贺府将她派过来的用意不言而喻。

"贺三夫人，"衡玉浅浅微笑，"刚刚你说的话我都听到了。"

贺三夫人刚刚被衡玉的眼神镇住，自觉丢脸，但看衡玉一副温温柔柔的做派，于是又硬气起来："既然听到了，还望容姑娘能够体谅瑾少爷，将庚帖退还。"

衡玉说："退婚并非什么好事，贺三夫人这是打算在大门口与我聊下去？"

贺三夫人点头应是。她来之前得到交代，他们贺府已经完全倒向乐府，而且瑾少爷还和乐府大小姐暗生情愫。

昨日那枚玉佩送到贺府府上，闹出的动静可不小。

为了避免与乐家产生嫌隙，贺大夫人命她今日要当众好好羞辱一下这位容姑娘。

"也好，那我们就在府门口谈论此事吧。"衡玉眸光陡然转厉，朝身后招手。

侍卫长早已守在这里，瞧见衡玉的举动，他持刀上前。

周围有几个侍卫还没离去，也纷纷上前，将贺三夫人和贺家家仆层层围住。

贺三夫人吓得咽了咽口水，色厉内荏地喊道："你们要做什么？"

"贺三夫人莫怪。只是我想着，你在他人府门前这么尖酸刻薄，实在是失礼。为免你丢了贺家的颜面，我只好想些办法让你保持安静。"

衡玉垂眸轻笑，配着她苍白的神色，整个人显得非常无害。

"贺三夫人不必承我的情，只要安安分分站在那里听我说几句话就好了。"

衡玉表现得非常温和无害了，但贺三夫人却清晰地感受到了那几个侍卫身上透出的杀意。

这些侍卫都是从战场上退下来的，想要震慑住一个内宅妇人，实在是再简单不过的事情。

见贺三夫人识时务地闭了嘴，衡玉轻咳两声："我听我祖父说过，贺家当年出了些事，全家人连个像样的屋子都住不起，是我祖父念着同朝为官的情谊，派人送去了银两。

"这些钱虽然不多，但这可是雪中送炭的恩情。后来也是我祖父为贺大老爷争取到起复机会，他因此对我祖父感恩戴德，时不时便来容府拜访我祖父。

"再后来到我出生，贺老爷说自己这辈子最遗憾的事就是没有个女儿，只有两个儿子。他哄我祖父为我与贺瑾交换庚帖，定下婚事。

"在容家出事前，贺大夫人待我如亲女一般，之前也从未嫌我命硬，现在贺大夫人倒是觉得我克了她了？"

衡玉幽深的瞳孔沉了下去，并非疾言厉色，却带着直透人心的威势。

"我容家对贺家，只有恩情，绝没有半分亏欠之举。

"但贺家又是怎么对我容家的？

"贺瑾自幼学的是道德文章，贺家也是名门世家，但怎么就教出了这种薄情寡义兼厚颜无耻之徒？学不会雪中送炭，倒是把落井下石的本领学了个十成十。"

贺瑾是贺家未来的继承人，疯狂踩贺瑾、扒掉他的脸皮绝对是对贺家的一大打击。

正巧这时管家拿着贺瑾的庚帖急匆匆赶到。

还没等管家站定，衡玉动作利落，已是飞快抽走了庚帖，用力摔在贺三夫人怀里。

啪！

一声脆响，使得被镇在当场的贺三夫人和围观百姓缓缓回过神。

衡玉连连咳嗽起来，刚刚那番对话几乎抽掉她所有的力气。

悄悄倚着婢女借力，衡玉再开口时声音有些沙哑："今日，是我瞧不起贺瑾这等鼠辈，主动与贺家退去婚约的，还请诸位为我做个见证。"

话落，衡玉朝侍卫长投去一个眼神，侍卫长心领神会，快步上前，将衡玉本人的庚帖取走，毕恭毕敬地递给衡玉。

衡玉将自己的庚帖贴身放好，而后凝视贺三夫人，微微一笑："贺家如今依附于乐家，但是，我想乐家一定不知道一件事——"

她的声音柔了下来，宛若魔鬼的低吟，兵不血刃就将敌人逼上绝路："五年前，我祖父苦于陛下包庇乐成言，而此时贺大老爷为我祖父献计，告诉我祖父可以直接堵在乐家门口打杀乐成言。

"我祖父心肠软，对贺大老爷的话只是听了一半，亲自去乐家废掉了乐成言的'三条腿'。"

此话一出，全场死寂。

府门外的这份寂静，既是因为衡玉透露出来的隐情，也是因为她所说的"废掉'三条腿'"。

这言下之意，不是说那位早就不行了吗！

贺三夫人被衡玉这番话吓得险些晕厥过去。

她就是过来退婚的，怎么会突然听到这种隐情？

贺三夫人一下就慌了神，顾不得侍卫长的威胁，矢口否认："容姑娘，我念你病着，好声好气与你沟通，你怎么能给贺家泼污水！"

已经达成目的，衡玉不再与对方废话，声音顿时转冷道："无论如何，我祖父才刚逝世，外人在府门外吵吵嚷嚷，成何体统？来人，给我把他们打走！"

言罢，衡玉懒得再看贺家人的丑态，转身走进府里。

只是在转身之际，她跟侍卫长交换了个眼神：下手不必留情。

她容氏一族就算落魄了，也不能让这些曾经极力讨好容家的人爬到自己头上。

侍卫长下手非常有技巧，既能让贺家这些人痛哭号叫，又不在他们身上留下明显的外伤。

教训了这些人后，侍卫长站在原地欣赏了下贺家人的丑态，转身回府向衡玉回禀。

随着当事人尽数离开，容府门口又恢复了安静。

只是，容府门口的动静，以飓风席卷般的速度传向了四方。

不多时，贺家的人就听说了此事。

贺家家主当场神色大变，失手摔了自己手中的茶杯。

在这之前贺家家主心中有多得意，现在他就有多害怕。

他身体微微一抖，几乎遏制不住内心涌上来的惶恐："我们贺家……日后完了。"

"爹，她说的事是真的？"贺瑾脸色煞白。

就在一刻钟前贺谨还在想，等跟容衡玉顺利退婚后，就与乐家大姑娘交换庚帖定下婚事。以后，背靠着乐家和乐贵妃，他就能带领家族更上一层楼。

贺家家主苦笑不语，显然默认了。

"爹，我们可以否认这件事！"贺瑾脑中灵光一闪，急切道，"对，我们可以否认的！那容氏女恨毒了我们贺家，就说她是在污蔑我们！"

"没用的，没用的。"贺家家主口中发苦。

他们可以否认，但也要乐成言愿意相信才行啊。

容氏女这招，致命，太致命了。

他之前怎么没发现，容家最难对付的居然是这个小丫头。

随后不久，乐家大厅里，一个锦衣男人坐在轮椅上。

他长相不错，但面容间的阴沉刁辣扭曲了他的长相，给人一种不适的感觉。

"贺家！"锦衣男人猛地摔了手中的茶杯，神情扭曲。

好啊，他就说容家那愚忠的老匹夫怎么会违背皇上的旨意，来乐家堵他、废掉他，原来是贺家在背里怂恿和作梗。

当时极力附庸容家，知晓容家危机后，又悄悄依附他们乐家，并且将容家卖了个好价钱。

好！

当真是好！

"成言……"乐家家主看着自己的嫡子，轻叹口气，不得不安抚道，"贺家手里握有我们的秘密，暂时还不能动。"

乐成言神色狰狞："我知道，反正来日方长。倒是那容氏女竟敢折辱于我，我已经等不到三司会审那时候了，我现在就要带人去容家羞辱她。"

回到院子里，衡玉命婢女从库房里取出百年人参，吩咐道："熬煮好后送来给我。"

婢女领命退下，衡玉取来蜡烛烧灼银针，依次在重要穴位上扎针，慢慢转动针身刺到合适的深度。

不一会儿，衡玉的手掌上便扎满了针，苍白的脸色慢慢转好，双唇甚至多了几分血色。

等婢女端着参汤回来时，衡玉已经收好银针。

衡玉伸手接过参汤，轻声问："要你收拾的东西都收拾好了吗？"

婢女春冬肯定道："小姐放心。"

喝下参汤，衡玉身上的力气又恢复不少。

她刚起身想下床活动，便见管家急匆匆从外面走进来："小姐，外面又出事了，乐家的人正在砸大将军府的牌匾。"

衡玉起身，却问了个不相干的问题："府中的人都遣散完了吗？"

管家微愣："基本都走光了。"

"那就好。"衡玉说，"陈叔若有什么舍不得的物件，就去收好带在身上吧。"

事情已经做得差不多，接下来就要开始逃亡了，现在也是时候将消息透露给管家了。

管家的瞳孔微微睁大，慢慢地，他恢复常色："如此也好，如此也好，小姐的安危最重要，我没什么舍不得的。"

刚刚安静下来不久的容府门口，又再次喧闹起来。

乐贵妃的亲哥哥乐成言坐在轮椅上，面色狰狞，指着刻有"大将军府"的牌匾，招呼他身边的下人："给我砸，狠狠砸碎这个牌匾！"

衡玉和管家赶到府门外时，正好瞧见沉重的锤头落到牌匾上，根本容不得人阻拦。

这块牌匾，是她祖父一生功勋的写照。

当年她祖父北击匈奴，又克鲜卑，再平羌人，战功赫赫。先帝亲笔书写"大将军府"四字，制成牌匾送给她祖父。

这块牌匾一挂就是十几年。

只第一下，这挂了十数载的牌匾就破裂开来。

第二下，牌匾便四分五裂。

然后，几个锤头同时落下，牌匾彻底粉碎，就像在昭示着容家的衰败。

"小姐！"管家悲愤，瞬间老泪纵横。

衡玉将一切收入眼底，有些惋惜地一叹。

她叹的是这让忠臣蒙冤的世道，而非这块牌匾。

衡玉来到这个世界后，思考了很多，也做了很多事，唯独没想过要保住这块牌匾。

并非无能为力，而是没有必要。

这块牌匾，是皇家赐给容家的荣光。

容家令在她手里，现在她就是容家家主。

与其让他人主宰，让他人赋予家族荣光，不如把家族的荣辱握于她手。

当王朝都因她而兴替之时，她还需要雍宁帝的赦免吗？她还需要任何人为她的家族洗刷污名、赐予功勋吗？

整个容家，会因她显赫。

千秋史书，尽为她俯首。

第二章 王朝因我兴替3

"哟，容姑娘出来了。"

乐成言坐在轮椅上，语气戏谑。

"容姑娘今日逞口舌之快时，不知道有没有想过会造成这样的后果？"

衡玉回神。

即使不站在高处，她也能轻易俯视乐成言。

她眼神轻蔑得好像在看地上的一摊烂泥："你竟敢砸毁这块牌匾？！"

乐成言被她的眼神激怒："陛下已经下旨收回这块牌匾，我为何不能砸毁？我就是奉了陛下的旨意过来的。"

衡玉觉得好笑，道："这是先帝御赐的牌匾，就算是皇上也只能派人收回，却不能砸毁。你这番狡辩，是在指责皇上不孝吗？"

乐成言眼睛微微眯起，不再与她纠缠这个话题，只是从上往下，用那种露骨而下流的目光来打量她，有意羞辱道："说起来，以前倒是没发现，容家的姑娘居然有几分姿色，穿着孝服都如此美艳动人。俗话说得好，'女要俏，一身孝'，看来果然没说错。原本是想到了三司会审再见见容姑娘，现在提前过来，才发现果然没白来。"

衡玉语气讥讽，平静地反驳道："是吗？既然你喜欢孝服，不如请乐大人直接赴死吧，如此，你便可为他守孝三年。"

话音落下，衡玉突然笑了下，笑容里蕴满苍凉无助之感。

她立于风雪之中，明明瘦削到好像随时都会倒下，却背脊挺直，如同一柄标枪，带着容家后人特有的傲气。

"我身上这身孝服全是拜你们乐家和贺家所赐。五年前你害我父亲身死，我祖父悲愤得废了你的腿，你就此记恨上容家。这几年里，你和你爹不断找容家的麻烦，乐贵妃在宫中也处处与我姑姑作对。

"三个月前，你父亲上书指责我小叔与鲜卑、羌人勾结，陛下轻信你们，于是派了乐家人赶赴北境调查此事。"

衡玉冷笑，声音猛地拔高。

这番话，是对乐成言说的，也是对在场所有围观百姓说的——

"我们容家镇守北境，容氏儿郎几乎全部战死，与鲜卑和羌人之间有着血海深仇。我二叔的尸骨还在鲜卑的主帐边上挂着，五年，整整五年，他都未能入土为安。这血海深仇怎么可能轻易抹平？天底下所有人都有可能勾结外族，唯独我们容家人绝无可能！

"那些与外族来往的书信，到底是真的，还是凭空捏造的，我想这件事你比我清楚。"

衡玉这话一出，围观的百姓里，有寥寥数人点头。

就算是那些坚定相信朝廷判决的人，也都露出了怀疑之色。

乐成言眼看情况不好，就要命下人上前阻拦衡玉继续说话。

但他还没来得及开口，一把寒光凛凛的宝刀就架在了他的脖颈处。顺着那宝刀往上看，侍卫长一脸冷漠。

衡玉压根不搭理乐成言，语速加快："这段时间我一直在想一件事，乐家为什么要急着上书污蔑我小叔？后来我想明白了，定是因为我小叔掌握了乐家勾结鲜卑和羌人的罪证！所以你们先发制人，往我小叔身上泼污水！"

"你血口喷人！"乐成言顾不得那柄寒刀，怒吼出声。

别说他们乐家没做，就算真的做了，也是绝对不能认的。

他们乐家如今再得陛下宠信，这样的话语若传扬开来，乐家绝对讨不着好。

龙椅上那位可是出了名地疑心重！

衡玉趁势上前，朝着乐成言的某个穴位重重劈了一手。是啊，血口喷人。容家就是因这样的血口喷人而覆灭的，她如今只不过是以牙还牙。

乐成言下意识就要张嘴痛呼，却震惊地发现自己发不出任何声音。他瞪大了眼睛，惊恐地看着衡玉。

暂时让对方说不了话，衡玉才继续道："那敢问，这满京城，哪家与容家有血仇大恨？容家倒下后，哪家获利最大？你们与外族勾结，却反手把那些书信栽赃到我小叔身上，当真是好计谋啊。"

给乐家泼完脏水，衡玉又开始扒乐贵妃的脸皮。

说话的艺术就在于半真半假，有关乐贵妃的这些可全都是真的。

"说起来，宫中贵妃娘娘的手段真是跟乐大人'一脉相承'。请替我问贵妃娘娘一句，为什么自贵妃进宫以后，这宫中就再也没有子嗣出生了？莫名其妙病逝的淑妃、难产而死的景嫔，还有自尽的昭嫔，贵妃真不怕她们的鬼魂回来报复吗？"

鬼魂不会回来报复。

但是没有关系，淑妃、景嫔和昭嫔的家族都是势力非常大的士族。

乐成言动不了也说不了话，但是他带来的仆从里，有几个比较机灵的已经上前，想要阻止衡玉。

不过这些仆从在乐家游手好闲惯了，根本没有一个能打的，衡玉再不舒服，身体底子还在，想要解决他们并不难。

"大家是不是觉得很不可思议，凭着乐贵妃和乐大人，怎么可能污蔑得了朝中重臣？"

不少看热闹的人顺着衡玉的思路往下想，瞳孔微微睁大。

衡玉的语速越来越快："有些人，为人主上，不能信任下属，不能让百姓喜乐安康，任人唯亲，大兴土木以致国库空虚；为人丈夫，不能信任和庇护自己的结发妻子，宠妾灭妻，更逼得发妻走投无路。"

这整件事里，她不知道雍宁帝充当了什么角色。

但雍宁帝绝对不是无辜的！

只要他想，他绝对能调查清楚那些书信是真的还是伪造的。但是他没有，他几乎是以一种默许的态度纵容了这一切的发生。

也正是他的这种态度，让容家万劫不复。

"我容家上事君臣，下抚将士，外御外族，内镇乱党。容家的名声是靠所有容家人的血挣出来的，因此决不能受此污名！"

话音落下，衡玉猛地上前一步，夺走侍卫长手中那柄寒刀。

刀锋凛凛，利得让人胆战，衡玉只用了小小的力度，就轻而易举地劈进了乐成言的左肩。

刀太快了，以至于等刀从血肉里退出来后，鲜血才随之喷溅而出。

废掉乐成言的左手后，衡玉再废他的右手。

她的动作极快，快到连乐成言这个当事人还没来得及痛呼出声，就已经被衡玉打晕踢翻在地。

在场其他所有人都被她的这番举动镇住了。

在他们发愣时，衡玉、侍卫长已经退进容府大门，早已等候在里面的管家连忙将府门关上。

"啊！"

看热闹的少女发出短促的尖叫声，被这一幕吓得脸色大变，腿一软，险些栽倒在地上。

就在这时候，乐家的仆人们方才回过神来。

"少爷！"

"快快，快去请大夫！还有血，快想办法止住这些血啊！"

"赶紧去将这件事告诉老爷！"

府门外顿时陷入慌乱之中。

惊呼的、乱跑的、给乐成言捂着伤口的……乱成一团。

另一边，容府大门关上后，衡玉随手把长刀递回给侍卫长。对方没有擦拭长刀，只是沉默地接过，将刀送回刀鞘，两者撞击时发出清脆的声响。

"走。"衡玉出声招呼。

三人不再交流，快速跑回衡玉的院子。

院子里，她的贴身婢女春冬背着包袱，毕恭毕敬地等着她到来。

一行人快步走进里屋。

那条通往城外的逃生密道已经开启，管家第一个走进密道里探路，防备里面有什么危险。

婢女春冬第二个进去，在进去前，春冬把容家人的牌位全部递给衡玉。

是的，衡玉没有带走什么东西，除了几身衣服、做伪装用的胭脂水粉和银票外，最占地方的就是长辈们的牌位。

衡玉小心翼翼地抱着这些牌位，第三个走进密道。

随后，侍卫长也跳了进来。

他将密道重新关上，与管家一人提着一个灯笼，照亮这黑暗的密道。

容府是前朝一位王爷的府邸，后来被先帝赐给了容老将军。

那时候府邸已经荒废许久，需要重新修葺。修葺时意外发现了这条密道，容老将军思虑片刻，还是选择留下了它，以备不时之需。

这条密道作为容家人的撤退路线，除非必要，否则是绝对不能开启的。所以密道里面积水有些多，泥土的气味很刺鼻。

一行人沉默地赶着路，衡玉突然说："怎么都没人出声？"

"小姐……"侍卫长苦笑道，"属下是太震惊，也太高兴了。"

"震惊我能理解，为何高兴？"衡玉轻叹，两人的交流并不影响前行速度，"我那番话传出去，只能让人感觉到其中蹊跷。但一日不翻案，容家的污名就一日没有洗刷。"

留给她的时间太短。

现在，她只能做到这一步。

"小姐大才，所以觉得这种程度还不够。"

管家微笑道，眼眶微微湿润。以前他就常听老将军夸小姐聪慧，但怕是连老将军都不会想到小姐会如此出色吧？

衡玉摇头苦笑。

密室里再次沉寂了。

足足走了小半个时辰，这条密道终于走到了底。

侍卫长越过他们走到最前面，用刀强行将密道出口顶开。

这时候天色已暗，侍卫长稍等片刻，确定外面没什么危险后，才从密道里爬出来，随后将衡玉他们一一拉出来。

密道一路通到了城外，出口周围是个没什么人烟的小树林。

衡玉拍掉裙摆上的浮尘，这个密道出口距离城郊那个废弃的城隍庙不远，大概有一里地的路程。

"往城隍庙方向走。"衡玉出声。

距离城隍庙大概还有一百米时，树林里突然传出清脆的鸟叫声。

这是容家军通信的暗号，衡玉和侍卫长对视一眼，侍卫长会意点头，用另一种鸟叫声予以回应。

很快，陈退一行人跟衡玉顺利会合。

陈退行礼后，解释道："城隍庙虽然废弃，但偶尔会有乞丐在里面休息，我们怕撞见其他人，就在这片隐蔽性比较好的林子里藏着，若是小姐赶到，也不会错过。

"暗卫一共三十人，为免人多导致行踪暴露，其中二十七人已先行离去，到时候在路上与我们会合。"

衡玉微微一笑，赞许道："你考虑得很周到。"

她喜欢这样不需要她多提点，就能将绝大多数事情考虑周全的手下。

马匹已经备好，衡玉握住马缰，身手利落地翻身上了马背。

纵马前去时，衡玉扭头望了眼那隐没在夜色中的洛城。

再给她一些时间，这权势汇聚之地，她会再回来的。

此时，帝都城内一片混乱。

第四章 王朝因我兴替4

　　乐家府邸里，下人们的走动声压得非常轻，他们尽力降低自己的存在感，生怕自己会被家主迁怒。

　　乐家家主站在院子里，负手原地转圈，急躁得根本坐不住。

　　屋内，乐成言的哀号声压根没停过，情绪非常激动，翻来覆去都是那几句话。

　　"容家！容氏女！我要她不得好死！

　　"我的手……我的手是废了吗？杀了我吧，求求你们杀了我吧！

　　"双手双腿都废掉了，我活着还有什么意思……

　　"疼，疼，疼死我了！快些拿散过来，喂我服用五石散止痛！"

　　听着这哀号声，乐家家主老眼含泪，恨自己为什么不阻止儿子去容府，也恨自己怎么没有斩草除根，给了容氏女再伤害他儿子的机会。

　　他不愿意再待在这里，转身出了院子，随口问管家："禁卫军搜查容府，可有了那容氏女的下落？"

　　管家回应说只知道容氏女已经逃离容府，府中空无一人，但禁卫军暂时还没找到密道。

　　"废物！"

　　乐家家主骂了一声。

　　他恨恨地咬牙道："那容氏女远遁他乡，倒是让我乐家惹了一身腥。"

　　明日他得进宫向陛下好好解释，而且还得想想怎么反驳容氏女的那些话。他越想越气，最后忍不住迁怒到了贺家身上。

　　他和儿子的一腔怒火总得有个地方发泄，就算贺家握着乐家的一些把柄，接下来也必然讨不到什么好。

而皇宫里，雍宁帝得知今日种种后，气得把手边的东西都扫落在地："一个小小孤女，居然敢污蔑朕和朕的臣子、贵妃！好啊，当真是好！

"命禁卫军给朕找，她不过才十四岁，在朕的地盘是绝对不可能逃脱的。等抓住她，也不用什么三司会审了，单凭一个污蔑帝王的罪名，就足以赐她凌迟。"

不多时，有个身姿曼妙的妙龄女子从寝宫内绕出来，走到雍宁帝身边。

她眼眶通红，却还是强忍着泪水向雍宁帝行了一礼。

"陛下……"

才刚出口两字，雍宁帝的眼睛便微微眯起："贵妃啊，那容氏女虽然通篇胡言乱语，但有一句话倒是说对了，自你进宫后，这宫中除了你，其他嫔妃就再也没平安诞下过一个子嗣。"

乐贵妃脸色微变，原本要落不落的泪水随着她轻轻眨眼，终于顺势滑落。

美人无声垂泪本容易引人垂怜，但雍宁帝依旧是一副不辨喜怒的样子。

见雍宁帝不说话，乐贵妃暗暗咬了下牙道："陛下可是怀疑臣妾？"

雍宁帝突然笑起来。

乐家这段时间太过猖狂，也是时候好好敲打一番了。

还有乐贵妃，虽然他还算喜欢这个女人，但这样手段狠辣的女人不能担任皇后之位，当个讨乐的玩物就好了。

皇城外的官道只有一条。

纵马两个多时辰，一行人终于顺利离开官道。

这时候，管家等人稍稍松了口气——只要离开官道，天高任鸟飞，禁卫军想抓住他们是基本没可能了。

夜色渐深，月上枝梢，周围静悄悄的，只有风儿撩拨枝叶的沙沙声。

陈退过来请示衡玉他们接下来要往哪去。

衡玉早就想好了："自然是去北境。"

北边局势混乱，容家的根基在那，她想要发展自身势力，待在北方是最合适不过的。

"不过，我们一行人就这么跑去北境太显眼了，继续南下吧，在前方找个小镇弃马，伪装成商队后再行北上。"说完，衡玉率先纵马前行。

没过多久，陈退驱马来到衡玉身边，面露担忧之色，压低声音问："小姐，我爹让我过来问你，连夜赶路，你的身体还吃得消吗？"

"无妨。"衡玉说，"等我们进城伪装成商队后，有的是时间休息。对了，吩咐你伪造的路引准备得如何？"

"小姐放心。"陈退从袖子里取出伪造好的路引等物。

如果是太平盛世，想要伪造路引糊弄过关比较难。

但现在各地天灾频发，流民无数，中央朝廷对地方的把控力越来越弱，这一切就都变得容易起来。

一个朝代走到末路并不是无缘无故的，它早已从根子上出了问题。

疾驰许久，待到晨曦破云而出，太阳从东方升起，一座不大不小的城镇近在眼前。

"把马匹处理掉，只留下四匹拉货。"衡玉下令。

趁着陈退他们处理马匹时，衡玉走进小树林里换了身男装，将胭脂水粉涂抹到脸上，模糊脸部轮廓。

等她再走出来时，已经变成了一个气质清贵、有修竹之风的世家公子哥儿，即使是暗卫出身的陈退等人，乍看之下，也无法将此刻的她跟容家小姐联系在一起。

这番出神入化的伪装手段，引得众人暗暗咋舌。

衡玉也不怕他们对自己起疑心。

这年代讲究子不语怪力乱神，就算他们觉得奇怪，也会把她的变化联系到家族巨变上。

很快，众人分成几批进城。

衡玉慢悠悠地走在大街上，给自己买了把样式不错的折扇，还给婢女春冬买了个款式精美的发簪，随手为春冬插上。

她眉眼风流，看上去就像是个不谙世事、游手好闲的公子哥儿。

快速买了东西，衡玉又在城中晃了一圈，这才在城中最大的酒楼安置下来。

她坐在酒楼一楼大堂里，装模作样地摩挲下巴，突然狠狠一拍桌子，闹出的动静将酒楼不少人的目光都吸引了过来。

衡玉大声跟管家控诉，神情不屑又高傲："我爹当真是心狠，这寒冬腊月天的，居然让我出门做生意，还说若是做不出什么成绩，就要让我的庶兄进入铺子帮忙打理生意。现如今南方能赚钱的生意都被垄断了，唯有北方形势不太好，有更多的赚钱机会！也罢，我非要做出一番成绩给我爹看。"

管家："……"

这个北上的理由听着虽不靠谱却又无懈可击。

周围听了一耳朵八卦的人："……"

啧啧啧，这也不知道是哪家，居然如此宠幸庶子，逼得嫡子铤而走险，在这寒冬腊月天领着商队北上。

总之，衡玉为了"向她爹证明她的商业才能"，在短时间内置办了一堆货物，还花了大价钱请人护送她北上。

当然，她请的这些人，全都是她的暗卫。

只不过经过这么一遭，所有人都顺利过了明路会合。

一天后，一支平平无奇的商队驮着货物，开始在寒冬腊月天里往北而去。

大概是连老天爷都站在衡玉这边，她刚逃出京城不久，京城便又下起鹅毛大雪来。

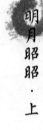

等禁卫军终于顺着密道跑出京郊，再骑马沿着官道往下追时，衡玉他们南下的马蹄印早已被大雪覆盖了。

这条岔路四通八达，连接着六个小城镇。

线索断在这里，想捉拿衡玉一行人基本是无望了。

禁卫军们垂头丧气地回京禀报，果然被痛骂一顿。

骂过之后，雍宁帝让他们继续追查容氏女的下落，尤其是注意北方那边，容氏女一行很可能是北上了。

等禁卫军统领退出去，雍宁帝低头翻阅起乐家家主自辩的折子，随即又突然自语："连容宁他们都没能翻天，一个小小孤女又能闹出什么风浪？就算让她逃出京城，也不过是苟延残喘，惶惶不可终日罢了。

"若是寻不到容氏女，放过她也罢，就当是朕对容家的最后恩待。

"倒是如今城中关于容家一事的风向……必须要处理处理了。"

越往北走，天气越冷。

现在是寒冬腊月天，衡玉他们为了避开追捕又特意挑了条比较僻静的路，所以这条路上就只有衡玉这个"被亲爹赶出来做生意的人"带领的商队。

马车里的药味很重，衡玉喝完药后，无聊地倚着马车壁。

他们已经在这条路上走了大半个月，每次撩开马车帘子，外面除了荒芜，就是漫天白雪。

衡玉的身体还没养好，在颠簸的马车上又不能看书，自然觉得无聊。

她正在思索着自己下一步要做什么，就听到外面有人轻敲马车壁："小姐。"

衡玉掀开马车帘子。

侍卫长道："不远处有条山脉。"

衡玉顺着侍卫长的目光看过去，有一条连绵起伏的山脉。

侍卫长继续道："几年前属下追随容宁将军时，曾经奉他之命率兵来探查过这条山脉。此山贯通南北，若是绕行，就会比原计划多花上大半个月时间。"

衡玉点头，示意侍卫长继续分析下去。

"因为雪灾频发和外族劫掠，北方有很多流民。他们逃亡时，有些人就进了这座山落草为寇。我们的商队如果要直接走这条路，估计会遇到一些麻烦。小姐打算如何？"

"你是说山里有山贼？"衡玉声音突然高了不少。

侍卫长有些摸不着头脑，但还是点点头，只见这段时间里表现得非常沉稳的小姐突然眼前一亮："好久没遇到想打劫我的人了。"

侍卫长："啊？"

"面对恶势力，必须要有一颗敢于抗争的心。"

衡玉义正词严地教导侍卫长，披着大氅走下马车，安静地站在万物枯败的雪地里，凝视着远处仿佛会吃人的山脉。

她欣赏了一会儿，认真评估起这条山脉的地理位置，肃正神色补充道："这条山脉的地理位置非常好，四通八达。而且山脉占地面积极大，几万人藏在其中，只要不刻意大规模行动，官府很难察觉到。"

她原本还在思考进入并州后，第一步要不要先跟容家军的人联手搞定并州牧，找机会执掌并州。

只是这个方法虽好，却非常冒险，踏错一步都会出事。

现在，她倒是想到了一条更好的路。

这条山脉人烟稀少，却四通八达，若是占据这里，一是能拥有极好的藏匿地点，二是能够收拢流民。

在这个工商业基本没怎么发展起来的时代，农业才是根本，人口就意味着财富。

侍卫长微微一愣，他大概猜到了衡玉的意思，但又不敢相信自己的猜测："小姐？"

衡玉与他对视数息，悠然道："你觉得，这个地方作为我们的第一个地盘如何？"

上，围坐在火堆旁聊天，不时有人发出大笑声。

突然，一阵密密麻麻的箭雨自山林飞射而出，朝着商队而来，只可惜箭术极差，百箭齐发却一支未中，但也吓到了精神松懈的众人。

有一小部分人慌得直接抱头蹲在地上，还有一部分人想要跑回马车边取武器。但武器才刚拎出来，就被那些从树林里飞快钻出来的山贼包围了。

这伙山贼足有上百人，手中握着砍刀、弓箭等物，看上去十分凶悍难惹。

注意到商队里有人要抽刀反抗，山贼首领扫视一圈，快速将刀架在蹲在地上瑟瑟发抖的"少年"脖子上，说："这是你们这支商队的主人吧？全部都别动！你们再不把手中的武器放下，我就让这位养尊处优的'大少爷'见见血！"

说着，他作势要划破"少年"纤细的脖颈。

养尊处优的"少年"被山贼首领吓住了，连声朝那些护卫喊道："快放下武器，快！你们是我花钱雇佣的，不能违抗我的命令。""少年"又看向首领，咬着牙道，"马车上的货物可以全部给你们，你们不能杀我，我是平城胡氏的人！"

平城胡氏……

其中一个山贼嘟囔道："平城这地方我知道，就在咱们并州，但平城有姓胡的世家大族吗？"他没听说过啊。

这个山贼是天生的大嗓门，哪怕是在自己嘀咕，声音也能被周围人听到。

刚刚还在瑟瑟发抖的"少年"顿时怒了，一时之间顾不上害怕，抬起头露出一张色若春花的脸，高声喝道："你居然不知道我们胡家！"

"少年"露出愤怒的神情："是，没错，平城里大大小小的士族不少，我们胡家虽然只是祖上光鲜，到今日已经落魄了，但基业还是有不少的！

"我爹最近搭上了并州牧的线，暗地里帮并州牧置办货物，他告诉我了，如果一切顺利的话，不出一年，他就能成为胡半城了。

"你们肯定不知道胡半城是什么意思对吧？"说到这里，"少年"顿时有些得意扬扬，"也就是说，我爹一个人的财富敌得上半座平城。我爹很清楚我的行踪，如果你们杀了我，再过一段时间，我爹一定会花大价钱请人过来剿匪的。"

管家等人神情复杂："……小姐这是从哪找了一个半城爹？"

这很长的一番话，在山贼首领看来，就是这个"少年"被吓住又被激怒后的不过脑之言。

因为，都不需要他盘问，这个"少年"就已经把自家的家底吐露了个干干净净。

其他山贼的眼睛都亮了。

他们哪里还管平城有没有胡家，就记得"胡半城"三个字了。

虽然这个"少年"说了，她爹要过段时间才能成为胡半城，但现在肯定也很有钱就是了。

"老大，"其中一个山贼压低声音靠近首领道，"不如我们将他带回山寨吧，到时候让他给他爹传信，就说必须用钱才能赎回他。我们趁机从那些士族手里捞一笔钱，然后带着山寨里的人往南边跑。有了这笔钱，我们就能在南边安定下来，这样也不用怕他们打击报复。"

毕竟这个"少年"的爹居然认识并州牧。并州牧可是他们并州最大的官了，不跑的话万一被剿了怎么办？

还有这"小子"，看在赎金的分儿上，把他抓回山寨后不仅不能打骂，还必须好吃好喝地伺候着。

山贼首领眯起眼，探究的目光始终落在衡玉身上，似乎是想看穿他有没有在撒谎。

衡玉刚刚还一副被激怒的样子，现在被山贼首领这么打量，她默默别开了脸，一副强忍惊慌的模样。

山贼首领满意地点头，目光掠过那些侍卫："这些侍卫……"他想着要干掉这些侍卫。

"你不能杀他们！"衡玉突然又出声，"他们是我雇来的，我可以连他们的赎金也一起交了！一个人十两银子，你们看如何？反正你们人多势众，也不用怕我们这些人会掀起什么风浪。"

说到这，衡玉声音小了些，不爽道："如果让其他世家的人知道我连侍卫都护不住，他们一定会笑话我的。我胡家什么都能丢，唯独脸面不能丢。"

这话倒像是那些虚伪的世家子弟会说的。

山贼首领彻底动心了，他现在看着那些侍卫，不再觉得他们有威胁，而是像在看一堆白花花的银子一样。

他使了个眼色，便有手下上前想要搜衡玉的身。衡玉吓得往后缩了缩，袖子里放着的路引在挣扎之间掉落下来——路引上的确写着她是平城人，姓胡名言。

看完路引，山贼首领完全安心了。他招招手，命手下将衡玉等人全部绑起来，绑得结结实实的。

这个娇气的世家"少爷"非常不高兴，一会儿说手腕疼，一会儿说脚蹲得发麻，听得山贼们特别想揍人，不过对对方的身份也越发深信不疑。

不是有钱的世家，可养不出这么矜贵娇气的人。

没过多久，山贼们就将衡玉一行人的手绑好了，他们拖着衡玉一行人，拉着载满货物和粮食的马车，高高兴兴地回了寨子。

山寨修在山脉深处，道路弯弯绕绕。

如果不是有山贼们带路，靠衡玉他们自己找，起码得在这片区域找上十天半个月。

远远地，他们一行人就看到了山寨的轮廓。

回到了自己的地盘，再警惕的人也会下意识地放松。

山贼们的脸上不由得浮现出笑意，似乎已经想象到等会儿吃饱喝足的美好场景了。

但——

就在下一刻，异变突生！

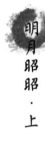

明明心里怕得很，众人却都紧握木棍，紧紧盯着衡玉他们。

衡玉拍掉手上的雪，对首领说："如果不想造成无谓的牺牲，就让那些老弱妇孺全部住手。我们先好好聊聊。"

只要有的聊，那就说明性命是无忧的。首领咬咬牙，朝最前方的老人喊道："三叔公，你们别动手，我与这位'公子'聊聊。"

实在是打不过啊。那就尿点吧。

为首的老人头发已然花白，面上满是岁月凄苦的风霜之色。听到首领的话，他迟疑片刻，扭头对身后众人说了些什么。

那些老弱妇孺都稍微松了口气，不过还是没放下手中的木棍，神情戒备。

"我就欣赏你这种识时务的人。"衡玉温声对首领说，朝侍卫长比了个手势。

侍卫长弯腰将山贼首领从雪地里扶起来，还顺手帮他把脱臼的手接好。

这一下简直猝不及防，首领狠狠惨叫出声，惨叫过后，才发现自己的手已经好了。

他面色惨白，欲哭无泪：接骨之前就不能说一声让他有个心理准备吗？这一行人真的太可怕了。

真是不怕敌人强，就怕敌人既有实力心又黑。

似乎是已经经过深思熟虑，衡玉仰头，越过堆着积雪的树梢，凝望着天空："这整件事的起因，要追溯到前两天。那时候，我觉得回家继承我爹打拼下来的家业，实在太无趣了。今天路过这片山脉，我就琢磨着，如果能占据这片山脉好好发展，让山脉里的流民都能吃饱穿暖、安居乐业，这样就能显示出我的能耐。"

春冬直想笑，勉强压住了笑意，板着脸出声应和道："若是'少爷'能将这里治理为一方乐土，老爷绝对会对您刮目相看的。到时候您再回家，就能同时继承两份家业了。"

衡玉扭头看向山贼首领，道："唉，可我又觉得治理山脉这件事差了点儿挑战性，对我来说太过简单了。不如我还是按照刚刚说的，剿匪邀功，回家继续过那枯燥的富贵生活……"

"'公子'！"首领猛地断喝出声，生生打断了衡玉后面的话。

衡玉被噎了下，不满地瞅他。

"你说治理这片山脉是简单事？我不相信！"首领越说越激动，"我原本看'公子'气宇轩昂，与那些压迫百姓的士族子弟完全不同，但现在看来，唉……'公子'如此眼高于顶，着实与我想象中的不太一样啊。"

衡玉暗啧一声，这家伙真是上道。但面上，她的神色越发不满："你居然敢拿我与那些人比?！"

"除非'公子'能证明给我看。"首领连忙软了声音，"'公子'，我们这些人都是北方的流民，迫不得已才落草为寇。如果'公子'不嫌弃，以后这山寨大当家的名头就给'公子'了。"

他扫一眼个个能以一打十的侍卫，咽了咽口水，道："若是'公子'不弃，可以给我个五当家、六当家当当。"

衡玉拧紧眉心，似乎是在考虑他这番话。

终于，她勉为其难道："也罢，这件事虽然差了点儿挑战性，但你如此哀求于我，我实在是有些于心不忍。那我就先在这里耽搁一段时间吧。"

首领暗暗磨牙：是自己想哀求的吗？这位"公子"刚刚都暗示得这么明显了，说不效忠于他，他就要剿匪。

首领没有任何野心，比起什么占山为王，他只想在这个世道好好护着家人和兄弟们活下去。

不管眼前这位"公子"有没有能力实现自己画的大饼，但马车里那满满的粮食总不是骗人的。山寨已经断粮几天了，他们这些青壮年还顶得住，但寨中的老人和小孩都在遭罪。

臣服于这位"公子"，至少他们能名正言顺地蹭马车里的粮食。

反正他们这些流民吃不饱穿不暖，对方还能图自己什么呢？

如此一来，衡玉顺利成为山大王，山贼也能蹭马车里的粮食度过这个冬日，一时之间也不知道到底是谁在套路谁。

成大事者不拘小节，衡玉表示这并不重要，现在最重要的是赶紧拉着马车回到山寨里，生火下米，做顿午饭让她的手下们饱腹。

她的手下怎么能活得这么狼狈呢？跟着她，吃饱穿暖是最基本的。

总之，衡玉入戏速度快得惊人。

首领感动了，觉得对方那恶劣的性子也不是那么难以忍受了。

载满粮食、货物的马车被拉进寨子里。

山寨里坐落着几十栋木屋，这些木屋从外面看上去都很简陋，应该是就地取材建成的。

木屋外晾晒着衣物，偶尔有两个小孩在外面跑动，瞧见他们这么多外人出没，都悄悄缩回了自己家。

衡玉命人从马车里取出两袋粮食，走到那位头发花白的老人面前。

老人拄着拐杖，应该是寨中辈分最高的人。瞧见衡玉，他动作局促，突然一把丢掉手中的拐杖，深深向衡玉行礼："这位小'公子'，刚刚你们说的话我都听到了，求您救救我们。您的大恩大德，我们寨中所有人没齿难忘，今后无论'公子'要我们做什么，我们都不会有二话。"

"三叔公！"首领想去扶老人，但老人避开了他，他只好将求助的目光投向衡玉。

衡玉快步上前，衣带当风，稳稳将老人扶起，口中道："老丈不必如此。"对待首领，她连敲带打，对待这位老人，她的语气却放得很轻很温和，"如今外面天冷，我刚刚命人从马车里取了两袋粮食。过来找老丈，是想请您把这两袋粮食按照每家的人口数分发下去。"

她初来乍到，分粮一事自然是要交给寨中最有德望的人。

一听这话，老人的心更安了几分。

他虽然不知道这位"公子"是为何而来，但对方愿意出两袋粮食，已经很有诚意了。

遇上灾年，两袋粮食……已经不知道能买下多少条人命。

老人风风火火去分粮食，衡玉也不干涉，只是示意首领带她找个避风的地方休息。

首领的屋子是寨中最大的，衡玉一行人随着他往他家走去。

衡玉随口问道："我瞧你说话很有条理，识字吗？"

"我爹以前在官府里做衙役时学过一些字，顺道教了我。只是后来家里出了些变故，我就成了猎户，时常进山打猎。"

衡玉点头，既识字，又熟悉山里的路线，难怪他会成为山贼首领。

她又问起首领的名字来。

"小人陈虎。"

这个名字……似乎有些熟悉。

还没等衡玉回想起来，系统已经先一步提醒道："陈虎！这不就是原剧情里，男主最器重的猛将陈虎吗！"

雍王朝已经走到了王朝末年，按照规律，天道会选出一位气运之子创立新朝。这位气运之子也有个通俗的说法，叫作男主。

想到剧情里那个男主的做派，衡玉微微一笑，提醒系统："什么男主的猛将？你忘了，刚刚陈虎还特别积极地竞争上岗，要当我的五当家呢。"

都到她手底下了，还能让男主拐了去？

陈虎看向衡玉，试探性地问起她的身份。

他觉得，什么平城胡言，十有八九是在胡言乱语。

衡玉笑着摆手道："行走江湖要什么名字？你直接称呼我的名号就是。"

陈虎肃然起敬，越发觉得这位公子不简单了，就问："不知道您的名号是……？"

衡玉微愣，扭头问陈虎："这条山脉叫什么名字？"

"龙伏山脉。"

"这名字不错啊，就算是真龙，到了我的地盘也得给我伏着。从此以后，我的江湖名号就是龙伏山大王。"

陈虎被地上的树枝绊了个踉跄，扶着旁边的树才勉强站稳。他目瞪口呆，扭头望去，发现这位"公子"的下属们全部跟他一样惊得失色，顿时觉得心理平衡不少。

衡玉这才悠悠地继续道："刚刚是我说着玩的，什么名号不名号，这年头哪里有江湖让我行走？你直接喊我大当家不就行了吗？"

老人分发粮食的时候，特意说了这些粮食都是"公子"给的。所以等到下午，陈虎召集众人宣布山寨易主时，完全没有人有异议。

恩威并施，只花了几天的时间，衡玉便彻底接管了山寨。

她的侍卫现在都住在寨中人腾出来的木屋里，但是木屋数量有限，大家住不开，修建木屋就成了当前第一要紧事。

除了刚到山寨那两天，衡玉免费分发了粮食外，再之后，她就下令让众人用帮忙修建木屋来换粮食。

听到这个消息，陈虎他们不仅坦然接受，还很高兴。

修建木屋好啊，这说明大当家是打算在寨子里久住的！干活怕什么？他们这些人在落草为寇前可都是干活的好手，只要让他们不饿着就没问题。

衡玉得知此事后，笑得有些无奈。

是啊，想要让这天下百姓归心何其容易，但能做到这一点的人又有多少？

这天中午，衡玉从木屋里走出来，站在门边眺望前方——前方那片地势相对平坦的空地上，山寨的青壮年正在忙着锯木头、处理木材，妇女们则清扫积雪搭建地基，累得冒出热汗的脸上却挂着笑意。

收回目光，衡玉琢磨着怎么才能让山寨发展起来。

这龙伏山地理位置优越，可是山里人很难开展农业种植，在这大雪封山的日子里又很难靠山吃山，也没有任何特产用于行商，一时之间，就连她都有些苦恼。

"大当家！"突然，有人提高声音喊她。

衡玉抬眸，以目光询问。

"我们在树林里发现一个饿晕的年轻男人，您说了，只要进了山脉里不走的，就全都是您的手下，所以我们把他抬了回来，您要过去看看吗？"

这都晕倒在地上了，可不是不走了吗？说话的人如此想着。

第七章

王朝因我兴替 7

说完之后，下属抬头望着衡玉，脸上带着些许期待。

他记得大当家还说过，如果能吸纳新人进他们山寨，他就会给予两斤陈米作为奖励。这两斤陈米虽然不多，但他们都是饿怕了的人，家里的存粮当然是越多越好。

下属话中的逻辑让衡玉有些哭笑不得。

她不好打击对方的积极性，再怎么说下属这都是做了件好事，如果不把那人抬回寨中，他怕是要直接饿死或者冻死。

"等会儿你去找管家做个登记，月底一块儿给你结算，让你过个好年。"

"好的！"下属脸上扬起灿烂的笑容。

"过个好年"，这四个字一听就让人高兴。

不过短短几天时间，他们的生活就变得有盼头了。

"春冬，"衡玉侧头看向春冬，吩咐道，"你去屋里取一小份糖粉来。"

这年头，糖粉都是用甘蔗制成的蔗糖。因为制糖工艺还很落后，糖产量极低，所以糖价一直居高不下，一般的士族都用不起糖粉。

春冬有些不乐意。

她还是更习惯称呼衡玉为"少爷"，顾及有外人在场，春冬压低声音道："'少爷'，糖粉购买不易，我们带过来的糖粉只剩一小匣子了。眼看着接下来一两个月我们都无法离开山寨，糖粉该省着些用才是。"

她舍不得糖粉，却也不会见死不救，提议道："炉子上正熬着小米粥，不如我端一碗过去给那人？他是饿晕的，醒来后喝些米粥暖身体正好。"

听到"糖粉购买不易"这句话，衡玉便愣住了。

她发现自己刚刚有些钻牛角尖了。

龙伏山脉完全可以慢慢发展种植业，只要能让寨中百姓自给自足，那就足够了。

至于没有任何特产用来行商，这怕什么？

没有特产，她完全可以想办法制造特产。

就说这糖粉，她不仅知道如何改进制糖工艺，还知道如何将蔗糖变为白糖。只要稍加操作一番，她就能从士族手里赚来一大笔财富。

除了白糖之外，茶也好，葡萄酒也好，这些东西都有非常大的操作空间。

如今士族的男男女女都会敷粉，若是她改进胭脂水粉，买方市场更是会遍布整个雍朝。

……

只一会儿，衡玉便想出了一堆聚拢财富的方法。

"也好。"衡玉回神，对春冬说，"那糖粉我有另外的用途，你去厨房里盛碗小米粥，然后随我一道过去。"

这栋木屋修建得仓促，四角都有些许漏风。

冰凉刺骨的风钻进室内，将室内的温热都卷走了。躺在床上的青年脸色苍白，即使是昏迷之中，身体也止不住在发抖。

慢慢地，他的意识恢复了不少，茫然睁开眼睛时，恰好听到外面传来谄媚的笑声："大当家，到了，就是这里，我给您开门。"随后是推门而入的声音。

青年转了转眼珠子，想要看清那逆光走来的"少年"是何模样，却苦于自己眼前阵阵发黑而无果："这位'公子'……"

"你醒了？"衡玉快步走到床榻前，居高临下地审视着青年。

即使现在脸色苍白，头发凌乱，也不掩他眉目清雅俊朗。隐在外袍下的里衣露出些许衣料，虽然辨不出来是什么材质，但看着就不普通。

确定这位青年没什么威胁后，衡玉才问："能自己坐起来吗？"

青年早已浑身脱力，但听到她的问话，觉得自己已经够麻烦主人家了，便用右手撑住床榻，试着坐起来。

试了两次，他额上都是冷汗，方才成功坐起来。

春冬走上前，将温度刚好的小米粥递给青年。

小米粥熬得恰到火候，小米所特有的淡淡清香缭绕在鼻尖，青年几乎是下意识地咽了口口水。他艰难地别开眼，将视线落到衡玉身上。

"先吃些东西再说话吧，不急于一时。"衡玉开口。

青年接过小米粥，轻声道了句谢，用一种快速却不失礼的姿态吃完整碗小米粥。在他吃小米粥时衡玉也不干站着，她走到隔壁去逗下属家四岁的小女孩。

小半刻钟后，衡玉重新回到木屋。

吃过东西，青年身上的力气慢慢恢复了些。他坐在床上，向衡玉歉意一笑："失礼了。"然后主动告知自己的身份，"在下出身平城胡氏，单名一个'云'字。"

春冬诧异，下意识扭头看向自家小姐，欲言又止——平城胡氏，这不就是半城爹的家族吗？不对，哪来的什么半城爹，她怎么也被小姐带进坑里了！

系统幸灾乐祸："哦吼，李鬼遇上了李逵。"

衡玉微微一笑，好像全然忘却了自己碰过的瓷，态度自然道："原来是平城胡氏的人，难怪这位公子有如此气度。"

陈退还是很靠谱的，在给她准备路引时，了解到平城胡氏的确一个叫作胡言的人，他的父亲跟平城胡氏家主不合，在胡言很小的时候，一家人就离开平城去了南方定居。

不过……既然她决定当山大王了，胡言这个身份就已经成为过去时，不必留恋。

只要她想，她还能有刘言、叶言……各种言的身份。

胡云商业互吹两句，然后才继续道："我师从天师道周祭酒，奉祭酒的命令，随着几位师兄回到并州传播天师道。但两日前，我们在途中遇到了一小伙山贼……"

胡云声音低落下来："就只有我不小心滚落山崖，侥幸逃脱。我一路晕晕乎乎地往北走，就瞧见了这条山脉，实在饿得不行，准备进山里寻些吃食，却晕了过去。"

衡玉微微眯起眼来：天师道祭酒的弟子？

天师道是早期道教的一个分支。

在战乱频发的年代里，饥寒交迫的百姓们更需要一种精神寄托，经过这些年的发展和演变，天师道已经遍布南北，哪怕是士族公卿之家，也有不少人愿意加入天师道。

可以说，天师道在这个世道具有极大的号召力。

衡玉没有任何信仰，但她觉得，既然自己的手下具有这么有利的身份，不加以利用一番，那可真是浪费了这个身份。

什么？你说胡云还没打算成为她的手下？

前面不是说了吗？只要进了山脉里不走的，就全都是她的手下。现在小米粥都喝光了，还敢翻脸不认大当家？以为山贼窝能如此来去自如吗？！

简单说了几句，胡云脸上便不掩困倦。

衡玉让他在这里安心休息，离开前，又打听起胡云遇到的那些山贼的位置。

胡云虽然不知道自己是怎么来到这条山脉的，但他记得自己是在何处遇险的，很快就将大概地点道了出来。

转头，衡玉喊来陈虎和侍卫长："我找你们过来，是想给你们布置一个任务。是这样的，我们不能老老实实窝在山里等流民过来，必须主动出击做些什么。"

这话……听起来很对，但又感觉有什么地方怪怪的。

侍卫长主动问道："不知'少爷'打算让我们做些什么？"

"越过龙伏山脉再往西走一段距离，就会瞧见一条新的山脉，里面聚集了一小窝山贼。我要你们领人去剿匪，把人全部给我剿回来。"

陈虎愕然。

居然还能这么操作！

侍卫长神情复杂：我家大小姐的气质，是不是与这个山寨……太过契合了？

陈虎第一个反应过来，迭声应道："大当家您放心，我一定顺顺利利完成任务！"

衡玉很满意陈虎的态度，就说："去吧，我们正缺人修房子。来年开春我们就要开垦田地种东西，这也需要大量的人口，等他们过来后，就能为大家多分担一些工作。"

第八章

王朝因我兴替8

　　私底下，衡玉嘱咐侍卫长教陈虎排兵布阵的技巧："你将兵书上的道理揉碎了灌输给他。"

　　原剧情里，陈虎在无人教导的情况下都能成长为一员猛将，衡玉很期待，如果学习了系统的军事知识，陈虎又能成长到何等程度？

　　侍卫长连声应是。

　　他的排兵布阵技巧都是老将军和将军教的，而今小姐吩咐，他自是不会藏私。只是，对付小小山贼，需要学习系统的军事知识吗？

　　也罢，小姐想做什么就做吧，到目前为止，小姐的言行都没出过错。而且他是容家家将，会永远追随容家家主，肝脑涂地。

　　等侍卫长离开后，衡玉垂眸慢慢研墨，整理好自己的想法后，提笔挽袖。

　　落在纸张上的字迹洒脱肆意，笔锋凌厉间带着几乎要破纸而出的铿锵铮然之意，风格自成一派。

　　这个字迹，是属于衡玉本人的。

　　花了一个时辰将龙伏山脉未来半年的发展计划写好，衡玉重新取来一沓纸，用原身的字迹将上面的内容誊抄成几份。

　　待所有墨迹都晾干后，衡玉将最开始写的那份收进匣子里，后面写的那几份，打算等会儿拿去给管家和陈退他们。

　　她手底下能用的人不多，现在还得事事亲力亲为。

　　衡玉下意识做了番不切实际的展望——她的运气素来不错，也不知道接下来的运气能不能更好一点，好到能有几个谋士晕倒在她的山头。

傍晚时分，胡云再一次被饿醒。

缓缓睁开眼睛，盯着盖在身上的那床打满了补丁的被子，胡云先是一愣，慢慢地，记忆如潮水般涌上心头。

昏倒在山林里……白日见到的少年被人称为"大当家"……

现在头脑清醒，胡云终于后知后觉地意识到了一件事：他刚从一群山贼手里死里逃生，又再次落进山贼窝里。

不过胡云并不恐惧，这个山贼窝里的山贼都很善良淳朴，若不是他们救了自己，还给自己喂了碗小米粥，他早就死在荒郊野岭了。

还有那个被称为大当家的"少年"，冷冷如月，浑身上下透着一种难以言喻的矜贵从容。

胡云在跟随周祭酒传播天师道时，曾经见过琅琊王氏那样显赫世家的子弟，可论及气度风华，这位"少年"更胜几分。

这是一个格外看重相貌和品性的时代，由此造成的结果就是，这个时代有着非常多的颜控（看中颜值）。胡云身为一个忠实颜控，对于好坏的判断观点是：好看到这种程度的人怎么可能会是坏人呢？

没过多久，梳洗好的胡云坐在屋外透气，又见到了这位大当家。

衡玉再次给他端来一碗小米粥，说他两天没吃东西，身体虚弱，小米粥养人，适合他现在吃。

在胡云吃小米粥时，衡玉跪坐在檐下，取出竹笛送到唇边吹奏起来。

胡云没听过这支曲子，但笛音低沉婉转，曲子里寄托的哀寂与无奈之情极深，和着这满目风雪，便更显悲凉。

古人以乐载道，胡云不知道这位"少年"在感慨什么，只是被曲子里的情绪打动了。

一曲终了，衡玉收起长笛。

胡云迟疑片刻，冒昧地问这支曲子叫什么名字。

衡玉苦笑道："让胡兄见笑了，这支曲子是我自己作的，并没有给它取名。"

她轻叹道："寨中的老弱妇孺从北边逃亡到这里，身体或多或少都有些毛病。他们如今都要依靠我才能生存，将性命托付于我，我必然要好好努力，才能不辜负他们。但有时候我又苦恼自己能力有限，不知该往何处努力。"

胡云这些年走南闯北，见多了众生疾苦，听了这位"少年"的话，顿时心生几分知音之感："我跟随周祭酒这几年学了一手医术，虽然能力平平，但普通的病还是能够医治的。寨中的人救了我的性命，我可以在这方面报答一二。"

衡玉脸上浮现出淡淡惊喜："若当真如此，那就太好了。"

她是真的很惊喜。

虽然她也会医术，但她很忙，寨中的人又没有什么危及生命的大病，衡玉就暂时没管这件事。现在胡云能帮忙，那自然是好的。

"可现在这个世道，知识几乎垄断在士族手里，百姓们接触不到书籍，学习不到知识，也正因此，他们学起来会比任何士族子弟都要甘之如饴。"

因为种种原因，知识都垄断在少数人手里，阶级彻底固化。士族经过上千年岁月依旧是士族，而农人缺少上升的途径，祖祖辈辈都是农人。

王侯将相，宁有种乎？

她争夺天下，既是为了正容家之名，也是为了打破这千年之固局！

也许是被衡玉眼中的灼灼烈焰所感染，一时之间，胡云竟惊得说不出话来。

第九章
王朝因我兴替9

衡玉这番话说得平平，揭露出来的道理也不深刻。

但胡云深深记住了这番话。

因为这一刻，"少年"的眉眼干净又明朗，如一柄散发着冷冷寒芒的长剑，似是随时都要出鞘斩尽世间鬼祟。

明明居于陋室中，明明跪于桌案前，却比在朝堂上指点江山的诸公都要耀眼，耀眼到令人心中折服。

如果胡云知道"理想主义者"这个词的话，也许他就能准确形容衡玉身上的异状了。

穿梭过无尽世界，历经众生百态，始终初心不变，大抵也能算是一种理想主义。

"大当家，你不应该一直待在这片山林里。"胡云突然激动道。

衡玉微讶。

胡云以为她是迟疑，连声道："以你的气度和风采，只要去公卿府前走上一遭，就不愁没有出路。若你是顾忌什么，也可以选择加入我们天师道，以你的能力，有朝一日肯定能成为祭酒。"

衡玉轻笑，知道胡云是误会她的想法了，就说："我当然会出去。"

这小小的龙伏山脉，怎么能限制她？

潜龙蛰伏，不过如此。

"不说我了，说说你吧。"

"我？"胡云有些茫然，不知道自己有什么好说的。

"是的，我猜想，胡兄的父亲乐意送胡兄远行，前往南方加入天师道，就是想借助天师道的力量来振兴家族，对吧？"衡玉之前冒充过平城胡氏的人，所以对于平城胡氏的现状早已心中有数。

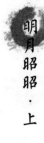

胡云轻吸口气，认真点头：他爹的确有这么个打算。

衡玉拎起炉子上刚烧开的水，将水倒入杯中，水雾弥漫开后遮掩住她的神情，胡云只能听到她悠然的声音。

"平城胡氏早已没落，阶级虽高于百姓，却远低于其他士族。胡兄，你好好教寨中的大人和孩子们认字，不要被阶级限制了。"

今日他能不为阶级所限，日后她若执掌权柄，就能轻而易举地助胡云实现他的追求。

胡云并未听出衡玉话中的深意，但这不妨碍他顺着衡玉的话下意识地点头。

外面突然传来沉闷的敲门声。

春冬在外面喊道："'少爷'，侍卫长和陈虎他们剿匪归来了。"

"我们出去看看吧。"衡玉说罢，敛袖从桌案后起身。

胡云乖乖跟着她，自然而然地落后她半个身位。

这样下意识摆出的主次站位，也许就连胡云自己都没意识到。

寨子中间那片空地上，站着乌泱泱一大群人。被围在中间的，就是那几十个鼻青脸肿的山贼。

"大当家，"远远地，陈虎那大嗓门就喊了起来，他殷勤道，"您吩咐的事情我们都办妥了，这些是献给您的俘虏。"

衡玉失笑，越过人群走进里面，同时问道："这一路玩得开心吗？"

"开心。"陈虎嘿嘿笑道。

之前他被侍卫长和衡玉揍了个半死，这一趟去剿匪，侍卫长成了他这一方阵营的，他站在旁边看着山贼们被侍卫长揍了个半死。

这种感觉就很酸爽。

侍卫长在旁边回禀道："'少爷'，这伙山贼里有几个穷凶极恶之徒，属下得知后直接去解决了他们。其他人落草为寇都是情有可原，属下便将他们带了回来。"

衡玉点头，侧头去问跟了过来的胡云："胡兄以为如何？"

胡云没想到衡玉居然还会问他的意见。

看来大当家果然没骗他，此行剿匪有一部分原因就是为了帮他报仇。

胡云感动而体贴地说："那些穷凶极恶之徒死去，就算是为师兄们报了仇。至于其他的，大当家可自行处置。"

大当家如此够义气，他必不会让大当家难做的。

这七十多个山贼，衡玉都交给了其他人来安排。

总之先把最苦最累的活丢给他们做就对了，过一段时间看他们的表现再做调整。

随后，衡玉对侍卫长他们说："你们此行赶路辛苦了，先回去好好休息吧。"

她大义凛然道："这片区域的山贼窝肯定不会少，为了避免胡兄和他师兄那样的惨剧再次上演，你们休息两日后，就再出去继续剿匪吧。"

前期实力积累阶段，她决定当个爱好和平、为民除害的山大王。

这一番话，直听得侍卫长和陈虎嘴角抽搐，胡云却感动得稀里哗啦。

建木屋、剿匪、认字……

忙碌之中，春节将至。

按照每个人的贡献，管家和春冬给寨中的人结算了粮食和布料，还尽量给每家每户都匀了些肉，让他们能过个好年。

大家热热闹闹筹备春节时，衡玉也埋头在屋里研究，经过一番折腾，倒是把没有杀伤力，只能炸出巨响的土地雷搞了出来。

这个东西聊胜于无，衡玉把它小心存放好。

除夕夜，寨中的人陆陆续续过来向衡玉问好，一些情绪激动的人甚至哭着要给衡玉下跪，感谢她让大家过上了这样能吃饱饭、性命无忧的生活。

陈虎还给衡玉送来一个平安结："大当家，寨里没什么好东西，希望您不要嫌弃。"

平安结很粗糙，也有些褪色，衡玉郑重地接过收好。

等夜深了，衡玉拎着春冬温好的酒，绕到隔壁的屋子。

这间屋子并不大，里面只摆着一张木桌，桌子上摆放着她祖父祖母、父母、两位叔叔和姑姑的牌位。

短短一年时间，容家物是人非。

衡玉把牌位擦拭干净，一一祭拜过他们，便转身离去。

她出来时，正好瞧见胡云在给孩子们分发糖果。

这段时间里，在衡玉的刻意安排下，胡云对寨子的归属感逐渐加深。这会儿他被孩子们围着，脸上笑容灿烂，似乎是注意到了衡玉的目光，胡云扭头向衡玉这边看过来。

他朝衡玉扬了扬手，小跑到她面前，乐呵呵道："大当家，我听陈虎说，寨中的人精心准备了两个平安结，一个送给了你，另一个送给了我。我没想到他们居然会送给我。"

衡玉说："你教他们认字，这份情谊寨子里的人会深深记住的。"

深深记住吗？胡云长吐了口气，其实他也会一直记着这个悠闲又安逸的寨子。

除夕过去没多久，地上的积雪慢慢消融。

衡玉他们带过来的粮食已经消耗掉一半，于是衡玉组织人手，准备动身前往平城采购粮食和各种生活必需品，顺便送胡云回去。

此次平城之行，衡玉是肯定要带队前往的，她挑了一队人充当侍卫，剩下的人则留在寨子里负责开垦田地。

队伍在有些崎岖的山道上行走，胡云坐在温暖的马车里，突然轻叹出声。

"胡兄在感慨些什么？"衡玉抱着汤婆子，倚着马车壁，坐姿懒散又随性。

胡云苦笑道："我在想，等我走了以后，孩子们的学习怎么办？"

"没事，我会让春冬继续教他们的。"衡玉说。

"那就好。"心中的担忧放下不少，胡云又说，"不过还是有些舍不得寨子。"

"就算暂时离开了寨子，胡兄也还是我们龙伏山寨的一员。等你回到平城，如果能搭上平城官员甚至是并州牧的线，那能为山寨做的就更多了。"

胡云摆手道："大当家说笑了，并州牧是并州的主官，以我的能力怕是还搭不上他的线，需要周祭酒亲自前来才行。"

"胡兄为何小瞧自己？"衡玉声音清润，矜贵温柔的眉眼带着能叫山河失色的风采，"如今并州这边天师道势力单薄，这就是胡兄的机会啊。若是周祭酒亲自前来，哪里还有胡兄什么事？"

机会？

胡云微愣，怔怔地看着衡玉。

"如果胡兄能顺利搭上并州牧的线，取信于并州牧，凭着这样的功劳，再加上你对天师道有着极深的了解，想更进一步成为胡祭酒，还不容易吗？"

胡云逐渐动容，又有几分惊疑不定。

如果真的有机会更进一步，谁会不想一试？但以他的能力……能做到这些吗？

衡玉加了最后一把火："胡兄，我教你如何取信并州牧，也助你进一步了解天师道的道义，你觉得如何？"

天师道扎根于饥寒交迫的百姓里，在这个世道拥有着极大的能量。

这种宗教信仰，与其压制它，不如让它先为自己所用。

以她现在的身份和地位，天师道里那些原本就地位崇高的人未必会乐意跟她合作，就算合作了，怕是也没多少诚意。

不过没关系，她可以将胡云推上去，这样关系也会更加坚固、牢不可破。

就看现在胡云会不会接下她的橄榄枝了。

胡云给的答复是——

"那么，接下来就麻烦大当家了。"

平城是北方重镇，并州牧的驻地就设于此地。

为了抵御外侵，平城的城墙修筑得非常高大坚固。

衡玉撩开马车车帘，凝视着这静守一方的城墙。

回到家乡，胡云的话便越发多了，兴致勃勃地跟衡玉介绍平城的风土人情，还说："大当家，我们胡家主宅颇大，等进了城，你们都去我家落脚吧，别把钱浪费在酒楼。"

商队慢慢靠近城门，守门的士兵上前问衡玉和胡云要路引来检查。

胡云早有准备，将自己的路引递过去。

士兵翻开路引。

衡玉别的东西不多，伪造的路引绝对不少。她正准备把新路引递过去，只见那立在马车旁的士兵突然暗暗地朝后方打了个手势。

下一刻，一队士兵手持长矛，将马车团团围住。

为首的士兵高声喝道："马车里的人给我下来！"

第十章 王朝因我兴替10

从递路引到被包围，这中间只隔了很短的时间。

侍卫长骑马跟在马车侧后方，从他的角度只看到马车里有人递了份路引出来，随后马车就被包围了。

一时间他脸色大变，以为是衡玉的身份暴露了。他冲手下们打了个手势，手也下意识地按在腰侧，计算着等会儿动手，要怎么带小姐杀出去。

为首的士兵似乎是察觉到了什么，眉心微蹙，下意识地握紧手中的长矛。

一时之间，城门处剑拔弩张，只要有团小火苗掉落进来，就能引爆一切。

突然，马车帘唰地一下被人挑起。

在众人的目光洗礼下，身穿锦衣的"少年"身手矫捷，从马车上跳下来，手中的折扇打开时，顺势在空中潇洒地比画了两下。

接收到暗号，侍卫长他们立马解除了警戒状态。

"这是什么情况？""少年"眼神茫然，一副处于状况之外的模样。突然之间，"少年"像是悟了，惊喜地转头看向马车里的胡云，赞叹道："胡兄，没想到你家在平城的威望如此大，你回到平城居然还有士兵接送！这真是太气派了！"

胡云："……"

为首的士兵无语一瞬，目光落在衡玉身上："州牧府办事，若你不是平城胡氏的人，就速速退去，以免伤及无辜。若你是平城胡氏的人，就随我们走一遭。"

衡玉愣住："什么情况？你们是来抓他的？"

她神色大变，扭头指着马车上的胡云，气得险些跳脚："官兵大哥，这家伙说我随他到平城后，他会把我引荐给并州牧，为此还收了我一箱金子！他怎么会……怎么会犯事呢？！你们是不是搞错了？他爹不是平城鼎鼎有名的胡半城吗？"

"什么胡半城、胡一城的，州牧事务繁忙，是什么闲杂人等都能见到的吗？"士兵不想搭理这个养尊处优的"少年"，越过衡玉走上前，强行将胡云从马车里拽出来。

"不行！"衡玉怒道，"你们不能带走他，这家伙欠了我一箱金子。如果你们硬要带他去州牧府，那我也要去见并州牧，求他给我讨个公道。"

"州牧是你能见到……"士兵一句话未说完，衡玉便道："我不缺钱，但我不能忍受自己被骗，如果能取回这箱金子，我愿意将它们全部献给州牧大人。"

士兵顿时愣住，欲言又止，半晌，摆手道："行，我会将此事禀告州牧，如果州牧愿意见你就再说。"

衡玉这才笑道："多谢这位官兵大哥。我到时候会住在平城最大的酒楼，你去那里找我肯定能找到。"

她又一拍掌，补充道："对了，我听闻州牧喜欢音律一道，在下正好格外精通音律，还寻到一把名琴。州牧大人视钱财如无物，不会贪图我的金子，但可以与我以音会友，想必此事能成一桩美谈。"

士兵顿时一副意味深长的表情：这家伙上道啊。州牧能因为一箱金子见她吗？不能。但以音会友可就不一样了。

他朝身后招了招手，就要将胡云带走。

胡云刚刚被衡玉秀（炫耀）了一脸，现在才想起来挣扎。

衡玉突然用力一扯他的袖子，不高兴道："你这家伙，给我在牢里安安静静等着，我定会想办法把你骗去的那箱金子要回来的。"

胡云被她拉得一趔趄，听懂她话中的暗示后，便放弃了挣扎。

小半刻钟后，城门口恢复平静，衡玉的商队也顺利进城，在城中最大的酒楼落脚。

胡家的事情闹得很大，衡玉在酒楼里稍稍打听一番，就知道了前因后果。

这件事说起来，居然与容家有几分关系。

容老将军坐镇边境十几年，能取得无数战功，除了他本身的领兵能力卓越外，还因为他培养出了一支强大的军队——容家军。

这支队伍由容老将军一手打造，虽然他从未刻意把这支军队培养成私兵，但不可否认的是，军队里很多将领都是容老将军一手提拔上去的。所以在容家出事后，军队里有不少将领都出现了更换调动。

这么一大块肥肉摆在这里，乐家人非常眼馋，于是他们派了一个叫乐成景的男人过来，想要让他进入容家军里掌权。

这个叫乐成景的人，能力还是有的，但贪财好色这些毛病也一样不落。

他来到平城后，接连在并州牧和容家军那里受挫，郁闷之下独自一人去酒楼里喝了些酒，酒醉之下，调戏了路过的胡家小姐，然后被胡家小姐身边的侍卫揍了个半死。

胡家小姐以为自己只是教训了个登徒子，并未在意此事。没想到第二日，他们全家就被以"与容家勾结"的罪名下了狱。

胡云现在回平城，正好自投罗网。

……

侍卫长的眼睛都要气红了，他愤愤地一拍桌面："乐家人居然也敢染指容家军，他们简直欺人太甚！"

"是欺人太甚了。"衡玉放下捧在手里的茶杯，幽幽道，"这个叫乐成景的，似乎是乐成言的堂弟吧？他既然敢来平城，那就让他把命留在这里吧。"

侍卫长被她的话吓了一跳，随后又兴奋起来："小姐，我们要出手吗？"

"当然不。"衡玉微笑，"说起来我还要谢谢乐家送来这么一个人。"

杀乐成景，施恩收服平城胡氏，以及把并州牧拉上她的"贼船"。

这三件事完全可以同时进行。

乐家人来得正好。

衡玉压住唇角的笑意："接下来我们就在城中耐心等待，看看并州牧会不会接见我。"

要想鱼能上钩，垂钓的人必然要多些耐心。

并州牧是个性情肃穆的中年人，治府严谨，最不喜欢府里人高声喧哗。所以，州牧府每每入夜后都十分安静，下人们在行走时都会刻意压低声音。

但今夜有些不同，州牧府西侧灯火通明，琴音靡靡，男女欢笑嬉闹的声音亦不绝于耳。

并州牧跪坐在桌案前，正点着蜡烛处理公文，耳边隐约能听到这些嘈杂声。

他凝视着公文半晌，实在看不进上面的文字，脸色慢慢变得铁青。

不多时，有人敲门进来，是他最信重的幕僚，幕僚道："州牧，乐成景想让您把胡氏女从狱中提出来，送到他的院子里。"

"他想做什么？"并州牧沉声问。

幕僚苦笑，心道：还能做什么？这不是明摆着的吗？

并州牧冷笑道："平城胡氏虽然没落了，但也是士族。现在罪名未定，他就敢染指士族女，乐家真是好生霸道啊。你去回他，此事不允，我容忍他栽赃胡氏已经是极限。"

幕僚跟随并州牧多年，很了解他的性子，并不奇怪他的处理方式。

只是……

幕僚忍不住轻叹："州牧，您能坐上如今的位置，离不开容老将军的提携，陛下本就对此颇为忌讳，若是再得罪了乐家，我怕乐家会从中作梗。"

到时候，州牧的位置就岌岌可危了。

并州牧凝视着面前跳动的烛火，声音冷肃："我已经退让，也已经示好了，但乐家似乎并不满足于此。"

再退让示好下去，到那时候，他到底是一州州牧，还是成了乐家一条听话的狗？

幕僚无力地苦笑，这件事还真是无解啊。

幕僚不想气氛再这么沉闷，换了个话题道："说起来，州牧有段时间没请周乐师过府弹琴了。"

"府中西侧的靡靡之音从未停过，我哪里还需要另外找人？"并州牧置气道，说完沉默片刻，才解释道，"周乐师近些日子染了风寒，不便过府弹琴。不过你提到弹琴一事，我倒是想起来前几日士兵上报的一件事。"

"是那位被欺骗了一箱金子的'少年'吗？"幕僚想到这件事也觉得好笑，打趣道，"州牧，您虽然不缺这一箱金子，但见见那位'少年'倒是无妨。"

并州牧平静地道："我觉得她的来历有些古怪，能随手拿出一箱金子，绝对不是普通人。你去打听打听她为什么会出现在平城，如果她的身份没有异常，倒是可以考虑一见。"

衡玉并不知道这位并州牧在跟幕僚谈论她，她现在正坐在酒楼里，抱着酒坛子，满脸委屈。

酒楼掌柜哪里见过如此清俊的"少年"？给"少年"送酒时，实在抑制不住好奇心，打听起她闷闷不乐的原因来。

衡玉抬手扶额，把"家中嫡子不受重用，父亲想要把家业传给庶兄"的故事删删改改地说了出来。

在掌柜问起她的身份时，衡玉轻叹："这样的丑事遮掩都来不及，我又怎么敢随随便便说出自己的身份？还好我外祖家势力很大，母亲能够护住我。"

掌柜表示理解，还很大方地送了衡玉一坛酒。

"平城的民风真是淳朴。"衡玉感动道。

掌柜顿时与有荣焉。

第二日，幕僚派人去查衡玉的身份。

看着桌案上的资料，幕僚神色复杂，迅速跟衡玉共情了：这位"少年"的境遇，居然与他如此相似。只是他外祖家早已没落，母亲没能护住他。

不过，虽然共情了，幕僚还是打算亲自去见见这位"少年"，试探下对方的来历和身份。

这天上午，衡玉在平城里四处走动，跟商铺掌柜打听价格，一副经商新手的模样。

"去去去，一边去，你打扰到我们开门做生意了。"这家的掌柜被问得烦了，直接挥手把衡玉赶了出去。

再一次无功而返，衡玉也不气恼，握着她的折扇继续往下一家商铺走去。

突然，身后有个中年男人轻笑道："小兄弟，经商可不是你这么做的。"

衡玉愣愣地转过身。

看清中年男人的模样时，她就知道第一条鱼顺利上钩了。

"不是这么做的？"衡玉苦恼道，"可我问起族中掌柜，他们就是这么教我的。"

幕僚心生怜悯，这个"少年"都没意识到她被族中掌柜戏耍了。不用多想，这肯定是"少年"的亲爹指使的，就为了不让"少年"做出名堂来。

于是幕僚的声音更温和了，提点了衡玉一二。

衡玉听得连连点头，眼睛亮得惊人。

幕僚是不承认自己是颜控的，但看着"少年"这副活泼的模样，他心下也高兴。

衡玉非常感激他，于是表示要请他吃饭，顺便请他多指点指点自己。

等这顿饭吃完，幕僚虽然还是不知道"少年"的身份，但从"少年"隐约透露出来的一些消息中，幕僚已经确定"少年"绝对出身清河的世家大族，她想求见并州牧，纯粹是希望并州牧给她的生意行个方便，以及出于年轻人对英雄的仰慕之情。

目送着幕僚心满意足地离开，衡玉用折扇敲击左手虎口。跟聪明人说话真好玩，她明明什么都没透露，聪明人却觉得自己什么都知道了。

看来最迟后天，她就能见到那位并州牧了。

回到酒楼，侍卫长过来向衡玉禀告，说已经打点好牢房里管事的人了。

衡玉点头表示自己知道了。

这段时间，衡玉虽然没出手把胡云从牢房里救出来，但她命侍卫长伪装成胡家亲戚，拿钱去打点牢头，让胡家人在牢房里能住得舒服些，不用遭什么罪。

"今日已经见到了想见的人，明日你随我出去采买东西。"在侍卫长离开前，衡玉吩咐道。

第二日上午，衡玉带着几个侍卫，用幕僚教的办法跟平城商铺的商家们交涉，在平城里晃了大半天，就买到了绝大多数想买的东西。

幕僚派去盯梢衡玉的人还没撤回来，当他收到下面人呈上来的情报后，幕僚就算极力压制，也还是忍不住露出微笑：这个"少年"还真是一点就通，资质过人啊。

"不知子修因何事高兴？"在旁边办公的并州牧眉梢一挑，好奇地问道。

听完幕僚的复述，并州牧摸了摸下巴，总觉得这整件事有几分凑巧。

他心下存了疑，也对那个"少年"起了几分探究的兴趣。

"她不是想进州牧府以音会友吗？就明日吧。"

淡淡的春光洒在庭院里。

并州牧坐在庭院的凉亭里喝酒打发时间。

隐约间外面传来府中下人的声音："'公子'里边请。"

并州牧偏头，顺势向院门方向看过去。

抱琴而入的"少年"逆着光，神情从容淡然。

一身墨色衣袍极其合身，袖口和领口各用银色丝线镶边，衣摆处有大片精致的竹纹样式。

玉佩挂在"少年"的腰间，在"少年"抱着古琴走动时，玉佩稳得几乎没有晃动。

这样沉稳有度的气质，与幕僚所说的"澄净明朗"完全不同。

"州牧大人。"来到凉亭下，衡玉俯身行礼。

"进来坐吧。"并州牧的声音冷淡而富有压迫力，"你我今日是以音会友，若是你弹奏的曲子不合我心意，接下来的事情就免谈。"

衡玉微微一笑："那在下就献丑了。"抱琴走进凉亭里坐下。

她垂下眼试音时，能感觉到对面的并州牧正在沉沉打量她。

衡玉全当他不存在，试好音后便垂眸抚琴。

琴音甫一出来，里面的铿锵之意便先发制人。

慢慢地，琴音越来越激昂。

当那股气势达到鼎盛时，琴音却突然急转直下，在落寞哀伤中终了一曲。

并州牧神情不变，不紧不慢地转动着手中的酒杯，问："这是什么曲子？"

衡玉的手还搭在琴弦上："这是在下自己谱写的曲子，名为《四面楚歌》。"

并州牧的眼睛微微眯起。这些年来他在战火中来去自如，又身居高位多载，一身气势非同凡响。

这股气势朝衡玉压迫而来，她却依旧淡定。

"你到底是什么人？"

衡玉终于轻笑道："是能助州牧解燃眉之急的人。"

"笑话！"并州牧冷笑道，"我乃陛下亲封的并州牧，谁能逼我入绝境？"

"因为逼你入绝境的，就是朝堂公卿，以及你口中的陛下。"院子里已经没有其他人，衡玉起身，右手压在桌角，身体微微前倾，"并州牧是寒门出身，年轻时几次立下军功，但由于你出身不高，军功几次被人截走，导致你一直得不到重用。后来容老将军巡视军营，查出此事后大怒，严惩了一干人等，并且重新计算你的军功。

"容老将军很看好你，在他关注你后，这朝堂上再也没有人能够打压你。

"我知道，州牧大人能走到今日，能力与地位定是相匹配的。但在这个寒门难以出头的世道里，州牧大人能说自己没承容老将军的恩情吗？

"就算你觉得没有，陛下和朝堂诸公可不是这么想的，他们想的是，州牧位置如此之高，怎么能让一介寒门窃居？他们想的是，州牧受过容老将军的恩惠，谁知道你是不是站在容家这一边的？"

并州牧紧紧盯着她，似乎是想透过她的伪装看清她隐藏的身份："你到底是什么人？"

衡玉放松下来，重新坐回原位："就怕州牧大人知道我的身份后会坐立难安，倒不如难得糊涂。"

她这番话，其实已经差不多表明了自己的身份。

并州牧不是陈虎，也不是胡云。天下共分十三州，他能从一介寒门起步，到单独执掌一州，这已经说明并州牧的心性和能力。

如今她与并州牧地位悬殊，衡玉不会自不量力地收服并州牧，她现在想的只是与并州牧合作，把他拉上她的"贼船"，所以坦诚一些并无坏处。

并州牧说："你就不怕我杀了你，去向陛下邀功吗？"

"杀了我，并不能改变州牧当下的处境。但杀了乐成景可以。"

并州牧眼睛微微眯起，问："你什么意思？"

衡玉献上了乐成景必死的理由："如果匈奴人胆大包天潜入平城，刺杀乐成景成功，州牧大人觉得，在边境这么不安定的情况下，陛下和朝中大臣们敢随随便便更换州牧吗？他们已经废掉了容家，再废掉你，他们要用谁去领兵对抗匈奴呢？"

并州牧不语。

许久后，他轻轻微笑道："你憎恨乐家人，想借我的手杀掉乐成景。如此一来，你也能握住我的把柄，让我庇护你。不得不说，这可真是个一石二鸟的计划。"

顿了顿，并州牧抬手拍了拍额头："我倒是忘了胡家。什么一箱金子，都是假的吧？你与胡云交好，等乐成景身死，胡家人必然会被释放，到时候你还能再得到胡家的忠诚。"

他鼓起掌来："这番计策一石三鸟，精彩，太精彩了，难怪你能轻而易举就糊弄了我的幕僚。"

只从只言片语中，并州牧就成功推测出一切来。

衡玉平静道："我是为州牧献策而来，州牧若觉得我说得不对，也可以不用。"

"你想要什么？"

"暂时只是希望州牧为我行个方便。日后的事，日后再说。"

并州牧垂眸转动拇指上的扳指，道："你的话我会考虑。"

"那在下就告辞了。"衡玉从石凳上起身，再行一礼，弯腰抱起自己的琴离去。

刚走下凉亭，身后又传来并州牧的声音："城郊黄石山坡，那里有座无碑孤坟，里面葬着位无名英雄。"

衡玉脚步顿住，下意识地深吸了口气。

沉默片刻，她还是问道："这位英雄是如何死去的？"

"双腿被挑去脚筋，又被大火焚烧而亡。"

衡玉迈步离去："原来如此。"

乐家和贺家所有参与此事的人都该死！

一刻钟后，处理完公务的幕僚急匆匆地走进院子。

瞧见院子里只有并州牧一个人，幕僚微讶："那位小友这么快就走了？"

看着幕僚依旧对"少年"信任、怜悯，并州牧翻了个白眼，道："难不成还要留饭？"

出了州牧府，绕过一个拐角，衡玉便看到了停靠在那里的马车。

这辆马车是专门过来接她的。衡玉走上马车，将古琴摆在身侧，身体微微往后一倒，倚着马车壁闭目养神。

此行的目的差不多都达成了，接下来就看并州牧如何做了。

还有……

城郊黄石山坡吗？她的小叔容宁就葬在那里啊。

生前功勋无数，死后不敢立碑。

马车慢悠悠地碾过路面，最后停靠在酒楼前。衡玉掀开马车帘，才下马车，就听到陈虎在用他那特有的大嗓门吼道："爷爷我打的就是你！"

"你知不知道我是谁！"另一人气急败坏地骂道。

"不是说了吗？你是我孙子。"陈虎不屑道，"在大庭广众之下调戏姑娘，她不从，你居然还要杀了她的婢女、毁掉她的脸，管你是士族还是什么人，都该打。"

另一人哀号两声，应该是被打中了，他终于顾不上面子，吼道："你完了！等会儿我就调兵过来围住酒楼，让你和你的同伙全部插翅难逃。"

陈虎蒙了，下意识地停住手中的动作。

理智慢慢恢复，他低头看了下自己的拳头，再看看被他揍了几拳的男人，小心翼翼地问旁边围观的人："他是什么人？"

在他人开口回答之前，人群外先传来一阵悠然的笑声："这种败类，你心有意气难平，想揍就揍吧，管他是什么人。"

酒楼里众人哗然，纷纷扭头往后看，下意识地让出一条路来。

衡玉走进人群里面，打量那被揍了几拳的男人。

男人捂着左眼，阴沉着脸盯着陈虎，目光中带着毫不掩饰的杀意。

他又偏过头，深深瞧了衡玉一眼，似乎是要记住她的容貌。

"不妨告诉你们，我出身清河乐氏，名为乐成景。你们就在酒楼里给我等着，半个时辰后，我派兵过来将你们全部拿下。"

"他就是那个将胡家全部下狱的人？"

"这些人惹到乐成景，怕是要有麻烦了。"

"居然敢直接调兵，这乐家到底是什么来头？州牧大人都坐视不理吗？"

……

周围窃窃私语声不绝于耳。

突然，所有的私语声都消失不见了，整个酒楼窒息一般安静。

因此乐成景摔在地上时发出的声音非常清晰，在酒楼里久久地回响。

衡玉一琴抡过去，直接把乐成景抡倒了。

她心疼地瞧了眼琴，出声打破周围窒息般的沉默："这把古琴举世难寻，刚刚用来砸你，估计已让它受损。你必须赔我黄金十万两，不然今日别想走出这扇门。"

第十二章 王朝因我兴替12

衡玉话中的信息量太大了，围观众人纷纷呆愣。

见过敲诈的，没见过敲诈得这么嚣张、这么明目张胆的。这"少年"到底是什么来头？难道他不知道清河乐氏意味着什么吗？

乐成景已经被砸蒙了，捂着自己的腰缓了好一会儿，才慢慢反应过来现在到底是什么状况。

他想从地上起身，但尝试了几次都觉得身体脱力，这让他越发暴跳如雷："混账东西，你不知道我是谁吗！在我的眼皮子底下也敢喊贼捉贼！"

衡玉神情平静，语气里的讥讽却丝毫没有遮掩："知道啊。看到你这么嚣张，我还以为是那几个大门阀的人，没想到是靠裙带关系起家的乐家啊。"

"你！"乐成景怒目而视。

衡玉侧头，朝陈虎递了个眼神："没受伤吧？"

陈虎立马抬手捂住胳膊，哀号出声："大……公子，我的胳膊好像脱臼了，可能是刚刚揍人的时候太用力了。"

衡玉脸色一沉，对乐成景说："再加一万两医药费。"

乐成景的脸色比她的更沉，恨不得要将她生吞活剥："敢敲诈我的人，绝对见不到明天的太阳！你就嚣张吧，因为这是你最后的嚣张机会了！"

"这琴举着真累。"衡玉随手将琴砸向乐成景的胸口，用他的胸口支着琴，她身体的大半重量都压在琴上，乐成景险些被她压得吐血，"你刚刚说什么来着？我没听清，再说一遍。"

这漫不经心又无所畏惧的语调，简直把乐成景气得火冒三丈。

自从堂姐成为贵妃以来，他哪里受到过这种屈辱？待他的手下们赶来，他定要让这小子付出代价。

"你去搜身，他身上估计带着银票。"衡玉对陈虎说。

陈虎应声，弯腰在乐成景的身上搜起来。

乐成景气得要挣扎，衡玉手腕一动，更用力地用琴压迫他的胸口，逼得他无法动弹，只能红着眼看着陈虎从他身上搜走三万两银票。

在陈虎乐呵呵看着那三万两银票时，衡玉垂眸，冷冰冰地凝视着乐成景，眼前隐约浮现出小叔死前的惨状。他那时双腿废掉，在火场里一点点挣扎，却怎么也爬不出火场，该是何等绝望！

想到这，衡玉慢慢收起琴。

乐成景的眼里浮现出劫后重生的庆幸来。

可就在下一刻，琴身被人用尽全力抢下来，狠狠砸在乐成景的胸口上。

琴身四分五裂。

惨叫声震天，乐成景疼得脸色苍白，险些一口气没上来昏死过去。

众人目瞪口呆。

衡玉手一松，将残琴随手扔到一旁，吩咐陈虎："把他扔出酒楼。"

她转过身，看向大冬天里吓出满脸冷汗的掌柜，轻轻颔首，先对方一步开口道："掌柜放心，酒楼的损失我会赔付，一刻钟内我们会全部离开。"

掌柜用袖子擦擦额上的冷汗，赔笑道："多谢'公子'体恤。"

"不必如此，是我们给你添了麻烦。"衡玉说，迅速对侍卫长他们吩咐下去，"收拾好东西，即刻出城。商队里人多货多，对方要动手脚太过容易了。"

他们的行李不多，收拾起来很快，侍卫长担忧的是另一件事："'少爷'，我们离开时，会不会被平城的士兵拦截？"

"放心吧，不会的。"衡玉肯定道。

她做事之前，素来喜欢先给自己留后路。

并州牧已经忍乐成景很久了，接下来不必再忍下去，并州牧会帮她遮掩的。

"那就好。"侍卫长松了口气，非常信任衡玉的判断。

只是侍卫长的目光移到陈虎身上，还是忍不住有些恼怒道："我们在平城毫无根基，你这般鲁莽行事，知道会带来怎样严重的后果吗？"

陈虎在心里嘀咕：这不是没造成什么严重后果吗？

但对上侍卫长的视线，陈虎头一缩，也有些怂。

好吧，如果不是大当家比他更狠，也兜得住这一切的话，他今日的行为绝对会给山寨惹来大祸。

陈虎看向衡玉，讪讪道："大当家，这件事是我错了，我不应该一时愤怒，但那个叫乐成景的畜生实在是太气人了。"

侍卫长声音悲愤："我只会比你更恨乐成景那个畜生，但我必须要先顾忌'少爷'

和大家的安危。"

被侍卫长这么一说，陈虎脸上越发挂不住。

尴尬慢慢蔓延开，衡玉突然轻笑道："你们二人的话都有道理。陈虎，就事论事，侍卫长说得没错，你不应该鲁莽行事，不考虑大家的安危。"

在陈虎手足无措前，衡玉慢悠悠补充道："但是——你也不必向我道歉，你并没有做错什么，你是在伸张正义。只是以后要多注意行事的分寸，务必在确保安全的前提下行动。"

陈虎微愣。

不知道为什么，侍卫长那样指责他，只会让他心中不忿。

而大当家这么理解他，却让他下意识地反省了自己的鲁莽。

"……可我给您惹了很大的麻烦。"

"是吗？刚刚我惹的麻烦可比你大多了。我并非不分青红皂白之人，对就是对，错就是错，如果因此遭了报复，错的人也不是你，而是乐成景。你不必因此自责，这些小事我还是兜得住的。"

衡玉很乐意维护身边人的是非正义观，她在不同的时空里穿梭，是为了改变一些东西，而不是为了被改变。

所以她告诉陈虎他没做错。

陈虎突然眼眶发热，感觉喉咙里堵着东西，他几乎要哽咽出声。

队伍昨天就已经把需要的东西采买完了，收拾好行李后，衡玉一行人驾着马车朝城门驶去。

他们的速度并不快，来到城门处时，乐成景的两个下人已经赶到城门，堵在这里。

衡玉这样的容貌和气质，在这小小的平城太突出了。两个下人虽然没见过她，但凭着容貌和气质就将她认了出来，趾高气扬地指使起守门的士兵："你们快上去把他们拦下来，捉拿下狱！"

守门士兵问："州牧大人的手令呢？"

下人愣住："什么手令？"

守门士兵翻白眼："没有手令，你们凭什么调动我们？滚滚滚，别站在这里妨碍我们办事。"

像是赶苍蝇般把乐家的两个下人赶到一边，守门士兵直接让衡玉他们过去了。

衡玉坐在马车边上，悠闲地望着这一幕，轻笑着朝守门士兵抱拳。

商队离开平城足有一里地，衡玉将陈虎和侍卫长他们喊来。

她先对侍卫长说："等会儿陪我去个地方。"又转头看向陈虎，"让你自己带队回山寨，能做到吗？"

陈虎拍着胸脯保证："大当家放心，只要我陈虎还有一口气在，就会护着队伍顺利回去的。"

他们买的粮食、春种什么的，可全都在马车上，这关系到寨中人的生存。

衡玉点头："那就好，我就当你在下军令状了。完成不了，可是要以死谢罪的。"她随口给陈虎灌输了些军队的理念。

陈虎郑重点头，又问："大当家暂时不回去吗？"

她就这么一走了之，到时候乐成景死了，估计会有不少人怀疑是她杀的。

这样一来，她和并州牧的计划就要落空了。

简单交代完事情后，衡玉和侍卫长各牵了一匹马离开队伍。

辨别清楚方向，衡玉纵马朝黄石山坡而去。

黄石山坡是个坡度不高的小山坡，这里是平城普通百姓安葬家人的地方。

策马行至山坡下，衡玉翻身下马，牵着马缰慢慢往山坡上走。

这里遍布着坟墓，墓前都刻着墓碑，只是扫一眼，衡玉就知道它们不是自己要找的。

侍卫长跟着衡玉，一开始他还不清楚衡玉的用意，但慢慢地，他好像悟了什么，脸色唰地一下变得苍白。

两人一言不发，就这么沉默地往山坡上走。

在快要登顶时，衡玉终于在山坡角落看到一座无碑孤坟。

孤坟安安静静地立在那里，小小一个土包，几乎要让人疑心：那个曾经顶天立地的青年躺在里面会不会觉得逼仄？

现在正是春暖花开的时候，土包上有杂草横生，也有野花在恣意绽放。

"我们过去吧。"衡玉温声道，牵着马绕过乱石横亘的路面，走到孤坟前。

她蹲下来，从包袱里取出一坛酒，掀开酒盖后拿到鼻下闻了闻，确定味道不错后，将它慢慢倾倒在坟前。

"来得有些匆忙，只是带了酒和香烛、香纸，也没带个碑过来。不过我想，以小叔你旷达的心性，应该是不会介意的。"

侍卫长喉咙有些哽咽："小姐，把我的剑立在这里吧。这是容家军特制的佩剑，将军看到后，会寻到回来的路的。"只有孤魂野鬼才没有碑啊。

"……也好。"

衡玉取出香烛和香纸，打了火折子点燃它们。

凝视着香纸一点点化为灰烬，衡玉脑海里浮现出对容宁的印象来。

其实她跟容宁的接触不算多。叔侄俩相差十岁，从她记事起，容宁就一直在前线。

他从小在北境长大，十四岁就随着父兄上了战场，十六岁时以计破围剿，自此声名大噪。

他对战局的把控、对战略的精通程度，都不输很多沙场老将。

二十岁那年，容老将军精挑细选，翻阅无数典籍，为他取字"将卿"，对他寄予了无尽期许。

除了弓马娴熟外，容宁的画技也是一绝。他曾经绘制过一幅《北方风光图》送给容皇后当寿礼，这幅画一出，有不少世家子弟携重金登门，只为求容宁的一幅画。

当年他大胜而归，鲜衣怒马入洛城，不知入了多少士族少女的春闺美梦。

就是这样的人，却落得这样悲惨的下场，背负上这样可耻的污名。

"容家之祸，到底是乐家和贺家为主谋，还是说乐家和贺家只是把刀，真正的主谋是雍宁帝？"衡玉自语，"小叔，你给我留下什么证据了吗？如果有最好，如果没有也没关系，我会一一调查清楚的，所有参与其中的人都逃不掉。"

春风过境，吹得香纸灰烬四下飘散开。

衡玉慢慢地从地上起身，摘下一捧野花，尽数撒在坟前。

静立许久，她抬手理了理鬓角凌乱的发。

"我们回去吧。"

第十三章

王朝因我兴替 13

日暮时分，灼艳的晚霞铺满天际。

这时候已经快到关城门的时间了，为首的士兵正指挥着手下。远远听到马蹄声，他侧头眺望。

几息之后，骏马和马背上的人都映入士兵眼帘。

士兵认出衡玉来，微微一愣，好奇道："你不是随你的商队离开了吗？"

衡玉翻身下马，松开缰绳，胡乱给了个不甘心就这么灰溜溜逃走的理由，而且——

"他只给了我手下的医药费，那黄金十万两的赔偿还没给，我为了钱返回平城，这不过分吧？"衡玉轻笑，缓缓垂下眼睑，敛去眼里漫不经心的杀意。

半个时辰后，并州牧刚用过晚膳，就听下面的人回禀说衡玉回平城了。

并州牧眉梢微挑，在这种情况下回城，容家还真是后继有人啊。她回来了也好，如此一来，下面的戏才能够继续唱下去。

因为衡玉惹了事，各个酒楼都不愿让衡玉住下，直到衡玉付了三倍房钱，还承诺会赔付酒楼的所有损失，这才有酒楼愿意让她住下。

接下来的两天时间，衡玉一直在平城街头晃悠。

买折扇，玩玉石，赏字画，一副张扬、毫不畏惧被报复的模样。

这天上午，衡玉买了一袋栗子，一路上吃着栗子走回酒楼。

左脚刚迈进酒楼，她便听到有客人在高声交谈："你们听说了吗？今儿早上有几个身材魁梧的匈奴人进了，还在城门口跟士兵发生了冲突，把好几个士兵都打伤了。"

并州地处边境，匈奴人出现在平城不算多稀奇，但是居然敢这么嚣张，这未免也太过分了些。

一时间，酒楼里人人义愤填膺，讨伐之声不绝于耳。

衡玉不小心将栗子捏碎了，有些可惜地拍掉碎屑，重新剥了一颗扔进嘴里。匈奴人啊，并州牧终于要动手了。

她正想着这件事，耳边突然传来一道凌厉的破空声。

衡玉往后压下身子，险险避开这一道攻击，顺势解下腰间长剑，用沉重的剑鞘向前砸去。

穿着护卫服装的男人避开第一道攻击，调整重心时，被衡玉一脚踹翻在地。

她用力踩在对方身上，回头看向门外——

两米之外，四个同样穿着护卫服装的人围堵在门口。他们似乎没想到她能解决得如此利落，脸上的表情有些呆怔。

衡玉侧头，扫了不远处的侍卫长一眼。

侍卫长会意。

小半刻钟后，五个护卫一块儿躺在地上哀号。

衡玉站在酒楼门口，两手抱臂俯视着他们，冷然道："你们回去告诉乐成景，不要只派下人过来，让他亲自来找我。

"对了，过来找我的时候记得一定要带足人手，免得又被我揍回去，让清河乐氏在平城彻底成为一个笑话。"

安静的州牧府里突然传出愤怒的咆哮声。

咆哮声过后，又是一阵砸东西的噼里啪啦声。

乐成景躺在软榻上，气得眼睛通红。

他两只手紧紧攥着被面，余光扫见自己还在作痛的左腿时，心中杀意更是激增。

"那人到底是什么来历？居然敢如此嚣张，不惧怕清河乐氏，身边还有个武艺如此高强的侍卫。"

"回少爷，属下去找守门的士兵打听了，他们说……他们说……"

"说什么？！"

"他们说没有并州牧的手令，这些事情无可奉告。"

乐成景心中的愤怒几乎达到顶峰："并州牧是觉得，连一个'少年'都能如此欺辱我，所以就不把我和乐家放在眼里了是吗？"

之前并州牧对他的要求，虽然不能说是完全满足，但也不会狠狠落他的面子。但这两天他几乎是处处碰壁。

"好，好啊，那我就先解决了那个'少年'，再处理并州牧。"乐成景的声音慢慢阴森起来，"你们明日给我点足三十个武艺高强的侍卫，不管那小子是什么来历，我要直接废掉她。"

第二日上午，乐成景坐在马车里，三十多个人护卫在他身侧，一行人浩浩荡荡地朝酒楼杀去。

州牧府的地理位置有些偏，从州牧府去往闹市，会经过一条不够宽的巷子。

马车直行，侍卫护在身边，就将巷子占了大半。

这时候，有几个身材魁梧、匈奴人打扮的男人走进巷子里，恰好拦住了马车的去路。

乐成景的人横行霸道惯了，瞧见这种情况，当即喝令那几个匈奴人退出去。几个匈奴人大概是不想惹事，闻言互相对视一眼，乖乖往后退出了巷子，把路让出来给马车通行。

退到巷子口时，一个匈奴人怀里的香囊不小心掉落到地上。眼看着马车车轮就要碾上去，他用带着口音的汉话高喊了一句："停下来！"

这声音极为凄厉，街道上的行人纷纷朝巷子口望来。

马车夫听到后，反倒催促着马匹加快速度往前走，面带嘲讽，似乎在说你是什么身份，也值得我们为你耽搁时间？

下一刻，一道剑光以迅雷不及掩耳之势闪了过来。

同一时刻，另外几个匈奴人如同早就有所准备一般，快步上前，在那些侍卫还没反应过来时迅速动手。

浓稠的血腥味蔓延开，惨叫声在巷子口响起。其间有路人鼓足勇气过来瞧上一眼，却险些被吓得魂飞魄散，尖叫着"杀人了"，随后迅速往人群方向跑去。

惊慌蔓延开来，不少百姓往外跑去。

只有一个戴着黑色幕篱的人逆着人流，慢悠悠地朝巷子口走去。

她走到时，巷子里的打斗正好接近尾声，只有被粗暴地从马车里拽下来的乐成景仍活着。

"好汉饶命，好汉饶命！"乐成景被满地血腥吓了一跳，双腿瘫软，险些直接倒在地面上，冷汗从他的额上滑落下来，后背湿了一圈，"刚刚是我的仆人冒犯了你们，现在他们已经死了，你们可以消消气了吧？"

他见对方不语，迭声喊道："我给你们钱，我给你们钱啊！求求你们不要杀我！"

"你的仆人冒犯了他们就要死，"衡玉抬手，用修长白皙的手指慢悠悠地撩开遮挡住她容貌的幕篱，"那你乐家害得容家满门覆灭，又该以何等酷刑身死，才能告慰英魂？"

乐成景一愣，脸色剧变："容、容……是你！你居然活着还到了平城！"

衡玉抽出袖间匕首，在乐成景身前蹲下。

匕首出鞘，其上刻着"将卿"的字样。这是并州牧交还给她的，是她小叔的遗物。

衡玉将匕首刺向乐成景。

衡玉垂眸扫了一眼被鲜血染红的匕首，低声讥讽道："爬出去吧，往巷子外爬吧，也许这样，还会有一线生机。"

乐成景抬手捂着自己的脖子，似乎想要阻止血液的流出。他疼得脸上涕泪横流，连往巷子口爬的力气和勇气都没有。

在他失去意识之前，他听到上方传来一道讥讽的笑声——

"原来你们乐家人也知道害怕啊。"

等到从巷子里出来时，衡玉已然变回了清雅温文的贵公子。

朝集市里走去时，她还听到有人在惊慌大喊："不好啦不好啦，匈奴人当街杀人了！快来人啊，快去喊士兵过来！"

"什么？！"

"匈奴人居然敢当街杀人？！"

……

街道四周不时传出惊呼之声。

就在人心惶惶时，又有流言传开——

那被匈奴人杀死的不是别人，正是出身清河乐氏的乐成景。对方嚣张跋扈，不慎惹怒了匈奴人，没想到碰到了硬茬。

那几个匈奴人的武功非常高强，将乐成景和他的侍卫们都解决掉了，每个人的死状都很凄惨。

消息传回州牧府，乐成景的管家吓得连忙跑去找并州牧，请他出兵在全城搜查那几个匈奴人，尽快将他们都抓回来。

"还有那个打伤我们家少爷的'少年'，如果不是她几次三番挑衅，我们家少爷怎么会在伤未痊愈的情况下就出门？"乐成景的管家哭得上气不接下气，"州牧大人，请您立即派兵前去福来客栈，将那个'少年'捉拿下狱，好给我们老爷和乐家一个交代啊。"

并州牧像是听到什么笑话一样，反问道："给你们一个交代？乐家算什么？不过是陛下豢养的一条会咬人的狗罢了，你一个下人居然也敢问我要交代？"

话音落下，并州牧腰间长剑出鞘。

寒芒转瞬即逝，管家捂着喉咙惊恐倒地。

幕僚听到动静，急匆匆地从外面绕过屏风走进来。

并州牧垂眸，用手帕擦拭着长剑，而后将手帕扔到地上，对幕僚说："此人也死于匈奴人之手。"

幕僚知道该如何处理了。

"既然乐成景已死，那关押在牢房里的胡家人就全部释放吧。他们一家人没有犯罪，还占了一堆牢房，我们牢房的死囚都快要没地方关押了。"并州牧又补充道。

那人既然想让胡家为她所用，那他就送个顺水人情吧。

"匈奴人当街杀人"的消息迅速传遍了整个平城，并州牧迅速下令，调动他手底下最精锐的部队巡视街道，维持平城的秩序。

有这些身穿轻甲的士兵巡视街道，百姓们的担忧减轻了不少。

另一边，衡玉穿着一身墨色长衫，安静地站在门可罗雀的胡府门前。

大概等了有一刻钟，安静的巷子里突然传来一阵脚步声。

胡云走在队伍最前方，时不时朝四周张望，似乎是在找什么人。当他的视线定格在衡玉身上时，胡云的眸光瞬间亮了起来。

"我就知道此事与大……'公子'有关。"

衡玉微微一笑道："与胡兄相识一场，总不能见死不救。"

衡玉看重胡家，是想借用胡家在平城的根基和人手，以及胡云在天师道的人脉搭建一条商路。

如今大世家基本都盘踞在南方，天下的财富，十之九成都藏匿在世家手里。她想要聚拢天下财富，肯定要努力拿下南方市场。

只有搭建一条贯穿南北的商路，她制出的香料、胭脂水粉、白糖，甚至是茶叶、葡萄酒等物，才能从龙伏山脉运往南方各处销售。

所以在此之前，衡玉需要先让胡家为她所用。

这其实是一件再简单不过的事情。

胡家最想要什么，给他们就是了。

胡家曾经是平城第一大世家，现在家业衰败，成了最末流的世家。胡家家主最想要的，就是重现祖上的荣光，让胡家重新回到平城第一流世家的行列。

在胡家休息了一夜，第二天上午，衡玉请胡云取来一匣子糖粉。

等胡云取来糖粉后，衡玉做了个简单的过滤装置，将黄泥放在中间，再把一匣子褐色的糖粉倒进里面。

还没等胡云感到心疼，他就看到，糖粉漏下来时，居然变得洁白如雪！

衡玉用勺子取了一小指甲盖大小的白糖，递到胡云面前，示意他仔细看。

"如今糖粉价格居高不下，只是因为制糖工艺落后，限制了糖粉的产量。我有一法可以改进制糖工艺，让糖粉产量大增。再用这种简单的装置，就能把褐色的蔗糖变为白糖。

"胡家经商，胡兄也并非不识人间疾苦之人，应该知道这个法子到底有多赚钱。

"除此之外，我还可以制作胭脂水粉，制作香料，改进茶叶……凭着这一样样奇珍，聚拢天下之财并非难事。"

衡玉轻笑，与心头激动的胡云对视："如果胡家负责掌控这条售卖途径，绝对能借此成为无数世家的座上宾，重振门楣只需短短数载时间。"

"大当家，"胡云抬手抹了把脸，努力让自己冷静下来，"大当家想要什么？"

"我们的利益是一致的。"

日光洒在衡玉的侧脸上，她的声音平静从容。

"你们负责打通商路和销售途径，我负责源源不断地制出新鲜玩意儿，利润分一成给你们。"

这个利润分成并不算多，但胡云不是目光短浅的人，利润只是最基本的好处。

"还有，当日我应允你的，助你成为天师道祭酒一事依旧作数。我明日带你去州牧府拜见并州牧，他会给予你一定的帮助。"

胡云张了张嘴，只觉喉咙干涩。

胡家几代人心心念念的目标，在大当家口中，居然这么轻飘飘地就能达成。

关键是，她有这个底气！

这才过了多久，大当家不仅救出了胡家，还能自由进出州牧府。

深深吸了口气，胡云勉强压下心头的激动。

他垂眸整理了下自己的袖子，两手交叠于身前，缓缓俯身行了一个大礼："我的回应一如当日，接下来，就要麻烦大当家了。"

衡玉不知道胡云是怎么跟家人沟通的，但没过多久，她在胡家的待遇越发好了。胡家家主都舍不得用的东西，直接大方地送来给她。

这是胡家在向她示好，所以衡玉也没客气。

用过早膳，衡玉随胡云坐上马车，直奔州牧府，在练武场见到了身穿常服的并州牧，以及那位早已被她忽悠傻了的张幕僚。

衡玉笑着与张幕僚打了声招呼："原来先生是州牧府上的人，难怪三言两语便拨云见日，令我茅塞顿开。"

谁不喜欢听吹捧的话啊？

关键是这个"少年"还吹捧得如此诚恳。

张幕僚险些压不住唇角的笑意："小'公子'客气了，那日的话对你有帮助就好。前段时间我听说小'公子'与乐成景起了冲突，还为小'公子'担心了一番。"

两人在这边叙旧时，并州牧在一旁抬手扶额。张幕僚是他最器重的手下，跟随他几十年，一向老成持重，怎么到现在都没发现容衡玉身上的违和之处？

如果衡玉听到这个问题，她一定会好好为并州牧解惑。

说白了，就是先入为主惹的祸。

张幕僚觉得她是个温良纯善的少年，哪怕后来她身上出现违和之处，张幕僚也会靠着自己的"脑补"自圆其说。

只能说，聪明人爱"脑补"也是有坏处的，因为他们总是太过相信自己的判断。

"先生在经商一事上如此有天分，在州牧府当幕僚着实不能将您的才华发挥得淋漓尽致。不知先生可愿意随我一起打造出一条贯通南北的商路？"并州牧一晃神的工夫，衡玉就开始当面挖墙脚了。

张幕僚眼前一亮，笑得眉眼舒展："小'公子'客气了，老夫哪里有什么经商才能？当时只是与你随口说说罢了。"

衡玉摆手："先生不必如此自谦。"

并州牧额角一跳，急忙道："好了，我们言归正传吧，我还有其他公务要处理。"

乐成景之死闹得非常大，他这几天都在忙着扫尾。

衡玉正色，直接说明自己的来意：希望在胡家和胡云行事时，并州牧这边能够行个方便，她愿意将利润的五成分给并州牧。

并州牧一一应了："如果胡家遇到什么为难之事，直接寻张幕僚帮忙吧。如果张幕僚处理不了，我再看情况插手。"

与其再让容衡玉当着他的面挖墙脚，倒不如主动让张幕僚辛苦一点吧。

反正张幕僚看起来挺乐意的。

谈完正事，并州牧屏退众人，单独将衡玉留在练武场。

他安静地转动着拇指上佩戴的扳指，探究的目光落在衡玉身上，却始终没有说话。

衡玉任由他打量，心中推测道：谈完正事，州牧大人还让我留下来，定然是要与我谈论私事。我与州牧大人没有任何私交，他要谈论的私事怕是与我祖父和小叔有关。

并州牧叹息一声，挪开视线，眺望远处的扬尘，幽幽道："有些事，我原本是想让它们彻底烂在岁月里的。"

衡玉心下一沉，知道自己没猜错，便道："原本？看来是我让州牧改变了主意。"

"你收服胡家，组建商路，所图绝对不小。容老将军于我有恩，将卿与我为知己，看在容家的分儿上，我不会去探究你图的到底是什么，并且会在力所能及的范围内给予你一些方便。

"这段时间里，你几番行事都非常有分寸，所以，我决定将一些事情告诉你，至于如何决断，你自己思量吧。"

衡玉的背脊下意识地绷紧，双唇也不自觉地抿起。

去年，乐家和贺家的人赶来并州调查消息。

没过多久，容老将军羞愤自尽、容宁死于大火的消息就传回帝都了。

但其中有没有隐情，衡玉并不清楚。

并州牧深吸一口气，道："有些事情，我也是事后才知道的。你祖父他……的确是自尽，以他这些年立下的赫赫战功，除了他自己，没有人能够轻易要了他的性命。"

衡玉脸色微变："祖父他……所以真正的幕后黑手，从始至终都是雍宁帝，对吧？"

乐家也好，贺家也罢，都是帝王手中滥杀功臣的刀。

她祖父自尽，怕是清楚自己威望过重，帝王绝对容不下他，所以他想要用自己的死来换取帝王的最后一丝悲悯之心，以保住家人的性命。

"祖父太傻了。"衡玉轻声道。

家族的荣辱，怎么能寄托于帝王的良心？

并州牧轻叹："那你祖父要怎么做呢？以十万容家军拥兵自重吗？"他深深地凝视着衡玉，"你祖父的一生，都烙下了雍朝臣子的痕迹。现在雍朝气数未尽，容家军里有效忠你祖父的人，也有心向陛下的人，他拥兵自重，无异于自掘坟墓。"

衡玉一时沉默。

因为她知道并州牧说的是对的。

这是个皇权至上的时代，推崇的是"君要臣死，臣不得不死"。

她祖父一生都深受这种思想的熏陶。衡玉有着远超时代的眼光，这让她一直蔑视皇权和君主。但她不能以此来鄙夷这个时代的豪杰，也不会因此凌驾于他们之上。

"其实以你祖父对陛下的了解，他的死，的确可以暂时保全容家。"

并州牧的声音无奈又悲愤。

"但他忘记了乐家和贺家。乐家和贺家野心勃勃地想要上位，又害怕日后你小叔会报复他们，所以干脆一不做二不休，在你祖父自尽后对你小叔痛下杀手。

"错误已经铸成，陛下干脆将错就错。"

所以事态几经演变，有人为了收拢军权，有人为了家族富贵……

每个人都想得到些什么。

而他们的得到，全部建立在容家的覆灭之上。

"雍宁帝，乐家，贺家。我都知道了。"

衡玉的回应散落在风里，平静得恍若暴风雨来临前的暂时宁静。

原来如此啊，这就是容家覆灭的所有真相。从来都没什么主谋次谋，所有参与此事的人，他们的手上都沾满了容家的血泪。

从州牧府离开后，衡玉安静地倚着马车壁。

在马车快要到胡府时，衡玉突然开口：

"后日我就要回山寨了，我已经将大方向安排妥当，具体要如何行事，你自己慢慢摸索。

"对了，我托你搜寻的黄瓜、甘蔗、葡萄等蔬果的种子，你寻到后派人直接送来给我。"

这些种子早已从西域传进来，但一直没有推广种植，只是在世家手里小范围保存着。等南北商道打通，以天师道在士族中的影响力，应该能比较轻松地收集到这些东西。

两日后，衡玉与侍卫长离开平城，策马赶回山寨。

在衡玉赶路时，乐成景的死讯终于被快马加鞭送到了帝都。

乐家家主得知消息后，脸色唰地一下惨白，身体连着晃了好几下，扶着桌角才勉强站稳。

"完了，完了……"他喃喃自语，心中大痛！

他们乐家嫡系一脉就只有三个孩子，除了已经进宫的乐贵妃外，他的亲生儿子乐成言早就废了，现在侄子也惨遭横祸，他拼死拼活挣下来的家业岂不是要便宜了庶出的人？

念及此，乐家家主就觉得心如刀绞。

缓了许久，乐家家主拖着沉重的双腿去找乐成言。

"匈奴人？"乐成言瘫在轮椅上。

他四肢都已废掉，明明只有三十多岁，整个人看起来却比乐家家主还要衰老，眉间带着深深的褶痕，是常年蹙眉发怒留下的痕迹。

"匈奴人怎么会突然杀景弟？爹，这里面会不会是容氏女在动手脚？"乐成言猜测道。

"那容氏女怎么可能有这个能耐？而且根据我们搜集来的情报，容氏女更有可能逃往了南方，不会出现在并州。"

乐家家主现在已经平静下来，他疲倦地长叹一口气。

"我看了并州牧的来信，里面详细介绍了事情的来龙去脉，的确是一场意外。"

乐成言恨恨地咬牙道："如果涉及匈奴，那并州牧暂时就不能动了。"

"也罢，暂时留着他吧。"乐家家主摇头，又看向乐成言，"你这几天一直在针对贺家那个贺瑾？"

"爹，"乐成言满不在乎道，"我已经听你的，暂时不对整个贺家出手了，但是贺家一个小辈都不能动吗？他们害我落得如今这个地步，我没废掉贺瑾已经算是手下留情了。"

乐家家主想斥责他，余光扫见他那废掉的手脚，又变得无可奈何起来。

衡玉这一趟平城之行，前前后后花了两三个月的时间，她不在的时候，山寨发生了不小的变化。

陈虎热衷于剿匪，剿匪的成果相当喜人。现在山寨里一共有八百多个青壮年和三百多个老弱妇孺。

在所有人的努力下，能耕种的田地已经被清理出来，种上了种子；山里的池塘被深挖，往里面投入了鱼苗，并有专人投喂；小学堂建立起来，春冬负责教学，管家偶尔搭把手……

整个山寨都是一片欣欣向荣的状态，明明还很贫穷，但每个人的脸上仿佛都刻着"希望"二字。

衡玉回到山寨后，迅速进入状态。

她将自己之前购买的材料整理妥当，花了半个多月的时间研究胭脂水粉和香料。

以衡玉的眼光来说，这样单调的胭脂水粉其实很一般，但看春冬那爱不释手的模样，衡玉便知道这种胭脂水粉的吸引力有多大。

至于香料，她追求的就是"幽"和"雅"，绝对会契合世家的审美。

经过几番调试，敲定好最终的配方后，衡玉抽调了十几个妇女到她手下，让她们分工合作，进行流水线生产。

制作这些东西，其实没有太高的技术含量。等她们都上手后，衡玉选了里面最能干的人出来担任管事，专门负责这件事，她自己则腾出手去忙活其他事情。

衡玉忙得恨不得把自己劈成几瓣用，她深深地叹了口气："我现在太缺内政型的谋士了。"

管家、侍卫长他们虽然可以帮忙，但他们都不是这块料，事情稍微变得复杂一些就应付不过来了。

衡玉琢磨了一番，问系统："男主的几个谋士都是冀州人，你说，山贼越界跑到冀州去绑架人，是不是玩得太过火了？"

系统震惊："你！"

"嗯？"

系统语调一转，生硬地夸道："零，你这番处事风格，真有大当家的风范。"

衡玉耸肩。

行吧，她也知道自己刚刚的话不现实。

暂时不方便挖男主的墙脚，那她决定挖并州牧的墙脚。

"兔子还不吃窝边草呢。"

"当山贼的，做事那么讲究干吗？"衡玉理直气壮地说。

半个月后，看着又一个过来向自己辞行的文书，并州牧："……"

再看看虽然没被挖走，但一直在为开辟南北商路忙前忙后的张幕僚，并州牧更是无语。

他抽出信纸，唰唰唰给衡玉写了封信，示意她适可而止！

刚入冬，天上便飘起雪来。

春冬端着热水走进屋里时，忍不住向衡玉感慨："今年的雪来得可真早。"

衡玉拧着帕子的动作一顿："这么早就下雪了？"

春冬不明所以，答道："是的，下得还不小呢。"

衡玉胡乱抹了把脸，快步走到窗前，支起窗户眺望远处。果然，春冬说得没错，外面的雪下得不小，地面上已经积起了薄薄一层，小孩子们正在欢快地奔跑玩雪。

"'少爷'……是出什么事了吗？"春冬注意到衡玉脸色凝重，凑过去低声问道。

"雪来得这么早，下得这么大，我怕过段时间会出现雪灾。

"而且天太冷的话，匈奴、鲜卑的草场会被冻坏，畜牧受到影响……缺乏粮食时，外族势必会劫掠北方城镇，兵祸也要来了。"

衡玉的话很轻，落到春冬耳中，却如重雷般让她脸色煞白。

衡玉轻吸口气，借着空气中的寒意让自己保持冷静。

她垂下眼睑，在春冬帮她整理衣物时思索着自己的下一步行动。

很快，衡玉紧急召开了一场会议，将她推测出来的大致情况告诉众人，然后开始布置任务。

"雪灾和兵祸齐至，必然会有很多流民南下逃难。如果路过我们山寨，就将他们收纳进来，扩充我们山寨的人口。这件事交由陈虎负责。

"管家负责督建木屋，筹备保暖、取暖的物品。我这里有火炕的图纸，你寻来泥瓦匠，让他们先给家中有老人的人家建造。"

一桩桩一件件，衡玉安排得有条不紊。

她的淡定感染了在场众人，众人慢慢冷静下来，凝神应对接下来可能会发生的事情。

"侍卫长，你收拾一下，随我赶去平城。收购粮食一事我要亲自盯着。"

交代完这最后一件事，衡玉两手互相拍击，示意议事到此为止。

随后，所有人都行动起来。

对于雪灾的事情，衡玉也没刻意隐瞒，这个消息迅速传遍了整个山寨。

不需要衡玉动员，本来就是流民的山寨中人纷纷囤积起粮食，积极响应衡玉布置的任务。

确定山寨这边一切安排妥当后，衡玉领着一支队伍赶去平城。

没有马车等负重的拖累，一行人纵马疾驰，只花了两日的时间就进入了平城。

等胡云穿着道袍回到家，见到一身常服、跪坐在厅堂的衡玉时，吓了一跳："大当家，你怎么突然来平城了？"

"出了些变故。"

衡玉也不跟他解释，迅速吩咐起来。

"南北间的商路已经初步构建完毕。接下来行商时，我们不要金银了，要那些士族全部用粮食来支付，粟米、麦、陈米都可以，反正他们囤积了那么多粮食，如果不拿出来也是烂在粮仓里，他们有多少我们就换多少。"

之前，衡玉收购粮食的手笔还没那么大。但是一旦雪灾到来，山寨的人口数量肯定暴增，她需要囤积足够多的粮食。

胡云被她语气里的凝重感染，不由得挺直脊背，高声应是。

"大'公子'。"胡云的妹妹胡乐不知道何时从屏风后绕了出来。

胡乐当时被乐成景当众调戏，连累整个胡家下狱。明明是乐成景的错，但胡乐却因此一直婚事不顺。

她鼓足了勇气，努力与衡玉对视："我听兄长说，大'公子'身边的婢女在负责教书。我婚事不顺，得知公子婢女的事情后，一直在思索这世间女子是不是还能有其他的活法，求'公子'教我。"

话音落下，她两手交叠置于额前，深深俯拜下去。

对面的人始终没有出声。

胡乐的心一点点下沉。

就在她惶恐之际，上方传来清冷含笑的声音："你可读书识字？"

见胡乐应是，衡玉又道："你可有什么擅长之事、喜好之事？"

胡乐思量片刻，一一回应。

"那这段时间，你先跟在我身边负责文书记录一事吧，我先教你一段时日，日后你可以在你兄长身边助他传道和经商。"

听到衡玉的话，不仅胡乐松了口气，胡云也松了口气。

胡云并不反对女子抛头露面做事，在他们天师道里甚至有女祭酒。今天胡乐就是在他的鼓励下，才鼓足勇气来向大当家自荐的。现在看到妹妹得偿所愿，他这个做兄长的自然是高兴。

确定胡云这边没有掉链子后，衡玉还去见了并州牧，与他说起此事。

得知并州牧已经做了不少应对，衡玉心下稍松：她的这位队友真是靠谱。

但很多事情，是穷尽人力也无法扭转的。

哪怕衡玉一直在囤积粮食，努力推广火炕等物，哪怕并州牧一直陈兵边境，也做了不少赈灾的准备……平城还是每日都有百姓冻饿至死。

一州治所都这样了，更何况其他的城镇和村落！

"雪下得太大，现在已经封路。大当家，在雪化之前应该都无法再把粮食送进并州了。"胡云禀报道。

衡玉跪坐在桌案后，垂眸统计粮食的数目，闻言点头："好。刚运来的这一批粮食就留在平城吧，不送去山寨了。"

"那这批粮食要如何处理？"胡云问道。

衡玉头疼地揉了揉太阳穴，这段时间她的睡眠质量一直不是很好，她道："平城这边也有流民，具体如何赈灾，你就交给胡乐吧。她跟在我身边有段时间了，正好让她借此来练练手。"

见胡云都应了，衡玉说："我今天就赶回山寨坐镇。"

寨里肯定吸纳了很多流民，她必须回去亲自坐镇，把控全局。

龙伏山脉才是她真正的大本营，后方都不安稳，她在前方折腾得再厉害也没用。

胡云担忧道："这么大的雪，骑马太危险了。"

衡玉笑道："无妨。"

她的侍卫都是曾经的军中精锐，控马技术了得，只要不骑得太快，基本不会出什么问题。

骑马赶回龙伏山脉的路上，衡玉遇到了很多流民。

深冬时节，流民们面色苍白，穿着并不厚实的旧衣物，背着行李往有人烟的地方走。

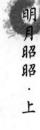

明明已经步伐踉跄，他们却不敢倒在地上。因为一旦倒下去，他们就会被雪地吞噬掉身体的最后一丝热量，然后葬身在这片厚厚的积雪里。

这样的人不是一个，而是一群。

连绵不绝如流水。

当看到骑着骏马的衡玉等人时，那些流民纷纷投来如野狼般的眼神。

衡玉他们身上并没有多余的粮食，她召来侍卫们，低声吩咐了几句。

很快，一个消息在流民中迅速传播开——往西南方向走，往那片龙伏山脉走，坚持到那里就可以活命。

谁也不知道这个消息的来源到底可不可靠。

有人在迟疑，但更多的人实在没有指望了，只能麻木地朝着西南方向走去。

散布完这个消息，衡玉加快速度赶回山寨。

她一在山寨露面，就被陈虎他们急忙拽走。

"大当家，你终于回来了。你都不知道，你不在的这段时间里我们山寨又多了一千来张嘴。"

"这几天更可怕，每天都有上百个人留在我们的山寨里。"

山寨里吃饭的人越来越多，虽然粮食足够，但陈虎他们心里总是忍不住担忧害怕。

现在衡玉一露面，话都没说上两句，陈虎他们就犹如找到了依靠般，七嘴八舌地把现在的情况告诉了她。

"我还以为山寨一下子多了一万人。现在这都是小场面，你们怎么这么不淡定？"衡玉调侃道。

陈虎服了，大当家这心理素质真是太强了，难道说能力这东西和年纪没有半点儿关系？

"别急，我已经想好怎么应对了，你们照我的吩咐做就好。"

衡玉没有卖关子，把事情一一吩咐下去，末了又说估计还会有至少四千个流民加入山寨。

后续的四千流民，加上现在的两千流民，那就是六千人。

里面至少有一大半是青壮年。

这么多的人，足够组建一支小型军队了。

但是，所有人都打住了自己想往下深想的念头，按照衡玉布置的任务开始忙碌起来。

修建木屋，修筑防御设施，清扫积雪……

每个流民加入山寨后，都要承担相应的工作，用劳动来换取粮食。

等到积雪终于慢慢消融，这些流民已经完全适应了山寨的生活，基本都选择继续留在山寨里。

一时之间，山寨的规模扩大至了七千人。

如果并州换了个主事的人，这么大的山贼窝得把并州牧吓死。

也就是现在这位并州牧心理素质好，而且抱着些许下注的心思，对衡玉完全放任不管，甚至还出手帮衡玉遮掩了一二，她的这个龙伏山寨才没引起某些人的注意。

总之，就这样，衡玉慢慢蛰伏了下来。

时间飞逝，这天，侍卫长从平城回来，还带回了胡云收集的各地资料。是的，衡玉已经通过胡云搭建起了一个情报网。

在信上，胡云说起两个月前南方水灾严重，朝堂的赈灾银两却始终不到位，在混乱的形势下，南方甚至出现了小规模的疫情。

这期间，百姓为了活命，组建起义军冲击官府的粮仓，居然还冲进去了。

虽然后来起义被镇压，但官兵的伤亡情况也很严重。

这个消息很滞后，衡玉估计，在她看到这封信的时候南方已经平静下来。

但是……真的平静了吗？

"连流民都能冲进有官府重兵把守的粮仓，雍王朝的虚弱无力已经彻底暴露在豺狼虎豹的眼中了。"衡玉将信举起，透过信纸望着空气中的细小浮尘。

当中央政府越来越无用，而地方势力越来越强时，整个王朝就会越发风雨飘摇。

群雄逐鹿也将拉开帷幕。

念及此，衡玉突然起身走到窗前。

她凝视着窗外西沉的残阳，犹如凝视着这个王朝最后的余晖。

余晖过后，世间将陷入漫漫长夜。

但晨曦终会照亮九州大陆，新的王朝会从旧王朝的躯体里浴火而生。

"说起来，现在已经是雍宁九年，按照剧情，原男主也该加入这场角逐了吧。"衡玉向系统感慨。

在衡玉感慨的时候，一支队伍正从冀州赶往并州。

华丽的马车里，容貌俊秀的青年端正跪坐，侧耳听着自己的谋士介绍并州的情况。

"你说并州有个山贼窝，里面至少有上千名山贼！"青年诧异，"这么大规模的山贼，并州牧为何不出手清扫？"

中年谋士回道："听说龙伏山寨的地形很复杂，易守难攻。山贼们只要逃进山里，官兵就很难将他们全部围剿，而且并未听说山寨的人为祸四方。"

青年了然地点头，看向另一位一言不发的人，试探性地问道："宋先生，你觉得我可以争取收服这些山贼吗？"

第十五章 王朝因我兴替15

宽敞的马车里一共坐着三个人。

被称为宋先生的人在二十五岁左右。

他的坐姿有几分随意，身上的衣袍松松垮垮地搭着，锁骨若隐若现，瘦弱得甚至有几分病态。

听到青年的话，宋溪唇角轻轻弯了一下。

他轻咳两声，声音有些虚弱："那处山寨能够在并州牧的眼皮子底下存在那么久，肯定有古怪。不过不入虎穴，焉得虎子？祁三公子可以尝试去争取一番。"

对于宋溪称呼自己为祁三公子而非主公，祁珞是有些失望的，但很快他又强打起精神来。

这年头，不仅是主公要挑选谋士，谋士也会认真挑选自己要辅佐的主公。

在祁珞看来，宋溪既然跟在他身边，就说明宋溪是看好他的。若他能顺利收服山贼，展示自己的能力，想要得到宋溪的效忠并不难。

祁珞抬手掀开马车帘，隔着蒙蒙细雨注视远方。

他已经迫不及待地要赶到龙伏山脉了。

入了秋后，雨水明显多了起来。

衡玉撑着油纸伞，正站在高处检阅士兵的训练。

这两三年时间里，老天爷并没有给百姓太多喘息的时间，天灾、兵祸不断，北方流民的数量越来越多。所以龙伏山脉的人也越来越多，早已超过两万人。

为了容纳下这两万多人，衡玉悄悄将龙伏山脉周边的其他几个山脉也占据了。

如今她坐拥四大山脉，称得上是名副其实的山大王。

有了充足的人口后，衡玉便暗地里组建了一支八千人的军队。

当然，她美其名曰"山寨护卫队"。

这个消息被她封锁得极好，即使消息灵通之一如并州牧，也以为她手里顶多有一支两千人的军队。

士兵的日常训练结束后，陈虎冒雨跑到衡玉身边，抱拳行礼后道："大当家，我已经按照你的吩咐，在山脉各处安插了眼线。"

衡玉点头，随口问道："发现什么异常了吗？"

陈虎刚回了句"没有"，就见不远处有个身穿蓑衣的少年飞快地往这边跑来，来到跟前便迅速抱拳跪下："大当家、大队长，我们发现了一个探子。"

陈虎脸上顿时有些挂不住。

衡玉觉得好笑，问道："探子？是哪个世家的人？"

她花费了三年时间，成功开拓了一条贯通南北的商路。

平城胡氏是被她推到明面上的工具人，但就算胡家努力遮掩，并州几个大世家经过探查，还是发现了隐在背后的龙伏山脉。

所以这段时间，并州不少世家都派了探子过来，想要打探龙伏山脉的虚实。

少年回道："都不是，这个人似乎是……从冀州来的。"

冀州！

在衡玉沉思之时，少年继续道："那人没有刻意遮掩自己的身份，在我们的审问下，他很快就说了他家公子不日便会路过我们山寨，如果我们山寨选择归顺他家公子，就能由匪变兵，吃饱饭不再是难事，至于大当家，日后也必然会有享不尽的荣华富贵。"

说到后面，少年心里忍不住嘀咕：那人的公子当真是穷酸，想收买我们，好歹也拿出好一点的条件啊，我们山寨的人早就不缺那一口饱饭了！这么穷酸的人还给我们大当家许下承诺，大当家富得能用各种千金难求的香料砸死他！

衡玉琢磨出来了："他家公子是不是姓祁？"

过段时间就是并州牧五十岁生辰，按照原剧情，男主祁珞作为冀州牧的嫡子来并州为并州牧庆生，顺便收服了陈虎。

少年挠挠头："似乎是的，他说他家公子是冀州牧的嫡子。"

好家伙！

衡玉险些压不住唇角的笑，向系统感慨："运气来了，真是挡都挡不住。"

她正想着扩充谋士团的规模，祁珞就过来给她送人、送装备了。

这个世界的男主居然如此体贴。

其实这三年里，衡玉在并州网罗（挖墙脚）了不少人才。但是那种顶尖的人才又不是大白菜，任凭她怎么努力，都没能把顶尖人才收入麾下。

祁珞来得这么是时候，她不发挥下山贼的"优良传统"，都有些对不起大当家这个名头了。

衡玉抬手按在剑柄上，对陈虎说："有人要我归顺于他？"

陈虎狞笑，抬手在脖子上抹了抹："大当家放心，别说他只是翼州牧的儿子，就是咱们并州牧的儿子过来也不行。"

他家大当家在并州可是跟并州牧平起平坐的。这初出茅庐的小子倒是猖狂。

"这话说得好，不过我寻思着，祁公子远道而来，我们还是得让他感受下龙伏山寨的'特有文化'。"

陈虎愣住了，这话他接不上啊，他们山寨有什么'特有文化'吗？

"笨。"

衡玉不满地用手中的竹枝敲了敲陈虎的肩膀。

"打劫啊。"

陈虎大汗直冒："大当家，我们不是早就不干了吗？"

为什么大当家对这件事情如此有热情？

对上衡玉危险的视线，陈虎汗如雨下，迅速改口："不过大当家说得对，远来是客，就算我们早已不打劫，也应该本着好好招待客人的想法，让那位祁公子感受到我们龙伏山寨的热情。"

衡玉满意了，她的手下们真是越来越长进了："去吧，我素来喜欢以理服人，打劫的时候记得有礼貌一些。"

这可是千里送"谋士"的情谊。

陈虎一个踉跄，险些被脚下的碎石绊倒。

龙伏山脉十里地外，祁珞一行人正在安营扎寨。

下雨天天黑得快，这时候才是吃晚饭的时间，周围便已经伸手不见五指。

仆人将做好的饭菜送上马车，祁珞他们待在温暖舒适的马车里用膳。

用过膳，祁珞说起龙伏山寨："我已经派侍卫前去秘密探查。不过也叮嘱侍卫，如果不小心被山寨的人抓住，不用特意隐瞒自己的身份，可以光明正大地说出来，晓之以利害。"

祁珞的这个安排没太大问题，中年谋士抚摸长须，赞同地点了点头。

宋溪捧着茶杯的手微微一顿。

他垂下眼，盯着一片在碧绿茶水中上下沉浮的碎茶叶。

他的消息比祁珞灵通，知道茶叶这个玩意儿是最先从并州传出来的，但茶叶的产地具体在哪里，一直没有找出来。一来二去间，宋溪就怀疑起了那个神秘的龙伏山脉。

如果那个龙伏山脉真的有异常，祁珞这么做估计会打草惊蛇啊。

宋溪轻抿茶水，正打算出声提醒祁珞一二。

就在这时，外面突然传来狰狞的狂笑声。

"好久没遇到这么肥的羊了，兄弟们，上！"

在陈虎喊话之前，他的手下早已摸到车队附近。

一听到陈虎的喊话，一半人猛地从草丛里起身，身披蓑衣，手握弓弩，气势锐利得绝对不输军中精锐。

另一半人早已适应夜间作战，迅速贴近祁珞的侍卫们，卸掉侍卫武器的同时，顺势将他们都撂倒在地。偶尔有侍卫反应迅速进行反击，在几个人的包抄下也迅速败下阵来。

等祁珞撩开马车帘，想下车指挥作战时，整个人都蒙了。

两百多个山贼燃起火把，在一片火光照耀之下，陈虎身披蓑衣站在马车边。

他抬起手，慢悠悠地将斗笠摘下来，露出自己那张粗犷的脸。

祁珞咬牙："你就是龙伏山寨的大当家？！"

陈虎乐了，顺着他的话问道："是又如何，不是又如何？"

他应话时，不少手下发出欢乐的嘘声，似乎是在调侃他，直把陈虎气得瞪眼。

祁珞没品出味来，只是越发确认陈虎就是龙伏山寨的大当家。

祁珞深吸一口气，竭力让自己保持镇静，隐在袖子里的手攥紧成拳头。祁珞冷声道："我乃冀州牧之子，此次前来并州，是为了给并州牧贺寿，马车上的东西也都是送给并州牧的贺礼，你们若是敢劫这几辆马车，就等着并州牧的雷霆之怒吧。"

陈虎用鄙视的眼神盯着祁珞。

他好像知道自家大当家为什么喜欢用这种眼神看人了，实在是对面的人蠢得不加收敛。

"我们大当家说了，马车里的几位远来是客，所以要我们礼貌一些。

"还请几位贵客不要让我难做了，不然的话，我会先把人揍一顿，再以礼相待。"

祁珞脸色微变，失声道："你不是大当家？"

还没等他再说什么，身后突然伸出一只瘦削白皙的手按在他肩上，宋溪的声音轻飘飘地传出来："形势不如人，祁三公子，我们静观其变。"

在祁珞的刻板印象里，山贼首领应该都是些虎背熊腰、声音粗犷的男人。

当他看到身穿墨色长袍、剥着栗子走进屋内的衡玉时，同样有着颜控属性的祁珞还在疑惑，这个清幽如山间晨松的"少年"怎么会出现在山寨里？莫非也是被劫到山寨里的？

这般霞姿月韵的"少年"进了山贼窝，不就是羊入虎口吗？

而后，见陈虎乖乖抱拳行礼，对着"少年"恭敬地喊了一声"大当家"，祁珞呆愣片刻，脸上出现震惊之色。

衡玉坐在太师椅上，身体微微后仰，姿势有几分懒散。

她饶有兴趣地支着下颔，跷着二郎腿，打量祁珞这位原男主。

现在祁珞还很稚嫩。

这种稚嫩，指的是他的气质，像极了初出茅庐的人。

按照原剧情，直到一年后，他的父亲冀州牧病重，祁珞被迫肩负起整个冀州的重担，他才在几位幕僚的辅佐下迅速成长，最终加入角逐天下的行列，耗时十余年，方才成为最终的赢家。

容家军经过几方势力的争夺，在祁珞攻占并州后，选择归顺祁珞。

所以说啊，雍宁帝费尽心思除掉容家，乐家、贺家他们费尽心思往容家军里插钉子，最后却便宜男主了。

衡玉觉得这样的剧情发展实在是好笑。

视线微移，衡玉看向站在祁珞身侧的病弱青年。

青年清瘦却不单薄，背脊挺直，犹如一柄随时都会出鞘的利刃，可眉间的书卷气又冲淡了这种锐气。

按照剧情比对了一番，衡玉一拍桌案，吩咐陈虎："陈虎，对这位先生怎么如此不客气？快去给先生搬张舒适的椅子。"

这位青年，应该就是男主手下最受器重的谋士——宋溪。

陈虎不知道大当家葫芦里卖的是什么药，乖乖按照她的吩咐去搬了一张太师椅。

衡玉又指着另一位中年谋士道："还有这位先生，以礼相待啊，我不是都叮嘱你要以礼相待了吗？"

陈虎："……"

大当家，你说的明明是让我以理服人（揍人）。

他憋得险些出内伤，低着头再次搬来一张椅子。

祁珞眉间染上几分期待之意，既然两位先生都有了座位，就说明这龙伏山寨的大当家是个讲道理的人。

他身为冀州牧之子，应该不会被这位大当家刻意为难的。

但祁珞左等右等，只等来上首的衡玉说："我们山寨的人素来讲究。祁公子知道我们的规矩吗？此山是我开，此树是我栽，要想从此过，留下买路财。"

念完这句口号，衡玉还在心里回味了一番。

别说，怪不得当山贼的都喜欢念这首打油诗，虽然俗，但是朗朗上口。

"我看祁公子长得不错，我们山寨里有不少适龄的小娘子，她们应该会很喜欢你的皮相。如果祁公子不拿出买命钱，就留在山寨里加入我们吧。"

祁珞神色大变："你们要多少钱？"

衡玉打量一眼祁珞，撇了撇嘴："你的话，一万斗米。"

她若真把冀州牧的儿子扣押在山寨里，不说冀州牧会暴跳如雷，并州牧首先就不会放过她，所以开个价意思意思就好了。

衡玉本人不缺侍卫，而且那些侍卫分明就是祁家的家将，只会忠于祁珞，她留着也没什么用处，就说："侍卫的话，打包价，五万斗米吧。"

祁珞："嗯？"

"至于两位先生。"

提到宋溪和中年谋士，衡玉脸上终于露出高兴的笑容。

谋士好啊，谋士全都是能为她分担工作量的劳力，她必然要珍之重之。

"他们二人的话，各是一百万斗米。"

做主公的，一碗水必须端平，不能厚此薄彼，所以他们两人的身价是一样的。

祁珞有点蒙。

这个开价为什么这么不合理？这位大当家的算术是不是不太好？

第十六章
王朝因我兴替 16

衡玉就是算术太好了，才能开得出这样的买命钱。

祁珞茫然之时，他身侧有人轻笑出声："一口气拿出几万斗米不难，一口气拿出两百万斗米，怕是要把一州的粮仓都掏空，大当家开的这个价未免有些不合理。"

一般来说，谈生意都是漫天要价坐地还钱。

现在她这开价，分明是把祁珞和侍卫们的价值压到了最低，一副"随便给点东西就让你们走"的姿态，而对两位谋士开出一百万斗米的天价，分明是不想放人走。

衡玉对上宋溪的视线，语气诚恳："宋溪先生才华横溢，用一百万斗米去估量你的价值，依旧是低了。"

被直接道破身份，宋溪有些许诧异。

他身体病弱，这些年一直隐居在冀州，名声只在冀州小范围内传扬，没想到这位大当家居然知道他的名字。

要衡玉说，这就要感谢剧情了。

借着剧情识谋士，这感觉还真不错。

不知道剧情存在的宋溪收敛起眼里的漫不经心，平静道："大当家现在摆出一副求贤若渴的姿态，但我看大当家今夜行事颇有莽匪之气，并不像你说的那般以礼相待。"

衡玉顺势道："那请先生在山寨里多住一段时间，我会让先生看到我的礼节。"

接下来她有许多大动作，如果没有顶尖谋士帮她兜底，她一个人分身乏术，很难放开手脚去施展。

所以，"主动"跳进山寨的谋士，她是绝对不可能眼睁睁看着他们溜走的。

将宋溪堵回去，衡玉看向一旁的中年谋士，眉眼含笑："不知道这位先生该如何称呼？"

中年谋士神情冷淡："在下姓周。"

"原来是周墨先生。"衡玉说道。

中年谋士同样诧异。

周墨与并州牧有几分相似，都是出身寒门，但他的运气比并州牧差上些许，明明有才能，却只能从事最低等的文书工作。

直到年过四十遇上祁珞，周墨把宝押在祁珞身上，成为跟随在祁珞身边的第一个谋士，最后才凭借从龙之功赢下生前身后名。

如果说宋溪的名声在冀州小范围内还有人知晓，那么此时的周墨就是默默无闻。

衡玉转了转手中的折扇，折扇尾端挂着的玉佩在空中轻晃："我已命人为两位先生准备好了休息的地方，如今天色已晚，两位先生先安歇去吧。过不久大家就是一家人了，在自家地盘上不必太拘谨。"

即使性情淡漠如宋溪，也不禁满脸问号：话还没聊几句，怎么大家就成一家人了？

衡玉含笑补充道："我相信，两位先生在山寨里多住几天，定然会舍不得离开的，提前称呼一声自家人不过分。"

合拢折扇，衡玉斜睨祁珞一眼："至于祁公子你，记得付住宿费，一晚一千两。"

没有利用价值的人，必须靠充值才能得到相同水平的待遇。

祁珞咬牙切齿道："我付！"

跟山贼讲道理是没用的，人在屋檐下，他低头！

原男主这么愿意配合也是好事，衡玉从太师椅上起身，率先走到门边推开门，右手抬起，摆足了礼贤下士的姿态，对宋溪、周墨二人道："我亲自送两位先生去住处。如果两位先生对住处有什么不满意，尽管提出意见，我会尽可能地满足两位先生的要求。"

中年谋士因她的这番举动心下熨帖。

宋溪也对衡玉越发高看起来。

衡玉命人给宋溪置办的屋子，从外面看有些平平无奇，走进里面却别有乾坤。

墙正面挂着一幅水墨画，墙边摆着两盆清幽的兰花。

精致的香炉里正燃烧着千金难求的熏香。

一应摆设，都与"雅"字贴合，很符合文人的审美。

即使是以宋溪的眼光，也挑不出一丝错处。要知道，他才到山寨多久，山寨里的人居然就布置出了这样一间屋子……

这个龙伏山寨，比他以为的还要高深莫测。

简单梳洗过后，宋溪走到桌案边，才发现上面摆着一沓桃花笺，侧面则堆着一摞经史子集。

跪坐下来，宋溪伸手拿起摆在最上面的《史记》，翻开两页，看到上面字迹洒脱的批注后，先是一愣，随即眼里慢慢蕴上笑意。

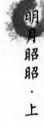

这位大当家实在有意思，不直接与他对话，而是通过在《史记》上的批注，让他领悟自己的追求和想法吗？

不过，这样的字迹自带风骨，这位大当家到底是何许人物？

收敛思绪，宋溪沉下心慢慢翻阅起手中的书，偶尔看到一些鞭辟入里的批注，他心下更是赞叹。

上午，用过早膳，宋溪在山寨里随意行走。

这几年衡玉充分利用地形，哪块地适合种植什么作物，哪块地适合铺平来搭建房子……都规划得明明白白。

宋溪寻了根竹杖，拄着它慢慢在山地间行走，看着田间搭建好的风车以及来来往往辛勤劳作的百姓。

这样平静而安详的日子，他竟然是在一个山贼窝里看到的。想到这，宋溪也觉得有趣。

行走到中午，宋溪有些口渴，走到田边向正在休息的老人讨碗水喝。

喝水时，他与老人闲谈起来，状似不经意地打听起山寨里的一些政令。

这个山寨能如此平和有序，定然是有政令的。

从此地政令，他便能分析、推断出那位大当家的执政能力。

老人见他气度不凡，原本说话还有些畏畏缩缩，但听到宋溪的问题，顿时眼前一亮，拘谨退去不少："你说的什么政令不政令的，其实我也不大清楚。但自从我在寨子里住下后，只要按照寨中的安排去做事，等到结算工钱时，寨中一分都不会少给我。

"还有，你别看大当家年纪轻，她啊，做事非常有分寸。刚到山寨时，一些人还保留着那种横行乡野的习气，我们害怕被赶出山寨，遇到这种事都是自己吃闷亏，敢怒不敢言。

"直到有一回，二狗家的小孩见他家努力挣来的粮食被抢走，实在忍不住，就闷头跑去拦住大当家，把这件事告诉了大当家。大当家安抚完二狗家的小孩后，当天就当着所有人的面处置了那几个抢粮的人。"

一提到这位大当家，老人就合不住话匣子。

说得嘴巴有些干了，老人才慢慢回过神来，抬手挠头，有些不好意思地笑起来，又恢复了之前那副寡言的模样。

宋溪手握成拳抵在唇边轻咳两声，压住喉间的痒意后，问道："你们不会觉得寨中的规矩严厉吗？"

乱世用重典，那位大当家的做法很好，只是不知道寨中的人会不会认可这种重典。

"大当家推行这些规矩的时候让人解释了，说寨子里的人好不容易安定下来，那些让寨子不安分的人就是在作贱所有人的努力。要我说，那些人就是死不足惜，大当家偶尔法外开恩，只是安排他们去干最苦最累的活，已经算是仁慈了。"

宋溪听老人说得头头是道，不由得好笑。他很肯定，这番言论不是老人自己悟出来的，而是那位大当家命人宣传的。

那位大当家对龙伏山寨的把控力非常强，民心可用。

这么一想，宋溪就有些心动了。

有能力的人是不可能甘心于偏安一隅的，那位大当家的志向怕是不小，龙伏山寨只是潜龙的暂时蛰伏之地罢了。

很快就有人将宋溪的表现禀报给衡玉。

衡玉并没有阻止宋溪，而是找来春冬，吩咐她："两位先生有任何要求，你们都尽量满足。只要不是想进机密之地，其他地方都由他们自由出入。"

一位顶尖谋士对她产生了兴趣，开始打听她所做过的事情，这就是在考察她了。

衡玉自问，她的所作所为经得起任何考察。

如果宋溪想要投奔一位英明的主公，她绝对比祁珞更符合宋溪的期许。

祁珞在屋子里枯坐了几日。

这段时间里，山寨的人并没有亏待他。看在一天一千两住宿费的分儿上，他们给祁珞提供的待遇都是极好的。

但祁珞心里还是有些不安。

这天下午，他实在压不住心头的焦虑，走去隔壁见宋溪。

宋溪道："祁三公子不必担忧，他们不会害你性命。"

祁珞苦笑道："但我还要去给并州牧贺寿，如今困在这龙伏山寨里，消息如果传出去，怕是会有损我爹的威仪。"

"祁三公子，如今形势比人强，与其担忧这些事情，不如在这山寨里走动一番。"宋溪建议道。

这位祁三公子的能力、手腕算不上特别出众，但性情宽厚，有容人之量，如果不是有更好的选择，宋溪其实是乐意效忠于他的。

宋溪提出这番建议，也是觉得前段时间承蒙祁珞的照顾。

但凡祁珞能吃透这个山寨的一半政令，他肯定能成为一任合格的冀州牧。与其焦心，不如借着这个机会沉下心来学习一番。

祁珞不知道宋溪这是何意，但他素来听得进人言，又确信宋溪不会害他，便点头应了声好。

走出宋溪屋子时，祁珞正好碰到从外面回来的周墨。

瞧见祁珞，周墨高兴道："我正打算去见公子。"

祁珞好奇道："周先生寻我，是有什么要事吗？"

周墨的脸上慢慢浮现出几分歉意："原本是想追随在公子身侧，借着公子的身份来施展一番抱负。但在山寨里住了几日，我心里的想法已经变了，现在想要来向公子辞行，转投到大当家手下。"

祁珞错愕：我就是在屋子里发了几天呆，为什么周先生就要转投到山寨里了？

一时之间，祁珞觉得有些怀疑人生。

送祁珞出门的宋溪听到这番话，并不惊讶，反而有种果然如此的感觉。

是啊，连他都心动了，更何况是周墨呢？

这些天里，越打听，宋溪越能透过表象感受到那位大当家的能力。这种能力令人心惊，很难想象是出自一位"少年"之手。

只是，那位大当家的能力越强，他就越好奇对方的身份——

能够做到这一步，还有如此容貌和气度的人，绝对出身不凡。

但世家大族的子弟有必要占山为王吗？以他们的家世，足以站在更高的起点。

这天早上，门外下起细雨来。

宋溪撑着油纸伞出门闲逛，他垂着头思索事情，有些走神，没注意到拐角处迎面大步走来的人。

两人险而又险要相撞时，那人连忙稳住身子退开，原来是陈退。

"抱歉。"宋溪回神，俊秀病弱的脸上浮现出歉意。

陈退点点头，没有在意，继续往前走。

宋溪的目光在陈退身上停留片刻，就要移开之时，他突然注意到陈退手中握着的那把刀——刀开双刃，形制诡异如弯月。

这把刀……他曾经在知交好友那里见过一次。

这是……容家暗卫专用的刀。

宋溪的呼吸骤然急促起来：容家暗卫绝不可能背叛容家人追随其他人，他知道那位大当家是谁了。

这边，衡玉正在听陈退汇报情报——

这三年里，雍宁帝越发沉迷声色犬马，而且大兴土木，冷落了乐贵妃，连带着也冷落了乐家。

乐家人心中不满，听说暗地里跟其他宗室在接触。

贺家那边被乐家打压，这三年不仅没有更进一步，还越发衰败，现在也在谋求其他出路。

其他世家私底下的动静也不少。

衡玉温声道："我知道了，你退下吧，这两日好好休息，过段时间会越来越忙的。"

现在陈退主要负责情报工作。

过段时间她要有大动作，情报工作势必要快速跟上。

陈退抱拳行礼，恭敬地退下了。

他前脚刚离开，后脚宋溪就亲自来拜见衡玉了。

衡玉请他进来，笑道："宋先生来见我，想来心中已经有决断了？"

宋溪的目光落在她身上，带着探究，带着怅惘。在衡玉感到不耐烦之前，宋溪出声道：“刀开双刃，形制诡异如弯月，我曾经在将卿那里见过这种刀。”

衡玉捧着茶水的手一顿，然后抬眼看他。

“将卿出事之前，我便已经察觉到风雨欲来，给他去信要他小心。谁知道收到的回信，竟是将卿的绝笔书。他在信上托我，如果有余力，未来请照拂他的侄女一二。”

宋溪的声音有些惆怅，当年那位鲜衣怒马的青年将领早已化为黄土白骨，可两人交往的情景还历历在目。

“我收到信后，原本想启程从冀州赶去洛城，但我当时因为将卿之死大受打击，又染了风寒，大病一场。病好之后，容家孤女已经失去踪迹。”

衡玉轻轻叩击桌面，这就是小叔为她谋求的退路之一吗？

不过，短时间内衡玉是不打算承认自己的身份的。

稍等片刻，确定宋溪已经说完话，衡玉出声问道：“所以宋先生过来找我的目的是什么？就为了说这样一番话吗？”

宋溪神色肃正，认真道：“身为谋士，我不会因为私交而效忠一人。早在几天前，我就已经认可了大当家的能力，没下定决心，是因为大当家身份不明，这让我有几分顾虑。”

他两手交叠，敛衽俯身，额头抵在地面上，道：“宋溪见过主公。”

衡玉轻轻勾唇。

“山寨的规模一直不能扩大，我想这是主公刻意为之。”

“你为何会这么觉得？”

“因为主公手里能用的人才不多。这是主公占山为王的弊端所在。”宋溪回道。

的确。

衡玉必须承认宋溪是对的。

占山为王，行事是自由了，但是她的声望上不去啊。

在这个看重声望的时代，没有声望，别想有什么谋士主动过来投靠。

因为刚刚情绪起伏大了些，宋溪忍不住用力咳了几声，咳到满脸通红，才缓过气道：“我可以为主公解决这个麻烦。”

衡玉眼前一亮，等着宋溪的下文。

“我有几位好友由于各种原因，一直没出仕的机会。他们性情旷达，不拘泥于世俗的身份，我可以去信一封，请他们加入山寨。”

听完宋溪的话，衡玉再看他的眼神，简直比刚刚要柔和上十倍不止。

买一送几，这笔买卖真是稳赚不赔。

"宋先生，俗话说得好，事不宜迟，迟则生变。"衡玉悠然道，"若是你闲着无事，不如现在就过去与周先生做个伴，做伴之余抽空写几封信。"

只要那些谋士一日没跳进她的碗里，她就不能安心。

所以还等什么？表完忠心了，赶紧去工作啊！

宋溪愕然，随后有些哭笑不得。他前脚才刚效忠，后脚就要去忙碌了，这还真是……看得出来主公真是非常缺人才呀。

他身体病弱，却是个很干脆的人，起身行了一礼："那我就去寻周先生了，只是不知道周先生现在在哪里？"

衡玉这边还有要事处理，她召来春冬，吩咐春冬带宋溪过去。

谋士处理政务的地方在山寨深处，这里位置隐蔽，山寨里所有核心的产业都设置在里面，只有最受信任的一批人可以自由进出。

宋溪之前在山寨里晃了小半个月，也从来没察觉到这个地方。

"到了。"春冬在一间外表平平的屋子前停下脚步，从袖子里取出令牌递过去。

身为谋士，可以凭借这块令牌领取福利——

每十天会有大夫过来把脉，每个月都会不限量提供顶尖的笔墨纸砚，每季置办六套衣物和一匣香料……

而且谋士的吃食都非常精细，除了一日三餐外，每日还有糕点、茶水供应。

春冬解释道："'少爷'说过，为山寨做的贡献越多，待遇就会越好。刚刚我说的只是最基本的待遇，日后会按照宋先生的具体贡献再做调整。

"若宋先生还有别的需求，尽管提出来，在力所能及的范围内，我会尽量满足。"

宋溪用指腹摩挲着令牌，心下赞叹。

"这些就够了。"

哪怕他出身世家大族，也觉得这份待遇极好了。

等春冬离开后，宋溪抬步走进处理政务的屋子。

温暖如春的屋子里，周墨坐在里侧，穿着合身的浅蓝色长袍，正在享用糕点和茶水。

听到脚步声，周墨抬眸，含笑道："宋先生也过来了。"

语气里没有丝毫惊讶，显然，宋溪过来是他意料之中的事情。

宋溪应了一声，走到周墨身边跪坐下来，垂眸瞥了眼周墨桌上的糕点——桂花糖蒸栗粉糕。

而周墨用的茶水，是今年刚小范围推广的明前龙井。

山寨提供给谋士的待遇，确确实实如那位春冬姑娘所言。而制定这份待遇制度的人，正是他所认定并且效忠的主公啊。

主公真是看重人才，或者说，她看重一切有价值的人。

谁不希望自己的价值得到充分认可与肯定？宋溪自问他的能力对得起这番待遇。

如果说之前，对于邀请自己的好友过来投靠主公，宋溪只有八成把握，现在他已经有了十成把握。

"难怪大当家会给你我二人开出一百万斗米的买命钱。"宋溪笑道。

"不说这个了，你来尝尝这糕点。我们每日用的糕点很少重样，如果你错过了这回，想要吃到这桂花糖蒸栗粉糕，就不知道要等到什么时候了。"周墨将那碟精致的糕点递过去，示意宋溪尝一尝。

两位谋士在温暖的屋子里其乐融融时，原男主祁珞正站在寒冷的室外怀疑人生。

这明明是个山贼窝，为什么里面好吃的东西、好玩的东西比冀州还要多？

这是不是有些不合理？

在打听过山寨百姓的收入后，祁珞觉得更不合理了：他们的存粮居然是冀州百姓的三倍，收入是冀州百姓的两倍！

要知道，冀州地处华首都原，在天下十三州中以富庶出名。而龙伏山寨才成立三年，如果再多给它一些时间，那时候寨中百姓会有多富裕？

祁珞觉得……自己在山寨里待久了，可能算术也变得不好了，因为他完全算不出这个问题的答案。

就在祁珞越来越风中凌乱时，一道惊喜的声音从不远处传来。

"祁公子，原来你在这里。"春冬提着裙摆小跑到他面前，"我们'少爷'有请。"

祁珞精神一振，那位大当家终于要见他了？

自从那夜他被抓进山寨后，祁珞就再也没见过那位大当家。

对方明明开出了买命钱，却再也没有了后续，对他不闻不问。

这些天祁珞心里七上八下，不知道对方到底想做什么。现在听到对方终于要见他了，祁珞如释重负，点头道："好，麻烦这位姑娘带我过去。"

龙伏山脉里有一大片山谷，这片山谷已经被清理出来，修建成了类似商业街的地方。书院坐落在街道末端，恰好在喧嚣与清幽之间取了个中间值。

因为衡玉推行的鼓励政策，寨中的人都很乐意将家里的适龄孩子送来书院，就算不能学出什么名堂，识几个字也是好的。

祁珞随着春冬走进书院时，正好是上课时间，书院里只有学子们整齐划一的琅琅读书声。

雍朝没有有教无类的书院，只有世家大族开设的课堂，这样的课堂自然是不可能对平民百姓开放的。

祁珞还是第一次听到这么整齐的读书声。

他好奇心升起，想要左右打量，偏偏又顾忌着礼节，只好努力压制自己的好奇心。

"到了，我家'少爷'就在斋室里，祁公子请。"春冬的话让祁珞回神。

斋室的门半掩着，祁珞上前，轻叩两下，得到回应后才推门进去。

衡玉正跪坐着翻阅书卷，听到开门声，将书卷放到自己的左手侧，抬眼看向祁珞。

她开口，第一句话就是："祁公子，如今宋先生也已经决定投靠我了。"

祁珞险些被自己的脚绊倒，一脸茫然地盯着衡玉。他才被抓进寨里小半个月而不是半年吧？为什么这一切发生得如此快？先是周先生离他而去，现在他心心念念的宋先生也被拐跑了。

明明最开始他还想着收服这位大当家……

想到这，祁珞越发欲哭无泪。如果他不贪心，不想着收服这些山贼，他就不会羊入虎口，更不会人财两失。

系统在旁边围观半晌，语气同情："零，你看看，好好一个男主被你打击成什么样了。"

衡玉冷酷点评："心智有待磨砺。"

这才哪到哪啊，以后的日子还长着呢。

没办法，谁叫祁珞在原剧情里走的路线，正好和她现在想要走的路线冲突了。

他干不过她，就只好光荣沦为送人手的工具人了。

系统忍不住点点头，对衡玉的话表示认同。不过，想到祁珞背后站着的冀州牧，系统有理由怀疑，到最后祁珞不仅要送谋士送钱财，还要乖乖把地盘奉上。

一个气运之子，居然能把"工具人"三个字演绎得如此淋漓尽致。

系统越发同情这位男主——身为气运之子却沦落到这种地步，也算得上是前无古人了。

事实上，祁珞的心态还是可以的。他很快就稳住心神，出声问道："不知大当家找我过来有何要事？"

衡玉往香炉里放了一小块香，凝视着烟雾缭绕而上，然后道："我是想告诉祁公子，你带来的银票已经用得差不多了。交纳不上住宿费，你的待遇就要削减。"

作为氪金（充值、消费型）玩家，就要有氪金玩家的自觉。

没钱，什么待遇都别想有。

祁珞："……"

他抿紧唇，竭力保持冷静道："大当家将我困在这里多日，再困下去，怕是要惊动并州牧了吧？你已经获得两位谋士，可以放我和我的侍卫们走了吗？"

衡玉拂去手背上的香料碎屑："可祁公子欠我的六万斗米还没还。"

祁珞憋屈道："我可以赊欠吗？"

"身为冀州牧嫡子，你居然连六万斗米都要赊欠！"衡玉瞥他一眼，似是难以置信。

祁珞被她这一眼瞅得气闷，暗暗磨牙：我现在怎么可能拿得出六万斗米！

谁过来给并州牧贺寿，会同时运送六万斗米啊？！

耐心地等祁珞气够了，衡玉才道："也罢，你看这样如何，你安心待在山寨里教书，教满一个月，我就送你回冀州。"

对上祁珞的视线，衡玉声音放缓，里面夹杂着浓浓的忽悠和蛊惑意味："你的买命钱只有一万斗米，现在教书却能得到月俸六万斗米。

"祁公子想想，这天底下哪里还有这种好事？除了我慧眼识珠看得出你的价值，其他人会给你开出这种天价吗？"

祁珞被她的话诈得晕晕乎乎的，明明觉得这番话有问题，却没意识到衡玉在偷换概念，下意识顺着衡玉的逻辑思考下去。

然后，祁珞心里居然泛起淡淡的高兴。

教书一个月就能赚六万斗米，他爹身为冀州牧，一年的俸禄都没有六万斗米！

注意到祁珞眉眼间的喜意，衡玉垂眸把玩折扇，轻轻微笑——给她一个月时间，她差不多就能把祁珞忽悠上她的贼船。

祁珞身为冀州未来的继承人，如果上了她的贼船，以后她想夺取冀州就容易多了。

用这连影子都没有的六万斗米去空手套白狼，夺取整个冀州，这笔买卖的利润何止千倍？

它压根就是个无本买卖啊！

想到这里，衡玉忍不住自夸一句：她真是个优秀的商人。

第十八章

王朝因我兴替 18

　　为免夜长梦多，衡玉用了激将法："祁公子若是不愿，那就罢了。我会给冀州牧去信一封，让冀州牧派人运六万斗米过来赎回你们。"

　　祁珞抿了抿唇，他这些天已经够丢人了，再把脸丢到他爹那里，那还得了？

　　见他神色松动，衡玉转而提议："我带祁公子在书院里走走吧。"

　　刚刚过来找衡玉时，祁珞就已经对书院心生好奇，衡玉的提议可以说是正中他的下怀。

　　他没矜持，直接应了声好。

　　书院并不大，衡玉边走边为祁珞介绍。

　　"龙伏山寨缺少基层人才，所以书院除了教他们认字，目前就只教数术、医术、工匠等杂学。我想让祁公子教的是一门新开设的杂学，名为社科。"

　　祁珞奇怪道："何谓社科？"

　　"全称是社会科学，包括却不限于政治、经济、法理、人情。"

　　祁珞眼中有吃惊之色一闪而过，他师从名士，从小到大对这些东西耳濡目染。

　　但祁珞想不明白，教平民百姓学这些东西有什么用？

　　平民百姓又无须治理一方。

　　衡玉那蛊惑的声音再次在祁珞耳畔响起："龙伏山寨在短短三年时间里就实现了政通人和，祁公子不想知道我是如何做到的吗？这所有的知识，都蕴含在社科里面。"

　　去教书吧。

　　了解社科里面的理论，认同她的观点。

　　祁珞注视着明净的斋室里穿着粗布衣服的学子，回想起这段时间在龙伏山寨的种种见闻，终于轻叹了口气，选择为六万斗米折腰，在书院里担任为期一个月的教习。

第二日清晨，宋溪将他写好的书信送来给衡玉，恰好听说了此事。

他思忖一番，隐隐猜到了衡玉下这一步棋的目的，于是主动道："祁三公子就住在我和周先生隔壁，接下来，我和周先生会多与祁三公子接触的。"

衡玉笑道："那就麻烦两位先生了。"

这就是她心心念念要收服顶级谋士的原因。

普通的人才，只能够圆满完成她布置的任务；而顶尖的人才，却能够在她下达命令之前，主动化为棋子，参与进她的棋局里。

衡玉伸手接过宋溪递来的书信，扫了眼信封上的收信人名字——他们都是原剧情里祁珞的谋士团成员。

看来原剧情里，祁珞就是通过宋溪的帮助才招揽到这几个人的。

衡玉非常积极地说道："稍后我会命人快马加鞭将这些书信送出去，只是不知这几位先生有什么喜好？送信过去时，总要附上一份拜礼的。"

宋溪有些哭笑不得。

自从他上任第一天就体验了加班的滋味后，宋溪总算知道他家主公为什么如此求贤若渴了。

实在是想做的、要做的事情太多，而能用的人手太少。只有人手迅速到位了，主公才能放开手脚去施展。

宋溪也不扫兴，随意提了几个喜好就起身告辞，匆匆赶回去处理他的公文——

他今天可不想再加班了！

祁珞决定担任教习后，很快就有人把《论社科》这本书送来给他。

起初只是随意翻看几页，慢慢地，祁珞越看越入迷，到最后已经爱不释手。他的很多疑惑，都在这本书里面找到了答案。

花了两天时间囫囵阅读完一遍，祁珞这个半吊子教习就开始上课了。

一上课，祁珞发现学生们的能力和水平参差不齐，很多东西讲得宽泛就显得空，必须揉碎了讲才能够让学生们听懂。

于是他备课备得越发认真，教导学生的过程，也成了他深入理解这些举措的过程。

与此同时，宋溪、周墨这两位谋士在忙碌之余还时不时到祁珞身边转悠一圈，这说一句，那夸一句，疯狂给祁珞这家伙灌迷魂汤。

"三"管齐下的效果是很显著的，短短几天时间，祁珞越来越适应在龙伏山寨的生活，对那位行事作风完全就是山贼教科书的大当家也有些佩服起来。

这天上午，祁珞正在心里嘀咕衡玉，突然有道拉长的阴影投到他的桌案上。

随后，他正在腹诽的那个人慢慢走到他面前，含笑问道："祁教习这几天可还适应？"

祁珞还挺喜欢"祁教习"这个称呼的，他矜持地咳了两声："还行。"

衡玉脸上笑容更盛："祁教习自谦了，书院院长在提及你时一直赞不绝口，称你对社科的理解非常通透。"

她赞叹道："第一次见到祁教习时，我觉得祁教习连你爹冀州牧的三分英姿都没有，慢慢接触下来，才发现祁教习其实要更胜你爹三分。

"俗话说青出于蓝而胜于蓝，果然是有道理的。"

这番夸奖，衡玉说得多真诚啊，真诚到祁珞悄悄挺直脊背，坐得越发笔直，口中却道："大当家说笑了，是书院里的学子们足够自觉。"

"祁教习喜欢这些学生吗？"

祁珞不知道她为什么这么问，囫囵应了声是。

"是吗？这样就好。"衡玉这才露出自己的狐狸尾巴，笑容狡黠得很，"还有小半个月就到并州牧的寿辰了，按理说，祁公子应该前去为并州牧贺寿，但现在书院学子都离不开你，你也这么喜欢这些学生，你看……不如你去信一封，告诉并州牧你要安心留在山寨教书，就不去平城参加他的寿宴了？"

祁珞唇角的笑意顿时僵住，他就说大当家怎么突然夸起他来了："我从冀州到并州，就是为了给并州牧贺寿的。"

衡玉唇角笑意彻底收敛，冷漠无情道："请假一天扣一万斗米，去贺寿一趟，中间至少要耽误十天时间，到时候你不仅没有了月俸，还要倒贴好几万斗米，你多考虑一会儿再给我答复吧。"

祁珞咬牙切齿道："可是并州牧那边要如何解释？"

"没关系，一切有我。"

在衡玉连哄带威胁之下，祁珞捏着鼻子写了信，当晚就把盖着他私印的信件送到衡玉这。

衡玉同样给并州牧写了一封信。

信上，她开玩笑般说了自己打劫祁珞之事，也说了她的山寨护卫队不够用，想要将护卫队的人数扩充一番。

在衡玉封装信件时，系统担忧道："零，你这是在试探并州牧的底线吗？"

衡玉轻声道："春去秋来，转眼间我已经在并州待了三年有余。"

这三年里，她不断加深自己与并州牧的联系，给钱给粮，难道仅仅只是想得到一个后台吗？

笑话，她所着眼的，从来都是整个并州。

现在时机已经成熟，并州也该易主了。

平城，州牧府。

这三年时间，并州牧衰老了很多，英雄豪杰敌不过岁月侵蚀，曾经乌黑的头发白了不少。

他合上手中的公文，看向一侧的张幕僚："算算时间，冀州牧之子是不是也该到平城了？"

"暂时还没到，很可能是路上有事情耽搁了。"

并州牧微微蹙眉："也罢，距离我的寿辰还有小半个月，你派人在城门盯着，如果他们的马车到了，你亲自过去迎接。"

吩咐完这件事，并州牧沉默片刻，突然出声问张幕僚："你说，当年我放任龙伏山寨坐大，是对还是错？"

"州牧是担忧了吗？"

被忽悠的张幕僚花费了很长时间，终于停止了自己的"脑补"，开始意识到衡玉压根不是什么纯良的少年，而是个无良的山寨头子。

"三年前，我就知道龙伏山寨大当家的能力和手腕都极出众，但我觉得，自己可以控制她。"

并州牧从桌案后起身，负手而立，默默走到窗前，凝视着那浩浩蓝天。

"后来发现，我也犯了很多聪明人都会犯的错误。我判断出来的东西，只是她想让我判断出来的罢了。"

她将自己的能力控制在一定范围内，并没有完全展露出来。

于是他一边惊讶她的能力，一边觉得自己可以把控住这些能力。这三年时间里，借着她开辟的商队和各种产出，并州的赋税在慢慢增加。然而，她也在趁机往并州渗透。

等他意识到容衡玉的威胁时，他已经无法控制她了。

她正是锋芒毕露之时，而他，已是英雄垂暮。

"州牧……"张幕僚走到并州牧身后，轻声道，"州牧打算怎么做？"

并州牧脸上的凝重之色逐渐加重。

在他默然不语时，突然有人叩响大门，声音从门外传进来："州牧，龙伏山寨来信。"

并州牧回过神，大步流星地朝门口走去，夺来两封信后撕开。

第一封信是祁珞写的，看完这封信后，并州牧拧紧眉心，一言不发，紧接着抽出第二封信展开。

读到最后，并州牧紧蹙的眉心慢慢松开。

他甚至露出几分笑意来。

"时机一旦成熟，就连一刻都不愿意多等了吗？年轻人啊，还真是锋芒毕露、锐意进取。"

见张幕僚面露疑惑之色，并州牧将手中的两封信全部递给他。

"我的视线只着眼于并州一州之地，她却早已跳出并州，觊觎天下。"

三日后，衡玉等来了风尘仆仆的张幕僚。

他进入山寨，连喝口水的工夫都没有，直奔衡玉的住所找她。

衡玉正倚着软榻翻看情报。

听到春冬的禀报，她缓缓坐直身子，对春冬说："请张幕僚进来。"

这三年里，张幕僚为了南北商路一事忙前忙后，衡玉一直承他的情，逢年过节从没忘记给他送礼。

等张幕僚进来后，衡玉示意他坐下喘口气，又命春冬奉上茶水，一应礼节让人完全挑不出错处。

捧着温热的茶水，张幕僚深深叹了口气："看来大当家早就在等我了。"

"张先生不来，我的下一步计划就走不通，这才偷得几日空闲。"

张幕僚喝了两口茶水润喉，正色道："我此番过来，是想代州牧大人问大当家四个问题。"

"张先生但说无妨。"衡玉温声道。

"第一个问题，大当家绑架冀州牧之子，不怕冀州牧动怒吗？"

"我是山贼，山贼打家劫舍乃天经地义之事。如果冀州牧动怒，肯定想要出兵剿匪，并州牧能容忍他出兵并州吗？"衡玉轻笑。

当山贼有当山贼的快乐，她现在顶着这个身份，又何必太过作态？

张幕僚默然。这肯定不能，州牧和龙伏山寨牵扯太深，他不可能坐视别人对付龙伏山寨。

"那第二个问题，大当家，龙伏山寨距离平城只有两三日的路程，你组建一支这么多人的军队，动静是不是闹得有些大了？"

衡玉道："多吗？整片山脉都是我的地盘，这八千人手拉手站在一起，甚至都不能把我的地盘围满。这么一想，我觉得八千人还是太少了。"

张幕僚苦笑道："话是这么说没错，但是……"

"我与州牧早已经是一条船上的人了。"衡玉这才正面回应，"说实话，如果我不说，州牧会知道我有多少兵力吗？正因为信任州牧，我才选择了坦诚。

"我明白州牧在担忧什么，卧榻之侧，岂容他人鼾睡？

"但是时局已经变了，乱世已现，天下割据之势不可挽回，并州不动，其他人就会出手将并州吞并。

"冀州牧派他的儿子来并州，真的是单纯为了贺寿吗？我想州牧大人心里也是清楚的。"

张幕僚再度默然。

他发现，大当家对局势的把握太清晰、太精准了，她把一切都剖析清楚了，令他无话可说。

许久，张幕僚才重新找回自己的声音："第三问，大当家欲取并州，但你手里有足够的人才帮你执掌并州吗？"

"张先生听说过渤海宋氏吗？如今渤海宋氏的未来家主宋溪已经效忠于我，还为我推荐了几位谋士，他们不日就会抵达山寨。"

"谋士也到位了，难怪大当家要出手取并州。"张幕僚感慨，"其实，比起大当家，容姑娘这个称呼也许更合适。"

衡玉微微一笑，知道这个消息是并州牧透露给张幕僚的。

她依旧成竹在胸，便衬得张幕僚更加无奈。

"容姑娘现在是以男子之身示人，所以你的手下们都服从你。但你有没有想过，有朝一日你的身份揭露，这俗世的性别之见会否让你的手下生出异心？很多服从你的人，甚至会因此而背弃你。

"容姑娘有实力，我相信容姑娘能够打破性别之见，但这需要多少时间？其间又有多少百姓要遭罪受难？

"这就是州牧大人的最后一问。"

午后的风悠然地从窗外吹进来。

室内的时间似乎都被阳光拖长了一般，于是衡玉的声音也缓而从容。

"给我八年，不，顶多再给我五年时间，我必攻下洛城。

"我知道州牧说的是对的，性别之见的确存在，但除我之外，这世间不会再有一个人胆敢宣称自己能在十年之内雄踞天下。

"我不去打破成见，成见就会一直存在；我不去打破阶级，并州牧这样寒门出身却身居高位的只能是个例；我不去争夺天下，容家就难以洗刷污名，天下并不会因此减少离乱，百姓也并不会因此得到安宁的生活。"

衡玉突然一拍桌案，快步来到张幕僚身前，眼睛明亮干净，里面似是倒映着熊熊烈焰，要将整个天下的危乱都涤荡干净。

"请张先生告诉我，我为何不争？我凭什么要把这天下让给不如我的人？

"我欲取并州，再夺冀州，最后吞幽州，手握三州之地图谋天下。先前州牧的四问我都回答了，如今我也有一问，请张幕僚代为转述——

"从龙之功近在眼前，并州牧可愿效忠于我，谋家族百年兴盛大计？"

第十九章 王朝因我兴替 19

我凭什么要把这天下让给不如我的人？

并州牧可愿效忠于我？

这么两句话，问得猖狂，也自信到了极点。

但事实不就是如此吗？帝王之位，凭什么要让懦夫居之？凭什么要让品行不端的人居之？

张幕僚很难说清楚自己此刻的感受，他只觉得心头渐渐燃起一股火来。这股火，是被眼前这人的铿锵之言激起来的。

他亲眼看着眼前的人从一个孤女走到这一步。

这三四年时间里，事事皆如她所愿，她从未踏错过一步，一直在胜利。哪怕张幕僚是并州牧的心腹，他也不得不承认，他已对眼前的人心生折服之意。

张幕僚深吸一口气，努力让自己恢复平静。

他没有立即给出任何答复，只说自己想在山寨里多留一段时日。

衡玉已经恢复成往常那温和清冷的模样，轻笑道："张先生难得来山寨一趟，是该多留几日，让我一尽地主之谊。"

顿了顿，衡玉又提议道："州牧大人的寿辰近在眼前，不如这样，五日后，我随张幕僚一同赶回平城，为州牧大人贺寿。"

见张幕僚点头，衡玉说："先生是要先去安置，还是想先去见见祁公子？"

张幕僚斟酌片刻，表示自己先去安置，再去见祁珞。

衡玉命春冬为张幕僚引路。

张幕僚从室内出来时，一股冰凉的风夹杂着桂子清香迎面吹来，终于把他心头燃起的那团火压了下去。

太可怕了，这种鼓舞人心的能力实在太可怕了，他刚刚真的恨不得直接应下来，跟着大当家大干一场，谋图那份从龙之功。

来到自己的住处时，张幕僚发现自己的一应待遇和大当家手下谋士的待遇完全一致，这让他心中越发感慨。

歇了会儿，张幕僚才去书院见祁珞。

看着面色红润的祁珞，张幕僚觉得，大当家对冀州的图谋，早晚会成功。

五天时间一晃而过。

这日，衡玉亲手置办厚礼，和张幕僚一行人前往平城为并州牧贺寿。

祁珞没有过去，只是拜托张幕僚把寿礼带去。

贺寿的车队进入平城，衡玉前往胡家住下，而张幕僚直奔州牧府，向并州牧回禀这几日的种种。

这三年的时间里，在并州牧的放任下，天师道顺利在并州扎根。

凭着这么大的功劳，胡云毫无悬念地成为天师道的祭酒，手中把控了天师道的不少人脉。

也正是靠着天师道的人脉，衡玉才能够打通一条贯穿南北的商路，全面铺开情报网。

衡玉见过胡家人，与胡家家主、胡云二人商量好后续事宜，又接见了其他手下，忙碌到第二日，她才将自己的拜帖递到州牧府。

并州牧在自己的院子里接见衡玉。

看着缓步走进院子的衡玉，并州牧心中升起感慨。

三年前初见时，她也是穿着一袭墨色缎子长袍，逆着光从容走来。

只是那时候，她的容貌还稍显稚嫩，眉眼间只是风华初成，现在却已经尽露张扬矜贵。

如果他还年轻，还意气风发，并州牧绝对不会轻易将并州拱手相让。可现在他老了，再也没有那种争雄之心。

他的大儿子资质平平，二儿子倒是出挑，但跟容衡玉一比，这所谓的出挑算得了什么？顶多只能成为一时枭雄，随波逐流。

所以，比起争权夺势，现在的并州牧只想保全家人的性命，让家人能够在将来的乱世中过得稍微舒服自在些。

衡玉撩开衣摆，坐到并州牧对面，亲自沏茶。

茶香袅袅，两人温声谈话。

他们没谈论什么天下大势，只是坐着絮叨家长里短，絮叨最近的天气。

并州牧还把乐家和贺家相争的事情当成笑话讲给衡玉听。

"我记得贺家有个小辈，是叫贺瑾吧？之前乐家和贺家交好之时，两家有意向联姻，所以贺瑾和乐家大小姐私底下有过几次接触，那位大小姐对贺瑾情根深种。

"后来两家翻脸，乐家大小姐在家里又哭又闹，以绝食相逼，依旧想要嫁给贺瑾。

但不久就传出贺瑾和其他世家小姐私下接触的消息，乐氏女恼羞成怒，拔剑杀去宴席，把贺瑾吓得摔进湖里才躲过一劫。不过这样一来，那贺瑾也越发成了笑话。"

这贺瑾，就是衡玉以前的未婚夫。

她轻笑着点评："竖子不足与谋。贺家和乐家完全是在狗咬狗，由他们去吧，闹腾点也好，他们那些人凭什么过安宁日子？"

从衡玉的话中，并州牧猜出了不少事情——

这三年里，贺家和乐家的没落，怕是与她脱不了干系。

他心中好奇，却没有开口询问。

聊到夜暮四合，并州牧留衡玉吃了顿晚饭，并且把自己的儿子都介绍给衡玉，表示衡玉如果缺人用，尽管吩咐他们去跑腿。

"他们虽能力平平，但是自己人，值得信任，所以用来跑腿正合适。"并州牧说。

衡玉换了个更亲近的称呼："薛叔你太谦虚了，都说虎父无犬子，让两位兄长做跑腿的活实在是屈才了。我觉得两位兄长如今的职务就恰到好处，不用变动。就连薛叔你也是，并州怎么能缺了你掌舵？"

并州牧笑起来："这样也好，你要忙的事情太多，并州这边有我帮忙，不会出什么大事。"

等衡玉离开州牧府时，并州牧依旧没有开口称呼一声"主公"。

但私底下，他们的心腹都知道——并州，已经易主。

一桩心事彻底放下，并州牧心情愉悦，不仅有了闲情养猫头鹰，还亲自过问寿宴的准备工作。

寿宴当天，并州所有数得上号的官员和世家家主都派了人过来。

并州牧坐在主位上，衡玉坐在他身侧，悠然欣赏着台下的歌舞，还饶有闲情地跟并州牧点评起歌舞的优劣。

聊到高兴处，两个人推杯换盏。

下方的人注意到这一幕，纷纷压低声音交谈起来。

"那位'少年'是谁？你们以前见过他吗？"

"不曾。可是州牧族中晚辈？"

"我见过州牧的家眷，似乎没有一位的容貌气质能对上。"

……

酒过三巡，并州牧撤去歌舞，没有卖关子，起身向在场众人介绍衡玉："这位是我的副手，日后诸位若是有要事不决，可以寻我商议，也可以直接去寻她。

"你们称她为山先生就好。"

山大王，山先生，没毛病。

下方众人微愣，都不明白这个"少年"是从哪里冒出来的，怎么这么年轻就成了并州牧的副手，而且事有不决还可以直接问她，并州牧明显是分权给了"少年"。

一直到酒宴散去，一些人才思考出眉目来——所谓的山先生，怕是那位龙伏山寨的大当家吧？只是没想到那位神龙见首不见尾的大当家竟这么年轻。

有了并州牧的帮助，衡玉只花了几天时间就在平城站稳了脚跟。

随后，她启程赶回龙伏山寨，找来春冬问："我不在的这段时间，祁珞那边情况如何？"

春冬没忍住，捂着嘴笑出声来："宋先生和周先生日日去寻他谈心，而且书院学子们的底子太薄，祁公子不得不花更多的时间吃透社科书册。我看他这些天除了教书外，还经常在山寨里走动。"

作为男主，其实祁珞是个很聪明的人。

他最大的优点是性格仁善、礼贤下士，而且出身名门望族，声望极高，时常有谋士前来投靠他。

只可惜，他是个被时势成就的英雄。

一年后，祁珞的父亲冀州牧出了意外，祁珞的二叔早已野心勃勃，抓住机会想要干掉祁珞自己上位。两人苦苦争夺冀州，在那段时间里，祁珞的心计手段才迅速成长。

后来又遭到各方势力的觊觎，为了护住冀州，祁珞和他的谋士们一心发展冀州。

等到各方势力争相上场表演一番后，一直在暗地里发展的冀州也成了一方霸主。

野心被实力浇灌，疯狂生长，再加上谋士们的劝告，祁珞这才决定角逐，成为最终的赢家，接手了一个人口锐减、满目疮痍的中原大州。

现在她的到来让时局不会恶化，祁珞日后也会成长，但绝不会朝着一方霸主的路线成长。

衡玉思虑片刻，失笑道："是时候放祁珞离开了。"

于是，在山寨里待得越来越自在的祁珞，与衡玉见了第三面。

一见面，祁珞就听到衡玉开口赶他走。

祁珞："……"

强行扣押他的人是她，现在强行赶他走的人也是她。

山大王都是这么喜怒无常的吗？

衡玉认真地道："我问过春冬，你把山寨的政令学得很好。但纸上学得再好，也需要具体运用才知道深浅，所以你该回冀州了，把你学到的东西都用在冀州吧。"

赶快回去治理冀州吧，以后等她接手时，就能捡个现成的便宜。

祁珞看向衡玉的眼神有些复杂。

如果说他一开始没意识到自己被忽悠了，过去了这么久，要说还意识不到，那当然不可能。但他想不通眼前的人为什么要教他政令，教他治理一方。

每个人行事都是有目的的，眼前人的目的又是什么？

"你想要什么？"默然片刻，祁珞开口。

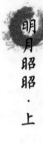

衡玉微微一笑，眉眼张扬："我想要的东西，你暂时还给不了。所以，如果你不怕的话，想要学什么东西，想要得到什么助力，都尽管来信告知我，我会尽力帮助你。"

"你想要冀州。"祁珞肯定道。

"是又如何？"衡玉没有遮掩，又何必遮掩？"如果日后你遇到天大的麻烦，甚至可以邀请我千里迢迢赶赴冀州，为你解决麻烦。只不过请神容易送神难，那时候，你就要做好将冀州双手奉上的准备了。"

祁珞眼里骤然迸发出亮光，掷地有声道："不会有那一天的。"

"我们拭目以待。"

说完这番话，室内一时沉默。

衡玉垂眸，将手边的玉盒推到祁珞面前："你做了一个月的教习，六万斗米的月俸已经跟你的买命钱抵销，所以是不可能给你的，但总要送你个东西作为留念。"

"这是什么？"祁珞有些好奇。

衡玉说："打开吧。"

祁珞迟疑片刻，伸手将玉盒打开。

盒子里躺着一把开了双刃的黑色匕首。

祁珞伸手握起匕首，随意比画几下。

寒芒凛凛闪动，这把匕首之锋利是祁珞生平仅见。

"每个对龙伏山寨有大贡献的人手中都有这么一把匕首。"衡玉解释起这把匕首的来龙去脉。

"刀鞘呢？"祁珞见猎心喜，把玩了好一会儿，连忙出声询问道。

这么锋利的刀，如果没有刀鞘，他不敢携带在身上。

衡玉吊足了他的胃口，才说道："刀鞘就在我的手里，如果问我要刀鞘，就是甘愿入我麾下，成为我的手下。你确定要刀鞘吗？"

祁珞立即不再提刀鞘的事情，只是有些不高兴地嘟囔："谁送礼物是把匕首和刀鞘分开送的啊？"

两日后，祁珞在书院学生们不舍的送别声中，离开山寨，赶回冀州。

随后不久，宋溪的几位好友赶到龙伏山寨，衡玉与他们促膝长谈几个时辰，终于打动他们，将他们全部收入麾下。

安排好龙伏山寨的一切后，衡玉亲自列出名单，带领一大批人前往平城。

龙伏山寨太小了，它的发展已经基本到了头。接下来，她会一直在平城坐镇，着手治理整个并州。

深秋过后，冬日来临。

并州难得没有遇到雪灾，在风调雨顺中迎来了新的一年。

来年四月，春耕过后，并州在暗地里彻底完成了权力的交接。并州牧从各种烦琐的公务中脱身，主要负责执掌军队。

六月，并州难得丰收，百姓家中存有余粮。

十月，百草枯折，万物凋敝。

一封从冀州来的信打破了并州难得的宁静。

衡玉拆开信封，入目便是祁珞的字迹。

过去一年里，祁珞偶尔会与她通信，主要是询问她有关政令的事情。

衡玉对自己的小弟素来不错，刚开始时祁珞还有些不好意思，后来见衡玉回信回得详细而积极，还会在信上与他闲聊，祁珞的脸皮就厚了起来，隔段时间就给衡玉寄封信。

当然，他寄信的时候还会送来昂贵的礼物当作谢礼。

这回，祁珞在信中并没有询问任何事情，只是给她寄了张邀请函，邀请她带足人手去冀州参加他的授冠礼，还请衡玉记得带上刀鞘作为给他的贺礼。

衡玉一手托腮，仔细将这封信阅读了几遍。

随后，她缓缓合上信，出声吩咐跪坐在下方的宋溪："清点人手，我们明日就启程前往冀州。"

取冀州的最佳时机，来了。

并州这边有并州牧坐镇，短时间内不会出现什么太大的问题，所以衡玉干脆把自己得用的人抽调走了一半。

尤其是谋士这边，宋溪、周墨这两个冀州本地人都会随她赶去冀州。

冀州州牧府就位于定城北。

"周大夫，这边请。"祁珞穿着柔软合身的常服，走在前面，亲自为大夫引路。

这段时间他一直在冀州牧跟前侍疾，没有休息好，脸上满是困倦之色。

"原来珞儿你在这里。"就在这时候，前方突然传来一阵爽朗的笑声。单是听声音，许多人脑海里就会浮现出一个义薄云天的粗犷汉子形象。

但就是这么一个让人听了会下意识生出好感的声音，却让祁珞牙关紧咬。

他转过身循声看去，勉强挤出两分笑容道："二叔，你怎么过来了？"

祁澎腰佩大刀，身边还跟着个文弱的中年谋士。他笑容爽朗，走到祁珞面前时，用自己厚实的手掌拍了拍祁珞单薄的肩膀："我刚刚在前厅商议要事，听下人禀报说，你请了个毫无名气的庸医来给兄长看病，我担心会出什么大事，就急急忙忙赶了过来。"

商议要事！

祁珞忍不住抬眼看向安静地站在旁边的中年谋士。

这个谋士是他父亲最信重的幕僚，结果父亲前脚刚倒下去昏迷不醒，谋士后脚就跟他二叔勾搭在了一起。

他父亲明明给他留了不少后手，但因为太过轻信他人，导致很多后手还没来得及发挥作用，就先被他二叔清理掉了。

千防万防，果然还是家贼难防啊。

收回视线，祁珞声音冷硬："身为人子，在我爹病倒的这段日子里，我一直寝食难安。无论大夫有没有名气，只要有一线可能，我就必然会不惜重金延请。"

身为人子，日夜寝食难安，那你这身为弟弟的，就不怕日后遭到报应吗？！

祁澎仿佛没听出他的言外之意，脸上笑容不减，淡淡地扫了眼那位大夫："珞儿想试试，尽一份孝心，那自然是极好的。说起来，清河贺氏派人过来参加你的授冠礼，不日就会抵达定城，珞儿到时候要随我去迎接贺家的人吗？"

清河贺氏！

祁珞心绪复杂。

这些年里，贺家虽然遭到乐家的打压，但在容家出事时，贺家迅速吞了一大口肥肉发展壮大，所以还是颇有实力。

不用多想祁珞也知道，清河贺氏的人是他二叔请过来的，绝对会站在他二叔那一边。

"我想贺家来人定然是二叔的友人，我还是不去打扰二叔与友人密谋了。"祁珞忍不住讽刺了一句。

祁澎含笑听着，丝毫没有动怒，看向祁珞的眼神依旧非常温和，就像是在看一个顽劣的孩子上下蹦跶。

祁珞硬邦邦地道了句告辞，便带着大夫拂袖而去。

快要走出州牧府时，祁珞忍不住抬头，凝视着那覆满阴霾的苍穹——

以大当家的才智，定然知道他去信一封的用意所在。大当家会过来吗？过来之后，能够扭转现在越来越危急的局面吗？

如果大当家能够扭转局面，把冀州双手奉上又如何？

大当家只要冀州。

而他二叔，还想要他全家的性命。

马车经过特别的防震改造，行走在平坦的道路上时，马车里的人几乎感觉不到震动。

衡玉倚着马车壁闭目养神，听春冬为她念各地的情报——与相对平静的并州比起来，其余十二州都各有各的艰难坎坷。乱世已经开启。

突然，衡玉睁开双眸，坐直身体。

春冬停止念情报。

衡玉抬手，将马车帘拉开一角，询问策马跟在马车边的侍卫长："快要到定城了吧？"

侍卫长答："应该还有两个时辰的路程。"

衡玉思索片刻，问："这一路行来，前往定城的商队和百姓是不是太少了？"

冀州土地肥沃，地理位置优越，所以人口数量比并州要多不少。

定城是冀州最繁华的城镇，按理说一路上不应该这么冷清才对。

"看来冀州牧病重的消息已经在冀州传开了，商队和百姓都知道如今定城风波已起。"衡玉回答了自己的疑问。

不用多想，放出这个消息的肯定是祁珞的二叔祁澎，他想要用这种方式来逼迫冀州的官员和世家投靠他。

衡玉思考片刻，说："我们中午不休息了，全速赶到定城。让车队的人暂时用干粮应付一顿，今夜再让厨子给大家准备好酒好肉。"

随着衡玉的命令下达，车队的速度加快了些许。

车轮滚滚碾过，一个多时辰后，"定城"这个饱经风雨洗礼的城门牌匾映入众人眼帘。

还没等车队的人松口气，他们就被负责把守定城城门的士兵拦下了。

为首的士兵高声喝道："你们是何人？不知道如今冀州牧病重，定城为免混入贼人，已经不允许大型车队进城了吗？"

侍卫长板着脸，将祁珞的邀请函递过去："我们受祁公子的邀请，前来参加他的授冠礼。"

为首的士兵垂眸扫了眼邀请函，感觉有些棘手。

他召来手下，在手下耳畔低语几句，他的手下急匆匆跑进城。

士兵这才看向侍卫长，声音温和道："如今城中守卫由祁澎大人负责，我们需要请示过他才能放行，还请诸位先在一侧稍等。"

侍卫长抱拳，也不为难他，对方也只是听命行事。

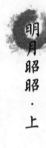

衡玉坐在马车里，将他们的对话尽收入耳。

她慢慢端起面前的茶水，一口饮尽："连城中守卫之权都落到了祁澎手里，看来祁珞现在的处境的确不太好啊。"

州牧府里，祁澎正在认真招待贺家家主："贺兄一路舟车劳顿，接下来这几日，贺兄好好休息，如果有什么需要，尽管提出来。

"以你我二人之间的交情，贺兄不必客气。"

祁澎又转头看向贺瑾，温声笑道："比起几年前，侄儿的越发风姿出众了。我与你父亲通信时，听说你不但弓马娴熟，还能提笔作诗，比我家那几个小子成器多了。

"侄儿如果不嫌弃，就多与我家那几个小子待在一起，也让他们跟你学学。"

贺家家主笑得温和，一副文质彬彬的模样："祁兄实在是太谦虚了。"

室内正聊得欢畅，外面突然传来敲门声，在得到祁澎的示意后，有人快步走进来禀报了城门外之事。

祁澎脸上笑意收敛："那些是什么人？"

"看了他们的文书，似是……并州牧的人。"

祁澎脸色瞬间沉了下去。

没想到祁珞居然有能耐让并州的人过来给他撑腰。

"祁兄不必忧虑。"贺家家主抚着长须，笑着提醒，"这里毕竟是冀州。"

祁澎哈哈一笑："贺兄说得是，不知道贺兄可要与我前去城门，试一试并州来人的深浅？"

"也好。"贺家家主随口说道，又看向跪坐在他身侧的贺瑾，"瑾儿也一道过去吧。"

春冬抱着一袋栗子上了马车："'少爷'，你先吃些栗子吧，刚出炉的，正热乎呢。"

衡玉中午没吃东西，也有些饿了，支着下颔让春冬剥栗子喂她。

突然，有人急匆匆朝马车走来，在外面道了声"主公"，就将马车帘掀开了。

看到马车里的这一幕时，周墨先是愕然，随后脸上浮现出淡淡的尴尬。

衡玉咽下栗子，问："怎么，外面有动静了？"

见周墨点头，衡玉垂眸正了正衣冠，在春冬的搀扶下从容走下马车。

周墨退回到宋溪身边，不自在地咳了两声。

宋溪觉得奇怪，问了两句。

周墨打了个哈哈："主公正是慕艾之年，我看她似是与春冬姑娘情投意合。"

与春冬姑娘情投意合？宋溪先是一愣，随后别开头，压住唇角泛滥的笑意，勉强应了声："周先生莫要将此事传扬出去。"

不然他们那位主公不知会露出何等表情。

周墨摇头，不赞同道："我哪里是这种人，也就是与宋先生交情好，才与你谈论一二，日后必不会再提了。不然如果主公和春冬姑娘没有成事，岂不是有损春冬姑娘的清誉？"

这下子，宋溪的眼角眉梢都是笑意。瞧着有人马从定城里出来，宋溪边忍着笑边走到衡玉身边。

衡玉抬眸扫宋溪一眼，有些不明所以："先生遇到了什么高兴事吗？"

"没什么。"宋溪避而不答。

衡玉眉梢微挑，也不追问，她的注意力更多是放在祁澎……以及他身侧的贺家家主和贺瑾身上。

贺家的人怎么会出现在冀州？

"'少爷'。"春冬认出贺瑾后，声音有些紧张。

虽然她跟小姐都做过伪装，但贺瑾毕竟是小姐曾经的未婚夫，与小姐和她都打过不少照面，对方会不会把她们认出来？

"不必紧张。"

衡玉确定自己和春冬的伪装不会露出破绽。

而且悠悠四五年时间，她和春冬的气质和身量都有了很大改变。

"不知阁下是并州哪位人士？"

就在衡玉思索之时，祁澎大步流星地走到衡玉面前，抱拳行礼，爽朗笑问。

衡玉收起折扇，将折扇倒握于手心，同样抱拳回了一礼："我姓山，至于名讳，些许薄名，倒是不足道来。"

姓山？

祁澎心头一跳。

冀州与并州相邻，他听说过并州山先生的大名，只是没想到，身为并州牧副手的山先生居然如此年轻。

"山先生此次过来，听说是为了参加我侄儿的授冠礼？"祁澎试探地问道。

衡玉两指交错，折扇打开，她以扇面遮住唇角："去年祁公子前去为我家州牧贺寿，今年我们并州派人出席授冠礼也是应有之意，祁大人觉得呢？"

她声音放缓，面露苦恼之色："冀州的事，是祁公子和祁大人的家事，其实一开始我也不是很想过来，但总不能让我们州牧大人在外人面前失礼。

"接下来这段日子，还请祁大人多多担待。"

她这番话落到祁澎耳里，就是并州的人原本不想来冀州，但为了礼数必须得来，接下来的日子里她不会出手帮祁珞对付祁澎，希望祁澎也不要刻意为难她。

一听到这，祁澎心中的警惕淡去几分。

虽然他没有完全相信衡玉的话，但如果他表现得太过忌惮并州一行人，这不是在把他们往祁珞那里推吗？

于是祁澎爽朗大笑："原来如此，原来如此，山先生远来是客，还请速速随我入城。

先前之事多有得罪了，我代守门的士兵向山先生道歉。"

不少守门士兵听到他的话都不免动容。

衡玉缓缓勾唇，这祁澎也算得上是个豪杰了，手段不低，难怪能把祁珞逼到这种程度。

与祁澎交谈完，衡玉的目光顺势移到贺家家主和贺瑾身上："这两位是……"

"清河贺家，贺瑾。"贺瑾向她行礼，笑起来时，眉眼俊秀若山间溶溶月色。

系统在脑海里用它那机械音哼道："长得倒是人样，就是人模狗样。"

衡玉险些被它逗笑，勉强压住唇角笑意，看向祁澎："祁大人，我们进城吧。"

在衡玉和祁澎离开时，贺瑾站在原地，目光落在衡玉的背影上，缓缓拧起眉来。

不知道是不是他的错觉，他总觉得这位山先生给他的感觉有些许熟悉。

但是如果他真的见过山先生，按理来说不可能会忘记的。

他心里存着事，眉心也有些紧锁。

贺家家主注意到这点，抽空询问他发生了何事。

贺瑾没把自己对衡玉莫名的熟悉感说出来，只是道："并州这行人来的时机太关键了，我担心他们会扰乱当下的局面。"

"再看看吧，私底下还是要多提醒祁澎。"贺家家主倒是不太担心。

那位山先生是并州牧的副手又如何？

山高皇帝远的，这里可是冀州啊。

州牧府距离城门有点远。

这一路上，衡玉与祁澎共乘一辆马车。

祁澎话中有话，不断试探衡玉。

衡玉深谙打太极之术，一边从容应对，一边又在言语间暗示"我不会插手祁家家事的""冀州如何，与我们并州又有什么关系呢"。

等马车终于抵达州牧府，祁澎对衡玉的戒心又减弱不少，他热情地把衡玉安置好，这才大步离开。

半个时辰后，安置下来的衡玉才见到匆匆赶到的祁珞。

他神色有些狼狈，一见到衡玉就连忙抱拳，苦笑赔礼道："实在不好意思，原本是我邀请大当家过来的，结果一直到大当家安置好了，我才知道大当家已经到了。"

为了防止他二叔对他爹出手，这段时间祁珞一直待在他爹身边侍疾。城门那里的守卫已经被调换成了祁澎的人，所以祁珞才没收到消息。

"无妨。"衡玉的手在空中稍稍下压，示意祁珞先缓口气。等他缓过气后，衡玉端起茶水轻抿一口，道："祁兄，你如今的处境相当不好啊。"

祁珞抬手抹了把脸。

一年前他还信誓旦旦地说绝对没有求大当家的那天，现在就自己打自己脸了。

只能说，话千万不要说得太死。

"只是相当不好吗？大当家不必给我留面子，之前你已经提醒过我要小心二叔，但我没想到我父亲的心腹都被他收买了。"

他手中没有谋士可用，只能倚仗他爹的心腹，谁承想……

听到这话，衡玉轻咳两声。祁珞当然没有谋士可用，墙脚都被她用锄头挖光了。

衡玉正色，转移话题，询问起冀州牧的病情。

"我爹的病情，一半是因为陈年旧疾，另一半，似是因为中了毒。"

"似是？"衡玉敏锐捕捉到祁珞的用词。

"是的，这段时间我延请了十几个大夫进府为我爹检查。其中有位祖籍清河的大夫说我爹的症状很像中了毒，他在清河时曾经见过同样的症状。"

祁珞抿紧双唇，棱角分明的脸上带着肃杀冷色。

"而且这几天，清河贺家的人恰好来到府上拜访我二叔。这一切都太巧了。"

为免隔墙有耳，衡玉压低了声音道："如果有机会的话，让我去探望探望州牧大人。"

祁珞先是惊喜："你手下有精通医术之人？"

但很快，他的神色又黯淡下来。

他爹中的毒，一般的大夫估计都解不了。

"我带来的人里没有大夫。"

"那你——"

"也许我就是你遍寻无果的名医。"

王朝因我兴替21

衡玉调侃一句，随后正色道："我需要先为州牧切脉，判断他中毒深浅，再思考解毒方案。我不敢保证自己一定能解毒，但慢慢施针逼出毒血，让冀州牧从昏迷中清醒过来，应该是不难的。"

这年头大夫的地位并不高，祁珞完全没想过衡玉会医术。

他一开始有些惊讶，后来激动得险些坐不住，恨不得马上把衡玉拽起来，带她去他爹的院子，让衡玉赶紧为他爹切脉。

衡玉示意他保持冷静。

"你爹昏迷了这么久，想来毒素早已深入骨血，就算我能够解毒，短时间内他也醒不过来。

"如果我们现在过去，就会打草惊蛇。狗急了还会跳墙呢，你二叔手里的势力不弱，不要横生太多枝节。"

祁珞知道衡玉说得对。

他深吸一口气，将脸上的喜色敛去，又恢复了开始时那憔悴、悲伤难掩的神情："如果有任何需要我做的，大当家你尽管吩咐。"

衡玉说："短时间内你什么都不需要做，不出两日，我要祁澎亲自请我去探望冀州牧。

"请一次还不够，这不够有诚意。到时候祁澎知道自己引狼入室，脸色肯定会非常有意思。"

祁珞想象了一下那个画面，嘴角微抽。

但不知道为什么，他居然丝毫不怀疑大当家能否做到这一点，他只是比较好奇大当家要如何达成目的。

"那我就在院子里安心等大当家的好消息了。"

从并州赶来冀州，一共花了半个月的时间。

这半个月，衡玉基本没休息好。现在到了温暖舒适的室内，她睡得非常安心，一直睡到日上三竿才慢悠悠地起床洗漱。

祁澎从下人那里得知这个消息后有些无语，这位山先生的心未免也太大了，在别人的地盘都能睡得这么沉。

"听说昨天傍晚，祁珞去见了山先生？"贺家家主问道。

祁澎拈起白子落到棋盘上，随口回答贺家家主的问题："是的，待了不到一刻钟就离开了。他应该是想拉拢山先生。"

"那你觉得那位山先生会被拉拢吗？"贺家家主又问。

他们贺家可是在祁澎身上下了注的。

如果祁澎能够夺得冀州，整个贺家都能因此受益不少，所以他不希望其间出现什么变故。

祁澎缓缓拧起眉来："我们二人昨日相谈甚欢，谈话间，山先生倒是透露了自己不会插手冀州的事情，但是……我怕祁珞会不惜付出巨大代价来寻求山先生的帮助。"

傍晚，衡玉跪坐在回廊下吹箫。

一曲终了，身边有掌声响起。

衡玉侧目，看向不知何时来到她身边的祁澎，脸上露出恰到好处的惊讶："不知祁大人是什么时候过来的，我竟然没听到脚步声。"

祁澎心下自得。

他是练家子，脚步一直不重，这位山先生听不出他的脚步声，看来就算有身手，也只是武功平平。

"山先生刚刚在认真吹箫，没注意到我很正常。倒是我，惊扰了山先生吹箫的雅兴。"

"哪有什么雅兴不雅兴的，就是随便吹吹罢了。"衡玉摆手。

祁澎夸道："先生谦虚了，我也粗通音律，方才先生那一曲箫音可谓是余音绕梁，令我动容沉迷。"

两人商业性互吹了几句，衡玉才问道："祁大人公务繁忙，怎么突然有空过来找我？"

祁澎哈哈大笑："先生是聪明人，我想先生应该不会不知道我的来意吧？"

衡玉苦笑道："祁大人这就太为难我了……"

"这算什么为难？要我说，我那侄儿才是为难了先生，明明知道我忌惮他，他还去见了先生。"

衡玉抿紧了唇，似乎是在迟疑。

祁澎两手抱臂，知道她已经心生动摇，于是露出一副胜券在握的神情，耐心等着衡玉开口。

习习晚风吹进院子，这时已是日暮时分。

衡玉表现出一副终于下定决心的模样："也罢。"

在祁澎自得之时，衡玉屏退周围的人，娓娓说道："祁大人，你应该知道一山不能容二虎的道理。说实话，我们并州的情况，与冀州有几分相似啊。"

祁澎一听，瞬间"脑补"：对啊，这位山先生是并州牧的副手，处境可不是与他完全一样吗？如果能够当老大，谁又希望自己头上压着一个人呢？

衡玉掩面长叹："说到这里，我想以祁大人的聪明才智，定然已经猜到祁公子许诺我些什么了。

"没错，祁公子他许诺我，如果他顺利子承父业成为冀州牧，待将来时机成熟，便会与我联盟，助我逼并州牧退位，令并州易主。"

果然，祁珞是许下了这个好处。祁澎摇头失笑："这有何难？我那侄子能够许给你的，我也能。而且我还会另外奉上黄金千两。"

衡玉心下啧一声：不，你不能，你侄子为了干掉你，把冀州都送给我了。

面上，衡玉露出心动与迟疑之色："这……"

祁澎志得意满地继续劝说："山先生是聪明人，现在定城几乎都在我的掌控之中，我那侄子的许诺只是空口白话，永远没有兑现的可能。"

衡玉蹙起眉来："我问过祁公子，他说冀州牧的身体已经有了几分起色。现在定城是在祁大人的掌控中，但冀州牧才是冀州真正的主人，如果他清醒过来，那些中立派肯定会重新倒向冀州牧的。"

祁澎忍不住大笑出声："放心，我那大哥醒过来又如何？他出不去这州牧府，那他的命令就是废话。"

看来州牧府的守卫都是祁澎的心腹。衡玉思忖片刻，依旧迟疑不语。

祁澎对她这种瞻前顾后、既想要好处又不想冒险的做法非常鄙夷，偏偏又要极力拉拢她，只好道："山先生，你怎么被我那侄儿骗了？他说我兄长的身体有起色，难道就真的有起色吗？"

衡玉大吃一惊，每停顿两秒，就往外蹦出一个词来。

"原来……难怪……可是……"

祁澎不由得在心里帮她把话补全——

原来冀州牧的病与你有关。

难怪你一副胜券在握的样子。

可是万一祁珞说的是真的怎么办？

祁澎决定下一剂猛药，彻底让山先生倒戈到他这一边，于是主动提议道："不如这样，明日山先生亲自去探望探望我兄长吧。只要见到我兄长，山先生就知道我那侄儿是不是在骗你了。"

衡玉拒绝，摆出一副不乐意去的样子："祁大人，我并非大夫，怎么可能看得出冀州牧的情况如何？

"而且并州牧曾经告诫过我，到了定城必须低调，如果我表现得太过高调，岂不是忤逆了并州牧？你要知道，短时间内我不欲与我们家州牧翻脸。"

她拒绝得如此快、如此坚定，祁澎只好苦口婆心地劝起来："先生何必担忧？我会好好为你遮掩，免除你的后顾之忧的。"

衡玉依旧摇头。

祁澎摆出怒气冲冲的姿态："先生是不信我的承诺吗？"

衡玉这才勉勉强强表示同意："也好……如果真的走漏消息，我会说是得知冀州牧病重，如果不去探望一番，会失了并州的礼数。"

祁澎终于长舒口气，此人胆子如此小，做事瞻前顾后，也不知道是怎么混成并州二把手的。

祁珞服了。

祁珞不能不服。

他忍不住向衡玉讨教："大当家，你觉得，如果我努力，能够学到你几成功力？"

衡玉上上下下认真打量祁珞几眼，在祁珞期待的注视下，冷酷无情地道："你这资质，只能做被忽悠的那一个。"

祁珞："……"

原本有些郁闷，但转念一想，祁珞还真无话可说。

他二叔把他直接逼上了绝路，但是在大当家面前，依旧被忽悠得找不着北。

不是他和他二叔太菜，是大当家的境界太高了。

两人低声交谈着，从院子走进室内。

室内不透气，缭绕其中的药味很重。祁珞屏退众人，引着衡玉绕过屏风，来到里屋。

纱帐是掀起的，冀州牧双目紧闭，悄无声息地躺在床榻上。

祁珞快步上前，把手指横在冀州牧鼻前探了探他的鼻息，感受到呼吸后才松了口气，扭头过来向衡玉解释："我爹的呼吸越来越轻了，我每日进屋探望他，做的第一件事就是探鼻息。"

衡玉示意祁珞让开。

她走到祁珞刚刚的位置，俯下身查看冀州牧的神色——脸色苍白，唇角带着淡淡的青紫之色，眼睑处也有同样的痕迹。

撩开冀州牧的眼皮，又看看他的耳后，衡玉才开始把脉。

过了片刻，衡玉去把另一只手的脉，随后，她又检查了冀州牧指甲缝的颜色。

"这毒至少中了有两年时间，慢性毒，潜藏于肝肺之间。中毒时间太长，现在已经对冀州牧的身体造成了不可逆转的伤害。"

衡玉抬眼去看祁珞，声音放柔了，带着淡淡的安抚之意："我可以施针为冀州牧逼出毒血，之后每隔两天来施针一次，大概花上半个月的时间，冀州牧就能从昏迷中清醒过来。但是……你要心中有数。"

祁珞起初没听懂她话中的意思，后来对上她的视线，悲从中来，呜咽声从唇齿间溢出。

祁珞抬起手，用宽大的袖子遮挡住脸，默然片刻，祁珞才平复好心情："请大当家施针吧，你如果在室内待太久，我二叔会生疑的。"

衡玉拍了拍祁珞的肩膀，从袖子里取出银针，再端来烛台灼烧银针，消过毒后，开始按照穴位快速落针。

一刻钟后，衡玉收针，示意祁珞过来清理掉冀州牧身上的毒血。

祁珞好像在这短短的时间里成长了许多，他镇静地用手帕擦拭掉毒血，确定没有一处遗漏后，将手帕扔进炭盆里，看着它完全烧成灰烬。

"我们该出去了。"衡玉说。

祁珞点头，完全不用演，他一脸哀戚地走出院子，将衡玉送回她的住处。

两个时辰后，祁澎派人邀请衡玉过去喝茶下棋。

刚瞧见衡玉，祁澎便笑道："如何？山先生现在相信我的话了吧。"

除了祁澎外，贺家家主也在。

他们坐在凉亭里，桌上摆着一盘下到一半的棋局。

衡玉没马上回答祁澎的话，只是扫了眼安静地坐在那里的贺家家主。

祁澎顺着她的目光看过去，知道以这位山先生的谨慎，是害怕贺家家主会泄露机密之事，于是解释道："山先生请放心，贺兄是我的知交好友，他不会说出去的。"

衡玉冷笑。

明明她是站在台阶下，与坐着的贺家家主平视，但她的姿态更近似居高临下的俯视。

"祁大人信得过贺家家主，我可信不过。"

"这……"祁澎有些尴尬。

贺家家主脸色也冷淡下来："不知山先生这是何意？"

衡玉用手指钩了钩腰间的玉佩，语气冷淡、轻蔑："没什么意思，只是接下来的谈话事关重大，绝对不容有失。贺家家主这等背信弃义的小人居然也要参与谈话，这实在是令我坐立难安。"

俗话说，打人不打脸。

衡玉这番话却是直接把贺家的脸扒下来扔到地上踩。

然而，贺家家主能够辩驳吗？

当初容家的血债可还历历在目。

贺家家主隐在袖袍底下的手颤抖起来，他强行压制住怒意，反唇相讥："是吗？那山先生现在与我又有什么分别？"

你现在不也打算背叛并州牧吗？

衡玉两手抱臂，姿态悠然："是的，正因为我用了小人之心去揣摩你这个小人的想法，所以我才更加不希望你待在这里。"

她丝毫不加遮掩，就这样把她对贺家家主的轻蔑表露了出来。

小人。

没错，贺家家主是个彻头彻尾的小人。

当初她逃出京城前，只是隔空骂了贺家家主，哪里有当面骂他他还没办法反驳来得爽快。

容家和贺家有着血仇，她在保证大局不出错的情况下，完全没必要与贺家握手言欢。

"两位……"祁澎夹在中间，想要打断他们。

"祁大人，我只是想让贺家家主暂时避开，你连这小小的要求都不能满足我吗？反正与我合作的人只是你，他在不在又有什么分别呢？"衡玉反问。

祁澎直接被她问倒了。

而且吧，祁澎觉得衡玉说得对。

他和贺家人只是相互利用的关系，一些过于机密的事情，还是别让贺家人参与进来为好。

贺家的人品，是经过检验的，公认的不行。

不过，祁澎不好直接开口让贺家家主离开，于是他沉默不语。

瞧出了祁澎的心思，衡玉立刻蹬鼻子上脸，表现出一副有恃无恐的模样来，将得志便猖狂的人设拿捏得恰到好处。

"贺家家主，非要主人亲自下逐客令，你这不受欢迎之人才肯离开是吗？"

贺家家主险些被她气到晕厥。

他顾不上什么礼仪，抬手用食指指着衡玉，大口喘了两口气。

"在我们并州，敢这么指着我的人，是要被我砍断手指的。"轻笑一声，衡玉袖间有匕首滑出，她没将匕首拔出刀鞘，只是这么放在眼前把玩。

这连匕首都掏出来了，祁澎哪里还坐得住？"山先生莫要动怒，贺兄与你我是一伙的！"

"哦。"衡玉脸上露出虚假的歉意，将匕首收起来，"我给祁大人面子，今日且放过贺家家主。至于我刚刚的话，若是有得罪之处，还请贺家家主多多担待啊。贺家家主你也知道，我年轻气盛，虽然为人阴险背弃旧主，但并没有你那么会掩饰自己的真实想法。"

她这是在骂自己吗？

她字字句句，全部是在戳贺家家主的脊梁骨。

"你！"

贺家家主瞧见祁澎在疯狂向他使眼色，心中憋屈得要命，怒气冲冲地拂袖而去。

总算是把这两位给分开了，祁澎心中长舒一口气。

明明是她把贺家家主气走的，衡玉偏偏还表现出一副愤愤不平的模样。

她在祁澎对面坐下，抬手将下到一半的棋局拨乱。

"这贺家家主肯定是记恨上我了，他怎么就学不会'担待'这两个字呢？"

这恶人先告状的姿态，直把祁澎看得咋舌，他觉得山先生能活到今日，没被对手套麻袋打死，没被并州牧拔刀砍死，也委实是不容易的。

祁澎不动声色道："山先生，你刚刚对我的客人出言不逊，是不是有些不将我放在眼里了？"

衡玉取来一个干净的茶杯，自己给自己倒了杯茶："祁大人，我这是为我们两个人好啊。"

祁澎拖长声音噢了一声："依照山先生刚刚所言，你觉得贺兄不可信，那你今日的做法不也是与贺兄当日一般吗？"

衡玉心底冷笑，面上却笑得非常随意，点头认同祁澎的话："是的，所以就连我也不够可信，祁大人有什么机密要事，可千万不要告知我。"

祁澎哈哈一笑："山先生果然是个妙人。"

谁会直接把"我不可信"这几个字挂在嘴边呢？

他觉得，这山先生在别的事情上不可靠，但在接下来的事情上，她绝对比贺家人要可靠百倍。

看出来祁澎没把她的话放在心上，衡玉摇头。唉，她都说了自己不可信，祁澎为什么就是不相信呢？

跟聪明人聊天很舒服。

跟这种自以为聪明的人聊天更舒服。

祁澎笑过之后又觉得奇怪："山先生能与我相谈甚欢，为何却与贺兄针锋相对？"

衡玉说："其实我这个人非常相信第一眼的感觉，正如第一眼看到祁大人，我就觉得祁大人豪气盖世，为当世雄才。"

先把祁澎吹高兴，让祁澎认可了她的第一眼感觉，衡玉才道："至于那贺家家主，第一眼看到他，我便觉得他贼眉鼠眼、心思晦暗，后来得知他的身份，才发现果然不出我所料。

"那什么清河贺家，说是名门望族，但暗地里干的勾当压根不敢摆出来显于人前。"

祁澎的逻辑已经完全被衡玉带跑了。

明明以前他没觉得贺家家主的长相有问题，但现在听衡玉这么一说，他脑海里不由得浮现出"人生奸相"四个大字。

给贺家家主上了眼药后，衡玉才施施然地摆手："不说这个了，我们言归正传。

"我见到了冀州牧，而且也仔细查看过，他气息微弱，几不可闻，如风中残烛一般。以我的判断，这不是生了重病，而是中了某种离奇的剧毒吧？"

祁澎微微一笑，默认下来。

衡玉笑得亲近："不知道祁大人手上还有没有多余的毒能匀我一份？我必以重金酬谢。"

如果她能拿到这种毒进行研究，在接下来帮冀州牧解毒时，就能更有针对性。

祁澎悟了，他觉得衡玉这是想给并州牧下毒。

不过祁澎没说有没有，只是笑着转移话题："山先生，喝茶喝茶。"

看来是没办法从祁澎这里骗来毒药了，衡玉端起茶抿了两口，用折扇敲击虎口，给出承诺："祁大人放心，我们并州肯定是站在你这边的。"

祁澎哈哈一笑："山先生果然是爽快人。"

"对了，既然我们现在是一条船上的人，我有一事务必要告知祁大人。"衡玉神神秘秘道。

祁澎被她吊足了好奇心："不知是何事？"

"祁公子为了争取到我的支持，又向我透露了他的一些底牌。"

"哦？"

"没错，祁公子说他寻到了一种秘药，如果用他的血为药引，配合秘药喂给冀州牧，七七四十九天后，或许能让冀州牧清醒上一两个时辰。"

"噢！"

衡玉用力点头，与祁澎对视，眸子干干净净，里面带着能令人信服的真诚。

祁澎蹙起眉来："真的有这种秘药吗？就当他真的有……一两个时辰……以我兄长的威望，就算只清醒一两个时辰，也会让很多事出现变故。

"而且，万一我那侄子在骗你呢？如果不是清醒一两个时辰，而是清醒一两天，甚至更久呢？"

自言自语的时候，祁澎又心想：看来这山先生是完全站在他这边了，连这种机密之事都抖了出来。

衡玉见他抓重点的能力不够强，还主动帮他把重点都画出来："祁大人，还有一点，那祁公子说需要七七四十九天，谁知道是不是他故意夸大了时间？"

祁澎顺着她的话思索下去，连连点头。没错啊，万一只需要一个月甚至大半个月，药效就发挥出来了呢？

衡玉太喜欢这种会"脑补"的人了，尤其是这种人还是她的对手："所以，我觉得，如果祁大人想要成事，为免夜长梦多，我们就在二十天后祁珞的授冠礼上动手！"

给她留足二十天的时间：十五天让冀州牧清醒，两天让冀州牧养足精神能够下床走动，三天用来调兵遣将，到时候瓮中捉祁澎。

安排得明明白白了。

祁澎被她说得心荡神摇，笑道："山先生倒是与我想到一处去了。"

现在他手下的势力还没完全到位，这定城里还有不少人都忠于他兄长。二十天的时间，正好能让他把一切都筹备到位。

所以就算山先生不提议，祁澎也会把逼位的时间定在祁珞的授冠礼上。

一直在静静旁观的系统："……"

衡玉这个演技派都险些压不住唇角的笑意。

她右手握成拳抵在唇边，用拳头挡住笑意，努力板着脸道："我们需不需要派人进入院子，密切关注冀州牧的身体状态？"

祁澎若有所思道："山先生言之有理。"

他斟酌片刻，猛地抬头看向衡玉："先生与我侄儿交好，以先生的才智，如果进了院子，肯定能瞧出我兄长的具体情况。富贵险中求，不知道山先生可愿意冒一次险？"

衡玉脸色微变："祁大人，这么紧要的事，你怎么能交到我手里呢？我……我不行的，你还是另择高明吧。"

祁澎刚刚还有些迟疑，这下子反而彻底下定了决心："山先生放心，大夫里也有我的人，只是我那侄子过于小心，没有固定使用一个大夫，我也不知道什么时候他才会用我的人。我想着，你进去的话，就多了一重保障。"

看来到时候要提醒祁珞，必须选用最信任的大夫来为冀州牧把脉。

衡玉边想着边摇头："不不不，君子不立危墙之下。"

祁澎："……"

他真是被这山先生的懦弱打败了！

他一咬牙，道："事成之后必有重谢，先生要的药，我也会双手奉上。这下先生满意了吧？"

衡玉唇角微动，显然心动了："这……那好吧。"

祁澎忍不住端起茶杯，将杯子里的茶水一饮而尽，跟这个山先生说话可真是费劲。

系统："……"

真是惨不忍睹，这祁澎输得不冤。

喝完一盏茶，衡玉起身告辞离开。

她前脚刚离开，祁澎后脚也跟着离开了，绕到贺家人住的院子里寻贺家家主，温声安抚对方。

贺家家主有求于祁澎，只好暂时强忍了这口气。

他还反过来劝祁澎："祁兄，你我相识多少年，你与那山先生才相识多久？你不要被那小子的话术蒙蔽了。"

祁澎面上点头，不住地说自己肯定是相信贺兄的，但心下，祁澎对贺家家主这番话嗤之以鼻。那山先生胆小怕事，若不是他强求，对方压根不想出力，这样的人怎么可能蒙骗得了他？

等祁澎离开后，贺家家主脸上的笑瞬间消失，神情冷厉，里面隐着令人不寒而栗的杀意。

"父亲。"贺瑾从外面走进来，跪坐在贺家家主身侧。

贺家家主说："我始终觉得并州那位山先生有些古怪，不过对方已经取信于祁澎，你在暗地里调查，不要打草惊蛇，千万不能让山先生坏了我们的大事！"

"是。"贺瑾应道，而后垂眸思考自己要怎么调查。

肯定得从山先生带来的那些手下着手。

于是第二日清晨，贺瑾派下人去悄悄试探山先生的手下。

半个时辰后，因山先生的手下狮子大开口要一箱黄金，下人铩羽而归。

贺瑾不甘，精挑细选，重新选出一个人，再让下人悄悄去试探。

结果这个人更过分，一口咬死要两箱黄金。

在下人气恼地离开前，这个人跷着二郎腿，边抖腿边吊儿郎当地说："在找我之前，你是不是还找过其他人啊？他们开价高吗？

"我跟你说，这年头都是一分钱一分货，找我的话，我能透露的内部消息更多啊。"

下人觉得他言之有理。

回来一禀报，贺瑾也觉得言之有理，反正两箱黄金也不是拿不出来。

在衡玉睡到日上三竿，懒洋洋起床，慢悠悠吃饭时，陈虎提着两箱黄金笑嘻嘻地过来向衡玉请安。

"大当家，早啊，这两箱见面礼还不错吧？"

衡玉眉梢微挑："这是你从哪骗来的？"

陈虎乐呵呵道："从贺家的傻子那里骗来的。他们找我打听您的消息，我一想，要打听消息可以啊，钱得给到位了。他们给了钱后，我就把您每天吃什么穿什么、每天几时起的消息都详细说了。

"然后我还说了，如果想知道您的武功路数这种更详细的消息，得再提两箱金子过来。"

衡玉夸道："虎子，你这些年成长得不错，学到了几分我的风采啊。"

陈虎谦逊地摆手，直道哪里哪里。

衡玉将半箱黄金推回给陈虎："按照山寨的规矩，你一我三。"

这边二人其乐融融时，另一头，贺瑾气得将下人带回来的"情报"捏成一团："你是说，那两箱黄金，就换来了这么些个没用的消息？"

下人瑟瑟发抖，哭着扑到贺瑾面前："少爷，那个人说一手交钱一手交货，我既然已经看了这几张纸，如果不把黄金给他，他就要直接杀掉我啊，少爷。"

这是贺瑾最得用的下人。

他狠狠瞪了下人一眼，冷声道："黄金的事我先不跟你计较，你告诉我，你们的交易有没有打草惊蛇？"

下人咽了咽口水，依照常理来推测，坚定道："没有，肯定没有，那个人得了两箱黄金，肯定会好好遮掩的。"

"那就好。"

贺瑾的眼神慢慢暗下来，看来还是得他亲自出马才行。

那山先生把侍卫调教得不错，而且再找侍卫，肯定会打草惊蛇。山先生身边正好有个美貌婢女，一时之间，贺瑾计上心头。

转眼，又到了该为冀州牧施针的日子。

衡玉依旧睡到日上三竿，慢悠悠吃完饭才去找祁珞。

她找得光明正大，毫不遮掩。

两人甚至站在院门口低声交谈了几句，祁珞才领着衡玉进到屋里。

"大当家，你这回又是怎么忽悠人的？"

这两天，祁珞已经接受了现实，心情平复下来不少，所以也有了闲心询问起其他的情况。

实在是也没有那么多时间让他沉浸于哀伤中，他自己和全家人的性命还危在旦夕。

衡玉嘴唇轻轻弯了一下："我告诉祁澎，我不可信，让他千万别把我放进你爹的院子。"

祁珞："……"

不必问结果如何。

大当家已经容光焕发地站在他爹院子里了。

他就……突然有些好奇，他二叔知道真相后，一个四五十岁的汉子会不会直接失声痛哭？

走进屋里，衡玉先为冀州牧切脉，确定他身体恢复得不错后，再次扎针时，调整了几处穴位。

离开屋子前，衡玉将药方口述给祁珞。

确定祁珞全都记下后，衡玉叮嘱道："你想个办法让药方过明路。用法是每日三次，将三碗水煎至一碗。"

冀州牧早年身体就落下不少病根，上了年纪后，各种旧疾发作，本来身体就不大舒坦，现在毒素沉在他体内两三年之久，对他身体的各个器官都造成了不可逆转的伤害。

祛毒时，衡玉已经尽量选了温和的施针手法，但还需要辅以药物来温养身体，这样才能让冀州牧恢复得更快些。

祁珞听得连连点头。

他突然问："大当家，我要的刀鞘你带来了吗？"

衡玉抬眸瞅他两眼。

祁珞那布满红血丝的眸子里满是坚定之色，显然已经下定了决心。

"带来了。"衡玉笑了下，"不过不用急，先等你爹清醒过来吧。你虽是冀州未来的主人，但现下冀州的主人还是你爹，别搞得我们像你二叔一样。"

祁珞被她这番调侃的话语逗笑，神情轻快不少："我无所谓，反正那刀鞘我是要定了。以鞘封刀，日后我总算是能随身携带那把刀了。"

祁珞知道的大道理不多，但有一条道理他是无比清楚的：想要得到一些什么，就肯定要付出一些什么。

大当家为了得到冀州，千里迢迢赶来定城，在他二叔那里周旋，为他父亲治病，这是她所付出的。

而他，想要得到大当家的帮助和支持，也要投其所好，给出她最想要的东西。

结束交谈，祁珞送衡玉出去。

目送着衡玉的背影，祁珞转身回屋，刚往外走了一百来米，就看到大当家身边那位春冬姑娘用袖子掩着面，呜咽着直往大当家院子方向冲。

而清河贺氏那位贺公子压根没有了先前那种清谈论玄的风采，正拔足狂奔，从后面追上来，似乎是想要拦住春冬。

于是——

祁珞身体一侧，腿往前一伸。

砰的一声，跑得太快完全没刹住车的贺瑾被绊了一下，踉跄两步摔倒在地上。

最后关头贺瑾用手撑住了地面，但还是磕得下巴剧痛，满脸尘土，连嘴巴也吃进去不少泥。

"呀，贺公子你怎么摔倒了？"祁珞先发制人，声音格外无辜。

"祁公子！"

贺瑾怒喊一声，顾不上指责祁珞，扭头看向前方，才发现自己已经瞧不见春冬的身影。贺瑾脸色一变，下意识往后退了两步，就要转身离开此地。

"贺公子要去哪里？"祁珞伸出手，一把扣住贺瑾的胳膊不放，"刚刚我看到你追着山先生的婢女不放，我想，有些事情还是等山先生出来处理为好。"

"多谢祁公子。"衡玉的声音从远处传来。

祁珞循声望去。

衡玉正大步朝他走来。

春冬跟在衡玉身边，满脸委屈与无助。

二人身后，还有十几个身材魁梧、怒意勃发的侍卫。

他们一行人来势汹汹，分明是一副要找人算账的模样。

"你们上，好好招呼贺公子，让他知道我们并州的规矩！"来到近前，衡玉直接朝后招手。

两个侍卫应声上前。

祁珞立马松开贺瑾的胳膊退到衡玉身边，两手抱臂做看戏状。

贺瑾盯着那两个侍卫，神情惊惧不已。

他猛地抬眼看着衡玉，怒道："山先生，你敢让你的侍卫打我？"

衡玉颇觉好笑，看着贺瑾的眼神犹如在看跳梁小丑："贺公子，你对我的婢女出言不逊，意图勾引，我打你又怎么了？"

在陈虎将两箱黄金提到她面前时，衡玉就知道贺家在暗地里调查她。

但衡玉着实没想到，贺瑾居然恶心到对春冬用美男计。

还好春冬没吃任何亏，还趁机抓住了贺瑾的把柄，不然她定让贺瑾也尝尝失去三条腿是种什么滋味。

被侍卫一记重拳砸在腹部，又被接连两脚踹翻在地，贺瑾脸上浮现出痛苦之色。

他额角青筋直跳，再看向衡玉时神情变得狰狞无比："你要与我清河贺氏为敌？"

衡玉垂眼，冷冷地看着如死狗般瘫在地上的贺瑾，一脚踩在他的胸膛上。

"与你为敌又如何？我背靠并州，你小小清河贺氏，敢与整个并州为敌吗？

"清河贺氏，不过是欺世盗名之辈。你贺瑾算什么东西，你贺家又算什么东西，也配在我面前张狂？！"

第二十三章

王朝因我兴替23

贺瑾的身体微微颤抖。

他挣扎着想要从地上爬起来，却怎么都动不了，只好努力地瞪大眼睛，用被泥尘模糊掉的视线凝视衡玉的侧脸。

就像是地上的一摊烂泥，在仰望浩浩云端。

慢慢地，贺瑾的心底升起一股畏惧。他总觉得，他们贺家这一回，怕是惹上了一个不简单的人物。

"你……"

才刚吐出一个字，贺瑾的胸口又受到重击。

衡玉脚下用力，踩完之后慢悠悠地收回脚，又恢复了那副光风霁月的模样。

"你辱我婢女，对我出言不逊。既然你不要脸，那我也不给你留脸了。"朝陈虎使了个眼神，衡玉用折扇敲击几下左手虎口，退回到春冬身边。

陈虎狞笑着上前，边走边活动手指，猛地握起拳头朝贺瑾的眼睛砸去。拳风不断，贺瑾止不住地哀号出声，想要避开，又被其他人拦住去路。

在他惨叫时，春冬眼神明亮地与衡玉对视，似乎是在向衡玉邀功，让衡玉好好夸她。

衡玉用折扇轻敲她的额角，以示告诫。

春冬连忙把眼里的骄傲收敛起来，恢复成那副被欺辱后气愤而又憔悴的模样。

这里距离贺家住的院子并不远，他们闹出的动静这么大，只一会儿的工夫，贺家家主和祁澎就都赶了过来，宋溪和周墨等人也匆匆前来。

看清楚现场的状况后，贺家家主觉得一股气血直冲上他的头顶，祁澎目瞪口呆，宋溪也端不住翩翩公子的气度，眉心一跳。

"你们在做什么！住手，都给我住手！"贺家家主目眦欲裂，怒吼着上前，又回头骂那些跟着他过来的侍卫，让他们赶紧去将贺瑾扶起来。

陈虎揍人的动作不停，同时扭头看向衡玉。

衡玉朝陈虎微扬下巴。

陈虎会意，再来最后一记阴拳，然后猛地从地上一起身，直接和贺家家主撞了个正着。如果不是有侍卫眼疾手快扶住了贺家家主，他怕是要步贺瑾的后尘，直接狼狈地摔倒在地上。

"你们……你们……"贺家家主惊魂未定，指着衡玉大喘了两口气，又连忙让下人去搀扶被揍得鼻青脸肿的贺瑾，"瑾儿，你没事吧？"

被揍得这么狠，贺瑾能醒来才怪。

不过陈虎下手也有分寸，绝对不会危及贺瑾的性命。

手忙脚乱地检查完贺瑾的伤势，贺家家主眼中带着血丝，落在衡玉身上的视线带着深深的憎恨："山先生，今日你如果不能给我一个交代，哪怕你是并州的人，我也要寻并州牧和陛下为我儿讨个公道。"

衡玉两手抱臂，气势比贺家家主更强："你问我要交代？很好，我也要问你要个交代。贺瑾见色起意，对我的贴身婢女意图不轨，若不是我婢女机灵，寻到机会顺利脱身，她就要被贺瑾糟蹋了。堂堂世家子弟，做出这种令人不齿的事情，我只能说，不愧是清河贺氏。"

站在衡玉身边的春冬抬袖掩面做哭泣状，声音哽咽："有我家'少爷'珠玉在前，我是绝不可能看上贺公子的，结果他非要逼迫我……'少爷'，我实在是不想活了。"

春冬没那个好口才，实在编不下去，只好用假哭来掩饰。

贺家家主被她们这番话气得要晕厥过去："不过是一个婢女罢了，我儿看得上她是她的福分。"

"不过是一个贺瑾罢了，杀了其实也没事吧。"

"你敢拿一个婢女的清白与我儿的命相比？"

衡玉改动他的话，回敬道："你敢拿你儿子的命与我婢女的一根手指头相比？"

听到这样的维护之言，春冬心头升起暖意，对贺家的厌恶更深一层。

而周围陈虎、宋溪等人也不禁动容——这样无所畏惧，能够维护下属的主公何其难得。

"来人，给我杀掉这个婢女！"贺家家主勃然大怒，直接出声吩咐侍卫。

跟随他而来的侍卫顿时拔剑出鞘。

衡玉声音冷硬："你再敢拿剑对着我的人，我不敢保证你和你的儿子能平安走出定城。"

贺家家主猛地转身看向祁澎："祁兄，我倒是不知，这定城是姓祁，还是姓山？"

"贺家家主何必说这种诛心之言？"衡玉也看向祁澎，"事情全部是因贺瑾而起，现在你倒是来贼喊捉贼了。如果贺瑾对祁大人心存些许敬畏之心，不在府上作乱，便什么事情都不会有。"

他们双方各执一词，祁澎听得额上大汗嗖嗖直冒。大冷天的，他浑身热得要喘不过气，只得道："贺兄、山先生，你们都少说两句吧！"

衡玉眉梢微挑，冷笑道："好，我给祁大人这个面子。"闭嘴不语。

祁澎又去安抚贺家家主，让他赶紧带贺瑾回屋："可不能让贤侄落下什么病根。"

贺家家主气得浑身发抖，杀气腾腾地扫了衡玉最后一眼："我们走！"而后命下人搀扶贺瑾离开。

"山先生，唉，你……这……"祁澎都不知道要说什么才好。

衡玉刚想放缓声音开口忽悠祁澎，就在这时，站在她身后的周墨突然插话："祁大人，我家主公与春姑娘两人情投意合，眼看好事将近，谁承想春姑娘居然会遇到这种祸事，我家主公怎么可能不动怒？"

衡玉瞬间被这个理由镇住了。

她转念一想，好家伙，冲冠一怒为红颜，这个理由不错，非常没毛病，于是默认了。

见衡玉沉默不语，周墨更加愤怒了，君辱臣死，春冬姑娘很可能是他们未来的主母，贺家的人居然敢对春冬姑娘下手！

"祁大人，这样吧，我们也不为难你，只要你让那贺瑾对春冬姑娘道声歉，我们看在你的面子上，就将这件事轻飘飘揭过去了，你看这样如何？"

祁澎："……"

好家伙，你们的人把贺瑾打得跟死狗一样，居然还想让贺瑾道歉！

还说这种处理方式是给我面子！

见祁澎不说话，周墨脸上怒意更深："主公，我们必须连夜搬出州牧府，不然谁知道在这里继续待下去，春姑娘，甚至是你，会不会出什么大事。"

这话就诛心了，祁澎刚刚止住的大汗重新冒了出来。

"此事各退一步，暂时压下不提。"丢下这么一句，祁澎也怒气冲冲地离开了。

不知道贺家家主私底下找祁澎说了什么，才过去不到两个时辰，衡玉发现在她院子外徘徊的人多了起来。

衡玉倒是无所谓，她该交代的事情已交代清楚，该在暗处布的局也都布得差不多了，现在才来严密监视她，不觉得太晚了吗？

"主公。"宋溪从身后缓缓走近衡玉。

"贺家太碍眼了。"

宋溪道："贺瑾的伤势会继续恶化，贺家家主也会因为天气转冷，突然染上风寒卧病在床。"

"那看来我也得陪他病上一遭，免得让祁澎起疑了。"衡玉侧头看向宋溪，"这件事就交给你来处理，下手悠着点，别这么快就把贺家人玩死了。"

宋溪知道容家和贺家之间的血仇，出声应了声好。

两人静坐片刻，衡玉突然垂眸理了理袖子。

凉风习习，她的声音不疾不徐。

"我记得，你的家族是冀州当地的名门望族吧？"

宋溪知道这场谈话的目的。

事实上，他等这场谈话也等了很长时间了。

"我记得主公说过一句话，历史总是螺旋式上升的。当旧制度不再合理时，就会有新的制度产生。当旧王朝腐朽不化时，就会有新王朝取而代之。

"现在这个朝代，实行的是九品中正制度，无能者凭着出众的家世可以窃据高位，有能无家世者却几乎没有出头的机会。

"我在主公身边待了一年，知道主公是扎根在流民间起势，你用人，不会因为哪个人是士族就给予优待，也不会因为哪个人出身贫寒就不给机会，全都是以才考量。

"谁能阻挡天下大势呢？如果不顺应天下大势追随主公，就算是千年世家，也会在接下来的争霸中付之一炬，成为历史长河中微不足道的尘埃。"

衡玉勾唇，最后更是笑出声来："说得好。这个世道啊，旧的门阀倒下去了，总会有新的门阀站起来。

"我要打破的，只是世家大族对知识和官位的垄断，让天下有才的人无论出身，都有出头的机会，并不是想要一味铲除世家大族。

"既然你清楚我想要什么，那你们渤海宋氏决定好彻底投靠我了吗？"

宋溪深吸一口气。

这个问题，他已经思考了很久。

只要他的家族始终人才济济，就算少了几分优待，千年世家也不是那么容易衰败下去的。但是如果他的家族站在主公的对立面，不出十年，就彻底衰败了。

两害相较取其轻。

"主公放心，渤海宋氏愿为主公驱使。我宋氏有子弟在定城守城军里任职，授冠礼那日，他们会随主公心意而动。"

宋溪的动作很快。

第二日，衡玉就听说贺瑾高烧昏迷的消息。没过多久，衡玉也"病"了。

又过一日，府中不少人也都感染上风寒，贺家家主同样在列。

整个州牧府似乎在一瞬间陷入了宁静，只有缭绕在府里的药味越来越重。

这样的宁静更像是暴风雨的前奏，给人一种风雨欲来之势。

今天是衡玉第四次为冀州牧施针，她寻了个理由前去冀州牧的院子。在衡玉拔针时，祁珞注意到他爹垂在身侧的手指轻轻动弹了一下。

祁珞先是一愣，随后狂喜道："大当家，我爹的手指刚刚动了！"

衡玉没说话，只是加快了起针的速度。

这位昏迷在床榻上一个多月的英雄豪杰，睫毛开始剧烈颤抖，似乎是想努力睁开眼睛。

"冀州牧的求生意志，比我想象中要强烈不少。"衡玉舒了口气，看来，冀州牧会比她预计的醒得更快。

在两人的注视下，过了许久，躺在床榻上的中年人终于缓缓睁开了他的眼睛。

第二十四章

王朝因我兴替24

　　烧着炭盆的室内很暖和，只是长时间没有开窗通风透气，药味和熏香味混合在一起，形成了一种浓烈而刺鼻的古怪气味。

　　刚被婢女引着走进来，祁澎就忍不住紧蹙眉头。

　　贺家家主跪坐在桌案后，这几天他病得很厉害，脸色惨白，整个人看上去像是瘦了一圈。

　　瞧见祁澎，贺家家主情绪激动地出声喊道："祁兄，你来了。"说着就要起身去迎祁澎，但因为动作幅度过大，贺家家主不仅没能站起来，还身形不稳地重新倒回原地。他用手帕捂着嘴剧烈咳嗽，咳得上气不接下气。

　　祁澎不敢走上前，尴尬地杵在原地，心里有些埋怨贺家家主：明知道自己得了会传染别人的风寒之症，怎么还把我喊过来谈话？如今大事将近，如果我也不小心病倒，那我的所有心血不都付之一炬了吗？

　　咳了好一阵，贺家家主长舒一口气。

　　贺家家主没注意到祁澎脸上的表情，强压着不适开始劝说祁澎，左一句"山先生不可信"，右一句"并州的人如此桀骜，完全没把你我放在眼里，这样的人天生反骨，怎么可能安心助你成就大事"。

　　祁澎垂眸，转动着左手大拇指上戴着的玉扳指。

　　他不傻，知道贺家家主这番话多半是出于私怨说的。

　　但贺家家主有一句话没说错——山先生桀骜难驯，完全没把他放在眼里。

　　山先生明知道贺家和他是一条绳上的蚂蚱，还出手对付贺家，完全没顾及他在中间的立场。在这一点上，祁澎对衡玉非常不满。

　　"贺兄你放心，我已经加派人手盯着并州一行人，不会让他们再惹出什么乱子。"

祁澎给出承诺。

贺家家主长舒一口气："那就好。祁兄先前有没有向山先生透露过任何机密要事？"

祁澎回想一番："只是透露了行动时间，别的一概都没透露。"

只是行动时间的话，问题不大。

贺家家主点点头，又提醒祁澎记得派人盯着祁珞和冀州牧的院子，他们那边才是重中之重，绝对不容有失。

"接下来，祁兄不能再让山先生进冀州牧的院子了，也不要让山先生与祁珞有接触的机会……我们要杜绝一切的威胁，安心等着那场授冠礼的到来……"

贺家家主这一番话称得上是肺腑之言，祁澎放缓声音，向贺家家主承诺："贺兄放心，待我事成之后，害侄儿躺在病榻上的婢女和侍卫，我会将他们的双手双脚砍掉送给贺兄，给贺兄和侄儿出了心里这口恶气。"

等到定城完全在他的把控中，他剁掉几个下属的手脚，山先生就算不满，也必须强压在心里。

贺家家主对祁澎的表态还是很受用的。

看着贺家家主又在撕心裂肺地咳嗽，祁澎害怕自己真的会被传染，随意寻了个借口离开了。

等祁澎离开后，贺家家主在原地枯坐片刻，起身走去隔壁屋子。

这间屋子里的气味更加古怪。

里面不仅有浓重而苦涩的药味，还有一股生命衰朽的腐味。

床榻里侧，贺瑾烧得满脸通红，他脸上的瘀青还没完全散去，唇角的乌紫格外明显。

注意到贺家家主到来，贺瑾眼前一亮，就要从床上爬起来，却因为烧得太厉害浑身无力，没能爬起来。

"爹，祁大人怎么说？"

"你放心，祁澎那边我已经沟通好了。"看着一直高烧不退的儿子，贺家家主恨恨道，"等祁澎成功夺位，爹亲自把那婢女送到你床上任你折辱，出一出心中的恶气！"

祁澎正在屋中联络下属，突然有下人进来禀报，说山先生有请。

听到这句话，祁澎微微蹙起眉来，不知道衡玉在这个时候找他有什么要事。

原本想出声回绝，但转念一想，祁澎又改口道："好，我马上就过去。"

一刻钟后，祁澎大步流星地走进衡玉的屋子里。

衡玉跪坐在屏风后，与祁澎大概隔了有两米远："祁大人，我的风寒之症还没痊愈，为免传染给你，我们就隔着屏风说话吧，还望祁大人多多包涵。"

对衡玉的这个做法，祁澎心下满意。

谁不惜命呢？他现在已经不再年轻了。

心中满意，祁澎对衡玉的态度就放缓了不少："山先生寻我过来，有何要事？"

衡玉苦笑道："是关于我和贺家恩怨的事情。这件事的对错暂且不提，只是我冲动之时，全然没考虑过祁大人夹在中间难做。"

她声音里的愧疚之感逐渐加重："唉，我家幕僚提醒了我，我才意识到如此行事不妥。祁大人待我如此好，我怎么能让大人难做呢？所以就连忙请大人过来一叙，想着好好给大人道个歉。"

祁澎对她最不满的一点就是这个。现在听到她开口道歉，他心里的不满又淡去不少。

察觉到祁澎情绪的变化，衡玉压下唇角的微笑，命人奉上茶水。在品茶闻香时，衡玉恍若不经意般，胡乱闲聊了很多事情。

香炉里烧的是檀香，这种香有舒心宁神的功效。在袅袅香烟中，祁澎虽然说话谨慎，但从他的只言片语中，衡玉还是得到了自己想要的消息。

最后，衡玉说："时辰不早了，我就不耽误祁大人的时间了。来人，送一送祁大人。"

明明是她不想再跟祁澎虚与委蛇，但这话一出口，祁澎又觉得心里熨帖，这位山先生还是有很多可取之处的。

"山先生且好好待在院中养病，接下来的日子里不要出门，免得把风寒传染给了其他人。"祁澎离开前，似关心又似警告般说了这样一句话。

要禁她的足啊。

衡玉将杯子里的茶水一饮而尽，微微一笑。

这州牧府里的守卫换防时间已经被她完全摸透，只要踩好时间点，身手再干脆落些，她想出入州牧府，实在是再简单不过的事情。

当天晚上，祁珞坐在屋子里发呆。

咚——咚——咚——咚咚。

三长两短的敲窗声突然响起。

祁珞眼前一亮，快步走出去，几息后顺利将衡玉迎进屋内。

"没想到大当家你的身手这么矫捷。"祁珞惊喜道。

衡玉随口道："没事，你只是没想到，你二叔他到现在都还以为我手无缚鸡之力。"

她刚到定城不久，祁澎就已经出手试探过她。只不过那时候衡玉将计就计制造假象，让祁澎认定她没有太高的武力值。

但，原身可是出身武将世家，从四岁就开始打磨根骨，本身的武功底子就不弱。衡玉本人到过那么多个世界，更加不可能没有武艺防身。

两相结合，这几年里，衡玉的武功进步极大，就算是身手出众如侍卫长，在她手里也过不了十招。

"我二叔他对你的误解……实在是太大了。"祁珞嘴角微抽，耿直点评。

识人之术能够用到这份儿上的，也就只有他二叔了。

衡玉摆手："也许是因为，他以为的以为，只是我想让他以为的以为。"

祁珞："……"

他被这句话绕晕了，不再在闲谈上浪费时间，转而问道："大当家怎么特意过来了？"

提到正事，衡玉正色道："我怀疑这两天你二叔会想办法试探你爹的身体情况，我过来为你爹扎针，隐藏他真正的脉象。"

祁珞点头，领着衡玉走进里屋。

两日前，冀州牧就已经清醒，但他体内的余毒还没清理干净，现在每天顶多清醒一个时辰。此时，他正在熟睡之中。

衡玉上前为冀州牧施针。

一刻钟后，她慢慢起针，再去为冀州牧切脉时，他的脉象已经混乱不堪，似是风中残烛般虚弱无力。

"接下来你我不方便再见面了。"衡玉轻声道，同时将一封信递给祁珞，"背下名字，烧掉它，在授冠礼上见机行事。"

等衡玉的身影消失在室外，祁珞迅速拆开信封。

信上的内容并不多。

只有四个名字，以及他们的具体职位。

西门守军将领，州牧府护卫军的中队长，负责采买事宜的厨房管事，还有……那位出卖他、倒戈到他二叔那边的幕僚。

一个用来控制定城，一个用来控制州牧府，一个用来在饮食上动手脚，最后一个……可以助他探知他二叔的种种布局。

一个不多，一个不少，四个人手，却面面俱到。

再加上他手上还留着的一些底牌……

原来悄无声息间，危急到看似没有出路的处境就被扭转到了这种程度。

祁珞盯着这封信很久，以至于没注意到熟睡的人慢慢睁开了眼睛。

"珞儿，你在看什么？"冀州牧声音很轻，虚弱无力。

"爹。"

祁珞手忙脚乱地为冀州牧倒了杯温水。

等他把水端过去，才发现那封信不知何时已经到了冀州牧的手里。

"字迹力透纸背，洒脱苍劲，好风骨，也好手段。"冀州牧仰头去看祁珞，眼里带着柔和的笑意，"这是那位大当家写的吧？"

随着祁珞的授冠礼越来越近，衡玉"病"得更厉害了，天天安分地缩在屋里，不敢再出门受凉。

相比之下，祁珞就没那么安分了。

一直在院子里很少外出的祁珞，最近天天在府里和周围闲逛。

闲逛的时候什么都不做，既不与路上偶遇的人闲谈，也没跟他们有过任何肢体接触。

但这种紧要关头，一点点的风吹草动，都会吸引祁澎的注意力。

就在这越来越紧绷的氛围中，授冠礼到来了。

王朝因我兴替25

君子始冠，必祝成礼。

对世家大族的子弟来说，授冠礼具有非常重大的意义，一应仪式都非常严谨和郑重。

祁珞的授冠礼是冀州牧在病倒之前就定下的，所以哪怕是祁澎也没办法取消这场授冠礼。

衡玉很早就起来了，她换好衣服后，跪坐在铜镜前让春冬为她梳发。

忙活了小半个时辰，衡玉从铜镜前起身。

"'少爷'，你的匕首。"春冬将衡玉贴身带着的匕首递给她。

衡玉伸手接过，余光扫见挂在墙上的那支竖笛，又道："祁澎如果想在授冠礼上动手，势必不会允许带武器进去，这把匕首估计留不住，取竖笛给我。"

握着竖笛，衡玉用它轻敲桌面，确定它的硬度足够，这才随意握在手里，走到室外，与站在回廊上等候的宋溪会合。

宋溪垂手而立，穿着一身青色长衫，瞧见衡玉，他出声赞道："主公今日穿得很郑重。"

这身墨色长衫的领口、袖口和衣摆处，都用大片金色丝线钩挑出烦琐花纹。如果气势不够，很容易被这身衣服压住，但这身衣服穿在衡玉身上恰到好处，矜贵无双。

她每走一步，衣摆处的金线便随之浮动，宛若披着日月华光而来。

宋溪想，这就是主公的男子装扮丝毫不违和的原因。

她的气势太强了，言行举止比这世上的男子都要大气，智谋胆色睥睨天下枭雄。也许正因如此，他从头到尾，都没因为性别之见抗拒效忠。

衡玉不知道宋溪在想什么。

她抬起右手，理了理挂在腰间的玉佩，满意道："眼见他起高楼，眼见他宴宾客，眼见他楼倒塌。今日，我可是作为胜利者出席的。"

设酒宴的地方在州牧府前院。

这场授冠礼几乎邀请了定城所有数得上号的人。

衡玉到得有些晚，她来的时候里面已经坐满了客人。

衡玉正准备走进院里，衡玉突然被院中侍卫一把拦住："山先生，我们需要为您搜身。"

衡玉停下脚步，不辨喜怒道："你说什么？"

侍卫语气客气，但依旧拦着衡玉："今日是公子的授冠礼，人多眼杂，为了避免出现什么事端，在场所有宾客都不得带兵器入席。这是祁大人吩咐的。"

听到"祁大人"三个字，衡玉好笑道："原来是祁大人吩咐的，你若是早说，我怎会有疑问？"

衡玉随手从袖子里取出匕首抛给侍卫，衡玉转了转手中那柄坚硬的紫色竖笛："现在我可以进去了吧？"

"这……"侍卫还想搜身。

"我给祁大人面子，不是为了让他的手下不给我面子的。"衡玉冷笑道。

侍卫面色一僵，正准备说话，州牧府护卫军的中队长快步走过来道："山先生，我这手下若是有得罪之处，还请您包涵，今日我们都是奉命行事。"

他扫了一眼，大概猜出这是什么情况，又笑道："先生是府中贵客，直接请。"

衡玉微微一笑，往里走时，余光注意到中队长迅速比个手势。

衡玉回眸看向宋溪，宋溪微不可察地点了点头。

看来祁珞那边已经与中队长接上头了。

心中想着事，衡玉继续往里走。

她的身份高，席位被安排在中间，与祁澎、祁珞这两个主人同席。不过眼下，祁澎和祁珞正在祭祀祖先，还没过来，因此这张桌子上只有她一个人。

才刚坐下，隔壁桌就有一道声音响起："山先生，数日不见，不知道你这些天过得还好吗？"

衡玉循声望去，无视贺瑾那要喷出火的眼神，微微一笑，眉眼明媚如春，与脸上带有瘀青的贺瑾形成鲜明对比。

"大概是比贺公子你过得舒坦的。"

贺瑾的声音几乎是从牙缝里挤出来的："是吗？我这些天可都拜山先生所赐。"

"难道不是你咎由自取吗？

"不过你非要这么想的话……是的，我的人揍你，都是对你的恩赐；我多看你一眼，都是对你的高看。你我之间本就是云泥之别。"

他们两人言语交锋时，坐在周围的其他宾客都在旁边看好戏。

现在一听衡玉这话，不少人心下暗暗啧叹：这位山先生的嘴真不是一般的不留情啊。

贺瑾几乎要呕血。

他这辈子装模作样惯了，在帝都里看不惯他的人很多，但大家说话都顾着面子，不会撑得这么直白。

眼前之人却是毫无顾忌。

就在局面僵持不下时，有道爽朗的笑声从门口传来："这是怎么了？"

众人循声望去。

只见祁澎身穿华服，大步流星地往院子里走来，神情志得意满。而这场授冠礼的当事人祁珞则穿着礼服，面无表情地跟在他的身后。

"祁大人。"衡玉转着手中的竖笛，轻笑着道，"没什么，刚刚有条疯狗在咬人，我教训了一二。这些闲事不说也罢，还是接下来的授冠礼重要，千万别因此耽误了吉时和要事。"

衡玉这番话落在祁澎耳里，就是在提醒他不要因为闲事误了动手的时间。

而落在祁珞耳里，就成了一种暗示。

他那密如鸦羽的睫毛轻轻垂下，遮去眸中的冰冷。

贺瑾的眼睛几乎要喷出火来。

他咬牙切齿："山先生真是会说话。"

"这……"祁澎才注意到贺瑾的表情，结合衡玉的话来看，他大概猜到了刚刚发生了什么。

他有些头疼，干脆当作没看到，出声招呼众人坐下，满满的州牧府主人的派头："在仪式开始之前，我先敬诸位一杯。"

众人都给面子，纷纷举杯。

喝下三杯酒后，祁澎才道："那接下来我们就开始举行仪式吧，珞儿你……"

"二叔。"始终充当背景板的祁珞突然出声，强行打断祁澎的话，"二叔是不是忘了，这场授冠礼的主宾是我爹，而不是你。"

祁澎被他打断，脸上有些挂不住："大哥现在昏迷不醒，我代为主持又如何？"

"是吗？二叔代为主持的，到底只是这场授冠礼，还是整个冀州呢？"祁珞语气讥讽。

祁澎脸上的笑意彻底消失。

他转身，紧盯着祁珞。

"看来珞儿是对我不满了？"

祁珞丝毫不退。今日再退，他连性命都保不住："按照朝堂的规定，我爹出事后，应该继承冀州的人是我。不是我不满二叔，是二叔想逼我走上绝路。

"今日这府中，怕是布满了二叔的人吧？"

祁澎抬起右手置于耳侧，宴席四周的上百名侍卫猛地举起手中长剑。

长剑半出剑鞘，寒芒凛凛，任谁都相信，只要祁澎一声令下，这些侍卫就会举起他们手中的长剑，将宴席上犯乱的人通通绞杀。

现在的局面，几乎完全在祁澎的掌控之中。

在众位宾客神色张皇时，祁澎哈哈大笑："我只是觉得，比起子承父业，冀州牧出了事，由冀州的二把手顶上去更合适，不知道珞儿以为如何？大好的日子，我实在不想动刀动剑。"

啪啪啪……

角落里，衡玉的鼓掌声突然响起，打破了这剑拔弩张的对峙局面。她边鼓掌，边不疾不徐地朝祁澎走去："祁大人说得对，大好的日子，实在不该动刀动剑。"

"山先生你……"祁澎蹙起眉，想让她退下。

就在下一刻，耳畔响起一道凌厉的破空声，不知何时衡玉与祁澎拉近了距离。

祁澎神色微变，猛地摆出格挡的姿态。他下盘才刚站稳，衡玉已经迅速踢中他的膝盖，力道之大，令祁澎的身体连晃几下。

"你会武！"祁澎惊讶到险些破音。

衡玉不语，迅速连攻，速度之快、力道之重、威势之猛，令祁澎全无招架之力。

几乎只是几息的时间，竖笛已经横在祁澎颈间，直抵着他的动脉。

衡玉环视四周，声音冷淡："祁大人说了，大好的日子不想动刀动剑，剑都入鞘吧。"

话音刚落，护卫军的中队长、几个小队长迅速将剑入鞘，垂手恭敬地站着。他们的手下左右对视，迟疑片刻也跟着收了剑。

一时之间，除了祁澎的绝对心腹外，其他侍卫都收起了武器。

衡玉这才垂眸，慢悠悠看向祁澎："祁大人对我着实不够了解。我又何止会武？"

"你……"祁澎心底隐隐升起一股不妙的感觉，他声音颤抖，只觉得局面脱离了他的掌控。

衡玉声音温和："照祁大人刚刚的说法，冀州一把手出事，你这二把手顶上去是名正言顺。可如果一把手没出事呢？"

祁澎心头巨震，猛地扭头往出口方向看去。

气质儒雅随和的冀州牧在祁珞的搀扶下，正慢慢走进人群里。

冀州牧先是含笑向衡玉点头致意，又看向那几个背叛他的心腹，最后才将视线落在祁澎身上。

"……大哥。"祁澎咬牙切齿。

"州牧大人！"

"州牧醒了！"

……

一时之间，不少人失态惊呼。

冀州牧环视周围，轻叹一声："背叛我的人，如果及时回头，不会再祸及妻儿族人。"

情况简直急转直下，上一刻祁澎还在扬扬得意，现在胜利的天平就已经不断倾斜。

冀州牧在位十几年，积威深重，他话音刚落，就有不少人直接跪倒在地。

又等了等，冀州牧抬手："先清场，莫要扰了我儿的好日子。"

在侍卫动起来时，冀州牧目光一转，视线落在神色张皇的贺家家主和贺瑾身上："这两位也暂时收押下去。"

彻底肃清现场后，冀州牧用力咳了两声。

他勉强说完上面这些话，已经体力不支，脸色苍白。

"山先生，"冀州牧看向衡玉，深吸一口气道，"我现在的身体并不适合为珞儿主持授冠礼，但吉时耽误不得，不知道珞儿有没有这个荣幸，请山先生作为他的授冠礼主宾？"

此话一出，不止周围围观的人，连衡玉都惊了一下。

主宾的人选是非常重要的，一般来说都是由男子的父亲或者同胞兄长来主持。她与祁珞非亲非故，冀州牧这是……

"除我之外，在场众人里就只有先生最合适了。"冀州牧笑起来时非常温和，眼里满是诚挚。

因为，主宾除了可以由父亲和同胞兄长来担任外——

还可以由主公来担任。

无论如何，在珞儿邀请山先生来定城时，他们二人之间的主从位置就已经定下了。

衡玉听出了冀州牧话中之意，眉梢微挑，坦然道："那我就恭敬不如从命了。"

授冠礼最后，祁珞的匕首终于有了收纳它的刀鞘。

他倒握匕首，抱拳向衡玉行礼。

宋溪和周墨两位谋士站在台下，凝望着这一幕，就好像——在凝望一个新的时代冉冉升起。

授冠礼结束后，定城还没得到彻底的宁静。

冀州牧强撑着身体坐镇后方，手把手教祁珞怎么收拾残局。

衡玉作为客人，做好自己该做的事情后，就没有再插手其中。不过在院子里安静地待了两日，她念着冀州牧的身体，还是前去拜见了冀州牧。

冀州牧亲自出门迎接衡玉。

衡玉打量冀州牧，以医者的角度劝道："冀州的清扫不急在一时，冀州牧还是先养好身体。"

冀州牧点了点头，至于听没听进去就只有他自己知道了。

冀州牧体内的余毒已经清理得差不多了，不过衡玉还需要以施针来激活他体内的气血。在她慢慢施针时，冀州牧突然温声道："我想冒昧地问山先生几个问题。"

衡玉的手很稳："州牧但说无妨。"

"我中毒时日已久，如果体内余毒彻底清理干净，再加上后续调养得当，不知道还能有多少时日？"

衡玉扫了一眼站在冀州牧旁边的祁珞。

"让他也听听吧。"冀州牧轻声道，"他已经加了冠，不是个孩子了。生死由命的道理，难道还需要我教吗？"

祁珞垂着头，看不到他脸上的表情，但他那一直在颤抖的肩膀，又将他的心情暴露得一干二净。

衡玉将面前没动过的茶水递给祁珞，这才开口回答冀州牧的问题："如果不伤及心血，寻一处风景秀丽之地安心休养，无灾无痛下，还有两三年光景。若是操劳奔走，身体得不到精心调养，顶多就是一年的时间。"

经过漫长岁月的积累，她的医术水平越来越高。

但她只能治病，没办法改那已经注定的命数。

冀州牧垂眼，看着自己瘦削到青白的手臂，坦然道："这个时间已经比我预估的要长了。实不相瞒，清醒过来后，这些天我明显感觉到身体大不如前，做许多事情都是力不从心。"

顿了顿，冀州牧抬眼看着衡玉："我很早就听说过山先生的大名，也知道山先生是龙伏山寨的大当家。但是山先生的容貌、气度、智谋和一手字，绝对不是小门小户培养得出来的。

"接下来我想与先生谈的事情，事关整个冀州，所以如果先生方便，我希望先生能够在此事上坦诚。"

"事无不可对人言，州牧既然问了，那我便说了。"衡玉微笑，"我本姓容，祖籍洛城。"

都是聪明人。

只是这么一句话，冀州牧便瞬间猜出了她的真实身份。

他脸上泛起淡淡的诧异之色，随后，那股诧异之色淡了下去，又化为了然。他甚至猜到了更多事情："我原本以为这冀州你是为并州牧要的，现在看来，并州已经易主了。"

"容姑娘……我可以这么称呼你吗？"冀州牧停顿片刻，温声询问。

见衡玉点头，冀州牧才道："容姑娘的志向是什么？为容家满门讨个公道吗？"

"州牧这么想，就是小瞧了我。"

衡玉声音清润，像是山间溪流轻轻流入林间。

"只要我想，衣食无忧唾手可得。但路有冻死骨，我不能视而不见；英雄有冤，卑劣者窃据高位，我不能视而不见；江山疮痍，外族环伺，我不能视而不见。

"我什么都看到了，所以觉得自己必须做些什么。"

她没说什么激昂之词，只是在平静地说着自己的想法。

"我虽取并州，取冀州，但并州牧还是并州牧，冀州牧还是冀州牧。我从没想过做一州一地的主人，我要做的是天下共主。"

被冀州牧亲自送出院子后，衡玉本来打算回自己的屋子里休息，但祁珞告诉她，祁澎想要见见她。

短短两天时间，祁澎就从意气风发的冀州二把手沦为阶下囚。

他两手抱膝，坐在阴暗潮湿的牢房的角落里发呆。

脚步声由远及近，衡玉提着灯笼来到牢门前："祁大人，我来看看你。"

祁澎瞪着衡玉，咬牙切齿道："你会医术！"

这两天，祁澎一直在思考到底是哪里出了问题，为什么他会输得这么彻底这么干净。想着想着，祁澎将怀疑彻底锁定在了衡玉身上。

衡玉态度谦虚："略知一二。"

这叫略知一二吗？全冀州的大夫都解不了的毒，她轻轻松松就解掉了。

祁澎气得浑身发抖。

他不由得想起这位山先生说过的话。

"……连我也不够可信，祁大人有什么机密要事，可千万不要告知我。"

"祁大人，这么紧要的事，你怎么能交到我手里呢？我……我不行的，你还是另择高明吧。"

而那时候他是怎么回应的？

他觉得在这件事情上，再没有比山先生更可信的人，于是他强行请这位山先生去探望他大哥！

还不是只请了一次！

他竟然请山先生多去几次！

引狼入室！好一个引狼入室啊！

祁澎一口老血险些从喉咙里吐出来，浑身气血都在翻涌。为了成为冀州牧，他努力了那么久，结果到头来竟是空一场空，一想到，祁澎就险些失声痛哭。

"为什么？是我给山先生许诺的好处还不够吗？"

站在旁边的祁珞轻咳两声："是的，二叔你请人做事太不够大方了。为了请动主公，我可是许诺将冀州送给她。"

祁澎猛地抬头，看向祁珞的眼神像是在看傻子一样。

祁澎咬咬牙，又问："山先生，我自问待你不薄，你为何如此对我？"

衡玉平静道："待我不薄吗？祁大人向贺家家主许诺要折辱我的手下，这就是所谓的待我不薄？派人严加监视我，在我治风寒的药里下了加重病情的药，这就是所谓的待我不薄？祁大人，你我之间一直在相互算计和利用。"

她为人做事的原则，素来是人敬她一尺，她敬人一丈。

但从一开始祁澎与她结交的目的就不单纯，只是因为她的忽悠话术了得，才让祁澎对她减轻了些戒备之心。

祁澎的表情顿时比哭还难看："你居然都知道。"他输得不冤啊。

衡玉点头："若是换个时间、境遇与祁大人相识，我与祁大人成为忘年交也说不定。

"是祁大人先出手谋害祁珞和冀州牧，如今落得这般下场也是咎由自取。权势之争，成王败寇，不过如此，愿祁大人好自为之。我问过冀州牧，他允诺不会祸及你的妻儿。"

见过祁澎，衡玉又去见了贺家家主和贺瑾。

这一天里贺家父子滴水未沾，听到外面传来的脚步声，贺瑾跑到牢门那，认出提着灯笼过来的人是衡玉后，他脸色微变。

"将门打开。"衡玉吩咐跟来的衙役，又让祁珞屏退所有闲杂人等。

锁被打开，衡玉推门而入。

"你要做什么？"贺家家主厉声道，"我现在虽然赋闲在家，不是朝廷命官，但你们不能随便对世家家主动用私刑！你们这么做，置律法条例于何处！"

衡玉抬手鼓掌。

下一刻，侍卫长他们提着几桶冷水，狠狠地朝贺家家主和贺瑾泼过去。

这大冷天的，突然被冷水泼中，贺家家主和贺瑾都蒙了。

"别介意，在谈话之前，我想先让你们清醒清醒。"衡玉笑得温和有礼。

贺家家主抬手，恨恨地将脸上的水抹掉："山先生，你我无冤无仇，我实在不知这段时间你为何苦苦相逼。"

有人搬来一张太师椅。

衡玉坐在太师椅上，一只手搭着扶手，另一只手支着下颌，好整以暇地凝视着这两个丧家之犬。

"折断他们的腿。"

话音落下，骨头错位的声音响起来时，两人的惨叫声也此起彼伏。

看着贺家父子俩抱着腿身体颤抖的样子，衡玉笑道："我这些年时常在想一件事，不知道贺家家主能不能为我解惑。"

贺家家主猛地抬眼看她，猩红的眼里燃着怒火。

"我在想，我祖父自尽时是何等绝望，而我小叔困在火场里爬不出来时又是何等绝望。你们现在体会到一二分了吗？"

贺家家主眼中的怒火突然灭了。

他仿佛呆了一般，过了许久，他的嘴唇剧烈颤抖起来："你……你是……"

"容家遗孤，容衡玉。"

衡玉话音落下，贺家家主面呈仓皇之色，贺瑾难以置信，至于侍卫长等容家侍卫，心中却泛起淡淡悲戚。

终于！

他们终于熬到了这一日！

很快，他们家大小姐在外行事，就不需要再用"山先生"的名头了，而是可以堂堂正正地道出自己的真实身份。

"你居然是容衡玉！这怎么可能？"贺瑾猛地大喝。

衡玉语气冷淡，直接扒开他的脸皮："你如此难以置信，是不相信我还活着，还是没想到将你如蝼蚁般踩在脚下的人，是你曾经弃如敝屣的未婚妻？

"你们机关算尽，最终不过如此。"

对贺家人来说，身体的疼痛远不及诛心之痛。

衡玉歪了歪头道："你们清河贺家求的，是满门富贵，是权势，是地位。清河郡就在冀州，自今日起，你们清河贺家全族人的前程和命运，都落在我手里了。"

在贺家家主和贺瑾恐惧的目光中，衡玉补充道："不过你们不会孤单，乐家祖籍也是清河郡。就算有雍宁帝庇护，他们也终会成为丧家之犬，步你们贺家的后尘。"

第二十六章 王朝因我兴替 26

牢房里光线昏暗，地上铺满了杂乱的稻草，散发着奇怪而难闻的味道。

牢房上方开了个天窗，但是很狭小，给人一种逼仄的感觉。

衡玉坐在太师椅上，换了个更舒服的坐姿，侧头去看祁珞："你们搜查过贺家人住的院子了？"

见祁珞点头，衡玉起了几分兴致："搜出他们给冀州牧下的那种毒了吗？"

祁珞那漆黑的眸子里泛起汹汹怒意，他咬了咬牙，怒得上前给了贺家家主和贺瑾几脚："搜出来了。"

"喂他们服下。"

衡玉从椅子上起身往外走，吩咐侍卫长："不用手下留情。"

如果她不在，容家通敌叛国的罪名会永远钉在史册上。

贺家家主他们只是失去了想要得到的一切，这就够了吗？她要让他们也体验一下背负千古骂名的滋味。

等侍卫长点头，衡玉取过一侧的灯笼提在手里，对祁珞说："走吧，冀州还有诸多要事等着我们去处理。"

祁珞快步跟在她身边。

两人刚远离牢房几步，里面再次传来贺家家主和贺瑾沙哑的惨叫声。

衡玉没有再回头看一眼，低声询问起祁珞有关冀州的问题。

这一年多时间里祁珞成长得很快，衡玉问的这些问题他基本都能回答上来，就算有一两个问题比较难，他也能磕磕绊绊说出自己的理解。

等两人终于结束问答，祁珞悄悄拍了拍胸口，长舒一口气。

回到冀州牧的院子，祁珞端起茶杯猛灌了几口茶。

冀州牧倚着软榻闭目养神，听到动静后缓缓睁眼看祁珞，好笑道："珞儿，你怎么这么失态？"

"爹，我还以为自己这一年进步很大，结果刚刚差点被主公问倒了。"

冀州牧起了兴致，让祁珞复述一下那些问题，略一思考就明白了："容姑娘需要你我为她主持冀州局面，她是在探你的深浅。以后如果遇到不能决断的大事，尽管向她请教。"

祁珞认真点头，他忍了又忍，终究还是没忍住，简单说了贺家家主和贺瑾的下场。

冀州牧拊掌，笑出声来："这个处理方法当真是好。

"等着吧，珞儿。"

冀州牧夸完后，又轻叹一声。

"容家虽然一时没落，但日后必将因容姑娘而再次显赫。"

冀州牧是个很看得开的人，或者说，他是个真正的聪明人。既然已经选择了衡玉，他就不会再死死抓着冀州的权柄。

于是在冀州牧的"纵容"下，衡玉调派了一批人手进入冀州。不过几个关键的官职她都没动，给足了冀州牧面子。

地盘从一州之地变成两州之地，衡玉手中的人才又不够用了。

本着要把一只羊持续薅秃的原则，衡玉细细回想了原剧情，把那些身处冀州的谋士和武将都列出来，然后把名单一把拍给宋溪和周墨，让他们想办法将这些人都拉上她的"贼船"。

当初祁珞靠着这样的班底成功打下天下，她更加可以！

系统："……祁珞应该庆幸，他完全不知道原剧情。"

衡玉抱着汤婆子暖手，这天气是越来越冷了。

天气一冷，她就有些提不起精神。

正精神萎靡时，听到系统的话，衡玉乐道："你这么一说，我有些好奇他知道后会不会委屈到气哭。"

把气运之子收作小弟，然后把他当工具人是挺爽的，但把气运之子气哭什么的，不是更加刺激吗？

系统喜道："对自己的小弟，这么丧心病狂不太好吧。"

"问题不大。"

衡玉闲聊几句，开始写上报朝廷的公文。

虽然现在朝廷对地方的掌控力越来越弱，地方早已拥兵自重，但冀州出了这么大的事情，还是得简单解释一下。

在公文里，衡玉简单而客观地提了祁澎的罪名，随后她着重写了贺家人如何如何可恨，如何如何该死，她把贺家人关在牢房里折磨都已经属于心慈手软，都是对世家大族的优待。

至于把贺家家主和贺瑾放了，没的商量。

写完公文，衡玉把它丢给冀州牧处理，就不再关注。

宋溪的大忽悠术也很厉害，衡玉给的那份名单上有九个人，他一口气就把其中八个人忽悠到她面前了，衡玉正忙着跟那些武将、谋士谈人生、谈理想。

转眼间，寒冬腊月天来临。

乐成言的手脚俱废，最讨厌这样的天气，一大清早睁开眼睛就开始发脾气，怒骂伺候他的下人。

这已经成为他的一项日常。

大概只有靠着折辱这些下人，他才能生出一种变态的快感。

他心头那股郁气刚刚消散些许，乐家家主便找了过来，说起今天在朝会上发生的事情。

在帝都，贺家一直被乐家排挤、打压，贺家家主的官职就是因此丢掉的。

没想到贺家家主也算是能人，居然能想到绕过朝廷，借着冀州牧的力量重新起来的办法。

"我看了那封公文，如果不是冀州牧苏醒过来，贺家的阴谋估计就成了。"乐家家主说。

乐成言微微眯起眼。

从贺家身上，他倒是联想到另外一件事。

"爹，我们对容家军的渗透进行得如何了？"

与此同时，皇宫。

朝会时雍宁帝一直在打哈欠。

一下朝会，他顿时来了兴致，吩咐内侍前往揽月阁。

这是他为自己新近宠爱的张美人建的楼阁。

这几年里，雍宁帝越发耽于女色和美酒，服食五石散，对长生不老药的追求到了一种病态的地步。

如果说几年前的他还算是个皮相不错的中年人，现在就只有一身肥肉，大脑估计也被酒给刺激坏了，三不五时想出个昏招来。

比如此时，他就正在跟自己最信任的内侍说道："那些刁民的暴乱越来越频繁，离帝都不过百里的肃城也有了暴乱。

"帝都看起来并不安全，朕在考虑要不要将容家军调回来拱卫帝都。有这十万精锐在，朕才能够安然入睡。"

衡玉忽悠……不对，她与谋士、武将们谈人生、谈理想的效果非常好。

毕竟比起一年前，现在的她可是并州二把手，身份和名望全都有，想吸引来名士效忠并不算很难。

衡玉最狠的一点是，她收服了这些谋士和武将后，把他们"打包"丢给了祁珞，让他们好好辅佐祁珞治理冀州。

这个举动令祁珞感动不已，心想自己可算是有帮手了！

看着祁珞那感动的神情，衡玉抬手蹭了蹭鼻尖，不由得轻咳了两声："我这做主公的看到你有难处，当然不能袖手旁观。在这些人才的帮助下，你才能够顺利执掌冀州，也能让冀州牧不再那么劳心劳力。"

祁珞连连点头，又问衡玉："主公，再过小半个月冀州就要转冷，那时候就不方便远行了。我爹让我过来问你，接下来的年关你是打算在冀州过，还是要赶回并州？"

"留在冀州。"衡玉肯定道，"冀州的世家大族实在太多了。"

单是一个清河郡，就有清河崔氏、清河乐氏这两个大族。

除此之外，传承数百年的大家族更是不少。

所以她要继续留在冀州，顺藤摸瓜，梳理世家大族，该收的收，该用的用，该压的压。

然后将并州的那套模式删改一番，搬到冀州，给冀州百姓们一个出头的机会。

"好。"祁珞点头，笑道，"那置办各种过年用的物件时，我让我娘多置办一份，这样春冬姑娘就不用这么劳累了。"

衡玉道谢："麻烦了。"

时间转瞬即逝。

连着熬了很多个通宵，衡玉总算把冀州世家的脉络都梳理清楚了。

她举起手中的书册，思考自己要先拿哪个世家开刀，突然觉得屋内有些凉，下意识地抬手紧了紧衣物。

"奇怪，屋里明明已经摆了两个炭盆，又降温了吗？"衡玉自语。

这时，春冬撑着油纸伞从外面推门进来。

她精致的脸被冻到发白："'少爷'，今年这天气冷得太快了，要不要给屋里再加两个炭盆？"

衡玉没说话，她快步走到窗边，将紧闭的窗户支起来。

寒凉透骨的风从缝隙里用力灌进来，只一会儿的工夫，衡玉的指尖就被冻得发紫。她道："这气温降得未免太快了，连冀州都这么冷，并州和幽州怕是更糟……"

这几年衡玉一直在刻意培养春冬，听到衡玉的低语声，春冬脸色微微发白："'少爷'是担心会形成大面积雪灾吗？"

"你还记得大面积雪灾会导致什么吗？"

"会导致……兵祸！"

并州等地都受灾严重，更何况居住在更北边的匈奴、鲜卑等族。当他们缺少食物、缺少御寒的衣物时，为了活下来，势必会南下劫掠。

衡玉点头："再等等看，也许这场雪灾并不严重。这几年在并州待着，我们遇到的雪灾也不少了。"

第二十七章

室外的寒风呼啸而入，迅速抽走了衡玉身上的热量。

她伸手将窗关上，吩咐春冬再取两盆炭来："顺便请大夫去周先生和宋先生那里走上一遭，他们二人的身体都不是很好，突然降温，怕是又要遭罪了。"

等春冬退出去后，衡玉倚着软榻，心中还是隐隐有几分不安。她总觉得这场突然到来的降温是个变数，会打乱她接下来的一系列安排。

思绪纷乱之下，处理政务的效率下降许多。衡玉把手头的公文暂时推到一边，提笔临摹《兰亭集序》。

临摹了小半张纸，确定自己已经彻底恢复冷静，衡玉才继续埋头处理公文。

五天时间一晃而过，这几天冀州越来越冷，经常半夜下起鹅毛大雪，一大清早推开门，整个世界都是银装素裹。

宋溪特意过来找衡玉："并州的气候素来比冀州还恶劣，周先生他们都过来问我，主公现在是什么章程，我们需不需要赶回并州坐镇，以防局势生变。"

衡玉披着灰色大氅，站在梅树旁赏梅。

听到宋溪的问话，她踮起脚折下一枝红梅，低头轻嗅梅花清浅的香味。

"现在并州有并州牧坐镇，而且粮草充足、弓马精良，就算匈奴、鲜卑南下劫掠，也不可能酿成太大的祸患。我们的后方不会乱，我赶回去并没有太大意义。"

宋溪点头轻笑："属下也是这么想的。"

但他只是谋士，他的想法如何不是最重要的，最后还是得取决于主公的意志。

衡玉偏头打量他一眼，见他被寒风吹得脸色泛白，袖袍间隐隐露出来的指尖也发红。

宋溪正准备回禀另一件要事，衡玉挥了挥手中的红梅，打断他："你身体病弱，这个天气不要在室外多待，我们进屋详谈吧。"

宋溪这个身体，一旦生病，定得缠绵病榻数日。衡玉当然不希望他生病。

两人进了里屋，商谈起衡玉手中人才的配置。

现如今，衡玉手底下的谋士和武将暂时都不缺，商路有胡家，情报组织有陈退等暗卫，贴身护卫有侍卫长等人……

这些都是必不可少的基础配置。

既然基础配置全部到位了，也是时候多网罗一些特殊人才了。

等这些特殊人才一到位，她就立即在书院里增设"科学"和"医学"两门课程。

雪灾越来越严重。

但随着年关将近，再大的雪灾都抵挡不了百姓过年的热情。

衡玉来到定城这么久，还从来没好好逛过定城。这天上午处理完手上的事情，她换上常服，带着春冬在集市里闲逛，将冀州当地的特色吃食尝了个遍。

逛到天色将暗，一行人才赶回州牧府。

刚回到院子里，衡玉迎面撞上神色焦虑的宋溪："主公，并州的情报送过来了。"

宋溪素来喜怒不形于色，衡玉很少看到他这副焦虑的模样，她抬起右手往下压了压，示意宋溪少安毋躁，屏退周围所有闲杂人等，才问宋溪："情报里面说了什么？"

宋溪深吸一口气。

冷气倒灌进他的喉咙，刺激得他想要咳嗽，但也让他的大脑恢复了清明。

"如主公所料，并州出现了大范围雪灾，也有匈奴军队在劫掠周边。"

衡玉的手指在桌案上轻轻敲击："这两件事都是意料之中的，让你焦虑的事情是什么？"

"幽州受灾极重，加上大军溃败，现在幽州有大批百姓流离失所，流落到我们并州。"

衡玉猛地抬头："大军溃败？"

能用得上"溃败"二字，幽州那边必然刚经历了一场巨大的惨败。

宋溪复述起情报上的那句话，声音有些艰涩："是的……大军艰难抵御数日，随后溃败。"

衡玉微微蹙起眉来。

幽州、并州这两个州都与外族居住之地接壤，因此民风剽悍，幽州铁骑这支军队也十分有名。

再说了，现在容家军可就驻扎在幽州和并州中间，如果幽州出了事，容家军应该能迅速赶到才对，怎么会落得个溃败？

"就算这几年我祖父故去，容家军的将领无能，导致容家军的战斗力逐渐降低，但这支军队依旧是雍朝的基石，按理来说不可能如此不堪一击，这里面是不是发生了什么事情？"

"暂时还没得到确切消息，但按照情报里所说，这大概和帝都那边有关系。听说是雍宁帝下旨，要调容家军回京拱卫帝都。"

桌案上的烛火猛地跳了两下。

衡玉的手在桌案上重重一拍，声音幽幽："拱卫帝都？如果我没记错的话，负责守卫帝都的禁卫军足足有五万人吧，这个人数还不够吗？容家军是抵御外来势力的利刃，是庇护中原大地安宁的基石，不是供雍宁帝安逸的军队！

"如果脱离北方太久，容家军还能存几分战斗力？他是要大开北方门户，置北方百姓的安危于不顾吗？！"

宋溪垂眸不语，等着衡玉平复心情。

片刻，衡玉平静地吩咐道："让我们安插在容家军和幽州牧身边的人动起来，我要尽快知道这里面的所有隐情。"

事情已经到了这种地步，她必须要掌握更确切、全面的消息，才能在乱局中决定下一步该怎么走。

她原本的打算是慢慢扎根冀州，将并州的模式做一番删改后照搬到冀州，留足两年时间发展，然后再去取容家军和幽州。

但现在看来，她再不出手取容家军，容家军就要被雍宁帝那些人给折腾废了。

衡玉沉吟片刻，吩咐宋溪将周墨、陈虎等人都喊过来，她迅速下了好几道命令。

命令一下，原本悠闲下来，觉得取了冀州可以安心过个好年的谋士们，又开始了疯狂加班加点的生活，一直忙到除夕当天才勉强喘了口气。

初四这日，衡玉终于收到了幽州方面更具体的情报——

幽州牧和并州牧、冀州牧的情况完全不同。

并州牧是寒门出身，靠着军功步步登顶。

冀州牧是高门士族，有着家族作为助力，再加上自己能力出众，所以顺利当上州牧一职。

他们二人有能力，却没有在乱世称帝的野心，所以只要衡玉想办法诱之以利，就能够打动他们，取并州、吞冀州从理论上来说是可行的，而衡玉最终也都做到了。

但幽州牧这个人没有任何的能力，刚愎自用又残暴，只是因为他是雍宁帝的亲弟弟，所以被安插在了这么一个紧要的位置上。

幽州的状况本就不好，在他担任州牧期间，更是雪上加霜，容家军的粮草供应得不到保障，容家军的几位将领还各自存着私心，这就让容家军失去了一半的战斗力。

再加上幽州被鲜卑袭击时，正好是容家军被调回帝都、军心涣散之际。

一边是早有准备的剽悍的鲜卑将士，一边是匆匆迎战、军心不稳的容家军，能够抵挡几日才溃败，也有赖于容家军的实力足够强悍。

衡玉认真而缓慢地阅读着这份情报。

最后，她目光一凝，视线紧紧盯在情报尾端的那行字上。

经此一役，容家军死伤惨重，伤亡人数达一万三千余人。

盯着这行字看了片刻，衡玉平静地将情报递给宋溪和周墨，示意他们都看看。

等他们都看完后，衡玉才问："你们怎么看？"

"现在已经进入一月，冬寒消退，春日来临。鲜卑士兵急着赶回去抢占肥沃的草场放牧，为了防止军心不稳，鲜卑将领这几日肯定就要将大军撤出幽州……只是鲜卑大军离开了，幽州的乱局还会持续很长时间。"

"没错，幽州积弊已久，这场天灾兵祸只会雪上加霜。"

"幽州牧是雍朝宗室，他是绝对不可能投靠主公的，我们不能复刻之前的法子夺取幽州。"

……

几位心腹谋士各自发表自己的看法，畅所欲言。

衡玉跪坐在桌案后，认真倾听他们的意见。许久，等谋士们把想说的话都说完，衡玉右手按在桌案上，温声道："诸位的话皆言之有理。

"我们不能够复刻取并州和冀州的方法来取幽州，也没这个必要。"

现在她已经手握两州之地，不需要再像以前那样徐徐图之。

割据一方，群雄逐鹿，怎么可以全靠忽悠？

取幽州，她会选择一个高调而震撼的方式，在世人面前崭露头角，向世人宣告她的存在。

"周先生，等会儿你去信一封，联络我们安插在幽州牧身边的人，让他向幽州牧透露，冀州和并州两地的官府粮仓里有大量屯粮。"

周墨稍等片刻，见衡玉的话已经说完，他有些迟疑道："不需要再多做些什么吗？"

衡玉悠然道："不需要了，过犹不及。只需要这么一句话，以幽州牧那刚愎自用又贪婪的性子，他会如我所愿的。"

幽州出了这么大的乱子，幽州牧再舍不得，也必须要开仓放粮给百姓。

开粮仓这个行为无异于在幽州牧的心口下刀子，如果这时候有人"无意"间告诉幽州牧，冀州和并州有着非常多的粮食，幽州牧会不动心吗？

衡玉一直关注着幽州，早就了解过这位幽州牧是个怎样的人——

他觉得这天底下所有的好东西都是皇家的，他作为宗室，享受百姓的供奉是理所应当的事情，而冀州牧、并州牧给他粮食也是理所应当的。

当然，在这么想的时候，幽州牧可从来没想过，他身为宗室，身为州牧，需不需要承担起相应的责任。

有这样的州牧，幽州的情势怎么会不危急？

当天下午，几匹快马从定城离开，最后分成两路，一路奔赴幽州，一路赶回并州。

这个年过得索然无味。

处理完手上这份公文，衡玉长叹一声，对系统说："以前在龙伏山寨，还能靠着打劫寻几分乐趣；后来到了并州，也勉勉强强能靠着忽悠那些世家找乐子；来了冀州，起初也是很快乐，天天瞎忽悠祁澎。"

现在她一天到晚都要埋头在公文堆里，虽然不会觉得烦，但久了也的确无趣。

寻思片刻，衡玉抽出一沓纸，打算写个话本——以容家为原型的话本。

她有天师道作为后盾，不充分发挥舆论的力量，那实在是浪费手中的资源。

事到如今，她可以开始给自己造势了。

傍晚，周墨有事过来见衡玉。

春冬守在外屋看书，得知周墨的来意后，笑着起身道："'少爷'正在里面忙碌，我带先生进去。"

她轻手轻脚地绕过屏风，领着周墨到了里屋。

见衡玉埋头写东西写得起劲，连室内光线昏暗都没注意，春冬连忙上前点燃一支蜡烛，温声劝道："'少爷'在写什么？我看'少爷'已经写了一下午，正事虽然重要，但身体也很重要，事情总不能一蹴而就。"

衡玉正好写完一个情节，她将那页纸放到旁边晾干，笑着朝春冬作揖告饶："下次肯定注意。"

周墨虽然别开了眼没看两人的互动，但还是能听到两人的对话。

他忍不住在心里嘀咕：主公的年纪已经不小了，等幽州事了，也该催催主公了。再这么拖延下去，主公作为男子不着急，但这就耽误春冬姑娘了。

"周先生。"衡玉喊了周墨一声，见他在发呆，又喊了一遍，"周先生？"

周墨回过神，染有岁月风霜的脸上浮现出带着歉意的微笑："主公。"

衡玉也不在意，问道："先生过来找我，定然是幽州那边有消息了？"

"回主公，幽州信使的车架已经进入冀州，想来最多五日就能抵达定城。"

最多五日吗？

衡玉点头表示自己知道了。

"冀州牧那边肯定会做好迎接信使的准备，我们这边暂时不动。"

结果——这位信使当真是好大的架子。

冀州牧早早就知道他进了冀州，但这位信使一边玩一边赶路，原本五日就能走完的路程，他足足走了十日。等他到了定城十里外，衡玉的话本都已经写完了。

祁珞过来找衡玉，愤愤不平道："那人实在是好大的架子，还派人传信给我爹，让我爹亲自去定城东门迎接他。"

"他是什么来路？幽州现在正等着粮食救济，他居然敢这么怠慢。"衡玉疑惑道。

祁珞嗤笑一声："他当然敢，他是幽州牧宠妾生的儿子，幽州牧爱屋及乌，把他纵得已经没有脑子这种东西了。"

"幽州牧的儿子？"衡玉右手搭在桌案上，食指轻轻叩击，提起几分兴致，有些唯恐天下不乱道，"他仗着自己的身份敢给冀州牧下马威，那你就把这下马威还回去，让他知道，幽州牧之子又如何？岂能容他在冀州横行霸道？"

祁珞来了精神："主公，我们要做什么？"

"他爹娘不教他做人，你去教，把他给我揍得哭爹喊娘。

"然后，也不用让他进定城了，直接把他身上那盖有幽州牧官印的文书抢来，我们收下文书后立即运送粮草出城。"

衡玉声音温和清悦，语调从容，偏偏说的是这种匪气十足的事。

祁珞觉得这个场面实在太违和了，忍不住抽了抽嘴角。

但很快，他撸起袖子，眉飞色舞道："主公你的吩咐肯定是有道理的，我就不问为什么了，直接照你说的去做。"

不得不说，主公这番布置，令他太爽快了！

尤其是那幽州牧之子这么嚣张，被揍完全就是咎由自取！

看着祁珞兴致勃勃离开的背影，衡玉摸了摸下巴，寻思着自己是不是把男主带得太偏了——原剧情里，男主为人做事可是都正派得很。

算了，这肯定跟她没关系，是祁珞骨子里就有不安分因子。

系统幽幽道："零，你说这话真的不心虚吗？"

"心虚什么？他明明玩得很开心。"衡玉指着祁珞撒欢的背影，忍不住为自己叫屈。

祁珞的确很开心，他高高兴兴地点了二十个侍卫，让他们带上兵器前往城门。

他到城门时，幽州牧之子那豪华的车架正安静地停在城门口，车架旁边守着几十个侍卫。

祁珞召来守门士兵，一问之下险些气笑了："这人说我爹不亲自来接他，他就不打算进城？很好，反正我本来也不打算让他进城。"

在城门附近观望片刻，祁珞用自己的令牌又抽调了五十个士兵。

半个时辰后，祁珞神清气爽地走进衡玉的院子，将那盖有幽州牧官印的文书送到衡玉的面前。

衡玉把玩着这份文书道："让我们运二十万斗粮草前往幽州，幽州牧倒是好大的胃口。"

祁珞唇角笑意微僵，眼神顿时变得哀怨无比。幽州牧的胃口再大，能有她当初一口气开价一百万斗米的胃口大吗？

正腹诽着，祁珞突然觉得后颈一凉，他茫然抬眼，对上了衡玉似笑非笑的神情。

祁珞顿时打了个激灵，讨好地朝衡玉微笑："不知主公有何吩咐？"

衡玉也不再逗他，收回视线，重新将目光放在文书上："二十万斗粮草绝无可能，就按照我们之前筹备的，运八万斗粟麦前去幽州。"

幽州最终会成为她的地盘，这八万斗粟麦运去幽州，不是让幽州牧私吞，而是为了救幽州百姓的命，所以衡玉不会舍不得。

随后衡玉又吩咐道："抽调冀州最精锐的五千士兵充当运粮军，随我前往幽州。"

冀州这边出动最精锐的五千士兵，加上并州那边最精锐的五千士兵，这一万精兵会名正言顺地进入幽州，驻扎在州牧府附近。

　　这一回，她要在幽州玩一把大的！

第二十八章 王朝因我兴替 28

"你们知道我是什么身份吗？

"……光天化日之下抢走文书,这冀州还有王法吗？你们就不怕我皇伯父怪罪下来吗？"

……

城门外，幽州牧之子苏淳穿着华服，缩在马车里怒吼，惹得不少进出城门的百姓好奇地张望。

然而，守城门的士兵连看都没看他一眼。

苏淳在马车里等来等去，发现压根没有冀州的人搭理他，气得他右手捏成拳头，狠狠砸在坚硬的马车壁上。

动作幅度大了些，牵扯到身上被揍疼的地方，苏淳倒吸了一口冷气，脸色更加阴沉。

"从小到大，我还没受过这种屈辱！冀州祁珞，我记下了！"

苏淳仆人的脸上也有好几处挂彩的地方，听到苏淳的话，他悄悄起哄道："公子，这个场子你肯定要找回来。"

"那是自然。"

苏淳低头摸了摸自己的肚子。

现在天气依旧寒冷，这半天下来他光顾着嘶喊，没碰过一滴水，没吃过一口东西，现在是又冷又饿。

"等我进了定城见到冀州牧，我一定要质问冀州牧，他不把他儿子打个几十棍，这件事就没完！"

仆人压低声音道："少爷，我们毕竟还在冀州，还是得顾忌一二。"他虽然跟着少爷横行霸道惯了，但也知道强龙不过地头蛇的道理。

"……你说得也对，总之冀州牧必须得给我个交代。"

仆人连连点头，又劝苏淳先进定城，在州牧府住下休整："少爷想把丢掉的场子找回来，总得先进城见到冀州牧。"

苏淳被他劝了几句，终于决定灰溜溜地进城了。

但——

他是想进城没错，可是定城的守卫把他拦了下来。

士兵面无表情道："祁三公子已经吩咐过我们，你们不必进城耽误时间，直接在城门外等着和运粮的队伍会合即可。"

"你说什么？你们不让我进定城？拨齐粮草、调派运粮军队，至少也要花上两三个时辰，你们就让我一直在外面等着？"苏淳难以置信。

他已经主动服软了，结果连定城的大门都进不去？

一股怒火直冲上脑门，苏淳脸色铁青，扭头对他的侍卫们道："你们给我闯进去，我今天还非要进这定城了！"

这话听着霸气十足，然而苏淳的侍卫们没给他展示霸气的机会。

侍卫们面面相觑，其中一个人硬着头皮道："少爷，攻击城门守卫可是重罪……"

这苏淳少爷仗着幽州牧的宠爱不学无术也就罢了，但连这么基础的律法条例都记不清楚，实在是太蠢了点。

苏淳神色僵住。

他当然清楚这条律法，但他在幽州横行霸道惯了，那些所谓的律法，可从来都约束不了他这种天潢贵胄。

士兵冷笑一声："幽州牧在派自己的儿子担任信使前，都不给你安派一两个谋士吗？"

他出身于冀州的世家大族，所以说起话来非常有底气，完全不害怕得罪苏淳。

苏淳咬牙，恨恨地剜了这个容貌英俊的士兵一眼，似乎想要将他的容貌记下来。

他爹自然是给他安派了谋士的。

但那个谋士为人古板，平生最看不惯苏淳这类人的言行。

苏淳争取到来冀州的机会是为了玩，为了借他爹的大旗耍威风的，被那个谋士指责了两次，苏淳脾气一上来，再加上被下人哄着，他干脆就将谋士丢在城里，自己领着队伍来了冀州。

"看什么看？去去去，一边待着去，别妨碍百姓进出，不然我倒是可以违背祁三公子的命令，带你进定城牢房走一圈。"

士兵像是赶苍蝇般，不耐烦地将他推到一边。

就在苏淳想要再说话时，马车碾轧青石地板，整装待发的军队整齐踩踏地面的声音由远及近，变得清晰入耳。

随后，一辆豪华而平稳的马车出现在苏淳的视线中。

有一只骨节如玉的手从马车里伸出来，掀起帘子，凝视着他，眸光冷淡："幽州牧之子？"

仿佛有桶冰水突然泼在他身上一般，苏淳被这道视线看得打了个冷战。

衡玉扫了那个士兵一眼，问："你刚刚在与幽州牧公子交谈什么？"

士兵没有添油加醋，语速极快地复述了一遍。

衡玉动了动手腕，语调漫不经心："在幽州猖狂也就罢了，在冀州的地盘上也敢如此嚣张。"她轻抿起唇，唇角微微上扬，"虎子，你去好生请这位幽州牧之子上马。"

骑在马上的陈虎咧嘴一笑："好！"

他没下马，直接驱马迅速上前，途经苏淳身边时，陈虎猛地弯腰拽住苏淳的领子。

苏淳整个人突然凌空，身体失重，他被吓得瞪大了眼睛。

还没来得及尖叫，苏淳就被一把摔进了马车里，脊背和头撞到马车壁上，虽然不是很疼，但也把他摔得头晕脑涨、眼冒金星。

在苏淳惊骇之际，衡玉缓缓放下马车帘，只有声音从马车里悠悠地传出来。

"五日前，我们就已经筹备好粮草和运粮军队了，但左等右等，苏公子直到今日才露面。

"苏公子不急着来定城，那我们就不邀请你进定城歇脚了，直接赶路吧。

"你们的车最好别掉队了，如果掉队，那就留在我们冀州多做一段时间的客人吧，等什么时候幽州牧亲来冀州将你接走，你们再离开。"

最后一句话透露的意思就是，如果你们还不想走或者走得慢了些，那就直接扣押下来别走了。

贴身保护苏淳的侍卫们不敢说话，灰溜溜地跑回马车边，该扶苏淳的人扶着，该骑马和该赶马车的也纷纷去忙自己的。

一个时辰后，一条长长的运粮队伍才完全走出定城。

大概是那一摔让苏淳暂时明白了"人在屋檐下"的道理。

他安安分分地缩在马车里，既没有抱怨马车行进速度快，也没敢来找衡玉的麻烦。

要祁珞说，苏淳肯定憋着一股气，打算到了幽州再把场子找回来。

衡玉淡淡道："想法很美好。"

她有一万精兵在手，幽州牧敢给她气受？

祁珞咋舌："我们这么大张旗鼓地去，会不会太张扬了？"

"我要的就是这个效果。无妨，小麻烦会有不少，但不会出什么大事。"衡玉语气肯定。

顿了顿，她又补充道："就算事情真的超出我的预料，我也留了后路，能让我们全身而退。"

就像当初收到祁珞的信，她冒险奔赴冀州一般。

想要获得幽州，自然也要承担一定的风险。

祁珞点头，不知道为什么，明明主公的年纪还没他大，行事却非常有章程，总是在不知不觉间就让人信服。

衡玉一路上翻看着自己创作的话本。

故事主人公的原型是她，但在书里面，这位主人公就是十足的龙傲天，什么惨遭追杀跌下山崖遇见老爷爷，为了赚钱研究出稀奇的东西，最后居然引得各大士族追捧，被各大士族奉为座上宾……

最终，话本主人公一步步重回巅峰，审判那些曾经污蔑主人公家族的人……

其中可谓是集各种套路于一身，保证能够先声夺人，令很少接触到乐子的百姓和士族子弟们津津乐道。

翻着翻着，就连衡玉这个写话本的人都入迷了。

宋溪一直待在马车角落处理政务。

将手头的公文处理完，他抬眸扫了眼衡玉，见她看得出神，笑问她在看些什么。

衡玉抽出一本新的话本递给宋溪。

来到这个世界几年时间，她已经成功改进了印刷术，现在她手上就有不少话本。

只是看了两页内容，宋溪这不喜欢看话本的人都深深陷入剧情不能自拔。

他连着看了三个时辰，晚餐都是囫囵咽下去的。

等到看完最后一页，宋溪细品片刻，道："这个书生的经历与主公有几分相似，主公是打算以此在民间造势，让舆论为我们所用吗？"

"没错，话本已经在你手上，怎样迅速在幽州传播开，就由你来安排了。"衡玉说。

当年逃离帝都时，她在容府门口声声质问乐成言，趁机为容家洗刷污名。但古代传信很不方便，她那日的质问只在帝都小范围传播开来。

衡玉当然知道这一点，但要她什么都不做就灰溜溜地跑掉，这是绝对不可能的。

后来在并州安顿下来后，她一直在暗地里引导并州和幽州两地的舆论，让百姓们不会轻信朝廷的污蔑。

容氏一族世代镇守北境，容家军也常年驻扎在并州和幽州交界地带，如果容家人誓死守护的百姓也在唾骂他们，那就太过可悲了。

现在，是时候进一步推动舆论效果了。

运粮队伍的行进速度非常快，除了必要的修整外，其他时间他们都在赶路。

半个月后，他们顺利出了冀州范围。

刚进入幽州地界，才安分一段时间的苏淳又张扬了起来。

衡玉当然不会对身为皇室宗亲的苏淳有任何好感，直接派陈虎过去把苏淳按了下去。

苏淳那股刚刚升起来的嚣张气焰，在悬殊的武力值下，扑棱一下就灭掉了。

没过多久，衡玉他们遇到了小股小股的流民。

明明已经到了种植农作物的春季，但流民们连买种子的钱都没有。

官府并没有实施什么安抚农户的举措，于是世家大族趁机抬高粮价，广买人口，导致大量百姓不得不背井离乡，去往冀州和并州。

当看到长长的运粮军队时，这些流民的脸上流露出浓浓的渴望之色。

衡玉骑在骏马上，安静地凝视着他们。

有个年轻妇人抱着瘦骨嶙峋的孩子跟跄行走，她太虚弱了，以至于没注意到脚下有一块石头。

一个不注意，年轻妇人身体往前倒去，连着手里的孩子都往前摔去。孩子似乎是察觉到危险临近，发出细细弱弱的哭泣声。

妇人瞪大眼睛，就在她心生绝望时——

有一道身披黑色斗篷的身影迅速翻身下马，斗篷在空中扬起。

衡玉一只手接住孩子，另一只手探向前去，用力扣住妇人的肩膀，道一声"冒犯了"，将她扶起，免得她摔倒在地上。

妇人惊魂未定，过了片刻，布满尘土的脸上流下大滴泪水。她深深地朝衡玉鞠躬，伸手接过孩子。

衡玉没把孩子递给她。

她太虚弱了，就算孩子很瘦，但这几斤的重量压在她身上，还是会将只剩最后一丝力气的妇人压垮。

"去树下坐会儿吧。"衡玉温声道。

她朝身后的手下们打了个手势，示意他们原地休整，自己则慢吞吞地将就着妇人的步速。

等走到树下，衡玉解下身上的斗篷铺在地上，才把孩子小心放到上面。

看着孩子脸上的笑容，衡玉也跟着笑了下。

安顿好妇人和孩子后，衡玉走回到下属身边："把运粮军队的口粮分出一部分，煮了分发给那些流民。"

这个下属是新追随衡玉的，对她的行事风格还不是特别熟悉，闻言茫然道："但我们带来的口粮刚刚好，如果分给流民的话……"

旁边其他人早已熟悉衡玉的作风。

连清冷雅致的宋溪都露出会心的微笑："我们千里迢迢送粮给幽州牧，现在进了幽州，难道幽州牧不应该提供我们军队的口粮吗？没了口粮，我们可以一路讨过去。"

说实话，幽州不是没有粮食，官府粮仓里的囤粮绝对不少，世家大族粮仓里的陈粮也可能早已堆到发霉。

只是……幽州百姓的手里没有粮食而已。

这个世道早已糜烂到根子上，无药可救。

所以他们完全可以一路讨粮食过去。

官府不给？世家不给？

真当他们这五千运粮军是摆设吗？

发出疑问的那个人拍了拍额头，露出恍然大悟状："是啊，我怎么就没想到这点呢？"

衡玉在旁边看了半晌，总觉得有些地方不对。

虽然她的确是这么打算的，但她在下属心目中的形象是不是……太不光明伟岸了？

"主公，这件事就交给我做吧。"宋溪眸光柔和，笑起一派光风霁月，"赶路无趣，我正好拿这件事来寻些乐子。"

从那些世家手中抢粮，让他们大出血，单是想想就已经很高兴了，更何况是亲自去做这件事。

旁边的祁珞扼腕，声音有些郁闷："我话说慢了，原本我还想请主公把这件事交给我呢，我肯定会圆满地完成。"

周墨微笑，儒雅温和："无妨，事情虽交给宋先生来做，但我们其他人可以一同前去凑热闹。"

侍卫长也跟着起哄："正好同去，如果那些世家给脸不要脸，我还能帮忙指挥作战。"

一行人边说着话边结伴离开，急急忙忙跑去调兵遣将，积极到连午饭都不吃了。

衡玉目送他们离去，支着下颌思考人生，有种"槽多无口"的感觉。

系统震惊道："完了，这下不只是男主跟原剧情里不一样，所有人的画风都被你带跑了。"

衡玉仰头望天，难道真是有什么样的主公就会有什么样的下属吗？

"不，我觉得人性本来如此。肯定是他们隐藏的本性暴露了，跟我没有半点儿关系。"

一个时辰后，宋溪等人志得意满地归来，士兵们拉着五大车粮食跟在他们身后。

"打家劫舍，果然有奇效。"春冬瞧着这一幕，眼睛明亮，向衡玉感慨道。

衡玉用折扇敲了敲自己的额头。

居然连春冬都这么想……

那看来她的下属们会变成今天这样，大概……真的跟她有点儿关系吧。

稍等片刻，宋溪过来向她禀告道："那个坞堡是杨家所有，我们的人才到坞堡，刚说明来意，杨家就运出了两大车粮食，说是看在幽、冀两州的情谊上，无偿送给我们的。我看他给得轻松，又多要了两车粮食。"

"他们这时候倒是大方。"衡玉冷笑。

这杨家，可不是什么好东西。

琢磨片刻，衡玉说："既然世家大族们都这么大方，那我们也不急着赶到幽州的治所肃城见幽州牧了，我们一路慢悠悠劫富济贫吧。"

"正好趁着这时候，将话本传扬开来。"衡玉提醒宋溪。

宋溪了然。

接下来的几天里，衡玉他们这支运粮军队一路横推各大坞堡，同时给流离失所的百姓们提供食物。

衡玉甚至无偿给他们提供了种子，让他们不必背井离乡。

嗯，种子也是世家"送"给她的。

这么几天下来，衡玉他们带来的粮食不仅没少，还多了整整两万斗。

不仅赚了粮食，还赚足了百姓的爱戴，拉稳了世家的仇恨。

动静闹得太大，远在肃城的幽州牧都听说了。

幽州牧的幕僚道："那些世家的人来信，请州牧大人帮忙敲打冀州的人一二。"

幽州牧身材发胖，眼底下青黛，一看就是纵欲过度。

他低头翻看着某个世家家主的来信，许久，冷笑道："冀州那些人在我们幽州的地盘上，仗着运粮军队的人数众多，行事也太不讲究了。

"你马上派人过去，催促他们速速前来肃城拜见我。"

顿了顿，幽州牧又道："说起来，我儿也在那支军队里，也不知道他这些天过得如何。"

幕僚笑道："有州牧的面子在，谁敢为难五公子？肯定是好吃好喝地伺候着。"

嗯，冀州的人其实也没对苏淳做什么过分的事情。

他们只是在爆捶苏淳教他做人后，又因为人手不够，把苏淳和他的侍卫、仆人们全部派去干活，让他们负责帮流民熬煮粮食、分发粮食。

一直无偿给流民分发食物也容易激化矛盾，所以衡玉试着让流民们做些简单的工作。

知道苏淳会写字算术，他又多了一项登记的工作。

以苏淳的大少爷脾气，怎么可能乐意做这种事情？但衡玉特意派了监工，那监工没什么事情要做，就只有一条：盯死苏淳，敢偷懒就用鞭子伺候。

没有什么懒骨是一根鞭子解决不了的。

如果有，那肯定是鞭子还不够结实。

在鞭子的恐吓下，苏淳心中恨得再咬牙切齿，也必须强忍着不满和愤懑，给那些他压根就看不起的流民分发粮食。

这时候，他不停地在心底呼唤幽州牧，希望他爹能尽快派人过来解救他，让他脱离这无边的苦海。

第二十九章
王朝因我兴替 29

　　想法是美好的。

　　但如今的现实是残酷的，苏淳每天勤勤恳恳被压榨，辛苦工作了几个时辰，只能领到一碗噎嗓子的粟米加两个肉包子。

　　领到这些食物时，苏淳又怒又委屈，那个给他分食物的人白了他一眼："按照你的贡献，就只能领到这样的食物。如果想吃好的喝好的，那就多干点活，多做点贡献。"

　　苏淳扭头一看其他人领到的食物，发现这人还真没骗他。

　　但是多干点活是不可能的，绝对不可能。

　　多做点贡献的话……

　　给他分食物的人指着一个角落，语气羡慕道："谋士大人们不仅吃得精细，用过膳后还有水果供应。他们那些大人随口提个意见，贡献度就足够了。"

　　苏淳："……"

　　懂了，多做点贡献什么的，不是他不乐意，是他的脑子不够用。

　　端着热气腾腾的粟米离开，苏淳没忍住心中的好奇，绕到谋士区，想看看他们的午膳到底是些什么。

　　然后，苏淳居然在人群中发现了一个熟悉的面孔！

　　那熟悉的花白长须、古板方脸，不就是他在前去冀州时，嫌弃聒噪而中途丢下的谋士吗？

　　他怎么会出现在这里？！

　　苏淳的目光忍不住落在对方的午膳上，看着那熬制入味的鹿肉，苏淳没出息地咽了咽口水，将唇角那悔恨的眼泪擦掉。

　　再低头去看自己的粟米和肉包子，苏淳脸色黑得难看。

如果不是忙了一天腹中饥饿，他肯定会直接把碗都摔在地上。

就在这时，苏淳耳尖地听到旁边有小小的咽唾沫的声音。

他侧头看去，发现是一个身材干瘦、七八岁模样的小孩子。

小孩子正抱着一碗糊成一团、完全看不出本来形状的粥在喝，目光始终追随着苏淳手中的肉包子，眼中满满的渴望。

苏淳的心情突然好了几分，他眨了眨眼，不怀好意地笑道："你想吃？"

他随手掰了半个肉包子扔到地上，白乎乎的包子皮在地上滚了小半圈，沾上了不少泥土。

小孩才不在乎这白乎乎的肉包子有没有沾上泥土，他迅速弯腰捡起肉包子，捧在手上吹了吹，就要把包子送进嘴里——

祁珞把手按在小孩的肩上，制止了他的动作。

在小孩反抗之前，祁珞将自己手里那个干净的肉包子递给小孩，摸摸小孩的头，说道："吃这个。"

然后，祁珞冷笑着，俯视蹲在地上瑟瑟发抖的苏淳。几息后，一声凄厉的惨叫声响起。

衡玉正站在一口刚打出来的水井边，检查水井的质量。听到这声惨叫，她抬眸环视一圈，没发现什么异常，又将视线收了回来。

"把水打上来看看。"衡玉吩咐手下。

水桶打上来的水都是混浊的黄泥水。

不过，过段时间就好了。

衡玉探头往下看了几眼，满意道："不错，告诉监工，到时候打水井就按照这个标准来。"

幽州干燥少雨，水量不足，每次种植作物时浇灌都是一个问题。

打水井虽然不能从根源上解决问题，但现在幽州还不是她的，她也不可能大动干戈地让这些流民去修建大型水利工程。

所以这些水井也算是聊胜于无了。

检查完水井，衡玉往派发午膳的地方走去。

很快，她端着一份饭，坐到了那个长着方脸的古板谋士面前，微笑道："先生，我与你聊聊。"

这一位可是她找了很久的能够掌律法严政的人才。

四天后，幽州牧派来的中卫将高森赶到此地。

高森看上去三十多岁，一副眼高于顶的模样，哪怕是见到衡玉和祁珞，这种从骨子里透出来的优越感也不曾减弱分毫。

用祁珞的说法："看到高森后，感觉苏淳都顺眼了。"

衡玉抿唇轻笑，手按着桌案，声音没有刻意压低："祁公子所言甚是，瞧见中卫将时，若不是知道中卫将姓高，我还以为是幽州牧本人亲临呢。"

高森性子傲慢却不是蠢人，听出衡玉话中的讥讽，不甘示弱道："山先生说笑了，我哪里有幽州牧大人的半分英姿？

"倒是山先生你，若不是知道先生是并州二把手而非冀州二把手，我也觉得山先生比祁公子更像是此地的主人。"

祁珞眉飞色舞，毫不在意他的挑拨离间："实不相瞒，我父亲嫌我不够稳重，这次的确是以山先生为主，我为辅。等山先生与并州军队会合后，才由我独当一面。"

当事人如此不在意，高森被噎了一下。

他强压着心头的不满，道："暂时不说这些题外话。山先生，此次幽州牧大人派我前来，是想让我责问先生，为何要动用你运粮的军队，惊扰幽州世家的安宁生活？"

"哦？"衡玉摆出一副茫然的表情，侧头问身边的谋士们，"我怎么不知道我们的军队惊扰了世家？"

"据我所知，的确没有。"

"我们的军队可是正规军队，怎么可能干出这种扰民的事？"

"我猜中卫将说的是我们领兵去拜访世家一事吧，这……这实在是误会啊，我们只是单纯去拜见各大世家，言行客客气气，举止也没有一丝一毫失态。"

"没错，至于各大世家送给我们的粮草，这……这难道不是他们给我们的见面礼吗？"

他们的确没动过手，就是直接领着军队到世家大门前"勒索敲诈"而已。

聪明人装傻充愣的水平也是一流的，衡玉听着他们的话，连连点头。

她转回去看高森，表现出一副被人泼了脏水的无辜模样："高先生，不知道这样的言论是从哪些世家口中传出来的？"

高森还是把事情想得简单了点，压根没设防，随口道出两个世家的名字。

衡玉脸上的无辜之色顿时转为愤怒之色。

她猛地一拍桌案，继而将手掌用力按在桌案上："好啊，我的下属们去这两个世家拜见时，他们表现得那么客气，结果转头就在幽州牧大人面前如此诋毁我的名声。"

下一刻，她腰间的长剑已经出鞘。

寒光闪闪，杀意迸开。

"陈虎，你率一千士兵亲去杨家。侍卫长，你率一千士兵前往张家。替我好好问问两家家主，他们为何人前人后两副模样？

"这般在幽州牧面前诋毁我的名声，是不是对我并州心存不满？"

"是。"陈虎和侍卫长迅速起身，抱拳领命，转身退到外面。

他们配合过于默契，等高森终于从这一系列突发状况中回过神时，他只能瞧见陈虎和侍卫长远去的背影了。

高森愕然："山先生，之前幽州牧大人不知道也就罢了，现在幽州牧大人已经知道了你的所作所为，你居然还敢大张旗鼓地在幽州动兵，你就不怕幽州牧动怒吗？"

"我之前动兵，是记挂幽州的灾情，想要找世家们好好聊聊天，培养他们乐善好施的品行。

"你看，通过我的赈灾，幽州至少有五千流民不会饿死，至少有一千流民不必遭受远离故土之苦。这些人可都是幽州牧的子民，你说幽州牧为何怪罪于我？"

见高森一时答不上来，衡玉气势更盛，直接从椅子上起身，步步朝高森紧逼："至于刚刚出兵，是因为士可杀，不可辱，难道只允许世家污蔑我，不允许我去找他们兴师问罪吗？

"嗯？高将军，你回答我啊！"

锵的一声，长剑出鞘。

剑身的寒芒射进高森的眼里。

高森用力咽了咽口水："你——"

这人莫不是个疯子吧，在幽州地界也敢如此猖狂？

衡玉两指并拢，用柔软的指腹轻抚冰凉的剑身。

高森最是欺软怕硬，看到衡玉这么强硬，他反倒摆不出一开始那种高高在上的谱了。

"山先生，"高森的声音瞬间软了下来，"快快让您派出去的士兵都撤回来吧，得罪世家对您有什么好处呢？"

"士可杀，不可辱。他们敢在幽州牧面前污蔑我，就要承担这种行为带来的后果。反正两个小世家而已，得罪了也就得罪了。"

冷汗顺着高森的额角往下滑。

衡玉以手掩面做困倦状，让人带高森下去休息，不再给他说话的机会。

目送着高森不情不愿地离开，衡玉支着下颌，对宋溪道："我正愁怎么找借口杀鸡儆猴，这高森就为我送上了理由。"

宋溪温声道："这两个世家在幽州根基很深，跟其他世家都是一根绳上的蚂蚱。这回大闹一顿后，我们也差不多把全幽州的世家得罪光了。"

"听着真是刺激。"衡玉感慨，又问，"说书人都培养好了吗？戏班子呢？组建好了吗？"

"主公请放心。"

"那就好。让他们迅速赶赴容家军驻地附近的城镇，下一步，我们该接洽容家军了。"

幽州如此广袤，光靠一万精兵就想占据幽州还是没什么把握。但加上容家军和她的内应们就差不多了。

当天傍晚，陈虎他们披着苍苍暮色，拖着几十车粮食和几大箱财宝，高高兴兴地回到营地。

衡玉好笑道："你们这是把他们的仓库都搬空了吧？"

她运粮来幽州一趟，不提将来有可能吞并幽州，就先说面前这些收获，她已经回本带小赚了。

陈虎嘿嘿直笑。

高森听到消息跑出来，看着那一辆辆满载而归的车马，只觉得眼前一黑。

完了完了，如果让那两个世家知道消息是他透露出去的，哪怕他出身高家，也绝对没有好果子吃。

"中卫将，居然是你来了！"

突然，有人从身后喊他的名字，那语气之激动，仿佛遇到了一个失散多年的亲人。

高森僵硬地转身，认出喊他的人是苏淳后，抬手揉了揉自己的脸，想打起精神应付苏淳。

然而，没等高森调整好心态，握着鞭子的监工就快步走到苏淳身边，拽着苏淳道："我刚刚找你半天，陈虎将军正在找人统计粮草数目，大家都忙不过来了，你赶紧跟我过去帮忙。"

监工拽的力气太大，苏淳瞪大眼睛，眼睁睁看着自己离高森越来越远，越来越远……他爹的亲信都到了，为什么他还是没能够从苦海中脱离？

第二日清晨，运粮军队离开驻扎地。

苏淳几乎忙了个通宵，现在倚着马车壁憔悴无比。

而高森看上去比他还要憔悴，还要生无可恋。

两个人的目光不经意间撞在一起，居然生出了一种同病相怜的感觉。

队伍逐渐接近肃城时，天上下起了连绵细雨。

衡玉下了马车，撑着油纸伞站在雨幕中，正在跟陈虎、侍卫长他们研究肃城周边的地形图。

他们一行几千人，当然不可能进入肃城驻扎，而是要在肃城外挑选合适的驻扎地。

"就在此地吧。"

衡玉指了一个地方。

这个位置，正好能和并州军队形成呼应，而且同肃城的距离也恰到好处。

与此同时，城内，幽州牧也得知衡玉顺利抵达的消息。

他咽下歌姬喂到口中的果肉，嬉笑着亲了歌姬的脸一口，随口吩咐道："先给他们来个下马威吧。"

这几年啊，不少州牧都拥兵自重，不怎么把他们雍朝皇室放在眼里。

那个叫山先生的年轻人气焰这么嚣张，还是得先压压她的气焰，让她知道皇室的威严不容冒犯才行。

很快，有人领命退下。

在士兵们安营扎寨时，天气逐渐转晴。

营寨旁边是一片还算茂盛的小树林。衡玉待在幕后运筹帷幄久了，连弓箭都很少碰，更别说进林子里打猎了。她在林子外绕了一圈，兴致起来了，从马车里取来弓弩，翻身上马，招呼陈虎等人随她一同出发。

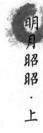

周墨笑："主公今日好兴致。"

主公行事沉稳，年纪不大，却一直很有章法。

周墨难得看到主公这么风风火火的模样，不过要他说，这样也挺好的，人活一世，除了责任外，也需要为自己找些自在。

衡玉笑着应一声，又扭头去看陈虎等人："我们比比看谁射中的猎物多，打中的猎物都拿来给将士们加餐。"

打猎是陈虎最拿手的事情，他喏瑟道："主公，打架我肯定打不过你，但打猎这种事，肯定是我更胜一筹。"

衡玉眉梢微挑，笑而不语。

陈虎背好弓箭，自觉胜券在握，兴致勃勃地提议道："我们是不是该设个彩头？"

衡玉瞅他一眼："想设什么彩头？"

陈虎搓了搓手："大当家，我听说您命工匠研发出了一种连射型弩箭。因为技术的问题，这一批弩箭的数量不多，如果我赢了您，您就优先将这批兵器分配给我吧。"

他现在是个不大不小的将领，手底下有几千士兵，如果有了这批新式兵器，军队战斗力绝对更上一层楼，到时候更好立功。

衡玉好笑道："若你输了呢？"

"这……"陈虎挠挠头，随口许诺道，"那就罚我抄兵书十遍。"

"一百遍。"

丢下这句话，衡玉一夹马腹纵马前行，闯进林子里。

小雨过后，在林子里窜来窜去的动物不少。衡玉搭箭弯弓，只要出现在她视线范围之内、射程之内的猎物，哪怕是在高速纵马下，她也能箭无虚发。

第九箭时，她搭箭方向偏移了些许，最后锐利的弓箭只是擦着了兔子的腹部，没有一击即中。

衡玉再补一箭，动了动手腕："太久没练，果然是生疏了。"

旁边射七箭中五箭，只有两箭直接命中要害处的陈虎呆了。

在林子里呼吸够新鲜空气，瞧着天色将暗，衡玉也不再留恋，领着下属们往外撤。

一出林子，陈虎眼尖，注意到不对："大当家，宋先生、周先生他们是不是正在跟人对峙着？"

衡玉顺着陈虎的视线看过去，目光从宋溪他们身上掠过，停在站在宋溪他们对面的那几人身上。

为首一人穿着精锐的轻甲，身材健壮，横眉冷脸，嘴巴没有停过，一直在说些什么。

距离太远，衡玉即使能读懂唇语，也实在看不清楚。

苏淳、高森这两个欺软怕硬的家伙正缩在那人身后，大概是觉得有了倚仗，他们又恢复了那副趾高气扬的姿态。

"看来有人要给我下马威啊。"衡玉似是毫不意外。

她轻笑了下，将已经收起来的弓重新取来，再从背后的箭筒中一下取出三支箭。

一弓搭三箭。

眼睛半闭半睁，感知风向瞄准。

下一刻，三支箭如流星般狠狠朝前飞去，与空气摩擦，激起刺耳的破空声。

为首的中年将领注意到不对，侧头看来，瞳孔一缩，就要想办法往旁边闪避。

但——

三支箭将他的退路都封死了，无论他怎么闪避，都必然会中箭。

当——

两箭落空，一箭避无可避。

那支避不开的箭射入中年将领的头盔，冲劲不减，带着头盔一道继续往前飞去，最终钉在了不远处的树干上。

头盔掉了，中年将领头发凌乱，对衡玉怒目而视。

衡玉再取两箭，同时朝苏淳和高森射去。

中年将领脸色微变，顾不上动怒，试图截下这两支箭。

然而，他只有一个人，顺利打掉射向苏淳的箭后，中年将领只能眼睁睁地看着利箭从高森的耳畔一擦而过。

箭速太快了。

直到利箭落地，高森的耳朵才渗出血来。

感受到耳朵的疼痛，高森捂着自己的耳朵骇然尖叫。

衡玉翻身下马，随手将弓弩抛给下属，快步走到中年将领身前："如果我猜得不错，将军就是执掌幽州铁骑的唐将军吧，果然好身手。"

唐将军脸上有些挂不住，硬邦邦道："当不起山先生的夸奖。我实在没想到，并州山先生居然会有如此凌厉的箭法。"

幽州牧还想让他给冀州的人下马威，现在分明是他被震慑住了。

"过誉了。"衡玉笑道。

回了这一句，衡玉也不追问唐将军出现在这里的原因，扭头与宋溪说话。

宋溪素来最懂得衡玉的心思，只是闲聊了几句安营扎寨的问题，压根没提刚刚的对峙。

唐将军在旁边等了又等，终于忍不住道："山先生。"

衡玉明知故问："将军有事？"

唐将军憋着气道："山先生有所不知，你们挑选的这个地方不能安营扎寨。我刚刚是在与你的谋士沟通，但他一直表示要等你回来。"

"为何此地不能安营扎寨？我们花了三个时辰才顺利扎好营地，若是换个地方，等到一切安置妥当，都要到深夜了。"衡玉又问。

唐将军板着脸，一五一十复述起同僚帮他捏造的理由。

"前段时间，幽州牧大人曾经反复做过一个噩梦，他心中惊惧不已，特意请来天师道的人解梦。那位高人告诉州牧大人，说这附近几里地内都不能出现浓重煞气，否则会让幽州陷于战乱之苦。

"冀州运粮军队已经在这里停留了两个多时辰，再停留下去，势必会给我们幽州招来大祸啊。

"还请山先生为幽州百姓考虑一二！"

这个理由找得实在是不错，衡玉在心里赞了一声，觉得能想出这个理由的绝对是个搞舆论的人才。

过段时间，她肯定要把这个人才拉拢到自己身边！

"这位将军有所不知，"衡玉心下赞叹，面上笑吟吟的，"我有位至交好友是天师道的祭酒，他在成为祭酒之前，时常与我讨论各种解梦之术。成为祭酒之后，他更是开始研究风水术数，连带着我也学到了不少。

"一般来说，反复做噩梦，应该是州牧大人心神不宁，缺一煞气浓重之物为他镇魂，所以那个人解的梦是错的。

"而且在安营扎寨之前，我曾经特意观察过此地地形，如果用煞气浓重之物镇压此地两个月之久，整个幽州只会越来越红火，不可能招来任何大祸。"

衡玉表现得十分专业，说得那叫一个头头是道。

而且她觉得，她找理由的水平明显更高几层。

因为，只要能让她在此地驻扎上两个月，整个幽州就差不多能易主了。幽州在她手里，再怎么着都不可能比现任幽州牧手里差，可不是越来越红火了嘛。

唐将军神色僵硬，勉强挽救道："那人也是天师道的祭酒。"

衡玉摇头，肯定道："不可能，绝对是个骗子。"

唐将军知道她也是在胡说八道。

但憋屈之处就在于，明知道对方在胡说八道，但因为这个头是他起的，他还必须捏着鼻子忍了。

就在唐将军有些走神时，衡玉突然轻笑："对了，既然我们这支军队能为幽州带来好运，那请州牧大人来亲迎我进城，也不算是什么为难的事吧？"

旁边，苏淳猛地瞪大眼。

之前在冀州时，他也嚣张地让冀州牧亲自出城迎接他。

结果——

结果被揍得服帖了。

然而不同的人做同一件事，最后的结果却是丝毫不同。

唐将军唇角微动，拧着眉打量衡玉好几眼："总之，我会将此事禀告州牧大人，是否出来迎接，就看州牧大人的意思了。"

"麻烦将军了。"

唐将军指着苏淳和高森道："天色将暗，我不便在此久留，这两人和他们的侍从我也一并带走了。"

衡玉答应得爽快："应当的。"

她还期待着这两人回去后，能够多在幽州牧耳边说她的坏话呢。

州牧府。

幽州牧舒舒服服地泡了个温泉，正准备小酌几杯葡萄美酒，就看到他最宠爱的儿子苏淳急匆匆朝他跑来。

人才露出个影子，悲戚的喊声就先一步响了起来："爹，爹，我终于见到你了！呜呜呜，我以为我再也见不到你了。"

话音落下，幽州牧也看清了苏淳的容貌——黑了，瘦了，看上去憔悴了。

幽州牧心头咯噔一下："这是怎么了？怎么去冀州一趟受了这么多苦？"当个信使能遭什么罪啊？有他的大旗罩着，那些官员不应该好好供着他儿子吗？

有了自家州牧爹撑腰，苏淳的胆子瞬间肥了不少。

他哭丧着脸，添油加醋地把自己受到的虐待说了出来——当然，对这位自小锦衣玉食的州牧公子来说，让他吃个肉包子都算是虐待他了。

但是不知道为什么，苏淳说着说着又有点怂了，没敢说太多那位山先生的坏话，火力基本都集中在祁珞那家伙身上。

只是听苏淳提了那么几句，幽州牧心头便升腾起熊熊怒火："冀州的人居然如此无礼！"

当然，他心疼苏淳。

但幽州牧心中的怒，更多是出于……他的名头在冀州并不好用，冀州的人没有因为苏淳是他最宠爱的儿子而捧着苏淳。

这种行为，难道不是对他的蔑视，甚至是对皇室威严的蔑视吗？！

随便安抚苏淳几句，幽州牧让他回屋好好休息，随后，幽州牧又一一召来唐将军、高森等人。

等听完他们所有人的话后，幽州牧猛地将桌案上的所有东西扫到地上："祁珞、山先生是吧？在我的地盘，你们再嚣张也给我伏着。

"唐将军，你明日再去找他们，让他们把运来的粮食交给你，就说你要尽快拿这批粮食去赈灾。

"然后，不要给他们提供任何的补给。我倒要看看，没有了补给，这附近又没有其他世家的坞堡，那个山先生要拿什么来养活手底下的兵。"

高森嘴角动了动，最后还是没敢火上浇油，向幽州牧强调衡玉他们抢了一堆粮草的事情。

第二日，衡玉又在营地见到了唐将军。

她已经摸透了幽州牧的性子，知道该如何处理才能达成自己的目的，于是在唐将军第一次过来时，她只给了一万斗粮草。

169

果然，唐将军又来了。

在第三次时，斥候甚至探查到了幽州铁骑在驻扎地附近行动的踪迹。

火候已到。

当天晚上，衡玉就因为水土不服"病倒"了，不得不卧在床榻上养病，具体事情都交由祁珞来处理。

月上枝梢，夜深霜重时，一行六人牵着马离开了驻扎地。

每一匹马的马蹄上都缠了厚厚的布，保证马蹄落地时发出的声音不会惊动任何人。

一直到离开驻扎地几里地，衡玉才抬手，摘下将她的大半张脸都遮挡住的兜帽。

"走吧，我们去云溪城。"衡玉轻声道。

那曾经深深烙印下容家痕迹的军队，如今千疮百孔，正驻扎在云溪城外。

幽州云溪城，可以说是幽州的第一道门户。

这里一旦被攻破，幽州一小半的城镇都将暴露在战马的铁蹄之下。

所以这个城镇有着很美好的名字，也有着非常荒凉的环境。

近期云溪城最热闹的事情，大概是有个叫"家荣"的戏班子过来义演。

这个戏班子并不专业，表演水平一般般。

但他们的班主说了，听说容家军为了镇守幽州付出了巨大牺牲，他心中感念容家军的英勇，所以带着他的戏班过来免费表演一个月，让云溪城的百姓和容家军的士兵们都能放松放松心情，从中寻得些乐子。

当然，容家军现在不叫容家军，而是改了名字，叫"西军"。

只不过大家都喊习惯了，"西军"这个名字更多用于朝廷公文，在民间还是更习惯"容家军"这个名字。

哪怕是容家军的将士们，也是这么称呼自己的。

其实由此也能感受到容家人刻在这支军队的印记之深。

哪怕人走茶凉，物是人非，这种印记也没有被磨灭掉。

这天上午，云溪城下起淅淅沥沥的雨来。

整个土黄色的城镇被雨幕笼罩着，也别有一番风情。

不过，容家军左军统领徐腾并没有那个心情欣赏，他站在门口看着下个不停的雨，心烦道："下下下，该下的时候不下，不该下的时候倒是下个不停。"

妻子追出来给徐腾加衣服："你还能左右老天爷不成？你今日不是不用去军中吗？正好有空，带平平和安安去茶楼听说书吧。"

"什么说书？"提到自己的一双儿女，徐腾的心情好了些。

"就那个家荣班，他们不仅过来表演，还带了三四个说书先生。最近那几个说书先生一直在茶楼里说书，说的是什么……话本名字好像叫《将行》。"

荣。

听到音，徐腾眼底一暗，压下喉间那种哽咽，努力眨了好几下眼睛，笑道："行，我正好带平平和安安去买糖吃。"

"钱省着点用。"妻子嗔他一句，却也由他。

徐腾苦笑道："真的缺钱，买糖的那几个铜钱也顶不了什么用。"

妻子知道自己说错了话，沉默一瞬，说："李顺他真的没救了吗？"

"没钱、没药、没大夫，什么都没有，我这个铁骨铮铮的兄弟居然只能躺在床上等死。"

"……可是李顺好歹也是个统领，军里真的都不管管吗？"

"呵，李顺的两个下属巴不得他赶紧死，好给他们腾位置呢。他们的背景那么大，有他们在，军里谁敢管李顺？"眼看着妻子的情绪也低落起来，徐腾拍拍自己的额头，脸上浮现出几分歉意，"不该跟你说这个的。我去看看平平和安安他们醒了没。"

一双儿女还没睡醒，徐腾从院子走进他们的屋子，将他们从床上薅起来。

两个小孩子原本还想再睡，但徐腾一说要带他们去买糖和听说书，他们顿时不困了，从床上弹起来，以最快的速度穿衣洗漱，拽着徐腾出门。

徐腾被他们逗得开怀，心底的惆怅压下去不少。

今天是每旬一次的集日，主街比以前热闹不少，徐腾直接领着儿女走进他常去的酒楼，挑了角落里的一张桌子坐下。

像徐腾一样来听说书的人不少，不多时，酒楼里就坐得差不多了。

衡玉和侍卫长两人来得有些晚，走进酒楼，里面已经没有单独的空桌子了。

"看来这出《将行》比我想象中的更受欢迎。"衡玉用折扇敲了敲虎口。

她今天是普通书生打扮，容貌还是那个容貌，不过稍稍收敛了几分自己的气质，免得因为气质太过突出而显得突兀。

侍卫长那利如鹰隼的目光在酒楼里扫视一圈，在要收回来前，他的目光突然在徐腾身上停顿片刻，慢慢地，他脸上浮现出克制的喜色。

"'少爷'。"侍卫长侧头看向衡玉，悄悄打了个手势，并且指着酒楼最里面那张桌子。

衡玉诧异地挑眉，没想到会这么巧。

"我们过去吧，你尽量别说话。"衡玉边绕开人群往里走，边低声提醒侍卫长。

他们每个人的容貌都是做过伪装的，就算是熟人也没办法认出来，但声线就不好伪装了。

走到最里面的桌子，衡玉倒握折扇，朝着徐腾拱手行礼，温声询问徐腾是否介意他们坐下。

徐腾的目光从衡玉身上一掠而过，在侍卫长身上多停留了几秒。

不知道为什么，他总觉得这个高大的男人给他一种很熟悉的感觉。不过徐腾实在想不起这种熟悉感从何而来，他摇头表示不介意，请衡玉他们坐下。

衡玉刚坐下不久，说书人便登台了，一拍惊堂木，讲起《将行》这凄美悲壮又跌宕起伏的话本故事来。

第三十章 王朝因我兴替 30

《将行》这出话本，很多人就是听个热闹寻些乐子，但落到一些人耳里，却因为太有代入感而振聋发聩。

徐腾放在桌子上的手不受控制地颤抖起来，大概是觉得抖得太厉害，怕被人察觉出异常来，徐腾将手收到桌子底下，紧紧捏着自己的衣角。

可是，他泛白的唇、陡然猩红的眼睛却无法遮掩。

衡玉一直在摇动折扇。

借着折扇的遮掩，衡玉眼角的余光悄悄落在徐腾身上，仔细观察他的异状。

在话本中场休息时，衡玉端起面前的茶杯细抿一口，似乎是刚觉出不对一般，她问徐腾："这位大哥，你没事吧？我看你额头上好像冒了不少汗。"

徐腾猛地回神，胡乱用袖口擦去额上的汗："没什么没什么，是这天气太闷了。"

"也是，这一大早的就在下雨。"

衡玉状似抱怨，又将面前的糕点推到平平和安安的面前，说自己没什么胃口，给两个孩子尝尝。

徐腾连忙出声拒绝，不过还是拗不过衡玉，不好意思地取了两块糕点。

"《将行》里面那被奸相残害的舒将军一家，我听着……他们的事情与容老将军一家有几分相似。"就在这时，隔壁那桌的客人突然轻声交谈起来。

"听说这出话本就是为了容家军而写的，那家荣班的班主不是说了吗？什么……什么艺术来源于生活，有些相似也是正常。"

他们虽然刻意压低了声音，但衡玉这一桌，她、侍卫长和徐腾都是常年习武之人，耳目很清明，这番话几乎一字不差地落入了他们耳里。

衡玉心底一乐，还真是巧，她正想着该怎么把话题扯到容家军身上，隔壁桌就完成了这个助攻。

"如果容老将军对应上了舒将军，那奸相呢？这满朝公卿里有没有这么一个奸相？"衡玉眼神黯然，突然低声道。

似乎是觉得情绪外露得过了，她忍不住别开头，朝徐腾一拱手："不好意思，是我失言了。"

徐腾摆手。

他看了看衡玉，欲言又止，脸上也不禁怅然。

如果容老将军在，不，哪怕老将军不在了，容宁将军在的话，他们这些人也不会落到这种地步。容宁将军铁骨铮铮，怎么可能会勾结鲜卑呢？他平生之愿就是封狼居胥、勒石以记，怎么可能会与那些他一向睥睨的外族为伍？

这么一深想，徐腾就忍不住走神，完全没把后面的话本剧情听进去。

说书人退场后，两个小孩拽着徐腾，嘴里一个劲说着舒家好可怜，那个什么相是大坏人。

徐腾摸摸他们的头，教他们："是啊，舒家的是大英雄，那些迫害他们的人心里什么想法都有，但都是为了自己的私心，从来没考虑过国家大义，他们怎么不坏呢？"

他感慨完，看着两个孩子似懂非懂的模样，轻叹一声，将铜板扔到桌面上，牵着两个孩子离开了酒楼。

衡玉没有追上前去，只是坐在原地凝视着他的背影，许久，她侧头去问侍卫长："他是谁？"

"徐腾。以前是将军的亲兵，后来资历够了，就被调去左军当了统领。"

按照雍朝的建制，一军统领手中有两千士兵。

衡玉唇角轻轻弯了下："暂时将他作为突破口。你派人去将他这几年的事情调查清楚。"

其实她到云溪已经有三天了，但可惜的是，一直没有寻找到最合适的突破口。

在容家军里，容家旧人非常多，但不是谁都能够进行合作的，不细细挑选绝对会出大事。现在来看，这个叫徐腾的统领应该是个不错的人选。

一日后，徐腾的信息全部摆在衡玉面前。

侍卫长解释道："'少爷'，属下动用了我们埋在容家军里的人，但时间太匆忙了，目前只能查到这种程度，更细致的信息还需要再等一日。"

"应该足够了。"

衡玉说完，垂眸迅速浏览起上面的内容。

片刻，她的指尖在"李顺"这个名字上停顿片刻："安排一下。"

她没明说，侍卫长却已经会意。

病人不会对大夫设防。

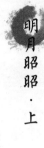
更何况，这个大夫还是义诊。

所以，虽然觉得这个大夫问的问题太详细了，但大夫解释说他的病很可能跟军营生活有关，李顺也就信了。除了不能说的事情，大夫问的其他事情他基本都回答了。

末了，大夫将药方递给李顺："药方就是这个，我尽量列了便宜又有效果的草药。"

李顺心中有些忐忑，伸手接过药方。

他是没落世家出身，写得一手好字，又因为常年行军，接触过一些药理知识，大概扫了一眼药方，李顺就知道大夫没有骗他，药方上的草药都比较常见。

他暗暗舒了一口气，真诚地向大夫道谢，那死气沉沉的脸上浮现出希望的光华。

如果能够活着，谁甘心一直躺在床上等死呢？乱世之中没有了他的庇护，他的妻儿该如何生存？

大夫摆手，温声笑道："无妨无妨，十几年前我受过容家军的恩惠，若是不知道李统领受伤就罢了，知道之后还是想尽一份心。

"再者说，李统领的伤是因为前段时间抵御鲜卑造成的，于情于理我都不能袖手旁观。"

李顺眼神一暗，勉强笑着送走大夫。他的伤是因为杀敌而受的，百姓感念他的付出，但他的上司和那两个下属恨不得他躺着死去。

等到大夫离开，妻子一脸高兴地进来了，眼里闪烁着泪光。瞧见李顺神色不对，妻子脸上喜意一僵："怎么了？难道大夫……？"

"没事没事，大夫已经为我刮去腐肉，只要这两天不再发烧，应该就没什么大碍了。"李顺连忙出声安抚，并且将手中的药方递过去，"这是大夫开的药，你去药房取药吧，家中的钱应该够用。"

妻子长舒了一口气："那就好那就好，你刚刚吓死我了。"

说着说着，妻子又不禁眼睛通红，显然后怕极了。

大夫为李顺诊治完后，提着药箱慢悠悠地走在路上，绕了好几圈，最后才走进一个普通的院子里。

见到坐在上首的衡玉，大夫恭敬地行了一礼，将他和李顺的问答尽可能复述出来。

衡玉认真听着，斟酌片刻，她侧头看向家荣班的班主，也就是陈退。

"加大话本和戏剧的宣传力度，是时候放出风声，让大家知道话本里的人物对照现实中的哪些人了。"

乐家、贺家、王家……好几个世家都往容家军里安插了人手。

这些家族里的聪明人不少，他们当然知道收买人心的道理，但因为彼此拖后腿、天天内斗，容家军被他们弄得乌烟瘴气，分裂成了好几个阵营。

像李顺、徐腾他们这种没有忘记旧主，无法融入新将领阵营的统领，而今在容家军的处境非常尴尬。

但他们，偏偏又是容家军里实力最强悍的。

在《将行》风靡整个云溪城，几乎为家家户户所知晓时，一则小道消息突然在私底下流传开来。

"你们知道吗？《将行》里面的舒家对应的就是容家，那残害忠良的奸相就是乐贵妃的父亲和贺家人……至于那个纵容奸相，早就想将舒家除之而后快的皇帝，就是……"

这个消息有些大不敬，偏偏又刺激得很，只一个上午的时间，就在云溪城的百姓间传扬开了。

又因为这种消息容易惹来杀身之祸，没人特意到云溪城的官员面前提及此事，所以一时间，这个消息压根没传到任何品级高的官员耳中。

有人质疑这个消息的真实性，有人拿话本上的剧情去说服，有人拿这些年容家做过的好事去辩驳……

在有心人的安排下，这个消息也顺利传了李顺、徐腾和另外几个统领、大队长的耳中。

满城喧闹，人心动荡。

然而，容家没有后人了，就算他们觉得容家无辜又有什么用？

就在这种声音刚传开时，又有一个消息流传开来。

"你们忘记了《将行》吗？舒家小少爷舒玉在忠仆的护卫下逃出京城，滚落山崖后遇到绝世高人，那位高人教他打仗和治理天下。在这过程中，舒玉还结识了不少志同道合的朋友，最后成功为家族洗刷了冤屈。"

"……你们说，容家当年，难道真的没有人逃出来吗？"

这个消息，无心人听个热闹，有心人却不是这么想。

徐腾、李顺等几人终于按捺不住，悄悄约了个时间，在徐腾家中碰头。

几人各自坐着，面面相觑，都没有人敢第一个开口。

徐腾觉得嗓子不舒服，忍了又忍，还是没忍住，压低声音咳了咳。

然后，唰唰唰——在场所有人都扭头盯着他，一副等他开口的模样。

徐腾："清……清个嗓子。"他挠挠头，"算了，我们这么沉默下去也不是个事。我跟大家认识十几年，彼此知根知底，这场聚会又是我带头组织的，有些话我就直说了。"

众人神色一凝，然后就听徐腾继续道："那家荣班也好，《将行》也好，都古怪得很。"

"家荣，倒过来……不就是容家吗？"李顺声音很轻，却如惊雷般砸在众人心中，激起了巨浪。

"你们也是这么想的对不对？"有人激动道。

李顺是没落世家出身，因为识字，又能统兵，在军中能接触到的东西比其他人都多，他道："没错，不知道你们还记不记得，五年前军中曾经戒严，说要搜查奸细。

"但我私底下打听过，军中很可能是在搜查……容小姐，她从帝都逃了出来。"

李顺又道："小姐……我还记得将军说小姐的及笄礼将近，他到时候定要请年假回京参加小姐的及笄礼，送她出嫁呢。算算年纪，小姐如果还活着，现在也有双十年

175

华了吧？"

听了这番话，现场再次陷入沉默。

众人无声对视着，似乎是想看看别人是怎么想的。

"如果……"徐腾轻咳一声，"我是说如果……如果小姐真的出现，你们会怎么做？"

"我……我不知道。"有人艰涩道。

"我也不知道。"又有人苦笑道。

"容家军现在乌烟瘴气的，小姐之前逃出京城，能够活下来已经很不容易了，她要怎么改变现在的局面？"

"丘畅，你怎么一直坐在那里不说话？"徐腾注意到角落里那个沉默不语的男人，觉得有几分古怪，忍不住出声问道。

房间角落处，气质粗犷的男人抱着茶杯始终沉默不语。

听到徐腾点他的名，男人慢悠悠地抬头，露出一张与丘畅几乎完全一样的脸。

但他的声线与丘畅完全不同。

"如果小姐有实力能让容家军恢复昔日的荣光，诸位身为容家旧人，可愿意追随她，助她夺回容家军？"

徐腾脸色猛变。

李顺等人纷纷起身，手按在腰侧刀柄上，神色紧绷，似乎只要角落里的男人敢轻举妄动，他们就会立即拔刀砍向他。

"你不是丘畅，你是何人？你把丘畅怎么了？"徐腾咬牙切齿，心中慌乱之下，甚至没听清刚刚男人说了什么。

这个假丘畅，其实就是侍卫长。

他长叹一声，拱手行礼。

"容宁将军麾下亲将窦竞是也。诸位，一别多年，许久未见了。"

云溪今夜又下起雨来。

云溪城外十里地，容家军就驻扎于此。

偌大的军营被切分成三部分，分别为左军、中军、右军。

其中，中军的将士待遇最好，基本都是那些世家将领的亲信。左军和右军要承担各种脏活、危险活，之前和鲜卑一战，牺牲最多的就是左军。

徐腾身为左军统领，分配有一个独立的小帐子居住。

他今夜很奢侈地点了两支蜡烛，穿着全套轻甲，正安静地盘膝坐在烛光下，垂眸擦拭那柄陪伴他多年的宝刀。

像是在等待着什么一般，擦完宝刀后，徐腾静坐不动。

交换口令的声音传来，看来是到换防的时间了。

在他的刻意安排下，今晚守卫左军的士兵全部是他和李顺的手下。

半个时辰一晃而过。

平时这个点，正是整个军营都熟睡的时候。

外面有清越的鸟鸣声响起，正是云溪城中最常见的一种雀鸟的叫声。

唯一特殊的地方，大概是这道鸟鸣声三长两短，片刻后又重复了一遍。

徐腾从桌案后起身，熄灭蜡烛，提着手中大刀走出帐子。

雨声掩盖了所有细碎的动静，哪怕有人不小心踢翻东西，也只是惹得熟睡的人嘟囔两声，翻了个身又睡着了。

偶尔有人起夜，也睡眼惺忪的。

直到一个时辰后，三军帐中燃起明亮灯火，才有人惊醒，猛地从床上弹起，握住枕侧的兵器迅速出了帐子。

然而，刚在帐子前露面，便有长刀架在了他的脖颈之上，令他不敢再轻举妄动。

"左军所有统领级以上将领全部被控制。"

"右军也已全部被制服。"

两刻钟后，才有人再报："中军也不辱使命。"

帐子里，衡玉安静地跪坐着。

今夜她依旧穿着方便行动的男装，然而一头柔顺的长发没有像之前一样束起，而是散落在耳后。

这一刻，任谁都能看出来，她是个女子，而非男子。

幽谧的烛光拉长，照在她的半边脸上，让她整个人都添了几分神秘。

听到徐腾的禀报声，衡玉缓缓抬眸，声音冷肃："中军怎么慢了这么多？是不是出现了剧烈反抗？"

"是。"徐腾道，"我们控制了那些统领级的将领后，出面命令左军和右军的士兵，他们都会听命行事。但是中军那边的士兵桀骜惯了，有很多中队长、大队长不听我们的命令，组织起了反抗，不过并不影响大局。"

"那些反抗的，都是对方的亲信，总要做清扫的。"衡玉语气平淡。

权势之争素来如此。

只要知道自己所做的是对的，她就不会迟疑。

徐腾领命退下。

黑夜里，雨还在下个不停，有着越下越大的趋势。

刀剑撞击声、惨叫声、喝骂声，无数声音杂在一起，构成乱世的一角。

衡玉低头为自己研墨，提笔作画。

她手中这幅骏马图刚画完，外面就有人匆匆来报："小姐，全部结束了。"

衡玉将毛笔放回笔架上，收起桌案上摊开的画作，这才起身道："正好，我们去见见他们吧。"

中军军帐里，二十几个将领被捆得死死的，东倒西歪地跪在军帐角落。

其中有几个将领是世家出身，虽然从军，但一身文弱之气，一看就是没怎么动过刀上过沙场的。

他们原本高高在上，在容家军里地位崇高，一夜之间却被制服，此时不少人嘴里都在不干不净地骂着，还有人对徐腾怒目而视："徐腾，我是你的顶头上司，你敢这么对我，就不怕祸及妻儿吗？

"难道你以为，凭着你们这些卑贱的庶民，就能够执掌整个军队吗？我劝你们乖乖放了我们，如此，到时还能得一个痛快。"

这个人刚说完，就被身边的人推了推，不赞同地拧眉摇头：自己的生死还在别人的手里，这么猖狂，是嫌自己死得不够快吗？

"徐腾，别信他说的。我知道你想要什么，加官晋爵，战功不会被私吞，粮草兵器能够及时供应上对吧？你想要什么尽管提，我以琅琊陈氏的名义起誓，会尽可能满足你提出来的任何要求。"有人声音柔和，展示出了此前从未有过的温和体恤。

徐腾提刀站在他们旁边，与李顺等人一起看着他们，那目光如同凝视一群跳梁小丑。

"事到如今，你们还看不清局势吗？"徐腾轻声道，"这容家军，甚至是整个幽州，整个天下，都要变天了。"

容家军如今的大将军姓洪，出身顶级世家。他看上去四十来岁，眉间有常年蹙眉而形成的褶痕。

听到徐腾的话，洪大将军神色冰冷，高声怒喝："今夜的所有行动都太缜密了，绝对不是你们这几个人能够想出来的，你们背后肯定还有人吧？对方是谁？事到如今还不露面吗？"

话音刚落，有人掀开帐帘，逆着破晓的晨曦踏入帐中。

衡玉长发披散，广袖华服，身姿如松，眼角眉梢的淡淡笑意衬得她风姿夺目。

"承蒙洪大将军挂念。

"行不更名，坐不改姓，我乃容家孤女容衡玉，今日为取容家军而来。"

第二十一章 王朝因我兴替 31

像是为了回应衡玉的话一般，她话音刚落，徐腾等人纷纷抱拳行礼，声音整齐："小姐！"

被捆得严实的众人纷纷抬头，震惊地看着衡玉。

其中，又以洪大将军左手边的青年将领反应最大。

"你居然没死。"

青年将领呢喃出声，脸上布满惊恐之色。

他似乎还想说些什么，却像是被扼住喉咙一般无法出声——

当年容家的漏网之鱼，如今居然如此厉害，兵不血刃间就顺利控制了整个军营。

他的身体颤抖得太厉害了，似乎陷入了深深的恐惧之中。衡玉的视线不由得被他吸引，转念一想，讥讽道："乐家的人。"

旁边，李顺应道："小姐，这的确是乐家的人。"

衡玉唇角微微上扬，一步步走到青年将领面前，冰冷地俯视他："你在害怕。"

"你到底是谁？"

青年将领咽了咽口水，艰涩地问道。

他这个问题问得诡异，衡玉却跟上了他的思绪。

"龙伏山寨大当家，并州牧效忠之人，冀州牧效忠之人，以及——容家军之主。"

衡玉声音清悦，但每念出一个名头，都让青年将领的心往下沉了一寸。

最后，他如坠冰窖。

时至今日，她终于能将自己的真实身份和自己所取得的成就光明正大地说出来。

所以衡玉没有停，继续说道："当年乐成景就是被我算计而死。这几年里，乐家的生意不景气也是我从中设计。

"我知道你在担忧、害怕什么。乐家欠容家的血债，我会一笔笔连本带利地清算。现在，就从你开始吧。"

话音落下，衡玉猛地举起右手往下一压。

李顺捧着一沓纸上前。

最上面那张纸上，写着这几年里这个青年将领犯下的罪行。

这是衡玉安插在容家军的人调查出来的。

"乐成杰，任中军大统领五载，其间尸位素餐，一心争权夺势，是造成容家军乱源的罪魁祸首之一。

"五年前遇鲜卑，贻误战机，导致两千余名士兵伤亡……三年前……两年前……两个月前那场战役，也是因为你指挥失误，容家军才会有如此大的伤亡。

"依照军法，扰乱军心、祸乱军营者，当受车裂之刑。"

"你们不能动私刑！"青年将领怒吼。

但很快，那股愤怒又化为恐惧，他的眼里布满了红血丝。

明知道对方是容家人，绝对不可能放过他，但青年将领还是挣扎道："你不是要按照律法来惩处我吗？好，你莫要忘了，依照律法，刑不上士族子弟！"

衡玉扫他一眼，冷冷启唇。

"军法是我祖父为容家军制定的，所以我遵从。

"你说的那条是雍朝律法，和我有什么关系？"

前朝的剑不斩本朝的官，拿雍朝的律法来约束她的行为？笑话！

已经欣赏够青年将领的狼狈，衡玉不再给他任何说话的机会，抬眸往旁边看去。

很快，有侍卫会意，上前拎起他的领口，将他如死狗般拖至帐外。

李顺按照衡玉的示意，继续念下一个人的罪行。

跪在这里的二十多个将领，没有一个人是无辜的，或多或少都触犯过军法。

最后一个被审判的人是洪大将军。

他安安静静地跪在角落，听到自己的名字，缓缓抬头与衡玉对视。

"我会把容家军还给你。

"我还会动用洪家的人脉，重新调查当年的真相，让陛下还容家满门清白，只要你能放过我。

"用这么简单的要求换取这么多好处，你是个聪明人，应该知道怎么选。"

洪大将军声音平静，似乎是觉得衡玉没什么理由拒绝他。

衡玉却像是听到什么好笑的事情一般，抿唇轻笑。

实在是有些忍不住，于是那抹笑意越来越大，最后她居然笑出声来。

"事到如今，我还需要洪家为我调查当年之事？还需要雍宁帝还我满门清白？我只需要保持现在的步调一步往上走即可。"

"你——"洪大将军脸色涨红，难以置信道，"你一个女子，能走到现在这一步足以名垂青史，难道你还想以女子之身更进一步？"

洪大将军的这种想法，也会是将来很长一段时间里，她所要面对的最大问题。

目光一冷，衡玉对李顺说："继续念。"

天光刺破苍穹，照彻山河。

营地中，雨下了一夜，现在天终于放晴。

在衡玉审判这些将领时，所有不参与行动的士兵都接到命令，待在帐子里不得外出。

直到审判结束，这些将领的亲信也全部被拔除，才有人高声呼喊，命令士兵们迅速赶去集合。

这些士兵虽然不知道具体发生了什么，但也清楚营地出了大事，一接到命令就急匆匆跑出去集合了。

看到站在高台前方的统领们基本都还是熟面孔，这些普通士兵的心才稍稍安宁了些。

两刻钟后，士兵们全员集合。

徐腾小跑到衡玉面前禀报，脸上带着淡淡的羞愧之色："小姐，全军集合完毕，让你久等了。"

要知道，容老将军在时，容家军令行禁止，再突然的集合都不会超过一刻钟时间。

这是小姐接手容家军后的第一次集合，却让她看到了这么糟糕的表现。

徐腾当然会觉得羞愧！

衡玉笑了笑："已经比我想象中好了。虽然全军集合的时间很长，但里面有几支队伍集合速度很快，那应该是徐统领你们手底下的兵吧？"

听到衡玉的话，徐统领心里好受很多，他抱拳行礼应了声是。

衡玉拍拍他的肩膀："这几年，徐统领做得很好。"

不知怎么的，明明小姐和容宁将军的长相并不十分相似，但这一刻，徐腾觉得时光颠倒重叠了。他眼眶一下子就红了，更恭敬、更用力地行礼。

衡玉看着他的模样，知道他是想起了旧事。事实上，她能这么顺利地取得容家军，就是凭着这些人对她祖父和小叔的感情。

这其实……也算是她祖父和小叔留给她的底牌吧。

瞧着时机已经差不多，衡玉越过徐统领，穿着那身与军营格格不入的广袖华服，一步步走上高台。

各种目光从四面八方射来。

目光中有震惊，有探究，有错愕……

衡玉安静地站在原地，让他们打量了个彻底。

"有在军队里待了超过五年的人吗？举手示意一下。"

底下的士兵们稀稀拉拉举起手来。

衡玉笑了笑："你们看到我站在这里，肯定觉得很奇怪，也肯定很好奇夜里发生了何事。

"在告诉大家夜里发生何事前，我先让大家认识认识我吧。

"我姓容，名衡玉，是容家遗孤，从今往后也是你们的大将军。"

下方顿时响起哗然之声，一些士兵的脸上浮现出怀念和激动之色。

"我既为大将军，这支军队就不用西军的名字了，而是重新改回容家军。只不过从今日起，容家军不是以我祖父的容姓来命名，是因我而得名。"

她不会抹去祖父和小叔在这支军队里的痕迹，但她需要在里面刻下自己的烙印，如此一来，才能让这支军队彻底为她所用。

说完这番话，衡玉两手相击，下令道："将人全部带上来。"

接下来，她要借洪大将军、乐成杰他们的性命，来立她的威望。

这应该是这些人对这支军队的唯一贡献了。

血染高台。

曾经高高在上的世家统领们，在被斩杀时，其实与普通士兵没有任何不同。

他们求饶，他们怒骂，他们因无法辩驳的罪名受刑而死。

这一幕给了下方的士兵们极大的震撼，也让士兵们牢牢记住了衡玉这个人，以及她说过的每一句话。

威势已经立下，接下来，衡玉开始推恩——首先，命李顺开粮仓，给士兵们发齐上半年的粮饷。

忙碌了整整一天，等到今日的事情彻底结束，衡玉已经困倦得有些睁不开眼睛。

她支着下颏，跪坐在桌案后，昏昏欲睡。

但没过几秒她又猛地睁开眼睛，端起面前的茶水抿了一口，对侍卫长说："继续说。"

"小姐……大将军，"侍卫长连忙改口，无奈地劝道，"夜已经深了，这些事情不如留到明日再处理。您这些天为了以最小的损失拿下容家军，实在耗费了太多心力。"

衡玉摆手："不必多言。"

她必须抓紧时间。

要知道，云溪城距离幽州牧所在的肃城并不远。

今天的动静闹得这么大，消息已经走漏，她必须在幽州牧反应过来之前处理完容家军的事情，然后赶回宋溪他们那边主持大局。

侍卫长见她心意已决，只好加快语速。

一直忙碌到子时，衡玉才胡乱泡了个澡，倒在床榻上入睡。

但没过两个时辰，她又睁眼点灯，坐起来忙碌。

接下来的两天时间里，衡玉暂时停止了军队训练，招来家荣班这个戏班子专门给士兵们唱《精忠志》，还让说书人给他们讲《将行》，讲容家军昔日的荣光。

这个过程中，衡玉还在梳理军队公文。

当然，她带来的下属里有这方面的人才，所以她主要是把控大方向，那些细节全部交给下属来处理。

连轴转地忙了两天，这天傍晚，衡玉将徐腾、李顺等人叫过来，把写好的公文递给侍卫长："接下来一段时间，你就按照这个章程行事。"

她又看向徐腾："我等会儿就要连夜赶去肃城。你选出两万精兵，明早带着他们全速赶赴肃城与我会合。"

再看向李顺："你负责率兵拦住幽州铁骑的大部队十日。不需要与他们正面对抗，只要想办法让他们不能赶去肃城即可。十日时间，我会拿下幽州。"

几人纷纷行礼，表示将不辱使命。

将大方向交代妥当，确定没有什么疏漏后，衡玉抱拳行礼："那此地之事就交给诸位了。"

"将军，这可使不得。"

"对啊将军，你怎么能向我们这些粗人行礼？"

李顺等人大惊，连忙劝阻。

衡玉轻笑，朝他们挥了挥手，走到帐外翻身上马，披星戴月赶回肃城。

州牧府里，幽州牧正在与宠妾调情。

两个人闹着闹着，原本已经闹到了床榻上，就在准备进入正题时，外面有人用力拍门，高声通报道："州牧大人，云溪急报！"

幽州牧被吓得一激灵，脸色铁青："什么急报不能明日说！"

可听到"容家军有乱"这五个字，幽州牧顿时什么兴致都没有了。

第三十二章 王朝因我兴替32

容家军现在就驻扎在距离肃城一百多里的云溪，如果真出了什么乱子，很容易就波及肃城。

事关自己的生命安全，幽州牧哪里还有寻欢作乐的心思？

他草草穿好衣服，便赶去议事厅召见他的幕僚们。

很快，幽州牧最信任的几个幕僚都到齐了。

向幽州牧行过礼后，众人纷纷坐下，迅速翻看起云溪那边传回来的情报。

其实他们手中这份情报并不完整，里面只是简单提了容家军易主和容氏女的事情，至于衡玉就是容氏女这种机密要事，上面一点儿也没涉及。

但是这几位幕僚通过零碎的信息，还是能拼凑出事情的大致发展。

“容衡玉。”幽州牧的视线凝在这个名字上，恨声道，“这就是那个潜逃出京的容氏女吧？

“皇兄仁慈，在那容氏女逃出京城后，念着她只是个孤女，所以简单搜查一番就停止了对她的抓捕，结果她倒好，果然是随了她祖父，脑后生反骨，居然敢撺掇容家军那些卑贱的人以下犯上。”

恨斥两声，幽州牧又惊惧起来：“现在容家军落到了她的手里，她会不会举兵围攻肃城？唐将军呢？他怎么还没赶来？让他速速调幽州铁骑来肃城护卫我。”

在这点上，幽州牧和雍宁帝不愧是亲兄弟，遇到危险后第一反应都是调重兵护卫自己。

幽州牧最器重的幕僚不得不出声安抚：“州牧请少安毋躁，唐将军住在城外别院，现在城门紧闭，一时半会儿唐将军无法进城。”

勉强安抚住幽州牧后，幕僚又道：“州牧，当下最要紧的一件事，是我们必须弄清楚，那容氏女是如何说服容家军效忠于她的。”

如果容氏女已经沦为普通人，容家军再念着容老将军的恩情，也不可能追随她作乱。所以，她背后必然站着某股势力。

是并州，还是冀州？

抑或是……这两州已经联手？

想到这里，幕僚神色大变，声音沉痛："州牧，我们引狼入室了！那些运粮军队本不该放入幽州才对！"

是引狼入室了。

但现在才反应过来，实在是太晚了。

同一时刻，冀州军队的驻地。

中央军帐里烛火通明，周墨、陈虎等人穿戴整齐，围坐在一起。

陈虎枯坐片刻，忍不住探头去问宋溪："宋先生，主公怎么突然将我们召集起来了？"

前两天夜里降温，宋溪熬了一宿处理公文，一个不注意就染上了风寒，现在是强撑着病体坐在席位间。

听到陈虎的问话，宋溪垂眸轻咳两声，声音难掩沙哑："主公从云溪回来了。"

"什么云溪？！"陈虎微愣，"主公不是一直待在军帐里养病吗？"

现在事情已经办成，不需要再遮掩，宋溪干脆说了衡玉赶赴云溪夺取容家军的事。

"主公既然已经回来，那是不是说主公……成功拿下容家军了？"陈虎惊道。

宋溪眉眼里染上笑意："是的，主公如今已经是容家军之主。"

这可是威震天下的容家军！

手握这支精锐部队，再握三州之地，试问这天下，从此还有谁能与主公争锋！

听到这个消息，哪怕是沉稳老辣如周墨，也被震得不轻。

"宋先生，不知道主公是如何做到的？"周墨急切出声询问。

宋溪手里有具体的情报，他没说话，只是把情报递给周墨——这份情报很完整，等周墨看完后，应该就知道主公的真实身份了。

想到这，宋溪倒是有些好奇，周墨他们在得知主公的真实身份时，会露出怎样的表情？

周墨急忙伸手接过情报，展开阅读。

他一目十行地往下浏览，看着看着，眉头蹙起，似乎是遇到了什么想不通的事情。当把情报看完时，周墨顿时展眉，脸上浮现出了然的笑容。

"我只知道容家孤女逃出京城失去踪迹，完全没想过那位姑娘是被主公收留了。"

难怪主公如此顺利地夺取了容家军，原来是有那位容衡玉姑娘在旁边相助啊。容衡玉姑娘身为容家唯一的后人，容老将军他们的遗泽都落在她身上，再加上主公出众的人格魅力，想要夺取容家军，自然是轻而易举的事情。

只是奇怪，他跟随主公这么久，好像从来都没见过那位容姑娘。

这不合理啊……难道说，春冬姑娘就是容姑娘？

是了，这样一切都解释得通了。

如果是这样的话，春冬姑娘与主公真是越发般配了。

一瞬间，周墨逻辑自洽了，他完美说服了自己。

在这个过程中，周墨完全没想过他的主公和容衡玉就是同一个人——

他的主公文能提笔安天下，武能上马定乾坤，容貌俊秀却丝毫不显女气。周墨宁可相信春冬是容姑娘，也不相信他的主公是容姑娘。

能言善辩如宋溪，一时间也被周墨的话弄得蒙了。

什么收留？

周墨先生在想些什么？

"我收留了谁？"突然，一道轻柔的声音从外面传进来，那人茫然又自恋道，"这几年做的好事太多了，一时半会儿的，就算我记忆力再好，也没想起来你说的是谁。"

这个声音，一听就是属于女子，却介于耳熟和不耳熟之间。

说它耳熟，是因为这种说话的腔调，可不就是他们主公常用的吗？说它不耳熟，那是因为他们都熟悉主公的声音，主公的声音要比这道女声更低沉。

就在众人疑惑时，军帐的帘子被人从外面掀开。

衡玉穿着广袖华服，绾着发髻，缓缓走进室内。她今夜特意做了女子打扮，还卸去了脸上的伪装，也没有再刻意压着嗓子说话。

时至今日，还要再做伪装，那她真的太失败了。

看着衡玉，宋溪第一个起身行礼："主公。"

祁珞紧随其后："主公。"

而周墨、陈虎等人满脸愕然，只觉得头晕目眩。

陈虎更是忍不住抬起手探了探额头，想看看自己有没有发烧出现幻觉，不然他怎么会看到一个身量、气质和主公如此相似的女子，正安静地站在他面前呢？

衡玉饶有兴致地欣赏着他们的表情："宋溪刚刚没告诉你们吗？他应该让你们看情报了吧，里面不是提到容家孤女容衡玉夺回了容家军吗？"

宋溪右手握成拳抵在唇边，轻咳两声，笑道："我的确已经告诉他们，主公是现任容家军之主。"

周墨的神情从蒙转为错愕，最后如调色盘般精彩："这……主公……"

周墨看向宋溪，难以置信道："宋先生与容宁将军是故交，你定然早就知道了主公的真实身份。"

宋溪点头："我与主公并非有意瞒着周先生。"

周墨深深倒吸两口凉气，似乎是想让自己冷静下来。

但看着宋溪，他实在忍不住老脸通红，想要用宽大的袖子掩面。

完了完了，他真是丢脸丢大发了。他居然一直以为春冬姑娘和主公情投意合，还总在心底念叨着主公何日给春冬姑娘一个名分。

唯一值得庆幸的是，他没跑到主公面前说这件事，不然他真的太没脸了！

衡玉瞧着周墨不断变化的神色，实在不清楚他在想些什么。她无奈地微笑，示意春冬给每个人斟茶，喝了好清醒清醒。

"若是还没清醒，你们现在立即出去吹上半刻钟的冷风。时间不等人，我接下来还要商议夺取幽州之事。"衡玉手按桌案，声音平静。

衡玉话音刚落，陈虎第一个起身往外走，边走还边用手掌拍打额头，陷入一种怀疑人生的境地。

他心目中的主公，一直是个擅长忽悠、爱好"打家劫舍"的人，虽然身材不壮硕，长得也不是特别高，但从性子来说，简直完美符合大当家的身份。

现在……现在主公怎么就成了女子？！

随后，周墨等人也纷纷起身。就连祁珞也受到他们的感染，决定出去吹吹冷风了。

一时之间，帐内只剩衡玉、春冬和宋溪三人。

衡玉把玩折扇，轻笑出声："他们的心理素质似乎还是差了点。"

宋溪暗暗忍住笑意，他觉得这不能怪周墨、陈虎他们的心理素质不好，实在是主公的伪装做得太到位了。

这年头，世家子弟们出行时，几乎都会往脸上敷一层粉。

他们还有人打耳洞，言行比诸多世家贵女都要娇气。

在这样的环境下，哪怕主公伪装得不是十分到位，偶尔出现一些纰漏，周墨他们也未必能察觉出来。

宋溪干脆问起衡玉在云溪的所见所闻，两人随意闲聊着。不多时，周墨第一个掀开帐帘走了进来。

看着衡玉，周墨板着一张脸，极郑重地行礼："主公，刚刚是我失态了。"

他这一礼，其实也是一种表态，表示无论衡玉为男为女，他都心甘情愿追随她。

又过片刻，陈虎也进来了。他讪讪地抬手抓脸："主公，你瞒我瞒得真苦。"

衡玉眉梢微挑，笑道："如果是周先生说这句话，我还能理解，但你忘了吗？第一次见面，我就告诉你我的名字叫胡言。"

她所有的身份，都是在胡言乱语啊。

陈虎："……"

听着这熟悉的说话方式，陈虎心底那个疙瘩突然消了下去。主公是男是女又如何？这些年主公对他的恩情可从来没有掺过半点儿假。

总不能以前主公是男子，他感念主公的恩情，追随主公，现在主公换了个性别，人还是那个人，他就背主了吧？

他效忠的只是这个人，与主公的性别没有任何关系。

于是陈虎也郑重行了一礼，沉默着走到周墨身边坐下。

一刻钟后，所有人都回来了，安静地坐在衡玉下首，等着她开口说话。

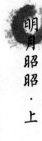

"与诸位认识这么长时间了，我从未介绍过我的真实身份。大当家、少爷、主公，你们全部是以代称来称呼我。"衡玉轻声道，"从现在起，我会恢复我的真实身份，也会更常做女子打扮。

"恢复真实身份有好处也有坏处。好处是可以让我招揽到很多与容家有交情、受过我祖父他们恩惠的人才；坏处显而易见，我会受到世俗对性别的偏见，也会被雍宁帝视为眼中钉。"

"但是，这是我称帝的必经之路。"

听到这里，几乎所有人都下意识绷紧脊背，屏住呼吸。

然后，他们就听到，他们所效忠的主公轻声说道："诸位，请为我取来幽州，让天下人尽知吾名。"

正在说着话，外面突然传来一阵喧哗声。

衡玉提高声音道："进来。"

外面的侍卫匆匆跑进来，禀报说信使连夜过来传幽州牧的口令。

"看来是想试探我。"衡玉勾唇，对宋溪和祁珞说，"你们出去看看吧，见机行事即可。"

驻扎地外，一行人站在骏马边，手握缰绳安静地等待着。

为首的人正是中卫将高森。

瞧见从营地里走出来的宋溪，高森面色冷肃，开门见山地问道："敢问宋先生，山先生现在在哪里？"

宋溪没被他的气势压倒，反而轻笑了下，声音沙哑，却带着淡淡笑意："中卫将大人怎么摆出一副兴师问罪的姿态来？山先生这段时间一直待在帐中养病，可没惹出过任何事端。"

高森的语气几乎咄咄逼人："因为云溪出了些事情，幽州牧怀疑此事与山先生有关，特意命我连夜赶来，请山先生明日去州牧府里一叙。"

宋溪眸光微闪。

看来幽州牧那边的人是猜到主公的身份了。

他随手摇了下手中折扇。

看似很平常的动作，然而下一刻，一直守卫在宋溪身侧的侍卫猛地暴起，要将高森制服。

高森的应对已经很快了，但与侍卫过了两招，高森的脸色猛地变了，他发现自己完全不是这个侍卫的对手，山先生身边怎么会有这么多人才？

如果衡玉知道他的疑问，肯定会好心告诉他，这就是祁珞这个工具人的男主光环——人才被男主光环吸引而来，最后被她收入帐下。

只是片刻，高森带来的人全部被放倒，他也被捆了个结结实实。

昏迷过去前，高森隐约听到宋溪低语："看来幽州牧是刚刚知道主公在云溪的所作所为，既然如此，事不宜迟，行动时间就定为明日清晨吧，打他们个措手不及。"

高森没想到，幽州牧派他过来的举动，居然还能让宋溪解读出这样的信息。他气得几乎要呕血，最后直接晕厥了过去。

后世史书在评价衡玉夺取幽州这件事时，以八个字来总结——天降神雷，里应外合。

这应该是火药第一次面世。

为了夺取幽州，衡玉早就做足了准备。

在幽州牧他们急吼吼地猜测她的真实身份，寻思应对之策时，衡玉的一万精兵已经动了起来。

在肃城里的守军被急急忙忙调动时，两万容家军已经来到肃城外，顺利地与衡玉会合。

在唐将军着急联系幽州铁骑时，幽州铁骑前来肃城的必经之路上已经布满陷阱。

在幽州牧无能狂怒，想要联络世家来救援时，已经有幕僚悄悄向衡玉投诚，并且将城门换防人选告知衡玉。

在幽州牧的军队手握最精锐的武器时，绕着城门埋了一圈的火药被引爆。

火药爆炸时震天响，在这个天师道盛行的年代里几乎宛若神迹。

等城门被炸开，幽州牧的士兵们完全丧失了抵抗的能力，有不少人甚至直接丢下武器束手就擒。

衡玉手中的三万精兵很快就控制了肃城。

想通过密道逃遁的幽州牧被幕僚揭发行踪，落入衡玉手里。

肃城就此易主。

此时，州牧府里，幽州牧那肥胖的身体被捆了个结结实实。

他眼里的愤怒和怨恨几乎化为利剑，全部射向他的心腹幕僚："好你个贾正飞，枉我这么信任你，你居然出卖我！你这个狼心狗肺的东西！"

如果不是行踪被人出卖，他早已逃出肃城。

只要离开肃城，他仍然可以凭着"雍宁帝亲弟弟"这个身份耀武扬威，活得风生水起。

幽州牧几乎起了生吞贾正飞的心。

贾正飞表情冷淡，看着他的眼神似是在看一只丧家之犬。

砰！

一个茶杯被人猛地摔到地上，在幽州牧身前炸裂开。

茶杯里的茶水飞溅出来，有些洒落到幽州牧的衣摆上，留下了显眼的茶渍。

衡玉冷笑，在她面前辱骂她的下属，真当她是死人不成？

"幽州牧责备人的时候，怎么不想想自己当年对贾先生的妻子做了些什么？"

听到衡玉这句话，幽州牧脸上的表情顿时一僵。

这桩陈年旧事居然被贾正飞知道了？

可是，正因为他对贾正飞心存愧疚，这些年他才会越来越重用贾正飞，让贾正飞因祸得福，拥有了权势和财富。

贾正飞背叛他的时候怎么没想到这些？

贾正飞太了解自己这位旧主的性子了，他讥讽一笑，笑容里满是凄楚。

他原本有妻有儿，家庭美满，就算不是大富大贵，但也能让家人衣食无忧。

可是妻子投湖自尽，他那段时间过得浑浑噩噩，一时疏忽了儿子，结果年幼的孩子高烧不退，最后随他的妻子去了。

这样的祸谁乐意要谁要！

这几年里他一直在暗中调查，当他得知这件事和幽州牧有关后，他努力混成幽州牧的心腹。

衡玉的人刚与他接触，他便彻底倒戈，为衡玉攻入肃城做了非常大的贡献。

幽州牧这种强盗逻辑也就只能骗骗自己，他不再指责自己的心腹幕僚，而是抬头直视衡玉。

"你就是容衡玉，对吧？"

他很努力地挤出和善的微笑："当年我随皇兄去容府时还抱过你，只不过你那时候还小，可能把这件事给忘了。"

衡玉坐在高处，静静地俯视着他。

说起来，她到幽州这么久，这是她第一次见到幽州牧。

对方的五官与雍宁帝有七八分相似，因为常年沉浸女色，身上散发着一种令人作呕的暮气。

只是看了两眼，衡玉就厌恶地别开了目光。

幽州牧脸上的笑容僵住。

为了活命，他最大限度地动用自己的聪明才智。幽州牧轻咳两声，努力摆出一副威严的姿态。

"我知道，这几年你一直心心念念着要为容家平反。皇嫂当年在殿上自尽，换来了三司会审的机会，但你逃离京城，那场三司会审一直没能够举行。

"如果你愿意的话，随我回京城，我会让我皇兄重开三司会审，助容家平反，你觉得如何？"

幽州牧越说越激动，他觉得自己真是想出了一个绝妙的主意。

"你不用怕不公平，也不用怕我皇兄不允，我会支持你的。我身为当今陛下的亲弟弟，又是幽州牧，无论是在陛下那里还是在朝中公卿那里，都略有薄面。"

"你说完了？"衡玉觉得好笑。

类似的话，前几天她刚在洪大将军那里听过。

这些人高高在上久了，是不是觉得只要允诺为容家洗掉污名，就能让她低头就拜？他们是不是忘了，他们手里有容家的好几条人命！

"我会重回帝都，我也会重开三司会审，给容家平反，但我不需要你们任何人的支持。"衡玉一步步走下高台，缓慢抽出腰间长剑，"有一件事需要着重申明一下，幽州之主，现在是我。"

在幽州牧惊骇的目光中，衡玉手中的长剑直接刺入他的心口。

剑拔出来时，鲜血飞溅而出，弄脏了衡玉的衣摆。

她垂眸扫了一眼，吩咐陈虎："苏珏担任幽州牧期间，幽州十室九空，如此尸位素餐、残害百姓之徒，当诛。

"你将他的尸体悬挂于集市示众三日，然后砍下他的头颅，命人快马加鞭送去帝都。

"这是我送给雍宁帝的'礼物'，希望他能够喜欢。"

皇族曾经高高在上，能够随意地决定容家的生死存亡。

但现在，衡玉想杀他们，未必比杀一只鸡麻烦多少。

当然，除了雍宁帝这个罪魁祸首和幽州牧这种残害百姓的败类外，衡玉不会滥杀无辜，否则她与她所不屑的这些人又有什么区别？

解决掉幽州牧，衡玉绕到里屋换了身干净的衣服，再出来时，幽州牧的尸体已经被搬了出去，地上那摊血迹也被处理掉了。

谋士贾正飞朝衡玉行礼："多谢主公。"

衡玉摆手："原本幽州牧该留给你杀的，但他毕竟是你的旧主，无论你出于什么原因杀他，都会对你未来的仕途造成不利影响，我就直接动手了。"

这位谋士可是玩舆论的人才，衡玉打算将他调去搜集情报，当陈退的副手。

贾正飞刚刚压下的泪意又有些泛滥，他低下头，再次向衡玉行了一礼——他终于有幸遇到一位明主。

没过多久，衡玉召集她手底下的谋士们前来议事。

之前她收服并州和冀州，因为有并州牧和冀州牧帮忙，她能够在暗地里徐徐图之，以一种温水煮青蛙的方式彻底把控这两州。

但现在她刚杀了幽州牧，之前又与幽州世家为敌，不少世家对她厌恶入骨，想要让幽州彻底属于她，还有很长的路要走，短时间内松懈不得。

衡玉花了两天时间，终于收服了唐将军。

唐将军是幽州铁骑的将军，在幽州铁骑中威望很高，有他帮忙，衡玉花了短短的时间就顺利拿下了幽州铁骑。

至此，幽州最强大的三支军队——幽州铁骑、容家军、幽州牧护卫军尽数投靠衡玉。

哪怕幽州世家对衡玉恨之入骨，在巨大的实力差距面前，他们为了保全自己的性命和家族，也不敢再公然反抗。

幽州所有世家势力蛰伏。

幽州易主。

清晨，一匹骏马疾驰入帝都。

一些百姓早起忙碌，瞧见那飞奔而去的骏马，摇头忧虑道："也不知道这回又是哪里出了事。"

这几年，他们经常看到这种送急报的骏马，每次看到都没什么好事，不是哪个地方遭天灾，就是哪里闹兵祸。

骏马在帝都疾驰了小半个时辰，最后抵达皇宫。

马上的侍卫累得险些从马背上摔下来，他风尘仆仆，抱着一个信匣朝皇宫大门外的禁卫军焦急地大喊："幽州八百里加急的信报！快！快告诉陛下！"

话音刚落，侍卫险些一头栽倒在地上。

"八百里加急"这几个字的杀伤力太大了，之前扬州有两万流民起义，也不过是三百里加急的程度。

很快，乐家家主等朝中公卿纷纷抵达皇宫。

他们坐在御书房里，对雍宁帝的命令有些摸不着头脑。

这两年陛下沉迷于追求长生不老，经常一两个月都不举办一次朝会，朝中大权渐渐旁落到世家手里。今天也不知道雍宁帝抽什么风，突然急急忙忙召他们进宫。

乐家家主腹诽一番，摆出忧国忧民的表情，低声询问那个给他奉茶的内侍："宫里可是出了什么急事？"

具体的情况内侍也不清楚，只说是有八百里加急。

八百里加急？乐家家主端起面前的茶水抿了口，微微蹙起眉来。

他们没有等太久，雍宁帝便一脸焦虑地走进御书房，他脸色铁青，比撞了鬼还要难看，唇角青紫。

雍宁帝一言不发，也许是因为太惊骇了，所以暂时失去了言语的能力。

他特意多走了几步，把手中那封急报递给了乐家家主。

乐家家主不明所以，这些年雍宁帝越来越疏远乐家，他虽然还位于九卿，但一直得不到重用，也不知道雍宁帝怎么会特意把急报先交给他。

乐家家主伸手接过急报展开，刚看完急报的前两行，顿时神情大变："幽州……容家军……容氏女……"

嘴里蹦出这么三个词，乐家家主咬紧牙关没再说话。

他继续一目十行地看下去，当看到"容氏女疑为并州山先生"这句话时，乐家家主的额头不知不觉间布满了冷汗。

再往下看，当看到"冀州牧之子跟随于山先生身侧"时，乐家家主后背更是几乎被冷汗打湿。

怎么可能呢？当年那毫不起眼的孤女，短短几年时间居然就坐大到了这种程度。

乐家家主突然非常后悔。

是的，他不后悔针对容家，乐家想要上位，就必须要铲除容家，有付出才有收获。他后悔的是当年因为容氏女只是一介弱质女流，就没有把她放在心上，以至于放虎归山，让自己陷入今时今日的危险境地。

若是再放任那容氏女坐大，整个乐家都将遭遇灭顶之灾！

"陛下，"乐家家主猛地抬头看向雍宁帝，满脸愤怒，只是那层淡淡的愤怒底下，更多的似乎是惶恐和害怕，"那容氏女如此嚣张，胆敢杀害陛下亲封的幽州牧，请陛下下旨斩杀容氏女。还有并州牧和冀州牧二人，早已有不臣之心，请陛下下旨降罪于他们！"

此话一出，其他大臣纷纷向乐家家主投去震惊的目光。

乐家家主刚刚说什么？幽州、并州、冀州同时出事了？！

天下共分十三州，之前的叛乱闹得再大，也只是波及了一城一州之地，朝廷勉强能应付过来，但现在……完了，真要出大事了。

雍宁帝神色阴沉："先让其他大人也看看这封信报吧。"

幽州和并州民风剽悍，军队战斗力强；冀州富甲一方，是雍朝出了名的产粮大州。如果有一丝半点的可能，雍宁帝是绝对不希望对这三州出兵的。

那容氏女应该还不知道容家的覆灭与他有直接关系吧……

如果……如果他将乐家抄家灭族，再为容家平反，称自己被小人欺瞒，最后再哭一哭容老将军的忠心，也不知道能不能让容氏女像容老将军一样效忠于他。

要知道，容氏女一介女子，可比她祖父和小叔好拿捏多了。

雍宁帝的如意算盘打得很好。

他甚至想，女子抛头露面也不是什么好事，他完全可以推恩于容氏女，将容氏女纳入后宫，反正他的后位还空着。

如果容氏女不乐意，他还有几个成年的儿子呢。

……

这么想着，雍宁帝再抬眼看向乐家家主时，脸上就多了几分杀意。

乐家家主猛地一哆嗦，心头升腾起阵阵不安。

然而这时候，其他公卿大臣都在安静地翻看信报，没有人搭理他，乐家家主只好暂时咽下到了嘴边的话。

当其他所有大臣都看完这封信报时，他们每个人都是晕晕乎乎的。

但，有一件事几乎成为这些大臣的共同认知——

这天，怕是要变了。

出了皇宫，乐家家主迅速命仆人驾车回到府中。

他坐在马车上，心像是被千万只蚂蚁啃噬一般，焦虑又惶恐。

这种心情一直压在心底，必须想个法子发泄出来，于是乐家家主一下马车就直奔后院。

他走到后院时，正好听到儿子乐成言又在咒骂婢女，乐家家主有些疲倦地长叹一声，快步走进院中，屏退院中所有仆人。

然后，乐家家主看着乐成言，一字一顿道："言儿，爹知道那容氏女的行踪了。"

乐成言那几乎扭曲的脸庞陡然闪现出明亮的光芒："她在哪里？！"

太好了！

若是那容氏女落到他手里，他定要容氏女求生不得，求死不能，狠狠地折磨她，如此才能报复自己这几年受到的痛苦。

看着乐成言脸上的狂喜，乐家家主声音微滞，突然不知道把这件事告诉乐成言到底对不对。

"爹，你怎么不说了？那容氏女现在到底在哪？你告诉我，我马上派人去把她抓回来！"

乐家家主长叹一口气，道："言儿，你别激动，短时间内，你怕是没办法将容氏女抓住了。"

"什么意思？"

乐成言隐隐觉得有几分不对。

乐家家主恨恨地道："那容氏女已经夺回容家军，并且坐拥幽州之地，就连冀州和并州也与她有所勾结。现在朝堂诸公和陛下更倾向于……更倾向于将她招安。"

闻言，乐成言的瞳孔猛地放大，脸上的惊骇与愤怒之色令人毛骨悚然。

他们乐家谋划了那么久，往容家军里安插了不少人手，就是为了占据容家军，结果居然成了一场空？

而且招安……

朝廷想招安，势必要给容氏女许下种种好处。

以容家和乐家的血仇，如果容氏女被招安，他们乐家怕是就完了！

乐成言想说些什么，但再启唇时，突然一口血直接喷了出来，他这是怒急攻心。

"言儿……言儿！"乐家家主大骇，知道自己果然办了件蠢事，怎么把这件事告诉了乐成言？

"大夫！来人，快去找大夫！"乐家家主扶住摇摇欲坠的乐成言，猛地扭头看向外面，高声怒喝。

一时之间，京城风声鹤唳，禁卫军巡视皇宫的力度越来越大。

这天傍晚，在禁卫军进行换防时，突然有人将一个血淋淋的木匣子扔到了皇宫门口。

"谁！"禁卫军左统领喊了一声，但他循着木匣子扔出来的方向抬头看去，却没看到任何人影。

"左统领，那个匣子怎么处理？"他的手下询问道。

左统领微微蹙起眉："你们过来看看，也不知道是恶作剧还是什么。"

手下点点头，领命靠近木匣子。

越走近，木匣子周围缭绕的血腥味越重。手下心一沉，用手中的刀轻轻碰了碰那个木匣子，一个头颅竟从木匣子里滚了出来……

雍宁帝看到那个血淋淋的头颅时，吓得脸色一白。

虽然已经从禁卫军那里得知了这个头颅的真实身份，雍宁帝还是强忍着心中的害怕，慢慢走近头颅，看着自己的亲弟弟。

"陛下，匣子里还有一封信。"有人提醒道。

这封信用油纸仔细包裹着，所以并没有沾染到血迹。

雍宁帝接过信，撕掉信封后将里面的信纸取出来。

> 此贼祸害社稷，罪在千秋，当诛！
>
> 容衡玉

字迹刚劲有力。

笔锋里的锋芒几乎要破纸而出。

哐啷——

剧烈的砸东西声在殿内响起。

雍宁帝手臂一挥，将自己面前所有的东西都扫到地上。他深深吸了好几口气，脸色铁青。

容氏女特意写了这么一句话给他，是在说他的亲弟弟，还是在说他？！

这个女子居然猖狂若此！

他越想越憋屈，实在没忍住，一脚踹向他身边的内侍。

内侍不敢闪避，只好生生受了这一脚，倒在地上瑟瑟发抖，不敢让人看到他脸上的愤怒之色。

可是，看到容氏女这么嚣张，雍宁帝心中也有些怕了。

他追求长生不老，就是因为怕死啊。如果不想办法安抚好容氏女，有朝一日，她会不会也像杀他弟弟一样杀掉他？

雍宁帝身体颤抖，对内侍道："马上派人去请王司马进宫。"

琅琊王氏的王家家主一进宫，雍宁帝便急急忙忙迎上前来，攥着他的手问："王司马，之前你说要招安那个容氏女，你想到办法了吗？"

雍宁帝这番动静闹得太大了，就连在后宫的乐贵妃也听说了。

这几年，后宫添了很多年轻貌美的女子，乐贵妃身上的宠爱被越分越薄，现在距离她上一回侍寝已经有两个月了。

她倚在软榻之上，听完宫女的话，脸上浮现出惊骇之色。

许久之后，跪在地上的宫女隐隐听到乐贵妃凄楚的笑声。

这笑声比哭声还刺耳难听。

"我这些年机关算尽，全都是为了乐家，但现在……家族之祸近在眼前。"

一场幽州易主，让"容衡玉"这个名字响彻天下。

现在世人对她的印象，不再是简单的"容氏女"，而是幽州之主，是容家军之主。

不只是雍宁帝、乐家家主这些人始终念叨着衡玉，就连很多世家都在讨论她。

有人忌惮她，觉得她势力过大；有人看中她的潜力，想要让家族在她身上下注，夺取从龙之功；还有人轻视她的女子身份，觉得她现在势力再大，最多也就是割据一方，很难再进一步。

什么声音都有。

不过，因为有宋溪在，这些声音都没传进衡玉的耳朵里。她最近一直待在肃城，每天忙着处理幽州的事情。

安抚幽州百姓，开垦荒地，推广耕种，对世家或打压或收拢……虽然有谋士和官员们帮忙，但衡玉需要把控大方向。

这天傍晚，凉风习习。鸟雀从树梢惊起，飞回它们的巢穴。

衡玉用过晚膳后出来透气，见到院中有架秋千，便走过去坐着。

宋溪抱着一摞书路过，瞧见衡玉时先是一愣，而后快步走到她面前说："正打算去找主公。"

衡玉问："让你做的事情都做完了？"

宋溪擅长诡术谋略，也擅长内政，可以说是个全面型的谋士。

前几天衡玉交给他一个任务，让他好好制订接下来一年时间里，幽州、并州和冀州的发展计划。现在他过来找她，应该是已经忙得差不多了。

宋溪点头："我认真思考过，主公，接下来一年时间里，我们不能再有任何大动静。"

衡玉指了指对面的长椅，与宋溪走过去坐下，示意他接着说。

"主公当初在龙伏山寨蛰伏三年，后来又安心发展了一年，花费了足足四年时间，才让并州完全属于您。"宋溪说，"但是您拿下冀州才多久？半年时间。我们在冀州的根基不稳，完全是靠冀州牧支持，才能在冀州站稳脚跟。"

至于幽州……

幽州这里倒是不需要多说什么，现在幽州才易主不到两个月。

衡玉认同他的话："你说得对，我们拿下地盘的速度太快了。"她抬起手，揉了揉额角，有些无奈道，"这个速度连我自己都没想到。"

她原本是打算拿下冀州后，先安心发展一两年，然后再慢慢渗透幽州，从而顺利让幽州易主。

但是事态瞬息万变，没有谁能够让任何事都照着自己的心意来发展。衡玉身在局中，更多时候也必须要顺势而为。

当然，现在这么快就拿下幽州也不是不好。

只是她的根基不够扎实，缺少顶层人才，基层人才的培养也没跟上，百姓们更是缺少休养生息的时间。

更何况，有一件事只有衡玉知道。

原剧情里曾经提到过，就在明年，整个北方会遭遇一场百年难遇的旱灾，就连良田无数的冀州都出现了易子而食的惨剧。

为了能够安稳度过明年那场旱灾，今年她必须要囤足粮食，还要想办法兴修水利，尽量让百姓家中有存粮，增强他们自己抵御天灾的能力。

衡玉道："就按照你说的来，我们先发展，让三州境内的百姓能吃饱穿暖。接下来几日，你亲自考察幽州的实际情况，然后把当初我们在并州实行的那一套模式，删改一番后在幽州大力推广。"

连三州之地都没治理好，何谈治理天下？

不过，在安心发展的同时，还是得多给雍宁帝和乐家家主他们添堵。

她心里正想着事情，春冬突然急急忙忙走到她和宋溪面前，恭敬行礼道："小姐，帝都那边来人了。"

第二十四章

王朝因我兴替34

伍舜穿着一身官服，坐在专门待客的厅堂里饮茶。

茶是上好的明前龙井，抿一口便觉得唇齿留香，但伍舜现在根本没有品茶的心情，他只觉得坐立难安。

谁都知道招安这种差事其实很危险，虽然说丢掉性命的可能性比较小，但是被冷待什么的实在是正常得很。

世家官员们享乐久了，自然没几个乐意做这种事。所以琅琊王氏的王家家主在朝中挑挑选选，最终选中了出身不高的伍舜。

这根本容不得伍舜拒绝，他只好硬着头皮，领过圣旨，收拾收拾就过来了，这一路上都在提心吊胆。

伍舜正在走神，面前突然出现一道影子，然后，有人步履从容地逆着阳光走进厅堂内。

女子身穿一身浅紫色华服，腰缀玉佩，阳光披洒在她的身上，宛若华光在她身上流转。

然后，她轻轻启唇，眉眼含笑，率先打了个招呼："伍大人。"

伍舜连忙起身行礼："容姑娘。"

衡玉现在虽权势极大，但没有一官半职，也并无爵位在身，伍舜这么称呼自然没有错。

衡玉走到伍舜旁边的椅子上坐下，端起婢女刚奉上的茶水，悠然笑道："这是伍大人第二次来给我宣旨了。"

伍舜愕然："容姑娘还记得？"

衡玉点头："自然记得。如果此次帝都来人不是伍大人，我定然要先晾上他们几日，但得知来的是旧识，就不便怠慢了。"

当初她一进入这个世界，就面临着容家背负污名、皇后姑姑自尽的局面。

那时也是这位伍大人手拿圣旨来到容府，向她传达三司会审的旨意，还帮了她个小忙，

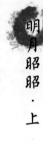

将她的玉佩送去贺府给了贺瑾那厮。

虽然这对当时的伍舜来说只是举手之劳，但衡玉也承这份情，不会给他摆架子让他难堪。

听到衡玉的话，伍舜稍稍松了口气，一直提着的心也放下不少，他从这位容姑娘身上感受到了善意。

不过想到帝都那些人交代的事情，伍舜又有些头疼："容姑娘，我此行是奉陛下的旨意前来。陛下给你颁了一道圣旨，不知道容姑娘……"

"拿来看看吧。"衡玉语调随意，仿佛那所谓的圣旨只是张废纸。

"这怕是有些于礼不合。"

"伍大人，在我的地盘，我就是理。世俗礼节更是约束不了我。"

伍舜苦笑。这幽州可还是雍朝的幽州，但听容姑娘的意思，分明是在说这幽州是她的。

也罢，对方已经给了他脸面，若他非要硬着头皮逆着她来，当年那点小小恩情完全不能成为他的保护伞。

在别人的地盘上，伍舜还是很识时务的。

伍舜将放在他身侧的匣子递给衡玉。

衡玉随手打开，取出摆放在里面的圣旨，平展开来，饶有兴致地、几乎是一字一顿地阅读着这道圣旨。

系统实在闲得无聊，发现有热闹可以围观，连忙也跑来读圣旨。

才读了圣旨的前两行，系统就被雍宁帝这个臭不要脸的癞蛤蟆气得电流吱吱作响。

怎么会有这么臭不要脸的家伙，在祸害了别人的家族，逼得前皇后自尽后，居然还敢下旨说"我娶你为后吧，女人终究还是要嫁人的，这天底下只有皇后之位才堪与你这种奇女子相配"！

随后又追忆容老将军的忠诚，再感慨衡玉亲生父亲的忠勇，最后还暗示了一下衡玉颇肖父祖，没有堕他们的威名。

电流声越来越激烈，但等系统去看衡玉时，才发现她表现得很淡定。

系统惊道："零……你难道不生气吗？"

衡玉在心底回道："我只是想看看一个人能够不要脸到什么程度。"

在圣旨的最后，雍宁帝还表示，如果她恨乐家，觉得当年容家之事另有隐情，完全可以前去帝都与乐家人对质，开启那场迟到五年之久的三司会审。

他会把容家在帝都的老宅子赐回给衡玉，让她不用担心回了帝都没地方住。

当然，如果她暂时走不开，不想去帝都，不想嫁人，也没有关系，他会给她另外颁一道圣旨，封她为容家军之主，还会命人慢慢调查容家之事，一定会给她个交代。

衡玉看完之后，心下轻啧。

这道圣旨透露出的优越感简直令人作呕。

先不说什么嫁人才是女子最终的归宿，就说雍宁帝忘了当初她姑姑是如何惨烈而死的，还想娶她为后，就够不要脸的了。

还有封她为容家军之主，重新调查容家之事……这些小恩小惠，在雍宁帝看来，怕已经是天大的恩惠了吧。

在衡玉阅读圣旨时，伍舜在她身边一直有些坐立难安。

他并没有看过这道圣旨，不知道里面写了些什么内容，更不知道衡玉会不会因为圣旨里的内容而动怒。

枯坐许久，伍舜实在忍不住，悄悄用余光去打量衡玉的神情，想要从她的表情里看出些端倪。

然而，他只能看到衡玉不喜不怒的侧脸。

突然，衡玉慢悠悠地将圣旨合拢，随后一把丢到地上，仿佛这是块擦鞋的破布。她右脚踩了上去，随意蹭着踩着。

伍舜眼睛猛地睁大，就要制止："容姑娘——"

"伍大人，"衡玉先一步打断了他的话，"这道圣旨就是帝都那边的诚意？帝都的人是派你过来送圣旨的还是来送命的？我实话告诉伍大人，如果今日换个人来，他已经血溅当场了。"

她的语气平和，里面甚至没有一分戾气。

但就是这样的平和，生生将伍舜镇在原地。

"看来伍大人这些年在帝都混得不是很好。"衡玉起身，右手按在桌案上，微笑着暗示他，"我现在手底下很缺人，尤其是缺伍大人这样的中层官员。"

既然不能杀了立威，那就挖墙脚吧。

伍舜神情一怔，完全没想到事情会发展成这样——不杀他，而是招揽他吗？

但是顺着衡玉的话一想，伍舜又觉得有些心动。

他这些年在官场实在是……被限制得太狠了。

瞧见伍舜有些心动，衡玉唇角笑意加大，朝他点头示意后转身离开。

出了厅堂，衡玉就看到站在厅堂外等候的宋溪。

她吩咐宋溪道："幽州牧的人头似乎没能让雍宁帝懂得'害怕'二字怎么写，你再吓唬吓唬他。"

伍舜的到来对衡玉来说不过是个小插曲。

她反倒对陪伍舜前来宣旨的一个小内侍产生了兴趣。

这个小内侍的容貌有几分稚嫩，看着应是未满二十，却敢将她拦下，直言要与她做一笔交易。

小内侍还恭敬地称她为容将军："容将军只需要稍稍助我一臂之力，我就能迅速爬起来。日后我会成为将军在宫中的助力。"然后小内侍便直接提出了自己的请求。

衡玉眉梢微挑。

不过片刻，她便应下了这个要求。

反正这于她不过是举手之劳，这个小内侍行事进退有度，是个能成大事的人。

谁知今日的一步闲棋，他日会不会给她带来惊喜呢？

身为下棋之人，总要多留些后手。

在秋收开始前，衡玉终于理顺了幽州的一应事宜。

与谋士们商议许久，衡玉将宋溪、周墨和侍卫长这三个心腹都留在了幽州，宋溪总领幽州事宜，周墨给宋溪当副手，而侍卫长执掌容家军。

再加上衡玉在幽州新收服的手下，幽州这边应该不会有什么大碍。

很快，衡玉和祁珞等人启程离开肃城，该回冀州的回冀州，该回并州的回并州。

分开之前，衡玉还特意叮嘱祁珞："若你在冀州遇到什么奇人异士，考察过他们的能力后，尽管收入帐下。"

人才嘛，自然是越多越好。

身为气运之子，祁珞还需要多多努力啊，他发现人才的速度已经比她发展的速度慢很多了！

祁珞郑重地点头："主公放心，冀州这边有我和父亲。如果遇到如宋溪先生这样的大才，我会直接将他举荐给主公。"

衡玉满意地点点头。

聊完正事，衡玉才谈起冀州牧的身体。

她将自己刚写好的药方递给祁珞，又说了些注意事项，末了道："多陪陪你爹吧，尽快独当一面支撑起冀州，让你爹不用太操劳。"

祁珞眼眶一热，连忙别开头。

六月底，帝都周边的小麦金黄一片。

前去幽州的车架就是在这个时候回到帝都的。

只不过回来的时候少了一个人——主官伍舜。

当然，还多了一封信。

年轻的内侍两手举起信，并托举过头顶："陛下，这是幽州那边的回信。"

雍宁帝蹙起眉来："只有回信？"

"是。"

信纸展开后，上面的字迹一如既往地凌厉。

但上面的字让雍宁帝勃然大怒，脖子气得通红——

我乃三州之主。

之前那封信好歹还署了个名，现在已经连名字都懒得署了。

"那容氏女是什么意思，啊？给朕回了这样一封信，是要示威吗？什么三州之主，这天下都是朕的！州牧都是朕册封的！她一个无官无职的孤女，居然如此猖狂！"

御书房里回荡着雍宁帝愤怒的咆哮声，这段时间，因为幽州的事情，他已经不知道有多少次愤怒失态了。

年轻内侍猛地跪倒，全身几乎贴到地面上。"陛下，"他声音颤抖，"容氏女她……她分明是嫌弃陛下给的恩惠不够啊。"

雍宁帝浑身的愤怒都凝滞了下来。

他眯起眼，重新看着那张纸。

沉吟片刻，雍宁帝将目光落到小内侍身上："你给朕分析分析这是什么情况。"

小内侍条理清晰，从各方面分析了一番。

雍宁帝哈哈一笑："愿意向朕提要求就好。"

只要还有的商量，就不用担心那容氏女会谋反自立。

他心情一好，看着小内侍的眼神也变得温和起来，直接将小内侍留在了御书房这边伺候。

"陛下，"有侍卫进来通报，"王司马到了。"

一看到琅琊王氏的家主，雍宁帝便冷笑道："王司马，那伍舜是你推荐的吧？此人全无半点气节，居然投靠了容氏女。

"你派人前去伍府，将伍府满门下狱，朕要杀鸡儆猴！"

琅琊王氏的家主苦笑，连忙出声劝道："陛下，若您还打算招安容氏女，不仅不能惩处伍府的人，还要好声好气地将伍府的家眷都送去幽州。"

这么说的时候，王司马不得不在心中感慨：那容氏女真是青出于蓝胜于蓝，居然能够聪明到这种地步。

虽然女子称帝是冒天下之大不韪，必将遭受全天下的讨伐，但……

他们王家是不是也该做两手准备，派个人前去投靠容氏女，给自己的家族留条后路？

嫡系子弟不好派过去，但旁支里面也有几个出众的儿郎啊。

与此同时，乐府府邸里。

自从得知容衡玉依旧活着的消息后，乐家家主仿佛瞬间被抽掉了精气神，这段时间就苍老了十岁不止。

他的头发越来越花白，脸上冒出了许多皱纹。

现在，他正坐立难安，仿佛是在等着审判一般。

没有让他等很久，有侍卫敲门将一封信递进来。

乐家家主展开，看到"平安"二字，忍不住长舒一口气。

这是他埋在宫中的人传出来的信。自从知道雍宁帝和朝中公卿们有意向招安容衡玉后，乐家家主就没过一天好日子。

他太害怕了。

容氏女活得越好，乐家之祸越近。

无论容氏女是被朝廷招安，还是最终杀回帝都，乐家肯定都必死无疑。

想到这，乐家家主混浊的眼里立即盈满泪水。

在泪水将要从他的眼眶里滑落前，里屋有窸窸窣窣的声音响起，随后，乐成言的声音传出来："爹，是你在外面吗？"

乐家家主连忙绕过屏风走进去。

这段时间里，不仅仅是乐家家主备受煎熬，乐成言过得也不是很好。

他的两只眼睛都熬得通红，一看就是多日没有睡好。

乐成言轻咳两声，说道："爹，朝中那些蠢材肯定一直想着招安容氏女，但我们乐家没有别的路可以走了。"

乐成言紧紧盯着乐家家主，恨恨地道："他们不行动，那我们乐家自己动手。容氏女身为女子，而且容宁现在还背负着通敌叛国的罪名，我们的人可以死死抓住这两点去攻讦她！

"还有，我们培养出来的暗卫，不就应该用在这种时候吗？"

只有容氏女死了，他们乐家才能够高枕无忧。

回到并州后，衡玉沐浴一番，前去拜见并州牧。

这大半年时间里她一直待在冀州和幽州两地，后方能够安稳无忧，全靠并州牧帮她把控局面。

并州牧的精神很好，整个人看上去神采奕奕。听到衡玉的感谢后，他哈哈一笑道："好歹明面上我还领着并州牧一职，总不能让并州百姓在我手底下受苦受难吧？"

并州牧并不居功。

他觉得自己其实没做什么，衡玉离开并州之前已经为并州打好了底子，他只是按照她规划的路线走下去，捡了个现成的便宜。

衡玉笑道："不管怎么说，这段时间都麻烦薛叔了。"

"不麻烦。"并州牧摆手，不让她继续客套下去。

他们坐在凉亭里，吹着有些闷热的夏风，并州牧亲自为衡玉斟了杯茶，又将莲子酥推到衡玉面前，询问起她夺取冀州和幽州的细节。

莲子酥又凉又苦，实在不合衡玉的口味。她吃完一块就没再动，端起茶杯慢慢喝了两口，这才将那些暗地里的布局告知并州牧。

她没说得太深，但并州牧也能从中看出来很多事情。

"我虚长你这么多岁，论算计却不如你。"并州牧感慨道。

衡玉轻笑，没解释什么。

聊完这个话题，并州牧才问道："怎么这么急着赶回来？我原以为你会在幽州待到秋收结束。"

毕竟幽州的局面还算不上十分安稳，她多待一段时间，才好保证幽州无后顾之忧。

衡玉温声道："有宋溪在，幽州不会出什么大乱子的。我想回来寻些水利方面的人才，等到秋收后农闲之时，并、冀、幽三州该开始修建大型水利工程了。"

顿了顿，衡玉又道"而且再过段时间就是祖父和小叔的祭日，我现在已经夺回了容家军，身份也已昭告天下，是该好好祭祀祖父，为小叔立碑了。"

那座无碑孤坟已经在黄石山坡矗立了很久。

衡玉不打算迁坟，但碑该立起来了，免得英雄寻不到归路。

提到容老将军和容宁，话题不免沉重起来。在并州牧沉默时，衡玉率先笑着换了话题。

没过几日就到了容老将军的祭日。

衡玉原本没打算大办，但这段时间她在并州的舆论宣传做得非常不错，那些受过容老将军庇护的并州百姓自发带着肉、鸡蛋和自家种的蔬菜等来到衡玉府前。

他们没有打扰的意思，只是在府门前跪下磕了一个头，把篮子放下后就飞快地跑走了，快到守门的士兵想把篮子塞回去给他们都来不及。

衡玉处理完公文回来，看着堆满厨房的各种菜蔬瓜果，颇有几分哭笑不得。

她指着果蔬吩咐春冬："既然是百姓的心意，那就收下吧。只是太多了，你迟些命人将果蔬分给府中下人和周围邻居。"

现在并州百姓富裕了不少，几乎家家都有存粮和闲钱，拿出一两篮果蔬对他们来说不是什么为难事。

"至于这些鸡蛋和肉……"衡玉抬手扶额，轻笑道，"下回再有人将这些拿来，还是尽量退回去吧。"

春冬高兴地应了声"是"。

等春冬去忙碌，衡玉命人准备热水。她重新梳洗一番后，才穿戴整齐地去给祖父上香。

百姓们的热情似乎越来越高。

容老将军的牌位在府里，百姓们不能进府里打扰，但是容宁的坟就在城外的黄石山坡上啊。

别问百姓们怎么知道的，这些天衡玉找人设计墓碑、设计坟墓，负责这件事的工匠无意间提了一嘴，结果第二天就传得满城皆知。

容宁祭日这天，百姓们穿着素色衣服出城，提着装有香烛的篮子，默默走去黄石山坡。他们没有嬉戏，没有打闹。

衡玉坐着马车出城的时候，百姓们自发地将路让开，没有出现马车被堵在城内出不去的尴尬情况。

管家坐在马车里，看着外面这一幕，眼里盈满了泪水。

衡玉拍了拍管家的肩膀，无声地安抚他的情绪。

等到他的情绪逐渐平复，衡玉才吩咐外面的人道："这个天太热了，命人备些梅子汤和绿豆汤，到时候在城门口和黄石山坡那里分发给百姓们，免得有人中暑。"

交代好所有事情，衡玉从袖子里取出竹笛，递到唇边垂眸吹奏——

这就是她祖父、小叔和父亲誓死也要守护的百姓啊。

一路缓行，马车终于抵达黄石山坡。

衡玉跳下马车，慢慢往坡顶走去。春冬他们提着祭拜用的东西，跟在她的身后。

曾经的孤坟已经被修得肃穆大气。

石碑竖立在坟前，上面清楚地刻着"容家军将领容宁"这几个大字。衡玉还亲自为容宁写了墓志铭，着重介绍了容宁这短短二十几载所取得的成就。

他这一生虽然短暂，但精彩无比。

祭拜完容宁后，衡玉陷入新一轮的忙碌之中。

她最近一直在网罗人才兴修水利工程，但雍朝对水利方面不是很重视，衡玉网罗了好几天都没什么成效。

她思索片刻，交给系统一个任务："你认真把剧情从头到尾翻看一遍，我觉得剧情里面应该会有只言片语提到。"

系统连忙去读取数据。

过了片刻，它惊喜道："零，真的有！剧情里面没着重写，但提到在旱灾后，一个叫顾修的官员被提拔起来。"

顾修？

衡玉思索片刻，依旧想不起来这个人是谁。还是一个从冀州那边过来的谋士回想起来的。

"是河间顾家的人吧，他一手好丹青，而且爱好游山玩水……但是，似乎从未听说过他擅水利之道。"

衡玉斟酌片刻，打算试着去招揽顾修，反正也不会吃什么亏。

又耗费了一段时间，衡玉终于勉强把水利工程的班底搭建了起来。当然，她也在里面。

虽然她不是特别擅长水利工程，但见识多了，还是能提出一些独到的见解的。

七月，并州陆陆续续开始秋收。

采用了土氨水做肥料，又推广了各种科学种植的方法，再加上农具的进一步发展……并州今年的收成比去年高了一成，算得上是丰收之年。

秋收一结束，修建水利工程就被提上了日程。

衡玉没有亏待帮忙修建水利工程的百姓，她和幕僚们商量过后，开出了合适的工钱，并且答应会包一日两顿饭。

消息一放出去，并州百姓对修建水利工程的热情空前高涨，纷纷应召前来报名。

刚过去一天时间，他们就已经招够了目标人数。

后面陆陆续续又有人跑过来问是否还需要招人，听说暂时招够了，那些人都后悔得直拍大腿，苦着脸说自己怎么就来迟了。

负责招收工人的是从书院里毕业的学生。

这些学生既能写字，又会算术，用这份工作来练手正合适。

听到那些人懊悔的话语，一个学生爽朗地笑道："没事，现在只是招第一批工人，等后面工程规模扩大了，肯定还会招人，到时候你们再过来就好了。"

衡玉与书院院长过来巡视时，正好听到这番话。

院长瞧了那个学生几眼，对衡玉说："姑娘，这个学生是他们这一届里成绩最好的。"

衡玉知道院长是在向她推荐学生，她顺着院长的话道："正好我缺个整理文书的人。"

这些事以前都是交给春冬来做。

但现在春冬的能力越来越出色，早已可以独当一面，还让她做这些琐碎的事就太浪费人才了。所以，衡玉不顾一些幕僚的反对，将春冬任命为她手底下的第一个女官。

院长喜道："太好了！这个消息如果传出去，我想书院里学子们的学习热情会更高的。"

这个孩子家境贫寒，如果按照雍朝的官制，他一辈子顶多也就能当个吏员，但现在才从书院毕业，就被调到容姑娘身边，明眼人都能看出来他的前程有多远大。

衡玉轻笑了下。

院长正打算继续说话，突然——

隐在人群中的几个壮年慢慢朝衡玉的方向挪动。

在距离她越来越近、越来越近时，有个面容憨厚的中年男人袖中轻动一下。

只是很轻微地动了一下，但阳光跌落到匕首上，折射出细碎的光。

衡玉眼睛微微眯起，右手食指和中指突然并拢，迅速在脸颊上擦拭而过。

这个动作她做得流畅自如，看上去像是在擦拭脸颊上的水。

然而，下一刻，她骤然将身侧的书院院长往旁边推开两步，转身之间长剑出鞘，借着这个大幅度动作，衡玉一剑前送，再往上一挑……

尸体还没倒下，衡玉已经迅速转身，将袖间双刃皆开的匕首往前掷去，瞬间从刺客喉间穿过。

"脏了我的匕首。"衡玉冷笑，举剑向前，与刺客中明显武功最高的男人缠斗。

用"缠斗"来形容这场战斗似乎不够贴切，这场战斗结束得实在过于快速。

衡玉只用一招就震得那人手腕发麻，再一剑挑飞他手上的兵器，而后将他拿下，用力卸掉他的下巴，不让他有机会服毒自尽。

流畅地做完这一系列动作，衡玉迅速收剑，再环视四周时，她的暗卫们已经顺利将刺客都解决掉了。

这一切不过发生在短短的时间里，等到所有刺客都倒下，才有惊骇的尖叫声响起。

衡玉用手帕慢慢擦拭手指，吩咐暗卫："处理尸体，疏散百姓。将活着的刺客严加拷问。如果有百姓因此受伤，让大夫前去诊治。"

顿了顿，衡玉扫了一眼被吓得不轻的书院院长，无奈地笑道："让大夫记得去看看院长，给他开几服安神的药。"

暗卫领命，开始做扫尾工作。

衡玉撩开衣摆蹲下身子，用力拔出插在刺客颈间的匕首。匕首已经染上黏稠的血，用帕子估计是没办法擦拭干净了。

衡玉正想去找水洗匕首，负责水利的官员急匆匆赶到，连忙向衡玉请罪。

"与你无关。只要有人想我死，这样的暗杀就绝对不会结束。"

衡玉微微一笑。

衡玉鬓角的头发被风吹得乱飞，她原本想抬手别一别，但想到自己的手沾了血污，只好暂时作罢。

"话是这么说，但敢刺杀我的人必须付出代价。"

傍晚时，有暗卫过来向衡玉禀报审讯结果。

衡玉神情冷淡："果然是乐家。"

想她死的人肯定很多，但急不可待付诸行动的，唯有乐家。

衡玉之前就已经猜出来了，现在这份审讯结果印证了她的猜想。

暗杀的事并没有给并州造成什么大的影响，很快就到了水利工程开工这天。

衡玉的手下们素质都不错，在他们的调度下，百姓们逐渐熟悉了自己的工作，做得越发有模有样。

但一切刚渐入佳境，一些言论突然在并州传扬开来：

"你们不会真的相信容氏女说的，容宁是被污蔑的吧？"

"她是容家人，当然得这么说才能获得你们的爱戴了。"

"而且这年头有哪个女子像她一样不安于室，日日抛头露面，已经这么大岁数还不出嫁相夫教子的？"

"你们以为她是什么好人吗？她就是想紧攥着手中的权势不放。并州牧力挺她，怕是早就成了她的入幕之宾。还有宋溪之流，又有几个不是被她的容貌所俘获的？"

……

衡玉的人第一时间就听说了这些消息，鼻子险些气歪。

就在他们打算好好调查，查出是谁散播了这些流言时，一群百姓突然押着几个流里流气的男人来到州牧府。

为首之人义愤填膺道："我们抓到了几个胆敢给容姑娘泼脏水的混混儿。"

"没错！"他身边的人出声响应，"容姑娘来之前，我们并州的百姓过的是什么日子啊，她来并州这几年，我们过的又是什么日子啊。她这样菩萨心肠的好人都会被污蔑，容宁将军岂不更是被污蔑了？"

众人七嘴八舌各说一通，守门的士兵听了许久才知道是怎么回事。

原来这些人在酒楼等地散布流言时被几个百姓逮住。

他们围在一起争吵，旁边的人都被吸引了注意力。后来有个人提议把这些人押到州牧府，百姓们就成团地过来凑热闹了。

守门士兵哭笑不得，感谢了百姓后，神情严厉地把那几个散布流言的混混儿押进牢房里。

"暗杀和流言，"衡玉放下茶杯，"这两个手段着实不错。"

青瓷茶杯落到桌面时，发出清脆的撞击声。

杯子里的茶叶在水中沉沉浮浮，配着杯壁那朵莲花一块儿欣赏，别有一番韵味。

陈虎已经被气炸了，他可做不到如衡玉这般淡定。

陈虎狠狠握紧手中的大刀："主公，那些人居然敢这么羞辱你，我定要将他们抽个半死。"

"他们不是罪魁祸首，顶多就是拿钱办事。"衡玉笑，"类似的流言绝对不会少的，但是你看，民心在我这边。

"只有世家大族的人才会关注皇帝是什么性别，百姓更在乎的是谁能让他们过上好日子。"

陈虎的情绪被衡玉所感染，也慢慢平静下来："主公所言甚是。"

他一开始知道主公的性别时也觉得心里别扭，但很快就接受了。

衡玉道："所以，只要我的步伐不乱，按照现在的节奏发展下去就好了。不过，也是该给乐家一些教训了，免得让人觉得可以随意在我头顶上蹦跶。"

衡玉做的事情很简单。

事实上，她只做了两件事。

第一件事：是给雍宁帝去了封信，信中责问派暗卫杀她一事，是乐家自己所为，还是雍宁帝授意的。

第二件事：是给祁珞去了封信，信中告诉祁珞，天凉了，清河贺氏和清河乐氏这两家的祖产全都充公吧。

这两件事看着简单，但产生的影响可不小。

雍宁帝收到信后，先是愤怒地跳脚，在殿中怒骂容氏女，后来勉强被他越来越信任的年轻内侍安抚住。

没过多久，雍宁帝撸掉了乐家家主的九卿之职，让他成为一介白身，又下旨将乐贵妃打入冷宫。

收到圣旨后，乐家家主当场晕了过去，而乐贵妃则浑身发抖，竟然要一头撞死，最后被宫女们手忙脚乱地救了下来。

而乐家之祸并未就此结束。

收到信后祁珞亲自赶赴清河郡，调遣重兵包围了贺家和乐家在清河的祖宅。

祖宅里的人并不多，祁珞约束士兵，没有让他们伤及任何一个人，只是把这两家的所有祖产和公中财产全部收缴。

有人哭天抢地地怒骂祁珞，祁珞则似笑非笑地回怼道："诸位心中恨吗？当年容家人可是连命都没有了，你们至少还留着性命。"

虽然对这些早已沉迷享乐，习惯了衣来伸手饭来张口的世家人来说，没了钱财，跟要他们的命没什么太大的区别，但这和祁珞又有什么关系呢？他的怜悯之心怎么可能浪费在这些人的身上？

得知了老家发生的事情后，乐家家主受到的打击更大了。当天晚上他就病倒在床，靠着各种昂贵的药材才勉强吊住了自己的命。

躺在床榻上，乐家家主老眼昏花。

他的眼里流下一滴混浊的热泪。

他似乎想开口对儿子乐成言说些什么，但嘴巴刚刚张开，又是一滴泪流了下来。于是他终于忍不住，失声痛哭道："我悔啊！我真的悔了！

"这些年机关算尽，担惊受怕，竟落得这么个下场，祸及儿女，祸及族人，我悔啊！"

话说到这，乐家家主一口气险些上不来，在大夫的施救之下才勉强保住一条命，但半边身子也瘫掉了。

可以说，经此一事，踏着容家血泪上位的乐、贺两家，再也难成气候。

只要衡玉在，他们就必将永远沉寂。

第三十五章 王朝因我兴替35

写完那两封信后，衡玉就不再特意关注乐家的事情，哪怕后面知道了乐家的下场，她也只是一笑了之。

衡玉目前的精力基本还是放在水利工程和农耕上，她正在搜寻耐旱的作物，打算明年推广种植。

在忙忙碌碌中，秋天过去，寒冬来临。

并州的水利工程已经接近尾声，衡玉每次出门去考察工程进展，几乎都会遇到刺杀。

刺杀越来越频繁，甚至可以称得上是如影随形。

不用想，衡玉也知道，这些刺客多半出自贺家和乐家。

贺家和乐家在其他地方也有根基，但是祖宅被抄这件事的影响太大，家族的没落近在眼前。他们现在已经是穷途末路，如今连连派人刺杀，只是在垂死挣扎。

这些刺杀一次都没成功过，但陈虎和并州牧他们还是焦虑得几乎要上火。

衡玉最近新谱了一首曲子，她正盘膝坐在回廊下弹奏。

曲音轻快悦耳，然而陈虎完全没有欣赏的心情。

衡玉弹完一曲，取来袍子披在自己肩上，轻笑道："你又不是不知道我的武艺，些许刺客，难道能伤我不成？"

陈虎羞赧，抱拳行了一礼："主公看出来了？我就是觉得，明知道有刺客埋伏在暗处，主公还经常出门，这太冒险了。"

"不必担忧，我知晓事情的轻重缓急，也会比你们更在意自己的安危。"衡玉安抚道。

见陈虎神色稍缓，衡玉垂眸继续抚琴。

她本人其实并不惧怕暗地里的魑魅魍魉，但也不想让下属们神经太紧绷，便自觉减少了出门次数。

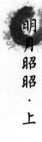

陈虎是过了很久才意识到这件事的。

他有些不好意思，私底下寻了个机会对衡玉说："以前在山寨里大当家最自在不过了，现在地位高了，反倒受了拘束。"

衡玉见他神神秘秘的，还以为他要说什么大事，完全没想到他说的是这个。

她有些哭笑不得，点拨陈虎道："我并未觉得受到了拘束。出门有出门的玩法，待在府邸有待在府邸的玩法。心无樊笼，在哪里都能求得自在。"

陈虎若有所思。

紧赶慢赶地，在过年之前，并州的大型水利工程终于竣工。

这么盛大的日子，衡玉必然要露面庆贺。

做足一切防护措施后，衡玉露面参与了竣工仪式，还发表了一场讲话，嘉奖了在这几个月里表现突出的百姓和官员。

这种嘉奖不只是口头嘉奖，还有实际的奖励。

除了这些人外，其他工人基本也都按照贡献或多或少地分到了一定数量的肉，能够在过年时敞开肚子吃上一顿肉。

除夕当晚，平城等几个大城池燃放起烟火。

这是用制作火药的剩余材料做出来的。

这场烟火并不绚烂华丽，但在这个时代，它已经足够惊艳。

烟火落下帷幕后，还有集体燃放孔明灯、燃放花灯等项目。

今夜城中没有宵禁，并州城内百姓同乐，每个人都玩得高兴而享受。

是的，生活本就该用来享受。

这样的生活来之不易，所以他们会倍加珍惜。

这就是衡玉的民心所在。

过年期间需要衡玉露面的场合比较多，不过她遇到的刺杀反倒没有之前那么频繁了。

陈虎乐呵呵地调侃："莫非刺客也要过年节吗？"

衡玉正在练字，被他逗笑，字写得就有些歪了。毛笔端凝着的墨水滴落下来，在干净的纸面晕染出一大团墨渍。

随手将这张纸揉成团扔掉，衡玉也调侃道："也可能是被我们处理得差不多了。"

当然还有一个可能，不过衡玉没告诉陈虎，那就是帝都的形势变了。

自从幽州易主以来，雍宁帝怀着非常不切实际的想法，一直在努力招安她。衡玉和朝廷的人虚与委蛇，拖延时间，给自己争取来发展的时间。

拖延了大半年，再怎么着，雍宁帝和朝中官员也该回过味来了。

御书房里骤然爆发出巨大声响，那是许多东西砸在地上时发出来的。

年轻内侍的手背被砚台狠狠砸了一下，他当场就疼得唇色泛白，但为免进一步触怒雍宁帝，只好强咬着唇咽下痛呼声。

雍宁帝脸色铁青，两手撑在桌案上："好一个容氏女，嘴里应付着朕，但过年了连个请安的折子都没给朕递上来！"

只是那股怒意里，还藏着深深的恐惧。

如果容氏女有不臣之心，他的皇位还能坐得安稳吗？

想到这个问题，雍宁帝越发愤怒。

"陛下……"在雍宁帝发怒时，有个侍卫硬着头皮来到宫殿里，说乐成言现在就在宫门外等着，想要觐见雍宁帝。

雍宁帝拒绝的话已经到了唇边，但很快，他又改口道："让他进来。"

乐家。

在对付容家人这方面，乐家绝对是把非常好用的刀。

现在最希望容氏女死的人未必是他，而是乐家的那几个人。

稍等片刻，乐成言坐在轮椅上，被侍卫推进御书房。

当看到乐成言的容貌时，雍宁帝心中有些诧异。乐成言是乐贵妃的哥哥，只比乐贵妃虚长两岁，但现在兄妹站在一起，说乐成言是乐贵妃的爹都没有人会怀疑。

乐成言双手虚弱无力，不能够行礼。雍宁帝直接免掉他的礼仪，示意乐成言有话直说。

乐成言声音沙哑，偶尔的咬字不像人声，倒像是隐在暗处的蛇吐着芯子。

"陛下，每逢年节，各地的官员按照规矩都会递折子向您请安，再送上他们精心准备的年礼。然而容氏女连一点儿面子活都没做，不臣之心昭然若揭。"

雍宁帝刚刚就是因为这件事暴怒，现在听到乐成言这么说，他缓和下来的脸色又难看起来，强忍着怒火等着乐成言后面的话。

"臣以为，陛下之前的手段都太温和了。

"陛下乃九五至尊，金口玉言。幽州、并州和冀州都是陛下的疆域，容氏女也是陛下的臣属。臣以为，陛下可以直接下旨封容氏女为太子妃。"

乐成言猛地抬头，眸中陡然爆发出璀璨的光芒，这种光芒出现在他的眼里，令人觉得非常不舒服。

"以容氏女的身份，成为太子妃已是陛下抬举她。若容氏女嫁了过来，那三州之地就是她的嫁妆。若她抗旨不遵，那她便是乱臣贼子，人人得而诛之！天下尽可举兵讨伐！"

既然乐家的衰败不可避免，既然他爹、他妹妹和他都命不久矣，那么在他死前，他要亲眼见证容氏女跌落泥潭！

听了乐成言这番话，雍宁帝大喜。

是啊，他之前怎么没想到？何必问那容氏女的意思？他直接下下旨即可。

一想到这，雍宁帝朝跪在一侧伺候的年轻内侍道："快，去请王司马进宫，朕有要事与王司马商议。"

年轻内侍很快退出御书房，只是在前去找王司马的路上，他随手将一个浅绿色的小纸团扔到了杂草丛中。

小纸团才刚落地，蹲在墙头的野猫便猛地蹿了过来，用嘴叼住小纸团后，迅速不见了踪迹。

三月原本是雨水纷纷的季节，但一连大半个月，并州各地几乎都没下过一场雨。

现在正是春耕的关键时刻，没了雨水的滋润，很多种子种下去后都发不出芽。

一些见多识广的老农愁得头发都白了，说每到旱年都是这样，今年怕是又有大旱。

并州牧时常去酒楼里喝茶，很快就听说了这些流言。

他亲自骑马去乡下田地里转了一圈，回来后忧心忡忡，对衡玉说："我问过田间老农，说是河流的水位也在下降。现在正是农作物最需要水的时候，再不下雨就麻烦了。"

衡玉将一杯温度刚好的茶推给他，请他先喝两口水："今年怕是要有旱灾。"

并州牧轻叹："并州百姓才过上好日子没多久，又有天灾。还好你去年修了水利工程，年底的时候蓄了不少水，勉强撑一撑，应该还是能够撑过去的。"

并州牧还是将这场旱灾想得太过简单了。

他是比较了前些年的几场旱灾，从而得出这个结论。

衡玉抬手揉了揉眉心，语气严肃："我倒是觉得，这场旱灾不简单，而且大旱过后必有蝗灾，我们再怎么慎重对待都不为过。"

被衡玉话中的慎重所感染，并州牧的神经也慢慢紧绷起来："你说得对，慎重些不是坏事。"

他坐到衡玉对面，打算给她讲讲旱灾的事情，结果反倒被衡玉科普了一顿。

并州牧感慨道："原以为你这般年纪，又不是并州本地人，对旱灾的了解不会太深。"

衡玉笑了笑，随意寻了个理由做解释，还将她编写的旱灾应对手册拿了出来。

当然，她没解释这个手册的来历，并州牧也没追问。

两人正就手册上的办法细细探讨时，突然，一名侍卫快步上前，附耳向衡玉禀报事情。

衡玉正在为旱灾之事忧心，听到乐成言和雍宁帝那些肮脏的算计，心情越发不预。

她轻敲桌面，问侍卫："乐成言怎么还能说话？"

侍卫会意。

衡玉又问："天师道的人不是一直在为雍宁帝炼长生不老丹吗？他都长生不老了，怎么还册立一个会跟他抢皇位的太子？册立也就罢了，怎么还让我当太子妃为太子加重砝码呢？

"这件事你让胡云去办，他现在是天师道在北方话语权最大的祭酒，连这点小事都办不了，那就让他别来见我了。"

侍卫领命退下。

衡玉拿起一块藕粉桂花糖糕递到唇边，才把糕点咽下，就听到旁边的并州牧笑道："乐家那些蚱蜢蹦跶得叫人心烦，怎么不干脆点解决掉他们？"

衡玉说道："容家的事还需要开一次三司会审，留着乐家人是为了到那时候再审判。"

原剧情里，原身参加了一场毫无公平可言的三司会审，被乐成言步步逼到死角。

容家的事必须再进行一次审判，方能彻底洗刷污名。她留着乐家人和贺家人，就是为了让他们参与审判。

而且有的时候，死亡并不是最痛苦的。

第二天上午，衡玉召集幕僚和官员，将自己的意思传达下去。

并州本地的一些官员觉得衡玉表现得太慎重了，但看着她心意已决的模样，还是将劝诚的话语默默咽下。

很快，衡玉命人将刊印好的旱灾应对手册分发下去，各地官员和村长人手一本。她还严令每个人认真研读，严格按照上面的规定来行事。

"我随时会命人抽查，如果有官员行事敷衍，那就干脆退位让贤，让能执行命令的人担任这个官职。"衡玉说话不疾不徐，但早已熟悉她的行事作风的人根本不敢怠慢。

不过……

仗着自己的家世，不把这道命令放在心上的官员也不少。

比如九原县的县令。

抽查的人责问他时，他正在官府里饮酒作乐，满不在乎地道："九原县的粮仓里堆满粮食，又不缺水，只是大半个月没下雨罢了，怕什么？

"就算有旱灾，也死不了什么人的。我看啊，容姑娘还是太年轻，见识太少，才会将这小小的旱灾视作洪水猛兽。"

消息传到衡玉耳里，她非常平静，一点怒都没动。

在乱世里，像这样身居高位的蠢材难道还少吗？哪怕她已经执掌并州多年，也不能保证自己手底下都是聪明人。

"这九原县县令，是上党赵家的人吧？"

衡玉正在翻阅公文，说话的时候视线并未离开公文，但轻描淡写间，便决定了一个家族的兴衰。

"如果我没有记错，上党赵家身为上党最大的世家，却从未对上党做过任何贡献。族中的人能力平平，却占据了好几个官位。

"让人去彻查上党赵家，查出任何罪责，直接依照并州律法来处置。"

像这样的世家大族，怎么可能经得起细查？

衡玉的人才查了两天，查出来的罪就够抄完赵家的家产了。

那九原县的县令更是被一撸到底，下了狱等着问罪。

这么一番杀鸡儆猴，效果是极好的。

衡玉的每道命令都以最快速度推行下去，整个官府机构有条不紊地运转着。

有的世家大族的人心底发虚，特意拜见了胡云，旁敲侧击地问道："胡兄，容姑娘这番动作是只针对赵家，还是……"

唉，他们家族虽然没赵家那么横行霸道，但家族大了，难免会出几个败类。

如果容姑娘非要追查的话，他们未必顶得住啊！

胡云轻笑："你们族中如果有什么问题，最好自己提前解决，如果要主公亲自下令清算，那就不好收场了。"

"还有，主公最厌恶不遵从她命令的人。"

等世家大族的人满头汗水地离开胡府，胡云便出门去州牧府见衡玉，将这件事告诉了她。

衡玉唇角轻轻弯了一下："这些世家啊……"

话中皆是未尽之意。

入了四月，田间土地已经旱到出现了细微的龟裂痕迹，农作物也蔫蔫的。

一些老农担忧地提着水在田间行走，舀了小半瓢水，珍惜地浇灌到植物根部。

衡玉牵着马行走在田间，穿着常服，头上戴着个遮阳的斗笠，安静地凝视着这片被太阳灼烤的大地。

并州牧同样牵着马，慢慢跟在她身边，他们的护卫就跟在后方，警惕地打量着四周。

"今年怕是要减产不少。"衡玉突然轻声道。

"只要不是绝收就好。这场旱灾的确如你所说，比想象中要严重不少。"并州牧长叹，"我看幽、冀两州的来信，听说那两州的情况更加糟糕。"

"没关系，都会过去的。"衡玉仰头远眺着万里无云的蓝天，语气肯定，"太平盛世会来的。"

"我有看到的可能吗？"并州牧笑问。

衡玉也跟着笑："薛叔莫要小瞧了我。"

以并州牧如今的身子骨，没意外的话，再活二十年不成问题。

二十年时间，足够了。

北方正在为旱灾忙碌时，帝都的气氛也不是很好。

雍宁帝对长生不老的追求几乎到了走火入魔的地步，他时常泡在炼丹房里，哪怕是感觉到了衡玉的威胁，也不耽误雍宁帝求仙问道。

和炼丹房的道士们接触久了，雍宁帝最近又多了个爱好：遇事不决请道祖。

炼丹房里有个道士特别精通此道，雍宁帝在一旁看过，道士念完咒语后，整个人的状态都不对了，像是被什么附身了，而且他面前倒着的笔在没有人扶的情况下会自己立起来，颤颤巍巍地写下一些字后又倒了下去。

施完这场法术，道士也会因为元气大伤萎靡不振多日。

今天，雍宁帝又来请道祖了。

道士一通施法，最后笔在朱砂上凌厉地写下一个字——

凶！

看到这个字，雍宁帝脸色微变。

在他为这个字苦恼不已时，年轻内侍貌似不经意地道："奴才对这个字倒是有些自己的见解。"

现在雍宁帝对这个年轻内侍越发看重，闻言抬眸，示意年轻内侍说说自己的见解。

年轻内侍默默按照并州那边的吩咐，将这个"凶"扯到帝位之争上。

雍宁帝听完，心头一凛：是啊，他可是要长生不老的人。如果他一直不退位，太子有了那容氏女的辅佐，会不会也生出不臣之心？

那让容氏女当皇后呢？

"陛下，听说那容氏女武艺极高，让她进了皇宫，侍卫若是稍有疏忽，那岂不是……"年轻内侍语重心长。

雍宁帝心头一阵乱麻，命年轻内侍去请乐成言进宫。

与此同时，乐成言午觉刚睡醒。

他觉得渴得难受，刚想出声让婢女进来伺候他喝水，却震惊地发现他连个音节都发不出来。

似乎是察觉到什么，乐成言猛地抬手捂住自己的喉咙，脸上露出浓浓的绝望之色。

第三十六章 王朝因我兴替36

乐成言现在，是真真正正成了废人。

手不能写，话不能说，纵有千万般诡计，也很难实施。

大夫前去诊治也查不出个所以然来，只说看着像是中了毒，但从脉象来看又没有中毒的迹象。

"突然失声有很多原因……"

顶着乐成言那吃人的眼神，大夫硬着头皮拱手。

"老夫才疏学浅，还请乐府另请高明。"

乐成言下意识地张开嘴，也许是想要像以前一样怒吼发火，却什么声音都发不出来，他眼里的颓唐与恨意越发明显。

容氏女！

是她，绝对是她！她是不是知道了皇宫里面的对话，所以废他喉舌，让他无法说话……

一想到这，乐成言就不寒而栗。

这个消息被正巧上门的年轻内侍带回了宫里。

雍宁帝微微眯起眼，猜测乐成言突然失声到底是容氏女所为，还是一场意外。想不出个所以然来，他干脆吩咐年轻内侍带人去查。

年轻内侍应了声"是"后退出宫殿。

雍宁帝站在空旷的宫殿上，神色逐渐阴沉下来："不管怎么样，那容氏女都不能进宫了……像乐家一样派人过去刺杀吗？也好，养着的那些暗卫也该派上用场了……

"近日北方旱情越来越严重，那容氏女短时间内肯定分身乏术，朕还是得先肃清帝都里那些不安分的人。"

入了五月，并州的旱情越发严重，而蝗灾也逐渐出现了苗头。

现在并州官府的执行力远胜从前，早已有所准备的官员和百姓们在蝗灾刚露出苗头时，就开始按照手册上所写的步骤进行应对。

用虫网捕捉，靠着大量饲养的鸡鸭来啄食，用炭火灼烤处理虫卵……

所有派得上用场的手段都实施起来。

这时候田里的作物已经生长得极好，哪怕做了应对，蝗虫还是对田里的作物造成了巨大破坏，但能抢救一些是一些。

这场蝗灾持续了近十天时间，在所有人都感到筋疲力尽时，这些蝗虫终于飞走了。

衡玉特意出了趟城，在平城附近的田地间转了一圈，默默估算着这场蝗灾造成的损失。

依旧是并州牧陪她一块儿走着。

两人边走边低声交谈。衡玉道："平城附近的蝗灾不是很严重，对产量的影响应该不大。其他郡县的损失就要等各地官员上报了。"

并州牧点头，脸上露出疲倦的微笑："不管怎么样，总算熬过去了。"

是的，总算熬过去了。

再熬一段时间，等旱灾彻底过去，以后的很多年都能够风调雨顺了。结合剧情，衡玉想着。

没过多久，就入了六月。

并、冀、幽三州陷于天灾时，雍朝的其他州也不太平。

最先爆发出事情的是帝都。太子早有不臣之心，与宗室的人勾结在一起，因为被雍宁帝的人调查出来，事情败露而举兵逼宫。雍宁帝狼狈不堪，若不是最后关头世家的人带兵来救，怕已是性命不保。

父子相残，兄弟相杀，这样的情况在王朝末年屡见不鲜。

随后，同样受到蝗灾和旱灾影响的青州也生了乱，活不下去的百姓们揭竿而起，形成一股流民军。不断裹挟之下，最后流民军居然有了近十万人。

他们疯狂冲击官府，劫掠一方，短短时日里就从流民成为暴民。

凉州是汉族和外族混居之地，随着他们的矛盾逐渐加深，摩擦不断；繁华如扬州也遭遇洪灾，洪灾过后又有疫病；荆州处于各方势力交界地带，是真正的兵家必争之地……

天下十三州皆有离殇。

衡玉除了在扬州疫病暴发帮了忙，其他时候她都是安心待在并州发展，以图尽快恢复民生。

以她的实力，只有她主动招惹别人的份儿，目前没有哪方势力敢壮着胆子来挑衅她。

所以相比之下，依旧陷于旱灾的并州、冀州和幽州居然是天下难得的安宁之地。

七八月秋收时，哪怕是受灾最严重的几个郡县，收获的粮食也勉强够百姓们度日。

衡玉等人终于松了半口气。

剩下那半口气，大概，要等到久旱逢甘霖时才能彻底松掉。

刚入九月，这天中午，衡玉正待在屋里休息，被一阵欢呼声吵醒了。

没有惊动外屋伺候的婢女，衡玉掀开帷幔走到窗边，两手前伸推开木窗。

细细密密的雨从天空飘落下来，被风吹得斜飞，落到地面时，带着润物细无声的温柔。它大概只比头发丝粗些，刚下片刻，甚至都没将地面打湿。

有几滴雨滴落到窗台上，有几滴落在衡玉的手背上。她抬手，将雨水慢慢涂抹开。

终于下雨了。

"小姐，你醒了。"春冬的声音从后面传来。

衡玉转身，朝春冬露出微笑，声音愉悦："陪我出府走走吧。"这样久旱逢甘霖的喜悦时刻，哪怕是她也有些雀跃，想出门去逛逛。

披好袍子，撑着油纸伞，衡玉慢慢走出府邸。

还没走到主街，她就遇到了很多人。他们欢呼，他们尖叫，他们没有撑伞，而是张开双手，迎接这细细密密的雨水的洗礼，庆祝雨水终于落下。

衡玉突然收起油纸伞，走进人群里。她没欢呼，也没尖叫，只是安静地感受着百姓们的喜悦。

春冬一惊，却没有阻止她。反正雨不大，淋一会儿也不会着凉，等回到府中，让小姐多喝几口祛寒汤就好。

走到这条街的尽头，衡玉才慢慢停下步子。

头发被雨水打湿，有些凌乱地贴在她的脸颊上，她笑起来时，眉眼熠熠生辉。

"我们回去吧。"衡玉说。

她要更坚定、更快速地前进。

她要让她的疆域的子民不再恐惧任何天灾。

接下来，是该为天下而征伐了。

几场雨水过后，并州从旱灾中缓了过来，衡玉迅速下达一系列政策安抚百姓，并且开始忙活冬季作物种植。

除了忙这些事情外，衡玉还在考虑一件事——要攻打南方，她势必要组建一支水军。

"想要在短时间内组建起一支骁勇善战的水军，这太难了。"并州牧感慨道。

因为南北差异太大，北方多骑兵，南方多水军。

单是让一群没下过水的士兵适应船上作战，就需要很长的时间了。

"事在人为。"衡玉说，"而且，我们还有很多时间。"

南方暂时不急。接下来她要先取帝都，创立新朝，待新朝大定，再一统天下。

衡玉抬手，轻轻抚摸身前的那张地图。

在一片混乱中，雍宁十三年落下帷幕。

雍宁十四年伴随着乐贵妃的死到来了。

这位曾经以色侍君、备受恩宠的贵妃，死时只以美人的位分草草下葬，衰老憔悴，没有昔日的半分美貌。

第三十七章

王朝因我兴替37

乐贵妃早已失宠，乐家也早已失势，她的死并没有引起太多人的关注。

事实上，如果不是收到了乐贵妃的绝笔信，衡玉还不知道她死了。

也许是人之将死，其言也善，在这封绝笔信里，乐贵妃对容皇后之死和容家的衰亡致以深深的歉意。信的最后，乐贵妃还感慨道："你与你祖父真的很像。"

春冬把这封信念给衡玉听，念完信后，她的眉心一直紧蹙着。

衡玉正在往香炉里放香料，余光扫见春冬的表情，温声问她在想什么。

春冬问道："小姐，乐贵妃给你写这封信的用意是什么？是真心忏悔，还是想以此激起你的怜悯心，为乐家求得一线生机？"

衡玉捻掉指尖的香料碎屑，接过那封信扔到匣子里收好——这封信以后会有用处的。

合上匣子，衡玉声音淡然："这并不重要。若是真心忏悔，就让她下黄泉后去向我姑姑和祖父他们忏悔吧。"写信向她忏悔有什么用？

而后，衡玉与春冬聊起女官的事情。

在春冬成为衡玉手底下的第一个女官后，胡云的妹妹也担任了一个不大不小的官职。最近衡玉打算再添一些女官官职，慢慢扩大女官的势力。

敲定女官的事情后，衡玉示意春冬帮她研墨。她提笔写了份公文，要将宋溪从幽州调回她身边。幽州的事情已经步入正轨，不再需要宋溪时刻盯着，他回到她身边，发挥的作用会更大。

宋溪骑马回到平城时，正好赶上衡玉的生辰。

他献上了一个很好的贺礼——

棉花种子。

"这是西域的商人带到幽州的，与主公之前向属下介绍的棉花颇为相似。"宋溪说道。

衡玉捧着种子，唇角扬起："确实是棉花，你立了一大功。"

"巧合罢了，主公喜欢这个贺礼就好。"宋溪并不居功。

衡玉自然是喜欢的。

现在普通百姓主要是穿麻衣来御寒，天气一冷，他们就不敢出门。并州每年都会有不少穷苦百姓冻死，棉花推广开后，棉衣就能取代麻衣。

把玩了一会儿种子，衡玉回过神，问宋溪："你觉得剑时刻悬在头顶的滋味如何？"

"提心吊胆，食不下咽。"

"我也是这么想的。所以我要雍宁帝一直活在这种恐惧里。"衡玉轻笑道。

宋溪会意："这并不难，属下会办好此事。"

没过多久，镇守在并州南边的军队出现频繁异动。探子将消息传回帝都，不仅雍宁帝被吓得无法安睡，琅琊王氏等世家大族也心生畏惧。

现在朝廷对地方的把控力越来越弱，明眼人都能看出来雍朝气数将尽，并州的气数却越来越盛。如果并州对帝都动兵，帝都怕是难以抵御啊。

在帝都里人心惶惶、布满风雨欲来之势时，并州风调雨顺，已从去年的旱灾中彻底缓过劲来。

七月，并、冀、幽三州丰收，官府粮仓充盈。

九月，冀州的水利工程竣工。

十一月，鲜卑、羌人与幽州大规模互通有无，这两族在短时间内没有作乱的可能。

十二月，匈奴雪灾严重，欲举兵劫掠并州周边，被早有准备的并州军队杀了个片甲不留。一时之间，并州边境安稳。

次年二月，春耕在即。

次年六月，并、冀、幽三州再次大丰收，治下百姓家家有余粮，户户能穿暖。

议事殿里，衡玉穿着一身黑色华服，坐在主位上凝视宋溪："宋溪，粮草可备齐？"

"回主公，已备齐。"

"陈虎，军队的武器装备可更换完毕？"

"回主公，已更换完毕。"

"侍卫长，容家军可能抽调出三万兵力？"

"回主公，短时间内边境都不会有生乱的可能，容家军可为主公征战四方。"

"祁珞，冀州能抽调出几万兵力？"

"回主公，冀州十万将士听凭主公调遣。"

"薛叔，"衡玉看向精神依旧旺盛的并州牧，微微一笑，"并州这边准备得如何？"

并州牧抱拳，神色郑重："主公放心。"

"帝都郊外有一片枫树林，每入九月，枫树林灼灼如火，景致极为壮观。"衡玉语气温和，眉峰却锐利无比，"如今是七月初，也不知道我能否与诸位一同观赏到那片枫树林？"

陈虎起身抱拳，请命作为先锋："待那时，定当好酒做伴，还请主公莫要吝啬葡萄酒和烧酒。"

宋溪把玩着手中的折扇，气质温润："那我必赋诗赋词来记载那片盛景和那场盛事。"

春冬同样在列，她轻笑道："正好我擅丹青一道，到时就作画以记。"

并州牧哈哈一笑："那我只好献丑，弹奏应景的曲子来助兴了。"

在列众人都笑着附和衡玉的话，话语间充满了强大的底气。这种底气，是并州兵马粮草充足且人心所向带来的。

他们为了这一日，早就做了充分的准备。

现在要做的，就是将并州的锋芒展示给众人，让他们主公的声望传扬四海八荒。

这浩浩山河，是时候改天换地了。

衡玉起身，抱拳向众人行礼："那我就预祝各位凯旋。"

众人起身回礼，声音整齐而郑重："必不负主公重托！"

雍王朝的气数，彻底断在了雍宁十五年。

七月，并州调兵压境。

军队一路横推，几乎没遇到什么像样的抵抗，有些城镇的百姓听说并州军队来了，甚至主动给士兵们送了瓜果蔬菜，有如在迎接王师的到来。

这主要归功于《将行》这个话本的推广，以及并州仁政的深入人心。

打舆论战嘛，衡玉手底下有的是人才。

八月中，并州军队距离帝都只有两百里。

以雍宁帝那怕死的性子，拱卫帝都的军队拥有最精锐的武器装备，而且士兵本身的战斗力也还算不错，此前一直势如破竹的并州军队被拦截在洛水边上。

双方僵持起来。

但是，并州军队的武器装备比帝都军队的更好，士兵战斗力也比帝都军队的更强，双方几次小规模作战，都以并州军队获胜而告终。这种僵持只是短时间罢了。

现在几乎是一年中最炎热的时候，就算御书房里摆满了冰盆，雍宁帝也还是觉得燥热难耐。

他面前堆满了战报，但里面没有一封是好消息。那高悬在他头顶的利刃终于一点点降了下来，死亡的威胁大到令他难以呼吸。

于是他忍不住砸东西，将手边所有能砸的东西都砸光。

东西落地的声音响个不停，雍宁帝的心越发惶恐。

他抱住头蹲在地上，有些痛苦地用手揪着自己的头发："容氏女……容家……"

"陛下！"一个宫女强压着心中的恐惧，颤声劝阻雍宁帝。

雍宁帝猛地抬头，用那双布满红血丝的眼睛死死盯着宫女。

命人将宫女拖出去杖毙后，雍宁帝唤来年轻内侍，让他为自己研墨。

"陛下要写什么？"年轻内侍谨慎地问道。这两年里，雍宁帝越来越喜怒无常，哪怕

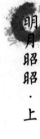

是最受宠信的他也吃过好几顿板子。

"写罪己诏。"雍宁帝声音沙哑，神色近乎癫狂，"不需要进行三司会审了，朕会在罪己诏中承认，是朕受到乐家和贺家的蒙蔽，没有调查清楚就定了容宁通敌叛国的罪。

"容宁是无辜的，朕会为他平反。如果容氏女答应退兵，朕还会追封容老将军和容皇后，赐容氏女公爵之位，赐三州作为她的封地，让她名正言顺地拥有这三州。而且她的儿子可以平级继承她的爵位！"

听到雍宁帝的话，年轻内侍只想笑。

事到如今，还需要雍宁帝对容家进行赦免吗？还需要他赐予容家荣光，赐予主公爵位吗？

整个王朝都要因主公而兴替，偌大河山将由主公来擘画。

心里虽是这么想的，年轻内侍却还是劝雍宁帝写下了罪己诏——有了罪己诏，容家的污名就能更好地洗刷。

衡玉正在前线督战，看完雍宁帝命人送来的信，她慢慢将纸撕成碎片，随手扔了："区区败者也配与我谈条件？不自量力。"

衡玉又拿起另一封信看起来，这是帝都的某个世家悄悄递出来给她的。在信中，这个世家的家主表示了臣服归顺之意。

"归顺得毫无诚意。"衡玉淡淡地说。

宋溪道："太泽苍氏传承了几百年，在太泽，百姓只知苍家之名，未闻郡守之名，他们不知道藏匿了多少人口和土地。"

衡玉双唇微抿，冷意自脸上一闪而逝。

古往今来，每个王朝走到末年，基本都离不开"土地兼并"这个问题。太泽苍家已经成为一个"毒瘤"，等她进了帝都，是必然要拿他们来开刀的。

"帝都的枫叶似是开始红了。"衡玉突然出声感慨，将自己刚刚写好的作战计划递给陈虎。

通过之前的几次小规模作战，她已经摸清了帝都军队的底细，制订了一份合适的作战计划。

现在是时候将他们一举拿下了。

站在她身侧的陈虎伸手接过作战计划，抱拳行礼："属下加快动作，免得这些蝇营狗苟之徒再来惹主公心烦。"

当夜，帝都军队的粮草和营帐被烧。

在士兵手忙脚乱地救火时，他们的军营被早有准备的并州军队一举击破，士兵们溃败而逃，多数沦为俘虏。

八月二十九日，并州军队兵临帝都城下，敲响了雍朝灭亡的钟声。

时隔近八年时间，衡玉终于再次踏上这权势汇聚之地，带着她的十五万精锐军队。

第三十八章

自古以来攻城战就是最难打的，哪怕能够顺利攻下城门，也需要付出伤亡巨大的代价。

所以衡玉只是暂时陈兵于城下，不急着对帝都这座高大的城池发动进攻。她急什么呢？城内的雍宁帝和各大世家肯定比她更急。

衡玉将军队规整好后，听说城郊那片枫树林已经完全染成霜红之色，她想起自己当初的戏言，打算忙里偷闲，骑马前去游玩一番。

反正那片枫树林也在他们军队驻地范围内，已经进行过大规模清扫，她去那里游玩不会遇到危险。

"主公要去哪里？"陈虎随口问道。

听了衡玉的话后，陈虎抱怨道："之前已经说了众人同去，主公这是打算一个人过去游玩吗？"

衡玉打了个哈哈："哪有的事？"但她原本的确想自己一个人去的。

见陈虎面露怀疑之色，衡玉摆手催促："你快去寻他们，现在时辰正好。"

听了衡玉的话，陈虎翻身下马，亲自去寻宋溪、周墨他们。

众人拿上琴棋，带好笔墨纸砚，乘兴前去枫树林。

在枫树林里，大家弹琴的弹琴，赋诗的赋诗，作画的作画……

衡玉看大家都玩得差不多了，她这个做主公的默默跪坐一旁，轻轻敲击瓷碗以作应和。

一直玩到傍晚，众人方才尽兴而归。

入夜。

皇宫里灯火通明，雍宁帝犹如困兽般又在折腾。

从探子那里得知衡玉他们居然还抽空游玩了一番，雍宁帝更是气得眼睛通红。他正打算说些什么，突然觉得眼前一黑，一头栽倒在地上。

"陛下……陛下！"周围伺候的人惊呼出声。

琅琊王氏等世家的府邸同样灯火通明。

有人幽幽出声："眼看着并州军队就要攻入帝都改立新朝，你们是怎么想的？"

"一朝天子一朝臣啊。"他身侧的人回应道。

"之前容氏女刚起势时，我们没有人看好她，在她身上下的注不够。如果再不做些什么，以容氏女对世家的苛待，怕是要拿我们家族来开刀。"

"她敢！她要与所有世家决裂吗？"有人不屑地冷哼。

听到这里，一直沉默不语的王家家主冷笑道："并、冀、幽三州的世家在覆灭前，应该就是你这样的想法。"

王家家主讥讽了一句，看着这位族弟面露羞愧之色，摇摇头，垂眸独自沉吟："在现在这种情况下，最大的功劳莫过于大开城门，迎并州军队入城。"

在琅琊王氏的人还在讨论时，已经有人先一步通过密道冒险出城，悄悄去见衡玉。

站在中军帐里，来人将身上披着的斗篷慢慢脱下，露出一张轮廓分明的俊逸脸庞："北城门守将郭旭，见过容将军。"

帐内的烛火烧得很旺，衡玉坐在上首静静地俯视着郭旭，微微一笑。

要想减少攻城战的伤亡，最好的办法就是里应外合。

衡玉真的不需要做出什么大动作，那些想要为自己、为家族谋求前程的人，会带着自己的诚意来见她。

郭旭是第一个，却不会是最后一个。

雍宁帝最近病了。

这些年为了追求长生不老，他吃了太多的仙丹，仙丹里面蕴含的各种重金属堆积在他的体内，给他的身体造成了巨大的损伤。再加上这些年他时常气急攻心，病重也不稀奇。

今夜雍宁帝又做了一个噩梦，从梦中惊醒后，他好一会儿都没缓过神来。

看着殿里没点灯，也没个人伺候，雍宁帝猛地蹙起眉来，一团无名怒火从他的心底蹿升，让他整个人无比暴躁。

"人呢？人都死哪去了？"

雍宁帝吼了一声，但没有得到回应。

他正要从床上爬起来，突然一道闪电从他身前几尺一晃而过，随后震耳欲聋的雷声在天际响起。

被这样的动静吓得腿一软，雍宁帝倒回床榻上。他瞪大眼睛看向窗外，从那噼里啪啦的杂音里勉强分辨出现在正在下暴雨。

缓了好一会儿，确定短时间内不会再有雷电，雍宁帝怒气冲冲地起身，赤着脚绕过屏风往殿外走去。

这样雷电交加的夜晚居然没有宫人在殿里伺候，甚至没人点灯！看来这些天他手下留情杀的人少了，才让那些宫女、内侍产生了懈怠。

心底杀意暴增，雍宁帝突然觉得喉间一痒。

他抬起手捂着嘴用力咳嗽，拿开手时正好有道闪电亮起。借着这道亮光，雍宁帝清楚地看见他手心里的淡淡血丝。

他猛地瞪大眼睛。

太医！

他只不过是感染了风寒，怎么就咳血了呢？

这些年他吃了那么多仙丹，难道是炼丹房的那些道士偷工减料，没有给他炼出最好的仙丹吗？！他要杀了他们！他要杀了他们！

就在这时，紧闭的宫殿大门突然被人从外面轻轻推开，年轻内侍提着灯笼走进殿里。

这一刻，年轻内侍那俊秀的脸上没有卑微，没有惶恐。

他面无表情地看着雍宁帝，像是在看一摊肮脏的淤泥："陛下，九月十五恰是好日子。"

恰是大军杀入帝都的好日子。

子时，帝都被暴雨遮盖。

衡玉披着黑色斗篷，右手牢牢撑着一把油纸伞，站在雨幕里安静地凝视着那已经陷入沉睡的帝都。

宋溪和周墨等人站在她的身后，陪她一块儿耐心地等待。

与此同时，紧闭的北城门被人从里面缓缓打开。早已在外等候多时的陈虎身披蓑衣，猛地从草丛里起身。

"诸位随我冲杀！"

他高喊一声，身先士卒，杀进城里。

暴雨几乎遮掩了大军行军的动静，直到半个时辰后，冒着暴雨巡视帝都的士兵才发现异常。

然而，为时已晚。

北城门守军最先叛变。

随后，南城门被并州大军攻陷。

而后，西城门守军里应外合，并州大军如入无人之境。

抵抗最强烈的是作为主城门的东门，这里由雍宁帝的绝对心腹把守。

是的，哪怕雍宁帝昏庸无能至此，哪怕世道崩坏到了这种地步，仍然有愿意为雍宁帝、为雍朝殉葬的臣子。

然而，已经没有任何人能够逆转这场攻城战役的胜负了。

东门艰难抵御了两个时辰，终被攻陷。

自此，帝都四大城门尽在衡玉掌控之中。

后半夜，雨势逐渐减弱，兵戈撞击之声、士兵行军的声音变得明显起来。然而帝都城中家家户户都紧闭门窗，没人敢开门偷瞧外面发生了什么。

陈虎、并州牧等人也极力约束士兵，勒令他们不得做出任何扰民的行为，违令者斩。

衡玉一手提着灯笼，一手撑着油纸伞，蹚着地上的雨水穿过朱雀主街。

她所过之处，所有正在行军的士兵都连忙停下脚步，弯腰行礼。

宋溪等人落后她两个身位，安静地跟着她。

这是衡玉到这个世界以来，第一次在帝都城中闲逛，第一次欣赏帝都城的夜景。她姿态悠闲，仿佛是在巡幸自己治下的城池。

大概一刻钟后，皇宫大门近在眼前。

和笼罩在无尽夜色中的街道不同，皇宫里面灯火通明，直到现在仍有喊杀之声响起。

侍卫长守在宫门外迎接衡玉，一瞧见她的身影便迅速上前，欲跪下行礼。

"将军甲胄在身，不必行大礼。"衡玉出声劝阻。

侍卫长改为行抱拳礼："属下幸不辱命！"

"那就随我去看看吧。"衡玉笑道。

皇宫这边曾经爆发过激烈的打斗，地上的血迹还没被雨水冲刷干净。衡玉在侍卫长的带领下来到御书房前，此时，御书房里两军对垒。这里是皇宫最后的防线。

禁卫军统领护着太后和两个小皇子且战且退。

而另一边，陈虎等人手握弓弩，严阵以待。年轻内侍挟持着雍宁帝站在一侧，手中紧握的利剑已经将雍宁帝的脖颈划出一道血痕。

双方一时僵持。

一阵脚步声传来，打破了这僵持的状态。

众人循声望去，只见衡玉手持灯笼而来，神色从容平静。

"主公！"陈虎抱拳行礼，声音郑重。

衡玉颔首，目光定格在雍宁帝身上。

说实话，这是她来到这个世界后第一次见到雍宁帝——肥胖臃肿，满脸仓皇，眼底下的眼袋一看就是酒色过度导致的。

就是这样一个不堪之人身居帝位，决定天下人的生死。

雍宁帝也在看衡玉。

眼前的女子穿着华服，若不是她身侧尽是身穿盔甲的士兵，此刻的她就像是正在参加一场宴席，随意穿花拂柳而来。

她有着一张典型的容家人的脸，却又比容老将军他们更加特别。

因为容家人是臣，他们在他面前一直是谦卑的、恭敬的。而她不是，如今他们的身份、处境是颠倒的。

看着看着，雍宁帝目光中的惊惧之色逐渐加重。

衡玉转眸，看向守在御书房外的禁卫军统领："若你束手就擒，今夜皇城里流的血能少些。"

天空飘着的雨越下越小，衡玉收起油纸伞，抬手紧了紧身上的披风："你作困兽之斗，也无法改变这已经注定的结局，只会连累你手下的士兵白白送命。这些士兵上有父母，下有儿女，你要眼睁睁看着他们血溅当场吗？"

风呜咽而过，衡玉正准备再次开口，突然冷笑一声，身体迅速往后一仰，轻而易举地躲开一支从暗处射来的弩箭。

不需要她吩咐，侍卫长便亲自领兵前去解决那个射出暗箭的人。

禁卫军统领盯着她看了好一会儿，又转头看向自己身侧的士兵们，终于颓然地松开手中的武器。

哐啷一声脆响后，数百道哐啷声迭起。

现场所有禁卫军都选择了投降。

这场攻城战，被后世史书评为"无法复刻的战役"。

正因为从守城大将到宫中内侍纷纷倒戈，各大世家也都蛰伏不领兵反抗，帝都才会在天色一暗一亮之间就完成了易主。

直到天光大亮，看着那穿着并州军盔甲在城中巡视的士兵，不少人还处于一种发蒙的状态。

并州大军怎么就……怎么就成功占领帝都了？一场很可能会造成重大伤亡的攻城战，在短短半个月时间里，以最小的牺牲告终了？

无论众人是怎么想的，这一切都已经成为既定事实。

衡玉坐镇皇宫，不急着处置雍宁帝，也不急着处置乐家人，她正在忙着梳理帝都的情况，镇压小规模的动乱。

在这期间，琅琊王氏等大世家纷纷为衡玉献上拜帖，衡玉全部不予理会。有一些早已从根上腐烂的世家，她是必然要清算的。

这些世家没帮她做过什么，也没为百姓做什么突出的贡献，现在居然有脸见她，想要跟她讨价还价？

他们的人生已经活得很美了，所以还是别想得那么美比较好。

也许是因为从衡玉的态度中察觉出端倪，一些世家在面对并州官员时，逐渐推诿怠慢起来，想要给衡玉个下马威，让这个从山贼起家的容姑娘知道世家的厉害。

这些世家对帝都的渗透非常深，由于他们的刻意刁难，衡玉的政令一时之间竟没办法顺利传达下去。

对这样的人，衡玉只有一个字：杀！

不仅是杀那些推诿的人，连同他们背后的家族一块儿清算。

宋溪得知此事后，冷笑着对周墨道："主公正愁找不到理由对他们下手，这些人就自己将把柄送了上来，还真是愚不可耐。"

主公是注定要创立不世功勋的开国帝王，那些世家想拿捏她，可曾问过她手中的几十万军队？

王朝因我兴替39

世家的人是想跟衡玉讲"礼"的：洛城容氏在出事前也是世家，大家本是同根生，相煎何太急啊。

但衡玉跟他们讲"理"：乱世之中谁的拳头大，谁的话就是真理。洛城容氏刚出事时，诸位怎么不记得容家也是世家？

十五万精兵驻扎在洛城，任这些世家有千般万般不满，最终都必须乖乖顺着衡玉的意。

连着整治了几天，那些原本蹦跶得特别欢的世家子弟就成了老鼠，一个比一个胆子小，龟缩在家里清谈论玄，不谈国事，不言民生。

在苍生有倒悬之苦的乱世里，也就只有这些衣食无忧的世家子弟才能不在乎民生，一天到晚地空谈。

衡玉暂时不打算整治这种清谈之风，她要忙的事太多了，世家子弟不愿上进，她也懒得管他们。

没有了这些人在眼前蹦跶，衡玉继续忙碌。

在衡玉忙着梳理帝都局势时，雍宁帝这些皇室之人则全部被关押在冷宫里——

虐待是没有的，一日三餐也是提供的，但是想要锦衣玉食不可能，普通士兵吃什么，他们这些阶下囚就吃什么。

起初，哪怕知道自己已经沦为阶下囚，这些食不厌精、脍不厌细的皇室之人还是根本咽不下这些吃食。

看守他们的士兵也不介意，冷声道："反正按照上面的吩咐，要么吃这些，要么什么都不吃。"

没过两天，这些人饿得前胸贴后背，也认清了现实，逮着什么就吃什么，没了那些破讲究的毛病。

他们还算是好的，雍宁帝脖颈有伤，咽口水都艰难，明明饿得眼睛发绿，但每吃一口东西都犹如在遭受酷刑。

他想过死，想过以死来保留帝王的尊严，但是摸了摸脖颈上的血痂，他又对自己下不去手。

与此同时，乐府。

自从帝都被攻破，乐府就被侍卫长派手下接管了。

他没让手下去折磨乐家人，只是让手下盯紧他们，不要让他们自尽。

在这点上，乐家人至少比雍宁帝多了那么一点点血性。侍卫长担心乐家人自尽，却压根不担心雍宁帝那边的情况。

乐成言躺在床上，双眼无神地看着头顶那蓝色的帐子。

室内有点亮，现在应该是白天吧？他想着。

这样只能躺在床上，连话都说不出来的状况实在是太痛苦了，尤其是乐成言知道他的仇人已经入主帝都，改天换日近在眼前。

这一两年里，支撑他活下来的动力就是看着容氏女倒霉，但看现在这种情况，容氏女已然笑到了最后。

他闭上眼，流下混浊的热泪，突然用力咬向自己的舌头——

没想到他这一生，想要结束自己的性命，必须要用这种最痛苦的方式。

看守的士兵很快就发现了他的异常，连忙跑进来处理。

一阵忙活后，乐成言终于被救了下来。他咬舌时力度和角度不对，不仅没死成，舌头还受了严重的伤，现在连喝糊糊都困难。

"不要让他死掉，别的无所谓。"

侍卫长正在忙着清理帝都的宵小，得知消息后，抽空过来瞧了一眼，如此吩咐道。

一直忙活到十月底，衡玉终于将帝都的情况初步梳理完毕。

她命人将宋溪找来，吩咐道："接下来我要召开三司会审。"

这场三司会审迟到了近八年时间，是她姑姑用自己的性命换来的，在原剧情里还导致了原身的死亡。

也是时候对过往的恩怨做个彻底的了断了。

"三司会审的时间定在三日后，到时允许帝都百姓和各大世家派人前来围观。

"我没有雍宁帝那么无耻，非要一手遮天颠倒黑白，就令雍宁帝任命的廷尉、御史中丞和司隶校尉共同审理这件案子。"

这几个官员都出身世家，他们的家族就算没被衡玉清算，也没从衡玉手上讨到太大的好处，所以不会谄媚讨好她；可又担心得罪她，为他们自己和家族惹祸上身，所以不会刻意为难她。

这么不偏不倚地去评判这个陈年旧案，正符合她的心意。

在宋溪的大力宣传下，三司会审的消息迅速传遍四方，在世家大族和百姓间引起轩然大波。

百姓们在茶楼里喝茶闲聊时，有人出声感慨道："《将行》那出话本说的果然是真的。如果不是容将军成长起来，杀回京城，容家满门忠烈就要一直背负这种污名了。"

自从衡玉掌兵后，现在大家也不称呼她为"容姑娘"了，而是恭敬地称她"容将军"。

一个少年毫无畏惧，讥讽道："居然有人把话本里的故事当真了，还真是可笑。现在容氏女占领帝都，谁知道她是不是要在三司会审上颠倒黑白？"

最先说话的那人嘿嘿笑道："你这就错了，这场三司会审会在大庭广众下召开，我们都能过去围观。有没有颠倒黑白，一看就知。"

少年还要继续讥讽。

他身边的人看不过去了，狠狠一拍桌子，道："那你还想容将军如何？你能想出一个更好的法子吗？哪怕她那样的贵人不召开三司会审，直接说容家是被污蔑的，你又敢反驳吗？"

少年脸上顿时有些挂不住了。

这样的风声传不进衡玉耳里，却传进了祁珞等人的耳里。

祁珞他们几个人私底下嘀咕一番，将衡玉选择三司的用意做了番宣传。

很快，那些风声淡去不少，但还是免不了有人质疑。

祁珞心底憋气。

见衡玉最近没那么忙碌，等她饭后在庭院里散步时，祁珞便把这件事告诉了她。

祁珞郁闷道："这三司会审的形式已经尽可能公正了，但因为主公执掌大权，就有人怀疑主公以权谋私。"

"天下唯庸人无咎无誉，不要太过计较这些事情。"衡玉平静道。

她、宋溪、周墨，还有祁珞自己，日后都会有这样的经历，简单的一句话，或者一个举动，都会被翻来覆去地放大解读。

一个人想做毫无道德瑕疵的"完人"太难了，她不会为了所谓名声而一味迎合世俗。

些许骂名，在她的功绩面前不值一提。

祁珞翻来覆去地嚼着这句话，心底的不平慢慢减弱。

"去忙吧。"衡玉斜睨他一眼，"宋溪最近给你分配的公务是不是太少了，不然你怎么有闲情逸致关注这些事？"

祁珞满头大汗："主公，这不是饭后去酒楼里坐着消消食，然后就听了一耳朵吗？我可没有偷懒啊！"

衡玉不辨喜怒地"嗯"了声，也不知道信没信他这话。

只是当天晚上，看着送来的几摞新公文，祁珞眼前一黑，仿佛已经能想象到未来一段时间的加班惨剧——

真是的，他跑去主公面前找什么存在感啊，这下蹦跶不起来了吧！

在各种议论声中，三司会审终于到来。

三司会审的地点设在御史院。

御史院威严肃穆，雕梁画栋，古韵十足。

以前这里是不允许闲杂人等进出的，但今天是个特例，一大清早就有不少百姓安静地走进御史院。

接近午时，三司官员到达。

没过多久，关押在牢房数年的贺家家主和贺瑾被带进来，跪倒在一侧。

乐家家主和乐成言身体不便，坐在轮椅上被推了进来。

穿着布衣的雍宁帝苏琨随后也被带进殿中。

他依旧端着帝王的架子，不愿意跪下。陈虎上前，一脚踹中他的膝窝，苏琨往前跟跄两步，险些整个人趴倒在地上，勉强靠着双手撑地才没让脸着地。

"你……"坐在殿上的御史中丞不满地小声道，"你怎么能这么对陛下？"

就算帝都已经完全落入容氏女手中，但只要她一日不废黜帝王，雍宁帝就一日还顶着帝王的名头。

御史中丞觉得，并州这些人做事还真是不讲究，跟他们以前玩的那套完全不一样。

陈虎耳朵尖，清楚地听到了这句话，他瞅了御史中丞一眼，冷冷一笑，正要开口说话，身后突然有人先他一步开口。

"帝王做了错事，也不需要跪吗？他是在向我祖父和小叔忏悔。"

众人循声望去，只见衡玉穿着一身黑色华服，缓缓来到人群中。

她长发绾起，眉间锐意逼人。华服的领口、袖口各处都用金丝钩挑出纹路，衣摆处的祥云繁复而神秘。

这样的配色极为贵重肃穆，她年纪不大，却能很好地压住这种配色。

很多老百姓都是第一次见到衡玉，他们的目光落在衡玉身上，不自觉地被她的气势所吸引，回过神后才注意到她那俊秀清冷的容貌。

在场不少世家子弟也是第一次见到她。

哪怕是彼此关系不太友好，一些世家子弟也低声赞道："未见此人时，一直想象不出这位容将军的气度与容貌；现在见到她后，倒觉得她理应是这般气度、容貌。"

相比之下，乐成言等人看向她的视线里，却是恨意和畏惧同时存在。

衡玉的目光从乐成言、乐家家主、贺瑾、贺家家主身上掠过，最后停在雍宁帝苏琨身上。

雍宁帝神色阴沉，怒喝道："皇帝乃九五至尊，怎么可能有错！"

衡玉心下觉得好笑，面上也不禁流露出几分。

她随手一抛，右手里的圣旨被她抛向雍宁帝。

圣旨砸在他的膝盖上，而后滚落在地，恰好自己展开，上面的内容清晰地映入雍宁帝的眼里。

"苏琨，"衡玉语气不屑，"你一个多月前曾经下过一份罪己诏，你应该不会因为在冷宫里幽禁太久，就把这件事给忘了吧？"

雍宁帝暗暗咬。他怎么会不记得这份圣旨？谁能想到他最宠信的内侍居然早就已经投靠并州，现在这道罪己诏，也成为为容家正名的一个有力证据。

衡玉抱着一个包袱走到殿前，将包袱里装着的牌位一一取出来摆到桌上。

这是她祖父、小叔和姑姑三人的牌位。

今日这场三司会审，与其说是为她而设立的，不如说是为他们三人而设立的。

在衡玉做这番举动时，无人敢呵斥她惊扰了公堂，所有人都沉默地看着她的一举一动。

摆放好牌位，时间就差不多到了。

衡玉安静地站在贺家人、乐家人和雍宁帝对面，与他们形成一种对峙的姿态。

主理此事的御史中丞瞧了衡玉两眼，知道让她跪下非常不切实际，干脆忽略掉这点，直接开始审案。

按照流程，御史中丞不偏不倚地介绍了当年容家一案的始末。

末了，御史中丞道："容……"

顿了顿，他喊："容姑娘，对此你有何要辩驳的？"

在这场三司会审里，喊"容姑娘"比喊"容将军"合适得多，也免得旁人误以为三司和她勾结。

衡玉从袖子里取出一封信："除了雍宁帝下的罪己诏外，我这里还有一封出身清河乐氏的乐美人的绝笔信，上面是她的忏悔。"

信和圣旨被放到木制托盘上，御史中丞等几个官员围在一起翻看，还命人将乐美人，也就是乐贵妃练字的字帖取来，一一比照字迹。

这个流程足足耗费了近一个时辰，最后，御史中丞抬眸，出声给出他们三个人的一致意见："这封信的确是出自乐美人之手，圣旨也是真的，并无伪造痕迹。"

随后，御史中丞亲自朗诵出信和圣旨的内容。

这一流程进行完，就到了下一个流程。

御史中丞挥手吩咐属下："来人，将当年容宁通敌叛国的证据全部呈上来。"

他又向众人解释道："这些证据，是由清河乐家的家主和清河贺家的家主耗费将近三个月的时间搜出来的。"

最后，御史中丞对衡玉说："容姑娘，对这些证据，你要如何解释？"

衡玉没说话，只是垂眸翻看着那几封被封存得很好的信。

第一封信，是匈奴左单于向她小叔问好，顺便打听雍朝的现状。

第二封信里，对方提及给小叔送了份大礼。按照信中的时间推算，那之后没多久，小叔似乎取得了一场小捷，顺利升了一级。

第三封……第四封……

最后一封信里，匈奴左单于希望她小叔不要忘记承诺过的话，匈奴助他一步步升官，他助匈奴摸清各城布防，待时机成熟匈奴南下，他要打开城门迎接匈奴军队……

每一封信的内容，都确凿无误地证明了容宁通敌叛国。

从内容到时间，几乎伪造得无懈可击，可以说，为了拉容家下马，给容宁安上这个污名，乐家和贺家的确是做了不少准备的，让人很难从中挑出毛病。

但也只是很难罢了。

假的就是假的，总归是有迹可循的。

细细翻阅完后，衡玉复述了原剧情里原身说过的话："信纸是特意做旧的，我小叔的私章也是特意伪造的。还有字迹，虽然非常接近我小叔的字迹，但的确是临摹无疑。"

贺家家主猛地抬头，眼里的恶意几乎要化为利箭射出来。

他太久没好好说过话，发声时音调有些古怪，嘶哑得难听："是啊，什么都是假的，只有你以势压人、强行洗白容家的污名是真的。"

贺瑾在旁边搭腔："既然说是假的，那麻烦你给众人展示一下信纸如何做旧，私章如何伪造，字迹又是如何临摹出来的。"

贺瑾这番回应，丝毫没有出乎衡玉的意料。

当初原身就是败在了这样胡搅蛮缠的话语之下，如今重来一次，她怎么可能不早早做好准备？

衡玉举起信纸，周围所有人的目光都落到它们上面。

"军中特供的信纸因为材质问题，存放一年以上会慢慢泛出很浅的褐黄色，但因为不影响使用，直到现在，这种信纸依旧在军中推行。

"诸位请看，我手中的第一封信，信纸带着淡淡的褐黄色，等到第二封信，褐黄色越发浅淡，一直到第五封，完全没出现褐黄色。

"从时间顺序来看，这个手法似乎是完美的。但是这里面有个问题——"

衡玉唇角微微勾起。

看着刚刚还志得意满的贺家家主脸色大变，衡玉声音悠然："你肯定意识到了吧？

"信纸做旧时必须用到特制的药水，信纸上的褐黄不是自然而然出现的，而是借助药水的功效出现的，所以它不会随着时间的推移而变化。

"但是，正常信纸上的褐色是会加重的！"

衡玉两手相击。

春冬迅速将一个托盘端来，上面放着一份十二年前的军中公文和一份八年前的军中公文。

衡玉抖开这两份公文，将它们和第一封所谓通敌叛国的信摆在一起，众人能明显看出来，两份公文的褐色都要比后者深很多。

围观人群发出震惊的喧哗声。

"还需要再做对比吗？"衡玉看向贺家家主和贺瑾。

两人咬牙不语。

衡玉转眸，与御史中丞等官员对视："既然信纸是做旧的，信纸上的私章和字迹又怎么会是真的？

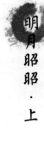

"难道几位大人想看看我如何现场伪造私章，临摹我小叔的字迹？"

御史中丞下意识抬手，用袖口擦了擦额上的冷汗："这……倒是不用了，如容姑娘所说，信纸是做旧的，私章和字迹又如何会是真的？"

唉，如果真的让她在现场伪造私章、临摹字迹，这不是在刻意刁难人吗？这番话问得委实刁钻了些。

似乎是看出了御史中丞在想些什么，衡玉微微一笑。

"如果我所料不错，伪造信件的是贺家人，那伪造私章的也是贺家人吧。只有贺家人有机会观察我小叔的私章。

"至于临摹字迹的人——"衡玉看向乐成言，"就是你了吧？当初乐贵妃未进宫时，你就曾经以一手临摹技艺在世家子弟间闻名。

"贺家和乐家甘愿冒这么大的风险，自然是因为有人向他们许诺，如果容家下台，他们的家族就能乘势而起。能够给出这种许诺的，唯有雍宁帝一人。"

所以拔出萝卜带出泥，她对面这五个人全都不无辜。

"两大世家联手污蔑，再加上雍宁帝一手遮天，这就是当年容家惨案的所有真相。

"不知道我这番言论，诸位可有异议？"

谈话间，三司会审的节奏已经全在衡玉的把控之中。

稍等片刻，确定没有人能够提出任何有力的辩驳，御史中丞等人继续按照流程走下去。

物证存疑后，接下来就是人证了。

当初容宁的两个心腹将领投靠了乐家，出卖容宁。

人证这个其实也很好解决。

这些年里，乐家都自顾不暇，又怎么可能有精力照拂这两个将领？这两人这些年过得很狼狈，完全没有当初跟在容宁身边风光。

他们早就后悔了，被带到御史院里后，还没等御史中丞盘问，这两人就将当年的事情一五一十地说了出来。

衡玉也提供了相应的证据——

容家出事后不久，二人就陆续升迁，而且名下都多了一大笔来源不明的钱财，追根溯源，那笔钱财与乐家脱不了干系。

三司会审进行到这里，基本可以确定容宁是无辜的了，但御史中丞他们还是按照流程继续走下去，将整场三司会审走完。

待到天光已暗，御史中丞代表三司所有官员起身，宣布这场三司会审的最后结果。

"有关将军容宁通敌叛国一案，人证全部推翻了当初的口供，物证全部系伪造。

"经三司调查，将军容宁通敌叛国的罪名不能成立。"

第四十章 王朝因我兴替 40（完）

这么平平无奇的两句话，迟到了八年，终于到来。

只可惜将军早已成为一抔黄土。

春冬努力忍住泪意，最后还是抬手捂住嘴，勉强压下唇齿间溢出的哽咽声。侍卫长、陈退等容家旧人同样眼含热泪，为这场迟到多年的正义。

衡玉轻合眼睑，静立不语。

就在绝大多数人以为今天就要到此为止时，衡玉缓缓睁开眼睛："三司会审已经结束，接下来，该开始另一场审判了。"

她抬手一挥，守卫在周围的侍卫们上前，温声请围观百姓、世家的人和三司官员全部离开。

在侍卫们清场时，衡玉一步步走到御史中丞面前，朝他微抬下巴。几乎是下意识地，御史中丞恭敬地起身，将御史院的主位让与衡玉。

衡玉一撩衣摆，从容坐下。

稍等片刻，除了乐家家主他们几人外，御史院里只剩下衡玉的心腹。

桌案上摆着一方玉质镇纸，衡玉伸手把玩，声音冷淡："为国尽忠的将军不能平白受冤，因你们之故，容宁将军含冤而死，死后受八年污名，其间种种，我们来算算吧。

"还有你们这些年的其他罪行，今日也一并清算。"

话到最后，衡玉缓缓抬眼，冰冷地俯视下方五人。

"先从贺家家主你开始吧。

"身为容老将军的亲信，你伪造信件、印章，背信弃义，卖主求荣。

"身为家族族长，你对族人毫无约束，致使他们横行乡野。为了兼并百姓家的良田，你勾通官员，至少有十户人家因你家破人亡。

"依并州律法，当处斩立决。"

衡玉随手拿起桌上放着的一块木板，一把甩到贺家家主身前："直接拖下去行刑吧！"

"是。"陈虎抱拳行礼，亲自上前。

贺家家主双目圆睁，还没来得及求饶或是辱骂，就被一团布塞住了嘴。

小半刻钟后，陈虎提着染血的大刀走回厅内。

看着刀上的血迹，贺瑾险些晕过去。

衡玉瞅他一眼，开口道："贺公子身为贺家少族长，总不能不知道你爹做过什么吧？

"你全部都知道，但你习以为常，一直漠视人命。

"你没有出手害过什么人，罪不至死，但活罪难逃。依并州律法，罚你流放南方三千里。"

"你凭什么动用私刑？"被关押在牢房几年，贺瑾那曾经俊秀清冷的脸上布满戾气，他嘶声吼道，"什么并州律法，现在这里是洛城！是雍朝帝都！你凭什么用并州律法来审判我和我爹！"

"凭什么？"

衡玉将小木板甩下去。

"就凭这雍朝帝都目前我说了算。我说帝都要遵从什么律法，它就遵从什么律法。"

没有再给贺瑾说话的机会，陈虎再次上前，将他如死狗般拖了下去。

等贺瑾被拖下去后，衡玉的目光落到乐成言身上。

"伪造书信，污蔑忠臣。

"性情残忍暴虐，这十几年来被你杖毙或虐杀的下人二十有余。

"依并州律法，当处斩立决。"

这一回不需要衡玉提醒，侍卫长上前将乐成言推了下去。

乐成言之后，就是乐家家主。

他是导致容家覆灭的主谋之一，罪行比贺家家主还要大。

罪无可恕，那就杀！

衡玉干脆利落地进行清场，很快，下方跪着的就只剩下雍宁帝苏琨了。

衡玉身体微微后仰，换了个更舒服的坐姿，凝视雍宁帝。

她的右手按在桌案上，食指指尖轻轻敲击桌面，似乎是在沉思要如何处置雍宁帝。

"你不能杀我！"苏琨那肥胖的身躯微微颤抖，他哑着嗓子说道，"一旦你开了民弑君的先河，就不怕日后你的臣子也向你学习吗？"

衡玉凝视着他："你的罪行比他们四个人加起来都要大，天下离乱虽不能全怪你，但你也有着不可推卸的责任。

"方才贺瑾问我，凭什么拿并州律法来审问他，现在这是天子脚下。

"我想了下，虽然现在这帝都由我说了算，但用并州律法来裁决天下人的确有些名不正言不顺。"

说到这里，衡玉的声音停了下来。

但不知道为什么，在场其他所有人的心脏都狂跳起来，隐隐猜到了她接下来的打算。

在所有人的注视下，衡玉以左手支着下颔，高声说道："帝王之位，懦夫不可居之。苏琨，写下退位诏书吧，雍朝的时代结束了。"

轻描淡写的一句话，如惊雷般炸开。

哪怕是宋溪等人早有心理准备，乍一听到这番话，还是觉得口干舌燥、心跳加速。他们一时之间不知道该做些什么反应，干脆又去看苏琨。

苏琨脸色发白，紧紧盯着衡玉，脸上神色剧烈变化。

过了许久，似乎是下定了什么决心一般，苏琨道："我可以写禅位诏书，作为交换，你必须留下我的性命，并且保证我余生都能锦衣玉食，一应吃食玩用全部比照诸侯供应。"

苏琨仰着头与衡玉对视，重新变得有恃无恐起来。

衡玉仿佛听到什么笑话一般，乐不可支。她笑了好一阵，方才正色道："我要你写的是退位诏书。"

"什么？"苏琨微微发蒙。

"还不明白吗？不明白也没关系。"衡玉冷笑，侧头看向垂首立在人群里的年轻内侍，声音转而温和下来，"你一直是苏琨的传旨太监，他的圣旨都是由你拟写的，现在再来为他拟最后一道圣旨吧。

"玉玺在我这里，写好之后拿上来让我盖章。"

只要玉玺落下，圣旨即时生效。苏琨不乐意写又如何？他居然还敢以此来要挟她，真是笑话！

就像苏琨刚刚说的，杀皇帝乃大逆不道之举。

但是退位的皇帝还算是皇帝吗？

至于禅位，当然不用。

这天下还有谁能与她相争？她要那个位置，堂堂正正伸手去拿就好，需要杀她至亲的仇人相让吗？

空白的圣旨早已备好，衡玉示意春冬去取来。

很快，年轻内侍便拟好了退位诏书，他双手捧着诏书送到衡玉面前，请她过目。

衡玉接过，扫了一遍，从袖间取出玉玺，轻轻在圣旨上落印。

玉玺一落，圣旨即刻生效。

她不急着将这道退位圣旨立即昭告天下，而是慢慢把它收了起来，重新看向跪在下面的苏琨："退位之后，你只是一介庶民。区区庶民却犯下种种大罪，负发妻，负臣子，负尽天下黎民！

"乐家家主、贺家家主他们都死了，你这个罪魁祸首又凭什么苟活？

"等退位诏书昭告天下那日，就是将你处以极刑之时。在这之前，你就先在牢中受着日复一日的折磨吧。"

经过三司会审，天下皆知容家是受了污蔑。

紧跟其后的审判却不为人所知，世人知道的只是那天夜里贺家家主、乐家家主和乐成言人头落地了。

十一月，宋溪、陈虎领着两万军队赶赴青州，试图平定青州流民暴乱。与他们同去的还有天师道众人。

十二月，周墨、祁珞二人带着衡玉的手令前往凉州，参与凉州的乱战中。

次年一月，凉州归顺衡玉。

次年三月，青州绝大多数流民得到安抚，回原籍准备春耕，其他依旧为祸一方的流民军被陈虎率兵攻破，截杀首脑。

次年五月，兖州顺应大势，向并州表示臣服之意。

次年七月，青州大丰收，青州安定，归顺衡玉。

至此，北方各州全部成为衡玉的领土，百姓已经只知容衡玉之名，不知雍宁帝了。

如今整个国家的经济和政治重心都集中在北方，北方一统，理论上已经可以行废立之事。

八月十九日清晨，众臣在商讨下一步要做些什么时，衡玉突然将那道已经写好很久的退位诏书取了出来。

"将这封退位诏书拿出去昭告天下吧，自今日起，旧王朝就彻底宣告终结了。"

迎着众人的目光，衡玉语调从容。

不是在征求意见，而是在告知。

"朝代兴衰更迭，旧王朝既然覆灭，新的王朝也是时候立起来了。九月十六正是吉日，我的登基大典便定在那日。"

众臣愕然。

随后，春冬、祁珞等心腹臣子神情激动。

一些出身世家的臣子也反应过来衡玉话中的含义了，他们的神情慢慢变得复杂起来：以女子之身称帝，结束乱世，另立新朝，这实在是太……太强大了！

是的，强大。

思考了许久，他们只能想到这样一个词。

且不说结束乱世、另立新朝有多难，就说以女子之身加冕，这便已经是在行开天辟地、亘古未有之壮举了！

感慨过后，这些臣子越发恭敬地垂下头，起身行礼后，便急匆匆离开大殿去筹备登基大典了。

接下来那场登基大典必然是数十年难遇的盛事，他们可得参与筹备工作，不能缺席这种盛事。

当天上午，雍宁帝的退位诏书昭告天下。

同日，他病逝于牢房里，死后加封的谥号为"灵"。

无论是他的退位还是他的死，都没有引起太多关注，帝都众人的目光基本都集中在登基大典一事上了。

"容将军终于要称帝了吗？"

"是女帝啊……好像没有女子称帝的先例吧？"

"从今以后就要有了。"

"我们要见证一段历史了！"

"不如说，你我是在见证一场传奇。"

……

感慨之声不断，但反对衡玉称帝的声音几乎没有。

自她入主帝都到现在已经过去了将近一年的时间，朝中大臣和世家大族对她称帝一事都有了共识，而百姓受她恩惠极多，更不可能会不赞同。

九月十六，登基大典。

清晨下了场淅淅沥沥的小雨，临近吉时又晴朗起来，阳光破云而出，笼罩了整个帝都。

衡玉穿着一身黑色冕服，在礼官高昂的赞颂声中，在朝中文臣武将的注视下，在黎民百姓安静无声的围观下，她从玄武门出发了。

冕服衣摆用金线绣着山河日月，长长地拖曳在她的身后。阳光洒落，她整个人宛若披着华光。

衣摆拂过玄武门，玄武门诸将身穿甲胄行跪礼。

她途经玄武巷，早早恭迎在此的数万帝都百姓跪于地，双手平举，贴到地上行拜礼。

她脚步不停，一步步来到祭坛边，站立在祭坛两侧的满朝文武恭敬叩拜。

衡玉走得很慢，也很稳。

她一步步迈上祭坛的台阶。

然后，她将叩拜的陈虎、侍卫长甩在身后，她将叩拜的春冬、祁珞甩在身后，她将并州牧甩在身后，她将跪在最前面的宋溪甩在身后，一人登上祭坛加冕之巅，缓缓转身，俯视万千臣民，也俯瞰着大好河山。

突然，她两手平举到身前，在这无人之巅向万千臣民和大好河山俯下身子，回以一礼。

愿我与诸位始终同行，共铸盛世，共享山河盛景。

第四十一章 王朝因我兴替（番外）

举行登基大典之前，宋溪、祁珞等人为取年号、国号这些重要的事情争论了很久。

大家都是文化人，引经据典，到最后谁也没说服谁，干脆就将这些年号和国号拟写在公文上，由衡玉挑选。

衡玉全部浏览过一遍后，取国号为昭，定年号为开元，依旧以洛城作为都城。

昭者，彰明也。

开元者，承前启后、继往开来也。

都有着非常盛大且美好的含义。

这样的国号和年号实在太过张扬，若是日后衡玉无法将这片山河治理妥当，后世史书怕是要针对这一点对她进行嘲讽。

"若是我亲手开创了盛世，从此以后，所有百姓都会为自己是大昭子民而骄傲。"

衡玉正在更换冕服，听到春冬的问题，她语调平静，显然早已经过深思熟虑。

"这份骄傲会深埋于大昭子民的血脉里，哪怕历经千万载岁月，哪怕大昭会遭遇各种劫难，哪怕有人意图摧毁我们的民族，大昭子民都会拥有继续站起来、继续开创新的辉煌的勇气。因为他们知道，他们的先民曾经多么骄傲。"

哪怕春冬早已通读经史子集，还是没能完全理解衡玉这句话的含义。

但她唯独能肯定的一件事是：陛下不担心这样的高要求。作为行此开天辟地伟业的开国女帝，陛下比任何人都更坚定。

这就是她所效忠的帝王啊。

为衡玉整理好冕服的衣领，春冬落后衡玉一步，跟着衡玉前往昭和殿上早朝。

这是衡玉登基后的第一个早朝，商议的主要问题是隐田隐户问题。衡玉想要重新命人丈量青州、徐州等地的土地，重新统计这几州的人口，推行均田制。

如今这世道，谁拥有最多的隐田隐户？毫无疑问是世家。

衡玉此举就是要拿她治下的世家们来开刀。

现在朝堂上绝大多数官员还是出身世家，一听到这话，不少官员纷纷对视，既想站出来反驳，又没这个勇气。

陛下可是从流民里发迹的，一路走来，她几乎没怎么倚仗过世家大族。当初没受过世家什么恩惠，如今自然也不会受到世家的挟制。

"陛下，清理隐田隐户事关重大，需要从长计议啊。"还是有人硬着头皮出列。

衡玉的目光在他身上停留片刻，明明里面没夹杂任何情绪，却依旧看得那个官员心生退缩之意。

衡玉缓缓收回目光，冷声道："这几年，朕陆陆续续在并州、冀州和幽州之地推行均田制，这项制度已经试行了两年，再事关重大也该琢磨透了。"

官员额上冒出了冷汗，悄悄退回去。

这下子再也没有官员敢出列了，他们悄悄对视，最后将希冀的目光落到王家家主身上——琅琊王氏身为世家之首，在这种情况下不应该站出来为世家争取利益吗？

王家家主心中轻叹，终于下定决心，缓缓走到朝堂中间。

他能感觉到世家官员的目光从四面八方射来，都盯在他的背后，似乎是期待他能出声反对。

但是，他怎么可能反对？早在他和他的家族决定支持女帝时，他就已经知道在这之后会面临怎样的处境了。

"陛下，臣以为均田制此举功在千秋，臣附议。"

王家家主是个狠人，既然已经表态，他干脆表态到底："臣的老家就在徐州琅琊，待早朝结束，臣定会严加督促族中之人，让他们看看族中可有什么隐田隐户，如果有的话，会及时协助官府进行清理。"

衡玉很欣赏王家家主这种会权衡利弊的老狐狸，这样的人很清楚怎么做才是对自己、对家族最有利的。

"王卿不愧是国之栋梁、朕之倚仗。"

得到这么一句夸奖，王家家主心中稍松口气。

但感觉到身后那些越发凌厉的目光，王家家主又觉得头疼。在得罪女帝和得罪世家之间总要选一个的，罢了罢了。

有了王家家主站出来附议，本来就被衡玉打压怕了的世家官员更没胆子出声反对了。明明他们每个人都心存不满，但到了早朝最后，却不得不捏着鼻子赞同了这件事。

有些人琢磨着要不要给各地官员使绊子，让均田制在各地落实不了，成为一项空头制度，但想了想女帝的铁血手段，又实在没有那个胆子。

于是，均田制就这么不紧不慢地在各地推行起来。

趁着这个机会，衡玉将从书院毕业的学子们调往各地担任基层官员，让他们从基层一步步做起来，到时候按照他们做出的政绩进行提拔。

这些学子能识字会算术，在书院时已经接触过均田制，他们到了各地，也很快就做出了成绩。

昭朝这边风风火火时，扬州、荆州等地的处境却不是很好。谁都能看出来，等昭国稳定了刚收服的青州、徐州等地，那位女帝势必要挥师南下的。

没有野心的州牧还好，琢磨着要不要效忠昭朝；有野心的州牧就有些坐立难安，私底下做了很多布置。

衡玉往这几个州都安插了不少人手，不过暂时没有采取什么大动作。

开元二年春，青州最先完成均田制，清理出的隐田隐户数量令人咋舌。不少世家的人因此事人头落地。

开元二年夏，徐州紧随其后完成均田制。因为王家家主全力支持，苦口婆心地督促族人，所以王家被处以极刑的人很少，但也有那么几个。

对此，王家家主也是懒得说什么了，这些人非要自己作死，想成为靶子让女帝立威，那就随他们的便吧。

直至开元二年冬天，北方各地全部完成隐田隐户的梳理。

这年冬天，帝都下了场大雪。

鹅毛大的雪花簌簌而下，一夜之间，整个帝都成了白茫茫的一片。

衡玉穿着黑色华服站在雪地里赏梅，突然转身去问站在她身后的祁珞："命你训练的水军训练得如何了？"

从她决定训练一支水军到现在，已经过去了近六年的时间。

"已经可以为陛下征战南方。"祁珞穿着一身劲装，外披灰色大氅，温润之余也显出了几分稳重之态。

时光淬炼之下，这位曾经霞姿月韵的冀州牧之子，已经从宽仁温良的少年，成长为一个治理地方、受百姓尊重爱戴的官员。

只要稳扎稳打地走下去，以后入阁拜相完全不是难事。

衡玉沉吟片刻，说道："那就提前筹备吧，等到开春忙完春耕，也是时候出兵去取荆州了。"

祁珞抱拳应了声"是"，领命退下。

开元三年春，北方水军挥师南下，拉开了一统天下的序幕。

单论水军的战斗力，那自然是从小就生活在水边的南方水军更强。但北方水军拥有更强的装备、更优良的战船，真正发挥起来，反倒是北方水军更胜一筹。

这场战争不可避免，同时让女帝的威名彻底传遍南方。

开元三年夏，天师道天师曾正信在胡云等天师道祭酒的影响下，选择投靠女帝。以天师道在荆州的强大影响力，他的归顺在一定程度上影响了战局的走向。

开元三年秋，在秋收来临前，荆州牧知道大势已去，天命不在他，走投无路之下自刎而亡，荆州就此并入昭国版图。

随后，衡玉布置在扬州的后手发挥了作用，耳根子软，又没有太大野心的扬州牧献上文书问候女帝，并在文书末尾表示自己愿意归顺昭国。

自此，扬州也并入昭国版图。

开元四年春，修整完毕的北方水军再次挥师南下，同年六月，益州归顺。

及至开元五年，南方彻底并入昭国版图，天下一统。

衡玉又花了一年时间，在南方这几个大州推行均田制，整治世家大族。

确定时机已经成熟，衡玉开始推行以才取士的选官用官制度，也就是后世俗称的科举制。

这种制度不限男女，不论家世，不考察相貌，只要没有犯过事，就可以报名参加相应的考试，最后按照才能来取用官员。

世家早就被衡玉打压得老老实实，无力阻止这项制度的推行，一些聪明的世家早已经利用自己掌握的各种资源，来努力培养族中子弟了。

除此之外，衡玉还大力鼓励发展数学、医学、科学、水利、农学等杂学，并命春冬创办一个刊物来宣传杂学。

开元七年春，衡玉亲自主持第一届科举考试。

这一届科举考试的头名是位女子，她在书院里苦学多年，家境贫寒。除了她之外，这届科举考试里还有两名女子。

衡玉将头名调到她身边处理文书，另外两名女子都调去当春冬的副手。

随着女子进入朝堂的人数越来越多，女子工作赚到的钱越来越多，这朝堂这天下会倾听到更多女子的发声。

同年冬，北地雪灾，匈奴用于放牧的草场被冻坏，大量的牲畜被冻死，于是匈奴趁机南下劫掠。

陈虎领着早已恢复当年英勇的容家军征战，在朝廷的配合下，陈虎完成了容宁当年未竟的事业：大破匈奴军队，杀入匈奴主帐，打得匈奴五十年内再无南下作乱的可能。

趁着这个机会，将匈奴疆域并入了昭国领土，衡玉花了大量时间和精力，想要让匈奴对中原大地再无威胁。

开元九年，羌人和鲜卑选择效忠昭国——只要效忠昭国就能过上好日子，他们完全没必要继续和昭国打仗。

这世上有野心的人绝对不少，但更多的还是想过安稳日子的普通人。

直至开元二十一年，各地风调雨顺，百姓安康喜乐，天下终于迎来大治。

史书谓之曰：开元盛世。

王朝因我兴替（祁珞番外）

第四十二章

祁珞做过一个很漫长的梦。

漫长到他觉得自己在那里也亲历了一生。

只不过那是很疲倦、很绝望的一生。

这个梦的前面十几年，和他的记忆没有任何区别。

分岔点在他从冀州前去为并州牧贺寿。

那时候，并州也有一个龙伏山寨，只是山寨里的寨民过着饥寒交迫的生活。在祁珞到那里之前，他们已经很久没吃过一顿饱饭了。

他们出来打劫祁珞的车队时，握着兵器的手都在颤抖。祁珞的侍卫没花多少工夫，就将这些山贼制服了。

龙伏山寨的大当家并不是那个张扬却并不讨人厌的少年，而是陈虎。在被制服后，他声泪俱下，诉说山寨寨民的艰苦生活。祁珞本就是个被保护得很好、心地宽和柔软的世家少年，他起了恻隐之心，决定将这几十个走投无路的山贼都收编到他的队伍里。

如此一来，这些山贼既不会再为祸一方，也能够获得温饱。

陈虎就是这样效忠于他的。

抵达平城为并州牧贺寿时，祁珞和宋溪他们发现并州牧在并州的处境很艰难，被出身清河乐氏的乐成景等世家大族子弟逼得空有名头，手里却几乎没有实权。

曾经意气风发的并州牧被这样的现实击垮，明明才到五十，却憔悴得背脊弯曲，祁珞只能从他的眉眼间隐约寻到几分当年马上弯弓的英雄气概。

并州牧的寿辰过去后，祁珞启程从平城赶回冀州。

快回到冀州时，宋溪向祁珞表示了追随、效忠之意。

"这天下能有如主公这般赤忱之心的，实在太少。"祁珞听到宋溪如此感慨。

祁珞高兴于宋溪的效忠，没有深想过这句话背后的含义。

直到很久很久以后，他才意识到宋溪这番选择背后的无奈。他其实未必是宋溪心目中最佳的明主，但他是所有人选里最合适的，所以宋溪选择效忠于他。

第二年，祁珞的父亲冀州牧病倒，冀州陷入严重内斗。

没过多久，冀州牧毒发身亡，没有撑过那年的冬天。

祁珞连哭泣、悲伤的时间都没有，他必须要抓紧时间立起来，不然他和母亲、弟弟、妹妹们的性命也将难保。

在宋溪、周墨等谋士的帮助下，祁珞花了两年多的时间，才艰难夺回冀州大权。

二叔祁澎死的那一天，祁珞把自己关在屋里哭了很久——这两年时间里，只有他知道自己承受了多么大的心理压力。

每一次他都觉得自己要撑不住了，每一次又必须为家人、为效忠他的谋士们撑着，他连悲伤和脆弱都不能流露出来，因为他害怕这会让效忠他的人失望。

如果他这个主公都失去信心，都这么脆弱，他的谋士们又作何感想？

经过两年的内斗，冀州这个富庶的大州已经变得千疮百孔。

祁珞花了一天时间调整心态，收敛起所有的心情，又投入冀州的治理中去。

在他和宋溪等人齐心协力治理冀州时，其他各州皆有离殇。

宗室内乱，各方领兵在帝都周围厮杀，以至于繁华如帝都都出现了十室九空的惨剧。

扬州瘟疫横行了足足六个月，直到进入冬天，疫情才渐渐消退。然而秀丽若扬州，在这六个月时间里已经成为人间炼狱。

因为幽州牧的不作为，鲜卑和羌人联手攻打屠戮边境，早已不复昔日威武的容家军绝望抵挡，险些分崩离析，容家军之威名彻底成为历史尘埃，雍朝最后的威严被击得粉碎。

……

偌大河山，没有一处能得太平。

寥寥数语实在不足以将人间惨剧勾勒出来，各州情况之惨烈，要胜过这些文字十倍百倍。

祁珞翻看着这些情报，只觉得心中郁郁。他只能眼睁睁地看着这些人间惨剧发生，却无力去阻止。

因为祁珞等人安心埋头发展，花费了无数心血和努力，冀州的民生得到了恢复，实力也逐渐变得强大起来。

就在这时候，一则消息令各方巨震——雍宁帝在宠幸一个名为春冬的歌姬时，被这个歌姬刺杀而亡。在被禁卫军杀死之前，歌姬先一步自刎而亡，死前痛哭容家满门含冤。

没有多少人关心这个歌姬临死前的话，他们关心的只是雍宁帝死了。

帝王已死，幼帝不过是一个稚子，如今诸侯割据，这天下是不是该换个姓氏了？

在各方势力角逐天下时，宋溪等人也请见了祁珞，与他商量冀州接下来该何去何从。

祁珞是有野心的，在乱世里活了这么久，要说自己没点儿问鼎天下的野心，那着实是笑话。但他又有些畏惧，管理一个冀州已经让他心力交瘁，遑论整个天下！

最后，祁珞是被宋溪劝服的："若主公不夺天下，主公该何去何从？天下分分合合，哪怕一时混乱，最终都会从分裂走向统一。冀州现在是各方兵马里实力最强的，如果主公不争，必然只有死路一条。"

那些比祁珞势力弱的诸侯，是绝对不可能容忍祁珞苟活的，只有争了才有活命的可能性。

决定角逐天下后，祁珞要忙的事情更多了，最忙的时候他一天只睡了不到一个时辰。

但就算他忙到这种程度，也只是让冀州百姓勉强不致饿死。

至于吃饱穿暖，这距离普通百姓实在太遥远了。

每每念及此，祁珞就有种想要砸毁周围所有东西的冲动。

明明他已经那么努力了，为什么还是没办法将一切做好？！

祁珞得不到答案，只好继续埋头前进。

这条统一天下的路，他走了将近二十年，从一介少年走到中年。

最后，祁珞接手了一个满目疮痍的中原大地。

中原百姓历经天灾人祸，人口锐减。

但祁珞登基后要做的第一件事，居然不是下旨安抚百姓，而是派兵前去拦截劫掠北方的匈奴军队。

在将中原大地的敌人都击了个粉碎后，他还要面临那些兵强马壮的外族敌人。

"家主，家主……"

婢女跪在床榻边，伸手努力摇晃祁珞的肩膀，想要将他从梦魇中唤醒。但祁珞依旧睡得很沉，额上布满冷汗，双眉紧蹙，双唇紧抿，一副惊惧过度的模样。

实在喊不醒祁珞，婢女意识到不对，起身往外跑去。很快，祁府的人前去请来了太医，但太医来看过后也束手无策。

到最后，祁珞陷入梦魇的事情甚至惊动了女帝。

得知祁珞已经昏迷了一天一夜，女帝以帝王之身亲临祁府，为祁珞把脉施针。一刻钟后，祁珞紧蹙的眉心慢慢展开，脸上的表情也恢复了安宁。

"他这是离魂之症，等他醒来后，你们将这服药煎好让他服下就没什么大碍了。"离开祁府前，女帝将写好的药方交给祁珞的母亲。

一个时辰后，祁珞悠悠醒转。他才一睁眼，守在他床榻边的母亲就扑过来抱住他，失声痛哭。

祁珞微微一愣，下意识伸手搂住母亲的肩膀，无声地安抚她。

沐浴、吃饭、喝药……

一通忙活后，祁珞终于彻底摆脱了那场梦魇的影响，从恍惚中清醒了过来。

第二日一大早，祁珞乘坐马车进宫去向女帝道谢。道完谢后，他没有马上离开，而是悄悄抬眼打量女帝，似乎是想要开口说些什么。

女帝正站在湖边喂金鱼，察觉到他打量的目光，微微偏了偏头，笑问道："在看什么？"

祁珞抿了抿唇，终于下定决心，将他的那场梦复述给女帝听。

女帝听完，饶有兴致地问道："现在当不了开国皇帝，只能在我手底下当一个刑部侍郎，会不会觉得可惜？"

听到这番打趣，祁珞反倒笑起来："恰恰相反，我非常庆幸能追随陛下你，成为你的臣子，与你一道铸就盛世。"

黎民多苦难，山河皆离殇。

那场梦里所发生的一切，都是如此让他恐惧。

现在这样多好，百姓安乐，山河安宁。

他的父亲是含笑离世的，他也不用肩负那种简直让他喘不过气的重担，闲暇时还能看看话本，去书院上几堂课，教那些学子为官治民之道。

这样真的很好。

第四十三章

一剑霸寒十四州!

衡玉才刚穿过来，就感觉到一阵疼痛。

这种疼痛，像是有轻而薄的剑在慢慢划破她的肌肤表层。

剑划的速度刻意放慢了，于是钝痛感更加明显。

"戚姑娘，传闻你们故剑山庄里有一个剑冢，里面有十几把削铁如泥的宝剑，不知道我有没有机会进去一观？"一个青年的声音突然在耳畔响起。

衡玉正在接收记忆，过了几秒，将记忆都接收完毕后，衡玉垂下眼，学着原身那内敛寡言的样子回道："钟公子，这是山庄机密，如果公子有兴趣，可以直接去问庄主。"

钟离乐在美人面前碰了个软钉子，那俊朗的脸上露出几分讪讪之色。

没等他回答什么，衡玉又道："钟公子，我突然不适，怕是要暂时失陪了。"

钟离乐是个怜香惜玉之人，一听到这话，他连忙让衡玉回屋歇息，还说要送她一程，被衡玉推辞了。

衡玉转身往住处走去，在离开钟离乐的视线后，才放缓脚步，右手撑着墙面，闭上眼睛，紧蹙眉心，脸上露出几分痛苦之色。

这一回，衡玉来到了武侠世界。

原身姓戚，是故剑山庄的内门弟子。

她是个孤儿，在很小的时候就被故剑山庄收养，与她一起被收养的还有其他二十几个孩子。

但故剑山庄收养这些孩子，并非出自好心，而是别有用心。

论实力，故剑山庄只能算是江湖中的三流势力。然而，故剑山庄在江湖中的地位，却比一般的二流势力高不少。

这是因为故剑山庄的庄主是个有名的铸剑师，他打造的每一柄剑都是天下难寻的神兵利器。大家行走江湖，自然得有把称手的武器，所以很多人前来故剑山庄，想要请故剑山庄的庄主出手帮忙铸剑。

各方势力有求于故剑山庄，故剑山庄在江湖中的地位自然就高了起来。

故剑山庄的庄主是个铸剑成痴的人，十五年前，他意外得到了一本秘籍，名为《养剑诀》。

根据上面的记载，这种功法会潜移默化地影响修炼者的身体，让修炼者的身体能逐渐适应剑气，等到功法大成时，修炼者就能成为一个合适的器皿。

一个合适的、能够跳进铸剑炉里铸剑的器皿。

······

得到这本秘籍后不久，庄主便收养了这二十多名孤儿，按照《养剑诀》上的记载悉心栽培他们。

《养剑诀》的修炼条件非常苛刻，时常有人修炼到一半就撑不住，七窍流血而亡。本着不能浪费的原则，庄主将这些尸体都拿去祭剑了，最终铸造出二十多把废剑。

刚刚钟离乐提到的"剑冢"，其实就是存放这二十多把废剑的地方。

原身戚衡玉是这些孤儿里资质最高的，她修炼《养剑诀》的速度非常快，进展远高于其他人。因此，她非常受庄主看重，但受到的折磨也是最多的。

为了让她效忠故剑山庄，最后心甘情愿地祭剑，庄主不允许她迈出故剑山庄一步，也不允许她跟山庄的客人接触，还时常给她灌输"为故剑山庄牺牲"的思想。

在长年累月的折磨和洗脑之下，原身的性情越来越孤僻，但她一直把故剑山庄当作自己的家，也做好了为山庄牺牲的准备。

然而，就在原身的《养剑诀》即将大成时，原男主钟离乐走进了故剑山庄里。

钟离乐爽朗而风流，英俊而稳重，原身只与他有过几次接触，但通过这仅有的几次接触，原身从钟离乐那里得知了江湖的模样——危险又浪漫，逍遥且自在。

钟离乐对江湖的每一句描述，都让原身心生向往；钟离乐说的每一个侠义故事，都让原身有荡气回肠之感。

可是，这些侠义故事都是属于别人的。

听得多了，原身会悄悄地想：如果我到了江湖会发生什么样的事情？会不会与江南大盗过招？会不会与六扇门捕头把酒言欢？会不会拔剑斩杀各路宵小？

想得多了，小小的心思就破芽而出：为什么我从记事起就待在山庄里？为什么我要修炼那种会让人痛苦的功法？

但她常年被庄主洗脑，小小的心思刚破芽而出，原身就被自己的想法吓到了。

在原身忐忑纠结时，她听人说钟离乐离开了，是被庄主驱赶走的。她不清楚前因后果，只是觉得遗憾，她还想多听几个侠义故事，多了解了解江湖上发生的趣事呢。

就在半个月后，原身修炼的《养剑诀》大成，她遭到的痛苦也接近所能承受的临界点，是时候投入铸剑炉里祭剑，为故剑山庄祭出一柄绝世宝剑了。

后来······

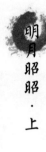

后来故剑山庄并没有什么绝世宝剑出世，只是少了个眉眼精致的戚姑娘。

再后来，故剑山庄以人铸剑的事情被钟离乐捅了出去，一时之间，故剑山庄的名声臭了。

但这样的情况并没有持续太久，江湖哪里少得了铸剑师？没过多久，故剑山庄的庄主又堂而皇之地开始铸剑，被其他江湖人奉为座上宾了。

衡玉来到这个世界的时间不早不晚，正好是她修炼《养剑诀》即将大成，钟离乐进入故剑山庄的第二天。

疼痛暂时到了尾声，衡玉随意用袖子揾去额上的冷汗。按照年龄来算，这个身体现在也就十七岁，然而她的身体几乎习惯了这种疼痛，肌肉都形成了一种下意识的痉挛记忆。

感觉到力气恢复了一些，衡玉抬步往她的屋子走去。

故剑山庄就建在半山腰上，占地面积很广。身为庄主最看重的弟子，原身的一应吃喝用度都是极好的。

推门走进屋里，衡玉坐下喝了两口水，才将《养剑诀》这本秘籍找出来翻看。

她以前去过武侠世界，也去过修仙世界，早已将眼界培养出来。这个世界的武侠体系与其他世界的武侠体系有细微不同之处，但绝大多数地方还是一致的，所以衡玉想细细研究下这本秘籍。

窗外红霞满天时，衡玉合上手里的秘籍，盘膝打坐，将《养剑诀》运行了几遍，感受着她的内力在经脉间游走时经脉的变化。

许久，衡玉慢慢睁开眼。

"零，你在研究些什么？"早就已经等得无聊的系统积极地问道。

衡玉平静道："我刚刚翻看秘籍，是想知道弃修《养剑诀》这门功法会遭到什么反噬。"

按照《养剑诀》上面所说，修炼它的人必须每天都运行这门功法。

然而这门功法不能让人变得强大，也不能让人的内力增长。

唯一的好处是，在长年累月的折磨下，她体内的经脉比普通人拓宽了很多，而且全身经脉几乎没有一处是堵住的，如果以后她修炼内功，修炼速度绝对能够一日千里。

说白了，这门功法存在的意义就是为了将人培养成宝剑器皿。

顿了顿，衡玉继续道："我的功法已经接近大成，在这种情况下弃修，反噬应该会不轻，不过我估计了下，在我的承受范围内，也不会影响我接下来的行动。"

不弃修是不可能的，当《养剑诀》修炼到大成时，她整个人遭到的痛苦会成倍增加，而且体内气血翻滚，脉象几乎都不能算是活人的脉象。

倒不是怕疼，只是她在无尽时空里轮回，追求的活法就是逍遥自在。

背负一时的苦痛和背负一世的苦痛，谁都知道该怎么选。

"接下来的行动？我们的时间够吗？"系统提心吊胆地问。要知道，在武侠世界里，招式可以速成，但是内功没办法速成。

衡玉抿唇轻笑了下："一个月的时间肯定不够我成为一流高手，但我们的对手也很弱啊。"

开局先把故剑山庄拿下再说。

当天晚上，衡玉将专门伺候她的婢女叫来："我感应到我的功法即将大成，接下来的一段时间里我会闭门不出，潜心在屋里修炼，你每日按时将饭菜放在我门口就好，我会及时出去取饭菜的。"

婢女没有多问什么，低声应了句"是"。

等出了衡玉的屋子，婢女转头就跑去向庄主禀告这件事。

隐隐察觉到婢女的去向，衡玉并不惊讶，她身边伺候的人估计都是庄主安排的眼线。用闭关冲击功法的理由不出门，这样她遭到功法反噬时，才不会让人发觉异常来。

将门窗都从内部锁紧后，衡玉回到床上盘膝坐下，开始运行她修习的内功心法。

第四十四章
一剑霜寒十四州2

衡玉手里这本内功心法就是地摊货色，内容非常粗糙。原身能够凭着这本内功心法修炼入门，完全是因为她本人的修炼资质高。

显然，庄主身为被人人巴结的铸剑师，手里肯定有很多好的内功心法，只是他没有拿出来给原身这个祭品用而已。

原因也很好猜，如果祭品的实力比庄主高了，有朝一日进行反抗怎么办？

衡玉微微拧起眉来，依旧按照原来的功法运行——她需要再多熟悉一下这个世界的武功体系。

修炼的时候，时间过得非常快。

浓浓夜色被晨曦刺穿，又到了一天开始的时候。

衡玉结束修炼，下床翻找了一遍，才在房间一个不起眼的角落里找到笔墨。她摊开空白的纸，慢慢将她修炼的内功心法默写出来。

只是，在默写时，她稍稍增改了几个词，改动不大，但好歹能让内功心法从地摊货色迈进三流门槛。

这已经是这门内功心法所能提升的极限了。衡玉放下笔，按照自己改动后的功法继续进行修炼。

傍晚时，剑割般的疼痛再次袭来。

已经摸清楚《养剑诀》底细的衡玉，知道这种疼痛是她练《养剑诀》时练出来的剑气造成的，这些剑气全部潜藏在她的骨肉间，悄无声息地改造着她的体质。

也许是因为她今天没有修炼《养剑诀》，剑气在她体内肆虐的程度比昨天更深，有些剑气甚至穿透了她的血肉，直接割裂她细腻的肌肤，细细的血水从她的手臂上沁出来。

衡玉稳住握筷子的手，一口一口将饭送进嘴里，脸上没有出现任何痛苦之色。

迅速吃完饭后，她将自己的铁剑找了出来，在这不大的屋子里慢慢练着剑术，想要强行将体内那些暴动的剑气都化为己用。

钟离乐在故剑山庄里又晃了一圈，再次无功而返。

在走进屋里休息前，钟离乐想到一件事，侧头去问送他回来的姑娘："陈姑娘，不知在下初到此地时遇到的那位戚姑娘现在在哪里？"

"钟少侠说的是戚衡玉师姐吗？师姐近日在闭关修炼，她现在正是功法进阶的关键阶段，庄主命我们所有人都不得前去打扰戚师姐。"

得到解惑，钟离乐点了点头，只是心中有几分遗憾。

其实他进入故剑山庄，明面上是想花费万两银子，请庄主为他铸一把削铁如泥的宝剑，实际上，钟离乐是接下了一单任务，要混进故剑山庄调查上古名剑"洗炼"的下落——有人得到消息，洗炼这柄旷世凶剑很可能就藏在故剑山庄的剑冢深处，只是消息的真假不得而知。

派发任务的人委托钟离乐查清洗炼是否在山庄里。可如果真的在山庄的剑冢里，又该如何进入剑冢呢？

进入故剑山庄的第二天，钟离乐偶遇那位戚姑娘。

钟离乐有着非常敏锐的直觉，他混迹江湖多年，靠着这种直觉多次逢凶化吉。当瞧见戚姑娘第一眼时，他就觉得戚姑娘身上有许多古怪之处，于是想了个办法与对方搭上话。

只可惜，钟离乐刚让戚姑娘对他的戒心消去些许，她就因为不舒服告辞离开了。

一推门走进屋里，钟离乐脸上的遗憾全部消失，他下意识地将手按在腰侧——在他出门的时候，有人来过他的房间翻找什么。

是他这些天闹出的动静太大，引起那位庄主的注意了吗？

衡玉换下染血的衣服，正准备走进浴桶里沐浴，就听到系统在她的脑海里说道："原男主被提前驱赶出故剑山庄了。"

这些天光顾着埋头修炼，衡玉压根没在意时间的流逝，听到系统的话，她脚步微顿："他打草惊蛇了？"

琢磨片刻，衡玉大概猜到了原因。

在原剧情里，钟离乐特意与原身交好，原身又想从钟离乐那里打听江湖的趣事，两人时常有接触。原身不是那种心机深的人，被钟离乐那只狐狸套话也很正常。

有了原身直接提供消息，钟离乐闹出的动静自然不会有现在大。

沐浴好后，衡玉继续修炼——钟离乐离开山庄，这意味着留给她的时间更少了。好在她这边已经步入正轨。

在衡玉闭关两个月后，楚庄主这只老狐狸再也等不及了，让婢女给她送饭菜时，顺便把他写的一封信送给她。

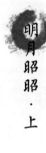

信上，楚庄主这只老狐狸温言询问衡玉的修炼进度如何，功法还有多长时间能够大成。

他还大打感情牌："想当年，玉儿被为师接回山庄时，刚刚会说话，现在一晃眼的工夫就过去了十五年。这些年里，为师供给你最好的吃喝用度，教你绝世武功……山庄是你的家，只要有需要，你必须要为山庄牺牲。"

写到最后，他终于露出了险恶的獠牙："七月十五是江湖群英会，若是能在此之前铸成一柄绝世宝剑，我们故剑山庄绝对会在江湖上名声大噪。"

衡玉捏着信纸的手指微微用力，下一刻，纸张被一股无形的剑气割裂成细细密密的条状。

衡玉一松手，信纸从半空中慢悠悠飘落。在落地之前，条状的信纸承受不住那股罡气，崩碎成灰烬，融入空气中，再也寻不到踪迹。

"既然对方这么着急，那也是时候了结这一切了。"

衡玉取来一张干净的纸，用原身的字迹在上面写道："五日后弟子可以功成出关，师父可以提前开火温炉，弟子一出关，会直接赶去拜见师父。"

衡玉把信和碗筷一并放到门外，到时候会有婢女来取走这些东西的。

接下来的几天时间里，衡玉除了修炼，就是用磨刀石打磨她的铁剑。将剑打磨得锋利一些，才好送楚庄主等人下黄泉。

这天一大早，衡玉从长板凳上起身，翻找出自己最喜欢的那条红色长裙穿到身上，用红色头绳将披散下来的头发扎成高马尾。

她走到门边时，弯腰握起铁剑，伸手将紧闭多日的房门拉开。

温暖的阳光争先恐后地从门外涌进来，洒在衡玉身上，照见她额前和颊侧几道结了痂的细长伤口。

这些结痂的伤口在这张白皙而精致的脸上，显得分外扎眼。

之前原身内敛寡默，遇到旁人便不自在地低下头，十分的容貌顶多只能展示出八分。

衡玉来了后，容貌还是那个容貌，气质却已经脱胎换骨。

衡玉一路往铸剑室走去，在路上遇到了几个仆从。他们身份低微，又很少与衡玉打交道，以至于完全没看出她与两个月前相比已是判若两人。

绕过一条曲折的山路，衡玉终于靠近了铸剑室。

故剑山庄的弟子不多，最受楚庄主信任的是他的十五个剑侍。

这些剑侍修炼着上好的功法，专门负责帮楚庄主开炉炼剑、温养宝剑，以及充当楚庄主的护卫。

如果说楚庄主是整件事的主谋，那么这些剑侍就是彻头彻尾的帮凶。他们从头到尾都知道祭剑的事情，手上绝对不干净。衡玉特意写信让楚庄主开火温炉，就是为了把这十五个剑侍和楚庄主聚集在一起。

所有人都到齐了，才好报仇。

不然她还得一个一个找到他们，那多累啊。

铸剑室占地面积非常大，这里可以说得上是整个故剑山庄的核心，修建得如同一座小碉堡。

衡玉刚来到铸剑室十米开外，守在门边的两个剑侍就注意到她了。

"戚衡玉？"一个身材高壮、相貌粗犷的剑侍直勾勾地盯着衡玉，说出她的名字时带着几分不确定。对于这位修炼《养剑诀》进展最快的弟子，他们这些剑侍是与她打过照面的，可对方的变化怎么会这么大？

"是我。"衡玉声音冷淡。

"听说你功法大成了？"身材高壮的剑侍问道。

衡玉缓缓拧起眉来，指着自己额角和颊侧的伤口，反问道："在我体内温养的剑气已经破体而出，我几乎要控制不住真气的暴动了，这应该算是功法大成了吧？"

剑侍被她问得一噎，面色阴鸷起来。

"戚姑娘进去吧。"另一个剑侍碰了碰同伴的胳膊，朝他使了个眼色，对衡玉笑道。

身材高壮的剑侍神色渐渐缓过来。也是，再过不久这个人就要跳进铸剑炉里，成为铸剑的祭品了，暂时让她一让又如何？

他的心情平复了下来，笑着抬起右手，姿态颇为风度翩翩："戚姑娘，请。"

衡玉抱着长剑，就要往铸剑室里走。

然而，她刚往里走了两步，就被身材高壮的剑侍拦下："戚姑娘，按照山庄的规矩，弟子进入铸剑室需要解剑，麻烦你将剑解下来给我吧。"

衡玉停下脚步，突然问了个牛头不对马嘴的问题："其他人都已经在铸剑室里面了，对吧？"

剑侍一愣，下意识道："自然，今日可是故剑山庄最重要的日子，所有剑侍都要过来护卫庄主开炉铸剑，希望能够炼出一柄绝世宝剑来。"

就在他话音刚落下时——

衡玉突然把那柄抱在怀里的长剑从剑鞘里拔了出来，快到让人根本看不清拔剑的动作，只能感受到一股杀意在半空中迸溅开来。

衡玉催动起潜藏在她血肉之间的剑气，将剑气加持到剑身上。

剑气在空中绽放，如流光闪逝，迅速斩向高壮剑侍。

剑侍的反应并不慢，他几乎是下意识地举起右手要握住剑身。

但在接触的一瞬间，剑身周围缭绕着的剑气炸开，剑撕裂皮肤的痛苦降临到他的身上，他遏制不住地痛呼出声。

确定一击毙命后，衡玉猛地将长剑抽出，没有转身，手握长剑反手一击，动作快到想从后面偷袭她的另一个剑侍猝不及防，被这一剑刺入心脏。

这个剑侍的表情凝滞下来，还没来得及发出痛呼，就已经被衡玉顺势撂翻在地。

衡玉右手握紧铁剑，一步一步走进大门。

直到这个时候，才有其他剑侍匆匆跑出来查看情况。

看清楚那两具躺在地上的尸体，再看看长剑染血的衡玉，有些机灵的剑侍已经反应过来是什么情况了。

"戚衡玉，你敢背叛山庄！"

"戚衡玉，你忘了庄主对你的精心栽培吗？今日就是你为山庄做贡献的时候，莫非你要做一个忘恩负义之人吗？"

几个剑侍暴喝出声，颇有些痛心疾首的样子，好像她背叛故剑山庄是一件十恶不赦的事情。

衡玉觉得有些好笑，轻轻弯了下唇角。这些人还真是冠冕堂皇啊，而且，他们好像真的是这么觉得的。

下一刻，衡玉面无表情地举剑上前，催动内力加持到铁剑身上。

这几个剑侍顶多就是三流的武功，单论内力的话，衡玉和他们不相上下，但她对剑的使用行云流水，又掌握了调动体内剑气加持到剑身上的办法。

这样的剑，锐利到能够撕裂世间万物，这些剑侍站在她面前挡住她的去路，那就直接一剑砍死。

一路挥剑前行，衡玉的视野逐渐开阔起来。

鲜血沿着剑身往下滑，在剑尖处凝聚，然后滴落到地上。

衡玉站在热得直令人冒汗的铸剑室里，安静地凝视着那个被剑侍们团团围住的中年人。

楚庄主今年四十有余，长着一张儒雅且富有欺骗性的脸。

原身是个孤儿，所以她是真的将楚庄主当作父亲来看待的，对他充满了感情。但再浓的感情，当她被投入上千摄氏度的火炉里铸剑，受尽痛苦之时，都会转化为浓浓的恨意。

"衡玉，"楚庄主蹙起眉来，长叹一声，那眼神温和而无奈，像是在看自家闹脾气的晚辈，"你这是怎么了？才闭关两个月，就忘记为师对你的教导了吗？"

衡玉淡淡地看着他，没有给任何回应，想看看他还能说出什么无耻的话语。

没等到衡玉的回应，楚庄主越发无奈："看来你果然是生为师的气了。是你答应为师要为故剑山庄牺牲的，现在后悔了吗？如果你后悔了，只要告诉为师一声就好。师徒多年，为师一直把你看作自己的孩子，难道为师还能硬逼你去死不成？你现在剑指为师，这实在是太伤为师的心了。

"当年你刚会说话，就被我抱回故剑山庄养着了，这些年，你的一应吃喝用度都是最好的。一晃眼的工夫，十五年时间过去了，我们家衡玉已经长成亭亭玉立的姑娘了。

"你的实力出乎为师的预料，是觉得自己已经可以脱离为师的掌控，所以想背叛为师，逃离故剑山庄吗？"

楚庄主就像是个被晚辈伤透了心的老人一般，声音很轻，饱经风霜的眼睛微微泛红，整个人脆弱得摇摇欲坠。

衡玉觉得，这位楚庄主没有生在现代，实在是太可惜了。这番演技，令她赞叹。

如果是原身站在这里，听到这番话可能会羞愧得当场弃剑，甚至为了向楚庄主赔罪，得到他的谅解，自愿跳入铸剑炉祭剑。

她抬起手，鼓起掌来，仿佛发自内心般夸奖道："楚庄主这番表演实在是不错。"

楚庄主神色微僵，以他对衡玉的了解，实在没想到她会做出这样的反应。但转念一想，他不是也没想到她会提剑杀进铸剑室吗？

在楚庄主走神时，衡玉继续说道："我想问楚庄主，你为了打磨我的根骨，让我的体质能适合修炼《养剑诀》，从我五岁起就把我丢进雪地里埋着，特意让毒蛇咬我，还让剑侍每日往我体内注入刚猛的内力，强行拓宽我的经脉。

"这就是楚庄主所谓的待我好吗？你自己清楚你在图谋些什么。

"当然，怎么说你也给了我一个遮风挡雨的地方，我不会将你推进铸剑炉，会直接给你个干脆的。"

说到这里，衡玉的目光移向那四四方方、只比棺材大上一倍的铸剑炉，里面正燃烧着熊熊烈火，是楚庄主他们为了迎接她的到来而烧起来的。

注视得久了，衡玉发现那铸剑炉里似乎正在淬炼一柄剑。

离得很远，又被东西挡着，衡玉没办法看清那柄剑的形状。

楚庄主现在已经肯定，戚衡玉生了反骨，是绝对不可能再被他蛊惑的。他也不再戴着那层假面，顺着衡玉的目光看过去，冷笑道："想知道那是什么剑吗？我不妨告诉你，那是上古名剑洗炼。

"此乃大凶之剑，它的铸剑师为了将它铸造出来，在它还是个粗坯时，就用它血洗了数百无辜之人，以他们的鲜血洗炼刀锋而成一把绝世名剑，所以这把剑的名字就叫作洗炼。"

传说中，这把剑剑身通体银白，但在阳光的照耀下，会折射出淡淡的红芒。

因为诞生的方式非常不祥，洗炼背负着极重的诅咒。

它是世人皆神往的神兵利器，但是受到诅咒的影响，这把剑的每一任主人都得不到善终，且死状凄惨。

"我想要培养出一个合格的祭品，以祭品去化掉洗主人里面的诅咒，让这把剑真正摆脱诅咒。"楚庄主那衰老的脸上露出狂热的光芒来，很显然，这才是他收养孤儿修炼《养剑诀》的真正目的。

"剑是一种单纯为了杀人而存在的兵器。"衡玉一字一句道，"绝世宝剑是拥有自己的剑魂的，但是，杀不杀人，杀什么人，这是由剑的主人自己来决定的。"

它怎么可能背负诅咒？它又怎么去反噬主人？说到底不过是这种神兵利器太过诱人，惹得江湖人人争夺，剑主实力不够，才会不得善终。

就像总有人把亡国的原因归咎于红颜祸水，现在来了江湖，也有人把一切都归咎于一件兵器。

这不是在欺负兵器不会说话吗？

衡玉话音刚落，楚庄主突然神色激动，朝她所在的方向走了两步，声音高昂："你知不知道——"

就在这一刻，变故发生。

有道阴诡的寒芒从衡玉侧方斩来，显然，楚庄主表现得这么激动，只是为了吸引衡玉的注意力，让他的剑侍能够偷袭成功。

铁剑稳稳握在衡玉的右手中，她左手手腕一翻，内力涌动，挥掌打了过去，将袭向她的剑侍击得倒退两步。暂时没击杀这个剑侍，衡玉毅然决然地步步向前压去，迅速与楚庄主拉近了距离。

这些年楚庄主一心扑在铸剑上，耗费了无数心血，武功不仅毫无长进，还出现了倒退的情况。察觉到那柄铁剑上附着的剑气，他脸色一变，恨恨地道："快，给我上，给我拦下她！"

到底怎么回事？他让戚衡玉修炼的只是不入流的内功心法，她怎么可能这么厉害，甚至还能将体内的剑气化为己用？

衡玉已经被剑侍们包围。剩下的十余个剑侍全部围住她，然而位置有限，每一次能够对她发动攻击的不过周围四五人。

衡玉身法诡异，底盘却很稳，每一次都能险而又险地避开剑侍的攻击。

衡玉手腕一转，铁剑刺进剑侍的心脏里。衡玉将自己体内的剑气源源不断地灌进剑身，剑气迅速在剑尖凝聚，将剑侍的心脏撕裂。

身后再次有人袭来，衡玉猛地往侧边退了两步，用力将长剑拔出，同时借敌人的尸体挡住刚刚那招凌厉的偷袭。

锵——

内力裹挟着重剑从身后斩来。

衡玉明明没有转身，却已经察觉到这道攻击。她反手将剑背到身后，格挡住那道攻击，顺势进行反击时发现自己用了好几年的铁剑裂了一个小口子。

楚庄主站在铸剑炉边，看到场面几乎呈现一边倒的状态，他神色紧张，心几乎跳到了嗓子眼。他眼尖，注意到那个小口子，连忙提醒："她的剑要断了，攻击她的剑！"

衡玉侧头，轻飘飘扫了他一眼。那一眼明明不带任何情绪，不知道为什么，楚庄主却觉得似有一桶冰水从他的头顶泼下，令他遍体生寒。

铁剑举起，同时格挡三剑的攻击，剑上的豁口以肉眼可见的速度变大。衡玉盯准了实力最高的那个剑侍，将半废的铁剑往前掷去。铁剑接近剑侍时，断成两截，实力最高的剑侍眼露轻蔑，正欲出声嘲笑衡玉，却见前半截铁剑去势不减，杀意不断，向前贯穿了他的喉咙。

衡玉同时上前，抽走这个剑侍的武器。武器是重剑，很不称手，但用来对付剩下的六个剑侍足够了。

衡玉几乎将重剑用成了轻剑，每道剑光都以可怕的速度落下。每道剑光落下，就必然要带走些什么东西，或是敌人的一只胳膊，或是……他们的命。

当这把重剑也报废时，衡玉周围已经没有了活着的剑侍。衡玉一步步走近铸剑炉。

"你不能杀我，你要什么我都可以给你。"楚庄主语速飞快，诱之以利。

衡玉抬手，拭去面颊上的血污，继续向前。

脚步不快，但这样往前逼去的姿态，更让楚庄主心生恐惧。

"洗炼、剑冢，甚至是故剑山庄，这些都可以是你的。留我一命，我可以铸剑，可以源源不断地为你制造财富。"楚庄主露出讨好的笑，曾经的他对原身来说，就如父亲般高高在上，在这生死存亡之际便丑态毕露。

他两只手都背在身后，盯着越来越靠近的衡玉，心中狂呼：再近一些，再近一些。只要她再往前多走两步，他花费重金打造的保命暗器就绝对能够发挥作用。

然而，就在衡玉即将走到暗器攻击范围内时，她突然停下了脚步，隔着两米的距离用内力击中了楚庄主的心脏。

狂喜之色凝固在楚庄主脸上，天堂与地狱就在一瞬间，明明只要她再走近一点，就要被自己解决掉了，为什么……

楚庄主的身体重重地倒下，他负在身后的手露了出来，那已经箭在弦上的暗器映进衡玉眼里。

在气息将绝时，楚庄主隐隐听到对方说："果然是有暗器。系统，我赢了，我就跟你说了，不管是主角还是反派，最后关头话太多都要玩儿完。"

系统据理力争："在这种情况下，主角一般是遭遇危险的那方，他们话多拖延时间才能活下去。"

衡玉拧起眉，嫌弃道："你说的那是升级流主角。"她如果是主角的话，那肯定得是碾压流，一路横推过去。

跟系统玩了一会儿，确定周围的确再也没有危险，衡玉的目光落到铸剑炉里，注视着烈火中的洗炼。

在原剧情里，原身就是以身祭了这把洗炼。

但就像她刚刚说的一样，人的错误何必归咎于剑？

"刚刚打一架就废掉了两把剑，现在洗炼成了我的战利品，不去取似乎说不过去。"

衡玉走到铸剑炉前方，研究了片刻，用专门的工具将洗炼从火炉里取出来。

洗炼通体长三尺，是非常标准的形制，此时刚从烈焰中取出，依旧是通体银白。剑柄线条流畅，上面刻有"洗炼"这两个古字。

等洗炼的温度降下来，衡玉手握洗炼斩向地上的铁剑。

两剑相击，坚硬的铁剑应声而碎，洗炼当得起"削铁如泥"四字。

衡玉看着洗炼，越看越喜欢。她用过的剑不在少数，上一个故事里她佩的甚至是至尊至贵的天子剑，但眼缘这种东西很玄妙。

她转头去寻洗炼的剑鞘，找了片刻才在铸剑炉旁边找到一个黑色的精致剑鞘。摩挲着剑鞘上繁复的纹路，衡玉直觉这是楚庄主炼制的给洗炼用的剑鞘，但不是最适合洗炼的。

也罢，暂时委屈一下她的佩剑好了。

衡玉用指尖轻弹剑身，听着长剑因为她的弹击而发出清越的震鸣声，满意地点头，对系统说："不愧是上古凶器，洗炼果然很有灵性，看来它也不太满意这个剑鞘。"

炼剑室修在故剑山庄深处的坏处在于，衡玉结束了十几个人的性命，整个故剑山庄都没人发现异常赶过来查看。

衡玉也不急着出去，她一寸寸搜索着铸剑室。

这是整个故剑山庄最神秘的地方，如果说故剑山庄里面有什么秘密，要么在这里，要么就在楚庄主的屋子里。

搜查许久，衡玉肯定道："奇门遁甲之术吗？看来这里有条密道。"

她沉吟片刻，抱着洗炼慢慢琢磨这奇门遁甲之术。大概一刻钟后，隐藏在铸剑炉斜后方的密道缓缓出现在衡玉眼前。

衡玉已经猜到这条密道会通往哪里了，她抱着洗炼，慢慢走进那片埋葬着一批断剑的剑冢里。

剑冢只有一个院子那么大，里面荒凉阴寒，胡乱斜插着几十把剑，都是这些年里楚庄主炼废的长剑。衡玉站在那些长剑前，抱剑行了一礼。

这些长剑，至少有一半是用那些练《养剑诀》而死的孩子来炼制的。

原身和他们一起被收养，一起长大，一起遭受折磨，她跟里面的很多人都只打过几次照面，说过几句话，连朋友都算不上。但他们死的时候，原身也有一种物伤其类的感觉，是真的为他们而难过。

衡玉没有上前翻看这些废剑，她只是查看了下剑冢周围，从泥里挖出一个匣子。匣子上了锁，衡玉仗着洗炼锋利，一下将匣子劈成了两半。

开什么锁啊，这才是最快速的解题思路。

匣子里有几本有关铸剑的书，衡玉大致浏览了一下，将它们都贴身收好。

除了这个匣子，剑冢里就没有其他秘密了。

衡玉迅速退了出去，在关上剑冢前，她再次抱剑朝里面行了一礼。迟些她会毁掉密道开关，让这些废剑在剑冢里长眠。

衡玉走出铸剑室，穿着染血的长裙走回住处。

这时候正是庄子里最热闹的时候，衡玉毫不遮掩行踪，有不少仆人在路上撞见了她，看着她身上的血污，面露惊恐之色。

衡玉的内力消耗过度，她慢悠悠走着，还饶有闲情地向一些认识的仆人微笑，把那些仆人吓得面色大变，险些摔倒。

"通知庄里所有人在铸剑台集合，我有要事宣布。"衡玉声音从容，带着令人下意识遵从的威势。

第四十六章
一剑霸寒十四州 4

沐浴后，衡玉换上一身干净的衣服，直奔山庄的铸剑台。

楚庄主痴迷铸剑，早年曾经娶妻生子，但是在他的妻儿都病逝后就没有续娶，所以铸剑台站着的这四五十个人，都是山庄的仆人和练《养剑诀》的内门弟子。

衡玉到的时候，所有人都停止窃窃私语，直愣愣看着她。

"我将楚庄主和剑侍全部杀了。"衡玉第一句话，就让众人面色大变。

"如果在场有人要为楚庄主报仇，现在就可以出手。现在我的内力还没完全恢复，最容易被杀死，再往后你们可就没有任何机会了。"

那些只是被雇佣的仆人，自然是不可能为楚庄主拼命的，所以衡玉的目光最终落在那几个内门弟子身上。

他们也像原身一样，常年被楚庄主洗脑。只是因为资历没有原身好，所以被洗脑的程度也没原身那么厉害。

几个内门弟子神色怪异，互相对视，最后将目光投到队伍最前方的顾禹身上，似乎是想看他会如何应对。

顾禹在被收养的时候已经十岁，他是那批孤儿中年龄最大的，宽厚善良，一直在努力照顾众人，原身也得到过他的很多照顾。

"戚师妹说笑了。"顾禹摇头苦笑道。

先不说他们这些人完全不是戚师妹的对手，就说他们被《养剑诀》日复一日地折磨，不恨楚庄主已经是非常难得了。

衡玉点头："还有一点，我对故剑山庄不感兴趣。"

故剑山庄对原身来说，不愉快的记忆太多了，她临死之前最想做的，其实就是进入江湖，感受一下钟离乐口中那"危险又浪漫，逍遥且自在"的江湖。

而这一点，也与衡玉本人的想法不谋而合。

上一世她为家族、为百姓争夺天下，这辈子身处江湖，无拘无束地仗剑天下难道不是更快乐吗？把自己困在这小小的故剑山庄实在是太可惜了。

"戚师妹……"顾禹欲言又止。

"顾师兄放心，我会在故剑山庄待两年。"衡玉说，"我走之后，你可愿意接掌故剑山庄？"

"我？"顾禹抬手指指自己，有些难以置信，"戚师妹，我怎么能接管山庄呢？我就只有三脚猫的功夫，而且修炼着《养剑诀》，可能过不了多久就要爆体而亡了。"

"师兄不必担心。"早在沐浴的时候，衡玉就已经想好了接下来的事情，"接下来，我会给诸位传授内功秘籍和剑诀，也会帮你们清除掉《养剑诀》对身体造成的后遗症。"

"我还找到了楚庄主的铸剑法门，除了顾师兄必须学之外，其他人就看自己的兴趣。"

故剑山庄总要有立身存世的资本，不能坐吃山空。铸剑这门技术就很不错，既不会太出风头，又能让江湖众人都给故剑山庄个面子。

顾禹他们与她从小一起长大，如今她只是顺手而为，就能让他们拥有自保的能力。而且把故剑山庄经营好了，日后她缺银两或者需要休息，就可以回故剑山庄走一趟。

衡玉的话让顾禹等人难以置信。

这个消息太过美好，太过不真实，以至于顾禹第一反应不是高兴，而是小心翼翼地求证："戚师妹你刚刚说，可以帮我们清除修炼《养剑诀》的后遗症？"

衡玉轻笑着点头："顾师兄放心，我现在已经没有大碍了。不过清除后遗症那段时间，你们会过得比较痛苦。"

顾禹等人纷纷对视，最后激动道："没事没事，只要能活着就好。"

"戚师姐你都不知道，我每天一觉醒来最怕的就是自己爆体而亡。"

……

年纪小的更是失声痛哭。

衡玉安静地站着，等着他们平复情绪。

他们遭受了十五年的折磨，心性没有大变已经非常不容易了，现在突然得知自己能够开始新的人生，激动一些也正常。

过了片刻，顾禹红着眼压下哽咽声，朝衡玉抱拳行礼："让戚师妹笑话了。若是戚师妹相信我，我会努力打理好故剑山庄的。"

衡玉点头，又温声道"楚庄主他们的尸体都在铸剑室里，不做处理一直放在那里也不行，就麻烦顾师兄派人过去清理打扫了。"

她打算去楚庄主的书房搜查一番，看看能不能找出什么更好的内功心法。

三流内功心法的修炼速度实在是太慢了。

衡玉在搜查楚庄主的书房时，果然在暗室里找到好几本内功心法和剑诀。

这几本内功心法的名字听着十分唬人，然而一翻内容，全都是二流功法。

衡玉找了很久，又找出几本新的功法，但里面也没有她最想要的一流功法。

对于这个结果，衡玉其实不太失望。

一流功法乃至超一流功法本来就是可遇而不可求，在这个小小的故剑山庄里能够得到洗炼，已经算是意外之喜。接下来几天她要认真研读一下这些功法，看看能不能做些删改，尽力把它们提高到一流的行列吧。

若是始终找不到顶尖的功法，等她对这个世界的武功路数了解更深，积累够了，她就自创一门绝世武功——只有自创的功法才是最适合自己的。

随后，衡玉又在楚庄主的屋里搜出一沓银票，粗粗一数，足有十几万两，称得上是一夜暴富。

这么一算，挑战楚庄主简直不能更划算了。

按照这个逻辑，既然挑战他这么划算，那江湖上为什么没有人铤而走险？

"这楚庄主身上怕是有什么大秘密，背后很可能还有一个厉害到江湖人不敢随便招惹的靠山，看来故剑山庄接下来要不太平了。"

她可以直接弃故剑山庄逃走，但顾禹师兄他们可不能。

衡玉将银票放回原处，先去库房搜寻材料——铸剑室那里有奇门遁甲阵，这就说明故剑山庄里应该是有布阵材料的，她必须尽快在山庄周围布下重重大阵。

等顾禹他们处理完尸体，回来向衡玉复命时，衡玉指着墙脚那堆材料道："正好，你们帮我把这些东西搬到山庄门口。"

顾禹等人不明所以，但没有问什么，只是乖乖地把材料分批搬出去。在他们搬东西时，衡玉取来纸笔，按照目前有的材料来设计阵法。

攻击阵法暂时不做考虑，只要让那些宵小进不了山庄就好。

最好再往阵法里面加几层变幻，免得时间长了被人看穿虚实。

设计好第一重阵法，衡玉开始指挥顾禹等人摆阵。故剑山庄占地比较广，他们被衡玉指挥来指挥去，终于赶在日落之前完成了第一重阵法。

接下来几天，基本都是重复这样的行为。

九重迷雾阵都摆完，衡玉两手互击，宣布道："好了。"

被衡玉这么折腾，她又不是特别冷漠生人勿近的性格，几天下来，顾禹等同门和她的关系越发融洽。其中一个长相娇俏的师妹问道："戚师姐，我们布这些阵法有什么用处吗？"

衡玉解释道："我担心会有宵小潜入山庄。接下来我们所有人都要闭关修炼，有了这些阵法，只要我们不出去迎敌，他们就无法闯入对我们造成威胁。"

反正山庄这么大，还在山林之中，自给自足不成问题。

若是几日前听到这番话，顾禹他们定会心中慌乱。但几天下来，他们越来越信服衡玉，知道她不是那种空口白话的人。

"那就好。"几位同门高兴道。

衡玉笑道："好，我们回去休息吧，明日我会先帮你们解决掉《养剑诀》的后遗症，等你们养好身体，再将内功心法教给你们。"

之前她为了不引起楚庄主的注意，只好选择最惨烈的方式来熬过《养剑诀》的反噬，但顾禹他们完全可以慢慢来。

衡玉一边修炼一边帮他们温养身体，一个月后，顾禹他们基本都熬过了反噬。衡玉将她删改过后的内功心法和铸剑法门都交给顾禹，让他看着安排。

确定所有的琐事都安排妥当，衡玉彻底进入闭关修炼状态。

在故剑山庄众人安心修炼时，经过时间的酝酿，故剑山庄的异常还是传了出去。

今日正好是七月十五，江湖群英会。

这场盛会，几乎集齐了江湖上的各门各派。

此时，一家酒楼里。

"你们说现在进不去故剑山庄了？"

"是啊，我听血池门的人说，他们家少主即将成年，就要开始行走江湖，所以他们带着银票赶去故剑山庄，想请楚庄主帮忙铸造一把剑。谁知道他们到的时候，故剑山庄外面笼罩着厚厚一层白雾，他们走进白雾，在里面迷了几天的路，怎么走都进不去故剑山庄，也出不去，险些饿死在白雾里。"

又有人好奇道："只有血池门这样吗？"

"还有人不信邪，也进去了，最后都在里面迷路了。"

有人微微蹙起眉来："听起来是奇门遁甲的阵法，这正是太一宗最擅长的，但他们就站在故剑山庄身后，还想靠着故剑山庄赚钱，按理说不可能设置这些阵法吧……是不是故剑山庄出什么变故了？"

正背对着众人饮酒的钟离乐听到这话，举杯的手微微一顿，越发好奇起这故剑山庄来。

"怎么，你想探究故剑山庄里的秘密？"坐在钟离乐对面的好友轻笑道，显然很清楚他是个什么性情的人。

钟离乐无奈地微笑，压低声音道："之前受人之托去过故剑山庄，的确在里面发现了一些有意思的事情。不过我不会奇门遁甲之术，先看看太一宗对此会做出什么反应吧。"

第四十七章

一剑霸寒十四州 5

衡玉足足闭关了三个月。

等到屋子旁边那棵梧桐树开始出现枯黄的迹象，衡玉终于推门出来。

风从林间穿过，吹过她身上时，她周身那种凌厉如剑的冷冽慢慢收敛起来，她又恢复了那副温和淡然的模样。

顾禹听到消息过来找她："从前段时间开始，就陆陆续续有人来闯九重迷阵。"

看来故剑山庄的异常已经传了出去。

衡玉点头，表示自己知晓了。

"你们近日修炼得如何？若是在习武时遇到什么困惑，这几日都可以来寻我解惑。"衡玉说道。她刚出关，不会这么快就开始下一次闭关，抽些时间为顾禹他们解惑不难。

顾禹感激地点头。

其实在以前，他和戚师妹的交集并不多。这位师妹明明深受折磨，却对楚庄主有着很深的孺慕之情，听不得旁人说楚庄主一点儿坏话。

那时候顾禹把这些都看在眼里，他觉得戚师妹的性情还是太过单纯天真，才会被庄主骗得如此深。

但结合现在种种来看，顾禹推测，戚师妹以前肯定都是在伪装，她做这一切只是为了骗过楚庄主，然后将他反杀。

既然戚师妹从很小的时候就学会了伪装，那这样性情坚毅、忍辱负重的人，拥有高深的武功，会奇门遁甲之术也不奇怪。

总之，顾禹已经说服了自己，并且用这套完美自洽的逻辑也说服了其他师弟师妹，惹得其他师弟师妹对衡玉的崇拜程度更上一层楼。

为众人解答完武功上的困惑，衡玉正准备去阅读她从楚庄主那里搜出来的武功秘籍，就见顾禹急匆匆地从外面走进来，脸上有几分急色。

"顾师妹，今早来闯关的那些江湖人里，似乎有人会奇门遁甲之术，他们现在已经闯到第三层阵法了。"

衡玉微微扬眉，她布置的奇门遁甲阵虽然不是多难，但能在几个时辰里就破了两层阵，看来是站在故剑山庄后面的势力出现了。

衡玉问道："师兄知道他们是哪个宗门的人吗？"

顾禹见她如此淡定，被她的情绪所影响，心中的些许着急之情淡了下去："我不认识他们身上的衣服，但在这江湖上，门中弟子都擅长奇门遁甲术的就只有太一宗。"

衡玉已经心中有数，她宽慰顾禹："师兄不必担忧，以他们如今的破阵速度推测，三天时间顶多破掉五层阵法。如果他们退出再进，阵法会出现变化，他们要重新破阵。

"等他们将前七层阵法都破完，师兄再来找我也不迟。"

两日后，那些破阵的人卡在了第五层阵法，因为带来的粮食不够，只好狼狈退出。

这些人破阵的实力比衡玉想象的弱了不少，她淡定地将武功秘籍翻过一页。

镇上酒楼。

太一宗的几个弟子围坐在一起，他们这个队伍是以一个五官俊秀的蓝衣男子为首。

"三师兄，那些阵法虽然不难，但布置得非常刁钻，我们几个人一直卡在第五层阵法。"其中一个男弟子苦笑道。

蓝衣男子不满地看着他："除了我们太一宗，这江湖上就没有什么门派教习奇门遁甲之术，定是你们平日里修炼疏忽了。"

几个前去破阵的弟子心中不满，但碍于蓝衣男子是掌门的儿子，在宗门里的地位比他们这些普通弟子高太多，他们也不敢说些什么，只好腹诽。

"故剑山庄是我们太一宗的钱袋子，这一次宗门派我们过来，是要我们查清楚山庄里面的异常，尤其是要寻找到楚庄主的下落。"蓝衣男子手按木桌，冷声说道。

以前每年故剑山庄都会给太一宗上交十万两银子，有了太一宗的庇护，故剑山庄这些年才能安安稳稳。其实就算故剑山庄出事了也没关系，只要楚庄主仍活着，故剑山庄没有了也可以重建。

想到每年十万两的供奉很可能就要飞走了，蓝衣男子心中更是不满，他把气都撒在了几个师弟身上，末了才道："看来还是得我亲自出马。"说罢握着他的大刀起身回房。

几个男弟子握着拳，暗暗咽下这口气。

其中一个实在是忍不住，小声嘟囔道："说我们习武疏忽，他从小服用各种灵丹妙药，也没见武功比我们高上多少，我倒要看看明日他表现如何。"

"少说两句吧，万一被他听到，你绝对吃不了兜着走。"

将手头这几本武功秘籍都翻看完，衡玉有了不少新的感悟，她正准备重新闭关，发现

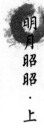

外面又有人来破阵了。

看他们的破阵速度，应该还是上次那拨人。

衡玉沉吟片刻，握着洗炼起身，打算去瞧个热闹，顺便评估下他们的实力。

她是阵主，依照阵眼的布局进阵，可以让大阵里的雾气遮掩住她的身形，只要她距离那些破阵的人不太近，那些人就很难察觉到她的存在。

衡玉步伐从容，借着这个机会顺便练习轻功步法。

很快，一道不满的声音被风送进她的耳中。

"怎么回事？你们前几日不是已经来破过阵了吗？怎么我们现在还在第一层阵法停留了这么长时间？"

"师兄……这阵法是变幻的，现在阵眼出现了变动，必须研究新的破阵方法……"一道声音无奈地辩解道，"布这奇门遁甲阵的显然是个高人。"

距离有些远，衡玉只能断断续续听到前者的骂声。

听了片刻，衡玉就知道这些人的情况。别看那个人骂得厉害，破阵的能力绝对也"菜"得"感人"，真要够强的话，他骂人的时间都能够破掉第一层阵法了。

太一宗居然就派了这么些弟子过来，衡玉心中觉得无趣，转身迈步离开。但身后隐隐传来的声音，让她止住了脚步。

"如果……就准备成熟可以收割了……我爹的剑还落在里面，那把剑绝对不容有失……"

成熟……收割？

剑？

以故剑山庄的实力，显然是没办法夺得洗炼这把武林至宝。它出现在故剑山庄，应该是有人将它送过来托楚庄主炼铸的。

如果是这样的话，让楚庄主铸剑的人，很可能就是给他《养剑诀》的人！

看来她想要为原身报仇，要解决的可不止楚庄主他们啊。

斟酌片刻，衡玉倒是没有对那几个太一宗弟子出手，那些都是小喽啰，杀了他们徒惹麻烦。

出了阵法后，衡玉走去见顾禹，嘱托他多收集些江湖上的消息，无论是新的消息还是旧的消息，都记录下来。

时间转瞬即逝，很快就从初秋进入深冬，白雪覆盖故剑山庄，远远望去，整个山庄宛若置身于一片雪海里。

来闯故剑山庄阵法的江湖中人越来越多，前几天甚至有人一口气闯到了第七层，吓得顾禹他们随时做好了去喊衡玉的准备。

但那人在第七层阵法卡了多日，因为身上带的干粮快吃光了，只好无奈地撤了出去，前功尽弃。

后来那人又闯了两次，好一点就是到了第七层，差一点在第六层就败退出去。

连着闯了三次，太一宗的张长老向弟子们解释道："这种迷雾阵法最恶心人的地方在于，它没有任何的攻击力，只具有迷惑性，想要用强大的武力去毁掉阵法是不行的。"

他抚了抚自己的长须，眉心紧锁："以我的能力，怕是也只能破解到第七层，可能真的要掌门亲自前来，才能破掉这些阵法了。"

有弟子问起这大概会有几层阵法。

"九为变化极致，任那布阵的人再厉害，也只能布下九层阵法。"说到这里，张长老轻叹一声，"江湖中突然出现一个如此精通奇门遁甲术的人，也不知道会不会对我们太一宗造成威胁。"

赶在年关之前，衡玉顺利出关。

和顾禹他们一块儿吃饭时，衡玉听说了有人破了七层阵的事情。

"我听了他们的谈话，那个破阵的应该是太一宗的张争长老。"顾禹说道。

衡玉放下筷子。江湖上的奇人异士不少，现在一个长老就能破掉第七层阵法，谁知道太一宗的掌门能厉害到什么程度？正好她对这个世界的武侠体系有了更深的感悟，可以再次提高阵法的威力了。

"现在我在山庄外布下的是九层阵法，九层阵法就是变化的极致，意味着变无可变。但是走到极致可以尝试化繁为简，将九化为一。趁着现在还没过年，大家多辛苦一段时间随我布阵，我打算借九层阵法的威势来布第十层小阵。"

有了这第十层小阵，故剑山庄的安全性就能更上一层楼。到时候她外出行走江湖，哪怕山庄里没有高手坐镇，也不必太担心。

就算真的有绝世高手一力破万法，直接将这十层阵法斩毁，顾禹他们也能有足够的时间收拾东西逃出生天。

几位师弟师妹压根听不懂她在说什么，然而，要再次布阵这件事他们是听懂了的。

再次布阵的好处是什么他们都知道，几位师弟师妹疯狂地向衡玉献上赞美，端茶倒水，一个比一个热情。

他们不是不知好歹的人。

正是因为曾经时刻处于生命垂危的境地，他们才会更清楚善意的难能可贵。

也许很多事情对戚师姐来说只是随手帮忙，但师姐确确实实救了他们的命，而且让他们拥有自保的能力。

衡玉被他们逗得一笑，也不跟他们客气。

这第十层阵法非常烦琐，众人起早贪黑地忙了半个月，在库房的材料耗尽之前，终于把阵法布置完毕。

心头的一块大石落地，故剑山庄众人高高兴兴地开始过年。

就在这时，一则小道消息在江湖上迅速流传开来——上古凶兵洗炼很可能就在故剑山庄里。

每逢神兵出世，江湖都要掀起血雨腥风。这则消息的真假无从求证，但为了这么个道听途说的消息来闯故剑山庄的人越发多了。

顾禹一开始还有些奇怪，后来知道这个消息后也没在意。

故剑山庄外吵吵嚷嚷，故剑山庄里风雨无忧。

外面是江湖，里面是俗世。

一年时间一晃而逝。

衡玉的内功大成出关，轻功步法也已经大成。

故剑山庄里的桃花盛放时，衡玉吃了碗师妹煮的饺子，背着一个黑色的包袱，抱着洗炼离开了山庄。

她能感觉到身后那些人一直在目送她。

江湖是个危机四伏的地方，也许等她在江湖里漂泊累了，会回故剑山庄休息一段时间，然后开始新的旅程。

但现在，她必须要离开。

将要拐进山林前，衡玉没有回头，只是抬起手朝顾禹他们又挥了挥。

延林镇距离故剑山庄不远，是个很热闹的小镇。

衡玉抱着洗炼走进一家酒楼，在二楼靠窗的位置坐下，随意将洗炼放在自己手边。

之前那个烦琐华丽的剑鞘已经被换掉，现在的剑鞘通体黑色，古朴大气，看上去肃穆而低调。

点好菜后，衡玉心中琢磨着自己在江湖行走时该用什么身份、什么名号。

"我这样的人在江湖中肯定低调不了。"衡玉向系统感慨。

按照江湖的标准来划分，她现在的内力大概没到一流高手的程度，但又足以碾压绝大多数二流高手。

配合上步法和剑法，在和绝大多数一流高手交手时，她可能还会占上风。

系统琢磨片刻，道："零，我觉得以你的搞事能力，一个'马甲'可能不太够用。"

衡玉眼前一亮，夸奖系统："系统，你真是越来越有想法了。

"你说得对，没几个'马甲'怎么在江湖中行走？我大概算算，'马甲'的话至少得有三个，一个正气凛然赚取声望，一个专门用来下黑手，还有一个亦正亦邪。至于其他的，等有需求的时候再现场安排就好。"

系统："还真是安排得明明白白了。"

衡玉琢磨了下，前两个"马甲"都好编，倒是最后一个"马甲"得好好想想。

思索片刻，衡玉点的菜上齐了。

她拿起筷子，慢慢夹菜吃起来，顺便听着隔壁桌在闲聊。

突然，衡玉道："这个世界好像没有百晓生一类的人物吧？"

这一类人物上知天文、下知地理，对江湖所有高手的情况都如数家珍。

他平时行踪隐蔽，若有人想要买某个江湖人物的绝密消息，只要找到他，并且出一个让他满意的价格，他绝对能够搜查到这个消息。

江湖上如果缺少了这样一个人物，那就太可惜了。

她决定为江湖填补空白。

系统茫然："上知天文、下知地理没问题，但是零，你还是第一次离开故剑山庄，怎么对江湖高手的情况如数家珍？"

衡玉摩挲着洗炼的剑鞘："这不是有剧情帮我作弊吗？"

很多东西，只要剧情里面提到过一二，她就能够大概推测出完整的脉络来。

而且她行走江湖时也会一直打听消息，填充自己的知识库。

如果实在打听不出来……不好意思，我看你不顺眼，你的生意我不做了。

听到衡玉的话，系统陡然发出一段平稳的电流声。

电流声过去后，系统捧场："零，不愧是你。"

衡玉冷笑，直接将系统扔进小黑屋里关着，自己继续琢磨刚刚想出来的好点子。

行走江湖需要名号，她这个身份的名号就叫"天机"吧——

世人都说"天机不可泄露"，然而寻到天机者，可知江湖诸般事。

传闻天机是个性情乖戾的人，如不合她眼缘，哪怕奉上黄金万两，都不可能从她口中问到一个消息。如若合她的脾性，她可以分文不取为对方解惑。

传闻天机得到一卷无字天书，她知道的所有消息都是无字天书告诉她的。那本天书就是她的武器。

传闻天机最喜出没于酒楼里，她身披能遮住全身的黑袍，脸戴木制面具，手握书卷，见到她的人第一眼就能将她认出来。

传闻……

以上传闻，皆出自近来江湖最受欢迎的话本《天机》。

这个叫《天机》的话本非常厉害，写话本的人深谙江湖人士的喜好，什么绝世兵器、藏宝图、绝代佳人都往上面写。当然，这些东西都不是最重要的，话本浓墨重彩描写的必须得是天机本人。

她通晓江湖诸事，亦正亦邪。这世间无人知她真实姓名，无人知她真实面目，更无人知她的过往，然而她却知晓世间万事。

这样一个神秘到极致，也强大到极致的人，恰恰合了很多刚出武林的少侠的喜好。

有不少人还感慨道，可惜这江湖上没有一个天机。

近日是灵云派掌门和七星阁阁主之女大喜的日子。

这两个门派都是江湖上的名门大派，为了庆贺这场喜事，灵云派掌门发了一堆请柬，广邀江湖人士来参加这场婚礼。

为了给婚礼助兴，他还摆了几个擂台，让江湖中的年轻一辈们进行切磋。

这显然是江湖中难得的一场盛事，所以这段时间里，灵云派所在的城镇非常热闹，每

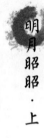

日都有很多武林人士进城，城中酒楼时常爆满。

今天酒楼的说书人又在说《天机》这个话本。

说到"天机分文不取，将屠钱家八十一口人的凶手身份告知钱家少爷，让武功大成的钱家少爷能够顺利复仇"时，酒楼里不少人高声叫好。

哪怕是已经听过一次的人，再次听到这段剧情，也觉得热血沸腾。

"如果我们的江湖里也有天机该多好。"

有个面容稚嫩，看上去顶多十六岁出头的少年突然感慨道。

他神色晦暗，不知道是不是也有着与钱家少爷类似的遭遇。

"这样上知天文、下知地理的人物，去考状元都成，怎么可能会一直在江湖里默默无名？"站在少年旁边的壮汉爽朗大笑，出声反驳道。

壮汉没有刻意压低声音，酒楼里不少人都听到了他这句话，有人点头附和："这话说得倒没错，如果江湖里有天机这类人物，绝对早就扬名了。"

话音刚落下，酒楼门外突然传来一道温润清越的嗓音："谁说这世间没有天机？"

这句话在内力的加持下，瞬间压住了酒楼里的喧哗声，酒楼里绝大多数人都循声看去。

在众人的注目下，一个腰佩玉坠的黑衣"少年"一边把玩着手中折扇，一边迈过酒楼门槛走进来。

"少年"闲庭信步，走进酒楼，宛若穿枝拂柳而来。她的眼尾狭长而上挑，那抹淡淡的红晕像是被桃花美酒熏染出来的醉意，又似极人间春色。

坐在酒楼二楼的钟离乐猛地坐直身子，心中赞叹：好一位霞姿月韵的"少年郎"。

下一刻，楼下的少年似乎是察觉到她的打量，抬眸向她看来。在钟离乐想抱拳与"少年"打个招呼时，"少年"先一步移开了目光。

"零，原男主在看你。"系统出声提醒。

"我注意到了。"衡玉随意在脑海里回了一句。

稍等片刻，衡玉发现众人居然没针对她刚刚说的那句话做出什么反驳，她正考虑着要不要把那句话重复一遍，就听到一个明显长着路人脸的路人兄问："不知这位少侠刚刚那句话是何意？"

有人接了她的话茬，衡玉停下把玩折扇的动作，轻笑道："诸位有没有想过，为什么《天机》这个话本写得如此翔实，细节如此到位？"

对啊，为什么呢？有些人顺着衡玉的话琢磨起来。

衡玉以折扇敲击虎口，赞扬道："对，诸位猜得没错。"

围观众人一蒙：我们什么都没猜。

还没等人出声反驳，衡玉便语速飞快地说道："这个话本涵盖了十二个案子，涉及的人物有贩夫走卒，有绝世高手，甚至还有朝中大员。如果没有天机的口授，我绝对不可能知晓这些事情。"

"你的意思是……你认识天机？"有女子迟疑出声。

"这位女侠说得不错。"衡玉朝这位青衣女子微微一笑，明明没做多余的事情，却让女子的颊上泛起了红晕。

注意到这点，衡玉轻咳一声，连忙收敛脸上的笑容，正色说道："实不相瞒，这个话本是我写的，而我写这个话本只有一个目的，那就是将天机逼出来！"

第四十八章
一剑霸寒十四州 6

一个中年武者凝视着衡玉，冷声问道："你与天机有什么仇怨？"

衡玉说："无仇无怨，我只是想从她那里打听些消息。"

"那你就去寻她，为什么要弄出一个话本？"

衡玉微微垂下眼，密如鸦羽的睫毛在眼底下形成淡淡的阴影，她似是有些落寞道："我寻了她几年，但怎么都寻不到。她不愿意在天下扬名，那我就要让全江湖的人都动起来去找她！"

"此事全是你一面之词，我们要如何相信你？"这句问话突然从空中飘来，声音缥缈出尘，让人难以捕捉到是从哪个方向发出来的，又是谁发出来的。

衡玉却猛地抬眸，将目光锁定在她左手边三米开外的老者身上，凝视着他的双眼，笑道："若不是有所奇遇，我这个年纪怎么可能会拥有如此深厚的内力？"

刚刚衡玉在走进酒楼时，特意用内力来加持声音，让她的声音迅速压住酒楼里所有的声音。

如果不是有这样一个震撼的出场方式，这些武林人士怎么可能会认真听她一个无名小卒长篇大论？

老者的脸色有些难看。

"这位公子的内力，确实已经跻身一流高手行列。"一直在旁边围观的钟离乐突然出声，证明了衡玉所言非虚。

钟离乐在江湖中小有名气？酒楼里很多人都听说过他，所以不怀疑他的判断。

但才二十出头的一流高手……什么时候江湖的一流高手这么不值钱了？！

"内力高深又如何？这江湖里有一些隐秘功法，可以将自己的几十年内力都渡给另一个人。谁知道你这身内力到底是不是自己修炼的？"老者冷笑道。

在衡玉认真倾听老者说话时，一支飞镖突然从衡玉的视线死角朝她疾速飞去。

钟离乐眼神极利，捕捉到飞镖的飞行轨迹后就要出声提醒。

然而下一刻，"小心"这两个字直接卡在他的喉咙里出不来了。

只见衡玉看也没看那支飞镖，但手中折扇已经举起往侧方猛击，用坚硬的扇骨打落飞镖，另一只空着的手拍击桌面，将那盛满茶水的茶杯击得飞起，她将手中折扇转了一圈，抽打茶杯让它往前飞去。

偷袭她的人早就做好了她会反击的准备，举剑想挡。

但脆弱的茶杯早已不堪重负，在距离此人半米距离时直接炸开，水雾和茶杯粉末同时喷了那人一脸。

抽打完茶杯后，衡玉没有关注自己取得的战果，她步伐诡异而缥缈，迅速转了个身，以折扇挡住了一把袭向她的长剑。

两者僵持数息，扇骨将长剑打歪，衡玉直接在剑客的脖颈上留下一道极长的擦痕，让他吃些苦头又不会伤他性命。

这两场战斗结束得非常快，快到衡玉退回原位时，之前用飞镖偷袭她的人才捂脸痛呼，剑客才捂着脖颈哀号。这两个人都不是弱者，绝对是二流高手中的佼佼者，然而他们在这位"少年"手里，压根没有撑过几招。

衡玉将折扇插在腰间，倚着酒楼门口的柜台，拎起酒坛，朝早就躲得远远的掌柜扬眉浅笑："掌柜，这酒我买了，等会儿再把酒钱和酒楼的损失都付给你。"

衡玉一把将酒封拍掉，左手拎起酒坛，仰头喝了两口酒。

有些酒顺着她的唇角滑落，衡玉随意用袖口抹去，环视众人，脸上带着淡淡的微笑："现在还有人对我的实力有异议吗？

"刚刚是我给灵云派掌门面子，知道他大喜之日将近，不宜见太多血腥，所以没有痛下杀手。但这回——"

她唇角笑容陡然转厉："我可不会再手下留情了。"

酒楼里一阵沉默。

钟离乐鼓掌打破僵局。

他两只手搭在栏杆上，探出头来与衡玉对视，笑着出声邀请："这位'公子'可愿上楼一叙？"

"钟公子相邀，我自然是乐意至极。"衡玉笑了下，握着折扇提着那坛没喝完的酒，直接往二楼走去。

她所过之处，不少人都微微挪了步子，给她让路的时候也趁机和她拉开距离。

钟离乐这桌并非只有他一个人在。

除了他外，还有一个坐在轮椅上的青年，以及一位一身红裙、腰缠长鞭的姑娘。

从原剧情里衡玉早就知道了青年和红衣姑娘的身份，但他们还是相互做了自我介绍。

青年姓涂，是涂家堡堡主的儿子，只可惜因为幼时的遭遇不良于行，武功进展平平。但他本人的性情比原男主钟离乐还要柔和三分。

红衣姑娘姓包，一手长鞭使得非常凌厉，算是钟离乐的红颜知己，不过在原剧情里钟离乐始终婉拒她的爱慕。

衡玉倒握折扇，朝三人抱拳，含笑道："我江湖名号为明初，擅长使用的武器是折扇，至于师承……"从出现起便一直张扬肆意的少年，眉眼突然黯淡下来，神情里带着淡淡的落寞，"在为我师父报仇雪恨之前，他不允许我将自己的师承说出来。"

报仇雪恨？

结合《天机》这个话本，再结合这位明初公子心心念念要找出天机，钟离乐觉得自己大概猜到对方为什么要找天机了。

他心下思量颇多，面上却丝毫不显，请衡玉在他右手边的空位置坐下。

钟离乐取来一只干净的酒杯，为衡玉倒酒："我看明初也是爱酒之人，试试这百里醉的滋味如何？"

"百里醉，这应该是灵云派的珍藏吧？听闻这种酒极难酿造，灵云派掌门每年只外送十几坛，没想到我一来此地，就能喝到这样珍贵的美酒。"

衡玉用折扇轻敲桌面，举杯将美酒递到唇边，轻嗅了下酒香，这才将美酒一饮而尽，放下杯子时还向钟离乐展示了下空掉的杯子。

"不愧是百里醉，果真是余韵无穷，堪称佳酿。"她悠悠赞叹，眼里也微微放着亮光，整个人比刚刚要柔和了不少。

在这江湖，一杯好酒就能拉近两人的距离，一杯好酒就能多个知交好友。

钟离乐眼睛一亮，知道自己这是碰上了真正爱酒之人。

他连忙又帮衡玉把酒杯添满。

坐在一旁的涂星华轻笑，声音温和："我和包妹都不胜酒力，不能陪钟兄喝个痛快，现在倒是赶了个巧，能遇到明初兄这样的'少年'英侠来陪他。"

另一侧的包妍也搭腔："只要酒楼的事情传扬开，明初兄绝对会在江湖上扬名的。"

"都是虚名罢了。"衡玉摆手，谦虚道，"我此行不为名而来。"

这是不可能的，她进江湖就是为了搞事。但她在钟离乐等人心中树立起了一种神秘而强大的形象，所以格调必须摆出来。

钟离乐点头道："听明初兄的意思，你这都是为了逼天机出世。但你这么做，她会出世吗？"

"我与钟兄一见如故，但是有些事……"衡玉神情复杂，故意沉默。

"你这就跟原男主一见如故了？"系统问道。

衡玉正故意沉默着，所以在脑海里悠悠回了系统一句："别瞎说，分明是他对我一见如故。"

"零，你这是要混个主角团成员当当吗？"系统问。

衡玉微微一笑："当主角团成员是明初的事情，跟我戚衡玉有什么关系？"

只要"马甲"多，她不仅能成为主角团成员，还能与反派结为莫逆之交。

反复横跳，就是如此简单。

在衡玉跟系统相互吐槽时，钟离乐那边却"脑补"了一番，以为衡玉是有什么难言之隐不便开口："若是明初兄觉得为难……"

衡玉回神，一秒入戏，朝钟离乐摆了摆手："钟兄误会了，我刚刚沉默是因为有些事情太过复杂，以至于我不知该从何说起。

"其实从我之前说过的话里，钟兄你们应该也知道，我与天机在一起生活过一段时间。她是个性情喜怒无常的人，之前一直勒令我不能将她的存在外传。

"现在我违背了她的意愿，只要她还活在这世间，只要她还能动弹，她就绝对会不计成本地来杀我。不过这正合我意，只要能见到她，我就能知道当年的答案了。"

钟离乐其实很想问衡玉天机真的有那么神吗，但又怕这个问题太过冒犯，一时间有些踌躇。

旁边的包妍没他这么好的定力，声音娇俏："明初兄，那天机真的有你说得那么厉害吗？"

"她只会比我描述的还要厉害。"衡玉一本正经地往自己脸上贴金。

钟离乐有些神往："如果有机会，其实我也想见一见天机。"

他在江湖中行走，经常要靠接任务来维持自己的潇洒生活，但是找上他的任务都是些比较刁钻的，时常令他摸不着头脑。

如果能够请天机提示一二，那任务的难度应该就能下降很多了。

衡玉笑道："钟兄你仪表堂堂，又多行侠义之事，浑身气运惊人，如果天机来到这里，你应该很容易就能与她遇上。"

她知道，钟离乐现在接下了灵云派掌门的委托，要调查一尊金麒麟的去向。

金麒麟是七星阁的彩礼里最贵重的东西，七星阁的人将它送来后，灵云派掌门一直将它小心存放着。没想到五日前，金麒麟突然不翼而飞。

这尊金麒麟太过贵重了，如果一直找不回来，到时候七星阁问起来，灵云派这边肯定会面上无光，所以灵云派掌门才委托钟离乐帮忙调查金麒麟失窃一案。

原剧情提过这件事，虽然没提得很仔细，但衡玉还是知道不少事情的，只是这些事不该由明初来透露。

很好，看来天机出世的第一单生意要有着落了。

钟离乐笑道："如果能遇上天机，那自然是极好的。"

衡玉举起酒杯，示意他饮酒。

钟离乐："今日能与明初兄结识，实为人生一大喜事。来来来，我们饮酒！"

两人推杯换盏，涂星华和包妍就在旁边以茶代酒。

等到一坛百里醉下肚，四人相处得越发融洽。

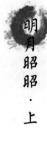

喝完酒后，天色开始暗下来。衡玉握着折扇起身，眸光依旧清明："三位，那我就先回去了。我打算再好好寻找一下天机，等到有天机的下落了，我再来与三位共饮。"

直到衡玉的背影消失在视线之中，钟离乐才收回目光，与好友涂星华感慨道："明初兄这样的性子，若不是背负着师门仇恨，定然早早就在江湖中扬名了，也不会一直等到现在才为人所知晓。"

涂星华无奈地笑道："明初兄如今也不过二十，你这样感慨，置你我于何地啊？"

他们这些人虽然在几年前就扬名了，但扬名的时候也已超过了二十岁。

钟离乐抬手拍了拍自己的额头，觉得自己可能真的有些醉了，居然忘了这件事情。

对啊，为这种"妖孽"感慨什么？他更该为自己默哀一番。

衡玉慢悠悠地晃着折扇，踩着这一地的星光走回她置办的院子。

一路上，她察觉到暗处里有不少探究的目光，不过对方没什么恶意，衡玉就没对暗处的人出手。

被盯得烦了，她才弹出一道内力作为警告，示意暗处的人适可而止。

这处院子是衡玉租下来的，只租了一个月。地方很大，里面的一应用品都是齐全的。

坐在凳子上，衡玉给自己倒了杯凉开水。

喝着水时，她垂下眼，思考自己下一步该做些什么。

现在她的三个身份都安排得明明白白了——

正道的光：师承不详的明初，擅长使用的武器是一把折扇，标志性的装扮是腰间缀着一块墨色的玉佩，最厉害的是轻功身法。

专门搞事：故剑山庄的戚衡玉，用的武器就是洗炼，一手剑术足以惊艳四方。

她不会主动杀人，但很显然，只要洗炼一出世，江湖必然会掀起血雨腥风，所以说这个身份是专门搞事的也没什么大问题。

神秘莫测：来历不详的天机，常年身披黑袍、戴着面具，标志性的特点是手握一本无字天书。

如今前期铺垫都已经完成，是时候寻个时机，让天机紧跟着出场溜达溜达了。

因为灵云派和七星阁的这场婚事，很多江湖人士都聚集在这个城镇里。

酒楼又是消息最灵通的地方，那天酒楼发生的事情被那么多江湖人士看到了，一传十，十传百，只花了短短两天时间，一流高手明初的名声就在江湖中传扬开了。

所以说，有实力的人想要在江湖中扬名，真的是件很容易的事情。

只不过在这件事后衡玉就低调下来，一直没有再现身，很多想要找她挑战的人都只能败兴而归。

转眼就过去了三天时间。

今天一大早就下了场滂沱大雨，街道上的行人少了很多，偶尔有人走动，也是撑着油纸伞行色匆匆。

金麒麟失窃一事始终没有头绪，钟离乐一大早就被雨水敲打窗户的声音吵醒了。

他没有继续睡下去，起身走到窗边，支起窗户望着外面的雨，迟疑片刻，打算出门去附近的酒楼用些早餐。

换好衣服，钟离乐抱着长剑，撑着油纸伞，慢悠悠地走进雨幕里。

他神情悠闲，哪怕衣摆被雨水打湿也不在意。

走了小半刻钟，酒楼便进入眼帘。

这个点还早，天气又不好，酒楼里没几个客人。

钟离乐挑了个靠门的位子，从筷筒里抽出一双筷子，用筷子尾部敲了敲桌子，笑着对掌柜说："掌柜，来一屉肉包子，再来杯豆浆。"

这几天钟离乐常来店里，掌柜对他不陌生，闻言笑着应了声"好"，转身进厨房把他要的东西端了出来。钟离乐正要用筷子夹起包子，余光突然扫见有个全身被黑袍罩住的人，慢悠悠地走在雨中。

雨水很大，黑袍人却没有撑伞。

黑袍人的目的地显然也是这家酒楼。等黑袍人走得近了，钟离乐看得越发真切——这个黑袍人的脸上还戴着一张木制面具，手上握着的东西似乎是……书？

联想到《天机》这个话本，钟离乐错愕：不会真的那么巧吧？

钟离乐刚回过神，黑袍人便已经走进酒楼。明明对方的打扮非常古怪，但守在门边的酒楼掌柜似乎没注意到黑袍人的存在。

很显然，这是因为黑袍人实力不凡，特意以深厚的内力淡去了自己的存在，实力不够的人很难第一眼就察觉到。

似乎是注意到钟离乐在打量自己，黑袍人慢悠悠地看向他，用略带沙哑的声音道："年轻人，你我有缘啊。"

钟离乐一愣，想到话本里面提及的内容，他脸上泛起克制的激动之色："前辈，还请前辈快快坐下！"

黑袍人走到钟离乐对面，施施然坐下，动作幅度有些大了，隐在黑袍里的手露了出来。这只手骨节分明，看上去有些纤细，但手上生了些皱纹，显然这天机已经不再年轻。

手是衡玉故意露出来的。

不过手上的皱纹毕竟是画上去的，她画得再好，被钟离乐看久了，难免会暴露。

所以只是让钟离乐粗略一扫，她就再次将手收回了黑袍里。

钟离乐连忙为衡玉倒茶，将温热的茶水放到衡玉面前后，他才试探性地问道："敢问前辈可是传说中的天机？"

衡玉微微抬头，语气有些怅惘："原本我这老朽之人只想在江湖中隐姓埋名，最后化作一抔黄土，谁知道还是出了名。"

是啊，我真的不想在江湖中出名的。

话说得多了，衡玉自己都要信了。

忽悠人的最高境界就是把自己也给忽悠住，所以钟离乐被忽悠住也实在正常。

钟离乐道："前辈能知晓世间万事，你能入江湖，是整个江湖的幸事啊。"

"幸事吗？"衡玉叹，"当我把消息说出去时，对方会用消息来做些什么，可就不由我掌控了。知晓太多有时未必是一件幸事。"

对此，钟离乐其实深以为然。

他觉得自己好像理解了天机不想扬名的原因：如果有人用天机前辈透露的消息为祸一方，那么那些无辜者的死，该不该算在前辈的头上？分明不是前辈出的手，但与前辈也有些关系。

但好友明初做这些事……

唉，钟离乐不便发表任何看法，好友也是事出有因，好友的立场和天机前辈的立场不同，实在说不出谁对谁错。

"也罢，闲话休提。"衡玉温柔地摩挲着手中空白的书。

她手上这本书非常简单，封面上用凌厉而瑰丽的字迹书写着"无字天书"四字，好像生怕别人不知道它是一本没有字的天书般。

天机的神秘人设已经立住，钟离乐注意到"无字天书"这四个字，只会感慨这字迹着实漂亮，完全没往别的地方想。

衡玉道："今早我掐指一算，才往这里走了一遭。年轻人，既然你我有缘，你想知道什么事情的话，尽管问我。但只能问我一件事，所以，你要认真斟酌。"

钟离乐抿了抿唇，问："天机前辈，我想要知道金麒麟的下落。"

担心这位前辈不太清楚金麒麟是何物，钟离乐还很认真地解释道："这尊金麒麟原本是七星阁珍藏的，因为阁主之女出嫁，阁主为了表示对婚事的看重，特意将金麒麟作为嫁妆送来灵云派。

"只是八日前，金麒麟意外失窃，灵云派掌门便委托我寻找金麒麟。

"我如今已经想到那人是如何盗走金麒麟的，但始终无法锁定那人的身份，更无从得知金麒麟的具体下落。"

眼看着还有几天时间七星阁的人就要抵达灵云派了，如果想要完成灵云派掌门交给他的任务，他就必须要在剩下的时间里将金麒麟找回来。

留给他的时间已经不多了。

在钟离乐期待的目光中，衡玉缓缓开口："你有没有想过一件事——如果说，从头到尾都没有金麒麟这样东西呢？"

第四十九章
一剑霸寒十四州7

从头到尾都没有金麒麟？钟离乐微微拧起眉。

"或者换个说法，如果从头到尾，七星阁那边送来的金麒麟都是假的呢？"衡玉再次道。

钟离乐脸上浮现出惊讶之色："可这场婚约，是七星阁主动提出来的。"

衡玉笑而不语。

提示到这里就够了，她想这句话已经能为钟离乐指明下一步调查的方向了。

而且……原剧情里没明写很多东西，再往下提示，她就要暴露自己的"神棍"本质了。

钟离乐垂眸，思绪万千：如果天机前辈所言非虚，那问题肯定是出在七星阁那边。

"雨停了。"衡玉用喑哑的声音淡淡地说道，随后捧着天书起身。

"前辈要走了吗？"钟离乐回神，连忙跟着起身。

"该走了。"

钟离乐没有挽留，只是出声问道："不知道我该付给前辈多少报酬？"

衡玉的声音里有着淡淡的笑意："我看过话本，里面说遇到符合我脾性的人，我会分文不取。这个说法就错了，我是卖情报的人，怎么可能会分文不取？这可不符合江湖规矩。

"我先前已经说过，你我有缘，所以一文钱足矣。"

没有分文不取，而是取一文钱来成全这场缘分。钟离乐眨眼微笑，觉得这位前辈真是个妙人。

他取出一文钱，恭敬地递给衡玉。

衡玉宽大的袖子从他的手上方一拂而过，铜钱便从钟离乐手中消失不见。

不经意间低调地露了一手，展示了高人风范后，衡玉就要转身离开。

"前辈请留步。"见衡玉顿住脚步，钟离乐抿了抿唇，抱拳道，"前辈，我与明初是好友，

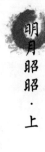

她写话本的举动也许给前辈造成了困扰，但其本心不坏，还请前辈不要责怪她年少轻狂。"

原男主的品性的确不错，居然能为一个刚认识一天的友人说话。衡玉摩挲着手里的无字天书，长叹道："那孩子何必执着？"

钟离乐苦笑道："明初也是想为她师父报仇，事出有因。"

衡玉好笑道："你倒是知道得不少。"

她微微抬起头，似乎是正在回想往事："那孩子是个孤儿，当初在街边乞讨时，因为怎么都不肯把自己乞讨来的两文钱交给其他乞丐，被其他乞丐揍了个半死。她师父无意间路过，出手将她救下。

"那孩子倒是奇怪，明明前一刻还护那两文钱护得死死的，但被她师父救下来后，却将两文钱递给了她师父表示感谢。这场师徒缘分，就是因这两文钱而来。

"收她为徒后，她师父对她倾囊相授，再加上她本就是个练武奇才，所以武功进展一日千里。"

说到这里，衡玉的声音变得惆怅："其实她师父待她算不上多好，只有在传授武艺时足够用心，还说如果她不能成为天下第一的高手，那就绝对不能向外人透露她的师承。可惜啊可惜，在她十二岁时，她师父打算出门寻一朵血莲为她洗经伐髓，但没想到后来，她没有等回她的师父，只等回了血莲和她师父的死讯。"

从那之后，明初就陷入了执念。

她想知道是谁害死了她师父，更想知道当初是谁灭了她师父满门。因为她当初随她师父去拜访过天机，知道天机的存在，所以才心心念念想要找到天机。

随着衡玉的话语落下，明初这个人物的身世来历就补足了。

用明初来证明天机的存在，立住天机无所不知的人设，再反过来用天机补全明初这个角色的人设，增强可信度。

完全没毛病。

至少钟离乐听完后，忍不住为好友的身世怅惘起来。

他欲言又止："前辈……"

"不必多言。"衡玉摆手。

"我不会去见她。令她心心念念的谋划落空，这也许比我亲手杀了她还要让她难受。"

说罢，就如同来时那般，衡玉慢悠悠地走出酒楼。

钟离乐站在原地目送她，朝着她的背影恭敬行礼。

三两口解决掉早饭，钟离乐急匆匆赶去灵云派，见到了灵云派掌门。

灵云派掌门相貌平平，但武功极高。

以前灵云派只是个二流门派，在现任掌门接手后，灵云派才顺利跻身于江湖一流门派。

见到灵云派掌门后，钟离乐开门见山，直接问起他对金麒麟的印象。

得知金麒麟送到灵云派后，灵云派众人其实都没近距离把玩过它，钟离乐越发肯定了心中的某些猜想。

不过，他还需要进一步去验证。

衡玉顶着明初的"马甲"，正躺在躺椅上，在院中晒太阳。

她听到门外传来的敲门声，大概就猜到来者是何人了，袖子一挥，无形的劲气打在门上，紧闭的大门直接从里面打开。

钟离乐提着一坛百里醉走进来，俊秀的脸上挂着热切的笑容："你知道是我来？"

衡玉叼着根狗尾巴草："我在这里认识的人就只有你、涂兄和包姑娘，其中最熟的就是你，这并不难猜。"

"我又从灵云派那边顺来了一坛美酒，想找人共饮，这才来打扰你。"钟离乐举起手中的酒坛晃了晃。

衡玉轻笑，从躺椅上起身，绕进屋里拿了酒杯，与钟离乐慢慢喝起酒来。

几杯酒下肚，钟离乐平静道："明初兄，我今早见到了天机。"

衡玉眸光先是一亮，但很快，像是意识到了什么，她眸里的光黯淡下来。

"她定是不愿见我的。

"是啊，比起杀了我，不见我这种做法才是诛心之举。"

钟离乐为她把酒满上："喝酒！"

衡玉脸上又恢复了笑意："也罢，也罢，总归她现在是出世了。山不来就我，我便去就山！"她举起酒杯，与钟离乐对饮，"来，喝酒！"

看着好友强颜欢笑的模样，钟离乐心中轻叹。

虽然与好友和天机前辈接触都不深，但以钟离乐对他们的初步了解，他觉得好友绝对不会放弃，而天机前辈决定的事情怕是也没有更改的可能。

她们都是执拗之人。

喝完酒，钟离乐告辞离开。

衡玉重新叼了根狗尾巴草，躺下晒太阳。现在天机的事情暂时可以告一段落了，从明天开始，她就去参加擂台赛，让明初扬名的同时，也借武林人士来练练手。

擂台是灵云派的人摆的，本意是让前来参加婚礼的武林人士比试切磋，每日都有很多人前来参加。

睡到日上三竿，衡玉才慢悠悠地前去挑战擂主。

擂主江湖名号"鬼凤"，一把长戟使得炉火纯青。

他刚刚接连战胜了好几个对手，而且下手极狠，被他打下擂台的人在半个月内怕是都无法下地走动。所以一时之间，无人敢上台与鬼凤争锋。

鬼凤站在原地足足等了一刻钟，见始终没有人上台，不由得朗声长笑："看来今日我这擂是守定了，真没有人愿意上台与我比试吗？"

台下有人心中憋气，正想硬着头皮跳上擂台——

"我与你比试。"一道清越的声音从人群外传来。

鬼凤循声看去，发现发出声音的居然是个容貌清秀的"少年郎"，昨日刚到城镇的他不禁嗤笑一声："我以为是谁那么大胆，原来只是个乳臭未干的臭小子啊。小子，这可不是在你的门派，我也不是你的师门长辈，不会对你手下留情的。"

周围不少人都认出了衡玉，听到鬼凤的话，他们心中暗笑。

鬼凤是强，但这个叫明初的人可是已经有着一流高手的实力，接下来有好戏看喽。

衡玉运用轻功，轻轻松松跃到擂台上。

"小子，我不与无名之人比试，报上你的名号！"鬼凤冷笑道。

"明初。"衡玉抬眸扫他一眼，温声道，"我这人素来宽容，哪怕是手下败将也可以知晓我的名号。"

"你——"

鬼凤一噎，懒得再跟她废话，挥舞着手中的长戟便向衡玉袭来。

刚交上手，鬼凤就被衡玉那深厚的内力惊到了。他意识到自己轻敌了，就要往后退开，然而衡玉已经顺势跟了上来。

小小的折扇到了衡玉手中，几乎成了无坚不摧的利器。

她把玩折扇时，姿态悠闲到了极点，偏偏每一次都能将对手的攻击拦下，并顺势做出反击。

十招之后，长戟被挑飞。

下一刻，折扇抵着鬼凤的心口。

衡玉抬腿，直接将鬼凤踢下台。

"下一个。"

除了与鬼凤对打时衡玉采用了速战速决的方式，和其他人打时，她都是先让对方将自己的武功路数展示出来，再出手解决对方。

连着守擂三日，衡玉无一败绩。

这样的战绩实在太过彪悍，如果说之前酒楼一事只是让她小范围扬名，现在，满城的江湖人士基本都听说过"明初"这个人了。

城中还有人开了赌局，赌她到底能够守擂多少日。

"如无意外的话，至少能有五日时间。"有人猜测道。

"五日？听说明初的战绩惊动了名门大派的精英弟子们，他们都想将明初赶下擂台，踩着明初的战绩上位。"

"听说太一宗、江湖盟这几个门派已经到了，难道阎妄、时水儿他们都被惊动了吗？"

"没错，他们这几年都在宗门里闭关修炼，现在随着宗门下山，必然要想办法展示这些年苦修的成果。那明初只不过是一块很好的磨刀石罢了。"有人冷笑，显然对明初颇为不屑。

众人见他穿戴着太一宗弟子的服饰，自然知道对方为什么不屑。

有人幸灾乐祸道："接下来怕是要有好戏看咯。"

第五十章

一剑霸寒十四州8

这边是横空出世，师门不详；那边是少年成名，出身名门大派。绝大多数江湖人都抱着看热闹的心思，等着接下来的擂台赛开始。

然而——

众人足足盼了两天，太一宗的阎妄和江湖盟的时水儿等人都没在擂台边露面。

一开始众人还有些疑惑，但慢慢地，有些人就品过味来了。

"他们是希望明初能多守擂几天。明初表现得越强势，在江湖中的名声就越高。如果有人成功终止了明初的胜利，就能成功夺走明初身上的大半名声。"

有人看这种做派很不顺眼，嗤笑一声："这是既想要好处，又不想自己辛苦啊。"

"嘘声！你想同时得罪几大宗门吗？抱着这种想法的人肯定不少。"

这些江湖人都想通了其中关窍，衡玉自然不可能猜不出来。

她用白绸慢慢拭去折扇上的血迹，声音温和："这些人实力不强，野心倒挺大，也是时候学一学'谦逊'二字怎么写了。"

擦干净折扇，衡玉起身往外走去。

现在又到了每天固定的守擂环节。她已经一连五天守擂成功，今天应该会有人按捺不住出手了吧。

现在时辰尚早，但擂台边早已围满了看热闹的人。

衡玉一到，众人便自发给她让路。

"多谢诸位。"衡玉抱拳行礼，笑容明澈干净。

"明初'公子'客气了。"一些曾经败在衡玉手下的人笑着与她打招呼。

正所谓不打不相识，只要双方在比试时没有发生过任何不愉快，是正常的切磋交流武功，那么打过一场就算是旧相识了。

这种快意恩仇，也不失为江湖的一个优点。

包妍穿着一身红衣，腰缠长鞭，也过来凑了凑热闹。她行了个不是很标准的抱拳礼，高兴地与衡玉打招呼："明初'公子'。"

衡玉随意一笑："包姑娘！"她越过人群走上擂台，盘膝坐于地上，安静地等着今天的第一个对手上台。

她守擂五天，愿意上台与她比试的人基本都上过台了。

所以衡玉枯坐许久，依旧没有等到任何人上擂。

"按照江湖规矩，若是守擂一个时辰，依旧没有对手上台与我比试，那就直接算我今日守擂成功。我应该没记错吧？"衡玉侧头去看裁判。

裁判是灵云派的长老，他闻言点头，指着旁边烧了一半的香："这已是第三炷香。"

那已经快了。衡玉继续枯坐，在脑海里复盘这几日的比试。

她这几天热衷于打擂台赛，当然不只是为了在江湖中扬名，也是想趁机见识下各门各派的功法招式，以此弥补她所修习功法的不足。

几日下来，衡玉收获很大。复盘到最后，她可以肯定擂台赛对她已经没有太大作用了。

衡玉抬手伸了个懒腰，笑容散漫，说出的话却毫不客气："近来我颇有感悟，所以决定闭关数日。

"这是我守擂的最后一日，如果还有谁想虚心向我讨教，麻烦快一些，不要再磨磨蹭蹭地摆款。"

她所说"摆款"的人，自然就是那几位出身大派的精英弟子。衡玉对这些想"摘桃子"的人，自然不会客气。

她这番话一出，底下顿时窃窃私语起来。

有人看热闹不嫌事大，转身出了人群，打算把这个消息传播出去。

"是有感悟而闭关，还是因为担心自己会输掉后面的比试，所以想想提前逃走？"人群里，一个年轻男子高声喝问。

衡玉垂眸，目光落在蓝衣男子身上，隐隐觉得他有几分眼熟。在系统的提醒下，衡玉反应过来她是在哪里见过这个人了——两年前，故剑山庄外，这个蓝衣男子领着太一宗的人来破阵，姿态颇为嚣张。

衡玉脸上没什么表情，只是随意抬手。

浑厚的内力如激烈的海浪，直接朝蓝衣男子拍去。

这一击太快、太猛，哪怕蓝衣男子及时举剑防御，依旧被击得后退几步，唇角溢出一道血。

衡玉微微一笑："在质疑我是不是要逃走之前，麻烦这位少侠先回家苦修十载。"

言下之意，你这么弱都敢出来行走江湖，我又为何要逃走？

蓝衣男子脸色一变，用袖子胡乱抹掉唇角的血。他身为太一宗宗主之子，哪里受过这种委屈？右手握着剑柄，作势就要拔剑。下一刻，余光扫见从远处驾驭轻功而来的人，蓝衣男子的眸光顿时亮了起来："阎师兄，你到了！"

阎妄穿着黑衣，轻飘飘落到擂台的另一端。

他淡淡地扫了蓝衣男子一眼，转眸与衡玉对视。

衡玉从擂台上起身："终于来了。"

"太一宗阎妄，江湖名号'阎王'。"

阎妄自报家门，将锋利的刀拔出刀鞘。

刚猛的刀气随着他的动作四溢开来，离擂台近一些的人都能感受到其中的威势。

下一刻，两人迅速贴近。

看似脆弱的折扇与刚猛无比的刀相撞、相撞，再次相撞，内力交织厮杀。他们两人的交手没有太多烦琐的招式，只有最简单的刚猛碰撞。

有血飞溅而起，在空中留下一道极明显的痕迹。

是谁的血？

太快了，两人的位置不断变化，攻势却丝毫没有减缓，眼力差些的人已经看不清他们是如何出招的了。

哪怕是实力高强的人，一时之间也无法判断出那道喷溅出来的血是谁的。

直到坚硬的刀被生生震飞，两人拉开距离，这一切得到解答。

阎妄一头黑发现在散乱地披下，脖颈、肩膀处都有明显的伤痕，他站在原地大口喘气，手中长刀已经掉到了擂台下方。

反观站在他对面的衡玉，除了额前的碎发凌乱了些许，整个人依旧是一副散漫肆意的模样。

时水儿在他们交手时已经抵达擂台下方，她安静地看完这场比试，神色渐渐凝重："此人……"

她的实力与阎妄在伯仲之间，如果连阎妄都这么狼狈，那她与明初交手怕是也讨不了好。

"师姐，怎么了？"站在时水儿旁边的师弟问道。

时水儿肯定道："此人比前几日更强了，她之前定然隐藏了实力。"

时水儿想踩着明初来"刷声望"，所以早在前两天，她就特意调查过明初的实力，最终得出的结论是明初的内力与她差不多，但她师承江湖盟，学到的招式和功法肯定比明初要强，所以她有八成把握能赢明初。

但现在的情况与她想象的好像不太一样。

当然不会一样！

要知道，衡玉来到这个世界满打满算不到三年时间，内力是最拖她后腿的一项。

在时水儿神情凝重时，阎妄已经再次袭向衡玉。

然而这不过是徒然挣扎罢了。

衡玉一掌击中阎妄胸口，内力深入他的血肉之间炸开。阎妄被这股冲劲带得往后倒退，一直倒退出擂台。

衡玉没看自己的手下败将，目光转到时水儿身上："时姑娘，请。"

时水儿抿唇，跃上擂台，腰间软剑迅速袭向衡玉。

然而，相缠不过半刻钟，时水儿同样落败。

衡玉立于台上，依旧是一副从容闲适的模样："已经到用午饭的时间了，我觉得，台下那几位也别耽误彼此的时间了，你们一起上吧。"

钟离乐最近都在忙着追查金麒麟失窃一事，听说了擂台的热闹后，他特意抽空过来围观。谁承想，他刚到擂台边就听到这么一句话。

作为友人，他很给面子地举手鼓掌。

衡玉微笑，生怕仇恨拉不够般朝钟离乐道："钟兄来得正巧，你先去酒楼点一桌好酒好菜，我很快就来。"

"明初，你未免太过张狂了。"日月楼的血煞冷哼一声。

衡玉平静道："至少我比你更有资格在此张狂。"

对方话音一顿。

稍等片刻，依旧无人攻擂，之前在擂台下围观的一些名门大派早就低调地退走了。

确定没有人再上台，衡玉也懒得再在擂台上等一个时辰，她直接翻身下台，招呼站在旁边等她的包妍："包姑娘，我们去酒楼寻钟兄和涂兄。"

钟离乐他们点了个包厢。

衡玉简单清理过自己，才去包厢与钟离乐他们一块儿用午饭。

钟离乐赞道："以一己之力力克阎妄、时水儿两人，明初兄果然厉害。"

衡玉摆手，苦笑道："只希望能够挤进江湖少侠榜前三吧。"

"江湖少侠榜？"听到这个陌生的名词，钟离乐来了兴致，"不知道这是什么榜单？又是何人所排？"

衡玉无奈地扫钟离乐一眼："钟兄猜不出来吗？这天下还有谁能够对江湖人士的情况如数家珍？"

"天机！"旁边的包妍积极抢答。

衡玉点头，有些怅惘地道："天机出于兴趣排了这个榜单，却一直没有将它公布。如今重新出世，也不知道这能不能随她一起被世人所知晓。"

第五十一章
一剑霸寒十四州 9

说实话，行走江湖的，谁还没有几个不为人知的保命底牌呢？实力差距不大的双方交起手来，最终鹿死谁手还真说不定。

所以这种江湖排名，往往很难令全江湖人信服。

但钟离乐觉得，如果是天机前辈来排榜的话，肯定比较令人信服。

一时间，他忍不住好奇起自己能够在榜单上占据什么名次。

"明初兄，你觉得以钟哥的实力，能够排在榜单第几名？"一旁的包妍大概是看出了钟离乐想问又不好意思问的心思，出声帮钟离乐询问起这个问题来。

衡玉摇头笑道："我连自己的名次都猜不到，怎么可能猜到钟兄的名次？"

"况且——"衡玉看向钟离乐，露出几分兴致勃勃的表情，"我只知道钟兄武艺高强，在江湖上颇有名望，但一直没有寻到机会与钟兄切磋交流。也许和钟兄比过之后，我就能推测出钟兄的名次了。"

钟离乐苦笑，只好拱手表示下次一定。他连擂台赛都懒得打，又怎么会跟自己的好友交手？

几杯酒下肚，钟离乐换了个话题，与他们说起自己调查金麒麟失窃案的进度。钟离乐知道明初并不知晓金麒麟的事情，还给她简单介绍了一番。

末了，钟离乐道："我已经知道金麒麟落在谁的手里了。"

在众人的追问下，钟离乐缓缓吐出一个江湖名号："十五年前在江湖中名声大噪的黄金大盗。"

据说十五年前，黄金大盗横行一方，不少富商都遭过黄金大盗的洗劫。他最喜欢盗取用黄金制成的物件，在盗走东西后，会在原地留下一片梅花状的金箔。

但十年前，他突然销声匿迹。

有人说黄金大盗被六扇门秘密处决了。也有人说黄金大盗已经积攒够了财富，所以决定金盆洗手。

总之什么说法都有。

"是黄金大盗要重出江湖了，还是说有人在借黄金大盗的名头行事？"涂星华做出合理推想。

钟离乐道："我顺着线索追查数日，觉得更有可能是真的黄金大盗出手了。而且我在查阅十五年前有关黄金大盗的案宗时，发现了一些很有意思的地方。"只不过这需要等七星阁的人到了，才能印证他心里的一些想法。

衡玉对案子的事情不是很关注，只是有一搭没一搭地听着，更多的心思都放在琢磨她的马甲大业上——接下来，她是该让天机再次出场，还是让戚衡玉这个主"马甲"惊艳亮相呢？

短短一天时间里，明初力克阎妄、时水儿的消息就传得满天飞了。

阎妄、时水儿他们想踩着明初进一步扬名，却反被明初埋进土里，助明初进一步扬名，这偷鸡不成蚀把米的操作不知道让多少江湖人看了笑话。

太一宗、江湖盟的人心底憋屈，但那天的比试，明初赢得非常光明磊落，他们没办法反驳这些嘲笑，只好闭门不出，将嘲笑声隔绝在门外。

不过这种情况没有持续多久，三天后，七星阁的送嫁队伍抵达了灵云派。

送嫁队伍抵达，成亲的日子也就近了。

灵云派结束了擂台赛，在门派各处张贴上喜庆的"囍"字。

衡玉偶尔会出门去酒楼里坐一坐，听他们聊近日江湖上的趣事。但绝大多数时候，衡玉都是待在院子里，有模有样地编写起江湖少侠榜。

榜一，故剑山庄戚衡玉。

理由：一剑既出，霜寒十四州；洗炼之主；曾修炼过《养剑诀》，以自身血肉来滋养剑气，如今已达人剑合一之境。

战绩：……

榜二，明初。

理由：……

战绩：……

榜三，钟离乐。

至于理由和战绩……有原剧情在手，这两点对衡玉来说不算太困难。

在排列榜四到榜十时，衡玉遇到了不少困难。不过她打了那么多天擂台也不是白打的，细细琢磨之下，最终衡玉还是艰难地将名次定了下来，有些不确定的地方也都做了相应的备注，可以说是非常严谨了。

毕竟她排名时越严谨，这份榜单的可信度就会越高。

榜单可信度高了，戚衡玉就能顺势走进江湖众人的视线里，她和明初这两个"马甲"

都可以受益。

当然，最受益的还是排出这份榜单的天机。

"做一件事，同时刷三份名望，零，真不愧是你。"系统夸奖道。

衡玉放下毛笔，揉了揉手腕，将自己面前摊开的资料都整理好："做一件事只为了达成一个目的，这太浪费时间了。人生苦短，在江湖扬名要趁早啊。"

初步排出了前一百名，接下来衡玉还要细细斟酌，看看他们的位置需不需要再做细微调整。

这件事不用太急。衡玉已经在屋里待了很久，她从椅子上起身，绕过桌案走到院中，打算出门去酒楼吃些东西，顺便打听一下江湖近日有没有什么热闹事。

人多了，热闹事自然不少。而近来最受关注的事，就是十年前销声匿迹的黄金大盗居然重出江湖了！他的目标，很有可能就是七星阁送给灵云派的那尊金麒麟！

"听说为了此事，灵云派已经加强警戒。我现在很好奇，在灵云派有了防备的情况下，那黄金大盗还能不能将金麒麟盗出来？"

"不好说，黄金大盗风头最盛时，可从来没有失过手。"

"婚礼在两日后举行，黄金大盗应该也是时候出手了。"

……

隔壁桌的交谈声传进衡玉耳中，她端着茶杯，漫不经心地听着。

她和他们的看法不同，她直觉黄金大盗的事情和钟离乐脱不了干系。

正好接下来几天没事做，不如去探望探望自己的工具人好友，顺便当个近距离"吃瓜群众"好了。

很快，正忙着设局的钟离乐见到了神采飞扬的好友。

衡玉拎着一坛酒，站在门外朝钟离乐轻笑道："钟兄，要不要与我共饮几杯？"

钟离乐的爱好不多，喝酒算一个。

他将衡玉请进屋里坐下："你最近忙完了？上回包妹去找你，回来时跟我说你正忙着修炼。"

他那时候还忍不住感慨，难怪好友年纪轻轻就有如此高深的修为，原来竟是个痴迷武学之人。

"暂时忙完了……"衡玉把她在酒楼听到的事情告诉钟离乐，"我直觉这和你有关系，想着你可能需要帮手，就自告奋勇过来了。"

这番话，她说得那叫一个义正词严，完全是一副为好友着想的义薄云天的姿态。

钟离乐这样的人几乎不会猜忌自己的朋友，直接就信了衡玉的说辞，笑道："也好，我这招叫引蛇出洞，到时候打起来怕伤及无辜。你在的话也能多个帮手。"

衡玉转而问起现在是什么情况。

钟离乐长叹，脸上泛起几分浅浅的歉意："事涉宋姑娘的清白，在没有十足的把握之前，我不便告知。"

他口中的宋姑娘，就是七星阁阁主之女，婚礼的主角之一。

事涉宋姑娘的清白？

从钟离乐透露的这句话，再结合部分剧情，衡玉隐隐猜到了事情的大致真相。

"看来两日后的婚礼要出不少事情。"衡玉肯定道。

钟离乐诧异地抬眸，没想到她会这么说。他抿了抿唇，语气颓然："我原本想请灵云派掌门取消这场婚礼，但现在大半个江湖的人都聚集在此地，这场婚礼已经不是说取消就能随便取消的了。"

所以毫无意外，灵云派掌门拒绝了钟离乐的提议。

明知道这场婚礼进行下去会引发很多不好的事情，但钟离乐只能眼睁睁看着婚礼举行，这种感觉很不好受。

衡玉轻叩桌面，将钟离乐的注意力吸引过来，这才出声安慰："钟兄不必自责，你已经尽力了。"

钟离乐长舒了一口气，勉强打起精神："不说这些烦心事了。"而后招呼衡玉饮酒。

一大早，灵云派就热闹起来，放眼望去，整个门派几乎淹没在喜庆的红色里。

灵云派广邀江湖人士来参加这场婚礼，只要是提着贺礼登门的，无论礼物轻重，都可以进去吃饭喝酒。

衡玉提着一份不大的贺礼，握着折扇前来。

将贺礼交给记账先生后，衡玉慢悠悠地走进灵云派里面，一路上有不少人认出她，纷纷向她抱拳行礼。

衡玉自然都笑着回礼。

很快，她在接待宾客的院子里找到了钟离乐。

第五十二章 一剑霸寒十四州10

钟离乐这个气运之子，几乎一直是事与愿违。

他查案，明明是为了还好友清白，最后查出来的一切却让好友身败名裂。

他追凶，明明是为了江湖中人不再遇害，最后他的红颜知己却为护他而死。

他光明磊落，也潇洒肆意，虽一路好友不断，但最后在江湖里负剑行走时，想要举起酒杯与人共饮，却发现所有他爱的人、爱他的人都已经消散于时光之中。

这金麒麟失窃案其实也是如此。

钟离乐受灵云派掌门的委托，暗中调查金麒麟的下落，其实是为了灵云派和七星阁不生嫌隙，能够圆满完成这场婚礼，从而使灵云派掌门和七星阁阁主之女能成佳偶。

但当看到那个背负双剑、一脸冷漠地走进院子的黑衣剑客时，钟离乐就知道，他又要事与愿违了。

衡玉敏锐地捕捉到钟离乐那一闪而过的失魂落魄，顺着钟离乐的目光看过去，问："你认识他？"

钟离乐沉默，似乎是在思考要怎么开口。

但是，已经不用他开口了，因为那本该安心在后院待嫁的新娘宋暮雨穿着一身嫁衣，头发散乱，没有梳妆，急匆匆地跑进院子里，一瞧见那黑衣剑客，她就忍不住捂着嘴落泪。

黑衣剑客那冰冷的神色逐渐柔化，他朝宋暮雨走去，似乎是想将她揽入怀中。但当黑衣剑客的手即将触及宋暮雨时，有人伸手，拽着宋暮雨往后退去，迅速拉远她和黑衣剑客的距离。宋暮雨扭头，发现拽住她的人是她爹。而这场婚礼的另一位主角——灵云派掌门正站在不远处，神色晦暗地盯着她看。

宋暮雨对上灵云派掌门的视线，有些狼狈地别开眼，扭头去看她爹，语带哭腔。因为情绪太过激动，她说话有些颠三倒四，但众人还是听出了她的诉求——她希望她爹能够成全她和黑衣剑客。

七星阁阁主气急败坏，突然抬手指向黑衣剑客。

就在他指向黑衣剑客的下一秒，一道如流星般迅疾的暗器从他的袖子里爆射而出，速度快到众人都没反应过来。

但还是有人拦下了这道暗器。

出手的人竟是灵云派掌门！

更出人意料的是灵云派掌门对七星阁阁主说的那句话："十年时间过去，看来黄金大盗的武功退步了不少。"

他们的对峙早就吸引了满堂宾客的注意，灵云派掌门的这句话无异于一道惊雷。什么？那个在十五年前为祸一方，又在十年前销声匿迹的黄金大盗，居然是名门正派七星阁的阁主？！

因为早在前两天就已经有所猜测，所以听到这句话时，衡玉并不意外，只是觉得命运有几分弄人。黄金大盗金盆洗手，又为了这场婚事能够进行而重新偷窃，然而这一次他正好撞到了原男主的手里，所以再也无法逃脱，注定身败名裂，为十几年前的罪孽而赎罪。

"你说什么？"场中最吃惊的人当数宋暮雨，她看向灵云派掌门的眼里满是失措和愤怒，"不可能！我爹怎么可能是黄金大盗？那金麒麟分明是在你们灵云派失窃的，你们怎么能将一切推到我爹身上？"

钟离乐脸上的失魂落魄慢慢收敛起来，他面无表情地走到灵云派掌门身边，将这段时间他的调查成果娓娓道来。

这整件事，都源于金麒麟。

半年前，七星阁阁主有意为自己的女儿挑选夫君，问过女儿的意见后，七星阁阁主便开始慢慢挑选合适的人。足足选了两个月，七星阁阁主都没选中合适的人。

恰好那段时间江湖盟遇到了些麻烦事，给几个名门大派的掌门都去了信，邀请他们前往江湖盟商议要事。七星阁阁主前去赴约，在那里遇到了年少有为又仪表堂堂的灵云派掌门，在双方都有意的情况下，他们当场就定下了婚事。

然而在这段时间里，宋暮雨出门打猎险些受伤，恰好被一位路过的黑衣剑客救下，两人在接触中互生好感。可还没等这份好感进一步酝酿，七星阁阁主一回来，就直接告诉宋暮雨她的婚事已经定下了。

婚事已经定下，绝无更改的可能。宋暮雨知道自己的父亲平生最好面子，她不敢将她有心上人的事情告诉父亲，暗自焦急之下就出了昏招，用假的金麒麟取代了真的金麒麟，想要借这件事来破坏婚事。

然而，这件事不知怎么的被七星阁阁主知道了。他爱女儿，但更爱自己的面子，所以绝对不允许这场婚事出乱子。那时候假的金麒麟已经送到了灵云派的库房里，无奈之下，早已金盆洗手的七星阁阁主再次出手，将假的金麒麟盗走。

"在天机前辈的提醒下，我才发现金麒麟是假的。"提到那位前辈，钟离乐沉郁的心情好转不少。

灵云派掌门继续道："我也是在天机前辈的提醒下，才意识到黄金大盗盗取金麒麟的目的不简单。"

"居然是天机？"

"这件事怎么会跟天机有关系？难道说那个话本不是假的？"

还有不少人看向衡玉，似乎是想看看她对此有什么看法。要知道，写出话本《天机》的人就是她，因为这个话本，她在江湖中还有了很多书迷。

这本就是衡玉计划中的一环，衡玉自然没什么看法，更多的精力还是放在了宋暮雨身上。自从知道七星阁阁主就是黄金大盗后，宋暮雨的情况就有些不对劲。然而众人的注意力都放在事情的真相上，压根没注意到宋暮雨身上的异常。

为免发生什么意外，衡玉抬步朝宋暮雨走去。

就在她距离宋暮雨还有几步时，一道匕首突然从宋暮雨袖间滑出，她举起匕首，猛地朝自己的脖颈挥去。

衡玉暗道不好，迅速施展轻功贴近宋暮雨。

在银白色的匕首即将送入血肉间时，一只骨节分明的手从身后伸来，紧紧握住匕首，让它不能再进分毫。

锋利的匕首刺入血肉，温热的血液瞬间流出，宋暮雨脸上的决绝之色顿时化为错愕。

"现在一切都已经成为定局，哪怕你自尽也于事无补。"衡玉的声音在她耳畔响起，没有指责，也没有安抚，就是用一种很平静的语气，客观地将这句话道来。

衡玉的神情也很平静，连眉梢都没颤抖一下，若不是她的掌心还在流血，谁也看不出她正承受着巨大的疼痛。

宋暮雨神情怔忡。

趁着她走神发呆，衡玉用不会伤及宋暮雨的力道，迅速夺走她手上的匕首。将染血的匕首一把丢到地上后，衡玉往后倒退两步，从袖间取出一瓶自制的药粉，拔掉瓶塞后将药粉倒到伤口上止血。

这一切都发生得太快，直到衡玉在清理伤口了，那些在纠结事情对错的人才意识到刚刚宋暮雨想要自尽。

七星阁阁主顾不上与众人对峙，连忙跑到女儿身边。宋暮雨失魂落魄，几乎是下意识地抱着七星阁阁主痛哭起来："爹，都是我的错，如果不是女儿任性，这一切就不会发生。"

"明初！"包妍赶到衡玉身边，取出干净的手帕要帮她把手掌包扎起来，听到宋暮雨那句话，她有些不满地嘟囔，"可是不管如何，七星阁阁主就是黄金大盗。"

钟离乐也走到了衡玉身边，他朝衡玉歉意一笑，才回应包妍刚刚的那句话："是这样没错，但是站在宋姑娘的立场来看，如果不是她的任性，这件事一辈子都不会被人察觉，她爹就还是德高望重的七星阁阁主。"

衡玉笑着向包妍道谢，看向钟离乐，问："你还好吗？"

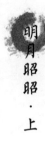

钟离乐哑然失笑：“明初，你不觉得这个问题应该由我来问你吗？”

衡玉轻轻勾唇：“因为有时候，太过正直的人会陷入一种逻辑怪圈。明知那是别人造成的错误，但还是忍不住会想，如果自己没有介入其中，很多悲剧是不是就不会发生了。”

钟离乐身上有种很美好的品质。

比起“明初”这个身份，其实钟离乐更符合“正道的光”这个人设。

原剧情里，他给原身描述了一个非常美好的江湖，那样的江湖令原身心生向往。其实江湖的本质并没有那么好，但钟离乐眼里的江湖就是如此充满吸引力。这是一个明明见过很多黑暗，心中却只有美好的人。也许正因如此，他才更容易陷入纠结之中。

对上钟离乐的目光，衡玉平静道：“我们在面对很多事情时，总想要分个对错。但有很多事是灰色的，它在对与错的界限上，你站在不同的立场，就会得出不同的看法和结论。

“所以不必纠结对错，做你想做的就好了。”

这个世界上，永远做对的事情很难。

所以，与其让自己永远不犯错，不如从本心出发，只做自己想做的事情。

要知道，这可是快意恩仇的江湖啊。

钟离乐认真听衡玉，然后有些许的不自在。他明明要比明初年长，闯荡江湖的经验也比明初丰富很多，怎么反倒需要明初来担忧和开导自己呢？

想到这里，钟离乐心中因为这个案子而升起的怅惘退去不少。

他侧头看了眼宋暮雨他们所在的方向，对衡玉说：“接下来应该就没我们什么事了，你现在受了伤，我们陪你回去吧。”

第五十三章 一剑霸寒十四州11

金麒麟失窃一案，以婚礼被取消、七星阁阁主入狱而告一段落。

然而它造成的影响刚刚开始。

宋暮雨虽然被衡玉救下，没有了寻死的想法，但是她深陷于自责之中，每日浑浑噩噩。

黑衣剑客过来安抚她，宋暮雨闭门不见，还命婢女送了封信给黑衣剑客。看完信后，黑衣剑客失魂落魄，当天就黯然离开了这座城镇。

酒楼里，有人说宋暮雨是自作自受，有人说七星阁阁主活该，也有人说灵云派掌门无辜，但更多的人还是在讨论天机。

"天机现身了，她是金麒麟失窃案告破的关键人物。难道这世间当真有知晓万事的人物？"

"按照话本所说，天机常出没于酒楼。如果天机真的存在，以后我们想要买消息是不是就能多一个途径了？"

"话本里面说，天机只向有缘人卖情报，谁知道她是不是瞎猫碰上死耗子，知道金麒麟失窃案的细节，所以躲在背后装神弄鬼？"

"嗳，天机的存在可是明初'少侠'最先透露的，总不能是明初'少侠'和天机联手诓骗世人吧？再说了，钟离乐少侠和灵云派掌门都不是蠢人，如果那天机真的货不对板，他们应该会有所察觉才对。"

那些原本还存疑的人，在听到这番话后，终于打消了心中的几分疑虑。

说得也是，钟离乐是江湖里有名的聪明人，灵云派掌门也是见多识广，一般人想在他们面前装神弄鬼，那是绝对不可能的。

总之，经过明初、钟离乐和灵云派掌门三人的力证，天机的存在基本已经是板上钉钉了。

匕首经过特殊铸造，非常锋利。

当时情况紧急，衡玉压根没有更好的办法阻止宋暮雨，只好用了这种最笨但也最有效的办法。

而且为了保证匕首不能再进分毫，她以手掌接刀刃时，还使了十足的力，所以伤口看起来非常狰狞，几乎贯穿了她的左手掌心。

毫无疑问，这样的伤口肯定是会留疤的。

包妍为衡玉换了药，庆幸道："还好你有深厚的内力防身，不然伤得这么深，肯定是要留下后遗症的。"

衡玉说："我有分寸。"

当时她也是算准了自己不会出什么大事，这才冒险以手接刃。刀刺入血肉时的确很疼，但跟当初练《养剑诀》时反噬的疼痛比起来，还真算不了什么。

"好吧，我也不念叨这个了，毕竟救人是肯定没错的。"包妍扬眉，"但你真的太瘦了。之前我还没什么感觉，刚刚帮你包扎时，我发现你比我还要瘦。"

听到这番话，衡玉有些头疼。她可以伪装声音，伪装长相，甚至伪装身高和体形，但她没办法改变手掌的大小。

所以一开始包妍提议帮她包扎，衡玉是拒绝的，她还用各种言语忽悠包妍，想要转移包妍的注意力，让包妍忘掉这件事情。然而，包妍这种脑子一根筋的人可比聪明人难忽悠多了，不管衡玉怎么说，包妍的注意力都能从其他事回到这件事上。

衡玉忽悠得多了，包妍后知后觉道："你自己换药不方便，动作幅度大些，就必然会牵扯到伤口。你是担心男女有别，觉得不好意思？没关系，身在江湖，不必拘泥于这些小节。"

衡玉哭笑不得，只好承了包妍的好意。

好在现在看来，包妍并没有多想。

就在两人随意聊着天时，突然有道急匆匆的脚步声由远及近，然后虚掩的大门被人从外面一把推开，钟离乐神色凝重地走进来。

"刚刚得到消息，七星阁阁主于今早暴毙牢中。"

七星阁阁主是中了剧毒，七窍流血而死。

毒是下在早饭里面的，六扇门的人在搜查时，发现碟子底下还压着一张小纸条，上面写着"黄金大盗罪有应得"。

"这看起来像是仇杀。"涂星华说。黄金大盗纵横江湖多年，为了盗取宝贝不知道做过多少恶事，有几个仇人也实属正常。

钟离乐沉吟片刻，点头道："六扇门那边调查完后，直接就以仇杀结案了。以目前得到的信息来看，我也倾向于是仇杀。"

衡玉用折扇轻轻敲击桌面，突然道："其实，我更倾向于是太一宗杀人灭口。"

经过这些天的调查，衡玉发现一件很有意思的事情，七星阁这个新起的江湖势力，居然和故剑山庄一样，背后都站着太一宗。

太一宗扶持故剑山庄，是因为故剑山庄楚庄主是铸剑师，他每年都会给太一宗献上十万两银子，还给太一宗养祭品铸剑。

太一宗扶持七星阁，肯定也是因为有利可图。那么如今七星阁阁主的死，到底是仇杀，还是因为他知道太多秘密，所以被太一宗杀人灭口了呢？

不知道为什么，衡玉更倾向于是后者。能够弄到《养剑诀》这种功法，还吩咐楚庄主收养孤儿做祭品的宗门，做出什么事情都不会让人感到意外。

"我知道七星阁背后站着太一宗，不过太一宗有必要杀人灭口吗？"钟离乐奇怪道。

他并没有觉得太一宗身为江湖最强大的势力，就一定是光明磊落的。事实上，这种宗门可能比一般的小门小派还要能藏污纳垢。

衡玉其实也没有确凿的证据，但太一宗本身就有问题。而且原剧情里，原身最大的悲剧就是因太一宗而起，她和太一宗是天然敌对的立场，怎么给太一宗泼脏水都不为过。

"如果七星阁阁主知道太一宗的很多秘密呢？如果黄金大盗就是为太一宗服务的呢？"做完这一番推测，衡玉摊手苦笑道，"实不相瞒，我会怀疑太一宗，是因为我师父的妻儿都死于太一宗的围剿。太一宗的人为了夺得我师父的武功秘籍，甚至对妇孺痛下杀手，在我看来，没什么事情是他们做不出来的。

"我甚至怀疑，我师父的死……也与太一宗有关。这世间能杀死我师父的人太少了，天机不愿意将这个消息告诉我，可能是不想我与太一宗这样的庞大势力对上。"

俗话说，一个谎言需要无数个谎言来遮掩。

但只要她连身份都是假的，那就完全不怕自己忽悠人时会被发现。

钟离乐听到衡玉的话，心里有几分担忧。他知道好友一直心心念念要报仇雪恨，可如果好友的敌人是太一宗，那好友背负的东西就太过沉重了。

"如果有需要我帮忙的，明初你尽管提，千万不要自己一个人扛着。"钟离乐不由得出声道，"我擅长查案，如果太一宗真的有大问题，我一定会调查个水落石出！"

衡玉问："钟兄不怕与太一宗对上吗？"

钟离乐讪笑："怕还是有些怕的，但总不能任由你一个人胡来。"

衡玉觉得江湖还真是有意思。它有很多不好的地方，但也有快意恩仇、至情至性之人。

在这里，可能只因为说错一句话就会被杀，也可能因为一杯酒而交托生死。

这正是江湖的危险之处，也恰恰是江湖的魅力所在。

"钟兄这份情谊，我记下了。"衡玉朝钟离乐抱拳行礼。

包妍在旁边凑热闹："如果钟哥和明初都要与太一宗对上，那怎么能少得了我呢？"

涂星华无奈地看着他们："虽然我不良于行，但如果需要我出力的地方，我定然不会推辞。"

衡玉唇角轻轻弯了一下。太一宗被主角团盯上，那还能讨得到好？

衡玉眸光清澈，朝对面三人举杯道："若是日后三位遇到麻烦，哪怕我远在千里之外，只要你们有需要,我都会尽力赶来相助。当然,我更希望你们永远不会落到这样艰难的境地。"

话落,衡玉将杯中酒一饮而尽。

这种情况下,没有人会扫兴。

涂星华不胜酒力,几杯酒下肚就有些晕晕乎乎了。趁着他不注意,衡玉悄悄为他把脉,想看看自己能不能让涂星华重新站起来。

才刚探知涂星华的脉象,衡玉就不由得拧起眉来。

等到天色将暗,钟离乐等人打算打道回府时,衡玉将钟离乐留下,向他细细打听涂星华的事情:"他的腿伤,是不是因为中毒?"

钟离乐有些诧异地看着衡玉,连包妹都不知道这件事,明初是怎么知道的?

他脸上的疑惑之色太过明显,衡玉解释道:"实不相瞒,除了向师父学武外,我还从师父那里学得了一手好医术。之前与涂兄不够熟,现在熟了,我自然不能袖手旁观。

"刚刚瞒着你们为他把脉,也是担心我能力有限,没办法治好他的腿,让他空欢喜一场。"

钟离乐:"……"

武功那么高,医术也学得那么好,唉,人比人果然气死人。

郁闷片刻,后知后觉的钟离乐悟出衡玉话中的另一层意思:"明初你现在告诉我此事,可是……可是有把握治星华的腿?!"

衡玉点头:"如果的确是因为中毒,我大概有六成把握。不过涂兄中毒时日太长,身子骨又虚弱,前期必须喝药调养,等身体恢复到合适的状态才能正式开始祛毒。"

钟离乐一瞬不瞬地盯着她,脸上满是喜悦之色:"没错没错,他的确是因为中毒。这毒是他在七岁时中的,距离现在已经有十几年的时间了。"

衡玉点头,这个情况和她把脉推断出的结果差不多。

随后,衡玉又细细问起其他的情况。

钟离乐勉强压下心头的激动,认真回答衡玉的问题。

确认完所有情况,衡玉摇头,遗憾道:"看来我推测出来的情况基本正确,的确是只有六成把握。"

衡玉并不高估自己的医术,她的医术虽远超这个时代的大夫,却没到活死人肉白骨的夸张程度。

对她来说,她在各个世界里穿梭,真正倚仗的并非这些在漫长岁月里积攒下来的技能和学到的知识。

遗忘了技能,淡忘了知识,都能重新捡起来。

她所有的底气,其实是来自在漫长岁月里依旧不迷失的本心,以及强大无畏的心态。

钟离乐却觉得六成把握很高了,他激动道:"六成已经够了,除你之外,其他大夫都说星华再也没有站起来的可能。"他实在按捺不住心中的喜悦,猛地从椅子上起身往外走,"我要去把这个好消息告诉星华。"

涂星华正在喝醒酒汤,见到并肩而来的钟离乐和衡玉,正准备跟他们打招呼,钟离乐已大步流星地走到他面前，抬手摁住他的肩膀，激动地把消息告诉他。

碗直接从手里滑落，砸在地上四分五裂，发出清脆的声响。涂星华的嘴唇轻轻抖动，他似乎是想亲口向衡玉求证，然而，因为过于激动，涂星华一时之间失去了言语的能力。

衡玉与他对视，轻而坚定地点头。

涂星华的眼眶瞬间红了："明初……我……"

衡玉走到他面前，撩开衣摆缓缓蹲下，认真而细致地为他把脉，顺便将他的身体情况娓娓道来。

久病成医，涂星华很清楚自己的身体情况如何，听了衡玉的分析，他越发认可衡玉的医术。

等衡玉收回把脉的手，涂星华抬眼看她，郑重道："无论最后能不能治好我的腿，明初你都是我的恩人。"

衡玉不居功："不必如此，你我是好友，而且这于我只是举手之劳。"

瞧着涂星华和钟离乐一时半会儿也平静不下来，衡玉把空间留给他们激动，自己走去隔壁书房给涂星华开药方。

没过多久包妍得到消息，也风风火火地赶了过来。她又哭又笑，吓得钟离乐和涂星华再也激动不下去，还是衡玉出声，才将包妍成功安抚下来。

月上枝梢时，衡玉才忙完涂星华这边的事情，踏着满地星光回到住处。

她避开伤口，小心翼翼地进行梳洗。简单梳洗过后，衡玉倚在软榻上，再次浏览起江湖少侠榜。

看着"明初"之上的"戚衡玉"三个字，衡玉支着下颏，饶有兴致地轻笑起来，问系统："戚衡玉这算不算是踩着明初上位？"

系统回道："很明显，算。"

主"马甲"踩着"马甲"上位。

主"马甲"被"马甲"捧成江湖年轻一辈第一人。

系统必须得说，它家零绝对是个逻辑鬼才。

"短短几个月就捧红了三个'马甲'，你不愧是当过金牌经纪人的人。"

衡玉谦虚道："这都是小意思。"

第二天，江湖少侠榜新鲜出炉，吸引了无数目光。得知这是天机排出来的后，这份榜单在众人心中的可信度增加不少。

明初、钟离乐、阎妄、时水儿……江湖中年轻一辈中的风云人物全部在前十有一席之地，而且天机给出来的理由都很有说服力。

然而此时此刻，他们这些人身上的光环再重，也必然会被遮掩。

所有人的目光都集中在第一名身上。

第一名，故剑山庄戚衡玉。

手握洗炼，杀人诛仙。

第五十四章
一剑霸寒十四州12

江湖早有传闻，说洗炼在故剑山庄里面。但江湖人趋之若鹜，都没办法突破故剑山庄外的奇门遁甲阵。

现在可以说是进一步证实了这个传闻。

然而戚衡玉又是何人？江湖上可从来没有一号人叫这个名字。

短短一天时间里，"戚衡玉"三个字就从默默无闻到被每个人挂在嘴边。

有人语调讥讽，对这个排名表示质疑："介绍明初、钟离乐他们时，天机详细罗列了他们每个人的战绩，给出的排名理由也都很有说服力。但到了戚衡玉就只有一句话，她凭什么力压众人？"他也在榜单上面，然而只是八十多名，对这个凭空冒出来的第一名自然非常不满。

"杀人诛仙，这四个字的分量可比任何头衔都要有说服力。"有剑客出声道。

哪怕是仙人前来，也要一剑斩之。

剑客一往无前的意志，被这四个字体现得淋漓尽致。

"咦，你们有没有注意到榜单右下角的那行小字？"最先发出惊呼的人迅速将那行小字复述出来，"'如果没上榜的人能够击败榜单上的人，就能将他的排名取而代之；如果榜单上的人能够击败排在他前面的人，也能将他前面之人的排名取而代之。'"

听到这话，不少排名很靠前的人眸光一亮，心中各有盘算。像是明初、钟离乐他们的战绩都是经过一次次比试检验过的，但那个戚衡玉，谁知道她的深浅？如果他们能够将她击败，绝对会在江湖上大大扬名。

这些纷纷扰扰的声音太多了，哪怕是一直待在清幽静谧的小院里休养的涂星华，也听闻了一些。

在衡玉给他扎针时，涂星华笑问："明初听说过戚衡玉吗？"

衡玉慢慢将刺进他穴位里的针转了转，眉眼间满是少年得志的锐意："第一次听说。不过如果有机会遇到她，我肯定要与她一较高下，比比看是洗炼一往无前，还是我手中的折扇更加可怕。"

"那到时候我肯定要去一助声势。"涂星华说。

钟离乐提着药走进来，恰好听到了他们的对话，就说："再加我一个，这份热闹我是肯定要凑的。"钟离乐把药扔到桌面上，坐下后给自己倒了杯茶水，"说起来，我之前去故剑山庄时还见过那位戚姑娘，当时只是觉得她不简单，身上藏着秘密，可实在没想到她居然如此厉害。"

"那位戚姑娘是个怎样的人？"涂星华问道。

钟离乐点评道："美人，厉害的美人。"

衡玉施完针，正在垂眸把玩她的折扇，听到这句点评轻笑了下，回道："点评得很没有水准。"

钟离乐朗声笑道："在背后议论美人不是什么好习惯，以后你们自己遇到她，就知道她是个怎样的人了。故剑山庄紧闭山门近三年，奇门遁甲阵隔绝了外界所有窥探的目光。但我觉得，故剑山庄现世的时间已经不远矣，那位戚姑娘是必然会在江湖中出现的。"

衡玉端起茶杯轻抿一口，钟离乐不愧是江湖上少有的聪明人。

不过戚衡玉要现世，明初就得先消失一段时间了。

慢慢将茶杯放下来，衡玉出声道："我已为涂兄施针十日，再施针五日，涂兄体内的余毒就能清除完毕。接下来腿能够恢复到什么程度，就要靠涂兄自己平日锻炼了。"

听到这句话，钟离乐心里隐隐有些猜想："明初的意思是……"

衡玉轻笑，坦然道："我该与诸位分道扬镳了。"

心中的猜想得到证实，钟离乐也笑，问："想好接下来去哪里吗？"

"我打算一边追寻天机的下落，一边在暗中调查太一宗。"

"没有具体的目的地吗？"

衡玉唇角弯起，漆黑润泽的眼睛里含着笑意，洒脱道："江南烟雨，大漠孤烟，哪里都可以，哪里都有令人向往的风土人情。我没有来处，以四海为家，若他日寻得了去处，就来找你们。"

五日后，施针结束，涂星华体内余毒得解，他的腿恢复了知觉。酥麻的感觉从大腿直往上蹿时，涂星华紧紧抓着轮椅扶手，手背上青筋暴起。

他强忍着泪意，但在看到几位友人脸上的喜意时，终于忍不住红了眼眶。

次日清晨，衡玉牵着马走出她住的小院，想要低调地离开。但才推开院门，她就看到钟离乐、涂星华和包妍三人穿着整整齐齐，在门外等着她出来。

对上衡玉的视线，包妍得意道："钟哥猜得果然没错，你会选择不告而别。"

衡玉轻笑，丝毫没有被抓包的尴尬："我给你们留了信。"

"这哪能一样？"钟离乐在旁边补充道，"我和星华原本想尊重你的选择，在暗处悄悄目送你离开。但包妹说依照江湖规矩，应该是要先饮杯酒再分道扬镳，如此才能有再见之期。"

涂星华说："我们也不婆婆妈妈儿女情长，陪你喝一杯酒，然后就各自珍重。"

淡薄的晨曦洒落在衡玉脸上，映照出她干净的眉眼。衡玉笑着伸手接过钟离乐递来的酒，与他们三人碰杯后，将杯中美酒一饮而尽。

随手将酒杯丢掷到一旁，衡玉朝三人抱拳："诸位，后会有期！"

江湖上永远少不了新鲜事。

金麒麟失窃案刚过去没多久，赤虹山庄灭门惨案又震惊了整个江湖。

赤虹山庄的庄主姓雷，拥有一手好刀法，说他是江湖用刀第一人绝不为过，江湖人称其"名刀冠绝天下"。哪怕这些年雷庄主老了，刀没有以前使得那么快了，也绝对是江湖里数一数二的人物，他一动怒，江湖必然会掀起腥风血雨。

然而有他护着赤虹山庄，赤虹山庄居然也逃不掉灭门之祸！

六扇门的人奉命前去彻查此事，从密道里寻出雷庄主十六岁的孙儿，也是从他口中，众人知道是谁灭了赤虹山庄满门——

鬼刀，楚鸿峰。

楚鸿峰与赤虹山庄无仇无怨，灭雷家满门，只是因为想得到雷庄主亲著的那本《赤虹刀法》。

雷庄主的孙儿知道以自己的习武资质，很难为家人报仇，于是以赤虹山庄一半的财富和《赤虹刀法》作为报酬，在江湖上悬赏楚鸿峰的项上人头。

一时间，江湖人闻风而动。

楚鸿峰也猖狂得很，他并没有从赤虹山庄里搜出《赤虹刀法》，现在知道了《赤虹刀法》在雷少庄主的手里，于是一直在赤虹山庄附近徘徊，想要伺机杀人夺《赤虹刀法》。

"杀啊！"

"楚鸿峰你不得好死！你拿命来吧！"

山脚下，树林侧，喊打喊杀声和兵器碰撞声交织在一起，有九位江湖人士正在围攻一个穿着劲装的中年男人。

面对九人的围攻，中年男人始终保持着不屑的姿态："我不知道是谁给你们的胆子，你们竟敢截杀我。"

一个年轻人咬牙，眸色通红，恨恨地道："楚鸿峰你作恶多端，除了赤虹山庄外，死在你手里的人还少吗？总有一日你必然不得好死。"

"噢，看来你不是为了悬赏而来。"楚鸿峰淡淡点头。

他手中的刀比寻常的刀要宽上两指，轻轻一震，长刀便发出尖锐的刀鸣声。

轻巧地躲开攻击，楚鸿峰像是在戏耍他的对手一般，始终没有拔刀出鞘。

之前出声的年轻人觉得自己被小瞧了，更是愤怒，开口时的声音尖到几乎变调："楚鸿峰，拔刀！"

"对付你，还需要我出刀吗？"楚鸿峰嗤笑一声，将磅礴内力凝聚于掌心之间，就要往前挥掌。

突然，他神色一凝，原本要打向年轻人的那掌朝着自己斜侧方的树林打去。

碧色的树林间，有个穿着青色长裙的年轻姑娘握着长剑，身披风雪，缓步出现。

众人尚未为她的容貌而惊艳，就先一步被她出鞘的长剑惊艳了。

她出剑的动作极快，剑如惊鸿般向前斩去，轻轻松松就将攻击化去。

下一刻，她脚步变换，施展轻功，提剑迎上楚鸿峰。

楚鸿峰再也没有摆任何架子，神色凝重地拔出他的刀。刀光耀如中天，带着一往无前的气势向前挥斩而去。

刀非常快，快到让人几乎看不清刀影。

然而剑更快，快到可以借着刺目的阳光遮掩剑的攻势。等楚鸿峰看清剑身的时候，那把剑已经刺入他的身体。

当剑拔出来时，伴着楚鸿峰的痛呼，鲜血喷溅而出。

杀掉赤虹山庄的雷庄主后，楚鸿峰就是当今的天下第一刀，然而只是一个照面的工夫，他便负了伤？！

周围倒在血泊中的几个江湖人士都震惊了。

"你是何人？"楚鸿峰迅速往后退开，试图拉开与青衣女子的距离。然而，他甩不掉！青衣女子继续挥剑，剑光快若惊雷，剑剑皆中楚鸿峰要害。

楚鸿峰仓皇地提刀迎击，但只能勉强护住自己的脖颈和心脏两个致命处。

无论是刀还是剑，都讲究一往无前的气势，如今这天下第一刀却被生生杀得畏惧。

锵——

刀剑再次撞击在一起。

剑停了下来。

然后，楚鸿峰终于看清了那把剑的模样。

银白色的剑身在阳光的照耀下，折射出一丝血红的颜色。不是血的颜色，那抹血红是嵌在剑身里面的。

不过，这柄快若雷霆的剑怎么会突然停了下来？

楚鸿峰茫然四顾，才意识到这柄剑击飞了他的刀，插入了他的心脏，凛冽的剑芒正在撕裂他的心脏。

"洗……洗炼……"

楚鸿峰颤抖着声音吐出这把剑的名字，他抬起眼，想看清持剑人的容貌。

然而下一刻，他的呼吸就停止了。

衡玉顺势收剑，以内力护住自己，一身青衫滴血未染，唯有那沾满鲜血的剑身在诉说着它的主人取得的战绩。

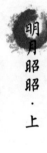

衡玉弯下腰，取出布袋兜住楚鸿峰的项上人头，提着布袋施展轻功离开。

直到她的身影消失在视线之中，有个躺在血泊里的江湖人咽了咽口水，颤颤巍巍地发出动静："这就是江湖少侠榜第一，新任洗炼之主吗？她好强！"

"洗炼出世，看来江湖又要掀起血雨腥风了。"

还有人盯着楚鸿峰尸体旁边掉落的那把刀，连滚带爬地跑过去想要抢刀。要知道，能配得上楚鸿峰的刀，哪怕不是什么绝世宝刀，也绝非凡品。

但就在他的手碰到刀柄的那一刻，早已被剑气撕扯的刀身终于达到极限，断成几段。

赤虹山庄如今聚拢了一批武林人士，他们全部是为了悬赏而来。

楚鸿峰的实力在江湖上是数一数二的，现场能够单打独斗对付楚鸿峰的几乎没有，所以他们正凑在一起讨论着组队的事情。

以雷少庄主发布的悬赏，哪怕是几个人平分，也是一大笔财富，足够他们后半辈子潇洒富贵、衣食无忧了。

太阳逐渐西斜，院子里的讨论告一段落。不少江湖人都组好了队伍，打算明天出发，前去截杀楚鸿峰。

就在这时，衡玉提着一个布袋走进院中，音量不大，却刚好盖过整个院子里的所有嘈杂声："请问雷少庄主在何处？"

所有人循声向她看去，其中不少人都被她那娟秀的容貌晃了眼，只有少数人凝视着她手中那个湿润的布袋。

布袋里滴落的是……血！

雷少庄主就在院中，他走出人群，朝衡玉抱拳："这位姑娘……"

衡玉将手中布袋抛到雷少庄主面前。

布袋散开，人头在地上滚了几圈，恰好停在雷少庄主的脚边。

目光触及那满脸血污的人头时，雷少庄主脸色煞白。他似乎是意识到了什么，强压着心底的不适蹲下身仔细打量，脸上慢慢露出欢喜之色。

衡玉道："《赤虹刀法》现在就给我，至于赏金，麻烦直接送去故剑山庄。"

"故剑山庄？"雷少庄主愕然抬头，目光落在衡玉脸上，发现她那张脸如此年轻后有些许失神。

故剑山庄，使剑，年轻姑娘。

满足这三个条件的，除了故剑山庄的戚衡玉，再无他人。

不仅是雷少庄主意识到了她的身份，在场不少江湖人士也猜出了衡玉的身份。

衡玉握剑抱拳："故剑山庄戚衡玉，为赤虹山庄的悬赏而来。"

猜测得到了证实，有些人眸中精光微闪，似乎是在考虑等会儿要不要杀人夺宝。如果等会儿杀了她，那不仅能得到绝世名剑洗炼，还能得到《赤虹刀法》啊。

然而，看着那安静地躺在雷少庄主脚边的头颅，一些人忍不住咽了咽口水，将自己的贪婪心思咽下。

他们连楚鸿峰都打不过，眼前的人却能毫发无损地取走楚鸿峰的命，这差距简直宛若鸿沟。

"戚姑娘，"雷少庄主站起身来，抬手做了个请的手势，声音恭敬，"请姑娘借步，我想与姑娘单独说说两句话。"

衡玉跟着他走进屋子里。

屋子里只有他们两个人，雷少庄主还想要仔细检查一下周围有没有人偷听，衡玉已经先他一步出声道："你尽管开口。"

想到对方的实力，雷少庄主稍稍安心，他朝衡玉拱手行礼，真诚地感激道："多谢姑娘为我家人报仇。"

"无妨。"衡玉淡淡道。

"稍后我会托龙门镖局的人将赏金送去故剑山庄，至于《赤虹刀法》……"雷少庄主脸上浮现出几分淡淡的歉意，"实不相瞒，这本《赤虹刀法》如今并不在我手里。"

生怕衡玉动怒，说到这里，雷少庄主连忙加快了语速："其实早在两年前这本《赤虹刀法》就曾经失窃过，我爷爷重新写了一本《赤虹刀法》，但因为我资质不高，爷爷担心有人再次潜入山庄偷《赤虹刀法》，就把它藏在了另一个更隐秘的地方。如果姑娘不介意的话，可以在山庄里多住几天，我会尽快将它取回来双手奉上。"

他是真的没想到楚鸿峰这么快就被杀死了，以至于明明大仇得报了，他依旧处于一种恍惚的状态。

对于没能马上拿到《赤虹刀法》，衡玉并不介意，她更好奇的是另一件事："两年前《赤虹刀法》曾经失窃？不知道雷庄主有没有查到盗窃的人是谁？"

能够潜入赤虹山庄盗窃并且得手的绝对不是一般人，不知道为什么，衡玉第一时间就想到了黄金大盗。

"这倒是没有。"雷少庄主摇头，"不过我爷爷与那个盗贼曾经对过几招，那个盗贼的武功并不弱于我爷爷。"

因为之前跟钟离乐聊天时，她曾经听钟离乐说过，他受托在暗中调查两起功法失窃案，再加上赤虹山庄，那就是第三起了。

那些没被曝出来，不为人所知晓的失窃案又有多少？

衡玉越想越觉得这件事背后很有意思。

不过两年前雷少庄主年纪还小，估计是真的不知道其中隐情。她将这件事记在心里，抬眸道："那烦请雷少庄主为我准备一间厢房。"

"理应如此。"

"不过这样一来，接下来几天雷少庄主怕是都不得清闲了。"

第五十五章

一剑霸寒十四州 13

雷少庄主被她的话弄得一蒙，愣了片刻才反应过来她是什么意思："无妨，戚姑娘请自便。"

他年纪不大，但待人接物非常有分寸，还给衡玉卖了个好："那些闲杂人等若是惊扰了姑娘，姑娘只管处理，赤虹山庄虽然出了事，但几个收拾血迹的下人还是能寻出来的。"

"那我尽量处理得干脆些。"

衡玉轻声应了一句，告辞往外走。

她走出来时，院子里的江湖人士还没散去，他们站在原地，看似是在交谈，但都在用余光打量她，里面精光闪烁，不知道怀着怎样的心思。

衡玉抱着已经擦拭干净的洗炼，慢慢走进人群。

众人下意识地避开，让出一条路给她。

就在这时，人群里一个容貌清秀、唇角有痣的年轻男人高声道："戚姑娘杀人诛仙的名声早已传遍江湖，不知戚姑娘可愿意让我们欣赏一下洗炼？"

这句话他说得很温和，如果是没什么江湖经验的人，定然会被他的表象所迷惑，忘了在江湖上随随便便看一个人的武器，本身就意味着极大的挑衅和冒犯。

衡玉早就是千万年的狐狸了，她顿步，侧头向他看去，从声音到神情都平静到了极点："我的剑出鞘只为杀人，你确定要欣赏吗？"

明明没有一丝杀意泄露，但在场没有人觉得她在说笑。

每个武艺高强的人几乎都有自己的小怪癖，剑者拔剑只为杀人这种连怪癖都算不上。

唇角有痣的年轻男人勉强一笑："戚姑娘说笑了。"

"虽然楚鸿峰的刀法存在致命缺陷，以至于他一直没办法更进一步练出刀气，但山中无老虎，猴子称霸王，他生前也勉强算得上是天下第一刀。"

衡玉拨弄着剑柄上的红色剑穗。

"如果你们觉得自己比他更强，尽管来找我，我会让诸位好好见识见识我的剑。

"言尽于此，诸位自便。"

话音落下，衡玉穿过人群，走向那早已在院门外等候她的婢女，温声请婢女带她去厢房住下。

比起刚刚对这些江湖人士的态度，她对婢女的态度简直不能再温和了。

很快就入夜了。

这一夜相安无事，没有人对衡玉出手，但暗中窥探的目光越来越多。显然，大家都处于观望的状态，想要等一个出头鸟去试试戚衡玉的深浅。

无论如何，耳听始终不如眼见来得真实。

转瞬就是三日时间。

衡玉一如既往地悠闲，那些观望的人却逐渐不耐烦了。

"她与楚鸿峰厮杀，难道真的如表面般毫发无损、全身而退吗？这会不会是她故意装出来的？我不相信她真的这么强大。"

"如果她真的能全身而退，这岂不是说她小小年纪武功就已臻化境？我也不信。"

······

贪婪会断送性命，但是能够压抑贪婪之心实在是太少了，多的是心存侥幸之辈。

这几天衡玉都待在屋内翻看武功秘籍。

这些武功秘籍是雷少庄主托人送来的，它们并不高深，基本是江湖三流功法，衡玉正好拿它们来打发时间。

现在刚好是一年里最炎热的时候，赤虹山庄里闷热得很，哪怕衡玉什么都不做，只是倚着软榻翻看秘籍，也要沐浴一番才能安心入睡。

外面天色逐渐暗了下来。入夜，月光黯淡，星光明亮，衡玉将手里这本秘籍翻到最后一页，起身去吩咐婢女帮她备水沐浴。

她坐在浴桶里清洗头发，洗炼就在浴桶边放着。

浴桶里水雾氤氲而上，模糊了她的身形。

屋顶上、窗边都有动静，偶尔有黑影从窗外闪过，快到人眼几乎无法捕捉。

此时赤虹山庄里能够安睡的人并不多。

明知道希望渺茫，但仍然有不少人在期待着一个结果。

正面对敌杀不死戚衡玉，那用毒、用暗器呢？

在这江湖里，没有谁是杀不死的。

等待着，等待着，这些人没有等到任何打斗的动静，只等来那紧闭的院门被人从里面打开。

穿戴整齐、披散着一头湿漉漉长发的衡玉对路过的侍卫说："我的院子里有三具尸体，麻烦来几个人帮我清理一下。"

死的这三人，分别是排名第十一的毒娘子、以暗器刺杀过很多一二流高手的猎杀者、还有自西域而来、控得一手好毒蛇的控蛇者。

他们这三人虽然不是顶尖高手，但在江湖上也算赫赫有名……

然而，就这么没有挣扎、没有发出任何哀号声就死了？

是的，直到他们三人的尸体被侍卫搬出来，众人才发现战斗早已开始，也早已结束。

大概半个时辰后，有侍卫去向雷少庄主禀报此事。听说那三具尸体都是被内力直接震碎心脉，不知怎么的，雷少庄主想起了前几日戚姑娘的话——"不让血脏了院子"。

原以为她是在开玩笑，没想到她的确说到做到了。

"杀人诛仙的剑还未出鞘，就已经厉害到了这种程度，当剑出鞘时又该是何等惊艳！"雷少庄主感慨，"这江湖，还真是出了一个了不起的大人物。"

他自己资质平平，但是能够在赤虹山庄惨遭灭门之祸后，依旧将山庄产业打理得井井有条，无论是能力还是眼光，都算得上是一流。

雷少庄主在心底下了决定，他一定要好好与这位戚姑娘结下善缘。

在雷少庄主感慨时，不少武林人士也都得知了毒娘子他们的真正死因。

"没有用剑，只是用了内力？"

"她看上去这么年轻……"

"有没有可能是什么老妖怪在装嫩？"

"我倒希望她是老妖怪在装嫩，如果不是的话，与她同辈的人该如何自处？日后这江湖所有人都要活在她的光芒之下。"

付出了生命的代价后，暂住在赤虹山庄里的江湖人士总算安分了不少。

有些人特意跑来赤虹山庄，就是冲着悬赏来的，现在赏金已经被人拿走，他们只好遗憾地离开此地。

还有些人一直没离开，也不知道心里在打什么主意。

衡玉对此表现得很无所谓，距离她离开故剑山庄已经一年多时间，她的武功早已突飞猛进，整个江湖估计只有几个超一流高手才能伤到她。而那些人，无一不是江湖里的老妖怪，除了太一宗那位偶尔会露面外，其他几个早已隐居避世，连是否还活着都不一定。

在绝对的实力面前，一切的算计都显得单薄无力。

转眼又是五日过去了，雷少庄主亲自前来拜见衡玉，简单寒暄后，他将《赤虹刀法》从怀里取出来。

这本武功秘籍从外表上看平平无奇，封皮上甚至没有写字。

然而就是这样一本书，为雷家满门招惹来了杀身之祸。

雷少庄主轻叹一声，将秘籍递给衡玉："爷爷曾经对我说过，这本刀法最强大的地方在于它可以助刀客修出刀气。正如戚姑娘当日在院中所说，楚鸿峰修习的刀法有缺陷，他想要借《赤虹刀法》来补足自己的缺陷。若非我爷爷上了年纪，出刀速度慢了，当日……"

说到这里，雷少庄主声音略显哽咽起来。

衡玉伸手接过秘籍放好："保重。"

雷少庄主压下喉间的哽咽，再次正色道："以戚姑娘的实力，定然已经修出剑气了，希望这本刀法能对你有所帮助。"

衡玉点了点头，没有解释什么。

绝世秘籍之间都是有共通之处的，她是想借《赤虹刀法》来反向印证她的剑法。而且赤虹山庄出事时，她距离此地只有百里，稍微赶个几天路就到了，不仅能够拿到悬赏，还能够把主"马甲"推到台前。

做一件事完成两个目的，是她一贯的行事风格。

拿到《赤虹刀法》，衡玉没有在山庄里多待，向雷少庄主请辞。

雷少庄主亲自送她离开此地。在她翻身上马前，雷少庄主主动提了赤虹山庄一半财物的事情："赤虹山庄多年经营下来也有一定的家底，我这些天命人清点，现在已经清点出了个大概。如果戚姑娘不放心的话，可以让故剑山庄的人前来与我对接。"

"我信得过雷少庄主。"衡玉出声回道。

从这位少庄主在赤虹山庄出事后的一系列举动，就可以看出他心中自有成算。

他的武功不高，没办法护住赤虹山庄的偌大家业，用刀法秘籍和一半财物做悬赏，这样既能为自己的家人报仇，又能让赤虹山庄明面上的积蓄减少，安安稳稳度过这风雨飘摇的时期。

日后赤虹山庄只要再出一个武艺高强的人，以山庄现在留下的好底子，它绝对能重新在江湖上名声大噪。

所以，雷少庄主不会在这方面耍心眼，为了一些小利而得罪她。

雷少庄主那俊秀的脸上浮现出笑容，他朝衡玉抱拳："戚姑娘此去江湖，肯定会大放异彩，还请戚姑娘多多保重，日后路过赤虹山庄尽管前来住上几日，你是赤虹山庄永远的朋友。"

衡玉回以一礼，轻笑："好，雷少庄主也请多多保重。"

她知道雷少庄主心中的谋算，但这样的谋算都是为了在混乱的世道里保全自己的家族，而且对她没什么害处，反而还有好处，所以何乐而不为呢？

辞别雷少庄主，衡玉纵马离开赤虹山庄。

这一路她没有遮掩行踪，所以遇到了不少刺杀。衡玉收拾了他们，就当是为武林除害了——企图杀人夺宝的，手上绝对不干净。

茶摊里，衡玉点了杯茶水，用自制的炭笔在本子上记录着这些天的见闻。

主"马甲"戚衡玉上线的时候，也不能忽略了天机这个"马甲"的事业。她得时不时调整排名，现在还在加班加点地排兵器谱、功法等的排名。

有时候忙起来，衡玉也琢磨着要不要找几个帮手。不过她现在尚有余力，所以找帮手一事还不急。

"你搞事业的决心令我分外感动。"系统嗑着虚拟瓜子,跟衡玉闲聊。

衡玉随手抓起桌上的瓜子,跟系统同步嗑着瓜子:"我这是寻找快乐。"

一人一系统嗑瓜子的声音叠在一起,非常整齐。

"你们听说那件事了吗?"

"事情闹得这么大,我当然也听说了。"

衡玉隔壁桌的人交谈起来。

他们打起了哑谜,这惹得同桌的另一个同伴不满:"什么事情啊?你们两个又不是不知道我刚出关没多久。"

其中一人打了个哈哈,不怎么走心地道歉,这才解释道:"最近戚衡玉风头很盛,江湖少侠榜排名第二的明初站出来发声,说自己想要亲自见识一下天下第一剑的威力。

"明初隔空发了战书,约戚衡玉于十月二十相聚金风楼,与衡玉一战。"

同伴忘了刚刚的不满,听得眼前一亮:"江湖少侠榜第一与第二,这必然是一场龙争虎斗啊。"

"这个消息已经在江湖上传扬开来,戚衡玉最近行走江湖,应该也能得知这个消息,不知道她会不会理会明初的挑衅,赶赴金风楼与明初一战?"

旁听的衡玉:"……"

身为明初本人,她怎么不知道自己给自己挖了这么个巨坑?

以右手支着下颏,衡玉认真琢磨着此事。很显然,那个站出来说话的肯定是冒牌货。以前都是她冒充别人,这还是第一次被别人冒充,感觉还挺有意思的。

不过,是谁在冒充她?目的又是什么?

冒充她的人到底是想把戚衡玉吸引过去,还是想把明初吸引过去?

嗯,上面的问题倒不是最重要的。

最重要的是,她该让哪个"马甲"出场才好?

金风玉露一相逢,便胜却人间无数。

"金风楼"这个名字就出自这句词。

所以可想而知,这金风楼是座青楼。

扬州最有名的青楼。

衡玉穿着一身红裙,抱着长剑排队进城,面无表情地仰头凝视浩浩苍穹。

在她的前面,有两个武林人士正在交谈着金风楼的风流韵事,顺便讨论了一番明初把比试地点定在这里,是不是说明……明初去过这个有名的销金窟?

"美人宝剑配英雄,以明初在江湖中的地位,怎么可能没几个红颜知己呢?"

"嘿嘿,你说得对啊。明初容貌俊秀,那销金窟里美人多的是,她在里面有红颜知己也正常。"

要不是衡玉现在用的是主"马甲",她真想跟这两个人讨论一下明初在金风楼的二十八个红颜知己，为这些风流韵事添油加醋。

可惜了。

衡玉仰头思考人生时，有两个人在悄悄打量她，看着像是一对师兄妹，带着初出江湖的青涩。

他们的目光里没什么恶意，衡玉也就任由他们打量。

安静地进城后，衡玉抱着剑在城里随意逛着，丝毫不打算遮掩自己的行踪。

在城中逛了一圈，给自己买了一袋栗子和两串糖葫芦后，衡玉心满意足地抱着剑朝城中最大的酒楼走去，打算在那里落脚。

"戚姑娘，来战！"身后突然传来一道声音，有人挥动手中长枪，凌厉的攻击伴着浩荡内力扑面而来。

这道攻击……自然落空了。

然而在衡玉躲闪攻击时，她忘了以内力护住糖葫芦。

长枪击空，随后重重地砸在地上，掀起一层层的尘土，让原本晶莹亮泽的糖葫芦瞬间对衡玉失去了吸引力。

她唇角的笑意凝滞了。

衡玉缓慢抬头，看向那个用长枪攻击她的人："我不想浪费食物。"

手握长枪、长着一张娃娃脸的年轻男人愣住了。

"把我手里的糖葫芦吃掉，给我重新买两串，饶你不死。"

年轻男人更蒙了

他回过神来，道："可我是来找你挑战的。"

衡玉微微一笑："是吗？那我现在就教你做人。"

一刻钟后，被揍服的年轻男人握着两串糖葫芦苦巴巴地吃着，还得领着衡玉去糖葫芦铺子重新给她买。

"你怎么不拔剑杀我？"年轻男人好奇地问道。

衡玉看着他和涂星华有六成相似的脸，无奈地抬手扶额，如果她拔剑，眼前的人还能在她面前蹦跶吗？

"我不嗜杀。"

她在江湖行走，只杀那些对她心存恶意的人。

如果只是单纯想与她切磋，试试洗炼的威力，她只要心情不错，手头没有别的事情要忙活，都会应允。

涂星华所在的涂家是扬州最大的家族之一，眼前之人很显然是涂星华的亲戚，甚至很可能是涂星华口中提到过几次的那个亲弟弟涂星尘。

哪怕是看在涂星华的面子上，衡玉都会饶过涂星尘。

她在这个世界上的朋友不多，没必要为了个傻子与自己的好友产生隔阂。

乖乖买完糖葫芦，涂星尘把两串糖葫芦递给衡玉，小声嘟囔道："这些在店里卖的糖

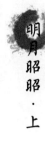

葫芦也未必有多干净。"

衡玉咬下一颗糖葫芦，懒得回应他这句话，转身直接离开。

"哎，哎，戚姑娘你等等。"涂星尘连忙追上她，"戚姑娘，你如果还没有落脚的地方，不知道可愿意去涂家落脚？"

衡玉顿步，扭头深深地看了他几眼："涂家很好客？"

涂星尘打了个哈哈："戚姑娘早已在江湖上声名鹊起，我爹素来喜欢结交英雄豪杰，他想趁着这个机会结识戚姑娘。"

"是吗？可我看你刚刚对我挥舞长枪挥舞得很起劲呢。"

涂星尘脸上的笑容僵了，他转而讪笑道："我……我想戚姑娘应该知道，我对你的攻击没有杀意。"

衡玉："……"

涂家居然派这么个缺心眼的货色请她去做客，难道偌大的涂家没其他人可以用了吗？

不过如果她在涂家落脚，正好能瞧瞧涂星华的腿恢复得如何了。

距离他们上次分别过去了将近一年的时间，按理说涂星华应该已经能下地行走了。

她沉吟片刻，刚想要出声答复，就听到涂星尘补充道："明初与我兄长是知己好友，她现在也暂住在涂家，如果戚姑娘在涂家落脚，就能提前与明初碰面切磋。"

衡玉："……"

以涂星华的聪慧，就算第一时间认不出"明初"，按理来说多次接触下来也会察觉到"明初"身上的异常才对。

这整件事背后，到底是什么情况？

金风楼是扬州城里出了名的温柔乡，哪怕是白天，这里的靡靡之音亦不曾停。它傍湖而建，此时湖边停靠着几艘大船，中间那艘大船的甲板上摆着一张躺椅，温润雅致的少年躺在躺椅上，吹着舒适的秋风，神情惬意。

婢女风风火火的脚步声惊扰了少年，她声音清脆："公子，戚姑娘进城了。"

少年缓缓睁开眼，从躺椅上支起半边身子。

阳光洒在他的脸上，他的那张脸与明初几乎有九成相似。

第五十六章 一剑霸寒十四州14

事情越来越扑朔迷离，衡玉抱着洗炼，在涂星尘绞尽脑汁，思索着该怎么劝说她前往涂家落脚时，衡玉突然出声道："你在前面带路吧。"

既然暂时想不通，那她就去涂家看看。

见到涂星华和"明初"时，她的所有疑惑应该都能得到解答。

涂府位于扬州城东边，整个府邸几乎占据了半条巷子。衡玉跟着涂星尘绕进这条巷子里，发现这条巷子过于冷清了些，青石铺的地面上积了薄薄一层落叶，像是仆人疏懒，忘了打扫。

衡玉将这一切收入眼底，迈步走进涂家大门。

刚进涂府不久，就见涂老爷子拄着拐杖，亲自前来迎接衡玉。他气质儒雅，笑声爽朗："老夫久闻戚姑娘大名，今日一见，方知何为见面更胜闻名。"

这位涂老爷子年轻时也是江湖中有名的豪杰，不过自从继承家业后，就很少在江湖上出现了。

衡玉朝他抱拳问好，表现出一副内敛温和的模样："涂老爷子客气了。"

涂老爷子悄悄瞪了他儿子一眼，亲自领着衡玉往待客的厅堂走去："戚姑娘的美名早已传遍江湖，老夫也是实话实说。"

衡玉略一苦笑，语气里带着几分无奈："那位天机前辈……我之前从未在江湖上出没过，实在不知道她是如何知晓我的情况的。"

"天机号称通晓江湖诸事，自然有她的消息渠道。之前我与几位老友闲谈，猜测天机背后有一个非常庞大、神秘的组织，他们源源不断地为天机网罗消息，所以天机才能知道这么多江湖隐秘。"

说到这里，涂老爷子自嘲地一笑："当然，这也是我的猜测。"

衡玉颇为认可地点了点头："涂老爷子言之有理。"

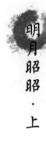

很快，他们走到了专门用来待客的厅堂。

厅堂雕梁画栋，古韵十足，门侧摆着两盆幽幽绽放的君子兰，涂星华穿着一袭白衣，坐在厅堂里垂眸泡茶。

听到从门外传来的脚步声，涂星华放下手中的杯子，右手支着桌面，略有些吃力地从椅子上站起来。

他刚站稳，就看到他爹亲自领着一位身穿红裙的姑娘走了进来。

淡淡的阳光斜照进来，洒在她的脸上。她脸上没什么表情，淡得像是冬日里的一捧新雪，疏离而内敛。脊背挺得笔直，似是一柄随时都要出鞘的长剑。

似是察觉到涂星华的打量，衡玉顺势将目光落到他的身上。

两人对视，涂星华客气而礼貌地朝衡玉点头示意。很显然，他并没有将衡玉认出来。

当然，认不出来才是正常的。

衡玉现在的容貌、气质和性别，都与明初天差地别，得有多强大的联想力才能把这两个人联系在一起？

衡玉从上到下迅速打量了涂星华一番，看得出来，涂星华恢复得不错，面色红润，现在双腿也能够使得上劲，估计再过几个月，他就能如正常人般行走了。

收回打量的目光，衡玉侧头看向涂老爷子，似乎是第一次见到涂星华般，好奇地问道："这位就是涂老爷子说的大公子吧？"

涂老爷子请衡玉入座，顺着她的话介绍涂星华，末了解释道："星华的腿刚恢复，还有些使不上劲，所以不便出门去迎接戚姑娘，请戚姑娘见谅。"

衡玉自然是说无妨，转而问起明初现在可在府里。

涂星华脸上多了几分笑意，他温声解释道："今日风和日丽，明初起了兴致，早上携着她的婢女前去泛舟游湖了，估计要到傍晚才会回府里。"

衡玉看向涂星华："我看涂公子与明初似乎很熟。"

涂星华点头："我与明初是知交好友，在她初入江湖时便与她结识，我的腿就是明初帮忙施针治好的。她这回来扬州城，原本是想来看看我的腿恢复得如何，恰巧听说了戚姑娘在江湖中的美名。明初性子张扬，又正好在武学上有了新的突破，便起了与戚姑娘交手切磋的念头。"

说到这里，他脸上泛起淡淡的歉意："只是江湖上好事之徒颇多，把她的话传扬了出去，这才有了金风楼之约。如果明初的话给戚姑娘带来了不便，还请戚姑娘见谅，她稍后会亲自向姑娘道歉。"

衡玉眸光一闪。

身为明初本人，衡玉非常清楚她赋予明初的人设是什么。涂星华所说的这些，完美契合了明初的行事风格。

所以可想而知，那个假扮她的人，肯定非常熟悉明初的行事作风。

"原来如此，看来明初'少侠'是个快意恩仇之人。"衡玉声音柔和。

她似乎还想说些什么，但话未出口，外面有脚步声响起，雅致张扬的少年逆着光走进厅堂，随着他的走动，腰间的玉佩轻轻晃动，在阳光下折射出淡淡的光华。

瞧着这张几乎可以以假乱真的容貌，衡玉下意识地摩挲身侧的剑柄——她知道是谁在假扮明初了。

只是，他为什么要假扮明初？难道真如她猜测的那般，涂家遇到麻烦了，他们想要用这种办法把真明初和戚衡玉吸引来扬州城，请两人对涂家施以援手？

衡玉心中思忖着这些事，在涂星华要站起来时，她猛地从椅子上起身，看向少年的目光里带着淡淡的惊喜："你是……咦，你……"

这寥寥几个词里，她的神态和语气一变再变，先是久别重逢的惊喜，然后是发现自己认错人后的错愕、茫然。

"不好意思。"衡玉抱拳，朝少年致歉，"我刚刚看晃了眼，还以为是遇到了一位故人。"

"明初"下意识地与涂星华对视两秒，很快，他敛起脸上的失态，倒握折扇朝衡玉抱拳回礼："戚姑娘，在下'明初'。"

衡玉恍然大悟："原来阁下就是'明初'。"

"明初"走进殿里，先向涂老爷子问了好，才在衡玉身侧的空位坐下，好奇道："莫非我与姑娘的一位故人容貌相似？"

衡玉摇头："不是容貌，刚刚'明初'公子是逆着光走来的，我没有第一时间看清公子的容貌，而是先看清了公子的眼睛。那样的眼睛我只在一位朋友身上看到过，而且他也与涂公子交好，出现在涂府合情合理，因此我误以为是他出现在了涂府。"

"明初"再次与涂星华交换了一个眼神。

察觉到他们两人的互动，衡玉慢悠悠地端起茶杯，用杯盖轻掠茶水，看着杯中的细嫩茶叶在水中浮动。

这就是"掉马"的尴尬啊，"明初"还在那里装模作样，然而底子早就被衡玉扒了出来。

钟离乐。

是的，只有钟离乐假扮明初才能扮得这么像，且涂星华不会戳穿他，而是配合他，真正的明初知道后也不会怪罪他。

"戚姑娘所说的故人可是钟兄？""明初"轻咳两声，突然出声问道。

"没错，就是钟离乐公子，当初他前往故剑山庄请人铸剑，我与钟离乐公子交谈一番，对他口中的江湖心生向往，所以在武功大成后决定下山进入江湖，感受一下他口中快意恩仇的江湖。"

衡玉面上一本正经地胡说八道，直把"明初"说得心里有些飘飘然，没想到自己当日的一番言语会给戚姑娘留下这么深的印象。

系统在旁边看戏看得津津有味，它必须批评一下原男主，怎么才一见面就"掉马"了呢？这装模作样的本事太差了，真的太差了！

"明初"不知道自己被系统鄙夷了，他轻咳两声，压下心底的飘飘然之情："戚姑娘

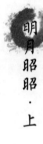

这几个月里仗剑行走江湖，是否感受到了江湖的魅力所在？"

衡玉认真回想片刻，点头道："钟公子所言无误。说起来，我赶到扬州城时，还以为我能在这里与钟公子偶遇。当初我与他的谈话并未尽兴，实在是太可惜了。"

"明初"刚进厅堂不到一刻钟的时间，这已经是第三次与涂星华对视了。

似乎是下定了决心一般，涂星华开口，屏退了周围所有闲杂人等。很快，厅堂里只剩下他、"明初"、涂老爷子和衡玉四人。

衡玉面露警惕之色："涂公子这是何意？"

涂星华连忙解释道："请戚姑娘少安毋躁，在下并无恶意，只是想与姑娘说些要事。如果姑娘不乐意，我们涂府绝不强求；如果姑娘乐意，我们涂府会献上令姑娘满意的报酬。"

衡玉的目光在他身上停留片刻，又看向一侧的"明初"和涂老爷子，声音冷淡："涂公子但说无妨。"

"此事……"涂星华苦笑道，"此事说来话长，先从'明初'的身份说起吧。"

他看向一边的"明初"，朝"明初"点头示意。

"明初"起身向衡玉行礼，恢复了自己原本的音色："戚姑娘，也许我需要重新自我介绍一番，我是钟离乐。"

衡玉做出惊讶之状："你是钟公子，难怪刚刚我觉得你的眼睛很熟悉。"

刹那间，她的眼神变得犀利，似乎只要钟离乐的回答稍有差池，她的剑就会直接出鞘斩去："你们假扮明初引我来扬州，到底是想请我做些什么？"

秋风从半掩的门窗吹进厅堂，带着淡淡的桂子清香。

因为衡玉的一番话，厅堂里的气氛渐渐凝滞下来。涂老爷子最先出声打破沉寂："不瞒戚姑娘，此事涉及我涂府满门安危。不知戚姑娘走进涂府时，有没有发现偌大的涂府显得过分冷清了些？"

衡玉迟疑地点了点头。

涂老爷子道："我们涂家是做漕运发家的，因为在江湖和朝堂上都有些人脉，所以颇有几分薄面。但从半年前开始，涂家的漕运生意在明里暗里都被人打压，经过钟贤侄的暗中调查，我们发现在这背后有太一宗的影子。"

太一宗看上了漕运行业的暴利，想要掺和进来。

说实话，如果太一宗只是想分一杯羹，那也还说得过去，看在太一宗家大业大的分儿上，涂老爷子很可能就忍了。但太一宗这明显是奔着挤垮涂家来的。

两个月前，涂家接到一笔非常大的订单，如果能够完成这笔订单，赚的利润足以抵得上涂家过去整整一年的利润。为了吃下这笔订单，涂老爷子调动了所有能调动的人手，其他的小单生意也暂时不接了。

说到这里，涂老爷子那保养良好的脸上不由得泛出愁苦之色："谁知道，这笔订单是太一宗设的局，目的就是抢走涂家的客户，彻底搞垮涂家。"

"我不懂生意里的门道，此事与你们寻我过来有什么关系？"衡玉拧起眉来，表现得非常清醒。

涂星华温声接过话茬，继续向衡玉解释。

涂家做了几十年的漕运生意，在扬州城根深蒂固，哪里是太一宗想搞垮就能马上搞垮的？两方相争不下，江南的漕运生意大受影响。

"漕运是江南赋税的主要来源之一，我们闹出的动静太大，官府那边被惊动了。江南总督亲自调解，让我们用江湖规矩来划分漕运地盘。"涂星华苦笑道。

所谓的江湖规矩，就是擂台比试。

双方各出五人，比试采用五局三胜制。这五人可以随便挑选，只有一个限制条件，就是年龄必须在四十岁以下。

因为涂家这边很难凑齐合适的人选，所以比试时间定在了十一月初，留足了时间让涂家请外援。

衡玉诧异："这个提议……"

依旧顶着明初容貌的钟离乐点头："没错，江南总督的这个提议看似公平，其实不然。太一宗身为武林第一门派，门下高手非常多，他们随随便便就能找出五个合适的人选。

"涂家虽然也有不少高手，但这些人哪里能跟太一宗的高手抗衡？

"我与星华商议后，决定冒险假扮明初，一则是想通过这种方式联系上明初，二则是想将戚姑娘引到扬州，寻求戚姑娘的帮助。请戚姑娘放心，就如星华刚刚所说，涂家会尽量开出让姑娘觉得满意的报酬。"

现在已经关乎涂家的生死存亡了，只要她不是狮子大开口，涂家都会尽可能满足她的要求。

"有你、明初还有我在，我们三人应该能拿下三局的胜绩。

"涂家这边会出一位高手，还会再邀请来一位高手，他们两人能胜自然是好，如果不慎输了，那也于大局无碍。"

可以说，钟离乐想得非常好。

明初的实力有目共睹，擂台上力压年轻一辈，掠尽同辈风采，如今又过去一年时间，明初的武功肯定会更进一步。

而戚衡玉的实力，很可能比明初还要强。

这二人上场比试，结果基本是没有悬念的。

如果衡玉不是一个人身兼两个"马甲"的话，她一定会为钟离乐的这番安排鼓掌。

衡玉沉默之时，钟离乐以为她是在衡量利弊，耐心地在旁边等待。

片刻后，衡玉突然抬眼看向钟离乐，道："钟公子确定明初能赶过来吗？如果明初赶不过来，你们可有备选方案？"

听到衡玉的询问，钟离乐正色，认真道："我与星华都了解明初，以她的性子，只要

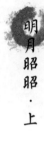

听说了这件事，必然会赶来扬州一探究竟。她如果知道涂家有难，定会伸出援手。"

顿了顿，钟离乐苦笑道："但我不能保证明初能赶来，她也许正在哪里闭关也说不定。至于戚姑娘所说的备选方案，暂时没有。"

如果能有更好的选择，他们也不会采用这种冒险的方式，太一宗实在是欺人太甚。

衡玉心中轻叹。

她想起自己对涂星华他们的承诺，只要他们遇到麻烦，她必然会赶去相助。

虽然现在她顶着的是主"马甲"，但她不可能眼睁睁看着涂星华陷入麻烦的境地。

"你们这样太冒险了。"衡玉开口，垂眸轻抚洗炼剑柄，"其实我与太一宗也有不共戴天之仇，敌人的敌人就是朋友，还有钟公子的面子在，涂家的委托我接下了。"

钟离乐先是欢喜，随后心中升起几分古怪。

戚姑娘与太一宗有仇，明初与太一宗也有仇，涂家与太一宗也有仇……这太一宗，到底想做些什么？思忖片刻，钟离乐还是想不出答案，他暂时把困惑压了下去，认真听衡玉的话。

"报酬的话，我想翻阅涂家珍藏的武功秘籍。"衡玉道。

这个报酬对涂家来说压根不伤筋动骨，涂老爷子爽快地答应了："事后我还会为戚姑娘奉上一万两银票。"

衡玉轻轻点头："这一万两银票我收下了，不过这算是另外的报酬。"衡玉将手放在光滑平整的桌面上，声音轻柔，"既然钟公子没有合适的备选方案，那我为诸位想一个吧。

"我希望涂老爷去与太一宗交涉，我想在擂台上直接一挑二。"

顿了顿，衡玉觉得还是不保险。原剧情里，钟离乐可不是靠武艺纵横江湖的，他更多的是靠自己的脑子。

于是她果断改口道："还是直接一挑三吧，这样一来，无论其他几场比试结果如何，最终结果都毫无悬念。"

一时间，涂老爷子觉得自己幻听了，刚才戚姑娘是说自己要一挑三吗？

太一宗对漕运野心勃勃，他们的出战人选肯定是经过精挑细选的，能一挑二已经很厉害了，一挑三……这位戚姑娘，不会已经是超一流高手了吧？

"戚姑娘……"钟离乐也觉得自己听错了，"你刚刚说的是要一挑三吗？"

衡玉笑着调侃："也许我刚刚说的是一挑五？"

钟离乐讪笑着挠头：不知道为什么，他觉得戚姑娘刚刚那调侃的语气与明初有几分相似。看来这些少年成名的高手是有不少相似之处的。

涂星华是表现得最镇静的一个，他温声道："既然戚姑娘这么说，我和我爹会努力与太一宗那边交涉。无论如何，多一个方案总是好的。

"不过如果力有不逮，戚姑娘不必勉强自己。"

"涂公子放心。"衡玉平静回道。

这一路杀下来，她压根没有全力以赴。

是时候借着这场比试，让世人知晓这把冠绝天下的名剑，在她手里到底能发挥到何等程度了。

谈妥正事，钟离乐等人都松了口气。

午后阳光斜照入户，涂老爷子从椅子上站起来，笑容和煦而亲近："府里已经备好了房间，戚姑娘舟车劳顿，不如先去小憩片刻，迟些我们再商谈要事？"

"也好。"衡玉跟着起身。

她要往外走时，钟离乐快步跟在她身边："我知道戚姑娘的房间在哪，不如我带戚姑娘过去吧？"

衡玉扫了他一眼，轻轻点头："麻烦钟公子了。"

两人并肩慢慢走着，衡玉抱着剑沉默不语，钟离乐抬手蹭了蹭鼻子，主动开口道："我想跟戚姑娘道个歉。"言罢，他停下脚步，认真朝衡玉抱拳行礼。

看着钟离乐顶着明初的容貌站在她面前向她行礼，衡玉觉得有些古怪，有种次"马甲"活了过来，正在向主"马甲"道歉的错觉。

钟离乐却误会了衡玉的意思，他轻咳两声，脸上歉意更浓："不知道戚姑娘要如何才能消气？"

衡玉回神，随便找了个借口解释道："我并未动怒，刚刚是在想金风楼比试一事。如果明初是钟公子假扮的，那金风楼的比试还要进行吗？"

钟离乐摊手道："不用，就说戚姑娘和明初相谈甚欢，一见如故，所以决定改用坐而论道的方式切磋。"

第五十七章

一剑霸寒十四州 15

涂家在待客方面安排得非常周到，给衡玉准备的是府中最好的院子，临水照花，清幽宽敞。

钟离乐将衡玉送到院门口，正准备告辞离开，突然被衡玉叫住。他以为衡玉有什么要事想请他帮忙，转头笑着问衡玉怎么了。

衡玉道："如果我没有猜错的话，几年前钟公子进入故剑山庄，应该是想趁机调查故剑山庄里面的事情。不知道钟公子现在还好奇那些隐秘吗？如果你仍想知道的话，随时都可以来找我询问。"

自从她出现在江湖后，无数人想从她这里探听故剑山庄的消息，其中不乏太一宗的探子，但衡玉都没透露过什么。

钟离乐听到她的话，愣愣地点了点头。衡玉琢磨了下，想着择日不如撞日，确定钟离乐等会儿没有其他的事情要忙后，便将钟离乐请进院子里，吩咐在院子里伺候的下人沏一壶茶，她与钟离乐坐在院中凉亭里吹风，顺便谈论有关《养剑诀》的事情。

"还好戚姑娘没有出事。"半晌，钟离乐真心实意地为她庆幸道。

衡玉哑然，没有就这个问题多说什么。她的目光落在院中那棵梧桐树上，继续说《养剑诀》与太一宗的关系。

"我所有痛苦的根源，都在太一宗。所以刚刚在厅堂里我告诉诸位，我与太一宗有不共戴天之仇。"

钟离乐眸光微沉，垂在身侧的手攥紧了。

太一宗在江湖里的势头越来越大，作为江湖第一大势力，他们行事如此没有顾忌，这于江湖是祸非福啊。等涂家的危机解除后，他必然要多花些心思，深入调查太一宗。

聊完这个有些沉重的话题后，两人随意叙着旧。一盏茶用完后，钟离乐起身告辞，让衡玉好好休息。

在离开前，他朗声笑道："如果戚姑娘有任何需要，尽管来找我或者星华。"

对于这位戚姑娘的遭遇，他是有几分怜惜的。当然，戚姑娘实力强悍，并不需要外人怜悯，但钟离乐觉得如果戚姑娘需要他帮忙做些什么，他是很乐意的。

衡玉大概能感受到他心里是什么想法。

不过那悲惨而沉重的遭遇一直是原身在承受。衡玉也没多说什么，只是笑着承了他的情。

在涂府住下后，衡玉基本没出过门，绝大多数时候她待在院子里翻看涂家的武功秘籍。有时钟离乐会带着涂星华过来找她聊天，双方坐在一起下棋或者谈论江湖之事，相处得颇为愉快。

涂府里，涂星华坐在轮椅上，腿上盖着薄毯以免受凉。他右手拈着一枚黑子，目光落在棋盘上，思索着该往哪里落子。

钟离乐在旁边观棋，兴致勃勃地给他提建议。

衡玉也不阻挠钟离乐，安静地等着他们两个琢磨该怎么落子。

琢磨了片刻，涂星华实在找不到破解的方法，把黑子扔回棋盒里，爽快地认输："是在下输了。"

他以前不良于行，为了磨炼心性，才开始跟着父亲学习下棋。久而久之，他棋艺大进，周围再也没有人是他的对手。涂星华没想到，他竟被衡玉杀得片甲不留。

衡玉挽起袖口，慢慢收拢棋盘上的黑白棋子，将它们都放回棋盘里。碧玉色的棋盘衬得她的手洁白如玉，整只手除了常年习剑摩擦出来的茧子外，几乎没有别的瑕疵。

"现在距离金风楼一战的时间越来越近，你们找到明初了吗？"衡玉明知故问。

"暂时还没有。"涂星华温声道，"明初估计是在哪里有事耽搁了，赶不过来也就罢了，我只希望她不是身陷险地。"

衡玉点头，提醒道："那消息是时候放出去了。"

很快，一则消息传遍了整个扬州城。

明初疑似生了场重病，暂时无法动用内力。她与戚衡玉一见如故，戚衡玉为了她的身体着想，提议将在金风楼上比试改为在涂府里坐而论道，切磋一事延后再议。

为了围观明初和戚衡玉一战，江湖里有不少人急匆匆地从其他地方赶来扬州，得知这个消息后气得险些吐血。

但才郁闷一瞬，涂家和太一宗争斗的消息又传开了。和明初、戚衡玉比起来，自然是涂家、太一宗的漕运之争更惹人关注。

想到没有白跑一趟，众人的郁闷之情消减不少。

"涂老爷！"厅堂里，一个留着八字胡的中年男人怒气冲冲地道，"我记得我们已经达成共识，不将这场比试的消息宣扬开来。"

涂老爷子装糊涂，打了个哈哈道："三长老此言差矣，我们涂家并没有宣扬过此事，也许是你们太一宗那边走漏了风声。"

这个八字胡男人正是太一宗的三长老，他奉太一宗掌门之命来到扬州，负责江南漕运一事。

瞧着八字胡男人怒意未消的模样，涂老爷子端起手边的茶杯，神情悠然："其实我觉得，这场比试宣扬开来也没有任何问题，三长老在担心什么？是担心太一宗闹出的动静太大了吗？"

心事被人戳中，三长老脸上的怒意稍微收敛了些。

涂老爷子抿了两口茶，将茶杯放回桌面，陶瓷做的茶杯磕到木桌时发出轻微的脆响。

"既然事情已经闹大，我觉得与其遮遮掩掩，还不如光明正大地比试。比试地点还没定下，我看金风楼就很合适。"

三长老眉心微拧，权衡利弊一番，不知是想通了什么，迟疑着点头："可以。"

涂老爷子脸上多了几分笑意，继续道："之前太一宗提出来的要求，我们涂家可以答应，但有个条件，我们这边也提出一个要求，三长老觉得如何？"

这一回三长老没有马上答复。

涂老爷子越来越清楚眼前的人是怎样的小人，不等三长老作答，涂老爷子直接将要求提了出来："我希望太一宗能够允许一人比试两场擂台赛。"

三长老眼睛微微眯起。他知道戚衡玉和明初如今都暂住在涂府，这两个人很可能都站在了涂老爷子那一边。如今明初生了重病，涂府那边很可能暂时找不到可以替代明初的人，所以才会出此下策。

沉吟片刻，三长老还是拒绝了。涂老爷子一时愤怒，抬手扶额，像是被气昏了头一般口不择言："一人比两场不允许，那一人单挑两人总可以吧？"

三长老眼珠子转了转，在涂老爷子反应过来前迅速拍板："就如涂老爷所说，如果涂府请来的外援可以一挑二甚至一挑三，那么太一宗这边绝没有异议。"

"你们！太一宗简直欺人太甚！"搭在拐杖上的手慢慢收紧，涂老爷子恨恨地用拐杖敲击地面。

"此言差矣。"三长老连忙摆手，"涂老爷莫要忘了，这个要求是你提出来的。既然我已经答应了涂府的要求，那么我们太一宗提出来的要求，涂老爷这边应该也没有异议吧？"

涂老爷子怒气冲冲地起身，丢下一句"没有异议"后直接离开了厅堂。等到消失在三长老的视线之中，涂老爷子脸上的怒色才渐渐收敛了。

刚刚他是在与三长老讨价还价，如果直接要求一挑二、一挑三，以三长老这种小人的性情，定然会推三阻四，只有像现在这样让三长老觉得自己占了大便宜，三长老才会爽快答应下来。

现如今小人当道，也难怪江湖的风气越来越不好。

回到涂府后，涂老爷子把今日发生的事情复述给衡玉几人听。末了，他道："太一宗这种势头必须要遏制，迟些我会动用自己在江湖中的人脉，暗中调查太一宗所做的其他事情。"

衡玉眸光微闪，故意把话题引到天机身上，让涂老爷子暗中调查出结果后不要自己站出来，而是想办法把消息传递给天机。

衡玉道："天机通晓江湖诸事，在江湖中的威望越来越高。而且天机行踪隐秘，就算太一宗的人想要报复，也未必能够寻到天机的踪迹。"在这件事上，再没有比天机更好用的身份了。

钟离乐作为跟天机有过直接接触的人，点了点头应和衡玉的话："戚姑娘所言甚是，就是天机前辈的行踪捉摸不定……"

衡玉一本正经道："其实我在一本古籍里看到过这么一个说法：拥有无字天书的人会成为江湖的守护者。如果这个说法没有问题，天机绝对会与太一宗对上的，说不定到时候她会亲临涂府。"

"希望如此吧。"虽然钟离乐没有听说过这种说法，但还是很给面子地点了点头。

时间转瞬即逝，在所有人翘首以盼下，十一月初一，比试之日到来，江湖人闻风而动，齐聚金风楼！

金风楼外有一座很宽敞的高台，以往这里是用来表演的，如今正好作为比试之地。

江湖的肃杀淡去了温柔乡里的靡靡之音，金风楼里房门紧闭，并没有像以前一样大开门户做生意。

这时候已经有很多江湖人士到了金风楼外，他们寻找到合适的位置站着，耐心等待比试开始。

没有让众人等太久，太一宗一行人很快抵达了金风楼。

看着那几个被围在正中央的人，不少江湖人眸光闪烁，眼里精光大作。

"太一宗三位长老，再加上风皇王木风、毒圣沈无名，这个阵容已经是江湖顶尖的阵容了吧？"

"太一宗居然把风皇和毒圣都请了过来，他们的面子也太大了，看来涂府这回危矣。"

"涂府那边能应战的人有谁？最出名的应该就是戚衡玉和明初了吧？结果明初还因病卧床不能出战，哪怕戚衡玉能赢，也只能赢一局。"

"嗳，这倒未必，不是说可以一挑二、一挑三吗？"

"说戚衡玉能赢已经是抬举她了，她一个江湖小辈面对风皇他们，还想完成一挑二、一挑三的壮举？"

在场几乎没有人看好涂府，而小部分人虽不看好，但他们发自内心地希望涂府能赢——他们也和涂老爷子一样，看出了太一宗的威胁。太一宗现在的势头太盛了，最好能够借此事，挫挫他们的锐气遏制他们的势头！

在众人翘首以盼下，涂府一行人姗姗来迟。

看到涂府一行人时，众人心底忍不住失望——戚衡玉、钟离乐、涂家实力最高的涂修，以及千杯居士。

涂府请的人不能说不强，但跟太一宗那些成名已久的江湖人士相比，就有些不够看了。

咦？有些人疑心自己眼花，揉了揉眼睛重新数了一遍，发现自己没有数错，涂府这边的确只来了四位江湖一流高手。

"明初病重不能出战，涂府家大业大，难道就找不到新的人选来参加比试吗？"

"如果只是随便找个人来比试，那当然容易。但江湖一流高手又不是大白菜，一时之间找不到合适的人选也正常。"

"唉，看来涂府是彻底放弃了这场比试，现在只是来走个过场罢了。"

窃窃私语声不绝于耳，衡玉几人身处舆论中心，表现得都很淡定。

很快，太一宗那边，三长老朗声笑着迎上前来，与涂老爷子打了声招呼："你们这边可都到齐了？"

涂老爷子神色不豫，淡淡地点了点头："到齐了。"

"这……"三长老又是哈哈一笑，"我们已经给涂府留了两个月时间用来请外援，但涂兄还是凑不齐五个参赛人选，如果输了比试，也请涂兄不要怨天尤人。"

涂老爷子冷哼一声，不硬不软地回道："三长老所言甚是，输了比试的那方可千万别怨天尤人。"

三长老听出了这句话里的阴阳怪气，但压根没多想。他抬手抚须，脚步一拐来到衡玉面前："久仰戚姑娘大名，得知戚姑娘进扬州时，其实我是很想请戚姑娘过府一叙的，奈何涂府那边先了我一步，所以我直到今日才见到戚姑娘的面。"

衡玉轻轻笑道："没关系，反正三长老来请我我也不会过去，和先后没有关系。"言语之间，没有给三长老留一点儿面子。

旁边站着的钟离乐险些压不住自己脸上的笑意，这句话实在是太不客气了，干得好！

三长老脸色僵住，目光在衡玉怀里的洗炼上停留片刻，不知道在想些什么。很快，笑着道："距离比试时间已经近了，那请诸位好好准备吧。"

衡玉抬手，用手掌挡住刺眼的阳光，细细感受着阳光和风的轨迹。

没过多久，巳时到了。

官府那边派来主持比试的裁判走上台，宣布比试正式开始。

太一宗这边最先上场的是五长老，涂家这边直接派出涂修。两人施展轻功来到台上，很快就战在了一起。

十几招过后，明显能看到涂修处于攻势，五长老处于守势。

"咦，看来这第一局涂家那边稳了。"有些眼力不够的人下了定论。

擂台下方，衡玉也在跟钟离乐讨论他们两人的比试，她肯定道："涂修危险了。"

涂修这种大开大合的招式，时间越久越容易露出破绽。太一宗的人明显针对他做过研究，知道以什么方式能够拿下他。

钟离乐神色凝重，目光落在风皇王木风身上："风皇以轻功步法闻名江湖，这正好克了我的武功路子，不知道太一宗那边是不是专门将他请过来的。"

话音未落，另一头的风皇似乎是察觉到钟离乐的打量一般，抬眸与他对视。

看清风皇脸上的戏谑之色，钟离乐心一沉，知道自己接下来不能心存侥幸了。风皇年长他十几岁，功法又正好克了他，接下来他怕是要经历一番苦斗。

"不用担心。"衡玉也盯着风皇，语气平淡，"如果第一局涂修输了，第二局就由你上吧。总要给我留下三个对手，让我在一挑二和一挑三之间有个选择的余地，你说是不是？"

钟离乐："……"

他忍了半天，还是没能压下心底的吐槽："戚姑娘，之前我只是随便找了个理由，但我现在觉得，如果你与明初遇见，绝对会相谈甚欢、一见如故。"

这两个人从骨子里透出来的骄傲和肆意简直如出一辙。

最大的不同，大概是明初说出这番话时神情张扬桀骜，而戚姑娘神情冷淡。

衡玉眉梢微扬，有些诧异地扫了钟离乐一眼。

系统惊道："你这是要'掉马'了吗？！"

衡玉下意识地扫了一眼自己光滑的左手掌心，回系统："我的伪装应该没出问题，钟离乐他……很可能是觉得我的说话风格熟悉。"

容貌可以伪装，武功路数可以伪装，性别也可以伪装。

但是一个人的行事作风是最难伪装的。

只能说，钟离乐不愧是能够假扮明初的人，把她的性格摸得很透彻。

回完系统，衡玉才回复钟离乐："是吗？那我很期待与明初见上一面。"

两人交谈之时，擂台上的形势几经变化。涂修的气势最盛，却缺少几分变化的余地。只见他挥动武器却未击中对手，被五长老的袖中剑划中脖颈，一瞬间血流如注。如果不是涂修及时闪避，勉强避开了颈间动脉，他必然当场断气。

所有人都被这番变故惊到了。

很明显，太一宗是痛下杀手了。

大量的失血让涂修的脸色变白，他朝裁判打了个认输的手势，跟跄着往擂台边退开。

涂家的人立即迎上前去，点穴为他止血，紧急处理他脖颈的伤口。

涂老爷子围过去瞧了涂修几眼，额上都是冷汗。见涂修因失血过多晕了过去，涂老爷子恨恨地转身，拧着眉看向太一宗的五长老。

五长老无辜地微笑道："擂台上刀剑无眼，刚刚如果不是我反击及时，现在躺在地上的人很可能就是我了，还望涂兄见谅。"

衡玉走到涂修身边，把她自己调配的伤药递给涂府下人，让他们给涂修用上。这种伤药的止血效果非常好。

她起身时，正好听到五长老这句话。

涂老爷子正要出声反驳，衡玉抬手鼓掌，声音在金风楼四处回响："五长老说得对，擂台上刀剑无眼，生死不论。涂修的伤我们这边认了。"

刚刚还胜券在握的五长老神色一凝，似乎是察觉到了衡玉话中的含义，他深深地看着衡玉："你身为洗炼之主，嗜杀成性，是要被洗炼反噬的。"

衡玉轻笑："我再嗜杀，也不如太一宗里的某些人歹毒。"

听到她这么不加遮掩地表露自己对太一宗的不满，围观的人都愣住了，凑在一起低声交谈起来——看这情况，戚衡玉是与太一宗有深仇大恨啊，难怪她会帮涂家人对付太一宗。

"年轻人行事肆无忌惮，还是得我们这些做前辈的教教你行走江湖的规矩。"太一宗的三长老呵呵笑起来，用资历来压她一头。

"三长老能教我什么江湖规矩？是教我用人命来铸剑，还是教我咄咄逼人，不给其他势力留活路？"

用人命来铸剑？不给其他势力留活路？

不少人都愣住了。

如果说是后者那还能理解，太一宗现在很明显就是在仗势打压涂家，一旦漕运生意都落到太一宗手里，涂家势必没落。

但是前者……想到戚衡玉来自故剑山庄，众人隐隐猜到了些什么。这种以人命铸剑的手段可比一些邪魔外道还要歹毒。

三长老等人的脸色都变了，实在没想到衡玉会如此猖狂："戚衡玉，你大胆！"

洗炼瞬间出鞘，冰凉的剑身被阳光照耀，森冷肆虐之意弥漫开来。衡玉以剑直指太一宗众人："是你们先羞辱我的，凭你们也配教我江湖规矩？"

"戚衡玉！"

"也别走什么流程了，"衡玉道，"你们直接上吧，一挑三或者一挑四都可以，让我用我手中的剑，教诸位我的规矩。

"只不过刀剑无眼，如果出了什么事，还请诸位不要忘了刚刚你们自己说过的话。"

狂妄，轻蔑，张扬。

哪怕是对上太一宗，也分毫不让。

这样的姿态可以说是过于嚣张，但是剑者意志也被她体现得淋漓尽致。

不少剑客望着衡玉的目光彻底变了，下意识屏住呼吸，想要看看她是不自量力，还是真有实力。

"你要一挑三？"

衡玉不应，施展轻功跃到擂台上，平静地俯视着擂台下方的三长老众人："可以。如果五长老还有余力的话，也跟着三位一起上吧。你们放心，我击败他不算人头。"

让五长老上擂台的目的很明显，她想要五长老血溅当场。

五长老几人被她的这番姿态激怒，盯着她的眼几乎要喷出火来。他们这些人在江湖成名已久，现在却被一个进入江湖不久的小辈蔑视到这种程度。

"三长老，既然她要送死，我们就成全她吧。"毒圣沈无名冷笑道。他曾经在研制毒药时中过剧毒，嗓子被药坏了，现在说话时声音嘶哑，宛若毒蛇在暗处轻轻吐舌。

"我们太一宗以四打一，这个消息要是在江湖上传扬开，那岂不是让天下人笑话我们？"哪怕气得很了，三长老仍然保持着理智。他如果坏了太一宗的名声，宗主和太上长老绝对会怪罪于他。

"但我们若不应战，同样要被笑话。"毒圣说道。

五长老抬眼与衡玉对视，狠狠拧起眉来："她如此狂妄，肯定是有自傲的资本，若单打独斗，我们这边怕是都赢不了她。"

衡玉提着剑安静地等着他们。

所谓的又当又立，就是说的太一宗了，他们私底下做了那么多恶事，又怕败了宗门的名声，所以在大庭广众之下总喜欢遮遮掩掩。

不过，衡玉并不担心太一宗不应战。名声这种虚无缥缈的东西在他们的性命面前，实在不值一提，他们不敢与她单打独斗的。就是不知道他们能无耻到什么程度，会出多少人与她战斗。

太一宗的人低声谈论时，钟离乐等人也在交谈。

"戚姑娘此举会不会太冒险了？"涂星华脸上难掩忧虑。

"放心，戚姑娘是个有分寸的人。"钟离乐的脑海里慢慢浮现出那日洗炼出鞘的场景。

剑如惊鸿，斩去时天光洒落，风雨沉寂。

周遭有万事万物，但他的视线里只有那一剑。

看完那一剑后，钟离乐心中只有一个想法：这样强大的剑客怎么可能会落败？

"说起来，戚姑娘与明初真像。"涂星华突然感慨。

钟离乐眉心一跳，下意识道："你也这么觉得吗？"

涂星华笑："是啊，她们二人一定能成为无话不谈的好友。"这样相似的性子，肯定能找出很多共同话题。

钟离乐摸了摸下巴，啧一声道"两人年龄也相近，也许将来成为一对神仙眷侣也说不定。我真是越来越期待她们的第一次见面了。"

太一宗那边总算是讨论出了一个结果，三长老、四长老和毒圣沈无名各自施展轻功来到擂台上。三长老沉声道："你想送死，身为前辈，我们就成全你。"

衡玉慢慢收拢手指，紧握住洗炼，有些遗憾地看着五长老："五长老不再考虑考虑也一起上？"

擂台下方的五长老冷哼一声："等你打过这一轮后还能活下来再说吧。"

衡玉不再看他，垂眼等待着这场比试开始。她能感觉到三个对手在不断变化着自己的站位，打算以前后呼应的站位来围攻她。手中的洗炼似乎是感应到了威胁，轻轻发出剑鸣声。

裁判的声音刚刚落下，就有人开始动了。毒圣催动内力，毒雾弥漫开来。三长老他们刚猛的攻击隐于毒雾之间，狠狠向衡玉劈来。

然而，衡玉的动作比他们还要快！

一道剑光从天而降，斩开眼前的毒雾，化解掉两道攻击，继续向前突袭纠缠而去。四人瞬间缠斗在一起，衡玉不避不退，采用了正面迎敌的姿态。

有人与她挥掌比拼内力，她催动内力与对手击了一掌，使得对手倒退两步。

有人借着身法与她周旋，她的身法缥缈，远胜对手。

无论是内力还是身法，她都力压对手。而这些都不是她最强大的地方，她是个真真正正的剑客，是如今公认的天下第一剑。

剑是杀人的利器，剑术是杀人之术，所以剑客每一次挥剑，都必然要见血。敌人的血雾在空中翻飞，这些雾看着比毒圣营造出来的毒雾还要浓郁。

待那惊艳的剑光终于停下移动时，衡玉微垂手腕，剑尖指地，剑上的血缓缓顺着剑身滑落。

而她面前，安静地躺着三具被长剑贯穿的尸体。

第五十九章
一剑霸寒十四州 17

那三具尸体，擂台下方的众人再熟悉不过。一刻钟前他们还站在那里耀武扬威，以势压人，现在就倒在了血泊里，再也站不起来。

金风楼外人非常多，此时却鸦雀无声，每个人都紧紧盯着擂台，神情惊疑不定。

官府那边派来的裁判迅速落到擂台上，他先是有些敬畏地扫了衡玉一眼，朝她抱了个拳，确定她身上没有杀意传来，才快步走到那三具尸体面前。

明明三具尸体的身份都很明显，但裁判还是先认真打量了这三具尸体的容貌，确定他们是真的三长老、四长老、毒圣后，悄悄抽了抽嘴角，检查起他们身上的伤口。

衡玉早已掌握了剑气，她挥舞洗炼时，剑气也在肆虐，所以三长老他们身上大大小小的伤口很多，但是他们三人的死因是完全一致的——一剑穿喉！

来不及发出任何悲鸣，也未曾发出任何求救或者认输声，就被那势如雷霆的长剑贯穿了喉咙。看着几具尸体脸上凝固的表情，裁判猜测他们倒下的时候肯定是惊愕与恐惧的，因为他们在死前，也许连她那一剑是怎么刺来的都没有发现。

太快了。

"天下武功，唯快不破"，这句话始终是江湖上的至理名言。

裁判从地上起身。

"本场比试，戚衡玉胜。

"整场擂台赛，涂府胜。"

裁判面无表情地宣布道，在退下擂台前，忍不住朝衡玉再次抱了一拳。衡玉长剑染血不便行礼，只淡淡颔首示意，裁判却觉得她的礼数已经很到位了。一个人足够强的时候，是有资格不把天下人放在眼里的。

裁判的声音在内力的加持下，在金风楼外回响，也打破了金风楼外窒息般的宁静。

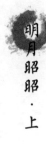

"一挑三，居然真的赢了！"这道喊声因为太过震惊，说到最后险些破音。

"三长老、四长老、毒圣，这三位都是在江湖成名已久的一流高手。然而他们在戚衡玉面前，连一刻钟都没能坚持，她现在……到底有多强？"有人咽了咽口水，问出了在场绝大多数人的心声。

"这就是天下第一剑的实力吗？"

"以一己之力决定了整场擂台赛的胜负走向，成为扭转乾坤的人物，太强大了！江湖上真是出了一号了不起的人物！"关键是她还如此年轻，再给她十年，不，再给她五年时间，这江湖的形势怕是就要彻底变了。

围观众人纷纷发出惊叹声，有些少女盯着衡玉的目光里异彩连连。与此相比，太一宗这边的人气急败坏。

"三长老他们……死了？"有个小辈颤着声音问道，"这怎么可能？三长老他们威震江湖，那个戚衡玉还这么年轻。"

被请来的风皇王木风下意识抖了抖身体，庆幸他没有像毒圣一样抢着上擂台，不然毙命的人就是他了。

王木风可不觉得自己比三长老他们强多少，他以轻功身法闻名江湖，然而他在下方观战时看得很清楚，那把洗炼太快了，哪怕是他也没有把握闪避开。

连风皇都避之不及的速度，普通人更没有闪避之力。

毫无疑问，场下最畏惧的人是五长老。他脸色铁青，抬眸看了擂台一眼，恰好撞上了衡玉的视线。

在比试时，衡玉用内力护住了自己，所以没有一丝一毫的血迹沾染到她身上。她瞧见五长老，缓缓带血的洗炼，以剑尖指着五长老："身为太一宗长老，五长老要上台来为他们报仇吗？

"此战与擂台赛无关，而是你我之间的私仇，只有场上其中一人死亡，这场比试才能终结。"

在解决掉三长老他们后，衡玉没有停手，而是再次出声发难，想要把五长老也端了。很显然，早在涂修出事时，她就对五长老动了杀心。

五长老脸色剧变，额头上冒出豆大的冷汗。冷汗顺着他的脸庞缓缓滑落，他几乎是下意识地往后退了一小步，想要拉开和衡玉的距离。然而等这一步退完，五长老才意识到自己刚刚做了些什么。

他有些羞愤，但更多的还是畏惧。他不能上台，上台必死无疑。

"戚衡玉！"五长老色厉内荏，强撑着出声，"你太狂妄了！连杀我太一宗两位长老、一位朋友，你难道不清楚与我太一宗对上会有什么后果吗？"

衡玉冷笑，眉眼间俱是讥讽之意："擂台上刀剑无眼，生死不论，这可是五长老亲口告诉我的。怎么，你要杀涂修兄时就说刀剑无眼，这会儿就成了我狂妄？

"颠倒黑白，出尔反尔，不愧是出身于太一宗的五长老。"

她毫无顾忌，直接在大庭广众之下扒了五长老的脸皮。

"不过我很好奇五长老口中的后果是什么，不如五长老现在来擂台上为我演示一番？"

五长老不动。

周围一些人实在忍不住，垂下头笑出声来，尤其是钟离乐忍笑忍得最辛苦，戚姑娘这一番话实在是太刁钻、太促狭了。

涂星华一开始也是笑的，笑到眼角、眉梢都染上了淡淡一层笑意，但是慢慢地，他似乎是觉得有什么地方奇怪，慢慢拧起眉心来，看向衡玉的目光里带了几分深意。

衡玉又等了片刻，遗憾地抬手，将耳侧的碎发慢慢别到了耳朵后："看来五长老是打定主意不与我比试了。也罢，我不为难五长老，你上来为他们收尸吧。"

五长老心中对衡玉的憎恨又深了一层，今天的事情一旦传扬开，他在江湖上的威望绝对会降落到谷底。然而，威望降落到谷底，也好过丢了性命。

大概是有些破罐子破摔了，五长老直接派了几个手下跑上擂台，收三长老他们的尸体。

瞧见这一幕，有些人咧了咧嘴，小声嘀咕道："这五长老已经被吓破胆了吧，连上台收尸都不敢了。"

他旁边的人搭腔嘲讽："嘿，谨慎些多好，毕竟是江湖上早已成名的高手，惜命也是正常的。"

衡玉抬手收剑归鞘。

剑入鞘时撞击到金属制的鞘身，再次发出清脆的剑鸣声。

抱着洗炼，衡玉慢慢走下擂台，很快涂家的人就围了上来。涂老爷子满面红光，笑容和煦而激动："这回可真是多亏了戚姑娘。"

衡玉被他们的激动情绪所感染，脸上也多了几分浅浅的笑意："涂老爷客气了，我既然接下了你的委托，自然要尽心尽力，如今幸不辱命。"

涂老爷子似乎还想说些什么，但看了看周围的环境，又觉得暂时不急，他就默默把到了嘴边的话咽了下去。

钟离乐也迎上前来，笑着对衡玉说："很厉害，非常厉害。从此以后，天下第一剑的美名就要在江湖上传扬开了，我刚刚过来时还听到有些人说你的名号可以叫剑霜寒。"

衡玉微愣："剑霜寒？"

"是啊，一剑霜寒十四州。这个名号是不是很合适？"

衡玉失笑："还算中听。"比起什么毒圣、戚仙子之类的名号，这个名号已经算是很有美感、很有诗意了。

"好了好了，这件事差不多已经结束，我们回涂府吧，今晚你我把酒言欢，不醉不归！"钟离乐高兴道。

衡玉连忙摆手："把酒言欢还是算了，实不相瞒，我不会饮酒，而且每次饮酒都会觉得身体不舒服。"

被人搀扶着走来的涂星华正好听到衡玉这句话。

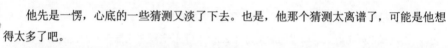

他先是一愣，心底的一些猜测又淡了下去。也是，他那个猜测太离谱了，可能是他想得太多了吧。

转身离开时，衡玉的视线恰好落到了涂星华身上。看清涂星华脸上的表情，衡玉的一颗心微跳，声音柔和："涂公子在想些什么？"

"没什么。"涂星华歉意一笑，"戚姑娘刚刚经历过一番……"原本想用"苦战"来形容，但看着戚姑娘这气都不喘一口的模样，实在是没有一点和苦战挂钩的地方，他强行改口道，"经历了一番战斗，一定是有些累了，我们先回府休息，然后再论其他吧。"

衡玉笑着应了声"是"。

抱着洗炼跟随众人回涂府时，衡玉眸光微垂，啧了一声，向系统感慨道："他们二人也太敏锐了。"

她今日的行事风格与明初实在是太像了，所以惹得涂星华起了些疑心。后来她说自己饮酒后身体不舒服，这才让涂星华心中的怀疑淡了些。

好在涂府的事情差不多结束了，她在扬州多留两三日，就该离开了。

一行人回到涂府，衡玉先回院子里沐浴了一番，换了身新的衣裙，而后站在铜镜前看着镜子里的自己。

她微微垂下眸，视线落在自己的左手掌心上。

因为刚沐浴过，她涂抹在左手掌心的药粉被水冲化了一些，露出了那被药粉遮盖住的狰狞伤疤。

衡玉取了一些药粉抹到掌心上，细致而快速地做好伪装后，她抱着洗炼转身出门，在婢女的带领下去前厅参加庆功宴。

这场庆功宴，衡玉是绝对的主角。

衡玉对庆功宴不太感兴趣，但她知道涂家心中的那口气压得很了，现在头顶阴云拨开，可以稍稍松一口气了，所以也不扫众人的面子。

宴席中间，衡玉问了下涂修的伤势，知道他已经度过危险期，轻轻点了下头。

宴席结束后，涂老爷子送走宾客，才走回他的书房。书房里，衡玉、钟离乐和涂星华三人早已经坐在里面边下棋边等他回来。

"戚姑娘的大恩大德，我们涂家铭记于心，日后只要戚姑娘开口，我们涂家定会竭力相助！"涂老爷子深吸一口气，郑重地对衡玉许诺。

第六十章
一剑霸寒十四州 18

这一回的擂台赛可以说是出人意料，哪怕涂老爷子早就知道衡玉不简单，也没想到她会解决得如此轻松。

衡玉请涂老爷子坐下，才道："涂家的危机暂时过去了，但并没有真正平安。"

"戚姑娘的意思是……？"涂老爷子温声问道。

衡玉道："太一宗对漕运势在必得，如今一计不成，他们未必会轻易收手。"

涂老爷子沉沉地点头，太一宗近些年行事越来越霸道了，今天他们输了擂台赛，短时间内不会再对涂家出手，但时间长了，难保他们不想出新的计策来坑害涂家。

见涂老爷子明白她的意思，衡玉平静地继续道："所以涂家不能心存侥幸，只要太一宗依旧觊觎漕运生意，涂家与他们就必然是不死不休的局面。"

涂老爷子也是老狐狸了，知道衡玉在暗示些什么："戚姑娘放心，我们涂家会在暗中调查太一宗，也会联合其他对太一宗心存不满的家族和宗门，来共同遏制太一宗之势。"

聊完抵抗太一宗的事情，涂老爷子又力邀衡玉成为涂家客卿。

如果她成为涂家客卿，每年不仅能从涂家这里支走数千两银子，还能无条件翻阅涂家的各种秘籍，需要做的就是在涂家有难时过来助涂家度过一劫。

衡玉自然是答应了。

她应下来后，涂老爷子对她的态度又亲近了几分，得知她是孤儿，家中没有长辈，便让她改口喊他"涂伯伯"。

天色将暗，衡玉和钟离乐起身告辞离开，钟离乐送衡玉回她住的院子。

"你是不是要离开扬州了？"钟离乐突然问道。

衡玉不奇怪他能猜到，就说："我打算两日后离开。扬州是温柔乡，在这里歇会儿不错，但是待久了会钝了我的剑。"

"接下来打算去哪里？"

衡玉回道："去塞外吧，我还没见过那里的风光。"而且从她调查到的一些消息来看，太一宗在塞外那边也有大动作，她打算去深入查探一番。

钟离乐点头微笑道："我曾经去过塞外，那里的风光很不错。我有一位妹妹现在就在塞外。"

衡玉知道他说的是包妍，看来直到现在，钟离乐依旧只把包妍视作妹妹。

夕阳斜照，苍苍暮色笼罩着前方的小院。钟离乐在院门前停下脚步，挥手与衡玉道别时，他出声道："去杀五长老时记得喊我一声。"

衡玉侧头看他，笑道："喊你去围观吗？"

钟离乐道："虽然你杀他不费吹灰之力，但这种事，多一个观众也是好的。不过你打算怎么杀他？"

怎么杀五长老？

对衡玉来说，就是仗着自己卓绝的轻功身法进入五长老的屋里，用他自己的刀杀了他。

杀他，既不用大费周章，也不用脏了自己的洗炼。

轻轻松松解决掉一个人，衡玉和钟离乐施展轻功离开此地。

他们来到街道时，晨曦刺破天际，将沉睡中的扬州城慢慢唤醒。一大早，街道上就有不少早点铺子支了起来，到处都是热气腾腾的人间烟火景象。

衡玉走到烧饼铺子前，麻烦老板帮她烙了两个烧饼，将其中一个递给钟离乐。她咬了一口烧饼，慢慢咀嚼咽下后，对钟离乐说："我要走了。"

钟离乐也咬了口烧饼，朝她扬眉轻笑："这里距离城门也不远，走吧走吧，送你到城门再回来，正好边走边吃早饭。"

这段路的确不长，吃完手中的烧饼，城门近在眼前。

"青山不改，绿水长流。"钟离乐先行开口。

"青山不改，绿水长流。"衡玉握剑抱拳，转身出了城门。

今天正巧也是太一宗的人启程离开扬州的日子。

他们一大早起床，洗漱过后聚集在前厅，左等右等都没见到五长老的身影。有人自告奋勇跑去喊五长老起床，片刻后，一阵刺耳的尖叫声从后院传来。

前厅里面的众人脸色一变，知道肯定是出了事情。但当跑进散发着浓重血腥味的屋子，看见目露惊恐之色的五长老的尸体时，他们还是觉得有些头晕目眩。

"这是谁干的？"

凤皇王木风还没有离开，瞧见这一幕，他心中难掩恐惧："……能够悄无声息地潜入院子杀死五长老，做到这一步的，在这扬州城里还能有谁？"

他就住在距五长老不远处的屋子里，然而连他也没察觉到戚衡玉潜入的动静。如果说戚衡玉昨晚是来杀他的，那现在躺在床上凉透的人就要变成他了。

"她行事如此肆无忌惮，当真不怕得罪我们太一宗吗？"五长老的亲传弟子眼眶通红，恨恨地问道。

这几年里，他跟随师父出入过不少地方。背靠大树好乘凉，只要把太一宗的名头搬出来，他们就会受到对方的礼待。

然而那个叫戚衡玉的女人，却完全不把太一宗放在眼里。

凤皇王木风扫了这个年轻弟子一眼，想了想，还是把想说的话咽了下去，免得被太一宗的人记恨。

以戚衡玉的实力，只要不是太一宗的太上长老出手，其他人基本都奈何不了她。到了她如今的地步，已经有了肆意行事的底气。

江湖第一门派太一宗，得罪了又怎么样？再给她几年时间成长，连太一宗那位太上长老也未必是她的对手。

想到这里，凤皇的眉心狠狠拧起来——他能想到的，太一宗那边自然也能想到。

但是天才死了就没有任何威胁了。太一宗那边应该不会给戚衡玉留下成长的时间，看来……那位太上长老要重新出世了。

凤皇的猜测没有出错，扬州这里交通便利，又会聚了非常多的江湖人，所以这里发生的一切都以飞快的速度在江湖里传扬。

消息传回太一宗当天，太一宗宗主气得摔了自己最喜欢的那个花瓶。他是个儒雅的中年男人，哪怕是动怒，身上也透着一股书卷气息。

"故剑山庄戚衡玉……当初一个小小的祭品，居然已经成长到了足以威胁太一宗的地步……"太一宗宗主咬着牙，握着宝座扶手的手上青筋暴起，显然是怒到了极点。

以前这戚衡玉只是一个小小的祭品罢了，身上最特殊的地方就是她修习《养剑诀》的进展非常快，是洗炼的最佳祭品。

结果，故剑山庄楚庄主一行人被戚衡玉端了，本属于太一宗的洗炼也被戚衡玉抢走了。

太一宗宗主在宝座上枯坐片刻，眼神晦暗变化，似乎是终于下定了决心，他猛地起身往太一宗后面的禁地赶去。

太一宗的禁地是片风景秀丽的山谷，哪怕已入冬，山谷里依旧温暖如春。太一宗宗主走进禁地里，在一个幽深不见底的山洞前停下脚步，朝着山洞深深鞠躬行礼。

当天傍晚，山谷里有浩荡而深远的气息弥漫出来。太一宗不少弟子都感应到了这股气息，神情狂热地向山谷方向行礼。

塞外，黄沙漫天。

天色将暗未暗时，正是风沙最大的时候。

而这个时候，也是塞外马贼最活跃的时候，他们神出鬼没，洗劫那些在大漠里进出的商队，遇到财物就劫走，遇到女人就抢回自己的寨子里。

绯色的云霞布满天际，一支商队正在自己选好的地方安营扎寨。

商队管事指挥众人抓紧时间。瞧着营地差不多搭建完毕，他抱着水袋走到一辆比较华丽的马车前，抬手敲了敲马车壁。

　　马车帘子被人从里面掀开，露出包妍那张带着病色的脸。她接过管事递来的水袋，刚想开口说话，凛冽的寒风从帘缝刮进来，包妍被吹得浑身一哆嗦，又用力咳了几声。

　　"小姐，你的病没有痊愈，现在只管好好休息。"管事开口道。

　　包妍苦笑道："都怪我前些天没注意，感染了风寒，拖累了商队的速度。最近那些马贼越来越猖狂，今夜我们没能赶到合适的地方安营扎寨，若是遇到危险……"

　　管事连忙劝道："小姐别慌，我们商队里有不少武艺高强的侍卫，他们可以保护我们的安全。而且我们也未必会遇到马贼。"

　　"希望如此。"说了几句话，她服用的药开始发挥效力，包妍又觉得头晕起来。

　　管事让她先好好休息，等马车帘放下后，刚刚还一脸轻松的管事顿时神情凝重起来，他急匆匆转身，打算再去查看一下今夜的布防。

第六十一章
一剑霜寒十四州19

　　夕阳西斜，黄沙漫天。

　　这里是大漠，放眼望去，视线所及，几乎都是单调的黄色。

　　大漠尽头有个沙丘，秃鹫在沙丘上方盘旋，似乎是在寻找食物。

　　突然，有人穿着将全身遮挡住的黑色斗篷，抱着长剑，慢慢从沙丘下方走上来。

　　似乎是察觉到什么异常，抱剑的人抬起手捏住斗篷帽檐，将宽大的兜帽直接摘了下来，露出艳丽的容貌。

　　正是衡玉。

　　半年前，涂府的危机解除，衡玉离开扬州，从水路一路北上。她不急着赶路，一路走走停停，遇到有意思的事情还会特意去凑个热闹。

　　随后不久，她将自己撰写多时的兵器谱排名、武力值排名都公布了出去。

　　这两个榜单在江湖上引起轩然大波时，衡玉继续北上。也是在这个时候，她察觉到有多股势力在暗中调查她的行踪。

　　很显然是太一宗出手了。

　　她一路走走杀杀，并且利用天机的身份深入调查和整理太一宗的罪行，在两个月前才正式进入塞北的范围。

　　现在她深入沙漠，是为了寻找一伙马贼的下落——根据她的调查，这伙马贼背后的靠山很可能就是太一宗。

　　衡玉蹲下身子，细细查看着地上的痕迹："往北去了。"

　　沙漠里除了呼啸的风声外，几乎没有别的声音，系统怕衡玉觉得无聊，便在她脑海里与她聊天："零，这半年来你收集了不少有关太一宗的消息，打算什么时候放出去？"

　　"差不多是时候了。"

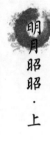

衡玉催动轻功，顺着她刚刚得到的线索一路往北走。大概一刻钟后，她听到前方传来激烈的打斗声。

沙漠里的可视度很低，衡玉站在沙地上，正准备走去查看情况，突然一道愤怒的娇喝声从前方传来："我们这支商队出自包家，你们若是动了我们，包家绝对不会善罢甘休。"

这道声音的主人大概感染了风寒，声音有些喑哑，但衡玉还是分辨出了对方的身份。

这下子，衡玉没有任何迟疑，迅速向前赶去。

包妍浑身酸软无力，只能勉强倚靠着婢女站立，但她还是强撑着一口气，紧握着长鞭与马贼们对峙。

在她周围，商队的侍卫们躺倒一片，死伤惨重。就连管事刚刚也因为保护她而中了一剑，躺在地上奄奄一息。

"包家？我们正是知道这是包家的商队，所以才来洗劫的啊。不过包家大小姐居然也在商队里面，这倒算是意外之喜了。"马贼小头目安然地坐在马背上，盯着包妍的目光非常露骨。

听到马贼小头目的声音，他的手下们发出会意的淫笑声。

包妍气得浑身发抖，隐在袖子里的匕首轻轻动了下——她宁愿死，也不愿意落到这些马贼手里。只要稍微动脑子想一想她就可以想到，落到这些人手里，她会落得怎样生不如死的下场。

"去吧，把包小姐请过来。包小姐细皮嫩肉，你们请她过来的时候温柔一些。"马贼小头目抬手一挥，吩咐他身后的两个手下。

两个马贼狞笑着上前。

看着他们那丑陋的嘴脸，包妍心底一片冰凉，满是绝望之意。就在她将要把袖子里的匕首拔出来割喉自尽时——

一道剑光无声降落。

下一刻，那两只即将触碰到包妍的手臂直接被削断。

穿着黑袍的衡玉轻松落到包妍和马贼中间，两掌挥出，直接震断了两个马贼的心脉。

看着两个马贼都没来得及痛呼一声就死了过去，劫后余生的喜悦将包妍团团围住。

包妍身体的最后一丝力气被抽空，整个人直接摔在黄沙上，有些疼，但更多的还是庆幸和放松。

衡玉气定神闲，从袖子里取出两瓶伤药，温柔地放到包妍身边："可以止血。"旋即，她提剑迎上前方那些马贼。

包妍怔怔地看着那朝前走去的背影，不知道为什么，明明她不认识眼前的黑衣女子，但看着对方的背影，她心中无端升起一股安心感。

可能是因为对方武艺高强，而且还救了她吧。

包妍不再深思这个问题，转身去给受伤的管事他们上药。

商队的侍卫遇上马贼，没有太大的反抗能力。

而这些马贼遇上衡玉，也是同理。

管事的伤口还没上完药，那伙马贼里就只剩下小头目还能动弹了。

马贼只是乌合之众，想撬开小头目的嘴并不难，衡玉从小头目的嘴里得到自己想要了解的消息后，一剑送他上了西天。

确定所有的敌人都解决掉了，衡玉转身，打算朝包妍走过去。

刚往包妍所在的方向走了两步，衡玉想起自己左手掌心的那道伤疤没有做伪装，连忙又停下了脚步。

她抖开干净的手帕，将它缠绕在左手掌上，暂时用它挡去那道伤疤。做好这一切，她才走到包妍他们身边，镇定道："你们没事吧？"

包妍强忍着身体的不适，要起身向衡玉行礼道谢，然而她的身体刚动，就被衡玉制止了。

衡玉的声音温和却也疏离，像是刚和包妍认识一般："姑娘不必多礼。"

包妍深吸口一气，没有再站起来，抬眸盯着衡玉的眼睛，脸上带着感激与亲近之意："我出身塞北包家，单名一个'妍'字。姑娘的救命之恩，包妍感激不尽，待我回到包家必有重谢。"

衡玉微微颔首："故剑山庄，戚衡玉。"

听到这个名字，包妍眸光更亮，激动道："难怪姑娘杀这些马贼如此轻松，原来姑娘就是传闻中的天下第一剑。"

因为江湖少侠榜上的第二和第三都是她的好友，之前包妍还很好奇，能够力压明初和钟哥的得是何等人物，今日一见，包妍方知盛名之下无虚士。

刚刚她已经充满死志，是戚姑娘将她从死亡的边缘又生生拉了回来。

想到那种劫后余生的喜悦，包妍仍然有种热泪盈眶的冲动。

衡玉仔细打量她，见她面色潮红，似乎是身体正在发热，不由得出声提醒她注意休息。

包妍摇头，明明看着有几分娇气，但在这个时候她性格里坚韧的一面也体现了出来："我得先清点商队的伤亡人数。"

衡玉想了想，没有劝阻，只道："好，如有需要，尽管开口。现在天色暗了下来，我也在此地休息，安全问题你们不用担心。"

包妍看向衡玉的眸光更亮了。

她现在觉得，钟哥随和，明初张扬，他们两个都没有戚姑娘沉稳霸气。而且戚姑娘还长得如此漂亮，谁在黄沙里行走不弄得灰头土脸啊？但她身上干干净净、清清爽爽，整个人似是从画中幻化出来的一般。

"麻烦戚姑娘了。"包妍脆声道。

包妍不愧是从小在大漠里长大的姑娘，待在钟离乐他们身边时，她的才能还没显现出来，但现在，她撑着病体将一切打理得井井有条。

等包妍忙完这些琐事，拿着干粮来找衡玉时，她看到衡玉抱剑坐在沙地上，仰头凝视明亮的星辰，星辰倒映在衡玉的眼里，衬得衡玉的眼睛熠熠生辉。

似乎是听到了包妍的脚步声，衡玉侧眸看向她："怎么还不去休息？"

包妍道："我给戚姑娘送些吃食。"

"可以让其他人送过来，包姑娘现在需要好好休息。"这么说着，衡玉还是伸手接过了干粮，轻声向包妍道谢。

明明衡玉的声音疏离而冷淡，包妍却还是从中分辨出了几分温柔关怀之意。

世人总是倾慕强者的，但包妍行走江湖时见多了无情无义的武林高手，所以她更加崇拜钦佩如戚姑娘这般关怀弱小的强者。

包妍睡意暂消，她在火堆另一侧坐下，两手抱膝问衡玉："戚姑娘来塞外可是有要事？"

"是有些事情。我想调查一下这些马贼的来历。"衡玉倒是没瞒着包妍。

沙漠到了夜里温度骤降，衡玉往火堆里加了两根柴火，让火烧得更旺些。

包妍道："我知道不少内幕消息，不过不知真假，戚姑娘要听听吗？"包家是塞外最大的势力之一，包妍比衡玉消息灵通也是正常的。

衡玉点了点头，认真倾听包妍叙说。

听着听着，她心中觉得有些好笑。

她以明初的身份跟包妍相处时，包妍的姿态十分大方自然，现在她用主"马甲"行走江湖，包妍反倒成了"迷妹"姿态。

是明初那张脸还不够帅吗？衡玉忍不住反思起自己。

反思片刻，她得出结论：肯定是她的主"马甲"帅得超越了性别。

从包妍口中，衡玉得知了不少内幕。结合小头目刚刚说的那些话，衡玉大概能推测出马贼的老窝到底在哪个地方。

"明日一早我将你们平安送出沙漠，然后我会折返，赶去马贼老窝一探究竟。"

包妍心中一惊，但想到衡玉的战绩，又觉得如果是戚姑娘的话肯定不会出任何问题。

她唇角微动，余光扫见衡玉左手手掌绑着的手帕，担忧道："戚姑娘受伤了？"

"小伤。"衡玉不好解释，干脆一笔带过。

包妍的目光停留在手帕上，愣愣地点了下头。她还想找话题跟衡玉聊，但她今天提心吊胆了很久，来找衡玉之前又刚喝过药，坐在火堆旁，一个不注意就睡了过去。

衡玉没有喊醒她，只是往火堆里又扔了几根柴火，顺便将自己身上的斗篷脱下来，轻轻盖到包妍的身上。

第二日，晨曦洒落。

包妍睁开眼睛时，面前的火堆还在烧着，她身上盖了件黑色斗篷。

包妍眨了眨眼睛，残存的最后一抹睡意消散无踪，她猛地从地上站起来。

"醒了？我们可以准备出发了。"衡玉走到包妍面前，将一个水袋递给她。

包妍用一只手掌拍拍自己的脸，她昨晚都不知道自己是怎么睡过去的。

接过水袋后，包妍将斗篷还给衡玉。

收拾好所有的东西，众人启程离开沙漠。

紧赶慢赶，在太阳落山之前，一行人终于顺利走出了沙漠。包妍长长地舒了口气，刚想扭头去向衡玉道谢，却发现对方早已悄然离开。

之前明初也是这样，但包妍熟悉明初的性子，所以能提前逮住明初。可她昨晚才跟戚姑娘认识，并不了解戚姑娘的行事作风。

包妍无奈，小声嘟囔："是不是高手都有怪癖，喜欢不辞而别？"

她有些遗憾，一边期待能与戚姑娘再次相遇，一边在心中默默祝她此行平安。

第六十二章
一剑霸寒十四州 20

　　马贼的藏身之地就在大漠深处，外围布置有简单的奇门遁甲阵。看到这个奇门遁甲阵，衡玉再次确定这伙马贼与太一宗关系匪浅。

　　故剑山庄、七星阁、绝世秘籍、涂家、马贼……从中原到塞外，太一宗到底想做什么？是想要借此统一武林，还是想要颠覆整个武林？

　　衡玉思忖片刻，依旧想不明白太一宗的真正目的。

　　她冷静地站在暗处，观察前方的奇门遁甲阵，确定不可能不惊动任何人就闯进阵里，衡玉也不遮掩行踪了。她倒提洗炼，一步步朝前走去，迅速踏上阵法边缘。

　　这个奇门遁甲阵都是衡玉玩剩下的，压根没对衡玉起到任何阻拦作用。

　　衡玉边大步朝前走，边一掌掌向阵法的关键之处击去。

　　几十息后，阵法被彻底毁掉，衡玉进入马贼的住处。

　　马贼守卫早在阵法被触发时就发现了异常，然而，他们完全料想不到衡玉会这么快出现在他们面前。他们这些人才刚握住武器，甚至没能从地上站起来，就被衡玉一掌接着一掌震碎了心脉。

　　"出来得真慢。"清场过后，衡玉抬眸看向里面，发现还没几个马贼从住处跑出来。

　　她也懒得等待，步步向前走去，遇到一个屋子就以掌震碎房门，然后将从里面跑出来的马贼利落地解决掉。

　　马贼再多，也禁不住她手法干脆利落。

　　这些马贼都是穷凶极恶的亡命之徒，他们手上沾满了无辜之人的鲜血，但是，在这个关头，他们依旧被衡玉杀到胆寒——怎么能有人杀人时，姿态如此风轻云淡？

　　就在一些马贼心生畏惧、不敢往前时，一道凌厉的攻击自衡玉耳畔划过。若不是衡玉反应快，迅速侧头避开，刚刚那道攻击就要落到她的脖颈上了。

衡玉身形如鬼魅，往旁边跃了两步，拉开和那个偷袭她的人之间的距离："太一宗之人？"

刚刚那道攻击，正是太一宗绝学——海波涛掌。从这个人的年龄和内力深厚程度来看，要么是太一宗的大长老，要么是二长老。但无论是他们中的哪个人，对衡玉来说都不算是个好消息。

自己最强的一道攻击居然被轻飘飘避开了，太一宗大长老有些错愕，他的目光落在衡玉脸上，看清她那过分年轻的脸后，神情冷淡下来，杀意升腾而起："你就是戚衡玉吧？"

衡玉抬手一挥，将两个试图偷袭她的马贼当场击毙，落在大长老身上的目光无比冷淡："太一宗的长老出现在马贼窝里，还帮马贼偷袭我，这个消息要是传出去，整个江湖都要为之一惊吧？"

大长老冷冷微笑："我们的人如今一直在寻你，你现在出现，不过是自投罗网。"

马贼首领是个脸上有刀疤的老人，满脸风霜愁苦之色，但那双眼睛却蕴满了精光："别跟她说废话了，只有死人才能永远闭嘴，你我一块儿上，联手将她击毙。"

马贼首领这些年虽然一直待在塞外，但也听说过戚衡玉的名声。

这个小辈年纪不大，武功却深不可测。但是他和大长老两人早已一只脚踏入超一流境界，两人联手，足以称得上是"超一流境界下无敌"，他不信戚衡玉能够逃出生天。

"上！"大长老暴喝的同时，右手握拳，内力聚于拳头处，刚猛的劲气从他全身散开，将他脚下站立的巨石碾得出现裂痕。

与此同时，马贼首领也抽出长戟，用至猛至烈的手段向衡玉压来。

衡玉的神色慢慢凝重起来，心里没有丝毫的退却和畏惧，而是被激起了几分好胜之心。她的内力是不如大长老他们深厚，但她的综合实力很强。现在，正好用这两人检验一下她的武功境界，顺便印证她接下来的习武之路。

她足尖轻点地面，迅速迎上前去，高声道："来得正好！"三人迅速战成一团。

衡玉以剑架住长戟，调动剑气加持在剑上，想要将长戟挑飞，却惊讶地发现那戟重如深渊，完全无法被她撞开。就在这时，身后有刚猛的拳头向她砸来，衡玉催动体内的内力，试图用掌接住大长老的拳头。

两人内力对抗，底子偏薄的衡玉被击得倒退几步，而长戟的反震力也作用在她的手掌间，震得她虎口发麻开裂。

"再来！"这回是衡玉主动提剑迎上前。

在大长老和马贼首领的围攻下，衡玉始终处于下风，但她没有任何畏缩退却。慢慢地，马贼首领最先察觉出不对来——她手中的剑，变得更加灵动诡异了。她那停滞不前的内力，似乎也提高了不少，现在再与大长老击掌，不会像刚开始时那般后退两步了。

心念一转，马贼首领下意识退后两步，道："你在借我们二人突破？"但退完这两步，马贼首领顿时后悔了。

在剑客面前，退却是最愚蠢的做法，因为剑客永远都不会畏缩退却，他们只会往前，义无反顾地往前。

这个因马贼首领后退而露出来的空当，瞬间让衡玉抓住反攻的机会。她借着空当拉近与马贼首领的距离，洗炼犹如鬼魅般如影随形，无论马贼首领怎么闪避，都避不掉这道剑光。

他心下一时有些慌张，匆忙挡下衡玉的攻击，朝大长老喊道："快，拦下她，为我争取时间。"他的打斗节奏因为刚刚那一退乱了，如果不能重新找到节奏，他势必会被压制得死死的。高手过招，一念之差就能导致很多事情出现变化。

衡玉像是没感受到大长老的威胁一般，她的眼里只有马贼首领的命，在取走对方的命前，她没有多余的心思分到其他人身上。所以除了闪避必要的攻击外，其他攻击衡玉都是直接用身体挡下，她的打斗节奏完全没有被打乱。

终于，她苦寻许久的空当出现了。

利剑挥斩，剑光如虹，照耀黑夜。一击即中，衡玉没有丝毫犹豫，猛地转身贴向大长老，在一息之间就拉近了她与大长老的距离。

大长老眸光一凝，下意识往苦苦抵挡的马贼首领看去。月色照耀下，他的右手依旧紧紧握着武器，左手抬起捂着自己的脖颈，脸上呈现痛苦之色。在大长老的注视下，这具尸体终于承受不住重量，沉沉地倒在地上。

意识到马贼首领当真断了气，大长老心头巨骇。

"还没看够吗？"

衡玉戏谑的声音在他耳畔响起。她都有这个时间和心思去嘲讽对手了，可见她对接下来的战斗已经心中有数。

"这些年，你立于江湖之巅，很久没有跟人厮杀了吧？"

如果遇到不如自己的人，他还能凭着自己深厚的武功轻而易举地击毙对手。但现在，他居然在一个综合实力与他不相上下的人面前走神，如果这样了衡玉还输，那她真是对不起天下第一剑的美名。

当大长老也步了马贼首领的后尘，重重倒地时，衡玉心中稍松了口气。

这口气一松，她就猛地拧起眉，倒抽了两口冷气。刚刚为了攻势不被打断，她直接用身体挡下了不少攻击，现在几乎成了血人，有敌人的血，也有自己的，五脏六腑也在隐隐作痛。

重新为自己蓄了力，衡玉倒提洗炼，将余下的马贼都解决了。

等到天空终于破晓，天色明亮起来，衡玉猛地往后一倒，背脊重重靠在粗粝的墙壁上。借着墙壁的支撑，衡玉勉强保持着站立的姿态，她手脚发软，从袖子里取出伤药，胡乱倒在自己的伤口上。

刚刚她已经上过一轮药止血，但是她在将马贼窝清场时，动作幅度过大，又一次撕扯开了伤口。

药粉落入伤口里，疼得衡玉脸色苍白。她唇角轻轻抖了下，滑坐到地上，闭着眼睛慢慢调息，恢复内力。

骏马在沙漠里疾驰，黄沙被奔腾的马蹄一扬，瞬间迷了人眼。

包妍用面纱裹住自己的口鼻，坐在马背上，有些焦急地催促道："我们不能再快些吗？"

包妍的父亲——包家家主无奈又纵容地看了女儿一眼，出声安抚道："别急别急，如果戚姑娘给的地址没错的话，至多一个时辰就能到了。"

三天前的傍晚，包妍他们这个商队顺利回到包家。

包妍身体虚脱，喝下药后睡了一晚上，第二天一大早就跑去堵住她爹的门，将沙漠的事情告诉了她爹，并且要她爹说服塞外其他几大势力，一块儿派出高手直捣马贼窝，不让这些马贼再为祸一方。

"有戚姑娘这样的绝世高手在，爹，眼下就是铲除马贼的最佳时机。再拖下去，马贼的势力会越来越大。"

包妍动之以情，晓之以理，既是为了包家的生意着想，也是想为戚姑娘做些什么。戚姑娘一个人深入马贼窝，哪怕实力高强，也太危险了，他们这些人过去后，起码能帮上一些小忙。

包家家主本来就打算联合其他势力一块儿歼灭马贼，现在一听包妍的话，他几乎没怎么犹豫就同意了。他花了些时间联系其他势力，各大势力的人昨日才急急忙忙地出发进入沙漠。

听到她爹说至多一个时辰就能抵达目的地，包妍心中的紧张减了不少。她长舒口气，握紧马背上的缰绳，两腿用力一夹马腹，继续催促骏马往前疾驰而去。

大半个时辰后，马贼的藏身之地近在眼前。

包家家主他们翻身下马，包妍道："里面怎么没有喊打喊杀的声音？"

另一个势力的家主道："我似乎……闻到了一股若有若无的血腥味。"

"这里距离马贼的藏身之地还有段距离，怎么可能会有血腥味飘得这么远？"有人出声嘲笑道。他们这些势力明里暗里斗争不断，彼此间关系并不融洽，合作歼灭马贼也不妨碍互相冷嘲热讽。

"……其实我也闻到了。"有人轻咳两声，状似无意地拆起台来。

包妍正是心下焦急的时候，听到他们的对话，她暗暗翻了个白眼，侧头看向她爹，以目光询问她爹。

包家家主凝望前方，片刻后道："外围好像布置有奇门遁甲阵，但阵法已经被彻底破坏掉了。"

包妍笑着说："这肯定是戚姑娘做的！"

包家家主点头，认可包妍的判断。在整个江湖里，除了太一宗的人精通奇门遁甲术外，也就是故剑山庄的人了。毕竟直到现在，江湖中人依旧不知道如何破解故剑山庄外的层层奇门遁甲阵。

"爹，那我们现在进去？"包妍催促道。

包家家主拍拍她的肩膀，说："爹和你周叔叔先进去打探一下情况，如果里面没什么大问题再通知你们。如果有危险的话，就按照另一个计划来行动。"向包妍解释完后，包家家主去寻周家家主，两人各自施展轻功，悄无声息地潜入马贼巢穴。

大概一刻钟后，周家家主面色古怪地出来了："大家都进去吧，里面没什么危险。"

包妍握紧自己手中的长鞭，快步朝里走去，才刚走近屋子，一股浓郁的血腥味便扑鼻而来，她那张俏脸微微一变，加快速度往里走去。

很快，横七竖八倒在地上的尸体出现在包妍眼里。她在江湖中行走多年，瞧见这些尸体也不害怕，检查他们的死因，发现一半是死于心脉被震断，另一半是被长剑封喉。

包妍轻松跃过挡路的两具尸体，抬头，看到她爹正蹲在一具尸体前，似乎是在辨别那具尸体的身份，神情非常晦涩。视线往旁边绕去，当包妍看见正在墙脚闭目养神的衡玉后，她轻呼一声，快步跑到衡玉身边。

"戚姑娘。"包妍轻声唤她。

衡玉失血过多，哪怕已经靠着墙脚休息了许久，还是觉得酸软无力，浑身发冷。听到包妍的声音，她的反应慢了一拍。

等她回过神时，包妍已经在她身边蹲了下来，从自己的怀里取出伤药和包扎用的东西："你的伤口处理得太潦草了，我重新帮你清理一遍。"

晕眩感很强烈，衡玉的头抵着冰凉粗糙的墙壁，也没有寻什么理由拒绝。她将自己的手递给包妍，决定一切随缘。

反正"马甲"这东西嘛，掉一两个问题不大。

是的，如果说像钟离乐、涂星华他们这两个聪明人是从衡玉的行事作风瞧出端倪的，那包妍就是从那熟悉的骨节分明的手掌发现不对劲的。

第六十三章
一剑霸寒十四州 21

以前用明初的身份行走江湖时，衡玉的左手受过一次很严重的剑伤，那时候包妍每隔一天都会过来为她重新换药。

哪怕是再粗心的人，多包扎几次，包妍也能察觉出明初手掌的违和之处——比起寻常男子，明初的手掌要纤细很多，而且指尖上的薄茧也有些不对。

每个人都有秘密，包妍压下了心中的疑惑，并没有盘根究底，更没有那么丰富的想象力，猜测明初其实是在女扮男装。

直到现在，包妍看着衡玉那虎口震裂、布满细密血痕的左手，一种奇异的熟悉感漫上心头。

包妍状似不经意地将衡玉的掌心摊开。

血迹模糊的掌心里，并没有那道狰狞的伤疤，包妍悄悄松了口气。

果然是她猜错了，江湖少侠榜的第一戚衡玉和第二明初是同一个人，这听着的确是太令人难以置信。

她这些小动作看着很轻，但全部落在衡玉的眼里。

衡玉心中觉得好笑，也不出声说什么，轻轻合眼休息。她掌心那道伤疤只是用了特制的东西暂时遮住罢了，只要包妍用清水帮她冲洗掉手掌的血迹，那道伤疤就会重新露出来了。

系统："不怕'掉马'吗？"

衡玉无所谓道："掉就掉吧。"

她当初决定用三个"马甲"行走江湖，主要是觉得好玩。掉了一个叫"明初"的"马甲"，千千万万个"马甲"还能重新站起来，只要她的易容术够高明，换"马甲"就跟吃顿饭一样稀松平常。

系统："怪不得你那么淡定！"

太过分了，以后她是想一人独霸各种榜单吗？

设想一下那个场景，天机排出了一个榜单，第一名主"马甲"戚衡玉，从第二到第十都是她的"马甲"。整个江湖都要笼罩在戚衡玉大魔王的"马甲"阴影之下。

听完系统的假设，衡玉喷一声："你这是要我一年十二个月都营业啊。"

身为主"马甲"，那必须得比其他"马甲"特殊，所以一年至少营业两个月吧。天机这个"马甲"一年得营业一个月吧，再加上九个其他"马甲"，一整年的档期还能排得再满一些吗？

系统心中窃笑，给衡玉播放了响亮的鼓掌声，假惺惺地鼓舞她。

"你这都是为了江湖的安危啊。想想看，江湖上一下子冒出那么多高手，实力不够的人肯定不敢行走江湖惹是生非，而是老老实实待在门派里修炼。就算他们出来行走江湖，也肯定不敢随便招惹是非。"

那阵鼓掌声太刺耳了，衡玉微微拧起眉来。

包妍一直在悄悄打量着衡玉，察觉到这一点，下意识放轻了手上处理伤口的动作。她垂下眼，用干净的手帕慢慢擦拭衡玉掌心的血迹。血迹擦拭掉，白皙的掌心露了出来，连带着那一角狰狞的剑疤也映入了包妍的眼里。

包妍的唇角微微颤抖起来。

明初用折扇作为武器，指尖却有不少薄茧，那些薄茧的确像是长年累月练剑磨出来的。

自从戚衡玉横空出世后，明初在江湖上的存在感瞬间小了很多。上一次有消息传来，还是四个月前在长安参加了比武招亲。算起来，戚衡玉要从扬州赶来塞外，从水路走的确会经过长安。

哪怕她觉得明初不像是女扮男装，哪怕她觉得第一和第二是同一个人的可能性很低，但这种种疑点都在清楚地告诉包妍，她们真的很有可能是同一个人。

"戚姑娘……"包妍下意识出声。

衡玉掀开长眸，密如鸦羽的睫毛轻颤，注视着包妍的目光看似疏离冷淡，但细细观察，方才能感受到目光里的柔和之意。

包妍抿紧唇，嘴唇绷成一条线。她小心翼翼地试探道："明初？"

衡玉勾唇，眉眼间带着几分愉悦之色："是我。"

"真的是你！"

哪怕已经对答案心中有数，但真的听到衡玉承认，包妍还是难掩震惊。

她抬起眼，认认真真打量衡玉的容貌。知道衡玉就是明初后，包妍心里的拘谨少了不少，甚至直接上手去摸了摸衡玉温热而柔软的脸颊。

"故剑山庄戚衡玉的身份是最早出现的，这应该才是你的真实身份吧？我、钟哥和涂哥三人跟明初朝夕相处了那么长时间，居然都没察觉到明初是易容的。"

衡玉朝包妍眨了眨眼："你比钟兄、涂兄他们两个人还要先认出我。"

包妍顿时乐了："真的吗？"

钟哥可是江湖上公认的聪明人，她居然比钟哥还要先扒掉衡玉的"马甲"。

她神情激动，刚想继续与衡玉说些什么，包家家主和周家家主两个人走到了衡玉身边。

"我和周兄已经确定了那个人的身份。"包家家主的语气里难掩震惊，"他是太一宗的大长老，传闻这些年他一直在太一宗里闭关冲击超一流境界，没想到他居然会悄无声息地出现在塞外。"

他的震惊，一方面是震惊于太一宗和马贼的牵扯之深，另一方面是震惊于衡玉的实力。

立于江湖之巅的绝顶高手，亦逃不出天下第一剑客的剑。

衡玉的伤口已经包扎得差不多了，她一只手扶着墙壁，从地上缓缓站了起来："包家家主派人去查看马贼首领的住处了吗？"

包家家主不仅派人查看了，他的人还从暗格里搜出几封信，是马贼首领和太一宗大长老的来往信件。

在信中，大长老吩咐马贼首领劫掠过往的商队，把这些财富积攒下来，而且还吩咐马贼首领派人渗透进塞外的几大势力里，意图将他们颠覆。

包家家主猜测道："太一宗似乎是想要将塞外收入囊中。"

他旁边的周家家主冷笑："如此野心勃勃，也不怕崩了他们的牙。"

从中原到塞外，零碎的线索逐渐联系起来，衡玉思忖片刻，有了个大胆却也合理的猜测——

如果只是单纯地偷盗武功秘籍，压制各大势力，那么太一宗的目的肯定是一统整个武林，让江湖所有人都必须听从太一宗的号令。

但插手漕运，与马贼勾结打劫过往商队，这分明是在聚敛大量的财富。

太一宗不会是要起兵造反吧？

这个猜测有些惊人，衡玉暂时没有透露出去。她身体消耗过度，被包妍搀扶着去寻了一处地方睡觉，清扫战场的事情就全部交给包家家主他们了。

等衡玉睡醒，已经是第二日的清晨。

简单用过早餐后，衡玉穿着干净的衣服，走去找包家家主他们。

包家家主他们几乎将马贼的住处掘地三尺，成功把马贼藏起来的金银珠宝全部搜了出来。

这些金银珠宝加在一起非常可观，但这不过是马贼们两个月的收获——按照信里所说的，每隔两个月时间，马贼们的大半收获都会被悄悄转运去太一宗。

"这都是他们劫掠商队的收获！"周家家主神情阴鸷，眼里的愤怒几乎要溢出来。

这伙马贼在塞外横行了两年时间，不知道祸害了多少过往的商队。他们周家是以商队起家的，栽在马贼手里的次数也是最多的，难怪周家家主会这么愤怒。

包家家主拍了拍周家家主的肩膀，示意他冷静下来。随后，包家家主侧头看向衡玉，温声道："戚姑娘，这些收获都是你的战利品，你打算如何处理？"

他们这些人到来的时候，马贼都已经被衡玉消灭了。

按照江湖规矩，谁出了力，战利品自然就都归谁。

衡玉压根不差钱，她只要武功秘籍和银票，那些笨重的金银珠宝都留给包家家主他们，让他们自己看着处理。

在这方面达成共识后，衡玉道："还有一件事想问问诸位的意愿。

"太一宗野心勃勃，身为江湖第一大势力，却做出如此多伤天害理之事，我欲将马贼的事情昭告天下，不知诸位可愿与我一同发声？"

经过跟大长老他们一战，她的实力再次有了提升。

现在就算是对上太一宗那位太上长老，她也有一战之力。

所以，是时候正式出手对付太一宗了。

第六十四章
一剑霸寒十四州22

如果让这些势力直接对上太一宗，他们未必有这个胆子。但衡玉说的是"将马贼的事情昭告天下"，他们作为正义的一方，站出来让太一宗给个交代合情合理。

所以这些势力爽快地答应了衡玉的要求。

及至下午，众人处理完尸体，带着几马车的金银珠宝，启程离开沙漠，返回塞外最大的城池穆城。

穆城历史悠久，塞外几大势力的大本营都建在这里，包家也不例外。抵达穆城后，衡玉顺理成章住进了包家。

一大清早，城中便下起了淅淅沥沥的雨。

包妍作为包家少家主，早起参加了一场会议。

商议完要事，她撑着油纸伞离开厅堂。

才往外走了几步，她便见自己的贴身婢女提着裙摆，急匆匆跑来："小姐，戚姑娘出关了。"

包妍眼前一亮，脚步瞬间拐了个方向："我去看看她。"

半个月前，他们一行人从大漠深处顺利回到包家。衡玉之前一直在强压着身体的不适，一到安全的地方，她立即闭关疗伤。

自从衡玉"掉马"后，包妍一直没能跟她好好叙旧，现在得知衡玉出关了，自然急匆匆地跑了过去。

包妍到的时候，衡玉正盘膝坐在檐下观雨。

她的视线追逐着那些雨水，还伸出手去接从屋檐上滑落的雨水，似乎是在思忖些什么。

衡玉低声沉吟："剑法至猛至烈，在这一点上我达到了极致。倒是至柔至缓这条路，

355

我的参悟还差了些。"

她现在距离超一流境界只差临门一脚，但古往今来，江湖上不知道有多少人倒在了这临门一脚上。衡玉这些天闭关，除了疗伤外也在思考，揣摩她接下来的路该怎么走。

越是即将走到极致，越是要小心谨慎，不能踏错一步。

暂时琢磨不出个所以然来，衡玉抬眸，看着站在不远处踌躇不前的包妍，轻笑问："站在那里干什么？怎么不过来？"

包妍这才撑着伞走到她身边："看你正在思考事情，怕影响你。"

外面风大雨凉，两人进室内休息，各自捧着一杯油茶聊天。

包妍先说正事："现在马贼的事情已经在塞外传开了，不过因为路途太远，暂时还没能在中原传开。"

马贼这两年烧杀抢掠，无恶不作，手上有累累血债，塞外有大大小小几十股势力，哪一股势力没在他们手上吃过亏啊？得知此事后，众人震惊不已，一些因马贼险些家破人亡的江湖人士简直恨透了太一宗。

"太一宗在塞外的渗透比我爹想象中要深，明明我爹他们拿出来的证据确凿无比，但还是有不少人跳出来说我爹他们是在污蔑太一宗，其中不乏成名多年的高手。"包妍嗤笑道，"他们私底下来联系我爹，想出高价让我爹压下这件事。"

衡玉气定神闲："他们自己做惯了太一宗的狗，就想让其他人也跟他们一样跪着。这种人太常见了。"

包妍被她逗得一笑，见她心中有数，也不再聊这个话题，转而跟衡玉谈论起这两年的情况。

聊得高兴了，包妍笑意盈盈，随口吐槽道："如果明初这个身份是假的，那你的那些来历是不是也是假的？"

如果明初的来历是假的，再往下推，就很容易推出天机这个身份也是假的。衡玉早有准备，悠然否认："身份是假的，但经历的事情是真的。"

包妍点头，在脑海里回想了一番与明初的初遇，顿时乐不可支："天机前辈应该也知道你的身份是假的吧？"

衡玉语气笃定："我从小就认识天机前辈，他当然不可能不知道这件事。只是在江湖上用'马甲'行走的人不少，他没必要在排名时把我的秘密揭露，干脆就让我占了个便宜，把第一和第二的位置都给霸占了。"

只要衡玉想忽悠一个人，她话中的真诚、脸上的气定神闲都非常具有蛊惑力。

天机知晓江湖诸事，她怎么可能不知道戚衡玉和明初的秘密呢？

天机是个几十岁的"老头"，看着戚衡玉长大，她怎么可能是戚衡玉的"马甲"呢？

这个逻辑非常自洽，至少包妍已经成功被衡玉的逻辑带跑了。

待到窗外雨停，包妍起身告辞："戚衡玉和明初是同一个人这件事，我会保密的，无论是对谁。"

衡玉知道她在暗示什么，轻笑道："好，让他们慢慢怀疑去吧，到时候我们一块儿看戏就好。"

马贼的事情后来传到中原。

听到这个消息，不少人心下愕然，心底的第一反应就是质疑。

堂堂太一宗怎么可能会与马贼勾结？哪怕一些名门正派不如表面那般光明磊落，但是太一宗身为江湖第一大派，也不至于沦落到与马贼为伍吧？

然而证据摆在眼前，实在是由不得众人不信。

江湖中人纷纷将目光投向太一宗，想知道太一宗的回应是什么。

太一宗第一时间就站了出来，他们矢口否认与马贼勾结，说这都是戚衡玉的污蔑。随后太一宗把对戚衡玉的杀意直接摆到了台面上，在江湖发布悬赏令，要悬赏戚衡玉的项上人头，并且宣称谁与戚衡玉为伍，谁就是对太一宗意图不轨，是太一宗势不两立的敌人。

"她在塞外？"有人声音幽幽，里面带着淡淡的岁月沧桑意味。听到回答，最先出声的人道："马贼的事让塞外势力对我们很不满，我正好顺道去塞外走上一遭。"

随着这句话落下，一股浩瀚气息自他身上冲天而起，直冲云霄。

在包家的日子很悠闲安然，包妍闲着无事做，天天跟婢女研究新奇的糕点和菜品"投喂"衡玉。

但这样的悠闲，更像是暴风雨来临前的宁静。

衡玉很清楚，从马贼这件事开始，整个江湖在未来一段时间都不会太平。她站在风暴中央，更不可能独善其身。所以在包家歇息几日，调整好自己的状态，也是时候继续蹚江湖这摊浑水了。

得知她来辞行，包妍一点儿也不惊讶。

包妍将衡玉迎进屋里，抿着唇，有些失落道："你和钟哥是一样的，哪怕身在温柔乡，也依旧是江湖中人。"

他们这样的人，也许会暂时为某样美好的事物停住脚步，心却永远属于跌宕起伏的江湖。

江湖没那么好，却是他们这类人命定的归宿。

相比之下，她虽然也喜欢江湖，但并不喜欢打打杀杀。她试过追逐钟哥的步伐，可是她追不上，也过得不快乐，所以她才会离开中原回到塞外。

说完这番话，包妍抬手拍拍自己的额头，强打起兴致道："不说这些扫兴的话。你打算何时离开？"

"后日。"衡玉说，随手折下枝梢一束紫薇花，别在包妍的发间，"选择你想过的生活，不要勉强自己跟上任何人的步伐。如果追逐得太累了，那就说明钟兄不是对的人。"

钟离乐很好，真的很好。

但并不适合包妍。

包妍一怔，后知后觉地意识到衡玉把一切都看得透彻明白。她抬手扶额，眼眶微微泛起红色，朝衡玉轻笑："你说得对。"

两日后，衡玉离开包家。这一回她没有不告而别，是在包妍的目送下一步步走出包家，走回起伏动荡的江湖。

出了城镇，衡玉没有再以主"马甲"的身份行走江湖，而是让明初上线。在她一路南下时，有不速之客进入穆城。猜出那个人的身份后，穆城各大势力心中惊骇，生怕会被针对清算。

八月中，衡玉抵达长安，她花高价盘下一家书坊，摇身一变，成了书坊小老板。

连着花了几天时间，衡玉将她收集到的太一宗黑料编成一册，在末尾署上"天机"二字后，吩咐书坊里的人迅速刊印成册。

如今江湖上谁人不知天机算无遗策？这本《江湖趣闻》一面世，就吸引了江湖人士的注意。然而，他们才读完这本书的第一页，便神情大变。

《江湖趣闻》第一页上的标题：《故剑山庄铸人剑，黄金大盗盗秘籍》。

书中，衡玉用一种讥讽的语言风格，将太一宗做的坏事娓娓道来。如果不是里面的宗门、地点、人名都能一一对上现实，他们肯定会觉得这是个杜撰出来的话本。

这本书越看越觉得触目惊心，当翻完最后一页时，不少人出了身冷汗。

有人咽了口唾沫，四下张望一番，确定身边都是熟人后，才敢壮着胆子开口，声音非常轻："这些年，江湖上有很多起神秘案子不了了之，现在这本书里说它们是太一宗犯下的。"

"你们说，会不会是天机弄错了？这怎么可能呢？"

"这几年时间里，天机何时错过？所有质疑他的江湖人都被事实打脸了。"说话的人是天机的崇拜者，不满地反驳同伴，"张武，你不要忘了前段时间马贼的事情，名门正派里面的肮脏事可不会少。"

"再等等吧。"一个见识深远的老人轻抚长须，幽幽地道，"这件事肯定没完。"

《江湖趣闻》传播开后，太一宗那边自然极力限制，并且想派人销毁这本书。然而，赤虹山庄、涂家、故剑山庄、七星阁四大势力同时站了出来，宣称《江湖趣闻》里面的事情都是真的。

随后不久，又有两个势力鼓足勇气站了出来。

江湖盟宗主的大弟子姓丘名贺，出身于陈留丘家，丘家原本是远近闻名的大家族。

丘家有门绝世掌法，凭着这门掌法，丘家历代出了不少英雄豪杰。

二十年前，丘家因这门掌法惹来了杀身之祸，丘贺的父母都因此而死。

这些年，哪怕已经是内定的江湖盟少宗主，丘贺也一直没放弃过追查当年的事情。

当他看到《江湖趣闻》里面说黯然销魂掌修炼秘籍是被太一宗夺走的时候，丘贺整个人都蒙了。

他失魂落魄，喃喃自语："这怎么可能呢？太一宗的绝世武学那么多，为什么还要下狠手夺走那门掌法？"他实在想不明白，拿着《江湖趣闻》去叩见他的师父，请他师父帮他斟酌其中之事。

江湖盟宗扫了眼目录标题，神情便变得凝重了："赤虹刀法、黯然销魂掌、落花神剑……这些都是江湖绝世武学。落花神剑原本是江家的绝学，随着江家的覆灭，落花神剑在江湖彻底失去了踪迹。而赤虹刀法、黯然销魂掌的传承也凋零了……"

江湖盟宗主眉心紧锁："他们这么做，是想垄断江湖绝学啊。"

如果其他势力的传承断绝了，而太一宗里却有数不清的绝世武功，此消彼长，整个江湖都要被太一宗垄断。

"师父……"丘贺唇角轻颤，试探性地出声。

江湖盟宗主垂眼，目光落在自己最看重的这位弟子身上："我不知这本书上所说是真是假，但我从书中看不出一丝一毫的破绽。"

丘贺垂在身侧的手猛地攥成拳，他的肩膀微微颤抖起来，眼眶瞬间就红了："十年，整整十年过去了啊。"

在丘贺深陷于仇恨之时，江湖盟宗主远眺窗外。想起他昨天收到的那封署名"戚衡玉"的来信，江湖盟宗主的目光逐渐坚毅，显然是下定了决心。

两日后，江湖盟出声，责问太一宗丘家灭门惨案之事。

江湖盟的出声，将太一宗彻底推到了风口浪尖上。

江湖盟是江湖第二大宗门，仅次于太一宗。有了江湖盟做表率，陆陆续续又有其他势力站了出来，请太一宗出面做个解释。

而太一宗这边，除了在最开始时做了应对，其他时候都保持着沉默。

"太一宗什么举动都没有。"长安城某个小书坊里，书坊老板衡玉坐在屋檐下观雨，"要么是被杀了个措手不及，不知道该做什么应对，要么就是在暗地里憋着大招。"

……着的铜钱。这还是当初钟离乐找天机买消息时给的。

她将这枚铜钱放在……   ……手举正面对着她的铜钱啧一声："原来是后者啊。"

系统实在憋不住："你刚刚在起卦？"

衡玉把铜钱放回荷包里："不是，我在瞎玩。"

太一宗从十几年前就开始筹划这一切，怎么可能被一本书打得措手不及！他们到现在都没有做出应对，只可能是在憋大招。就是不知道这个大招会是什么。

身体微微后仰，衡玉将头枕在门板上，她凝视着滋润世间万物的雨，细心参悟着水中的至柔之意。

在各方势力的观望下，沉默多日的太一宗终于露面。

他们广邀江湖各路豪侠，于十二月初一齐聚太一宗，参加太一宗新任掌门的交接仪式。

第六十五章
一剑霸寒十四州 23

　　"因为其中很多细节难以详述，有关近来江湖中的各种流言，我们太一宗将在宴会上当面给诸位做个答复。"

　　这是太一宗的原话。

　　但他们在这个节骨眼上举办宴会，怎么看……都有几分鸿门宴的意味。

　　在江湖人为此议论纷纷时，距太一宗几十里的一条溪流里，钟离乐靠着憋气之法在冰凉的溪水里躲了许久。他因失血过多，整个人已经昏昏沉沉，实在是头晕脑涨得难受。钟离乐将藏在袖间的匕首拔了出来，朝手臂狠狠划了一刀，借着这股剧烈的疼痛再次保持清醒。

　　待到日暮四合，周遭的内力气息全部消失，钟离乐终于忍不住，拖着疲倦而沉重的身体上岸，躲藏进稻草丛里，倒头晕了过去。

　　浑身的衣服都是湿的，加上失血过多，钟离乐这一觉睡得并不舒坦，等他迷迷糊糊再次睁开眼睛时，外面依旧是黑夜。

　　钟离乐两只手支着地，勉强从地上站起来，跟跄地往前走着。

　　他不知道自己走了多久，终于在前面看到了星星点点的火光，似乎有一个商队在那里安营扎寨。

　　钟离乐不敢贸然凑近，他悄悄藏在一棵粗壮的树后，耐心听着两个负责守夜的侍卫闲谈。

　　得知他们这支商队的最终目的地是京城长安后，钟离乐轻手轻脚，寻了个办法躲进一个空荡荡的货物箱里。才在箱子里藏好，钟离乐就再也撑不住，眼前一黑，再次昏睡过去。

　　"你们觉得太一宗突然举办这场宴会，像不像鸿门宴？"

　　长安城最大的酒楼里，此时坐了不少江湖人，他们坐在一起谈论着近日江湖中最受瞩目的事情。

一名老者猜测道：“不可能吧，以太一宗的号召力，前去参加这场宴会的江湖人士至少会有上千人，太一宗怎么敢对这么多人出手？不过这场宴会期间，不会特别太平就是了。”

旁边人连声附和：“说得也对。”

衡玉抬手，压低头上的斗笠，将自己的脸遮挡住，继续认真听着他们的谈话。

在酒楼里枯坐了近两个时辰，衡玉终于有些遗憾地发现：这些江湖人士基本都觉得太一宗不会在十二月初一的宴会上搞事。

但是衡玉的判断正好和他们相反。

所有人都觉得不可能的时机，恰好就是最合适的时机。

要知道，太一宗可是从十几年前就开始密谋这一切了。他们要钱有钱，要绝顶高手有绝顶高手，要绝世功法有绝世功法，就算突然间行动会显得仓促了些，但已经有了十几年的积累，这也不是没可能的。

无论她的猜测对不对，她都要早做准备才是。

长安城近来多雨，衡玉穿着一身黑袍，手握折扇，撑着油纸伞慢慢走在长安城的街道上。

很快，她从热闹的主街道绕进一条人迹稀少的巷子，来到六扇门的侧门，被一个作六扇门捕头打扮的人恭敬地请了进去：“明初公子，你到了。”

衡玉颔首：“麻烦带我去见何统领。”

六扇门是隶属于朝廷的机构，它的主要职责是与江湖中人打交道，代朝廷约束江湖中人。

何统领今天推掉了所有的公务，安静地坐在厅堂里，耐心恭候着客人的抵达。不多时，外面传来轻轻的交谈声，然后是脚步声和推门声同时响起。

何统领抬眸，就看到走进来的俊秀“少年”——闻名江湖多时的少侠，明初。

何统领请衡玉坐下，为她奉上茶后，与她随意聊着江湖里的趣事。寒暄过后，

信上不知道写了些什么，何统领读完这封信后，一直在沉默。他垂眸把玩着大拇指上的玉扳指，魁梧而威严的身材带着极重的压迫力。

衡玉用两只手捧着茶杯，耐心等待着何统领的回话。

“明初公子，”何统领突然抬头，直视衡玉，“你为什么要帮朝廷？”

衡玉道：“因为这件事交给朝廷来善后，更合适。”

“你不讨厌朝廷？”何统领觉得有些意思。

衡玉没有丝毫迟疑地摇头。

这个世界里江湖与朝廷井水不犯河水，但侠以武犯禁，江湖太容易生乱了，有朝廷约束它自然是好的。六扇门既然存在，就有它存在的意义。

何统领察觉到她言谈间的友好，斟酌片刻，点头道：“十二月初一，我们六扇门也会去凑这个热闹。”

得到自己想要的答复后，衡玉起身，告辞离开。何统领亲自送她出去，即将出衙门侧门时，何统领从袖子里取出一块令牌：“不知道明初公子有没有兴趣成为六扇门的客卿？”

对六扇门心存善意的武林高手不多，现在难得遇到一个，如果能够拉拢过来，自然是极好的，反正他需要付出的就是一块客卿令牌和每年定量的供奉而已。

衡玉轻笑，有了这块令牌，以后她行事也能更方便。她接过收好："我自然是有兴趣的，希望接下来合作愉快。"

见她收下令牌，何统领对她的态度又热情几分，亲自将她送出侧门才回府。

衡玉撑着素净的油纸伞，缓缓凝视着这座千年古城，就在她即将绕出巷口时，衡玉隐约间察觉到有人躲在暗处打量她。

她的目光猛地转向斜后方。

当看清那个人沧桑的形象后，衡玉眉梢微挑，诧异又好笑道："怎么把自己弄得这么狼狈？"

"明初！"认出衡玉的模样，钟离乐下意识想朝她走来，但看着她风姿出尘的模样，又不好意思地停住脚步。

他这些天藏身在商队里，穿着的衣服还是那身血衣，不仅是看着狼狈难堪，身上的味道也不会好到哪里去。

衡玉却面色如常，迈步走到他面前，将自己手上的油纸伞斜移到他头顶："你现在这种情况，再淋一场雨，第二日必然会病倒。"

钟离乐讪讪一笑，不再拒绝。

"我的住处离这不远，我带你回去吧。"衡玉说着，又有些头疼起来。

钟离乐现在的情况不明，很显然，她是不可能把钟离乐带去酒楼的，只能让他跟着自己回书坊里住着。但是，书坊里有天机的手稿，有戚衡玉的洗炼。

洗炼还好，被她小心藏起来了。但天机的手稿和《江湖趣闻》这本书随处可见，这就不好隐瞒了。

在衡玉思考该怎么解释时，钟离乐突然问她怎么会出现在长安城里。

衡玉瞬间一脸的苦恼，抱怨道："还不是天机前辈。"

这件事当然都怪天机。

明初原本老老实实待在一个小镇上修炼，结果三个月前收到天机的来信。信上，天机给了她一个地址。明初不明所以，只好收拾东西，日夜兼程赶来长安。

"我来到长安后，按照天机给的地址到了那个小书坊，发现我居然成了书坊的小老板，而天机把她的好几本手稿都留给了我，让我赶紧整理出《江湖趣闻》。"

钟离乐的精神状态不是很好，只是侧头听着衡玉说话，神色平静，也不知道有没有信她这番合情合理的忽悠。

绕过一个拐角，书坊后院近在眼前。

衡玉用内力直接给钟离乐烧了热水，在他沐浴时，她吩咐自己的婢女赶紧跑去帮钟离乐买男子成衣。

衡玉自己也没闲着，她去了附近的药房，开了三服祛除风寒的药。

等衡玉提着药回到家，钟离乐已经穿上干净的衣服坐在屋子里了。他的长发仍然在滴水，干脆披散开，身上还带着刚出浴的雾气，眉眼狭长却不凌厉，透着淡淡的温和。

"自己去煎药。"衡玉将药掷到桌面上。

钟离乐故作委屈道："哎，好歹我也是伤患。"

衡玉失笑，把药交给婢女，她在钟离乐对面坐下，问："说说吧，这回是遇到什么事了？"

提到正事，钟离乐瞬间正色。他拧紧眉心，沉沉地开口。

衡玉用明初的身份初入江湖时，就曾经向钟离乐透露过她和太一宗有仇。后来她用主马甲再次遇到钟离乐，也说起她和太一宗有仇。再加上涂家的事情和马贼的事情，钟离乐觉得太一宗非常危险，里面肯定潜藏着无数秘密。

所以……颇具冒险精神的钟离乐想尽办法，潜入了太一宗。经过半个月的潜伏，他成功发现了地下行宫的入口。

"行宫？"衡玉重复这个词。

这世间，只有一种宫殿能够称为"行宫"，那就是在京城之外供天子居住的宫殿。

"是的。"钟离乐表示自己没有用错词，只不过这行宫不是当今天子的行宫，而是前朝皇帝的行宫，"我在行宫中看到了前朝穆元帝的刻字。"

在这一瞬间，所有的事情都成功串起来了。

太一宗为什么想要号令江湖？为什么要插手漕运？为什么要与马贼勾结打劫商队，并且意图掌控塞外……他们的的确确是想要起兵造反，目的就是推翻当今皇帝，复辟前朝！

钟离乐继续道："只不过我还没来得及探明究竟，就被太一宗的人发现了行踪。当时环境黑暗，我想要转身逃离行宫，慌忙中与人对了几掌。那人似乎正处于突破的关键阶段，被我击得体内真气紊乱。"

正是因为那人暂时无力追击他，钟离乐才寻到逃离的机会，九死一生逃出了太一宗。

听到这里，衡玉已经不知道该说什么好了。那个与钟离乐激斗的人肯定是太一宗掌门，他当时很可能在突破，结果被钟离乐击得走火入魔，所以太一宗才会推新任掌门上位。

沉默一瞬，衡玉道："看来太一宗是为免夜长梦多，打算提前行事。"

"我也觉得太一宗突然广邀江湖人士，必然所图甚大，所以到长安城后急急忙忙前往六扇门，想要寻六扇门何统领，将我看到的事情都告诉他。"钟离乐长长地舒了口气。

结果他刚拐进巷子就碰到了明初，这实在是令人倍感惊喜。有了明初在身边，他那紧绷着的神经也能放松不少，他知道这位好友非常可靠。

婢女将熬好放凉的药送进来，衡玉拍拍钟离乐的肩膀，温声道："这些事就交给我来处理吧，你喝完药后先去休息。"钟离乐连日奔逃，身体已经经不起折腾了。

也许是因为紧绷着的神经终于松弛下来，也许是因为伤口感染了，当天夜里，钟离乐发起了高烧。衡玉早有预料，但还是被折腾得不轻。

连着烧了两日，钟离乐终于退烧。

刚退烧，他就变得生龙活虎了。

衡玉只能感慨，怪不得原剧情里钟离乐折腾来折腾去，最后还能留下一条小命。不说别的，这生命力就堪比"小强"了。

这天上午，衡玉正在院子里练功。

钟离乐现在不能动用内力，只是坐在台阶上晒着太阳。他认真而珍惜地捧着天机的手稿，怀着一种崇敬的心情翻看起那几本手稿。

轻功步法刚练到最后关头，衡玉就听到钟离乐的声音：

"咦，明初，这页手稿上的字迹，怎么有几分像是戚姑娘的？"

第六十六章
一剑霜寒十四州24

衡玉身姿缥缈，恍若拂云踏风。

她轻松落到地上，垂眸看向坐在地上的钟离乐："你刚刚在说什么？"细细回想一番，猜测道，"戚姑娘？你说的不会是那位剑霜寒吧？"

钟离乐点头："我见过那位戚姑娘的字迹，笔锋凌厉，颇具剑客风骨。"

那样的字迹，总让人疑心有凌厉的剑气随时会破纸而出，注视得久了，钟离乐甚至觉得眉心刺痛。所以过去了这么长时间，他记忆犹新。

衡玉眉梢微扬，神色间带着淡淡诧异，反问钟离乐："那位戚姑娘的字迹怎么会出现在书上？"

问话的时候，衡玉隐约回想起整件事的来龙去脉。

其实她曾专门为天机设计过一种字迹。

但是几个月前她北上塞外时，经常遭遇刺杀，有一回没赶到城里休息，只好在外面过夜。

条件简陋，她想着天机的手册不会被外人看见，为了赶在天色变暗前做完记录，她直接选用了自己最熟悉的字迹。

只能说都是阴差阳错。

钟离乐被衡玉这么一问，有些茫然，心想这书不是明初的吗？

但很快，他抬手一拍额头，发现自己问明初这个问题还真是问错了人——这书是天机前辈留给明初的，戚姑娘的字迹在上面出现，那肯定是和天机前辈有关系，明初不知道才是正常的。

衡玉见他一副恍然大悟的模样，又问："你想通了？"

钟离乐点头。

衡玉一撩衣摆，随意地坐到地上，扫了眼那备受钟离乐推崇的字迹，赞叹道："这手

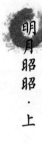

字果然极具剑者风骨。字如其人，剑意渗入字里，这位戚姑娘不愧为当世第一剑客。"

钟离乐见她如此推崇，笑容里颇有几分促狭："戚姑娘不仅是绝世剑客，还是位绝代美人，年龄正好与明初你相仿，我觉得你们肯定能聊得来。"

衡玉微微一笑："听你这么一说，我对戚姑娘是越发神往了。"

在书坊里休养几日，钟离乐的身体恢复了不少，距离十二月初一也越来越近了。

这天中午，钟离乐刚睡下，就听到窗外婢女惊呼道："公子，你还好吗？"

明初出事了？钟离乐掀开被子，一翻身从床上起来，迅速走出屋子来到衡玉身边。

衡玉一副极力克制的姿态，但纵使如此，她的肩膀仍然止不住地小幅度颤抖："钟兄，天机前辈给我来了一封信，说他似乎寻到我小师妹的踪迹了。"

"小师妹？"钟离乐有些诧异。

"是我师父的女儿。我一直以为她死了，没想到天机前辈居然说找到她了，只是她如今生命垂危，眼看就要香消玉殒……"

衡玉别开眼，声音缓缓低落下来，里面带着自责与失落。

"小师妹这些年定然受了很多苦，她落到今日这种地步，与我有脱不了的干系。钟兄，我可能不能与你一块儿赶去太一宗了，比起为师父报仇，我觉得见小师妹最后一面，向她表达我的歉意，是更重要的事。"

关键时候，只能靠天机脱身了。

明初不消失，戚衡玉怎么赶去太一宗？

见衡玉一副失魂落魄的样子，钟离乐理解地拍拍她的肩膀。报仇一事什么时候都可以做，但生者辞世，这辈子就再也没有弥补遗憾的可能了。

"无妨，你的私事更重要。对付太一宗之事有我在。"钟离乐轻笑，眉间满是自信的锐意。

他有三两知己，但彼此都有自己的生活，更多时候，他都是独自一人直面江湖上的宵小。他一次次这么过来，总能好运地逢凶化吉，这一次肯定也不会例外的。

衡玉隐隐猜中了他心中的想法，突然出声道："太一宗想一统江湖，倾覆朝廷，它的敌人有这么多，对付太一宗的事情可不是你一人的责任。"

钟离乐微愣，有一股热流自心底缓缓流淌开。

他笑容爽朗："说得也是。"

寒冬腊月，大雪纷飞。

太一宗就建在大山的山腰处。

十二月初一，太一宗宗门大开，尽迎从五湖四海赶来的宾客。

天刚亮，宾客们就陆陆续续登临宗门了。

有的宾客笑容满面，手里的贺礼显然是经过精心准备的。

还有的宾客两手空空，连个面子功夫都不做，脸上带着淡淡的轻蔑与恨意。

但更多的，还是置身事外、前来凑热闹的宾客。

钟离乐穿着布衣，抱着一匹从街边买的白布，他走到太一宗宗门前，将那匹白布递给守门的太一宗弟子："这是在下送的贺礼。"

看着那匹白布，太一宗弟子脸上笑容微僵。在太一宗大喜的日子里送白布，这和直接打太一宗的脸有什么区别？

"钟少侠，"站在不远处的太一宗六长老冷笑出声，"'好'礼物！"

钟离乐将白布递了出去，随意甩了甩手，抱拳行礼，语气谦虚："看到六长老对我的礼物如此满意，我就放心了不少。"

六长老面容阴鸷，怒极反笑，在心底狠狠给钟离乐记了一笔。没关系，所有冒犯太一宗的人，在不久之后都必然要付出血的代价。就先让他们这些人得意着吧。

钟离乐从六长老那阴狠的面容里看出了端倪，冷冷一笑，拂袖往里走去，只是他心里也有些忧虑。

江湖里已知的超一流高手共有四人，其中一位是太一宗太上长老，还有一位专门负责皇帝的安危，其余两人早已退隐江湖，如今连是生是死都不知道。

希望六扇门何统领能如计划那般，成功将皇宫中那位超一流高手请来。

怀着心事，钟离乐走到席间，在中间靠前的席位找到了涂老爷子和涂星华。现在涂星华的腿已经恢复如常，可以落地行走了。

"明初呢？之前你的信上不是说你在长安遇到明初了吗？"涂星华往他身后扫了眼，没看到熟悉的少年，于是疑惑地问道。

钟离乐苦笑道"给你写信时明初的确在我身边，但明初有些私事，只能缺席这场鸿门宴。我估算着那时候你应该已经启程从扬州赶来太一宗，就没有再给你写信告知此事。"

涂星华神色凝重地点头。他似乎还想问些什么，余光扫见入口处，高兴道："江湖盟和六扇门的人都到了。"

江湖盟这边来了十几个人，除了两个年轻小辈，其他都是在江湖中成名多时的宿老。他们手握武器，身上透着一种来者不善的意味。

六扇门这边也是这样。

更让钟离乐高兴的是，他看到何统领旁边有一位手持拂尘、容貌阴柔的太监。初看那个太监，会觉得他的存在感很低，但那只是因为他的气息太过渊深，几乎与天地融为一体，并非他没有内力在身。

没有让宾客们等太久，半个时辰后，宴会正式开始。太一宗新任掌门阁妄站到台前，出声恭迎各位来宾的到来。

他举起酒杯请众人饮酒，众人基本都给面子举杯了，但很多人都没有喝下去，也没有碰过桌案上的任何点心，就怕太一宗在食物、茶水里面投毒。

察觉到众人的小动作，新任掌门阁妄心底冷笑，重重放下酒杯，正式开始掌门继任仪式，并且发表讲话。

他的这场讲话很长，从太一宗创宗，一直讲到现在，没有重点到令人困意上涌。

终于，底下有人按捺不住道："我们过来参加这次宴会，不是为了听太一宗讲这些废话，是要太一宗就《江湖趣闻》里面提到的所有事情一一做出解释。"

"说得没错！太一宗给个解释吧！"

不少人出声附和，高声喊道。

阎妄被打断了讲话，垂眸看着最先起哄的人，那是江湖盟未来宗主的人选丘贺。

"想要个交代是吗？"阎妄蓦地抬手。下一刻，一道内劲好似凭空出现一般，迅速来到丘贺额前。

江湖盟宗主意识到不对，要对自己的弟子施以援手，却还是晚了一步。

丘贺睁大眼睛，眼里满是惊恐之色。他想要闪避，但那道内劲太快了，快到闪避已经成为一种奢望。他只能无助地感受着内劲刺入他的额头，夺取他的性命。

等丘贺的身体轰然倒地，江湖盟宗主的援手方才来到。

见自家弟子死不瞑目，江湖盟宗主的身体剧烈颤抖起来，他抬头直视太一宗宗主，恨恨地道："太一宗！你们居然连我的弟子都敢杀！"

阎妄冷笑道："江湖盟虽然是江湖第二大宗门，但你们的实力不过如此，你身为一宗宗主，难道还不清楚自己的宗门到底有几斤几两吗？你的弟子算什么？杀了就杀了。"

这句话一出来，下方顿时哗然。很多人都知道今日太一宗是在摆鸿门宴，但如此咄咄逼人，未免也太不把他们这些参加宴会的宾客放在眼里了吧！

但这股哗然还没持续多久，一道几乎铺天盖地的威压从台上沉沉地往下压来。在许多江湖人士被这股威压压得险些握不住手中的兵器时，一个面容儒雅俊秀、看着只有二十出头的男人踱步，从阎妄身后悠然走到台前。

"不管过去了多少年，江湖人都是这么吵。"

儒雅男人轻笑，他声音清越，宛若山间溪流在轻轻叩击石块时发出的脆响。

江湖盟宗主一字一顿地咬牙切齿道："太一宗太上长老。"

太一宗太上长老的目光轻飘飘地落在江湖盟宗主身上。

下一刻，江湖盟宗主的脸上出现了几道斑驳的血痕。他似乎是察觉到了什么，极速运转体内的内力，想要化解掉这道攻击。然而，没用！他只能眼睁睁地感受死亡的阴影笼罩心头。

"我还在场的情况下，你这么欺负一些后辈，未免也太过了吧。"一道有些尖细的声音突然响起，出自站在六扇门何统领身边的那个年轻太监。

太一宗太上长老笑了下，神情轻松："我近日颇有所获，实力又有了几分进益，哪怕是你，也不是我的对手。今日我就先杀光你们所有人，改日再进长安，诛杀狗皇帝和皇族的人。"

说到这里，他突然张开手臂，笑声震天："这天下，必将重新改为前朝之姓。"

这话一出，下方不少人纷纷变色。

六扇门何统领下意识地去看大太监，却发现对方的神色非常凝重，丝毫不见轻松。慢慢地，六扇门何统领的心直往下沉。

"如果情况不妙，你迅速调大军前来围剿太一宗。"大太监传密音给何统领。

朝廷知道太一宗里有前朝余孽后，不仅派来了超一流高手，还调了一支大军前来。如果靠单打独斗没办法将太一宗太上长老解决掉，那只能靠军队了。

密音传完这句话，大太监两手负在身后，迈步往前行走，身如幻影，下一刻已经来到太一宗太上长老身边。

"来得正好。"太上长老冷笑，内力涌动于掌间，狠狠向大太监击去。

掌风所过之处，风雪寂静，万物枯灭，这就是超一流高手之威！

大太监反应很快，出招化掉这道攻击，却被击得倒退两步，唇角出现淡淡的血迹。大太监抹掉唇角的血，如燕子穿纵般，再次与太上长老战在一起。

两人的每一次出招都非常快，快到几乎成为虚影。他们的位置不断变化，站在场外的人压根看不清这场比试到底谁占据上风，只能焦心地等待着结果。

而结果……

令人失望，却又不能说是出乎意料。

看着被狠狠甩出几米外，嘴里大口吐血，挣扎着想从地上站起来，却怎么都站不起来的大太监，包括钟离乐在内的所有人都心底生寒。

同为超一流高手，但大太监对上太上长老，居然只支撑了不到两刻钟时间。

这意味着什么？意味着当世无敌！

此刻风停雪歇，只有众人的呼吸声和心跳声越来越重。

有人抑制不住自己心中的惶恐，直接跪地求饶。

也有人身负血仇，不能朝仇人下跪，偏偏又过于恐惧，于是忍不住一步步往后退去，似乎是想借此拉开距离，趁机摆脱那沉重的威压，悄悄喘息几下。

钟离乐下意识地往前站了两步，将涂星华和涂老爷子挡在身后。他紧紧攥住自己的武器，脑海里飞速思考着破局的方法。

这些对手都太弱了，太上长老站在一块巨石上，戏谑地俯视下方众人，所以，他很容易就注意到了钟离乐。

毕竟在几乎所有人都往后退的时候，只有钟离乐一个人顶着超一流高手的威压向前。

这样逆着大势走的人，非常不错。

如果多给他一些时间成长，他绝对会成为江湖里了不起的人物，有朝一日进入超一流境界也说不定。

太上长老抬起右手，修长的五指缓缓收拢，仿佛是在对待阿猫阿狗般朝钟离乐挥出一掌——这样有潜力的人，还是早早除掉为好。

这一掌对太上长老来说稀松平常，只是一道简单的攻击，但对钟离乐来说，他使尽全力都未必能将这一掌拦下。

钟离乐咬着牙，迅速催动内力挥出一拳。

拳掌相击。

钟离乐连连后退几步，边退边大口吐血，终于将这道攻击拦下。然而，此刻他已是面白如纸，呼吸微弱。

"咦？"太上长老完全没想到对方能拦下他这一掌。超一流和一流之间如有鸿沟，他的一道普通攻击，对超一流以下的人来说已经算是致命攻击。

不过也只是诧异了一瞬，太上长老再次挥掌，这回用了足足十成的内力。

眼睁睁感受到那道掌风来到近前，钟离乐感到死亡的阴影笼罩在心头，他用力咬紧牙关，不想闭上眼睛等待死亡，却又不知道自己还能够做些什么。

就在钟离乐绝望之际——

有银光如雷霆，在空中猛地绽放。

红衣女子手握洗炼，稀松平常地将这道攻击拦了下来。她半边侧脸对着钟离乐，抬眸斜视负手站在巨石上的太上长老。

"我就是来得迟了一些，你这个老不死的前朝宗室，怎么就开始欺负年轻人了？"

含笑的声音，清晰地传遍周遭的每一个角落。

第六十七章 一剑霜寒十四州 25

钟离乐仰头，努力瞪大眼睛，想要看清楚挡在他身前的红衣女子。他闯荡江湖多年，多数时候充当的都是挡在前面的角色，这还是平生第一次，在濒死之境被一名女子护在身后。

温热的鲜血模糊了钟离乐的视线，他渐觉头晕目眩。在昏过去之前，钟离乐终于看清那挡在他身前的女子的容貌。

她逆光站着，淡淡的阳光洒在她的眼角眉梢间，整个人清冷而温柔。

"戚姑娘……"

衡玉隐约听到钟离乐的呼唤声，回眸与他对视。

看清那双干净到明澈的眼睛后，钟离乐唇角努力一扯，想含笑与她打个招呼。但他的笑容还没完全露出来，突然血气上涌，钟离乐眼前发黑，身体倾斜，倒了下去。

看着钟离乐那面白如纸、气若游丝的模样，衡玉无奈地摇头。她在这个世界走的路线也太奇怪了，先帮涂府解决危机，后去大漠救下包妍，现在又成功在最后关头救下原男主，直接把主角团救了个遍。

随手放下一瓶伤药，衡玉的注意力重新放到太一宗太上长老身上。

太上长老自从露面后，就没将在场任何人放在心上，此时却将目光落到她身上，一语道出她的身份："戚衡玉。"

衡玉平静地应道："比起记住我的名字，我更希望你记下我的身份。"

"噢？故剑山庄的祭品？"

"杀你之人。"

像是听到笑话一般，太上长老仰头长笑："就凭你？哪怕几个超一流高手站在我面前也没用，我的武功已臻化境，这个世界上没有人能够杀死我。"

反派素来喜欢在临死前长篇大论。

太上长老继续道："四十年前，袁浩那个狗皇帝率兵杀入长安，将我穆氏一族屠戮殆尽。我乃雍亲王嫡子，当时在死士的护卫下，我和我兄长通过密道被护送出城，远遁到此地，靠着穆氏一族藏在地下行宫里的财物东山再起，创立太一宗，一步步将它壮大到如今这一步。

"为了这一天的到来，我已经等了太长时间了。今天你们在场的所有人都逃不掉。"

太上长老的目光落到六扇门何统领和大太监身上，微微一笑："朝廷的大军现在就驻扎在山脚下对吧，你们想靠大军翻盘？哈哈哈哈哈哈哈，这些大军现在怕是已经遭到埋伏，全部死于非命了……"

"你知道我为什么会来迟吗？"

在太上长老扬扬得意之际，衡玉突然出声打断了他的话。

太上长老脸上那放肆的笑容一僵，他心里升腾起一丝不妙的感觉，垂眼凝视着衡玉。

"我原是算好了时间抵达太一宗的，但正准备登山时，发现朝廷军队遇到了一些小麻烦。"

衡玉弹了弹洗炼的剑身，剑身振动发出剑鸣声时，剑上的血迹也在阳光的照射下清晰地显露出来。

"以他们的实力，要解决那些小麻烦比较困难，我只好耽搁些时间，留在那里为他们解决掉所有麻烦后，才急匆匆施展轻功登临山门。"

太上长老顿时脸色肃杀："戚衡玉是吧，你成功惹怒我了。"

风雪又起，但是并没有沾到衡玉的身上。她立在满地雪色之间，笑容冷淡："是吗？你早就惹怒我了。"

话音未落，衡玉已踏雪提剑上前。随着她的离开，刚刚她站立的地方也清楚地显露出来——那里，压根没有留下脚印。

御空而行，踏雪无痕，当世只有超一流高手能够做到这一步。

"二十多岁的超一流高手，再给你一些时间成长，整个江湖都没有你的对手。但是，你露头露得太早了。"

太上长老运掌轰出，掌风激起周遭积雪，漫天雪花瞬间炸开。雪花遮挡住衡玉的视线，而太上长老的掌法就隐藏在这一片雪白之间。

衡玉没办法在第一时间找出这道掌法的套路，但是没有关系，找不出来，那就以攻代守。

下一刻，洗炼狠狠斩向太上长老的肩膀。然而，无坚不摧的洗炼只是斩裂了太上长老的衣服，没能划伤他的身体。他不知道修炼了何等防御功法，整个人几乎刀枪不入。

衡玉意识到不对，强行收招，太上长老却猛地击中剑身，那股刚猛的气势险些让洗炼从她手中脱出。

"你强得超乎我的想象，但也仅此而已。连天下第一剑都攻不破我的防御，这天下还有谁是我的对手？"

太上长老将掌法变为拳法，连轰几拳，狠狠砸向衡玉。衡玉目光微凉，不避不退，举起洗炼迎击，勉强挡下太上长老的攻击。看出她的勉强，太上长老乘胜追击，身形在空中连变几下，竟同时施展出掌法、拳法、腿法。

这三种攻击，都是江湖里的绝顶功法。

衡玉没有什么太强大的攻击，她所依仗的，只有她手中的剑。三道攻击同时砸在洗炼上，衡玉眉心一拧，猛地吐出一口鲜血。她连抬手擦拭的时间都没有，对手的下一道攻击已经悄然降临。

衡玉继续挥剑，艰难抵挡。

她挡得有几分狼狈，但从头到尾，都没露出一分败象。因为作为剑客，她从刚刚开始，就没有后退过一步，反而在太上长老猛烈攻击她时，小小地往前走了两步。

剑客讲究一往无前的气势，哪怕对手再强大，都不应该给剑客留下一丝前进的空当。因为剑客的气势，会随着前进越积越盛。

两步，再一步，再两步。

这短短几步路，衡玉走了足足两刻钟。她吐了几口血，神情却越来越淡漠平静，反倒是太上长老的眸光里多了些许难以置信。

"你——"

他的话还没说完，衡玉身体内的所有剑气一瞬间爆发。

那些剑气凌厉到几乎撕裂长空，划破风雪，当它们全部凝结在一起时，再坚硬的防御都要破防。

这一道攻击她已酝酿多时，所以，太上长老避不开！洗炼裹挟着剑气，如惊鸿掠过般，疾速刺入太上长老的身体，浓浓的血雾喷薄而出。

"刀枪不入？你的防御已经被彻底破掉了。"衡玉冷笑，终于有了闲情去回应太上长老。

刚刚互相攻击时，她一直在仔细观察太上长老的防御，发现他修炼的防御功法有一个非常致命的缺点——只要成功打破防御功法，在他身上留下深深的伤口，那么在这之后，他的功法威力就会大幅度下降。

太上长老垂下眼，紧紧盯着自己胸前的那个血洞，心中有几分骇然。他明明已经当世无敌，为什么还会受到如此严重的伤？从他踏入超一流高手境界到现在，已经过去了快十年时间，他都要忘记受伤是什么滋味了。

这种局势脱离掌控的感觉很不好受，瞬间，太上长老居然有些自乱阵脚。

然而，他会自乱阵脚，身为对手的衡玉却不会。

她早就在等着这一刻了。

没有了防御功法的庇护，谁还能抵挡长剑之锋利？剑客已经成功夺回主动权，那么，就绝不可能将主动权再交回去！

太上长老已经达到化境又如何？这个世界上怎么可能会有杀不死的人？她修的，可是杀人诛仙的剑术。

两人再次攻在一起，然而，这一回更占据主动性、更从容的人变成了衡玉。在一次次的周旋和焦灼中，太上长老终于彻底失去了耐心："我承认你很强，但就到此为止吧。"再不快些解决掉她，那些驻守在山下的官兵就要杀上来了。这个叫戚衡玉的小辈已经浪费他两个时辰了。

言罢，太上长老两手结印化掌，他将全身渊深的内力都集中到掌心。

衡玉也停下脚步，有些疲倦地拧起眉来，目光冷淡，提起洗炼安静地等着。

两息之后，太上长老身形如鬼魅，贴近衡玉，掌心直朝她心口拍下。衡玉不退不闪，洗炼里含着能将万事万物都搅碎的锋利威势，她持剑狠狠刺向太上长老。

洗炼非常快。

然而，掌法比它更快，先一步落到了衡玉身上。过了几息，洗炼才落到太上长老身上。

谁赢？谁输？

在旁边围观的江湖人紧张到心几乎要跳出来。

安静无声的等待中，胜负已然分晓。三个时辰前还不可一世的太上长老猛地垂下头，看着那贯穿心口、将他的心搅碎的洗炼，愕然自语："怎么可能？你刚刚应该直接死在我的掌下才对！"

衡玉被他的掌法击中，连连吐了几口血，脸色看上去比他这个将死之人还要苍白难看。

她踉跄着后退了几步，然后慢慢把洗炼从他的体内拔了出来。

"在你的掌法落到我身上时，我动用了轻功步法避开了心脉致命处，再用防御功法强行挡住你的攻击。身为剑客，我不是只修剑，我同样修了当世绝顶的防御功法，只是把它留到了最关键的时刻方才使用。"

她在那一刻，违背了剑客的意志，往后退了一小步。

但这一小步她不是因为畏惧而退的，只是为了调整自己的攻击节奏，能更好地前进，以求一击击毙对手。

太上长老仍然难以置信，他颤抖着抬起手，努力捂住自己的心口，似乎是想要借此止住那涌流而出的鲜血。

"我还有大仇未报，我还有大业未完成，我不能死，我怎么能死？

"四十年啊，我为此努力了四十年，没有娶妻生子，所有的精力都花在刻苦钻研绝世武功上，汲汲一生，我怎么可能倒在这里？……"

因为生命力的快速流逝，太上长老那儒雅俊秀的面容一点点覆上皱纹，满头黑发转瞬雪白。

他终于站立不住，狼狈地倒在冰寒刺骨的雪地上，再也没能爬起来。

第六十八章
一剑霸寒十四州 26（完）

一代枭雄，就此殒命。

衡玉紧闭双眸，面色苍白地站在旁边。最后一剑几乎耗尽了她的内力，再加上失血过多，她的视线变得模糊起来。

纵使如此，衡玉握着剑柄的力度一如既往地用力，脊背挺得笔直。

下方所有江湖高手深深凝视着她单薄的背影，满脸震惊与敬畏。哪怕是那位大太监，也是满脸惊愕。

其中最难以置信的，当数太一宗的高层们。

他们的太上长老屹立于武林巅峰那么多年，前段时间甚至又进了一步，比一般的超一流高手都要强大。他还没来得及带领太一宗在江湖、在天下大放异彩，怎么就面朝雪地倒下，趴在那里一动不动了呢？

宗主阎妄强忍着心头惊骇，跪倒在雪地里，抬手按住太上长老的脖子一侧，抱着一丝侥幸去试探他还有没有生命迹象。

然而，没有！

稍微恢复了一些力气，衡玉睁开眼睛，目光从太上长老身上掠过，又移向宗主阎妄和几个长老。

这些太一宗高层助纣为虐，没有一个人是无辜的。偏偏他们又实力高强，如果侥幸逃到外面，绝对会掀起腥风血雨。

正好，原剧情里，原身投炉铸剑之仇，可以彻底做个了结了。

衡玉提剑上前，施展步法，在太一宗几个高层反应过来前，先一步向他们举起洗炼。

这些在江湖上呼风唤雨的高手，被她一剑封喉。

有两个比较机智的长老，早在太上长老倒下时就悄悄逃遁了。

然而，衡玉早已锁定他们的气息，她身形飘逸如鬼魅，眨眼间就消失在原地。半刻钟后再回来时，她的手上除了洗炼外，还有两颗人头。

将人头扔到地上，衡玉轻咳两声，一把将洗炼插入厚厚的积雪里，想要借力站稳。

"如果戚姑娘不介意的话，我扶着你吧。"涂星华不知何时走到衡玉身边，眉眼间难掩担忧。

衡玉没有拒绝他的好意，从他身上借力后，衡玉朝六扇门何统领道："何统领，麻烦你清点下太一宗高层，看看有没有漏网之鱼，一个都不要放过。"

衡玉再看向涂老爷子，请他站出来主持局面。

以涂家的地位和涂老爷子的实力，其实不足以镇住现在这个乱糟糟的场面，但有衡玉的授意，那些江湖人士会给这个面子的。

涂老爷子欣然接受，表示自己绝对会不负所托。

做完这两件事，衡玉心中稍松口气。

太上长老是这么好杀的吗？她与他之间差了几十年的内力积累，她到最后能取得胜利，也是有几分取巧成分在的。杀掉太上长老后，她还强压着伤势追杀太一宗高层，现在已是强弩之末。

"戚姑娘，你赶快盘膝坐下疗伤吧。"涂星华提醒，上前扶住她的手臂。

衡玉艰难地盘坐在雪地里，吃了一颗疗伤的丹药，慢慢运转内力，让内力滋润已经枯竭的经脉。

涂老爷子联合六扇门、江湖盟等势力，在众江湖人士的配合下，成功掌控了太一宗的局面。等他们处理完现场的事情，官兵终于姗姗来迟。

衡玉清醒过来时已是深夜。

冬雪簌簌飘落，白天时这里还是危机四伏，现在却寂寥无声。

"你醒了？"旁边有人问道。

衡玉抬眸，正好和钟离乐的目光撞上。他不知何时清醒了，正站在她身边打着伞，默默为她挡去落雪。她肩膀上也多了件御寒用的深色斗篷。

"不妨碍行动了。"衡玉在钟离乐的搀扶下，从地上站起来。

钟离乐扶着衡玉前往太一宗后殿，顺便将现在的情况告诉她——大家决定在太一宗住上一阵，过几日再陆续离开。

钟离乐道："他们没有马上离开，还有一个原因。"

衡玉神色冷淡："太一宗积攒多年的财富，加上前朝留下的财富，这绝对是一笔会令天下人疯狂的宝藏，谁舍得轻易离开？"

见她一猜即中，钟离乐的脸上多了几分笑意："没错。"

那么一大笔财富，谁不想分一杯羹呢？他们知道自己肯定不可能私吞，但是从手指缝里漏出来一点点东西，也足够他们受用的了。

说是利欲熏心也好，说是人之常情也罢，这种人钟离乐见得多了。

目前钟离乐最忧虑的事情在于，依照江湖规矩，谁解决了敌人，战利品就归谁。

太一宗的所有东西，都应该归戚姑娘所有才对。

但这笔财富太惊人了，别说朝廷不可能坐视不理，在场的武林中人也未必能接受这样的处理结果。

一时间，钟离乐居然想不出很好的解决办法。

对于钟离乐所忧虑的事情，衡玉心中有数。不过她不急着做些什么，只是每日待在屋子里疗伤恢复内力。哪怕是同为超一流高手的大太监来拜见她，衡玉也暂时没见。

时间一晃就过去了五日。

在所有人翘首以盼下，紧闭多日的房门终于打开了。衡玉穿着一条黑色长裙，抱着洗炼走出院门，召集所有人在议事殿见面。

顶着所有人的目光，衡玉神色如常。

她没有给谁说话的机会，直接说出自己的处理结果。

首先是金银珠宝等财物，衡玉分文不取。

"我听说朝廷计划修建一条大运河，整治黄河水域，此举功在千秋，但因为户部的税银没有到位，所以这个计划暂时搁置了。这笔钱的具体数目不详，但我估算了下，应该是有多无少。"

其次是绝世武器和功法秘籍，衡玉打算先将太一宗用各种手段夺来的东西都物归原主。

"我欲创建一个联盟，每个江湖人士都可以自愿加入。联盟每隔一段时间会发布一批任务，也会接下诸位的委托。大家可以凭借完成任务的积分，进入联盟浏览武功秘籍，甚至能够用积分兑换兵器。"

不患寡而患不均。

这些东西压根没办法分配，那就干脆把它们集中起来，凭一定的条件去借阅和获得吧。

最后就是太一宗名下的田产和商铺。

在这方面衡玉就不像刚刚一样客气了，她一个人划走了其中六成，剩下四成留给其他人分配，不让他们白跑一趟。

大头已经划分完毕，其他的，如矿脉等，衡玉就不管了，让他们自己掰扯去。

对于衡玉的这个分配方式，无论是大太监、六扇门何统领，还是江湖众人，心里都是比较信服的。

当然，一个分配方式未必能得到所有人的赞同。

但他们敢站出来表达不满吗？他们不敢。

既然连站出来表达想法的勇气都没有，那他们的不满就是无关紧要的，衡玉压根不在乎。

将自己想说的话都说完，衡玉右手按着桌面，抬起另一只手紧了紧身上的斗篷，道："既然诸位没有异议，那我就先告辞了。"

钟离乐坐在她斜对面，一直支着下颔听她讲话，目光温和地落在她身上。见她打算离开，他连忙一踢椅子，迅速起身朝衡玉追去："戚姑娘稍等，我随你一道离开。"

衡玉以为他有事要私底下找她，下意识停下步子，等他走到身侧才重新迈步往外走去。

涂星华注意到这一幕。他本就生了颗剔透的心，又非常熟悉钟离乐，慢慢察觉出钟离乐的小心思，心下觉得好笑：还说什么明初与戚姑娘相配，现在倒是自己被戚姑娘英雄救……呃，总之是被戚姑娘的英姿惊艳到了。

推开议事厅的门，狂风裹挟着碎雪铺面而来。衡玉拉紧斗篷，撑起油纸伞。

钟离乐撑着伞跟在她身边，问："此间事了，戚姑娘打算去哪里？"

衡玉想了想，说："我打算回故剑山庄看看。"

自当年一别，已经过去好几年时间了。

她在江湖里漂泊了那么久，也是时候回去看看了。

而且故剑山庄外的奇门遁甲阵，也可以撤掉了。只要有她在，这世上就无人敢对故剑山庄出手。

衡玉转头看向钟离乐："你接下来有什么安排？"

钟离乐轻笑道："我和星华约好了要去寻明初。在我们几位友人中，他的年纪是最小，性子又是最张扬的，我和星华都不想他再被过往的仇恨束缚。现在太一宗已经覆灭，明初也该走出来了。"

被过往仇恨束缚住的明初（衡玉）本人："……"

"马甲"的人缘太好，也是一种负担。

系统在衡玉的脑海里猖狂大笑："此情此景，你要不要考虑一下主动脱身份？"

不主动脱的话，钟离乐和涂星华他们可就要白跑一趟了。

衡玉抬手，冰凉的指尖点在太阳穴上，有些许无奈："你们知道明初在哪里？"

钟离乐点头。

他看过天机前辈写给明初的那封信，信上的地址他还记得。

"是吗？在哪？"衡玉好笑道。

钟离乐以为她是想与明初见上一面，道出一个大概的地址。

衡玉唇角笑意愈深，在钟离乐的注视下，缓缓启唇道："可是明初不就站在你面前吗？"

钟离乐一个踉跄险些摔在雪地里。

他连忙稳住身形，有些狼狈地抬手抹了把脸，目光在衡玉的脸上游离，整个人处于一种非常茫然的状态。

他生平第一次觉得自己听不懂别人说的话。

要不然怎么衡玉说的每一个字他都认识，但是连在一起的意思他完全无法理解呢？

但是……但是如果戚衡玉就是明初，那之前他所察觉到的一切违和，就都解释得通了。

"戚……不对，明初……你……"钟离乐语无伦次。

当他想起，自己曾当面调侃明初和戚姑娘相配时，钟离乐更是觉得耳朵烧得慌。

他曾经都做了些什么？！

"我突然想起来星华那边还有事，我先告辞了。"钟离乐丢下这么一句话，转身疾走而去，狼狈得好像有人在后面追杀他一样。

衡玉站在雪地里笑出声来，朝着钟离乐的背影喊了句："钟兄放心，你对我和明初的祝福，我早就收到了。"

钟离乐险些就连滚带爬了。

他一路跑回议事厅，这时候众人还在议事厅里扯皮，钟离乐猛地推门发出的动静极大，惹得所有人都侧头向他看去。

无视所有人的目光，钟离乐快步走到涂星华面前，将他从椅子上拽起来，在涂星华觉得莫名其妙时，又风风火火地把涂星华拽了出去。

在无人的寂静处，钟离乐丢下一句惊雷之语："戚姑娘就是明初。"

涂星华眼睛发直，下一刻，他哑然失笑："这……难怪我总觉得戚姑娘的性子与明初颇为相似，原以为是……没想到明初居然是戚姑娘假扮的……"

他同样有些许语无伦次。说完这番话，他沉默一瞬，抬眼与钟离乐对视，笑着调侃道："你行走江湖多年，这回走眼了吧？"

涂星华认识钟离乐多年，知道他的眼光格外准，但与明初相处那么长时间，钟离乐居然从来没发现明初是易容的，更没发现明初是女子假扮的。

钟离乐唇角一抽："的确是走眼了，戚……"

顿了顿，钟离乐一时不知道该如何称呼她才好。如果戚姑娘就是明初的话，以他们交托生死的关系来看，又显得有些生分了。

"衡玉她的易容术绝对已经独步天下。"钟离乐最后道。

涂星华点头，认可钟离乐的判断。他沉吟片刻，迟疑地问道："既然明初是衡玉，那她还会不会有别的名字？"

"你是说……天机？"

江湖中原本并没有天机这一号人物，是随着明初这号人物在江湖上出现，天机才开始在江湖里扬名的。以前是没有人往这方面想，但现在一联想……很多事情都能察觉出疑点来。

钟离乐还想起来一件事，明初就是在收到天机的信后，才表示自己不能来太一宗的。

所以，如果天机前辈也是衡玉的身份之一，那不就是说……衡玉一个人用三个身份行走江湖，这三个身份还都在江湖上赫赫有名，各自在江湖上混得风生水起？！

这是最值得称道的吗？显然不是。

最令人称道的，分明是衡玉自己捧自己，自己给自己刷声望。

别人刷声望，都是老老实实去比武；衡玉刷声望，只要让天机这个"马甲"出一个榜单就好了。

这么一联想，钟离乐诡异地觉得心情平静了。

又不是只有他一个人被忽悠得团团转，只要整个江湖都被蒙在鼓里，那他就还是江湖上数得上号的聪明人。

"看来我们不需要去找明初了。"涂星华摇头微笑，"我们现在去找衡玉？"

钟离乐哈哈一笑，点头应了声"好"。

他们到的时候，衡玉正坐在窗边沏茶。

瞧见他们，衡玉没有丝毫意外，自然而然地朝他们招手："进来喝茶。"

望着她这熟悉的姿态，钟离乐和涂星华对视一眼，笑着走进去，坐在她两侧品茶。

一杯茶水下肚，钟离乐道："天机？"

衡玉从腰间取出一枚铜钱，在钟离乐眼前抛了抛，用天机的语调道："年轻人，当日相见时，我就曾说过你我有缘。"

钟离乐哭笑不得："玩得开心吗？"

衡玉理直气壮："这是自然，如果不是为了寻乐子，我怎么可能会轮着刷三个'马甲'的声望？"

钟离乐服了，彻底服了："我是第一个识破……不对，知道你'马甲'的人吗？"

准确地说，不是他识破的，是衡玉主动"掉马"的。

衡玉把包妍的事情说了，钟离乐道："没想到在这件事上让包妹抢了先。"

涂星华在一旁笑："看来在这件事上，包妹才是真正的聪明人。"

几人聊完包妍的事情，又说起接下来的安排。现在钟离乐和涂星华不需要去寻明初了，那么接下来他们就没什么一定要去的地方和一定要做的事。

"要不要随我去故剑山庄玩玩？"衡玉主动提议道。

他们二人顿时心动了。

时隔多日，太一宗的事情终于彻底了结，但后续要忙的事情只多不少，不过都不急在一时。

衡玉私底下见过江湖盟宗主和涂老爷子后，与他们达成了不少协议。意见统一后，衡玉、钟离乐和涂星华三人启程，一路不慌不忙，边游山玩水边赶路，直到一个月后才赶回故剑山庄。

故剑山庄的外围和衡玉离开时没什么两样。

如果硬要说有什么地方不一样的话，就是植物生长得更好了，把原本宽敞的路都给挡住了。

衡玉提着洗炼，边往里走，边劈斩横生出来挡路的枝丫。钟离乐他们也在各施手段。

多走几步，面前就多了一层迷雾。他们进入了奇门遁甲阵的范围。

这个阵法是衡玉布置的，没有人比她更清楚该怎么破阵。

她一路轻轻松松，甚至没惊动故剑山庄里的人，就带着钟离乐他们回到了山庄。

此时春寒料峭，山间的梅花还没有完全凋零，懒懒地挂在枝头上。衡玉推开山庄的大门，看着熟悉而又有几分陌生的山庄布局，轻笑着举起洗炼，在门口的摇铃上狠狠撞了下。

摇铃发出清脆的震鸣声，迅速传遍了整个故剑山庄。小半刻钟后，顾禹等人握着武器急匆匆赶到山庄门口。

看见那个抱着长剑、眉眼含笑的女子后，顾禹他们脸上的严峻立即被喜悦取代。

"戚师妹！"

"戚师姐！"

众人连忙迎上前来，又将衡玉、钟离乐他们请进去，拿酒、沏茶、叙旧，整个故剑山庄瞬间热闹起来。

顾禹他们虽然待在故剑山庄里，但是山庄里有密道可以下山，他们也听说了不少关于衡玉的传闻。但现在听她本人说起，那种激动之情就更加明显。

衡玉问起顾禹他们习武的情况。

目前几个同门已经是江湖二流高手，最厉害的顾禹已经接近一流高手。因为曾修习过《养剑诀》，他们不约而同地选择了当剑客。

而且顾禹和一个师妹的铸剑术已经学得差不多了，有了当初那位楚庄主的七八成功力。

"我这次回来，是打算把奇门遁甲阵撤掉，让故剑山庄重新现世。"衡玉道。

这个奇门遁甲阵保护了他们，也会限制他们。现在他们已经有了自保之力，这个奇门遁甲阵可以撤掉了。

布阵很麻烦，但要摧毁阵法很容易。

花了不到一个时辰的时间，这个在江湖上赫赫有名的奇门遁甲阵便烟消云散了。

钟离乐陪衡玉出来毁阵，看着那惊世大阵，他惊叹道："衡玉，你会的东西实在太多了。"

下棋，行医，布阵，忽悠。

每一种技能还都达到了极致。

衡玉一笑，没有解释什么。这些都是她在漫长岁月里学会的技能，嗯……忽悠倒应该算是天生具备的，拿来跟这个世界的人比，有些欺负人。

撤掉奇门遁甲阵后，故剑山庄现世，捡起老本行来铸剑。不过没有了利欲熏心、急功近利的老庄主，现在故剑山庄就是个纯粹铸剑的地方。

衡玉在故剑山庄里待了半个月，享受了一番安逸的生活，确定故剑山庄已经步入正轨后，她再次与顾禹他们告别，重新开始了自己的旅途。

涂星华作为涂家未来的继承人，抽空出来远行一趟，也得再赶回涂府。

钟离乐孤家寡人要自由很多，他和衡玉站在岸边目送涂星华乘船离去，突然转头看向衡玉，问道："我们现在要去哪里？"

我们？看来钟离乐已经决定接下来与她一块儿行动了。

衡玉与钟离乐对视。

她经历过那么多世界，就算一开始没察觉出钟离乐的心思，但过去了那么长时间，也能隐隐瞧出些端倪。

与钟离乐这样的人相处，很难会觉得不自在。他决定与她同行，衡玉就当自己多了个苦力和同伴。

"接下来我要赶赴长安，和工部官员对接大运河的事情。创办联盟的事，全权交给你负责，如何？到时候给你个联盟副盟主当当。"

至于联盟盟主，那必须得是衡玉本人啊。

钟离乐半认真半开玩笑道："那就一言为定了。"

"一言为定。"衡玉笑道，率先握着洗炼、背着包袱往前走去。

钟离乐站在身后凝视着她的背影。

戚姑娘是江湖里的雄鹰，不是温柔乡里的燕雀。她这一生醉酒高歌，和着风月长空，不会安于一室，也不会为任何人折其羽翼。她已屹立于江湖之巅，不需要仰人鼻息，只要站在那里，就会有无数人为她奔赴而去。

他知道她暂时对他无意，不过钟离乐并不急于得到一个答复。

他在江湖上闯荡那么多年，从来没想过为任何美好的事物停住脚步。但他倾慕的姑娘，是比他更自由的风。

他先陪着她吧，多看看这山川日月的风情。如果能够顺其自然握住这缕风是最好的，若不能，那也不再强求，退一步，他们依旧是生死相托的知己。

"在发什么呆？"前方几米外，衡玉转身看他。

钟离乐回神，笑着走到她身边，伸手接过她的包袱："在想中午吃些什么。"

"我们那时候在赶路，还能吃什么？自然是干粮了。"

"干粮也可以有很多种吃法，制造些惊喜感不好吗？"

两人一路交谈。

声音渐行渐远。

他们又一次离开了平静安逸的温柔乡，踏入起伏不定的江湖。

第六十九章
一剑霸寒十四州（番外）

承元五年，大运河修建完毕。

此举利在当代，功在千秋。

这样的盛事必须勒石以记，在碑文开端，就提到了"剑仙人戚衡玉"。

初出江湖的少年霍杜前不久摔下悬崖，在崖底捡到一本绝世功法，修炼有成后逃出悬崖，正好赶上这场盛事。

"剑仙人戚衡玉……这是我听说过的那位前辈吗？"霍杜嘴巴微张，震惊道。

那位在江湖中神龙见首不见尾的剑仙人，怎么会与大运河一事有关系？

他仔细读碑文，了解清楚事情的来龙去脉后，对剑仙人的崇敬更上了一层楼。

这场盛事结束后，霍杜打算赶去英雄盟总部，在那里接下几个任务赚取积分，好在江湖扬名，顺便用积分借阅功法修炼。

紧赶慢赶，霍杜花了几天时间成功来到英雄盟。

英雄盟从外面看很低调，但走进里面才知道别有洞天。无论是什么时候过来，英雄盟主殿里都挤满了人，霍杜像是第一次进城一般，怀着惊叹的心情来来回回打量英雄盟。

他的目光被各种榜单吸引。

然而无论哪个榜单，都有一样的内容——

榜单第一：剑仙人戚衡玉；榜单第二：明初；榜单第三：钟离乐。排榜人：天机。

这四个名字多到霍杜都有些不知道这些字该怎么写了。

两年后，霍杜在江湖中崭露头角。

就在这时，江湖有传言，说戚衡玉、明初实为姐弟，天机为二人的亲生父亲。有人有幸遇见过浪迹江湖的剑仙人，悄声向她打听起这个传言的真假。

剑仙人被逗得大笑，手中的酒洒落地上："诸位的想象力既然如此丰富，为何不猜我、明初和天机实为一人？"

剑仙人的回应传扬开，众人就知道了传言误人。

没看沉稳肃穆如剑仙人都被这则流言逗得开起玩笑了吗？

霍杜听闻这个消息，也觉得颇为好笑。

后来他游历的地方多了，遇到的人也多了。

他曾经在大漠的酒肆里，遇到两名女子和一名男子，其中一个身材高挑些的女子手握长剑，另一个腰缠红鞭，男子则背负长剑。

三人皆头戴斗笠，看不清容貌如何。

酒肆里人满为患，霍杜找不到空位，冒昧与他们拼了个桌。

那三人显然是好友，随意聊着些江湖趣事。

腰缠长鞭的女子话音一转，突然问道："我的婚礼已经结束，你们打算何日启程离开大漠？"

男子把玩着酒杯，将询问的目光投向握剑女子，显然是以她的意见为主。

握剑女子笑道："我已经踏遍塞内土地，接下来打算往更北的地方走。"

"山高水长，还望珍重。"腰缠长鞭的女子抱拳，朝他们二人微笑。

"他日再来看你。"握剑女子碰了碰前者的头，抱剑起身，与黑衣男子一道离开。

在他们离开之后，霍杜脑海中灵光一闪，突然猜出了那长鞭女子的身份。如果那个长鞭女子的身份得到了确定，那么另外两人的身份不就是……

霍杜猛地起身往酒肆外跑去，然而他探头四寻，却已经见不到那两人的身影。他怅然若失，只好返回酒肆里。

很多年后，江湖上一直流传着戚衡玉、明初、钟离乐、天机他们的故事，然而，有机会见到他们的人却越来越少。

有人说他们可能已经走火入魔死去，有人说他们可能已经不在中原，也有人说……

什么乱七八糟的说法都有。

但不可否认的是，他们已经成为江湖传说，每个初入江湖的少年少女都是听着他们的传说，一步步成长为顶天立地的盖世大侠。

明月昭昭·下

大白牙牙牙　著

时代出版传媒股份有限公司
安徽文艺出版社

图书在版编目（CIP）数据

明月昭昭：上、下/大白牙牙牙著. —合肥：安徽文艺
出版社,2024.1
ISBN 978-7-5396-7686-9

Ⅰ．①明… Ⅱ．①大… Ⅲ．①长篇小说－中国－当代
Ⅳ．①I247.5

中国国家版本馆 CIP 数据核字(2023)第 010033 号

明月昭昭：上、下
MINGYUE ZHAOZHAO：SHANG、XIA

出 版 人：姚　巍
特邀策划：紫　总　　芙　芙
责任编辑：张妍妍　　姚爱云
装帧设计：喟　喟　　tomato　徐　睿

出版发行：安徽文艺出版社　　www.awpub.com
地　　址：合肥市翡翠路 1118 号　　邮政编码：230071
营 销 部：(0551)63533889
印　　制：北京盛通印刷股份有限公司　(010)67887676

开本：710×1010　1/16　印张：38.25　字数：850 千字
版次：2024 年 1 月第 1 版
印次：2024 年 1 月第 1 次印刷
定价：79.80 元(上、下)

目录

明月昭昭·下

明月昭昭·下

第七十章 欲买桂花同载酒 1

"少爷，吃块糯米水晶糕吧，您昨天亲口说这很合您的胃口。"

"不不不，少爷别吃那个，您昨天已经吃过了，该换个新的口味了，这个蟹粉酥就不错，听说是厨子知道您喜欢吃蟹，特意取了蟹肉中最嫩的一部分来做的，忙了整整半天才得了这么一小碟。"

两个小厮殷勤招呼着，边说话边用眼神进行厮杀。

被献殷勤的少年穿着身束腰的水蓝锦缎长袍，看上去十五六岁，身上的配饰无一处不精致，此时正一脚踩在椅子上，嘴里叼着根不知从哪找来的稻草，一上一下晃悠着。

这两人吵得少年有些分神，少年性子慵懒，稍一分神，便懒得再去集中精力听庄家摇骰子。

"好了，云少爷，您买大还是买小啊？"对面的庄家恰在此时放下骰子，笑吟吟地问少年。

少年一睨左侧的小厮。

小厮会意，从袖子里取出张一百两的银票，押在左侧的"大"上。

"好嘞，诸位买定离手。"

庄家吆喝一声，打开一看，笑道："二三一，小。"

押了小的人自然欢喜，押了大的不免哀号，少年懒洋洋地吐出嘴里那根稻草，打了个哈欠，兴致不高："好无聊啊，回府吧。"

出了赌坊，耳边的嘈杂叫骂声淡去不少，少年上了马车，坐在里侧闻着熏香昏昏欲睡。

这个少年正是衡玉。

她这辈子的身份不简单。

原身姓云，她爹是大衍朝的礼亲王，当今太后之子，天子的亲弟弟。她的亲娘是太后的亲侄女，在生原身时难产血崩而亡，现在的那位礼亲王妃是继室。

因着这个缘故，太后怜惜原身自幼丧母，多有纵容；礼亲王妃身为继室，与原身井水不犯河水，管不着原身；礼亲王忙于公务，仅剩的空闲时间都拿去教导嫡子了。

原身的性子一点点被惯坏了，女扮男装出入赌坊这件事都不算是出格的。

等原身闹出的事情越来越离谱，礼亲王终于想到了这个女儿，也有了那么点父亲的自觉，想要去管教女儿，但他的管教方法却很粗暴，父女俩因此发生了一顿激烈的争执。

原身心情郁闷，甩开仆人跑去湖边喂鱼，雨后的栏杆很湿滑，原身一个不慎脚底打滑落了水。再睁开眼时，这具身体的主人就成了衡玉。

衡玉上辈子一直在连轴转地忙碌，哪怕是到了生命的尽头，她也没有停止过工作。这辈子有了个这样的身份，原身又没留下任何的执念，衡玉也就依照着原身的人设继续当个纨绔了。

当然，她比原身有出息的一点是，很多事情要么不做，要么做了她就要做最好的——哪怕是当个纨绔，那也得当出格调和品位来。

"我觉得这个志向并没有比原身有出息。"系统实话实说。

衡玉轻哼一声，将系统扔进小黑屋，困意消退不少。

她以扇骨轻挑车帘，透过细缝打量外面，发现今天街道上简直热闹得不像话。

她支着一条腿，吩咐长相机灵的小厮秋分："让马车停下，去打听打听今天有什么热闹事。"

秋分应和一声，利落地跳下马车。

马车里还剩另一个小厮冬至，他性子比秋分要沉稳不少，此时正殷勤地把刚泡好的茶水递到衡玉面前："殿下，您喝些润润喉。"

茶香已经在马车里弥漫开，应是今年的新茶明前龙井。亲王府只分到了六两明前龙井，其中三两拨给了衡玉的院子。

衡玉喝茶的工夫，秋分又重新跳回马车里，眉飞色舞道："殿下，我打听到了，原来今晚红袖招要举办一场比赛，红袖招里的各位姑娘会通过比赛来争夺花魁之名，可热闹了。"

他没注意到冬至的眼色，继续乐呵呵道："听说红袖招里有春、花、秋、月四个头牌，四人各有千秋，而且各有支持者，想来今晚的花魁争夺赛必定是龙争虎斗。"

衡玉用扇子敲了敲冬至的头，示意他安分一点，这才撩起眼皮，摩挲着下巴："花魁争夺？京中终于有件有意思的事情了，你赶紧吩咐马车在下个路口掉头，咱们不回府了，去红袖招凑凑热闹。"

她抖了抖袖子，又想起一件事来："对了，我们的银子带够了吗？要是没带够赶紧派个人回府多拿点。"

秋分道："够了够了，为了让殿下玩得尽兴，银子都是往多了拿的。"

冬至脸上顿时现出了痛苦面具。吃喝嫖赌里，殿下已经占了三样。虽然嫖是不可能嫖的，但是这么明出入红袖招，总归是不好的。想到这，冬至悄悄瞪了秋分一眼。

衡玉两手枕在脑后，整个身体重重地往马车壁上一倒，双腿交叠着，没有理会两个小厮的眉眼官司。

这场花魁选拔的确是大动干戈，车子还没拐进红袖招所在的那条巷子，就已经被堵得不能再前进了。

衡玉命两个小厮把银票拿好，她撩开车帘下了马车，摇晃着手中的折扇，脚步轻快，绕过拥挤的人群，直奔红袖招而去。

秋分和冬至没有自家殿下那等利落的好身手，被人群挤来挤去，等到周围开阔些时，他们两个人的鞋上都带着几个鞋底印，衣服也被扯得凌乱。

"客官您好，进门需要一人十两银子。"门口迎客的人微笑着说道。红袖招能够在京城里立足且长盛不衰，自然是有独到之处，就连在门口迎客的人也是长相俊秀，看上去气质颇为出众。

"给我们家少爷安排最好的位置。"秋分从袖子里取出一张银票。

支付了一张一百两的银票，红袖招迎客的人才笑着给衡玉递了一副花纹精致的木制面具。等她佩戴好面具，这才引着她一路上了二楼靠角落的地方。

瞧着这人居然把他们往这么偏僻的地方领，冬至微微蹙起眉来："这个位置是不是太偏了？"

红袖招的人解释道："实在是有些对不住，但诸位来得有些晚了，只剩角落里的位置了，其他更好的位置基本都被常客预订了。"

冬至眉头蹙得更深，他们家殿下在京中吃喝用度无一不是最好的，现在这红袖招——

"哎——"在冬至出口前，衡玉打开折扇微微遮挡住唇角，爽快道，"无妨，我们就在角落吧，反正这里的视野还算可以。我们可莫惊扰了春、花、秋、月四位美人今夜的表演，否则实在是唐突了。"

挥退红袖招的人，衡玉悠然地坐了下来。

这还是她第一次来红袖招，不由得先环视一遍，仔细打量红袖招里的布景。

恰在此时，迎客的人又迎了一主一仆上来。

走在前方的少年按剑在侧，身量还未完全长开，却已有了挺拔之势。他身着青色骑装，似是刚从外面纵马而来。骑装将他身体的肌肉弧度勾勒出来，让他看起来像是一只遇到危险随时都会爆发的年轻豹子。

只是，少年坐下时，语气分外吊儿郎当："红袖招就这？倒是比小爷想象的差了那么一点。希望等会儿的表演不要让小爷失望吧。"

衡玉侧眸扫了眼冬至，以唇语问：这人是谁？看着不像是个普通纨绔。

然而，对京中纨绔多有了解的冬至朝她摇了摇头，显然也不清楚这少年的身份。

衡玉换了个坐姿，往嘴里抛了两颗花生米，刚嚼了两口，那头又再次上来了一主一仆。

那主人穿了身玄色常服，全身上下没有多余的装饰，只有头发以一根玉簪固定住。他气质文弱而内秀，走路时脚步虚浮无力，似乎有沉疴在身。

他悄无声息地坐下，衡玉在前头吃花生米，也没注意到他。

时间稍加推移，为了避免楼里的客人等太久，红袖招派了一些姑娘上台表演，聊做开胃的小菜。在楼内气氛越来越热烈时，终于有人走到台前，出声宣布花魁选拔的规则。

"在场的每位客人接下来都会免费获得一朵粉色绢花，诸位可以把手里的绢花投给你们最喜欢的姑娘。今夜获得绢花最多的姑娘，自然就是我们红袖招今年的花魁了。

"当然，若是诸位有特别心仪的姑娘，想为她多投上一些花，也可以再额外用钱去买绢花来赠给佳人。

"今夜赠出绢花最多的人，我们的花魁娘子会好好陪他一宿。"

那绢花也是明码标价了的，粉色绢花十两一朵，黄色绢花百两一朵，红色绢花千两一朵。可以说，这场花魁比赛的本质就是在敛财，但是在这样热烈的氛围下，还真会有不少冤大头乐意掏钱。

至少角落里就有三位冤大头各掏一千两买了红色绢花。

衡玉是不差钱的主，她把玩着指尖那朵红色绢花，浑身透着疲累。直到第一个表演的春芙姑娘上台，她才勉强打起精神来。

春芙最拿手的是弹奏古筝，她穿着一身暧昧的红色轻纱走到台前，向台下略略欠身行礼，盈盈一笑，获得满堂喝彩后，才走到古筝后坐下，抚了首绵软轻快的曲子。在曲子将要终止时，突然，她用力一拨弦，整个人猛地从椅子上起身，变换姿势跳了支舞。

无论是古筝曲，还是这支舞，都算得上上佳之作。

然而，衡玉和角落里的另外两个男人都没什么多余的反应。那个穿着骑装的少年还无聊地嗑起瓜子来，嘴里嘀咕着些什么，边嘀咕边往外吐瓜子壳。

一连三位姑娘上台表演，投绢花的氛围非常热烈，秋分在旁边看了半天，凑过来小声问衡玉："少爷，我们还不投吗？"

"急什么？不是还有位月霜姑娘吗？"衡玉拍了拍手里的花生屑，"要是没有让我满意的表演，这绢花不投也罢。"

她正说着话，整个红袖招突然暗了下来，就在众人惊疑出声，不明白到底发生了何事时，一名穿着嫩黄色长裙的姑娘握着结实的红绸布，自三楼一跃而下，以这样危险的方式出场。她跳下来时，裙摆张扬飞起，双足未着鞋袜，于空中便已唱出声来，歌声低回婉转，清扬悠远。这曲小调结束时，她也从容地落到了地上。

衡玉看得清楚，对方落地时反震力极强，但脸上却没有露出任何痛苦之色，从容地接着音乐拍子跳起热烈的西域舞来。

"这月霜姑娘有意思。"衡玉哈哈一笑，随手就将写有她座位编号的红色绢花抛下了楼。但她的绢花刚脱手而出，就见左右两侧各走来一人，他们撒手，手中握着的红色绢花随后飘落到了舞台上。

衡玉眉梢微挑，直接朝身后一招手："来人，给我再来一朵红色绢花。"

左侧的青色骑装少年嗤笑出声："一朵绢花也好意思喊出来。给小爷我来两朵！"

当红袖招的人乐颠颠地跑过来时，斜里突然伸出一只手来，那病弱的玄衣少年冷声道："三朵。"

"哟，"衡玉一开折扇，"两位这是要和我杠上了？"

"区区两千两，算什么杠上？这位小弟弟，小爷我劝你没钱别逞强，打哪儿来的就回哪儿去吧，不然被家中长辈教训，那就着实不妙了。"骑装少年冷哼一声，被人压过风头，这让他心底颇为不爽。他刚要再次开口，喊个"四朵"，衡玉突然以折扇压住那个装有绢花的篮子。

她语调四平八稳："来十朵。取一万两出来。"

旋即，衡玉微微一笑，以折扇敲了敲骑装少年的肩膀，姿态轻佻："这位小弟弟说得没错，小爷我劝你没钱别逞能。"

言罢，衡玉懒得理会那骑装少年，眉眼微抬，看向另一侧的玄衣少年。不知道是不是她的错觉，她总觉得自己曾经在哪里见过此人，只是对方此时戴了面具。身为少年郎，身量一时一个样，她认不出来也属正常。

玄衣少年注意到她的视线，会错了意，误以为她是在用眼神挑衅自己，薄唇微动，冷声道："十一朵。"

"十二朵。"衡玉平静接话。

骑装少年咬牙切齿跟上："十三朵！"

"小弟弟，都说了别逞能，看你后背绷得这么紧，怎么着，是觉得自己拿不出这笔钱了吗？"旁边的玄衣少年冷笑着，续上了嘲讽。

隔着面具，骑装少年的眼里已经要喷出火来："我没逞能，还有，别乱喊小爷！"

"这……三位……"红袖招的人从一开始的狂喜到现在额上都是汗。他算是看出来了，这三位的身份怕是都不简单，他们这是在神仙斗法，而他只是一个小虾米，万一被波及了，怕是极易出事啊。

衡玉撇了撇嘴，决定先下手为强，伸手一劈，将那满篮的红色绢花抢进怀里。就在她要把满篮绢花往下扔时，斜里突然有一未出鞘的青锋剑杀了过来，拦住了她的去路。衡玉脚步一斜，轻松避让开，以折扇反手一击，直刺向骑装少年的右肩。

骑装少年的身后正是玄衣少年，被人挡住了退路，实在没有多余的地方施展他的武功。

骑装少年咬着牙，强行克制住自己的闪避动作，生生受了衡玉袭来的这一击，却乘势而上，压住了衡玉的右臂，借此劈手夺她怀里的绢花。地方太小，两人厮打完全施展不开。就在衡玉欲退之时，玄衣少年长臂一伸，直接把篮子里的红色绢花捞起大半，就要往楼下抛。

"你这无赖，休想坐收渔翁之利！"骑装少年气得怒骂一声，迅速抬起右腿一扫。玄衣少年从未学过武功，又素来体弱，被右腿一扫迅速带倒，整个人狠狠摔在地上。

"少爷！"这声惨叫出自玄衣少年的仆从。

"放肆！"这声暴喝，则是出自玄衣少年。他从来没吃过这种瘪，一时之间也压根顾不上那些个红色绢花了，连滚带爬从地上站了起来。等他站定，只见衡玉和骑装少年已经厮打起来。原来是周围看热闹的人都纷纷散开，给二人留了施展的空地。

"你们——你们全部都给我住手！"玄衣少年发现自己居然被无视了，原本就愤怒的情绪更是多了几分。他的话曾几何时会被人无视到这种地步！

玄衣少年吼得这么大声，衡玉当然是听见了的。但她直接左耳进右耳出，无视了个彻底，一心和骑装少年进行切磋。

说实话，她在和骑装少年过招时颇有几分诧异。虽然她刚穿越来时没有任何的武功底子，但经过半年的锻炼，她这具身体的武功已经非常不错，谁承想一时之间竟没办法制服对方。

殊不知，对面的骑装少年比她还震惊。他从五岁就开始练基本功，教他武功的都是名师，现在不知道从哪冒出来的人居然和他打成了平手！

玄衣少年被彻底无视，脸色更加阴沉。他活动了下手指，不知道在想些什么，居然一把冲进战局里。要不是衡玉的身体把控力还可以，那一腿怕是要狠狠砸在他的腰间。

当衡玉稳住身体时，已经打出了气性的骑装少年劈手摘下了衡玉脸上的面具："你是何人？"

突然被摘了面具，衡玉眉梢微挑，缓缓收腿。

她依旧不搭理骑装少年，也不去看那玄衣少年，只是抬手抖了抖自己的袖子，弯腰捡起散落在地上的红色绢花，懒洋洋地把它们往下抛去，朝立于舞台中央的月霜姑娘微微一笑，颇为风度翩翩地道："实在是不好意思，惊扰了姑娘今夜的兴致，这些绢花就算是我给姑娘的赔礼。"

她刚刚这么一撒，至少十朵红色绢花。

京城虽是权贵会聚的风云之地，但能够面不改色拿出上万两的依旧是少数人。

月霜姑娘行了个礼，神色间丝毫没有恼意，也回以衡玉一笑："月霜让公子破费了。"

"姑娘似月下仙子，凡俗银子若能博得姑娘一笑，那就不算破费。"衡玉吊儿郎当地道。

刚刚打架动作大了些，她身上原本整整齐齐的衣袍也变得松垮起来，再配上她如今这吊儿郎当的风流语气，这副模样像极了常年流连烟花之地的浪荡子弟。

"小爷在问你话呢！"

旁边的骑装少年聒噪得很，衡玉扫他一眼，在他们没反应过来时以手为刃砍掉了他和玄衣少年脸上的面具。

三人脸上皆无面具遮挡，彼此互相对视。

骑装少年抬手摸了摸脸，嗤笑道："既然你不答，那小爷就屈尊告诉你小爷的名字。行不更名，坐不改姓，小爷乃沈国公嫡长孙，沈洛。怎么样，怕了吧？"

玄衣少年冷着眉眼。沈国公嫡长孙这个身份，在京城里自然是一等一的好。但这个身份对玄衣少年来说显然没有任何的震慑力。

对上沈洛扬扬得意的视线，玄衣少年讥讽一笑："沈国公嫡长孙又算什么？我姓云名成弦，排行第三。"

姓云，又排行为三的，理应就是那位在宫中深居简出的三皇子殿下了。

原身以前曾经在宫宴上见过三皇子，早在他面具脱落时，衡玉就已经猜到了他的身份，此时听他自己暴露身份，并没有任何的意外。倒是刚刚还扬扬得意的沈洛，脸上顿时出现了仿佛牙疼般的神情。

衡玉在旁边欣赏够了两人的眼神厮杀，这才微微一笑，摇动着扇子说道："在下不才，大衍朝第一纨绔是也。"

话音一落，沈洛和云成弦纷纷移转目光直瞪着她。

但就在二人要开口谴责她这个敷衍到了极致的自我介绍之前，一声暴喝突然从天而降："云衡玉，你怎么会在这里！"

穿着锦袍的中年男人怒气冲冲自包厢里走出来，本是要发泄一番的，但当他的目光触及沈洛和云成弦二人时，脚步微微一顿。

起初中年男人还以为是他认错了，但他定神细看几秒，停滞的怒意再次升腾起来："你……你们……"

第七十一章
欲买桂花同载酒2

当中年男人被气得头昏脑涨，一时失去言语组织能力时，衡玉两手微举，摆出一副无辜的姿态："无意路过，凑个热闹，没想闹事，纯属巧合。"

中年男人被她噎得说不出话来，那如刀的目光杀向了一侧的沈洛和云成弦。

沈洛大概猜到了中年男人的身份，不免收敛了几分性子："无意路过，凑个热闹。"

云成弦没想到自己这么点背，出宫逛个青楼，居然还能碰上皇叔。他眉眼间的冷肃化去不少，有些尴尬地朝中年男人点头："没想闹事，纯属巧合。"

衡玉："你们……"

解释居然还要抄袭她的台词，这两个肯定都是不学无术的纨绔！但如她这般样样精通的纨绔子弟果然是太稀罕了！

察觉到中年男人，也就是她爹礼亲王的目光再次杀了回来，衡玉决定先发制人，笑意盈盈道："好巧啊，这大晚上的，您怎么也在这……噢，我懂了，您老人家兴致起来了，过来玩玩也是自然，我一个做女儿的不好干涉。这样，眼看着天色已晚，我就不打扰您老人家的雅兴了，告辞。"

自言自语结束，衡玉利落转身，就想走人。

礼亲王冷冷一笑，抬手一招。

只觉眼前黑光一闪，衡玉已被不知从哪里冒出来的皇家暗卫给截住了去路。

她琢磨两秒，决定放弃抵抗，乖乖让暗卫把她的双手捆起来。

礼亲王看向云成弦："这个也捆起来。"

至于沈爱卿嫡长孙沈洛……礼亲王原想轻飘飘放下，衡玉突然不依不饶起来："他刚刚用剑指我，还用脚绊倒了弦堂兄，要不是他，这场闹剧绝对不会发生。爹，你千万不能放过主谋，我强烈要求主谋和我一个待遇，不然我不服。"

云成弦被衡玉这么一提醒，终于想起了刚刚那"五体投地"的一跤。他的额头和膝盖现在都还有淤青，于是他默默与衡玉站成了统一战线，唇角紧绷："我觉得衡玉堂妹言之有理。"

沈洛不敢冒犯礼亲王，只得把眼睛狠狠瞪大，直逼衡玉、成弦二人。

衡玉垂眸看看地，云成弦抬眼望望天花板，全然无视了沈洛怨恨的眼神。

礼亲王也懒得管谁是谁非了，他被气得脑子疼，挥手吩咐道："都捆了。连他们的小厮也一起。"

一刻钟后，衡玉、沈洛和云成弦三人，并他们的小厮一块儿，双手都被捆了个严严实实，全部提溜下了楼。

将出红袖招时，注意到已被选为花魁的月霜姑娘正在盯着她，衡玉脚步一顿，朝月霜微微一笑。但这抹笑容才出现不过两秒，同为难兄难弟的云成弦嘴角微抽，道："你倒是悠闲。"

衡玉笑容立敛，刚想朝云成弦放两句狠话，身后突然有人推了推她的肩膀，随后是她爹那怒气冲冲的声音："上马车！你还要留在这让人看笑话不成！"

衡玉撇撇嘴："父女同游青楼，笑话早就被人看完了，爹，你现在才担心这个问题未免也太晚了点。"

礼亲王觉得自己简直是造了八辈子的孽，才会有这样一个女儿。但瞧见跟他女儿半斤八两的云成弦和沈洛，礼亲王的心突然又诡异地平衡了几分。

他不再废话，挥挥手，暗卫直接把衡玉三人打包塞进了一个马车里。

这辆马车是属于礼亲王的，马车内自然极宽敞，同时容纳三个人也不显得拥挤。一上马车，刚刚硬憋着不说话的沈洛崩溃道："打赏就打赏，你这人怎么动手抢绢花了？要不是你先下手，小爷怎么可能会跟你动手？"

衡玉佩服沈洛的逻辑："要不是你那青锋剑杀了过来，我会跟你缠斗在一起吗？怎么着，刚刚还没打够是吧？那下回再来啊。还有，你别天天小爷小爷的，这帝都里，就没几个敢在我面前自称小爷！"

一旁的云成弦幽幽道："把我绊倒的仇，我还没跟你算。"

"我可没绊倒你。"衡玉迅速否认。

沈洛沉默一瞬，用刚刚攻击过衡玉的话再去攻击云成弦："谁叫你动手抢绢花的？公平竞争知不知道？我和这云……"实在没记住衡玉的名字，沈洛含糊两声过去："争了那么久，你想在旁边捡现成的便宜，你做梦！"

云成弦声音冷淡："什么现成的便宜？那绢花我抢到了，自然会花真金白银去买。"

"难道就只有你有钱吗？"沈洛越发不爽。

在他们二人拌嘴时，身边突然有咔咔两声脆响传来。沈洛和云成弦听着不对，扭头去看，只见衡玉已经解开了捆住她手的绳子，现在不知从哪摸出来一盒酥饼，慢条斯理地嚼着听他们吵架。

察觉到他们不吵了，衡玉又咬了口酥饼，咽下东西后问："你们怎么不吵了？"

"你怎么解开的绳子？"云成弦好奇道。

倒是沈洛最为干脆："快快快，帮我解开。"直接把双手递到衡玉面前，眼巴巴地看着衡玉。

一听这话，云成弦也有些心动了，但他素来克制冷淡，并没有出声。

衡玉"噢"了一声，默默往后挪了些许，在一个安全的位置继续吃她的酥饼。

三人大眼瞪小眼许久。

衡玉终于问："你们又不是我的小厮，我为什么要帮你们？"

"要不是你，我会被捆住吗？"沈洛暗暗呸了声。

云成弦沉默一瞬："衡玉堂妹，你我虽不常见，但兄妹情谊仍是在的。"

这酥饼吃多了有点齁，衡玉清楚马车内部的结构，随手开了暗匣，从里面摸出瓶桃花酒。她拔掉瓶塞，喝了口酒："你们给出的理由统统不行，我拒绝这个举手之劳。"

在"举手之劳"这个词上落了重音，生怕云成弦和沈洛听不出来她的意思。

无视了两人的眼神，衡玉侧耳去听外面的动静，说："现在我们快过朱雀街尾，要进入玄武街了。这个方向……我们怕是要进宫一趟。"

"进宫？我们为什么要进宫？算了，这不重要。完了完了完了，一顿揍是免不了了……"沈洛一听这话，也顾不上别的了，只觉得心底发虚。

云成弦沉稳些，他拧着眉，问衡玉："你是怎么判断出来的？"

这句问话听着有些没头没尾，但衡玉还是懂了他的意思："街上的叫卖声，还有味道。"

味道？云成弦先是一愣，很快，他便懂了她的意思。

这种味道，可能是食物的味道，可能是脂粉店里脂粉的味道。这些味道可能并不十分特别，但当它们混杂在一起，就构成了一种独特的味道。嗅觉敏锐的人能从中分辨出问题来也是正常。

只是，他这堂妹不是出了名的纨绔吗？居然还懂这些。

"唉，赌了一天的钱，又去凑了一晚的花魁热闹，可困死我了。"衡玉半坐半躺在马车里侧，用手背揉了揉眼睛，自言自语道，"抵达皇宫至少还得两刻钟，睡会儿。"头一歪靠在马车壁上，几乎秒睡过去。

云成弦："衡玉……"

看来判断出巷子位置这件事，一定是巧合。

他轻叹了下，也有些困倦了，于是安安静静靠着马车壁，不多时，也一道睡了过去。

沈洛在旁边嘀咕了半天，突然觉得耳畔一寂，他抬眼，借着月色看清熟睡过去的两人。

"就这么睡着了？"沈洛眼珠子微微一转，长腿一勾，悄悄踹了下云成弦的小腿报仇。

原本是想给云衡玉也来一脚的，但她缩到了最里侧，他想踢人的话还得挪上半米的距离。沈洛磨了磨牙，决定暂时放过她，身体一转，也靠着车壁闭上了眼睛。

原以为自己是睡不着的，结果没过多久，他也睡着了。

等马车终于在皇宫门前停下，礼亲王掀开马车帘一看，就见先前闹腾得恨不得把红袖招给拆了的三个少年，各自占据着马车一角，闭眼熟睡过去了。

第七十二章

欲买桂花同载酒 3

昏黄的暖光自马车帘外透进来，洒在衡玉的眼皮上。

她睡得不沉，密如鸦羽的睫毛轻颤几下，睁开了眼睛，恰好与她爹对视上。在她爹的表情出现变化前，衡玉一脚一个，将沈洛和云成弦从睡梦中踹醒，利落地跃过他们下了马车，边理正衣服、簪子，边朝她爹微弯唇角。

礼亲王看着她那一副风流浪荡子的做派，太阳穴直跳。

这要是个儿子也就罢了，顶多算是年纪小胡闹，但这可是他的亲闺女啊。

想到半年前的那场落水，礼亲王心底的怒意顿时化为一声叹息，瞧了几秒，礼亲王抬手把衡玉发梢上的半片残叶取走，重新负手而立。

衡玉收拢肩上的外袍，环视四周，发现他们竟是站在了御书房门前。

礼亲王说："我有些事要入内向陛下禀报，你们几个在此稍等片刻，莫再闹出其他事端来。"

目送礼亲王的身影消失在御书房里，身后突然传来两声动静。衡玉转头，看到沈洛和云成弦二人已整理好衣袍，鬼鬼祟祟溜下了马车，在地上站定时还忍不住朝左右探头探脑。

"你二人鬼鬼祟祟地在看什么？"衡玉脚步极轻，走到他们身边。

"我在找我祖父。"沈洛下意识答道。

云成弦耐着性子问："亲王殿下为什么把我们都带到皇宫里？"

衡玉随口道："今晚在红袖招肯定要发生某些事情，我爹过去原本是想处理那件事的。但我们三人打了起来，可能无意中破坏了他们的计划，我爹这是过来向陛下禀命的，顺便找我们兴师问罪。"

沈洛听着觉得有理，面色越发痛苦，小声嘀咕："原本只是逛个青楼，现在还牵扯进破坏计划里，这回我要是能在半个月内下床，都是我祖父仁慈。"

云成弦似是想到了什么，脸上的痛苦之色一闪而过。

只有衡玉继续悠然地摇着折扇，夜风习习而来，她垂落鬓角的发梢被吹得轻轻拂起，一派风流潇洒："二位保重，我明日要再上红袖招与月霜姑娘相会。离去时过于匆忙，都没来得及与佳人叙谈一二。"

她话音刚落，紧闭着的御书房大门被人从里面推开，只见礼亲王去而复返，目光在衡玉身上停留片刻："进来吧。"

刚刚那句话怕是已经被她爹收入耳里，衡玉收拢折扇，束着手率先走进御书房。

御书房里，当今天子康元帝坐在主位上，沈国公坐在右下首，礼亲王走到左下首的位置悠然地坐下。霎时间，书房中央只剩衡玉三人站着。三人看上去一个比一个乖巧，背脊挺直，两手背在身后，若是换上一身白色长衫，和书院里的普通书生瞧着没什么两样。

沈国公突然哼笑一声，放下一直端在掌心里的茶杯："你们三人知道做错了什么吗？"

茶杯撞击桌面，发出清脆的磕碰声，沈洛的身体微不可察地抖了抖，连忙道："祖父，我知错了。"

沈国公不咸不淡地问道："你觉得你错在了哪里？"

沈洛只觉得这道声音仿佛是自天上而来的催命符，吓得他抖了一个激灵，关键时刻，沈洛想到了衡玉刚刚那番话，记忆力素来不错的他几乎一字不差地复述了出来。

沈国公有些意外，眉梢微扬。

一直安静坐在上首的康元帝微微一笑，威严的国字脸上带着几分病弱的苍白："沈爱卿，你一直说你的孙子不成器，朕今日看虽有些许鲁莽，却也很机灵。"他的目光转向沈洛，脸上的笑意突兀消散，冷淡道："就在几日前，兵部布防图被人盗取。兵部和刑部一路调查，查出盗取布防图的人今夜很可能会在红袖招进行交易。"

"隔壁大周国的密探已经被我们盯上，他就是那个要与窃取布防图的人进行接头的人。"

所以礼亲王接到了命令，前去红袖招，在暗中布下足够的人手盯紧那个大周国的密探，想等着他们接头时进行抓捕，安全找回兵部布防图。但他们还没等到对方接头，衡玉和沈洛两个人就在二楼那里发生了争执，直接打斗起来，现场一片混乱。

礼亲王接着解释道："当时那种情况怕是已经打草惊蛇，眼看那个密探要逃离红袖招，我便命人对他进行抓捕，然后就从包厢里走了出来制止你们。"

"那个密探身上没有布防图，这说明布防图还没来得及进行转交，但此番已经打草惊蛇，接下来再想找到那个窃密之人，怕是更艰难了。"

衡玉一直在安静地倾听他们的话，听到这，她问道："密探有供出什么口供吗？"

礼亲王摇头："是个死探，暗卫才一动手，他就直接吞了藏在牙齿里的毒药自尽了。"

衡玉说："兵部布防图现在肯定还在叛徒手里，甚至很有可能就在红袖招的某个地方。"

云成弦抿唇："那直接派兵将红袖招包围起来，然后彻底搜索红袖招，再对红袖招里的每个人都进行严刑拷打，一定能直接问出兵部布防图所在。"

沈洛被吓了一跳，没想到这三皇子的手段居然这么阴狠："你这也太凶残了吧，红袖招里上上下下加起来有上百人，这么严刑拷打，不知道要牵扯进多少无辜的人。"

衡玉理智道："但布防图也可能不在红袖招里，此举不可行。派一部分暗卫潜伏在红袖招旁边即可，若有异常再出手。"

三人的性格和行事作风，在这几句话之间几乎展露无疑。

礼亲王听到衡玉的话，倒是对自己的女儿有几分刮目相看，没想到她看着胡闹，却能把形势分析得清清楚楚。他想了想，继续问道："那你觉得，爹把你们三个人带进宫里是为了什么？"

衡玉唇角微微一弯，旋即又很快放平："您是想着将错就错，让我们三个人也参与进布防图的追踪中来？"

"小崽子。"礼亲王笑骂一句，"就凭你们三个纨绔子弟？'四书'都没翻完过吧？"

"巧了，翻完过。"衡玉拱手，颇为自傲道。

礼亲王心想翻完"四书"有什么自傲。

康元帝在旁边听了片刻，说道："你爹喊你们进宫，只是怕朕怪罪你们，所以让你们先来请罪。至于抓捕叛徒、追回布防图这件事还有兵部、刑部呢，哪里需要你们几个小小少年来出手？"

衡玉微微一笑，沈洛暗暗低头，云成弦也神情复杂，不知道心底在琢磨些什么。

"不过你们此次毕竟扰乱了兵部的行动计划，朕若是不稍加惩戒，你们日后怕是还要再惹出其他事端来！"康元帝虚握着拳头，轻轻敲了两下桌面，"你们觉得朕应该怎么处置你们？"

衡玉温声回了句："按照家法来处置。"

衡玉这个回答很合康元帝的心意。这三个孩子身份极高，衡玉和沈洛那边，与其让他来下令处置，倒不如让皇弟和沈爱卿来动手，这样也不至于让君臣之间闹出什么隔阂。"就这么办吧。"康元帝点头，又道，"夜已深了，都退下吧，至于布防图的事情，皇弟和沈爱卿二人还得再多上上心，务必要将其追回来，叛徒也必须一并揪出来。"

御书房外早已掌了灯。

沈洛走出御书房时，悄悄凑到衡玉和云成弦的身边，向他们二人打听道："你家家法是什么？"他祖父是武将出身，但凡家法伺候，那一顿胖揍绝对是免不了的。他的武艺为什么这么好，不就是小时候逃命生生练出来的吗？

云成弦想了想："按照宫中的规矩，就是要禁足一段时间，外加抄上几本经书来凝神静气。"

沈洛羡慕道："不用被揍，这也太好了。"

提出这个建议的衡玉笑得颇为友善："我家没有家法，我爹也不揍我。"

沈洛："云衡玉，你！"

衡玉快走两步，走到了她爹礼亲王的身边，接过旁边内侍手里的宫灯，亲自为她爹掌灯："今夜无月，爹你走路的时候千万要小心脚下。"

对于女儿的突然示好，礼亲王显然非常受用："不错。虽然在红袖招时胡闹了些，但是在宫中的表现比平素要好了不少。"他对自家闺女的要求也就这么一点点了。

沈洛目瞪口呆，原地狠狠跺脚，下一刻，他的左边耳朵就被生生拽了起来，沈国公明明已是须发皆白，手劲却大得出奇。沈洛被他拽得踉跄两下，一边道着歉一边跟他上了马车。

夜间的风颇为寒凉，云成弦在原地站了片刻，看着这一幕，他自嘲地一笑，垂下眼扶正发间那根木簪，压低了声音："这样的待遇，有什么好羡慕的？我倒是宁愿被揍上一顿。"

他的声音被风化去，然后他默默地往住处走去。

衡玉撩开马车帘，就见两个小厮秋分和冬至已经被解了绳子，乖乖坐在车厢里等她回来。

瞧见她时，两个小厮的眼睛都亮了起来，纷纷喊了声"殿下"。

"都没事吧？"衡玉问，借着灯笼的光看了看他们的手腕，确定只是留了浅浅的红印，没有造成别的伤势，这才把灯笼交给身后的人。自己撩开衣摆跃上马车，寻了个最舒服的地方躺了下去，一条腿支着，一条腿悬在一侧，说："给我沏茶，刚刚跟那两个家伙斗嘴，颇费了番口舌。"

"殿下，您没事吧？"秋分把茶送进她手里。

冬至说："殿下这么聪明的一个人，绝对不会有事的，要有事也是其他人有事。"

衡玉点头："说得对，要不是我爹在外面盯着，今晚我就带你们两个爬沈国公府的墙，我们去围观沈国公是如何胖揍沈洛的。"对此，她似乎颇为遗憾。

秋分和冬至后背直冒汗，不由得庆幸礼亲王在外面盯着。

衡玉掏出了折扇，在右手虎口上轻敲两下："今夜不宜出行，但以我和沈洛的友谊，明日去沈国公府探望探望他，也是理所应当的。"

这夜，沈国公府鸡飞狗跳，三皇子寝宫灯火通明，唯有礼亲王府西厢房里岁月静好。

衡玉安然酣睡，一夜无梦。

第二日清晨，婢女进来伺候衡玉梳洗。用早膳时，小厮秋分带来了礼亲王的口讯："王爷说殿下这些天折腾得太厉害了，接下来几日莫出门，等风头过去了再说。王妃知道殿下刚花了一大笔钱，命人从公账里支了笔钱给咱们院送来。"

衡玉还有些困，下巴一点一点的，闻言才撩起眼皮，心想：她爹前脚才禁了她的足，王妃后脚就命人送了钱来。

她和王妃素来井水不犯河水，衡玉也不去深究王妃的用意，继续用着早膳，在婢女的伺候下换了身锦缎月牙长袍，完全是一副要外出的打扮："秋分、冬至，走，我们翻墙去。"

秋分丝毫不意外，冬至不得不提醒："殿下，王爷说了要您禁足的。"

衡玉辩驳："我爹那是建议我别出门，但他的建议我可以不接受。"

冬至嘀咕道："那您还翻什么墙？"

话刚说完，就被衡玉轻轻敲了两下额头。

她身边两个小厮的年纪都不大，一个活泼一个稳重，但都最听她的话，所以被敲了额头，冬至也不嘀咕了，赶紧去给衡玉备东西。

半刻钟后，衡玉拍拍手上的灰，抖了抖袖袍，大摇大摆地走在巷子里。两个小厮不能打，但翻墙的水平与日俱增，同样大摇大摆地跟在她的身后。

很快，衡玉提着拜帖来到沈国公府，见到了趴在床上、生无可恋的沈洛。

看到衡玉，沈洛一愣，下意识地扭头打量起身上的被子，确定自己穿戴整齐，才恼羞道："你怎么会突然出现在我的院子里？"

"沈兄，我刚巧路过沈国公府，便想着进府拜访一番。你这是怎么了？"衡玉努力摆出关心的姿态。

要是她的眼睛不发亮，也许这句话的可信度会稍微高一点点。

沈洛撩起眼皮瞅她，恨得磨牙："我怎么了你能不知道？昨夜不就是你提出家法处置的吗？"

没人招呼衡玉，她就自己坐下，丝毫不见外地给自己倒了杯水："说得好像我不提，你祖父就不会揍你了似的。"

沈洛顺着她的话一想，发现还真是这么回事。他出入青楼被抓了个现行，以他祖父平日的作风，无论有没有云衡玉那句话，肯定都会揍他的。

沈洛心中怒意消散不少，可是看见衡玉这么自来熟，还是觉得不对劲：我和云衡玉很熟吗？

当沈洛迷惑时，衡玉颇有些遗憾道："说起来，我以为你已经被揍得起不来床了，但现在看着，还是很生龙活虎的，沈国公怕是多有手下留情。"

沈洛那刚压下去的脾气又噌噌上来了，嚷道："什么手下留情？要不是小爷我身手矫捷闪得快，现在估计还处于晕死状态。"

一嚷完，沈洛就后悔了。

人类的悲喜并不相通，果然，坐在椅子上的衡玉笑得前仰后合。

沈洛气得直磨牙，随手把枕边的物件摔了过去："你笑够没有！"

衡玉接住，发现是本兵书。随意一翻，看见兵书里那丑不拉几的批注，顿时笑得更大声了。

沈洛隐约猜到她在笑什么，哼笑一声："我祖父的批注。"

衡玉脸上笑容微滞，不到一秒的时间里，她向沈洛展示了何为变脸："沈国公果真不愧为当世豪杰，字迹不拘小节，颇有大将风范。"

沈洛心想，这帝都的纨绔，都这么会见人说人话，见鬼说鬼话的吗？

他自幼就在边境长大，如今回帝都，是因为他祖父想给他在帝都谋一份差事。刚到帝都几天，因为觉得待在家里无事可做，就去红袖招凑了个选花魁的热闹，然后就莫名其妙和云衡玉打了起来。

沈洛趴了会儿，突然问衡玉："布防图的事情，你怎么看？"

"我能有什么看法？"

"噢。"沈洛不知在打什么主意，又继续趴着了。

围观一番沈洛的热闹，在她的话越说越过分后，衡玉就被沈洛给轰走了。

此地不留她，自有留她处。衡玉领着两个小厮离开沈国公府，又去了赌坊。

赌坊这地方鱼龙混杂，三教九流的人都有，是打探消息的好去处。衡玉在赌坊里玩了快一个时辰，再加上她出手大方，终于打听到自己想听的消息——

昨天夜里，有个从扬州过来做生意的商人在红袖招被抓了，他放在客栈里的货物于今早被马车运走了。

这个扬州商人，应该就是被抓的大周国密探。

而兵部布防图，显然是从兵部窃走的。只是因为接触过那份布防图的人不算少，身份也都不简单，才到现在都没能揪出真正的叛徒。

衡玉垂下眼，觉得布防图的关键还是在红袖招那里。

她心里有了成算，随意押了个"大"，连本带利赢回来不少后，便带着两个小厮撤了。

"殿下，我们是要回府了吗？"冬至抱着赢来的一千多两银子，笑呵呵地问。

"不回府，我们去红袖招看看。"衡玉叼着草根，一副玩世不恭的样子，"按照红袖招定下的规矩，赠出绢花数最多的人可以让月霜姑娘作陪一宿。我昨夜为美人一掷千金，今晚也该一尝温柔乡的滋味了。"

秋分、冬至面面相觑。

两人怕被自家殿下揍，缩在角落里不敢对她的话发表任何看法。

马车一路碾过青石地板，最终停在了红袖招门前。

昨日的热闹已经散去，现在还没入夜，红袖招的大门只是半敞着。天正下着朦胧细雨，张灯结彩的红袖招立于雨幕之中，呈现出一种别致的风情。

秋分来到红袖招门口。

迎客的人笑脸相迎："这位爷，现在还没到待客的时辰。"

瞧见面前那张银票后，迎客的人瞬间改口："爷，您请进请进。"

以对方的眼力，自然能看出主事的人是衡玉。

昨晚那一场闹剧后，红袖招的人基本都能记住衡玉的长相，他赔笑道："云少爷，您是来找月霜姑娘的吗？"

衡玉仿若不经意般环视红袖招一圈："现在天色还早，且让月霜姑娘多休息休息，等到入夜后再让她来陪我。你先给我开一个宽敞的包厢，再随便找几个琴技出众的姑娘为我抚琴。"

如今红袖招的热闹已过去，有不少空余的包厢，衡玉进了包厢，凭栏饮着果酒，视线懒洋洋地掠过红袖招的每一寸地方。

不多时，四位姑娘进了屋里，在衡玉的授意下，一人抚琴一人吹箫，一人奉酒一人喂衡玉吃水果。咽下一颗剥好皮的葡萄，衡玉跟她们闲聊起来，不着痕迹地询问起春、花、秋、月四位姑娘。

"你觉得春、花、秋、月四人的身份不简单？"系统猜出了她的心思，好奇地问道。

"若我是大周密探组织的负责人，我绝不会放过红袖招。"

系统有些没听懂："为何？"

衡玉从桌子上端来一杯酒，置于指尖把玩欣赏："大周不禁止官员招妓，红袖招身为京城第一青楼，平日有很多达官贵人出入。而风月场合，多的是说者无意听者有心。美色若是用得好，绝不失为一种利器。"

而红袖招里，风头最盛的就是春、花、秋、月四位姑娘。

昨夜那场花魁之战，月霜姑娘更是踏着其他三位姑娘的名气登了顶，如今这京中不知道有多少人趋之如鹜，愿拜倒在她的石榴裙下。

如果她们中有一人是大周的间谍，那她们能做到的事情绝对会比想象中要多得多。

"所以你怀疑月霜？"

"不。其实我觉得月霜的风头太盛了。"衡玉回应系统，她刚想继续说下去，红袖招大门口突然又走进来一位玄衣少年。一瞧见他，衡玉眸光微闪。

她抬起右手，取走姑娘发间别着的那朵玉兰花："借花一用。"

泛着幽香的玉兰花在衡玉指尖旋转一圈，她轻轻松手，玉兰花直直坠入玄衣少年怀里。

玄衣少年微愣，仰起头来，瞧见倚着栏杆的衡玉时，眉梢扬起。

衡玉问："云三，你不是被禁足在家吗，怎么会在这里？"

云成弦冷声道："说得好像你不是被禁足了一样。昨日被你耍小聪明抢了大风头，我今日是来给月霜姑娘捧场的。"

衡玉目光灼灼，活动着手腕。

"不好意思，月霜姑娘今日已经有约。若你不服，你我二人现在就来切磋一番。"

就在二人剑拔弩张之际，月霜一身湖蓝色长裙，突然出现在二楼拐角处，向衡玉和云成弦盈盈一礼，眉间俱是楚楚可怜的动人之色："二位公子，月霜有礼了。依照红袖招的规矩，月霜今日理应作陪昨日打赏最多的人，还请这位公子恕罪。"

云成弦的脸色更阴沉下来，他眯着眼，退了一步："那不知楼中春、花、秋、月四位姑娘，除了月霜姑娘外，还有哪位是空闲的？"

"有有有，这位公子，春芙姑娘正在梳洗，不如公子先入席，等迟些春芙姑娘再过去伺候您？"红袖招主事的人连忙出来招呼。

云成弦捧着那朵玉兰，径直上了二楼，身影消失在衡玉的视线之中。

衡玉收回视线，微微侧过身子，看着抱琴推门而入的月霜。

天色渐暗，一辆低调的马车驶进红袖招所在的巷子。

沈洛趴在马车里。

沈国公揍人的时候还是很有分寸的，沈洛的伤看着严重，但都是皮外伤。

这条巷子人来人往，马车走走停停，沈洛屁股上的伤时不时被牵扯到，稍微有些疼，不过也能忍受。

"少爷，我们来这干吗？"伺候他的小厮咽了咽口水，小心翼翼地问道。

"来查案啊。我早就想给我祖父露上一手，证明证明自己，可惜一直没找到什么好机会，现在有现成的机会摆在小爷面前，要是错过了，小爷上哪找到更好的机会？"

小厮苦着脸："但是少爷，您还受着伤……"

"这点伤不碍事，我从小被揍到大，习惯了。"沈洛无所谓地摆摆手，垂下双眸琢磨自己能做些什么。

昨夜接头的密探已经被抓住，大周那边肯定要派新的密探过来取走兵部布防图。兵法讲究兵贵神速，为免夜长梦多，那个密探肯定不会拖到很晚才出现。

但经过昨夜的事情，大周那边肯定有了防范，也知道大衍朝廷肯定会派暗卫埋伏在周围，那大周的人在接头之前会不会提前踩好点，设计好逃跑的路线？

若是别的事情，他不擅长。但沈洛自幼在军中长大，又经常要在他爹和祖父的棍棒底下逃跑，对逃跑路线的设计颇有一番心得体会。

礼亲王身为兵部尚书，正在处理公务。

埋伏在红袖招旁边的暗卫突然过来见他，他处理完手上这份公文，召见了暗卫。

听完暗卫的话，礼亲王忍不住揉了揉太阳穴，觉得这一摞公文都没那三个纨绔难对付。

"他们昨日才在红袖招惹了祸端，今日又去红袖招，是怕打草惊蛇得不够吗？"

"王爷，两位殿下分别点了月霜姑娘和春芙姑娘伺候，而沈小少爷易了容，一直在红袖招周围徘徊，观察红袖招周边的店铺布局。"

礼亲王微微眯起眼来，思量片刻，他说："看来他们三人是想要参与这件案子啊。也罢，就由他们吧。你们继续在周围盯着，除非必要时刻，不然不必出手。本王倒要看看他们三人有什么能耐，居然敢插手这个案子。"

现在水还是太静了，他们三人进去搅局也好。总要先把水搅混，鱼才乐意跳出来。

衡玉倚着软榻，正在听月霜抚琴。

琴声绵软，带着江南小调特有的风情。

早在月霜进来时，衡玉就把之前的四位姑娘都撤走了，此时厢房里只有她和月霜，还有两个小厮在。

等月霜一曲结束，衡玉好奇道："月霜姑娘是江南人？"

月霜两手搭在琴弦上："月霜只是在江南待过一段时间。"

衡玉换了个更舒服的姿势，示意月霜为她奏一曲战歌。

这个要求若是对其他女子来说，算是刁难了，但月霜垂眸思索片刻，纤纤素手在琴弦上拨动时，流畅而昂扬的曲音顿时倾泻而出。

屋内的隔音算不上多好，红袖招大堂里有不少客人都被这首曲子吸引了注意力，疑惑这风尘之地怎么会有这样激昂的曲子。

"月霜姑娘竟连这样的曲子都能奏。"衡玉啧啧称奇，"不知姑娘可会下棋？"

月霜声音温柔，哪怕没有刻意去勾引，声音里也仿佛藏了撩拨人心的钩子："为了能与客人搭话，琴、棋、书、画这四样东西，月霜都略通一二，不过许是学得杂了，算不上精通。"

衡玉坐直了身子，用折扇轻敲虎口，赞叹出声。

月霜微微一笑。她知道对方是亲王嫡女，也许正因如此，她觉得对方的夸奖要比男人的话语来得真诚和悦耳。

"云公子喜欢下棋吗？"

"挺喜欢的。"

"那公子可愿赏脸，与月霜手谈一局？"

衡玉正要作答，隔壁突然传来一番热闹的动静。声音隐隐送进衡玉的耳里，里面似乎还夹杂着云成弦的声音。

"外面发生了何事？"衡玉朝冬至使了个眼色。冬至赶紧跑出去看，很快便回来禀告："是春芙姑娘的常客不知道三公子的身份，喝醉酒后嚷嚷着要见春芙姑娘。"

"真是败兴！"云成弦冷如碎冰的声音直溅入衡玉所在的包厢，"来人，把他给我绑起来打！"

衡玉推开窗户，倾出半边肩膀，声音适时插入："云三，这么点小事也值得你动怒？看来你的脾性修养仍需多加磨砺啊。"

云成弦怒道："你！"

不想让云衡玉看了热闹，云成弦一抖袖袍，努力平复心神，朝春芙拱手："刚刚我的言行怕是吓到了姑娘，在这里给姑娘赔个不是。为免姑娘为难，姑娘去忙自己的事情吧。"

"云三，你这纨绔居然也有像君子的一天。"衡玉以折扇掩住半边唇角，笑起来颇让人牙痒痒，"为了恭喜你长大了，我要把楼里的花墨姑娘和秋姝姑娘都包下，让她们好好伺候你一宿。"

云成弦被她这句话吓得回不过神来，等再回神时，那扇窗户已经合上，而衡玉的小厮秋分则跑了出来，给红袖招的人付了足足一千两。跑到云成弦身边时，小厮秋分顿住脚步，恭敬地行了一个礼："云三少爷，我们家少爷说了，请你今夜好好享受。"丢下这句话，连忙一溜烟跑回了衡玉所在的包厢。

包厢里，月霜用帕子压着唇角，笑得花枝乱颤，仿佛随口一说："云公子与传闻中的模样颇为不符。"

衡玉问："我在传闻中是什么模样的？"

月霜正色："公子倒是与传闻中一样的不着调，行事也没章法，但月霜总觉得公子的行事是有分寸的。"

系统用它的电子脑思索一番："我觉得她这句话意有所指。"

衡玉似乎是想到了什么有意思的事情，微微一笑，举杯饮酒不语。

沈洛拖着一屁股棍伤，身残志坚地游走于巷子里，不断观察着街道布局。

等他从巷口逛到巷尾，再次逛回马车上时，红袖招里突然并肩走出两个少年。一人富贵锦缎不显庸俗，一人玄色锦衣面若冰霜。

沈洛瞪大眼睛，在昏暗的夜色下确定了他们的身份，本来就隐隐作痛的屁股更痛了。凭什么啊，他在外面辛辛苦苦调查案子，那两个纨绔居然在红袖招里花天酒地，真是……

真是让人羡慕。

他从袖间取出两个小石子，手中用力一弹，小石子被弹到了衡玉的脚边。

衡玉脚步微顿，余光向沈洛马车所在的角落扫了过来。她不知与云三说了什么，两人的身影突然消失在红袖招门口。很快，一只手搭在了沈洛的肩膀上，衡玉稍显吊儿郎当的声音自他身后传来："你不在家养伤，跑来这里干吗？"

"哼。"沈洛高傲道，"小爷是来建功立业的，不像你二人只顾吃喝玩乐。"

云成弦白他一眼："让让。"

他一把跃上马车，转身伸手，将衡玉也拽上了马车。

一时之间，这辆不大的马车就挤了三个人。

"等等，这是我的马车，你们怎么能不经过我的允许就跳上来？"沈洛激动地嚷道。

云成弦只用了一句话就堵住了他的嘴："你不是想查案吗？我和衡玉堂妹在红袖招里待了大半日，打听到了不少消息，你难道不想听听吗？"

沈洛眼睛微微一亮，坐得稍微端正了一些，示意二人赶紧说。

云成弦接触了春、花、秋三位姑娘，但他没有察觉到任何不妥。

要说有什么不对的，云成弦想了想，说："其实昨夜被安排在第一个表演的应该是月霜，但不知怎么就成了春芙。听说是月霜主动要求换的。还有，我派小厮找官府调查了红袖招众人的户籍，月霜竟是行唐关内人士。那个地方接近大衍和大周的边境，风土人情都颇受大周的影响。"

他看向衡玉："今日你一直在与月霜接触，有没有从她身上发现任何不妥？"

"有啊，有很多。"衡玉慢吞吞道，"她会弹奏战歌，能陪我聊京中的形势，还能透过我的纨绔伪装看出我的英明神武……"

"停停停！"沈洛牙酸，"前面两点就算了，后面那点你省省，别往自己的脸上贴金了。"

衡玉微笑，也不恼："当真是夏虫不可语冰，如我这般自幼聪慧、生而知之的天才果真是世所罕见。"

这回云成弦也觉得牙酸了，他连忙把话题扯回来："看来那个月霜真的有问题。"

衡玉点头："月霜是很有问题。"

云成弦连忙道："那我们还等什么？如果有怀疑的对象，完全可以禀告兵部，让兵部派兵将她捉拿起来，只要稍加拷打，我不信她一个弱女子还能什么都不吐露。"

衡玉打开了手里的折扇："但我们要捉拿的不是有问题的人，而是大周间谍。"

月霜冒出来得太早了。

早到，更像是被扔在明面上的一颗弃子。

沈洛觉得自己的脑子有点儿不够用了，他连忙问："你什么意思？那我们现在还不抓人啊？"

"当然不抓，我约了月霜姑娘明日泛舟游湖。"说着，衡玉掩嘴打了个哈欠，"被姑娘们伺候了一日，我的骨头都软完了。"

第七十四章
欲买 桂花同载酒 5

当衡玉三人在马车里交流彼此打听到的信息时,月霜抱着她的琴,赤着脚走回厢房。

今夜按理来说她是要伺候衡玉的,但衡玉离开了,她这晚就有了空闲。月霜坐在桌边,盯着跳动的烛火发呆。烛火一明一暗,她眸里的光也一明一暗。

突然,外面传来敲门声。

"是谁?"月霜如梦初醒。

"姑娘,是我。"专门伺候月霜的婢女说道。

"进来吧。"月霜恢复常色。

婢女推门而入,手里捧着一个用杨柳枝编成的花环:"这是云公子的小厮送来的。小厮还带了一句话,说月霜姑娘明面上看着生机勃勃的,内里实则残阳如血。姑娘正是大好年华,当如垂杨寻生机,不应坐视等烛灭。"

——姑娘正是大好年华,当如垂杨寻生机,不应坐视等烛灭。

不知道是不是为了应和婢女的那句话,就在她话音落下时,一阵风从半开半掩的门卷入,烛火被风吹散,瞬间熄灭,在黑暗来临的前一刻,花环上的杨柳叶轻轻颤动,倒映入月霜的眼里。

黑暗突然袭来,婢女惊呼出声。

月霜神色如常地重新点燃蜡烛,走到婢女面前,接过那个花环戴在自己的头上。

她微微一笑,竟带着点羞怯:"好看吗?"

"姑娘戴什么都好看。"

月霜没被她哄住,自己走到了铜镜前,看着倒映在铜镜里的自己的模样——她面上敷了厚厚的粉,两腮涂了艳红的胭脂,唇上也点了薄红,看上去一丝憔悴也无。

但当她开始卸妆,褪去华丽的衣裙时,就如同被暮色笼罩的临终病人。

衡玉回到亲王府，被早在门口等候多时的管家拦住。

她跟着管家到了礼亲王的书房。

礼亲王正在处理公文，见衡玉推门而入，他合上了公文，把它放到一侧："听说你今天和那位花魁待了一整晚，有什么收获吗？若是没有收获，明日就不必再去了，免得打草惊蛇，布防图是从我所在的兵部失窃的，我会命人找回来。"

他说了一通，稍等片刻，居然没听到衡玉的声音。他心中疑惑，抬眸看去，就见衡玉两只手笼在袖间，正在欣赏他挂在书房的那幅山水画。

似乎是察觉到礼亲王的视线，衡玉侧过半边身子，微笑道："爹，这件事我插手了，就绝对不会半途退出来。你也该多些耐心，这不是才过去一日吗？再给我一日时间，应该就能有结果了。"

被自己的女儿骂自己没有耐心，礼亲王又气又觉得好笑，还带着几分纨绔的女儿似乎比平时懂事不少。

次日，风和日丽。

洛湖湖畔垂杨青翠，波光粼粼。

沈洛偷偷摸摸站在一棵杨柳后，双手扒着树干，往外探头探脑，寻找云衡玉和月霜姑娘的身影。

昨夜在马车里，听云衡玉说她要和月霜姑娘泛舟游湖，沈洛立马表示自己也要去，结果被云衡玉一口拒绝。他回府后琢磨许久，觉得整件事的突破口估计还是在月霜身上，于是一大清早就爬了起来，偷偷摸摸跑到洛湖边。

正胡乱找着人，沈洛的肩膀突然被人轻拍一下："你在找什么？"

这道声音清冷似夹碎冰，音色极富个人特色。沈洛扭头，果然看到了云成弦："你怎么也在这里？"

"你为什么会出现在这里，我就是为了什么。"

听到云成弦回答了自己的问题，沈洛的少爷脾气也收敛不少，回答了他之前的那个问题："我在找云衡玉和月霜。"

云成弦无语片刻："她们早已泛舟游湖。"

"你看到了？"

"对，我那堂妹也是有意思，帝都有名的纨绔居然亲自为一名花魁撑伞。"

沈洛不明白："没下雨，撑伞干吗？"

"今日的太阳有些毒辣，我应该换个日子约姑娘来泛舟游湖的。"衡玉右手撑着一柄素净的油纸伞，为月霜遮去那灼灼的烈日。

一叶小舟慢慢划离岸边，停在了湖心中央。

两个小厮正一块儿缩在小舟尾部，吭哧吭哧划着舟桨。

衡玉身穿蓝袍金冠，腰间束带亦是淡金色，贵气间夹着几分淡淡的锐利。月霜坐在她的对面，头上戴着杨柳花环，脸上未施粉黛，一身淡黄色绣花长裙，素手为衡玉斟酒，整个人显得温柔而多情。

"云公子起了兴致，月霜自然要作陪，而且晴天更适合游湖。"月霜端起酒杯，递到衡玉唇边，衡玉慢酌两口，然后垂眸把玩着折扇："姑娘不施粉黛时显得憔悴了很多，似乎颇有烦心事。"

月霜说："不施粉黛，是因为贪图轻松，也是因为知道云公子不会介意。"

衡玉轻笑道："周围无外人，水底无刺客，月霜姑娘不如与我打开天窗和我说亮话吧。若有任何苦衷尽管直言，再晚上一两日，兴许连我也保不住姑娘了。"

月霜再次将酒杯斟满，好像没听懂衡玉在说些什么："公子的话，月霜不明白。"

衡玉直直往后一倒，两手枕在脑后，随手把摘来的荷叶扣在额头上。

下一刻，她手中一施巧劲，就将端坐着的月霜也拉了下来，在月霜发出惊呼时，衡玉空着的另一只手迅速垫在她的脑后，令她着地时免了一番苦头。衡玉把自己额头上那片荷叶摘掉，扣到月霜的脸上，帮她遮住灼眼的阳光后，与她并肩平躺着。

"云公子……"月霜惊魂未定，视线又被荷叶遮住，哪怕知道她与衡玉的身份悬殊，心底也不免生出了两分气性。

"别害怕，我不会伤害姑娘，只是想和姑娘聊些事情。偏偏姑娘又太紧张了，我就想着吓唬姑娘一下，消除姑娘的紧张。"

在看不清东西的时候，听觉会变得非常敏锐。所以月霜能够听出身侧那人声音里的浅浅笑意。

这抹笑意奇迹般地抚平了她的紧张、她的气性，月霜轻轻闭上了眼，然后就听到了这湖里鱼儿戏水的声音、舟桨拨水的声音、天地间风吹过境的声音。这是她的人生天翻地覆之后，少有的宁静时刻。

"要来玩一玩吗？"旁边，衡玉突然出声。

"玩什么？"月霜把荷叶往下挪了挪，露出那双漂亮的明眸，声音里多了几分好奇，不再像之前那般无波无澜。

"打水漂，没打过吧？"衡玉不知从哪里摸出了一袋石头，从中取出一块，放在手里掂了掂分量，用力往前方掷去。石子在湖面上跃动几下方才沉入湖底。她示范了两遍，示意月霜也来试试。月霜起了兴致，连忙坐起来，没一会儿就玩出了乐趣。

衡玉不再玩了，坐在旁边看着她玩。

在她玩得有些累了时，衡玉再次重复之前那句话："周围无外人，水底无刺客，月霜姑娘若有任何苦衷尽管直言。"

月霜身体一僵，放下了手里的石头，抿着唇，没有说话，也没有做出别的动作。

"月霜姑娘还是不够信我。我想想，你不信我，是不信我能保住你？你身后的主子位高权重，如果是我父亲说这句话，你信，但我一个纨绔子弟说这句话，你没办法信，是吗？"

月霜眉梢微动。

在她神色变化间，衡玉微微一笑："你倾慕你的主子，想必他风度翩翩，是位青年才俊。"

月霜收敛神情，别开了眼。

衡玉心底的几个疑点慢慢连成一条线，结合之前对月霜的调查，她说："我知道了。"

月霜沉默片刻，问："公子知道什么？"

衡玉看着湖面："我来说出我心底的猜想，月霜姑娘看看可有问题。你的确是行唐关内人，但不知道什么原因被你的主子收养了或者救了。行唐关多年战乱，原因其实也很好猜。

"和你一块儿被救下的应该还有其他人，他把你们放在一起悉心栽培，但是因为你容貌最为出色，所以他重点栽培了你，在所有人里对你格外不同。有救命之恩铺垫在前，再加上这样日积月累的与众不同的对待，等你回过神时，早已对他情根深种。这个手段太常见了，我敢肯定，是他引导了你，刻意让你对他情根深种。就在这时，时机成熟了，于是他命令你进入红袖招，还要你成为红袖招的当家头牌。"

衡玉的声音不疾不徐，她身侧的月霜却轻轻攥住了手绢。

"你不甘心，却别无他法，渐渐地，你认命了，你觉得自己在红袖招可以帮他做很多事情。但你是一个很聪明的人，你发现了一些事情对吧？你知道了你被派入红袖招的真相。

"真相从来不堪，你发现你的世界和认知再次被打破了，也许杀身之祸也向你逼来。在你走投无路的情况下，我和沈洛、云成弦在红袖招争抢绢花这件事就成为一个转机，所以你刻意吸引了我的注意力。

"月霜姑娘，我不问你其他，也不想逼你，但你且想清楚，你还有漫长的人生，你是大衍朝的子民，你生于行唐关，当知晓战火焚烧边境是何等人间炼狱！"

岸边，沈洛小少爷抻着脖子，眼巴巴地盯着湖中央，似乎是想要找到云衡玉那条小舟的踪迹。

"你怎么这么淡定？"他问云成弦。

云成弦盘膝坐在地上："不淡定，又能如何？"

沈洛握着青锋剑，向云成弦翻白眼。

他不想和云成弦聊天，无聊地张望着四周，想看看周围有没有什么好玩的东西。可惜的是，洛湖湖畔只有一排排垂杨，连行人都没有几个。

等等……

连行人都没有几个？

沈洛敏锐地意识到了不对劲的地方，他的背脊微微紧绷："你是土生土长的洛城人，你告诉我，平日里洛湖也这么静谧吗？"

云成弦先是一愣，下一刻，他手臂汗毛竖起："我以前没什么机会出宫，没到过几次洛湖，但是……"

沈洛抿紧薄唇："你有没有带其他人来？"他是偷偷摸摸跑出来的，所以只有自己一个人。

只听云成弦道："我是偷跑出皇宫的。"

"皇家暗卫应该跟着……"

云成弦有些急躁地打断他的话："没有，别抱希望。"

沈洛心下愕然，但这种时候由不得他多想。他慢慢握紧青锋剑，年轻的脸上带着与平时玩世不恭完全不同的肃杀："你身份尊贵，又手无缚鸡之力，若真的有什么不对劲，就躲在我身后听我安排，可以做到吗？"

云成弦缓缓从地上站起来，一把匕首从他袖间滑落下来，被他紧紧攥在手里："放心，我不会拖你后腿。"

小舟上沉默了很长时间，月霜开口时，声音里带着难掩的喑哑："帝都人都说云公子是纨绔，但今日一番见闻，月霜才觉得自己是真正了解了云公子。"

"我的确是纨绔。"衡玉不否认这点。

她穿越来到这个世界半年多了，每天都游手好闲。要不是兵部布防图的事情直接摆到了她的面前，她又游手好闲得骨头都软了几分，也不会想着去插手此事。

月霜轻笑了一下："云公子，你们到底在追查什么？为什么会事涉边境？"

听到月霜这句话，衡玉并不奇怪。月霜只是个棋子罢了，她能察觉到一些东西是因为她足够聪明和敏锐。

衡玉轻吸一口气："你只需知道那样东西如果落入大周手里，行唐关必危。行唐关内百姓与大周有血海深仇，行唐关若被攻破，行唐关身后的几座城池都势必化为人间炼狱，这样的血债，月霜姑娘担得起吗？"

月霜微微拧眉，凝视着衡玉，却像是在问另一个人："可是当年……"

"可是当年，"衡玉接过了她的话，"你的主子就是在那里救下了你。你向佛祖祷告，佛祖救不了你，他救了你，所以你视他为信仰。但是如果你遇到的苦难，很有可能就是他造成的呢？月霜姑娘是个聪明人，应该知道我这句话是什么意思。"

月霜那张楚楚动人的脸上瞬间褪尽血色。

她常年习舞，身材苗条而瘦削，此刻肩膀轻轻颤抖，鹅黄色的裙摆被风吹得飞扬，竟似风中浮萍，无根无源。

许久，她轻轻把目光转到湖面上："云公子这句话，是在否定我的人生。"

这个世界上最残忍的事情，莫过于将一个人视为信仰的存在否定掉。

如果她所爱慕的人，就是造成她一生苦难的人，那她为那个人所做的一切又算什么？

衡玉顺着她的目光，看到那只停在浮萍上的蜻蜓："我有办法找出你的主子。"

与行唐关有关，与兵部有关，与红袖招有关。但是，调查需要时间。而现在，最缺的就是时间。他们要和大周密探争分夺秒，赶在对方拿到布防图之前将对方的小尾巴给彻底揪住！所以月霜这里就是最大的突破口。

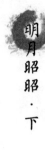

"把你所知道的事情都告诉我,我可以救你护你,让你的人生重新开始;但若你抓不住这次机会,就没有人会去救你护你。"

月霜睫毛轻颤:"我的人生还有再次开始的机会吗?"

衡玉声音放缓下来,仿佛循循善诱:"你以前有没有想过要做一个怎样的人?"

"我以前啊……"月霜微笑,目光直视衡玉,"我爹是行唐关一个小吏,我娘在街上开了一家糕点铺子。那时候我最高兴的事情,就是搬着小板凳坐在门口,闻着我娘做糕点的香味,盼望着我爹穿着那身吏服回家。我就想着等我娘老了,继续开那家糕点铺子。"

但当她学会做人生第一道糕点的时候,残阳如血,城池沦陷,她的爹娘在她眼前死不瞑目。

月霜垂下眼:"云公子,月霜不敢奢望自己的人生能重新开始。"但是她的人生被毁掉了,其他人的人生不应该随随便便被毁掉。她深吸了两口气,攥紧手中的手绢:"其实我一直不知道那个人的身份,每次都是以公子相称。但后来我进了红袖招,成了当家头牌,接触的人多了起来,我遇到了一个和他长得有几分相似的人,那人叫费明琅。据他所言,他有一表兄与他长得颇为相似。但担心会被公子发现异样,没敢再继续调查。"

费明琅。衡玉记下了这个人名。

"那红袖招中,你觉得近日哪位姑娘的表现最为可疑?"

既然已经决定开口,那就没必要再隐瞒了。月霜满是疲倦地垂下眼帘:"春芙。她的舞蹈是我们四人中最出众的,但就在花魁选拔的前一日她因为练舞扭伤了脚,虽然不是很严重,但只能被迫改了表演形式,降低了舞蹈的难度,还要表演她最不出色的琴技。"

至于她……则是收到了公子的命令,要全力夺得花魁之位。

种种事情凑在一起,月霜便触及了部分真相。她不知道春芙是大周密探,但她知道公子护春芙之心。只要明白这一点,这对月霜来说,就是一个致命的打击。

"我知道了。"衡玉缓缓站起来。

原来早在不知不觉间,小舟已经靠近了岸边。

衡玉刚想向月霜伸手,要把她拉起来,余光便看到两个少年衣袍染血,在岸上用力挥手,朝着她们所在的方向大喊。

他们喊的是:"有刺客,别靠岸!"

在他们身后,数十个蒙面的黑衣人迅速向他们逼近,岸边躺着几具身穿黑衣的尸体。

衡玉认出那两人是沈洛和云成弦,眉梢一凝。

她敢带月霜来泛舟游湖,自然是早就做足了准备。但现在居然有刺客出现,很显然,她备在暗处的人手怕是已经凶多吉少了。

就在他们喊完这句话时,一道亮光猛地在他们身后爆开。

"放信号弹!"衡玉朝秋分喊了一句,迅速把她防身用的弩箭取出来。

弩箭破空而来,射穿黑衣人的喉咙。沈洛听到黑衣人倒下的动静,因为失血过多而涣散的神志稍稍回笼。他狠狠咬牙,再次集中了注意力。

"湖里也不安全，快些把小舟划到岸上！"衡玉再次命令秋分和冬至。

他们现在距离岸边已经很近了，无论是秋分还是冬至，都没有什么武力值。如果衡玉把他们和月霜一块儿留在小舟上，只要大周的刺客潜进水底，他们三人连逃跑的方向都没有。

此时上岸与沈洛、云成弦会合，才是最明智的选择。

衡玉话音一落，秋分和冬至立即行动起来，月霜也连忙爬过去帮忙。而她自己就立于岸上，弃弩箭换弓箭射杀刺客。

此刻，已近岸边。

"跟上！"衡玉朝月霜他们喊了一声，握着弓箭直接跳下小舟，与沈洛、云成弦会合，"你们两个笨蛋过来凑什么热闹？"

云成弦握着手里的匕首，雪白的刀锋被刺客的心头血洗过，带着一种异样的光。

沈洛神色凝重，他刚刚已经与黑衣人交了手，彼此的武艺不相上下，但沈洛要时刻护着云成弦，一个疏忽，肩膀就被砍伤了。此刻他的肩膀正汩汩流血，血腥味从他整个人的身上透出来，钻进衡玉的鼻子里。

他与衡玉并肩，还不忘回掼一句："要不是我们这两个笨蛋在，你现在就要一个人面对所有刺客了。"

"废话少说！"云成弦怒道，"给我杀！就算我死在这里，我也要这些大周刺客为我陪葬。"

衡玉扭头对沈洛说："借你青锋剑一用。"

沈洛毫不迟疑地把剑递给衡玉，他右手受伤了，本就握不住剑了。

握着青锋剑，衡玉给云成弦丢下一句"护着他们"，径直向刺客而去。少年一身蓝袍金冠，满身贵气和娇气，却几乎没有刺客能突破她的防线向那些被她护在身后的人进攻。

天边残阳如血，衡玉埋伏在周围的第二批人终于赶到，迅速清理掉那些刺客。

而她蓝袍染血，握着被砍出了豁口的青锋剑一步步走到沈洛和云成弦的身边。

"你的命可比那些刺客的金贵多了，以后别说什么陪不陪葬的，他们哪里配为你陪葬？"衡玉这才对云成弦先前那句话给予回应。

然后她看着沈洛，一扬半废的青锋剑："废了你的剑，等下次我送你一把更好的。"

第七十五章
欲买桂花同载酒 6

原以为这是一场生死危机，结果却沦为云衡玉一人的秀场。

云成弦听着她那句话，神色有些晦暗，紧绷的唇角轻轻颤了下："谢了。"

脱离了生死危机，沈洛也放松下来："以往倒是小瞧了你，救命之恩，多谢了。"还作势要给衡玉行礼。

衡玉先一步制止了他的动作："不必多礼，你右臂有伤，还是小心些为好。"

不说右臂的伤还好，一提到伤口，沈洛只觉得一股钻心的疼痛从他的右臂蔓延开来，疯狂刺激着他的大脑。他浑身有些虚脱，苍白着脸问衡玉和云成弦："完了完了，我怎么觉得身体发凉，会不会是失血太多要死了？"

衡玉白他一眼，上前为他简单处理了伤口。

刚帮沈洛处理完伤口，就有下属来报："殿下，除一名黑衣人逃脱外，其余黑衣人都已被解决。属下已经派人前去捉拿那名黑衣人了。"

"你们速速派人送三皇子和沈公子去附近的医馆。"衡玉说道。

"殿下你……"

"我无碍。"衡玉说。她身上的血都是敌人的。

在沈洛和云成弦被送走后，月霜轻移脚步，来到衡玉面前，用干净的帕子为衡玉擦拭手上的血迹。

天不知何时阴沉下来，秋雨说下就下。

雨冲刷着地上的鲜血，也带走了衡玉蓝袍上的血迹。

她接过小厮递来的油纸伞，撑起来，为月霜挡住风雨。

"月霜姑娘信我了吗？"

月霜听到这句没头没尾的话，微微一愣，茫然地看向衡玉。

"我可以护着姑娘。"

月霜唇角骤然绽出笑意："从我决定把自己知道的事情都告诉云公子开始，我就已经信公子了。此次救命之恩，是信上加信。"她膝盖微弯，向衡玉盈盈行了一礼。

衡玉一笑，目光落在远处的城墙上，杀意自眸中一闪而过。

沈洛缩在马车一角。因为失血过多，他的头有些晕晕乎乎。

就在他半昏半醒之际，耳畔突然传来一声"多谢"。

沈洛猛地睁眼，看向云成弦。

云成弦被看得莫名其妙："为什么这么看我？"

"没想到你会和我说谢谢。"

云成弦耸肩："你手臂受伤是为了护我，我虽是纨绔，但也不是是非不分的人，道一句谢有什么稀奇的？"

沈洛有些不好意思地挠挠头，很快，他唇角又微微一弯，神采飞扬："已经很久没人跟我道过谢了。我在边境的时候，大家只会说这沈家的大少爷又出来为非作歹了。果然，只有同为纨绔的人才能欣赏到小爷的优点。"

说着说着，他哈哈一笑，结果因为笑得太用力不小心牵扯到右臂的伤口，又疼得嗷嗷大叫。

云成弦无语。

沈洛哈了两口气，等伤口不是那么痛了，他才道："你这人除了眼光好，还有一个优点。"

云成弦奇道："什么优点？"

"还挺讲义气的。"

虽然武功菜，但是已经很努力地没有拖后腿。明明怕得要死，却还是选择并肩作战。

云成弦眉梢微扬，心里已经乐了，但还是努力压下了笑意，冷着脸说："我也是为了我自己。就你那三脚猫的武功，我要是一直躲在你的后面，怕是早就被砍死了。"

"喂喂喂！你这家伙有没有搞错啊！小爷我也是打遍天下无敌手的好吧！"

"喔，那你去和衡玉堂妹过几招？"

沈洛不得不为自己叫屈："你知道什么啊，要是打架的话，我和她根本不相上下。她刚刚打那些黑衣人，用的都是杀人的招数。我还很好奇她一个亲王嫡女哪里学来的这些招数。"

那天他和云衡玉在红袖招过过招，单论武功，两人的确不相上下。但是在和黑衣人对敌时，云衡玉不需要和黑衣人打架，她只需要针对黑衣人的致命处去杀人，所以她才会如此生猛。

"杀人的招数？"云成弦心中一动，也觉得有些奇怪，但每个人都有自己的秘密，他疑惑片刻，反而正色对沈洛说，"别说出去，免得给衡玉堂妹惹了麻烦。"

沈洛微仰下巴，不屑道："你放心吧，小爷是那种口风不紧的人吗？"

云成弦怀疑地看了他两眼，心想：看着很像。

衡玉派人护送月霜回亲王府。现在红袖招已经不安全了，而大周的刺客还没那个实力在亲王府里行刺。

安排好月霜，衡玉策马去了兵部，直接找上了礼亲王。

礼亲王已经知道她被刺杀的事情，瞧见她，上下打量几眼，确定她身上没有伤后，才稍稍松了一口气，问起到底发生了什么事情。

衡玉重点说了月霜的事情，末了，她总结道："洛湖那边的动静闹得很大，此时怕是已经打草惊蛇，事不宜迟，爹你赶紧派人封城，再将红袖招封锁，最后顺藤摸瓜，通过费明琅找出月霜的主子。"

这个思路可以说是把一切都囊括在内了。

礼亲王深深看了衡玉两眼，觉得自己这才算是第一次认识了这个女儿："好，你放心，后面的事交给爹来做就好，你先回去休息吧。"

出了兵部，衡玉坐上马车，靠在马车壁上闭目养神。

她来到这个世界这么长时间，还是第一次这么累，此时安定下来，困意顿时上涌。快要昏睡过去时，衡玉突然想到一件事，她吩咐车夫："送我去找沈洛和云成弦。"

医馆里满是沈洛的号叫声，要是不知情的人听了，还以为医馆是在谋财害命。

衡玉跳下马车，被那号叫声逼停。她朝守在门口的秋分招手，以眼神询问里面发生了什么事情。

秋分刚刚跟着马车过来，自然知道发生了什么："上药时有些疼，沈少爷娇气惯了。"

衡玉了然，打开折扇走进医馆，一绕过屏风，就看到云成弦依靠在门外，用两团棉花堵着耳朵，肩膀处已经包扎过了。

"咦。"瞧见她，云成弦有些诧异，"没回府吗？"

"原本想回去的，但先来看看你们。"衡玉往里瞧了眼，说，"生龙活虎的，看来没什么大碍。"

她的声音没有压低，里面的沈洛听得一清二楚："谁说小爷没大碍的！刀剑无眼，这万一有什么后遗症怎么办？"

大夫正好包扎完，沈洛将袖子拉好，大步走到衡玉面前。除脸色微微泛白外，看上去还没天生体弱的云成弦虚弱。

"今天到底是怎么回事？"沈洛说，"我到现在还是云里雾里的。"

衡玉说："我往湖里撒了些饵，做了个局，他们愿者上钩罢了。"

云成弦问："你当时在附近埋伏了多少人手？"

衡玉回答："我能调动的人不多，还分成了两批行动，所以第一批埋伏的只有八人。大周那边派来的黑衣人共有二十三人。"

云成弦神色凝重起来："只是杀一个花魁就动用了二十三人，看来大周潜伏在帝都里的密探和刺客，比想象中的要多上很多。"

双方交流了两句，衡玉命人去找了马车，分别将沈洛和云成弦送回去休息。他们二人受了惊吓，又流了不少血，不适合再在外面待着。

衡玉朝两个小厮招手："行了，那两个拖后腿的走了，我们也回去吧。"

上了马车，秋分和冬至拿出了百分之两百的殷勤和谄媚，好好伺候着衡玉，嘴里还在不断冒着各种好话。

这个说："殿下，你今天真的太帅了。"

那个说："我从未见过比殿下更英明神武的人。"

直把衡玉夸得不似凡人，倒似天兵天将下凡。

衡玉支着一条腿，在他们宛若说相声一般的背景声中，沉沉睡了过去。

然而，此刻的帝都才刚刚动起来。

兵部行动，红袖招查封，借着月霜提供的线索顺藤摸瓜。

天色不过是一暗一明，帝都的青石板路上就浸了一层厚厚的鲜血。

等衡玉再见到礼亲王时，距离刺杀已经过去了足足五日。

礼亲王开门见山："全部解决了，布防图也找回来了。"

衡玉好奇道："挖出来的大周密探有多少？"

这件事有一半功劳都属于衡玉，礼亲王也没有瞒她："不多，但通敌卖国的有两人，官职虽然不算很高，位置很关键。"

衡玉点头，又问："月霜的主子是谁？"

"我们顺着费明琅这个人一路往下查，最后查到了他的表兄穆嘉祥。"

穆嘉祥，曾任兵部主事，后被调去御林军任御林军中将，如今不过二十七八岁，却已经算得上位高权重。

想起月霜的请求，衡玉说："我想见穆嘉祥。"

礼亲王问："是你想见，还是那个叫月霜的花魁想见？"

衡玉笑而不语。

礼亲王也笑了，爽快地答应下来。穆嘉祥现在就被关押在兵部牢房里。

当天下午，月霜坐着马车去了兵部牢房，见了穆嘉祥。她在牢房里待了半个时辰，走出牢房时，满脸都是泪水，化好的妆容早已被泪水冲刷了个干净。

"月霜姑娘，你没事吧？"冬至奉衡玉的命陪着月霜过来，瞧见她这副模样，有些担忧。

"心结已了，无事了。"

虽然满脸泪水，月霜却朝冬至露出一个真心实意的笑容。

暮色自她身上渐渐褪下，生机缓缓升起。

她越过冬至，看着远天斜阳，突然觉得云公子说得没有错：她还有漫长的人生，她还有再次开始的机会。而她把握住了这个机会。

这么一想，月霜脸上的笑容更明显，她朝冬至行了一个礼，拎着裙摆上了马车。回到亲王府，月霜快步走到衡玉面前，一把跪了下去："殿下身边可缺什么人使唤？"

衡玉垂眸看她，示意她继续往下说。

月霜两只手交叠，缓缓俯拜下去："月霜这些年在红袖招积攒了不少体己钱，这笔钱足够月霜拿来赎身。然而天地之大，却难有月霜的容身之地。如若殿下不弃，月霜想在殿下身边谋一件差事。"

发生了这些事情后，她没办法再留在红袖招了。但是她也没办法去一个小地方开一间糕点铺，因为她护不住自己。

兜兜转转一圈，月霜发现自己最好的去处就是留在云衡玉身边。

衡玉轻笑："起来吧。"她上前，将月霜扶起来："我答应过你，只要你把所知道的事情都告诉我，我会救你护你，让你的人生重新开始。应许的事情，我自然会做到。"

她早已想好要让月霜做些什么。她的院子里正缺个伺弄花草、侍奉笔墨的人。月霜是自由身，不是亲王府的奴婢，可以以客卿的身份留在她的院子里，每个月也有月俸拿。

将安排告诉月霜后，月霜再次向衡玉深深行了一礼："多谢殿下。"

她垂下眼，明明心底无尽欢喜，眼泪却止不住地汹涌而出。察觉到自己失态了，月霜连忙别开脸，担心会让衡玉误会她是不满这个安排。

然而，这位给予她新生的殿下却理解她的心境，还递了一块手帕到她的面前："擦擦吧，以后就莫哭了。"

月霜接过帕子，深吸了口气，告辞离开。她要赶紧去红袖招为自己赎身，迎接新的人生。

衡玉命冬至送她去，而后自己伸了个懒腰，吩咐秋分："你去打开库房，把库房里珍藏的那些宝剑都找出来。"她可还欠沈洛一柄剑。

第七十六章 欲采桂花同载酒 7

在亲王府里,过得最潇洒肆意的并非礼亲王本人,而是衡玉。

她的院子只比礼亲王住的主院小一些,设计都和主院相仿,母亲的所有嫁妆都留在她的私库里,再加上皇上、太后逢年过节的赏赐,礼亲王给的东西,全部加在一起就是一大笔财富。

库房里共有四柄宝剑,从数量上看虽然不多,但都非凡品。

其中一柄名"凯旋",是本朝镇国大将军生前所用佩剑。那位镇国大将军平生浴血沙场上百次,几乎未逢败绩,太祖皇帝念其勇猛,特命人打造了这柄剑,并赐名"凯旋",以嘉奖那位镇国大将军的英武。只可惜那位大将军在疆场征战多年,身体沉疴难愈,病逝前未留下子嗣,此后凯旋剑多次辗转,最后就进了礼亲王府。

听秋分介绍了凯旋剑的来历,衡玉上前将这柄已被束之高阁多年的宝剑取下来。她握住剑柄,缓缓拔出宝剑,剑芒倒映入她的眼里,隐隐透着一种难以言喻的嗜血杀意。

衡玉一把将长剑拔出,在空中比画了两下,赞叹出声:"好剑。就这把了。"

秋分踌躇了一下:"殿下,这柄剑是不是太贵重了?你也没有佩剑,不如把这柄剑留下自己用,我们从另外三把剑里挑一把送给沈公子吧。反正那三把剑也都是稀世宝剑。"

也许论剑之锋利,凯旋剑不能位居第一。但它所承载的意义,是其他宝剑所不能比的。秋分觉得这么宝贵的剑,殿下更应该拿来当自己的佩剑。

衡玉将剑收入剑鞘:"我不适合用这柄剑。这是一柄杀人饮血、渴望征战的长剑,只有在战场上才能发挥出它最大的作用。如果不拿去送给沈洛,它就只能继续束之高阁,在暗室蒙尘。"

秋分不太懂这些,但见衡玉心意已决,便没有再劝。

就在这时,院子外突然传来一阵喧哗声,隐约还有少年清脆的笑声。衡玉侧身,微微讶然,

握着凯旋剑往外走去。

沈洛、云成弦两人怀里各抱了一坛酒，正直直立于庭院中。

一人黑衣劲装，坦坦荡荡；一人湖蓝锦袍，神色冷峻，俱是英姿出众的少年郎。

衡玉站在库房门口，瞧见他们二人，也不算诧异："你们怎么来了？还刚好凑在了一起。"

"那件事彻底告一段落了，我祖父解了我的禁足，我就偷了他珍藏的美酒跑来找你，想着当面和你道声谢，结果才到亲王府门口，就撞上了他。"沈洛晃了晃手里的美酒，笑着说道。虽然那一日他已经和云衡玉道过谢了，但这毕竟是救命之恩，还是得更郑重些来道谢。

云成弦素来稳重，在沈洛抖完话后，他才淡淡出声："我也是想来和你道声谢。"

他垂眼看了下怀里那坛酒，额角微跳："这坛酒是我帮沈洛抱着的，我为你备了个玉兰手镯，谢你当日在红袖招的赠花之情与救命之恩。"

衡玉笑着上前，随手把凯旋剑抛给沈洛。

沈洛一手拎酒，一手接剑，有些许狼狈。

"当日毁你青锋剑，今日赠君以凯旋。"

沈洛微讶，低头看剑柄。剑柄上铭刻有"凯旋"二字，字迹龙飞凤舞，似有破剑而出之势。

他震惊出声："凯旋剑？！"

衡玉依旧是那副玩世不恭的模样，在自家院子里，她穿着宽袖长袍，长发束起，带着一种雌雄难辨的美感："我珍藏的剑里无一凡品，就随便挑了一柄送你。"

沈洛连忙把酒坛扔进秋分怀里，空出的双手捧着凯旋剑："对于这柄剑，我一直只闻其名，没想到今天居然有幸一见。"他赞叹两句，这才抬眼看衡玉，喜滋滋地问："你真的要送我？前些年我祖父向礼亲王讨要这柄剑，礼亲王都婉拒了我祖父，这柄剑的价值很高的，你要是现在改变主意还来得及。"

衡玉说："宝剑放在合适的人手里，才能发挥出它应有的价值，否则它就永远只是束之高阁的珍藏品。若你不要，等沈国公寿辰时，我就拿此剑去做沈国公的寿礼了。"

听了这话，沈洛心下更是美滋滋的。云衡玉这话不就是在说他配得上这柄剑吗？以往倒是不知道这人这么会说话，这么有眼光。

他当即抱住凯旋剑不再松手："那我就不客套了，我是真喜欢这柄剑，若日后寻到什么有趣的玩意，小爷我一定第一个往你府上送。"

衡玉笑了下，看向云成弦："弦堂兄，那日已送你一枝玉兰花，今日就不送你了。"

云成弦从袖间取出装着玉兰手镯的盒子，递给了衡玉："无妨，今日只要美酒供应足够，我就心满意足了。"

衡玉接过盒子，缓缓打开，看着躺在里面的那个手镯。手镯上雕刻着镂空的玉兰花，虽不十分贵重，但胜在精巧可人。

两人是堂兄妹，云成弦送她一个手镯，倒也不算什么。衡玉直接将手镯套进左手腕，

笑着向云成弦道了谢，

沈洛压下心底那股高兴劲，连忙道："来来来，我们去饮酒。"

已经有机灵的下人去取酒具了，三人坐在院中凉亭下纳凉，沈洛亲自把酒杯满上，端起酒杯向衡玉和云成弦敬酒："我们三人也算是共过患难的生死之交了，喝下这杯酒，就是朋友了。"

云成弦哂笑："我没有朋友。"

衡玉也说："我们那叫共患难吗？我分明是你的救命恩人。"

沈洛觉得这两个家伙实在是太讨厌了。

"但我今天过来就是为了喝酒的。"

"是的，这并不影响我喝酒。"

沈洛眉梢微扬，嗤笑出声："你们这两人，真是怎么看怎么不顺眼。罢了，来来来，我们来饮酒。"他招呼着众人。

月霜抱着温好的酒走进凉亭，站在旁边给他们斟酒。

"咦……"沈洛原是没注意到月霜的，但在她斟酒时，他余光一扫，把人认了出来，"这不是红袖招的月霜姑娘吗？她怎么会……"

"沈公子。"月霜行礼，"蒙殿下不弃，如今月霜已是殿下院中的客卿。"

云成弦眉目冷峻，闻言眉梢柔和些许。他本就少年心性，哪怕性子再冷淡，听说月霜从沦落风尘到有一个更好的归宿，自然也是高兴的。

"这个安排倒也不错。"

喝了几杯酒，沈洛兴致起来，又实在是想玩凯旋剑，便自告奋勇站了起来，要给衡玉和云成弦舞剑。

院中有秋雨洒落，雨砸在树上，砸落了一地桂花。

桂子清香随着微风卷过凉亭，混着醇正的酒香。折花载酒，舞剑抚琴，恰是世事无忧之时。

一番畅饮后，沈洛和云成弦离开了亲王府。衡玉送走他们，原本是想直接回屋休息，但才往长廊走了两步，远处跟在礼亲王身边的小厮便急匆匆朝她跑来，说礼亲王有事找她。

衡玉跟着小厮去了。

她原以为礼亲王找她，是想详细询问她关于那日刺杀的细节，谁承想礼亲王只是简单问了几句，就把话题转到了沈洛身上："你近日与沈洛走动颇为频繁？"

衡玉心念一动，隐隐猜到礼亲王的意思，神色平静："姑且算是狐朋狗友。"

礼亲王蹙眉，原本想和衡玉提一提她的亲事，但想到当初父女俩吵完没多久她就落了水的事情，礼亲王谈话的欲望就全部消退下去了："也罢，你回去休息吧，满身都是酒味，记得让厨下给你备些醒酒茶。"

"那女儿就退下了。"衡玉行了一礼，转身离开书房。

在布防图失窃一事上，沈洛勉强算是立了功，再加上沈国公走了关系，沈洛直接被安排进了御林军，担任御林军副将一职。

一场秋雨一场凉，连下几场雨后，中秋将至。

年节时宫中素来设宴，今年中秋节自然也不例外。这天天还未亮，衡玉就被婢女唤醒梳洗。她要入宫赴宴，自然不能像往常那般穿男装，而是换了身淡紫色的绣花长裙，裙摆绣有烦琐的紫箫竹纹，配上那艳丽的妆容，给人的感觉与平日差距极大。

上好妆，衡玉持一把金色折扇直接去了前院，在正门稍等片刻，礼亲王、礼亲王妃、衡玉的弟弟云成锦、妹妹云衡茹相携而来，场面极为热闹。

这弟弟、妹妹都出自礼亲王妃膝下，年纪比衡玉小几岁，双方素来没有交集，所以衡玉只是以扇遮面，懒洋洋地站在旁边。等马车到了，她第一个掀帘上了车，闭目养神。

马车一路悠悠轻晃，抵达皇宫。此时宴未开席，人却已经来了大半。

礼亲王的座位极靠前，礼亲王妃跪坐在他的右手侧，衡玉列席在旁，垂眸剥着松子打发时间。她素来不喜欢这样的宴席，但有些事情是没办法避免的。

等到宴席开场，衡玉才抬眼环视四周，目光从皇子席中一掠而过，看到了太子，看到了二皇子，然后就是四皇子。

至于三皇子云成弦，一直没有出现过，周围也没有任何人对他的缺席感到疑惑。

第七十七章
欲买桂花同载酒 8

他是病了，还是因为某种特殊原因不能来？

衡玉心底存了淡淡的疑惑，在记忆里细细搜索一番，只可惜原身性子无拘无束，自幼就不喜欢规矩大过天的皇宫，哪怕得太后的疼爱，也不常出入皇宫。所以一时之间，她也没办法了解宫里的一些隐情。

衡玉转眸，想要去询问礼亲王，但见礼亲王和二皇子正在轻声交谈，她暂且将疑惑压了下去。在移开视线时，衡玉注意到太子一直打量着礼亲王和二皇子，酒杯在指尖轻轻转动着，神色晦暗不明。

说起来，衡玉突然注意到一点，太子、二皇子和三皇子，这三位皇子的年岁都相当，年纪最大的太子如今也只是刚刚上朝接触政务。

这个念头自衡玉心底一掠而过，她垂了眸，继续剥松子，还拿剥好的半碟松子仁去逗弟弟云成锦和妹妹云衡茹，逗弄成功后又不给他们吃，还不允许宫女为他们二人剥。

"长姐！"云衡茹年纪最小，泪眼汪汪地盯着衡玉，以眼神控诉她。

"长姐，你不可如此行事。"云成锦明明才九岁，却板着脸，一本正经地说。

礼亲王妃早已注意到这边的动静，但只是笑了下，就将头别开，去和怀了孕的太子妃聊天，说着些怀孕的注意事项。

衡玉支着下颌，对云成锦说："小小年纪，这么老气横秋干吗？给我扮个鬼脸，我不仅给你松子仁吃，下回还给你带糖葫芦和糖画。"见云成锦不为所动，衡玉哈哈一笑，又添了一个条件："我还带你们去捞湖里的鱼。爹不是最喜欢那条浅黄色的锦鲤吗？我捞上来让厨房煮给你们吃。"

云成锦沉默很久，一脸无奈和深沉："长姐，你好幼稚，怪不得爹总是让我多让让你。"

衡玉一时有些蒙。

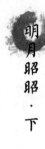

系统："弟弟绝杀！！！"

就在这时，云成锦突然朝衡玉扮了个鬼脸，然后凑到她耳边，小声说："那就这么说好了。要是爹爹生了气揍我和妹妹，长姐你要好好保护我们。"

衡玉抬手，弹了下他的额头："那就这么说好了。"

每年的中秋家宴都是差不多的流程，等到康元帝、太后离席后，席间凝重的气氛顿时轻松下来，不少官员家眷在席间来回走动。

衡玉用帕子擦拭手掌，把那半碟松子仁推到弟弟妹妹桌案前，捏着扇子底端起身，打算离席去透透风。

礼亲王妃余光瞥见她的身影，特意提醒道："前淞湖那里有莲灯，你若是感兴趣可以去瞧瞧。"

衡玉不知礼亲王妃为何特意提了这个地点，等出了大厅，她在门口站立片刻，也没什么想去的地方，干脆就朝着前淞湖走了过去。

前淞湖距离举办宴席的地方有些远。

此时此刻，湖里布了半池花灯。花灯呈莲花状，红烛藏于莲花花蕊处，艳红的烛光照亮了这片黯淡的角落。既诡异，又带着一种难以言喻的瑰丽。

沈洛正和同僚一块儿站在湖边值班，他穿着御林军特制的劲装，挺拔地立着，按剑在侧。就在他百无聊赖之际，看见有一穿着浅紫色长裙的女子朝着前淞湖走来。她身后跟着宫女，却偏偏要自己掌灯，步伐不疾不徐。

待她走得近了，熟悉的五官映入沈洛的眼底，他先是一愣，随后惊道："云衡玉？"

衡玉总算知道王妃葫芦里卖的是什么药了。礼亲王妃从不掺和她的事情，应该是她爹授意的。

衡玉神色平静："原来你在这里值班。"

沈洛只见过云衡玉穿着男装、吊儿郎当的模样，这还是他第一次看到她穿女装。他只是在第一眼时有些许诧异和别扭，但很快，他就将这些感觉压了下去。

沈洛和一块儿值班的同僚说了两句，小跑到衡玉的面前，上上下下打量了她几眼，唇角轻轻一弯："你是过来放花灯的？"

衡玉点头："随便走走透个气，没想到会在这里碰到你。"

"湖畔西北角那里有不少花灯，你若要放，自己过去就好。"沈洛抬手指着西北角，哪怕已经忙活了一整日，他依旧有充沛的精力，"对了，云三呢？他没有跟你一块儿过来吗？"

衡玉回答了他的问题："我在席间并未见到他。"

沈洛诧异："他没出席？难道是病了？"

瞧着沈洛还没换防，衡玉让他先回去值班，她走到前淞湖西北角领了盏花灯，亲自点燃花灯后，慢慢走到湖畔，将花灯放到水面，用力往前一推，看着它被水波送去远方。

直到这盏花灯彻底融入那半池花灯里，衡玉才展开折扇起身，走去找沈洛。

沈洛已经换好了防，正站在原地等她。瞧见她走过来，沈洛说："我刚刚找人打听了下，他们说在溪锦宫附近能找到云三，我们要不要过去看看？"

溪锦宫？衡玉眉心微拧。

"你知道那是什么地方吗？"沈洛问。

衡玉没回话，只是说："我们带些酒过去吧，今日是中秋节，再顺便带几盏好看的花灯和糕点。"

说完，她将手里那盏灯笼递给沈洛，示意沈洛为她掌灯，她自己将双手笼在袖间，沿着宫道往前走去。

沈洛无法无天惯了，生平第一次被人使唤着掌灯，他低头瞅了瞅灯笼，又看看已经走远的衡玉，掌着灯小跑到她身侧："姑奶奶，你等等我。走吧走吧，谁叫小爷还欠着你一条命。"

溪锦宫的名字很美，却是不折不扣的冷宫。它其实修建得极好，院中更是有假山流水，但如今宫殿各个角落都杂草丛生，布满了蜘蛛网，假山上满是尘土，流水早已干涸。

云成弦披着外袍，盘腿坐在假山下。

他什么都没带，连盏灯笼都没拿，就安静地坐在那里，看着高悬天际的那轮圆月。

哪怕隔着极远的距离，云成弦依旧能隐隐听见从宫宴那里传来的丝竹之音。这种声音让他觉得讽刺，觉得无力。于是他身体往后一仰，靠在假山上，沉沉闭上了眼睛。

"怎么办？"

"你站在那里。"

"什么！你要小爷用身体给你当梯子！"

"废话少说，蹲下！"

窸窸窣窣的交谈声从宫墙外传进来，因为那两道声音太过熟悉，云成弦疑心自己是太过苦闷，所以幻听了，不然那两个本应该在宫宴上玩闹的少年怎么会出现在这个荒凉的冷宫附近？

就在他惊疑不定的时候，衡玉突然从墙头现身。

她没注意到云成弦，扭头朝墙外伸手。

沈洛脚踏着墙壁，从衡玉身上借了几分力，成功翻上了宫墙，一条腿屈着，一条腿懒洋洋地垂下。

"你们……"云成弦起身。

"弦堂兄，你果然躲在这里。"衡玉将放在香囊里的几颗核桃取出来，一一抛给云成弦。她准头极高，云成弦轻松一接，就接住了所有的核桃，然后，他听到她说："上来喝酒吗？"

最后，三人翻上了溪锦宫的屋顶。

酒坛被掀开，糕点被解开，三盏兔子宫灯放在身侧。沈洛提起酒坛，将三个酒杯一一满上。也不知道他刚刚是从哪里顺来的酒杯，每个酒杯都有拳头那么大。

"干喝酒也太无趣了，不如我们来行酒令吧。"沈洛提议。

哪怕云成弦没什么说话的欲望，也被他这句话弄得侧目："这是太阳打西边出来了吗？你居然会主动要求行酒令。"

衡玉将杯中酒一饮而尽，让沈洛再给她满上："没意思，我们纨绔子弟，干吗要做那些读书人喜欢的那一套？"

沈洛扬眉："我看你是不学无术，行不出酒令，所以才这么说。"

"说出来你们可能不信，我本状元之才。"

这句话一出，沈洛和云成弦都不由得笑出声来。

衡玉睨了他们一眼，不满道："你们这些人啊，都只看表面，没能透过表象看穿我学富五车的本质。"

云成弦摇摇头，举起酒杯："来来来，喝酒喝酒。再不抓紧时间喝，等宫宴散了，你们就要出宫了。"

不知是谁先往后一躺，很快，其他两人也往后一卧，仰头看着那轮秋月。

这轮皎皎明月洒下遍地清辉，哪怕人世几经变迁，它依旧亘古如初。

衡玉他们提了五坛酒来，其中有三坛都进了云成弦的肚子里。喝着喝着，云成弦就有些醉了。他将手臂横在脸上，宽大的袖袍遮住他那张俊秀中透着青涩的脸，只有沉闷的声音从袖子里透出来。

"中秋是我母妃的忌日。

"她病逝那日，宫中灯火长明，有宫人向我父皇禀告此事，他却说了句'晦气'。

"从那日后，我就再也没有去参加过中秋宫宴。"

他的声音越来越低，越来越低，最后终于缄默无声。等衡玉去推他时，他已经累极睡了过去，只有月光照见他的满脸泪痕。

第七十八章
欲买 桂花同载酒 9

夜渐深了。

继云成弦后，沈洛抱着个空酒坛也睡了过去。

衡玉抱膝在屋顶坐了会儿，觉得有些无趣。

院子里栽种了一棵高大的树，衡玉往前探了探身子，伸手采了片树梢上的叶片，将叶片抵在唇边，吹出不知名的曲调。

曲调悠然，随着微风一块儿送进云成弦的耳里，他那紧蹙着的眉心慢慢舒展开来，酣然入梦。

算着时间已经差不多了，衡玉弃掉叶片，将沈洛和云成弦摇醒，说："宫宴快结束了，我和沈洛还要出宫。夜间寒凉，弦堂兄你也快些回寝宫休息吧。"

沈洛懒洋洋睁开半只右眼看她："这不像你，我们刚认识时，你可是直接把我踹醒的，现在居然这么温柔。"

衡玉当即用了五成的力踹过去。

沈洛早有准备，被她踹中也不恼，大大咧咧道："没事，衡玉，你以后直接踹醒我。我脾气好，年纪又比你和云三大，作为你们二人的大哥，不会因为这些小事和你们生气的。"他和二皇子同龄，自然是比云成弦和云衡玉大的。

"你是谁的大哥啊？"云成弦又好气又好笑。

这沈洛，也太过肆无忌惮了些，敢和他一个皇子排序。

要知道他名义上的大哥可是太子。

衡玉："现在的你想做我的兄长还差得远。"

沈洛右手握凯旋剑，左手在屋顶一撑，身手矫捷攀爬落地。他站在地上，朝衡玉和云成弦伸手："来吧，你们也爬下来，我这个做大哥的，不会让你们摔着的。"

云成弦紧绷着唇，在衡玉和沈洛的帮助下，安全落地。

到衡玉时，她攀爬落地的动作比沈洛还要矫健几分。

沈洛气恼："你就不能给我个表现的机会吗？"

衡玉微笑："我今天要教你一个道理，机会应该由自己来创造，而不是要别人来给。知道了吗？"

沈洛更气了："行吧姑奶奶，我知道了。"

云成弦站在旁边听着他们斗嘴，原本冷峻的眉眼柔和下来，里面夹杂着淡淡的无奈。

三人进溪锦宫时是翻墙进来的，出去时为了避免麻烦，也是翻墙出去的。

沈洛提着空酒坛去"毁尸灭迹"，中途感慨道："在皇宫里翻墙、在屋顶饮酒赏月，这种经历真是新奇。"

云成弦与他们不同路，处理完空酒坛后，他抖了抖身上那皱巴巴的玄色常服，对衡玉和沈洛说："我回寝宫了。"

衡玉与他告别，想了想，温声道："中秋快乐。"

云成弦微微一愣。自母妃去世后，中秋于他就不是个团圆日，反而充满了悲伤，"中秋快乐"这四个字更是没有人对他说过了。

但是……突然有人和他说一声"中秋快乐"，好像也还不错。母妃已经离开很长时间了，他是时候从悲伤里走出来了。

想到这，云成弦抬眼望着衡玉和沈洛，唇角微微上扬。他生了双勾人的凤眼，笑起来时眼尾上挑，眉眼染上了几分锐利、几分肆意："中秋快乐。"

中秋宫宴后，秋闱将近。帝都里多了很多进京赶考的士子，他们聚集在衡玉常去的酒楼里高谈阔论，衡玉去听了一两次，就懒得再出门，天天待在家里钓鱼。

秋闱过后，皇家秋猎来临。

康元帝已经有整整三年时间没举办过皇家秋猎，这回难得起了兴致，衡玉接到消息后，命人为自己置办骑装。

她素来喜好华服，哪怕是骑装，所用的料子也是亲王府里特供的。在筹备这些东西时，沈洛和云成弦各自都托人给她送来了东西，沈洛送的是一把长弓，云成弦送的是一条长鞭。这两样东西不仅具有装饰作用，还都很实用，衡玉就喜滋滋地收下了。

十月十六，秋猎开始。皇家车队和各宗亲大臣的车队浩浩荡荡，一路西行，赶往位于帝都西郊的皇家猎场。

衡玉穿着一身湖蓝色骑装，长发全部束起，腰缠长鞭手握长弓，骑着汗血宝马跟在礼亲王妃的马车旁。

弟弟云成锦看得眼馋，掀开窗帘，手扒在窗扉上："长姐，你能带我骑马吗？"

"长姐长姐，我也想！"妹妹云衡茹跟着喊道。

"好啊。"衡玉示意他们走出马车，她策着马轻轻松松将云衡茹翻抱到马背上。刚想抱起云成锦，身后的云成弦打马靠近："你带着衡茹，我带成锦吧。"

将两个小孩子抱上马，衡玉和云成弦放慢骑行速度，并肩驱着马，随意聊起天来。

云成弦问衡玉这些天都在家里做什么。

"带着这两个小孩钓鱼。"

"钓鱼？"

"对，我爹那一池的锦鲤被养得很肥了。也不知道它们是什么品种的锦鲤，拿来炖鱼汤，味道居然颇为不错。"说着说着，衡玉脸上浮现出淡淡的追忆神色，似乎是想起了那碗鱼汤的滋味。

云成弦琢磨了下："我还没钓过鱼。沈洛自幼在西北长大，应该也没怎么钓过鱼。"

听出了云成弦话中的暗示，衡玉与他一拍即合："没问题，等狩猎结束，挑个沈洛休沐的日子，你们来我院子吃全鱼宴。"

远处正在和康元帝聊天的礼亲王，突然用力打了个寒战，只觉得后背微凉。

西郊皇家猎场早已清过场，衡玉他们抵达猎场后，很快就被安排好了住处。

夜色渐渐黯淡下来，今夜漫天星辉，沈洛结束了值班，向周围的人问了路，急匆匆跑去礼亲王所在的营帐。他到那儿的时候，衡玉和云成弦已经把火堆烧了起来，云成弦正在烤兔子，身侧还摆着几坛没有拆封的酒坛。

远远瞧见沈洛，衡玉朝他一招手："就等你了。"

沈洛大步流星走到她身边，席地而坐。

他用力吸了好几口弥漫在空气中的烤肉香味："我就知道在这里能找到你们俩。兔子快烤好了吗？"他还没用晚膳，现在已经饿得前胸贴后背了。

衡玉帮他把酒满上："快好了。"

沈洛的确渴了，接过碗大口喝起酒来："这几只兔子是云三猎的？"

"你高估我，小瞧衡玉了。这几只兔子都是她随手猎的，每一只都是一箭毙命。"一直专心烤兔子的云成弦插话道。

兔子已经烤好，他切了兔子腿，将它们分别递到衡玉和沈洛的手里。

"可以吃了。"

三人吃着兔子肉，聊起明天的秋猎。

云成弦说："今晚父皇发话，秋猎第一能得到他赏赐的彩头，你们要不要试试？"

沈洛直白道："我没什么兴趣。"

衡玉仰头，拎起酒坛饮了口酒："我也没什么胜负欲。"

云成弦点了点头，似乎是在想些什么，但并没有开口。

"你想要拿第一？若你想要，我们可以助你。"衡玉注意到他的异样，试探地问道。

按照云成弦那谨慎的性子，在听到衡玉这句话时他应该是直接出声敷衍过去的，但不知道为什么，他在迟疑片刻后，第一次没有隐瞒自己的想法，轻轻启唇："对，我想拿。我武功虽然学得不好，但箭术还不错，如果能拿到第一，应该能向我父皇证明，我并非不学无术的纨绔。"

说到这里，云成弦又顿了顿。他转眸，对上衡玉和沈洛的视线，将藏得更深的一个念头也说了出来："如果我拿不到第一，其实也没关系。但我……我不想太子拿到。"

太子也许算是不错的储君，但绝不是能兄友弟恭的兄长。

"行啊。"衡玉随口应下。

沈洛也道："没问题。"

他们回答得过于干脆，反倒是云成弦迟疑了："你们不问为什么？"

衡玉平静地道："一个秋猎第一，想争就争了，不想其他人拿到就是不想，何必问为什么？"

云成弦抿了抿唇，似乎是有些高兴："那你们有没有想过这么做有可能会得罪太子？"

"作为一名纨绔，还需要瞻前顾后？"沈洛不屑道。

云成弦不由得微笑起来。

说得也是，现在太子也还只是太子，他们也还只是少年纨绔，要是在这个年纪就盘算着为了未来不能得罪太子，那也未免太过于瞻前顾后了。

别人避之不及的麻烦，他们并不在乎。

就在这时，沈洛轻咳两声，继续道："更何况你是我兄弟，认识这么长时间了，你第一次开口想让我们做些什么。我们若是拒绝了，你以后怕是更不会和我们开口了。"

云成弦垂眼，勾唇轻笑了下，将三个酒杯一一满上："饮酒，今夜不醉不归。"

翌日，秋高气爽。

在康元帝骑着马、被御林军护着进入树林狩猎后，其他人也陆陆续续进入树林，在划分好的不同区域狩猎。

云成弦的狩猎区域是固定的，他一大清早就和衡玉、沈洛会合，三人带着充足的箭矢和一队随从进入了树林。

衡玉不急着策马，而是握着马缰环视四周，观察着周围草木的生长趋势和野生动物留下的活动痕迹。

三人昨天夜里已经沟通过了，今天的行动路线全部交由衡玉来规划。她仔细打量了片刻，指着某个方向："我们往那里走。"

"行！"沈洛率先策马。

"我们走！"云成弦当即跟上。

这一路下去，如野兔、野鸡等猎物收获颇丰，但稍微大型一些的动物基本没有碰到。

一个时辰下来，衡玉基本把这片狩猎区域摸透了。她停下马，对云成弦和沈洛说："这片区域不是大型猎物的活动区域。"她压根没在这块区域看到过野猪、麋鹿这些猎物的活动痕迹，而且这里的气候和环境，也都不适合这些大型猎物活动。

沈洛没有迟疑，直接说："我们往里走吧，去公共狩猎区域，那里虽然比较危险，但猎物更多。云三想要赢的话，还是得多狩些大型猎物。"

他们答应了要帮云成弦夺得第一，但刚刚一路下来遇到的猎物，基本都是由云成弦亲自搭弓解决的。

衡玉和沈洛都没有意见，云成弦更不会有意见，他默默策马往前跑去，突然出声："多谢了。"这两人都是那种无拘无束、不争胜负的性子，却因为他的胜负欲，一直在帮助他。

"现在说谢早了点，等弦堂兄拿下第一再说吧。"衡玉轻轻一笑，看着近在眼前的公共狩猎区，"我就怕事情不会如我们想象中的那么顺利。"

比起之前的那片狩猎区域，公共狩猎区的丛林要更茂盛几分，大型动物的活动痕迹也逐渐多了起来。

衡玉顺着大型动物的活动痕迹一路追踪，才入这片区域不到两刻钟，他们就找寻到了麋鹿的踪迹。

麋鹿奔驰在山林草原之间，行动矫捷，突然有长箭穿破树隙，狠狠扎入麋鹿的腹部。

受到重创后，麋鹿的动作瞬间缓慢下来，但它还是挣扎着往前方密林跑去。

云成弦见自己一击得中，眸光亮了起来，高声喊道："我们快追，它受了重伤，跑不了多远的。"

一行人顺着麋鹿洒落的鲜血往下追击，就在麋鹿的身影再次映入众人的视线时，太子一行人的身影也同时闯进众人的视线。

此时，太子已经搭弓于弦，瞄准麋鹿。

云成弦瞳孔微缩，就在他想要快速搭弓，抢先太子一步射杀麋鹿时，在他身侧已有人先一步松手射箭。

长箭穿透麋鹿的头部，最后钉死在后面那棵粗壮的大树上。这支浅黄色长箭在树干上轻轻颤抖时，太子的箭才随后而来，狠狠扎入麋鹿的脖子。

"太子哥哥，这回承让了。"衡玉放下长弓，朝太子抱拳行礼。

树林里的光线有些许黯淡，太子隐在树荫间，隔着一段不近不远的距离，衡玉有些看不清他的表情。

她只是看到他盯着那头倒在血泊中的麋鹿很长时间，才慢慢扭头看向她和云成弦，听他说："衡玉妹妹的箭法真好。"语气里喜怒不辨。

衡玉微微一笑，抬手绾了绾散落在鬓角的碎发："太子哥哥过奖了，刚刚是我取了个巧，先你一步射穿了麋鹿的头，不然鹿死谁手还真说不定。"

太子朝她点了点头："那祝衡玉妹妹和三弟下来能猎到更多的猎物。"言罢，他直接掉转马头离开了此地。他们这行人装猎物的板车上，堆满了各种大型小型猎物的尸体，看着明显比云成弦取得的猎物要多上很多。

目送着太子的车驾离开，衡玉命随从把麋鹿的尸体收走。刚刚那种情况下，要不是她率先射出一箭，这头猎物已经是太子的囊中之物了。

收好猎物，衡玉压低声音对云成弦说："我们接下来要抓紧时间了，太子那边很明显从一开始就直奔公共狩猎区域，而且旁边跟了熟悉皇家猎场的人。"

有熟悉皇家猎场的人在，太子很容易找到那些大型猎物的老巢。知道老巢在哪，手底下带的人又多，就算慢慢磨，太子也能够把它们给磨死，所以他的战利品很多。如果云成弦想要勇夺第一，必须要抓紧了。

云成弦颔首道："好，我们继续吧。你刚刚不是说看到了狼群的活动踪迹吗？我们继续往下追踪吧。"

两刻钟后，衡玉一行人对有十六头狼的狼群进行了包抄，就在云成弦步步紧逼狼群，探手伸向箭筒时，不远处传来一阵嘈杂，有另一批明显人数更多的人在靠近此地。

很快，这批人出现了。

又是太子一行人。

云成弦握住箭羽，与沈洛、衡玉对视。

"咦，还真是巧啊，衡玉妹妹、三弟，还有沈公子，我们又见面了。"太子垂眸转动着拇指上的扳指，似笑非笑道。他的眸光微转，似乎是刚注意到那群狼群，"本宫之前一直在找这群狼，没想到它们被三弟包抄了，不知三弟可否割爱？"

云成弦神色转冷："太子虽是君，但按照狩猎场上的规矩，谁先狩中，猎物就是谁的。"

随侍在太子身边的一个少年道："这些狼看起来没有受伤，三皇子殿下应该还没来得及狩中它们吧。"

闻言，云成弦脸上的神色更冷了几分。

就在这时，一直安静不说话的衡玉轻笑了起来，她无视两边越来越古怪的气氛，直接开口道："太子哥哥，弦堂兄之前答应我，要拿这批狼腹部底下最柔软的毛给我做狼毫。现在两位兄长都看上了这批狼，不好割舍，不如就让我讨个巧，亲自猎杀这批狼，以免伤了你们兄弟和气。"

她轻轻把玩着锋利的箭矢，语气含笑："太子哥哥觉得这个提议如何？"

太子见衡玉突然插进来，微微拧眉。

礼亲王作为康元帝的亲弟弟，无论是在康元帝心中还是在宗室中的地位都极高。如非必要，太子是不会和衡玉起争执的，这也是给她身后的礼亲王一个面子。

"衡玉妹妹如果喜欢这些玩意，等回到帝都，本宫让太子妃给你送过去，但这批狼……"

"太子哥哥。"衡玉打断他的话，面上颇为苦恼，"我做狼毫，是想拿给我爹做生辰礼的，这狼当然得自己去猎杀才够有诚意。"

话已经说到这份上，太子只能微笑道："既如此，本宫就不横刀夺爱了！"

等太子一行人策马远去，沈洛才慢慢收回目光："太子……"

公共狩猎区域这么大，第一次遇到还能说是意外，第二次恰巧在他们刚对狼群完成包抄时遇到，要说还是意外，沈洛没这么天真。看来这位太子殿下有些睚眦必报啊。

衡玉扫他一眼："慎言。"

沈洛连忙朝她打了个噤声的手势。

衡玉这才看向云成弦："弦堂兄，这狼群就由我出手吧。"

她已经把话说到那份上了，如果狼群不是死在她的箭下，而是死在云成弦的箭下，她就真的要得罪太子了。

虽然衡玉并不畏惧得罪储君，但这些麻烦事还是能避则避。

"好。"云成弦没意见，这批狼没被太子抢走已经让他很高兴了。

"看来这狩猎赛第一的名头，要由我去争一争了。也是时候让我爹开开眼了。"衡玉说罢，举弓拉弦，箭箭钉入狼的左眼，没有伤及它们的皮毛半分。

动作如行云流水，干脆利落，看得沈洛连吹了几声口哨。

迅速解决掉这些狼，衡玉轻敲马背："如果想赢，必须找到更大的猎物，我们往更深一些的地方走吧。"

沈洛耸肩："连你都不怕，我这个做大哥的更不会畏惧了。"

衡玉笑骂一句："你是谁的大哥啊？"

第七十九章
欲买桂花同载酒 10

日暮四合，太阳东升西落，狩猎的队伍陆陆续续赶回营帐。

康元帝已经有几年没来西郊猎场打过猎了，如今难得出来透透气，玩得十分尽兴，正坐在主位上饮着茶水，与礼亲王、沈国公等朝廷重臣闲谈。

聊得正尽兴，外面突然传来一阵欢呼声。康元帝向外面投注了几分注意力，陪侍在侧的内侍总管会意，退了出去打听情况，片刻后走进营帐，附在康元帝耳畔道："陛下，太子殿下满载猎物而归，外面的欢呼，都是在感慨太子殿下英勇呢。"

"噢？"康元帝有些高兴，"那朕得亲自去瞧瞧。"

康元帝都动了，其他待在营帐里的臣子自然也跟着一块儿动了起来。

营帐外，太子身穿暗紫色骑装，负手而立，年轻而俊秀的脸上刻满了意气风发。他的身侧是满满两板车的猎物，大到麋鹿，小到野兔，应有尽有。

远远瞧见这一幕，不少大臣都向康元帝恭维起太子来。

但就在康元帝含笑要开口时，另一阵沉闷的骏马奔跑声从树林里传出来，再然后，身穿红色骑装的衡玉率先纵马疾驰而出。

在骏马跃入营地时，她凌空一勒缰绳。

马刚停稳，她已翻身落地，长靴踩在地上，发出沉闷的声响，束在脑后的长发随着她的动作轻轻飘动。

"衡玉回来了。"康元帝被衡玉吸引了注意力，"这孩子真是有活力。"

"爱玩爱闹，我都管不住她。"礼亲王摇摇头，嘴上虽是抱怨，却是笑着说的。

"她这个年纪爱玩爱闹些多正常，只要在正事上有分寸，就是好的。"康元帝笑着夸道，显然还记得前段时间布防图失窃案里衡玉的表现，"说起来，朕当时都忘了给她赏赐。"

"她还需要什么赏赐？"

"话不能这么说，有功还是得赏的。"

当康元帝和礼亲王轻声交谈时，衡玉卸剑上前，朝康元帝抱拳行礼："皇帝伯伯，您应该还没评选出狩猎赛第一吧？我紧赶慢赶，终于在天黑前赶了回来，您可不能不把我的成绩记录下来。"

她的话音刚落下来，先前的那片树林里，沈洛、云成弦二人便率着大队人马，驮着大量猎物出来了。

板车上，野兔、麋鹿、野狼应有尽有。

最吸引人目光的，还得是两头被五花大绑的野猪。黄色箭尾的箭矢牢牢钉在它们的致命之处。

一时之间，太子的神色阴沉下来，礼亲王脸上泛起淡淡惊讶之色，康元帝惊讶过后则是高兴。

"好啊，这叫什么？这叫虎父无犬女。你爹年轻的时候也是能射杀老虎的，现在你颇有乃父风范啊。"康元帝笑着夸奖。

对于这句夸奖，衡玉笑道："皇帝伯伯，比起虎父无犬女，您不觉得我更像是青出于蓝而胜于蓝吗？"

康元帝笑声更大："你这孩子，促狭。"随后唤人去清点猎物。

片刻后，成绩出来了。

论猎物数量最多的，是太子；衡玉的猎物数量不多，但两头野猪的战绩又实在惹人注目。至于云成弦，则屈居第三。

康元帝想了想，看向太子，笑道："太子，此次狩猎就以衡玉为第一，你看如何？"

太子右手背在身后，隐在袖间，轻轻握成拳，说的话却是滴水不漏："回父皇，儿臣以为极好。作为兄长，就算真胜了妹妹，也该谦让几分，更何况这回衡玉妹妹的表现如此英武，不必我谦让也是当居第一。"

听着太子这番冠冕堂皇的话，云成弦在心底讥讽一笑。这位太子殿下啊，从小到大都是这种模样。明明心里对自己输了这件事耿耿于怀，面子上倒总是要摆出一副光风霁月之态。

显然，康元帝还是很吃太子这一套的，他满意地点了点头，又问衡玉想要什么彩头。

衡玉想了想，提了个不轻不重的彩头："听说西域进贡了一批美酒，我想尝尝那被传得神乎其神的美酒的滋味。"

这种彩头贵重，却不会带来任何实际的好处。礼亲王府现在已经站得很高了，这种彩头就正好合适。

康元帝是个明白人，礼亲王府的人识趣，他反而会越发厚待礼亲王府。

康元帝和衡玉聊了几句，目光移到云成弦身上，点了点头："老三今天的表现也很不错。以往只觉得你体弱，没想到居然也有一手好箭法。"

哪怕这句夸奖稍显平淡，云成弦依旧不自觉地挺直了背脊，眸光微微发亮。

他之前得到康元帝认可的机会少之又少，也许正是因为缺乏，才会耿耿于怀、汲汲以求。

拿到了彩头，衡玉、沈洛和云成弦三人告辞退下。

太子一同退下。

出了营帐，太子脸上的温和彻底凝固，阴沉漫上了他的眉眼。太子扫了云成弦一眼，唇角微微翘起，笑意不达眼底，甩袖而去。

被那种眼神盯着，云成弦有种被毒蛇盯上的阴寒感，但很快，他又高兴起来，左右手各钩住衡玉和沈洛："走，去我营帐烤鹿肉吃，今晚美酒绝对管够。"

沈洛被他带着走了几步："你很高兴？"

"是啊，单是太子吃瘪我就很高兴了。"云成弦抿了抿唇，夕阳最后一道余晖落在他的身上，以至于分不清他脸上的红色是夕阳还是红晕，"然后我还被父皇夸奖了……也算是两件高兴事吧，当豪饮烈酒，放纵荒唐一番！"

沈洛微愣。这些年他虽然胡闹，但无论是祖父还是父母从来都不吝夸奖。上回他在布防图失窃一事上立了功，祖父高兴得夸了他一整宿，把他烦得恨不得用棉花堵住耳朵。

而且对比起来，他觉得康元帝刚刚对云三的那句夸奖太轻飘飘了，只是个形式化的夸奖，完全没有夸衡玉时用心。没想到的是，云三会因为这种形式化的夸奖而这么高兴。

这天家的亲情啊……

想到这，沈洛对云成弦更滋生亲近之情："好！那你烤肉，我就舞剑。衡玉，你要做什么？"

衡玉严肃道："我为吃鹿肉喝美酒贡献一份力，你们看如何？"

"嘁。"沈洛朝她狠狠翻了个白眼，但转头又高高兴兴起来，"你是今天最大的功臣，想怎么着都可以，不是我说，你那手箭术实在是高！"

衡玉唇角微微弯起，旋即又再次放平，脚步轻快地往前走着。

沈洛和云成弦各自按剑在侧，放慢两步紧跟在她的身后。

随后几天，衡玉他们三人一直待在营帐里。

为了给自己找乐子，他们还去教了云成锦、云衡茹两个小朋友学弓箭和骑马，在两个小朋友终于掌握了弓箭和骑马后，为期七天的秋猎也落下了帷幕，众人浩浩荡荡返回帝都。

秋猎后不久，初冬之雪来临。

天气一降温，冬困也随之而来，衡玉这具身体畏寒，果断减少了出门的次数。

她待在西厢院里，练着沈洛送给她的剑法，听着秋分和冬至两个小厮给她说话本，偶尔兴致起来了还带着弟弟云成锦、妹妹云衡茹一块儿去捕捞湖里放养的锦鲤。

湖中的锦鲤，都是礼亲王当初亲自放养的。他平日里如果遇到什么困惑的事情，就喜欢站在湖边用鱼饲料喂鱼，看着鱼群争先恐后抢吃的。

一个月后，两个月后，三个月后……

时常被鱼汤滋润的礼亲王，每次喂鱼时，都觉得这池中的锦鲤好像比以往少了些。

当衡玉险些把满池锦鲤捞光时，当礼亲王埋在地下的酒都被衡玉挖出来喝掉时，当靠近她院子的那面墙险些被沈洛和云成弦翻得墙壁斑驳脱落时，时间悄然逝去。

这天是衡玉的十六岁生辰，她和以往一样，睡到了日上三竿才起身。

婢女进屋伺候她梳洗时，脸上都挂着喜意。厨房那边也给衡玉备了长寿面当午膳。

用过长寿面，衡玉命月霜给整个西厢院的人都多发了一个月的月俸。在月霜忙着清点银两时，衡玉抱着一本沈洛新淘来的话本走出屋子，来到秋千边坐下，翻看话本打发时间。

她才看了两页，一颗核桃突然砸到她的书上。衡玉捡起核桃，抬头看向核桃扔来的方向。

那个方向空空如也，什么人都没有。然而，衡玉却像是接收到什么信号一样，放下手上的话本，直接从秋千上起身，径直往府门外走去。

她一路疾走，来到礼亲王府那扇紧闭的大门前，两手用力一拉——

大门打开。

门外，沈洛劲装潇洒，云成弦玄衣冷淡。

他们站在那里，已恭候她多时。

"衡玉，生辰快乐。"

第八十章
欲买桂花同载酒 II

这是衡玉过得最荒唐，也最惬意的一个生辰。

沈洛和云成弦让她换上男装，陪她在热闹的大街上闲逛胡买，还带她到一个算命先生的卦摊前算卦。

那算命先生看着仙风道骨，倒也有那么几分神仙模样。

只是沈洛在瞧见他时，连着递了好几个眼神。

衡玉看出了猫腻，故意道："我不信这些，还是不算了吧。"

沈洛信以为真，险些要朝她撒起娇来，衡玉这才松口，按照算命先生的要求，挽袖提笔写下一个"衡"字，最后从算命先生那里听到了满嘴的奉承："着锦衣华服，看遍人间富贵，一生不识愁滋味。"

这句箴言听得衡玉朗声大笑："我晓得了。"

——来自沈洛和云成弦的祝福，她收下了。

没有人真的能够一生从不品尝愁滋味，但这句箴言里蕴含着的心意，她会牢牢记住。

算完卦，云成弦带着他们去了红袖招。他已经提前包下整个红袖招，命楼中姑娘为衡玉抚琴起舞、煮酒温茶，还从帝都最出名的酒楼点了满满一桌酒席，请衡玉吃了顿丰盛的大餐。

吃过晚饭，云成弦和沈洛带她纵马出城，三人爬上西山山头那棵百年梧桐，并排挂在树上欣赏日暮四合、晚霞归家。

云成弦笑道："凤非梧桐而不栖，我们昨日特意出城找了一圈，才找到这个既有意境又方便观赏落日的地方。"

衡玉倚着树干，一条腿悬在空中，闻言微微一笑。

夕阳薄暮坠进她的眼里，此时此刻，她终于懂得千百年来诗人为什么总酷爱吟咏落日景致。

赏完美景，三人匆匆骑马，在帝都城门要关上的最后一刻，狼狈入了城。

帝都没有宵禁，夜间依旧热闹，这个不年不节的日子里，三个不缺钱、身份地位又高的纨绔，让整个帝都的夜空都飘满了孔明灯和烟花。

满城灯火，亮如白昼。铺张浪费，却也格外令人印象深刻。

衡玉站在城墙上，凝视着这一切。

原本还有其他的惊喜，但夜渐深时，帝都居然飘起碎雨来。孔明灯被雨水打湿，掉到地上，沈洛被雨淋了一脸，气得直跳脚。

"我去买伞。"云成弦提议。

"不了。"衡玉阻止，"我们冒雨跑回去吧。"

沈洛顿时来了兴致："这个提议不错。"

"你们两个果然疯了。"云成弦骂了一句，却是第一个找准方向跑起来的。

他们逆着人流不断往前跑，不知道是谁刻意加快了速度，于是三个人越跑越快，越跑越急，跑到亲王府门口时，守门的侍卫因三人那狼狈的模样吓了一跳。

"回去了。"衡玉捋了捋被雨打湿后贴在颊侧的头发，迈上台阶，朝二人挥手。快要走进府门时，她脚步一顿，侧过半边身子，说，"今天我玩得很高兴。"

沈洛哈哈大笑："能够得到你这句话，就不枉我和云三策划了那么多天。"

云成弦抹掉脸上的雨水，放缓了声音："好了，你快些进屋吧，莫在生辰这一天着了凉。"

这个生辰衡玉过得很高兴，但第二天她就被礼亲王叫去书房批了一顿："你出去胡闹便罢了，回来时还淋了一身的雨，这实在是荒唐且有失身份。"

衡玉温声提醒她爹，更荒唐的事她也不是没做过。

礼亲王一时失语，片刻后才重新找回自己的声音："今时不同往日，京城和你一般年纪的女孩基本都已经定下了婚事，爹知道你的性子，所以一直没和你提过这事，现在你已经满了十六岁，你的婚事也该提上日程了。"

其实衡玉的婚事，本该是由礼亲王妃这个王府女主人出面的。但礼亲王妃不是衡玉的亲生母亲，两人这么多年来能一直相安无事，就是因为礼亲王妃从来不会去干涉衡玉的事情。所以衡玉的婚事，礼亲王也没有让礼亲王妃操心，而是自己来和衡玉商量沟通。

谈到正事，衡玉不由得正襟危坐，垂眸听着礼亲王继续道："你平日行事荒唐，但格外聪慧，应该也知道爹为你挑选的青年才俊是谁。"

衡玉轻声道："爹，沈洛大大咧咧，少年意气，不适合我。"

礼亲王正在用帕子擦手，闻言扔掉帕子，直视衡玉："你自幼无拘无束惯了，若是让你安于后宅，只会让你痛苦。但能容忍你这性子，能放纵你嫁人后一如既往地折腾，还与你门当户对的，算来算去，也就只有一个沈国公府的沈洛了。"

衡玉反问："爹挑选来挑选去，就只有一个沈洛吗？"

礼亲王肯定地点点头："是。"

衡玉唇角微微弯了一下："那我可以告诉爹，沈洛也不合适。爹是个聪明人，应该知道沈国公府意味着什么。"

礼亲王蹙起眉来，没说话。

衡玉继续道："我朝一直重文轻武，沈国公府一脉，是唯一仍世代掌着兵权的国公府。皇帝伯伯没有让沈国公担任兵部尚书，而是让爹去担任兵部尚书，其实就是想稍稍遏制沈国公府的势力。我若与沈洛缔结婚约，爹你有没有想过，皇帝伯伯会怎么想？"

礼亲王默然。

"爹，女子的价值为什么要靠婚约来体现？我荒唐数年，离经叛道数年，爹都坐视不理。既然先前没有约束过，没有教过我何为温顺，那现在为什么不能允许我继续荒唐、继续离经叛道下去？女儿从未请求过父亲任何事，但如今，女儿不想嫁人，还望父亲能够成全。"

衡玉两手交叠于身前，俯身郑重行礼。

父女俩的这场对话止于此，礼亲王没有出声答应或是反驳衡玉的话，但从这天以后，他再也没有提过衡玉的亲事。衡玉也不好奇礼亲王在想些什么，暂时得了空闲，便把心思都放到了享乐上。

接近年底的时候，康元帝连下两道圣旨，分别给二皇子、三皇子赐了婚。

未来二皇子妃出身名门，其祖父为封疆大吏，父亲出身翰林院，虽然品阶不高，但很是清贵。

相比之下，未来三皇子妃的出身就有些低了。

云成弦心中苦闷，将衡玉和沈洛找出来喝酒。

他喝得醉意上头，趴在桌子上，小声嘟囔道："我也不是嫌弃她的出身，但父皇同时赐下婚约，众人自然会拿两个皇子妃的身份做比较。"

他自幼就知道，因为他母族和母妃，他不受父皇的待见。

可是哪个孩子不期待父亲的疼爱？尤其他的父亲还是这个世界上最尊贵的人，所以哪怕已经习惯了父亲的冷遇，云成弦如今还是觉得心情苦闷。

嘟囔完这句话，云成弦就趴在桌子上睡去了。

沈洛担心他会受凉，解下外袍披到云成弦的肩膀上，轻声问衡玉："你说，陛下为什么要这么对云三？"

"这个问题的答案重要吗？"衡玉反问。

"云三这样，看得人怪难受的。"沈洛轻叹口气。

他是家中独子，自幼长于边关，身边也没个什么堂兄妹表兄妹，玩得好的朋友也不多，所以他是真把衡玉和云成弦当兄弟来看待的。

云成弦借酒消愁，他在旁边看着听着，心情也跟着不好受起来。

衡玉也不免轻叹了下："别说这是帝王家了，哪怕是普通人家，也很难求父母对每个孩子都一碗水端平。也许等弦堂兄彻底看破这一切，或者再也不期待父爱的时候，他就不会因为这些事情难过了。"

听到这，沈洛侧头看向她："说起来，你爹……"

他爹虽然总是教训他，但沈洛是能清晰感受到他爹对他的疼爱的。相比之下，无论是云三还是衡玉，亲缘好像都比较淡薄。

衡玉说："我爹其实也没怎么管过我、关心我，但我并不期待父爱，所以不会难过。"

这个话题没什么好聊的，衡玉随口换了另一个话题。

等云成弦睡醒，天色已经有些暗了。他喝下衡玉命人冲泡的蜂蜜水，混沌成一片的大脑清醒了不少。

在上马车回宫之前，云成弦扭头，带着满身酒气对衡玉和沈洛说："我的婚期就定在来年四月，你们也是时候把贺礼筹办起来了，要是贺礼不够稀奇不够贵重，我定是不依的。"

听着他这已经屈服的话语，衡玉心下轻轻一叹，面上却笑起来："你能想通就好。我曾经在赏花宴上见过三皇子妃，长相秀丽，气质温婉，你若见了她，定然也会喜欢的。"

"你这么一说，我倒也想见见她了。"云成弦脸上的笑这才真诚几分。

次年三月，二皇子大婚。

同月，三皇子云成弦搬出皇宫，住进三皇子府。

衡玉打开她的库房，认真挑选了不少名贵的东西送去三皇子府，给云成弦拿去充场面。

为了避免云成弦不收，衡玉让下人告诉云成弦，这些都是她提前送的新婚贺礼。

四月，云成弦大婚。

大婚之后，云成弦正式进入朝堂，开始处理政务。

他实在太想做出成绩来让康元帝刮目相看，偏偏自己又是刚接触，还不适应，所以一时之间，云成弦忙得分身乏术，与衡玉他们见面的次数便不如以前多了。

对此，沈洛有些惆怅。

衡玉笑道："弦堂兄想做出成绩，哪里像你，待在御林军里得过且过。"

沈洛连喊冤枉："我哪里得过且过了？安排给我的任务我都老老实实完成了，每日的练功也都没有落下过。"

"行吧。弦堂兄现在娶了妻，正是新婚宴尔之时，遇上休沐这些空闲日子，肯定是得先陪三皇子妃。反正我们是生死之交，许久不见，彼此也不会生疏，你要是真的想他了，我们现在就去三皇子府找他饮酒。"

听到衡玉承认了"生死之交"，沈洛立马高兴起来："你说得有道理，我们是生死之交，哪怕几年不见，感情也不会生疏的。就是以前每逢休沐日我们都要聚一聚，现在不聚了，我有些不习惯……"

"所以我这不是提着酒来找你们了吗？"云成弦的话从远方生生插了进来，他抱着两大坛酒，笑着朝衡玉和沈洛走来，"我才这么短时间不在，你就在背后说我的坏话。"

沈洛瞧见他，心底的高兴几乎要溢出来，但不想被云成弦看了笑话，干脆两手抱臂冷笑："那怎么没见你后背发凉。"

衡玉手握折扇，坐在旁边笑看这两人斗嘴，听到后面已经笑得不成样子，只好展开折扇挡住唇角的笑意。

第八十一章 欲买桂花同载酒 12

云成弦最近的确很忙。

八月秋试在即，礼部正处于忙碌的时刻，他一进入礼部，还没来得及适应礼部的工作，就先被礼部尚书拉去忙秋试的事情了。

等沈洛和云成弦斗完嘴，衡玉将埋在炉子边的花生挖出来，朝沈洛轻点下巴。

沈洛已经被她使唤惯了，她方才一点下巴，他就知道她要做些什么："小爷乃堂堂国公府嫡长孙，御林军中将，就天天帮你干这些杂活？"

嘟囔一句，见衡玉连眼皮子都懒得往他这边撩一下，沈洛又黑着脸抓起一把花生，剥掉外壳后抛进小碟子，方便衡玉取用。

衡玉吃了两颗花生米，问起云成弦的近况。

云成弦也捡了沈洛剥的花生米来吃，抱怨起礼部的工作烦琐。

抱怨一通后，他话音一转，又道："不过我也学到了不少东西。"

"礼部尚书是我岳父的老师，按照我岳父那边的辈分算，他老人家也算是我的师祖，很照顾我。"

衡玉轻笑："原来还有这层关系在，这是好事。"云成弦还年轻，多学些处理政务的手段，多干些实事肯定是好的。

花生才剥了一半，酒没喝完，云成弦就告辞离开了："我和你们嫂子说了，今天早点回去陪她。等下次休沐，我请你们去我府上吃饭。"

目送云成弦离开，沈洛说："还有好多花生，我们一起吃完吧。"

衡玉润湿帕子递给他，让他擦掉剥花生时蹭到指尖的灰："怎么了，你情绪又不好了？"

沈洛支着下巴，轻咳两声，有些不好意思道："没有，我是在想我的亲事。"

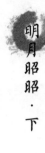

"你祖父给你相看亲事了？"

沈洛摇头："他之前提了一句，但被我堵回去了。我就是一个纨绔，一旦成了亲，就要成为别人的丈夫，成为别人的父亲，我还没做好心理准备。"

但看着云三和三皇子妃相处得不错，沈洛又觉得，成亲好像也没他想象中的那么糟糕。

衡玉客观点评："你这番话听着，的确很不成熟。"

沈洛听她那语气觉得牙酸："三妹，做大哥的必须得说你一句，你又能成熟到哪儿去？"

按身份地位，大家都是纨绔；按年纪，云衡玉可还比他小了三岁。

衡玉一脚踹过去，头上戴着的紫金冠都歪了："什么大哥三妹的？我什么时候承认你是我大哥了？"

沈洛哈哈一笑，双手叉腰，眉飞色舞："你就等着吧，我迟早要等到你心服口服喊我一声大哥。日后啊，你出门去，不用报自己是礼亲王府的郡主，只要说自己是沈洛的义妹，就能横行整个帝都！"

衡玉觉得好笑："不用日后，你现在出门去，只要说自己是云衡玉的朋友，保证就能横行整个帝都。"

她的纨绔威名，可是在帝都响了十来年。

沈洛倒是把这一茬给忘了。

他轻挑眉梢，故作不屑："反正你给我等着。"

"好啊。"衡玉直接应下，这回倒是没打击沈洛。

到最后，花生和酒基本都进了沈洛的肚子。沈洛撑到连马都不想骑了，慢吞吞爬上马车。

将要放下马车帘时，沈洛又转头，看向束手立在马车边的衡玉，说："你成亲后，会不会就很难与我们聚在一起了？"

衡玉拢了拢头发，没解释，只是说："不用担心这个问题。"

沈洛对她有种特别的信任。听她这么一说，他当真不再担心："那就好，我回府了，下次有空再来寻你，带你去城外骑马。"

马车帘放下，沈洛离开。

衡玉在原地站了片刻，突然问系统："他们两个都有事情要忙，对比之下，我是不是太闲了？"

这一闲，她就在软玉温香里躺了整整两年，她都有些忘了那些陷入忙碌、数月不能安眠的日子了。

"你和他们不同，日子当然是怎么高兴怎么过。"

衡玉啧了一声，觉得系统最近很会说话。

于是她愉快地决定道："是挺高兴的，那就继续闲着吧。"瞧了瞧天色尚早，又说，"秋分、冬至，赶紧收拾东西，陪小爷我去赌坊晃一圈。"

今天风和日丽，宜大赚一笔！

三个时辰后，若不是顾及衡玉的身份，她估计已经被赌坊打手给打出来了。

握着新赚来的十万两银票，衡玉啧啧感慨：天子脚下的赌坊居然也这么输不起，这实在是让她没想到啊。

"再赌最后一局，赌完我就走。"衡玉抬眸，凝视着赌坊老板，轻声询问道，"全骐赌坊乃帝都第一赌坊，应该不会将客人拒之门外吧？"

做赌坊生意的，只要客人想赌，赌坊绝对不能够闭门不做生意。但赌坊已经输了整整十万两银子，再输下去，赌坊老板背后的主子怕是要责问他的。

——能在帝都开赌坊，还能开成第一赌坊的，背后没个大靠山，那是绝对不可能的。

一时之间，赌坊老板进退两难。

就在赌坊老板神色变换不定，已经决定跑去请示主子时，衡玉轻笑一声，将一张一百两的银票押在了"大"上："张老板，你还在等什么呢？摇骰子吧。"

瞧见她的赌注只有一百两，赌坊老板眸光微亮。

连十万两都输了，这一百两无论输赢，他都担得起。

于是赌坊老板爽快地开了骰子，最后开出了"二二三，小"的结果。

衡玉输掉一百两，握着赢来的九万九千九百两银票，从容地离开赌坊。

她坐在车上，跷着二郎腿，让秋分赶紧去给她买些吃的解暑。

秋分连忙跑去买了半个西瓜回来，殷勤地递给衡玉时，不忘问道："少爷，您前面明明都没输过，怎么最后一局就输了？"

衡玉接过西瓜，只舀了中间最甜的那部分来吃——刚赚了十万两的纨绔，完全不应该委屈自己。

咽下西瓜，衡玉慢吞吞道："笨，自己想。"

"前面从来没输过，最后一局却输了，这分明是在卖赌坊幕后的主子一个面子。"东宫里，太子听完整件事，轻笑着道。

以云衡玉那出神入化的赌术，想赢最后一局，再多赚十万两并不难。但她偏偏输了，及时收了手。

"主子，那位郡主难道知道了赌坊幕后的主子是您？"全骐赌坊的张老板跪在地上，恭敬地问道。

太子端起茶杯，慢慢酌了一口："她应该不知道具体是谁，但总归就那几个人中的一个。赢十万两，这个数刚好踩在本宫能接受的界限上，看来本宫这位堂妹，比本宫以为的要厉害不少。罢了，这十万两，就当是送给她的零花钱了。"

衡玉赚这十万两，也没别的什么意思，纯粹就是——闲着没事做，想赢钱了。

但赚到了钱，又不可能看着钱在库房里落灰，总要把钱流通起来。所以她就找到了新的乐子——想尽办法来花掉她手里的钱。

虽然到最后，总是赚的比花的多。

"能力太强，也是一种负担。"衡玉忍不住和系统吹嘘。

系统："啧……"

在衡玉赚钱、花钱折腾的时候，大衍朝边境的情况却算不上很好。

帝都才入冬，就迎来了第一场雪。

随着这场雪一块儿来临的，还有边境的战报——大周突然派了五万大军向行唐关发难。

收到战报当天，康元帝在御书房大发雷霆："朕组建密阁，养了那么多暗卫，原本是想让他们作为朕的眼睛，为朕探知大周的行动。

"结果呢，密阁查不到潜伏在都城的大周密探已是失职，如今连大周突然派了五万大军压境都没能提前发现，导致行唐关应对不及时，首战惨败。"

行唐关对大衍朝来说太重要了，绝对不容有失。

虽然不知道大周是怎么避开大衍的耳目，派出足足五万大军攻打行唐关的，但密阁在这件事上的确失职，康元帝除了命内阁迅速安排粮草、调动军队，还下了一道圣旨，将密阁副阁主收押下狱。

当天，密阁副阁主尚原就被关进了刑部衙门里。

刑部的人主管尚原的案子，因为刑部尚书与尚原矛盾很深，刑部在拷问尚原时丝毫没有手软，在吃食方面也多有克扣。

尚原下狱第四天，恰好是沈洛的休沐日。一大清早，他就拽着云成弦跑来亲王府找衡玉。

到亲王府时，云成弦整个人还是晕晕乎乎的，不知沈洛葫芦里卖的是什么药，他问："你到底有什么急事？"

"等见到了衡玉，我一块儿告诉你们。"沈洛推着云成弦的肩膀，示意他走得再快一点儿。

这个时辰，衡玉压根没睡醒。但沈洛和云成弦来找她，下人们不敢耽搁，进屋喊醒了衡玉。衡玉压下残存的困意，起身洗漱，得知沈洛和云成弦还没来得及用早膳，她命下人去传了早膳。

三人都不讲究什么食不言寝不语，衡玉喝了口小米粥，问起二人有什么急事。

"这件事你得问沈洛。"云成弦掩嘴，悄悄打了个哈欠。

沈洛将尚原的事情都说了，末了，他道："行唐关首战惨败，肯定要有人担责。现在正是用人之际，行唐关的守将不能轻动，密阁阁主是陛下的心腹也不能动，所以内阁和陛下把毫无背景的尚大人推了出来。

"尚大人行事果决，除了负责探听大周的军事情报外，还要监察百官的劣迹，这些年下来，他得罪了很多人，包括刑部尚书。

"如果陛下不保尚大人，再加上其他人落井下石，尚大人就算能活着走出刑部牢房，也绝对只能剩下一口气。"

"你想救尚原？"云成弦微微蹙眉，"他是你什么人？"

沈洛挥挥手："他不是我什么人。"

"不是你什么人你还这么积极救他？"云成弦的声音里透出诧异。

沈洛也有些诧异，但他是诧异云成弦的反应："我们御林军和密阁在职务上有交集，这一两年来我与尚大人有过几次接触，他是个好人。我要是不知道这件事就算了，现在知道了，总不能坐视不理。如果能出手帮些忙，哪怕救不了尚大人，也算是问心无愧。”

云成弦抿了抿唇。他知道沈洛不精于算计，也不懂得权衡利弊，所以他没有向沈洛解释营救尚原有多困难。

心思转了一瞬，云成弦问：“你祖父那边怎么说？”

沈洛说：“他说这件事他不能出面，但他给我提点了，说尚大人这件事关键还得看陛下。”

哪怕沈洛软磨硬泡，他祖父在说了那句提点后，就再也没有开过口。沈洛没办法，在这帝都又只和衡玉、云成弦两个人熟，自然就跑来找两人支招了。

不过被云成弦这么一问，沈洛倒是后知后觉意识到了自己行为里的欠缺之处。

这件事连他祖父都不乐意掺和，他却大大咧咧跑来找衡玉和云成弦要建议，想把他们拉上贼船……

想到这点，沈洛懊恼地拍了拍额头：“抱歉，要是你们觉得这件事麻烦……”

“无妨，这件事不算很麻烦。”衡玉出声打断了沈洛的话。

沈洛心性赤忱，他想要营救尚原，这件事本身并没有任何错。她虽然怕麻烦，但在沈洛要向正确的方向走过去时，总是应该帮一把的。

沈洛没有思考清楚后果就跑来找她和云成弦支招，不是因为他天真，而是他真的拿他们当好兄弟，觉得他们与他肯定意气相投，在听说了尚原的事情后肯定会出手相助。

而衡玉，愿意让他知道，他的想法没有错，他对她的认知与了解都是正确的。

衡玉说：“你祖父不能出面，是他的身份不合适。我不认识尚大人，不知道他过去做过什么，但我相信你看人的眼光。就算尚大人真的不算什么好官，也该用律法来惩罚他，而不是私底下用刑。”

沈洛的眼睛骤然明亮起来。

他刚想开口感谢衡玉，一旁的云成弦突然烦躁地揉了揉头发插话进来：“沈洛，我真是服了你了。行吧，当初我们不是特别熟的时候，你都敢为我得罪太子。现在你想做一件正确的事情，我总不能袖手旁观吧。”

沈洛眼里的光更亮了几分：“你们……你们真的要帮忙？”

“你来找我们，不就是希望我们陪你一起的吗？”云成弦更烦躁了，语气也变得不好起来。

但沈洛不介意，他不好意思地挠挠头：“是这样的。不过我那时候没意识到这件事可能会给你们带来负面影响，现在意识到了，就觉得你们能答应陪我胡闹，果然是真兄弟。”

云成弦觉得这人也实在是缺心眼：“真难为你到了今天才意识到我们是真兄弟这件事。”

他终于放缓了声音，柔声对沈洛说：“你打算做一件勇敢的事情，难道我就比你怯懦吗？我说，你可别看轻了我。”

第八十二章
欲买桂花同载酒 13

尚原这个案子牵涉太广了，不仅牵扯到密阁、刑部尚书，牵扯到前线行唐关，甚至还牵扯到了太子和康元帝。

当朝太子其实并非皇后亲生，而是皇后宫中的宫女所生，后来记养在皇后名下。

既为众皇子之长，又是名义上的嫡子，被立为太子也不稀奇。但因为他的生母身份实在太低，皇后又早已病逝，朝中无人为他谋划，太子的位置其实算不上十分稳固。这两三年来，太子一直在暗中结党营私，他手底下有不少人仗着他的名头横行霸道、为非作歹，也不是一日两日了。

别人不敢得罪太子，尚原可不怕。他在暗中调查太子那一系的人，查出了对方的不少劣迹。

太子那边早就察觉到尚原的动作，之前是没有合适理由对尚原动手，如今行唐关的事情一暴出来，太子一系立即抓住机会将尚原扳倒入狱，甚至觊觎上了尚原倒台后空出来的密阁副阁主的位置。

现如今各方势力都在拿尚原做博弈。

帝都看似仍风平浪静，实则已是暗潮汹涌。

兵部衙门里，礼亲王和沈国公正坐在一块儿喝茶。

他们姿态闲适，在旁人看来，这二人好像是在叙说家常。然而，他们聊的话题，却是与尚原有关。

沈国公将茶杯满上："尚原一案，你怎么看？"

礼亲王用食指轻敲桌面："刑部尚书是太子妃的祖父，他严刑逼供尚原，你说是完全出于私怨，还是为太子谋算？"

"不管刑部尚书是怎么想的，现在各方势力都拿尚原做博弈，这帝都早已暗潮汹涌。"

沈国公道。

礼亲王安静地看着院中："要救尚原吗？"

"我想救，但是不能救。"沈国公自嘲地一笑。

有时候越是身居高位，越是身不由己。如果他还只是个一腔热血的青年武将，早在尚原出事第一日，他就已经冒死上奏了。但他现在是武将一系的领头人，是大衍朝的沈国公，是一名要权衡利弊的政客。他站得太高，牵一发而动全身，反倒不能轻举妄动。

礼亲王怅惘："我想救，但是不好救。"

他的处境与沈国公相似。

沈国公有不能出手的理由，他同样有。

卷入政治旋涡久了，热血也没了。

"再等等吧，要是这朝中再没有人站出来救尚原，我会好好安排的。总不能真看着尚原就这么出了事。"礼亲王说。

"御史台和密阁那边怎么说？"沈国公问。

"尚原的确存在失职之处，御史台那边又能做些什么？至于密阁，不说也罢。"礼亲王沉默很久，"这朝堂啊。"

沈国公跟着沉默。突然，他又有些高兴地道："说起来，昨天夜里洛儿找我问了尚原的案子。这孩子，虽然性子顽劣了些，但本性不坏。"

礼亲王觉得好笑："你提点他了？"

"稍稍提点了几句。但他是什么水平我知道，凭他想救尚原，谈何容易？"沈国公不太抱希望。

礼亲王把茶满上，端茶微笑。

"谁也不知道年轻人能做到哪一步。当年行唐关被围困足足一月有余，城中粮草匮乏，早已孤立无援，你率五千先锋偷袭大周精锐，兵法布阵出神入化，以五千军大破三万敌军，最终成功化解行唐关之危，那时你也才刚刚加冠。"

提到过往，沈国公眼里多了几分微光："说得也是啊。"

那时候，陛下还不是陛下，礼亲王也还不是礼亲王。礼亲王于暴雨之中长跪在御书房门前一夜，得到帝王手书一封，调派充足的粮草亲赴前线，使沈国公免于后勤的顾虑。而他自己在那之后，却留下了雨天膝盖酸胀的后遗症。

那一战不仅升起了一颗将星，还升起了一颗帝星。

那时候，礼亲王还只是个跟在陛下屁股后面跑的小孩。

时光更迭，陛下成了陛下，沈国公反倒和礼亲王更有话说。

朝中众臣对尚原之案避之唯恐不及，衡玉三人偏偏满不在乎。

衡玉让沈洛把事情详细道来，她再次将事情重新梳理一番，心中逐渐有了成算。

衡玉早在不知不觉间成了三人中的狗头军师，她捡起一根枯草根，随手折了一段放到三人中间："营救尚大人的事情不能操之过急，当务之急是先去刑部保住尚大人，让刑部忌惮，不敢再随便对尚大人施以酷刑。"

再这么拷打下去，尚原的身体怕是要受不了了。她比沈洛他们都要清楚那些刑讯的手段。

衡玉自夸："和这种老狐狸打交道，当然还得我去了。"

沈洛小声"嘁"了一下，但也认可衡玉的话。朝中多的是老狐狸，这种能坐到尚书位置的，更是老狐狸中的老狐狸，要是他去的话，估计刚开口，就要被刑部尚书给忽悠瘸了。而云衡玉……这家伙精着呢，从来只有她忽悠别人的份。

"第二件事，是去打听行唐关一战的始末。我需要知道更清楚的细节，以便准确判断局势的发展。"衡玉抬眸看向沈洛，"沈国公在军中威望极高，他那边肯定知道很多内情，你哄哄他老人家，他老人家应该不会拒绝把消息透露给你。我爹是兵部尚书，消息渠道肯定也灵通，我今晚也去找他问问。"

"第三件事，就是沈国公说的，我们必须要清楚帝心何为。这件事就交给弦堂兄你来吧，以你的身份入宫很方便。"衡玉看向云成弦。

云成弦身体微微紧绷，一想到要去探知他父皇的心思，素来干燥的掌心就泛起淡淡汗意："我……"

"你可以的。身为皇子，你更应该了解帝心何为。"衡玉把手搭在云成弦的肩膀上，稍稍用力，仿佛是在给予他勇气，"别忘了，你现在还没有封地，难道你不想得到一个富庶的封地吗？现在就是最好的时机，明知不应为而为之，如果还能成功达成目标，这满朝文武和皇帝伯伯必然都会对你刮目相看。"

皇子是天潢贵胄。但是日后，除非是像礼亲王和康元帝这样情谊深厚的兄弟，否则等到太子继位，云成弦总是要去封地的。所以，多展示自己的能力，多获得皇帝的注目，这对他来说并不是一件坏事。

云成弦那密如鸦羽的睫毛微微下垂。似乎是想通了什么，他语气坚定："好，我去试试。但我不够了解父皇，这样，你给我说说我父皇的喜好，今夜回府后先琢磨琢磨该从哪里下手。我再厚着脸皮去问问你爹。"

"好！"衡玉两手一合，"事不宜迟，我们现在就行动吧。"

"好。"沈洛最为干脆，"何时再碰头？"

"明天傍晚再在这里碰头，你们看怎么样？"衡玉说。

云成弦深吸口气："我会尽力而为。"

三人分工不同，各自分头行动，衡玉回屋里换了身华服，以金冠束发，握着她的小金扇，坐上马车往刑部而去。

一到刑部，不用她吩咐，秋分已经拿着她的令牌机灵上前。他将一角银子悄悄塞给衙役："我们家公子想拜见江尚书，烦请通禀。"

衙役收好银子，请秋分在这里等着，他进里面去通禀。

刑部尚书正在惬意地喂着他养的鸟。

他平时没多少爱好，唯独爱养这些小玩意。如今刑部待客的花园里，挂了整整一排鸟笼，都是他养的。

"来，你这小家伙最金贵，吃这个谷吧。"

刑部尚书将一小撮颗颗饱满的谷子扔进金丝雀的鸟笼里。这种谷子是从南方千里迢迢运来的，米质极香，很贵，极难买到。

他含笑看着金丝雀一颗颗地啄谷子吃，直到听到衙役的通禀，脸上的笑才渐渐凝固。

礼亲王府的那位纨绔郡主？她为何突然造访刑部？

原是不想见的，但索性现在也没别的事情，便给礼亲王府一个面子，看看那位郡主葫芦里卖的是什么药。刑部尚书拒绝的话已经到了嘴边，又改口道："请她进来。"

片刻后，坐在厅堂主位的刑部尚书看见一"少年"金冠束发，锦衣华服，握着折扇翩然而至。

她瞧见刑部尚书的第一眼，便轻笑着开口，也不顾及左右有人在。

"江大人，您喜事将近矣。"

刑部尚书眼睛眯起："郡主此话何意？"挥手屏退了左右，请衡玉坐下。

衡玉悠然地坐下，诧异道："您不知道吗？"

她眉目间自带一股风流倜傥，诧异扬眉时，那股肆意几乎要溢出她的眉眼，一看便是被娇养得极好的少年人。

衡玉以扇掩唇："看来您也不知道，祸事将近矣。"

喜事将近。

祸事也将近。

刑部尚书直到现在，都没明白她想要说什么。

瞬间，谈话的节奏便被衡玉掌控。

衡玉在劝说刑部尚书时，云成弦也到了兵部衙门，并且顺利见到了礼亲王。

"九叔，请您教我。"云成弦俯下身子，恭敬行礼。

沈洛这边最为顺利，也最为不顺利。不顺利在于，他几乎把他祖父常去的地方都跑遍了，才终于找到了他祖父。顺利在于，他将来意告知，沈国公毫不相瞒，甚至借着这个机会给沈洛介绍了朝堂的几派势力。

他说得太多太快，沈洛苦不堪言："祖父，您能不能慢点？我记不住啊。"

沈国公恨铁不成钢："别人奉上万两银票求着我说我都不说，到你这里，怎么就这么麻烦？"骂了一句，再开口时，却也放缓了调子，一些比较重要和关键的环节他还多复述了几遍。

说到最后口干舌燥，沈国公以一句"就先到这里吧"结束了话题，他端起茶杯润喉。

这杯茶，沈国公喝了很久很久，不再作声。就在沈洛想离开时，他听沈国公问："真要救啊？"

"啊？"沈洛满不在乎，"救啊。"

沈国公笑："那就救吧。必要时……可以用我的名义来行事，这样应该会方便一些。"

沈洛连连摆手："还是算了，你一看就不是很想沾这件事，用你的名义来行事，所有人都会觉得我是受你指使的。还是用我自己的名义来行事更好。"

他叉了叉腰："这件事要是成功了，所有的功劳都是我的；要是失败了，陛下怪罪下来，也有你给我兜着。你看，我这算计得多好啊，您老人家就放心吧。"

看着沈洛那与自己年轻时有六成相似的眉眼，沈国公哈哈大笑。

他说："我很放心。"

这个孩子有着出乎他意料的莽撞，但他却比任何时刻都要放心沈洛。

"真的打算救人？"午后阳光微醺，礼亲王看着负手立在他前方的少年，说，"这不像你的性子。"

云成弦苦恼："实不相瞒，我也觉得这有点儿不像是我会做出来的事情。"

但是沈洛那家伙仗着年纪最大，总说自己是大哥，是兄长，可在云成弦心里，总觉得他更像是个弟弟。

现在，沈洛这个吵吵嚷嚷、大大咧咧的家伙，云衡玉这个性情顽劣、狡猾得像只狐狸的家伙，都选择了"不知天高地厚"，他在旁边看着，莫名其妙就生出了股连自己都没想到的勇气。

是的，管他那么多。

管他什么利弊权衡。

他要是在这个年纪就懂得了利弊权衡，懂得了玩弄权术，那别说只是获得父皇的宠信，他连储君之位都能谋取一番。

他可是纨绔啊。不知天高地厚，不识利益纠葛，这不都是理所应当的吗？

反正到了最后闹得再大，他都是父皇的儿子。

虎毒还不食子呢，他此番行事再怎么着，也不用担心小命不保。

"郡主……"刑部尚书额角微微渗出汗来，他紧盯着衡玉，面色冷峻，"听郡主刚刚那些话，并非不知形势之人。"

"我知不知晓形势，这是我的事情。但江尚书知不知晓形势，我就不十分确定了。"

衡玉打了打折扇，扇骨撞击在一起，发出清脆的响声。

"尚大人虽有错，但错不至死。他得罪江尚书，全因职责所在。现在皇帝伯伯正在气头上，所以对尚大人置之不理，等他的气消了，发现尚大人居然死于牢狱之灾，你觉得，皇帝伯伯会怎么想？一个公报私仇、谋害朝廷命官的尚书，真的配位吗？"

那抹挂在额角的汗，终于慢慢滑落下来。

刑部尚书喝茶，以袖挡住衡玉的视线。

再放下茶杯时，他已经收敛了所有的失态。

"郡主放心，刑部绝无公报私仇之人。"刑部尚书微微一笑，"之前可能是哪个手下没有注意，这才造成了误会，本官必然会好好管束这些手下，令他们好好照顾尚大人。"

反正之前连着下了四天的黑手，尚原的身体已经垮了，不适合继续任密阁副阁主一职。他的气出了，太子殿下交代的事情也完成得差不多了，给这位郡主一个面子也不算什么。

　　"江尚书的确是疏于管教了。"衡玉似笑非笑，"我想请个大夫去探望探望尚大人，不知江尚书能否通融？"

　　刑部尚书既然已经决定退让，就不介意多退让一些。

　　他在这一刻展示了极好的风度，他不仅同意了衡玉的要求，还主动提出把尚原安置到环境最好的牢房里，吃食方面也都会尽量保障。

　　目的达成，衡玉不再多留。

　　刑部尚书碍于她的身份，亲自送她出了衙门。

　　在衡玉即将走出刑部衙门时，刑部尚书右手负在身后，不辨喜怒地道："保尚原一事，是郡主的意思，还是亲王殿下的意思？"

　　衡玉满不在乎："保一个小小的密阁副阁主罢了，自是我的意思。"

　　"为何？"

　　"我这个身份，这个年纪，想保就保了，为何非要有个确切的理由？"

第八十三章
欲采桂花同载酒 14

衡玉走出刑部衙门时，外面正飘着鹅毛大雪。

她外罩红色大氅，行走在这一片白茫茫的空寂里，便成了风雪中唯一的一抹艳色，莫名带了几分青锋出鞘时的锐利与豪气。

刑部尚书看着她的背影，不知怎么的，就想起了少年时的那段岁月。只可惜他到了最后，还是成了老谋深算的政客，残害起了他年少时最想成为的那种正直不阿的臣子。

待亲王府的马车远去，雪地里只剩下两排碾得极深的车辙，刑部尚书缓缓回神，他侧过脸，召来下属，喜怒不辨地道："去给尚原请个大夫，再换个好点的牢房。再怎么着也是朝廷正四品官员，要是不明不白死在了刑部牢房，倒是徒惹了一身骚。"

成为政客也没什么不好的。在这朝中，哪怕是礼亲王和陛下这种天潢贵胄，也不敢说自己真能永远顺心。

马车回到亲王府，衡玉被秋分扶着下了马车，刚在雪地里站稳，礼亲王的贴身随从便小跑上前："郡主，王爷让您去他的书房一趟。"

衡玉轻轻颔首，抱着暖手的汤婆子进了府。冬至打着伞，紧紧地跟在她身侧，为她挡去那越下越大的雪。

书房里烧着旺旺的炭，衡玉一入内，便脱去了罩在外面的大氅，随意递给伺候的人，缓行两步绕过屏风，见到了正在练字的礼亲王，喊了一声："爹。"

云成弦站在御书房门口，明明今日格外冰寒，他却觉得自己像是被架在了炉火上烤，整个人急躁难言。

礼亲王的教导滑过心头，云成弦鼓足最后一丝勇气，出声请见康元帝："父皇！"

一入御书房，他便撩开衣摆，猛地跪倒在地，额头紧贴地面。听到那清脆的跪声，他感觉膝盖怕是已经因这一跪而青紫起来。

沈洛辞别祖父，绕过长廊往他的院中走去。

快要进院子时，似是想到了些什么，沈洛脚步一顿。

他对书童说："趁着现在天色还早，你带些人去尚大人府中，看看尚夫人他们有没有什么难处。如果有难处，不用请示我，你自己见机行事。"

翌日，禁卫军值班结束。

禁卫军身为帝王亲卫，里面有不少人是官家子弟，被家里送来这里镀金。他们手头宽裕，值班结束后，就有人吆喝着去酒楼吃酒。

沈洛平日里和他们关系不错，也被邀请了。

沈洛摆摆手："我今天不行，有些事要忙，告辞了。"连衣服都没换下来，就握着他的剑急匆匆往外走。

"哎，这人今天怎么回事？"同僚站在他身后，对于他的匆忙离去有些不明所以。

出了皇宫，沈洛直接骑上马。因是雪天，地上积雪厚了些，马蹄容易打滑，沈洛骑马的速度并不快，等他绕进亲王府所在的巷子时，恰好与同样刚忙打赶来的云成弦迎面碰上。

瞧着云成弦如出一辙的急切，沈洛哈哈大笑。

云成弦心思敏锐，瞬间猜到他在笑什么，于是也不免笑了下。

两人已经是亲王府的常客，连通报都不用通报，就被下人领着去了衡玉的院子。一入院子，诱人的香味便直钻两人的鼻子。衡玉散着头发，斜倚着石柱，懒洋洋地对二人道："就等着你们二人来吃饭了。"

沈洛小跑进亭子里，吸了吸鼻子："你也太悠闲了。"

衡玉将两个汤婆子递给二人："要不是太悠闲了，也不能陪着你瞎折腾。"

他们坐下吃起涮锅。

这个天气，吃这种涮锅最为合适。

刚吃了些东西，衡玉便先开口了。

她手里的事情都圆满完成了，所以没什么好多说的。

紧接着，沈洛说起他那边的情况。

沈洛用帕子擦了擦嘴角："行唐关一役，颇多巧合。"

"怎么说？"云成弦好奇道。他只负责打听宫中的消息，对前线的情况了解甚少。

"你们也知道行唐关到底有多重要。自建朝至今百年来，我们与大周在行唐关交战了不下百次。它是我们和大周之间的一道天险，如果行唐关失守，行唐关身后的十六座城池几乎无险可守，大周军队势必会长驱直入。所以行唐关那里素来是重兵把守，且是精锐之师。

"但就在一个月前，行唐关侧方进行了换防。大周掐算好了时间，赶在一个风雪夜里以尖兵为阵，直袭行唐关侧方的一个镇子。当行唐关将领得知消息，急匆匆派兵前去援助时，那一万人的军队在一个最不可能被伏击的地带，遭遇了五万大周军队的伏击，全军覆没。

"行唐关里的蒋将军，说得好听点，是多年老将，谨慎小心；说得难听点，就是畏

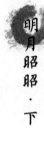

缩不前，怕担责。被大周这么迎头痛击，他整个人被打得半蒙了，就在这个时候，他收到了一条线报。"

谈论政事不是沈洛的长项。但身为国公府嫡长孙，他的军事素养是一等一的，此时说起来也是头头是道。

听到这里，衡玉微微拧起眉心："那条线报是密阁的人送来的？"

"没错。"沈洛点头，"行唐关的将领按照那条线报进行反击，结果……那条被冒死送出来的线报里提到的时间、地点和人数全都是错误的，那是大周特意放出来迷惑我们的消息。那一役……"

说到这里，沈洛的肩膀轻轻颤抖起来。他用力克制了许久，才再次开口："我大衍，痛失两万精锐。"

最艰难的话已经说出了口，后面的话也就变得顺利起来：

"因着这，行唐关守将和密阁相互推诿，最后又牵扯进了各方势力，才导致了尚原的入狱。"

仅此一役，就牺牲了足足三万的青壮年。他们代表了三万个家庭，他们身后有近十万的家人。

一时之间，院子里只有北风呼啸席卷而过的刺耳破空声，夹杂着沈洛急促的喘息声。

他就是觉得，这一切，不应该是这样的啊。

行唐关一役牺牲了那么多士兵，但是朝中对此的反应，还没问责尚原的反应大。按理说，最重要、最应该放在第一位的，难道不是抚恤士兵吗？

如果说文臣不知道戍边之苦，不知道战火弥漫时百姓的痛楚和挣扎，难道他祖父也不知道吗？为什么……为什么祖父也和其他官员一样，选择了置之不理？

这个答案好像很简单，沈洛又宁可自己真的什么都不懂。

就在沈洛的情绪越陷越深时，突然有人将一捧雪塞到了他的脖子里。冰凉的雪触碰到温热的肌肤，瞬间就化开了。

沈洛没有丝毫防备，气得险些跳脚，号叫道："云衡玉，你杀人啊！"

与此同时，一直在给衡玉使眼色的云成弦也趁他不备，将一捧雪直接拍到了他的后脑勺上。

那股凉意还没完全散去，又一股凉意自沈洛天灵盖直袭而下。他这回是真的跳脚了，咬牙切齿道："你们两个混账，没有人性的王八蛋！"

"客气客气。"衡玉谦虚。

"彼此彼此。"云成弦谦让。

沈洛一时语塞。

"你刚刚在想什么？一直在走神。"

衡玉逗完他，也不可能真的看着他这么狼狈，朝后面一招手，婢女们纷纷上前，给沈洛擦拭头发、送姜汤，忙成一团。

沈洛吸了吸鼻子，他发现，被这么一打岔，那些波涛汹涌、几乎将他整个人淹没的情绪，已经于无声无息间化去了。他说："没想什么，我就是下定了决心，必须把尚大人救出来。而且，我一定要想办法让那些人的算盘全部落空。"

他虽然阻止不了某些人的利欲熏心，但他要想办法破坏那些人的如意算盘。

当然……他也不知道该怎么去破坏就是了。

衡玉看着他上一刻还在愁眉苦脸，现在又在贼眉鼠眼。她其实知道沈洛为什么而悲，为什么而愤，但她不知道该如何劝沈洛。

对于他这样富贵懒察觉的少年来说，世界要么是白的，要么是黑的，很难容下既不是白也不是黑的灰色地带。

但这世界，偏偏多的是灰色。

很多人起初非黑即白，后来都入了善恶混沌，行事不问对错，只谈立场。这其实很痛，偏偏又难以避免。

世人喜欢把这称作"成长"，可它也未必不是对年少时的自己的背叛。

衡玉亲自用公筷夹了一筷子肉，放进沈洛碗里，平静地道："放心吧，尚大人肯定能救出来。要是出了什么事，我陪你担着。"

"是啊，我觉得局势没有想象中那么可怕。"云成弦笑着，把三人的酒都满上。

沈洛嗷了声，面露不屑："什么担着不担着的？要是出了事，做大哥的能让你们担着？"心底却柔和了下来，掩饰般地低下头扒了两口饭，这才继续说起牵扯其中的各方势力。

以太傅为首的文臣一系，以他祖父为首的武将一系，以太子为首的太子党，以礼亲王为首的纯帝党……

说着说着，沈洛有些不好意思地挠挠头。

他压下几分不自在，向两人邀功："我昨天还派了我的书童去尚府，你们猜怎么着，尚老夫人正发着高烧卧病在床。尚夫人素来病弱，府里一时也没个管事的人，到处都乱糟糟的，书童就拿了我的令牌去请了大夫，我又送了些名贵的药材去，现在尚老夫人的身体已经没什么大碍了。"

衡玉诧异，夸道："做得好。"

昨日事发突然，她疏忽了尚府那边，没想到沈洛能想到这点。

"那可不，小爷能差到哪里去？"沈洛一副气焰嚣张、小人得志便猖狂的肆意模样，看得云成弦的手又痒了起来。但他还没来得及偷袭，沈洛就先一步问他："老二啊，你快来夸我，能不能上道一点？"

"你说谁是老二？"云成弦额角青筋微跳，实在受不了这个令人牙疼的称呼。

"嘿嘿嘿，说的是谁，那个人自己心里清楚啊。"

云成弦摆不出那副冷若冰霜的沉稳模样了，扑过去揭他。

衡玉趁机夹了块鹿肉，蘸了酱料，品尝起美食，对两人的打闹视而不见。

等她吃得半饱了，终于开口："弦堂兄，该你说说了。"

"行。"云成弦也打累了，抖了抖手，重新坐直，又是一副洛城风流无双的清冷神态，"我父皇还没想好要怎么处置尚原。"

这是从昨日的对话里，云成弦得出的结论。

他发现，只要他不把他父皇当作洪水猛兽去看待，其实……他父皇也不是那么难以沟通。这个压根不算是结论的结论，让云成弦对康元帝的态度发生了细微的变化，他也隐隐摸到了揣测帝心的窍门。

他继续道："我感觉……我父皇在等别人给他一个台阶。"

闻言，衡玉顿时来了兴致。她身体前倾，离云成弦近了些："仔细说说。"

云成弦点头，边回忆着昨天的情景，边娓娓向衡玉他们解释。

昨天傍晚，他进了御书房跪下后，没有直说尚原的案子，而是开口说了他府中的一件事，借那个事来影射尚原的案子。

康元帝不知道是否听懂了云成弦的暗示，但在云成弦问他该如何处理这件事情时，康元帝的回答是："就算你的仆人再忠心，他也会有犯错的时候。身为主子，不赏罚分明，要如何约束你府中的其他人？但他既然罪不至死，罚过了，也就该找个由头把他放了。只是这个罚的度，必须把握好。"

云成弦的速记能力很强，他几乎完美复述了康元帝的这番话。

云成弦又对衡玉道："我问过你爹，他说父皇对朝中的老臣素有恩待，他那个人……最是心软不过，如今尚原和尚府的遭遇，他应该也是看在眼里的。"

衡玉在脑海里迅速过滤云成弦的话："我认可你的判断，皇帝伯伯现在的确是在等一个台阶。这个台阶必须有足够的说服力，能够说服皇帝伯伯，也能够说服满朝文武，让那些想要从尚原身上谋求利益的人全部对此无话可说。"

"你想到了？"沈洛惊喜。

衡玉白了他一眼："我还在想。"

她的确想到了几种方法，但是都没有十足的说服力。

就在三人陷入思索的时候，院外突然传来一阵急促的脚步声，随后，冬至急匆匆进了院子，朝衡玉俯身行礼："郡主，刑部来人了，他说是奉了尚原尚大人的命令，来给您送一样东西。"

东西冬至已经带来了，他双手奉上。

那是一个木盒，打开木盒，里面躺着一封信。

衡玉拆开信，里面只有一句话：

> 如若方便，烦请郡主明日午时一见，本官有要事相商。
>
> ——尚原

沈洛也探了个头过来，他震惊道："尚大人为什么突然要见你？"

"有意思。"衡玉合上信，"我们想要找的台阶，尚大人怕是已经为我们想好了。"

朝中各方势力，都想拿尚原来做一颗棋子进行博弈，但是他们在博弈的时候怕是忘了，尚原一个毫无家世背景的人能坐到密阁副阁主的位置上，他的手段绝对不简单，他是绝对不会安心做一枚棋子任人摆布的。

那些人用他来下棋，他自然也要想办法破局。

"所以你是打算去见见尚大人？"云成弦说。

衡玉肯定道："当然要去。尚大人在密阁副阁主一位上已经待了六年时间，他肯定会有后手的。我们三个人身份虽高，但都没什么实权傍身，如果有他相助，我们想要营救他，肯定会方便很多。"

刑部牢房里，年过四十的尚原一身血衣。

他被关在牢房里整整六日，在这样的寒冬腊月天里刚遭受了酷刑，他的精神状态看上去并不太好，但依旧坐得笔直，似有青锋长剑欲从他的背脊里破骨而出。

此时此刻，他正在这间干净的牢房里下棋。

棋盘是他自己在地上画的，棋子是他问衙役要的。

如今棋局之上，黑白棋子交错纵横，白子胜算明显，气势汹汹。

然而，就在白子胜利在望之际，尚原拈起一颗黑子，在一个不起眼的角落轻轻落子。棋子落下，发出轻微的撞击声。只是刹那之间，白子的布局尽数被破，谋划落空。

黑子虽前期死伤惨重，却因这一步棋成功翻盘。

看着这已经彻底被颠覆的棋局，尚原那端凝肃穆的脸上终于泛起一丝浅浅的微笑。

他将地上的棋子一一收回棋盒里，转过身子，天边的余晖坠落进他的眼瞳。

"倒是突然有些想饮酒了。罢了，无人共饮，这酒也就没了滋味。"

为官数十载，他无人同行，无知己共饮。这京城的官，当得可真是没意思，还不如他以前在边境当小小县令时有滋有味。

第八十四章 欲买桂花同载酒 15

衡玉平日里都是睡到日上三竿才醒，今天难得起了个大早。她去了趟正院，见到了正准备出门去兵部的礼亲王。

突然瞧见她，礼亲王有些诧异，第一反应是看了看天色，确定太阳没打西边出来："过来请安？"

衡玉要是过来请安的，那太阳就真的打西边出来了。她行了一礼，对礼亲王说："昨天傍晚，尚原大人托人给我送了张字条，请我今日午时去刑部牢房一见。我打算过去见见他，所以特意来跟爹您说一声。"

礼亲王蹙起眉来，有些没想明白尚原此番的用意。

他斟酌一二，知道衡玉是过来知会他而不是询问他意见的，所以沉默了一下，便道："既然是尚原主动相邀，去看看也好。"

"不过——"

"若他请求你做什么，你好好考虑，别一冲动便随意答应下来。"

"爹放心，女儿知晓轻重。"衡玉再行一礼。

目送礼亲王远去，她刚准备离开正院，妹妹云衡茹突然掀开帘子，从屋内迈步而出："长姐，你应该还没用早膳吧，要不要留在院子里一道用膳？"

衡玉脚步微顿，知道这是礼亲王妃的意思。她与弟弟、妹妹平日里相处得还不错，就没有拂礼亲王妃的面子："也好。"

用过早膳，衡玉在书房里把半本游记看完，起身回屋，命人给自己换了身出门的衣服，提着食盒坐上马车赶去刑部，恰好在正午时抵达刑部牢房。

用银子打点一二，再把身份一亮，衡玉便顺利进了刑部牢房。

一入内，一股刺鼻的血腥味混杂着腐朽潮湿的霉味扑鼻而来。衡玉很少闻到这种味道，本还有几分犯困，这下子彻底被冲醒了。

距离尚原的牢房还有一段距离时，衡玉就看到了他。

其实她不知道尚原的牢房具体在哪一间，但看到那张脸、那双眼时，她就莫名肯定，那个人就是尚原——

能把冬日阴寒、暗无天日的牢房视若无物；

哪怕身上几天前才被严刑拷打过，依旧坐得端正，不愿露出疲态与懈怠，对别人狠，对自己更狠；

若不是他脸色苍白无力，唇色发青，额角的大块伤疤刚刚结痂，也许没有几个人能够看出来他在几日前到底经历过些什么。

尚原似乎注意到了她，抬起眸来。

他有一双深如寒潭的眼睛，如鹰隼的眼般锐利，像是在暗处窥伺猎物的猎人。但那种威慑力，在与衡玉对视后，迅速收敛起来。

"郡主。"尚原开口，声音里透出几分沙哑与疲态。

衡玉点头："尚大人。"

她侧头看向衙役，衙役会意，上前把牢房大门打开，离去时低声道："郡主，只有一刻钟的时间，还望尽快。"

衡玉接过冬至手里提着的食盒，自己拎着进了牢房，来到尚原面前蹲下，华丽的衣摆在肮脏的地面上铺开，她依旧一派悠然从容。

"尚大人应该还没用午膳吧？"衡玉打开食盒，取出一碗汤递给尚原，"我命厨房炖了乌鸡汤，里面加了百年人参，尚大人先喝些吧。"

尚原没客气。

刚刚衙役说的话他都听到了，只有一刻钟，没必要因为些虚礼而耽误时间。

喝下这碗还温热的乌鸡汤，尚原的脸色好了不少，只是少许工夫，他脸上的青白便消退不少，唇峰上也多了几分血色。

尚原轻声道了句谢，直言道："郡主、三皇子和沈少爷为下官做的事，下官已有所耳闻。"

衡玉并不奇怪。

如果尚原不知道的话，他不会写字条邀她前来。哪怕是在刑部，尚原想要知道一些消息也不难。

见衡玉面色如常，颇为镇定从容，尚原心底对她的评价又高了几分。

"下官知晓郡主是可信之人，因此接下来就直言了。"尚原轻吸口气蓄积力气，"敢问郡主，朝堂局势现在到底如何了？"

"多个党派相争不下，他们翻出了大人昔日的一些污点，以此进行攻讦。里面许多人只是想着保住行唐关将领，将尚大人拉下马，并不想置大人于死地。不过也有一部分人想趁着这个机会要了大人的性命。"

水至清则无鱼，哪怕是刚直如尚原，都不能说完全没有污点。没有污点的人是圣人，却很难是朝廷高官。

尚原对衡玉的回答，并不感到很意外。

"那陛下对此的态度如何？"

"陛下还没下定决心，但据我们推测，应该是念着大人的。"为了佐证自己的判断，衡玉把康元帝的话快速复述了出来。

尚原稍稍松了口气。只要陛下仍然顾念旧情，没有想置他于死地，他就还有机会翻盘。

尚原抬起眼，直视衡玉，说："此事之后，下官怕是再也无法待在密阁副阁主的位置上了。所以下官会亲自上书，直陈无能，请求辞官回乡。

"这些年里，下官虽有荒唐事，但素来忠君护主，在其位谋其政，哪怕没有功劳也有苦劳。陛下最近因行唐关一事厌弃我，但若我主动辞官回乡，那厌弃就会淡化，对我的亏欠就会占了上风。"

说到后面，尚原嗓子痒起来，连连咳了一阵。

这阵咳嗽用了他十足的劲，待他咳完，一股疲倦自心底油然而生，那原本绷得笔挺的背脊也有些弯了。

衡玉点头，认可尚原的判断，但是她说："事情不会这么顺利的。"

"是的，下官这些年得罪了很多人，太子一党的人心心念念置我于死地，他们不会让我这么顺利就把折子递上去，并且辞官回乡的。"

说到正事，尚原压下颓唐："这正是我寻郡主的原因。我今日见郡主，是想和郡主说三件事。"

衡玉洗耳恭听。

"第一件事，是想请郡主入宫，将我的遭遇和心迹都告诉陛下。太子的人能拦住我的人入宫，但绝对拦不住郡主。"

救尚原，本就会得罪太子。衡玉直接点头："可以。"

"第二件事，是想请郡主去一个地方，取走两样东西。那两样东西，一为木盒，一为玉盒。木盒里装着的，全部是太子一党官员的罪状。到那时候，他们必然自乱阵脚，一时之间没办法再顾及我的事情。"

尚原的眉蹙了起来，他似乎再也承受不住了，弯下背脊，咳得撕心裂肺。

衡玉连忙递给他一碗水和帕子，尚原压下喉间痒意，喝完碗里的水，用帕子擦了擦脸："至于那个玉盒，郡主找个安全的地方藏好。不到关键时刻，千万不要拿出来，更不要透露给任何人。"

他那双如寒潭般的眼睛紧紧盯着衡玉，似乎是想要从她那里得到一个坚定的答复。

衡玉隐隐猜到那个玉盒里装着的是什么东西了。

尚原既然能查出太子一党官员的罪证，那他在查的时候……会不会顺带查到了和太子本人有关的罪证？

如果她猜得没错，这样东西留在她的手里……太烫手了。

没等到衡玉的答复，尚原的心渐渐冰凉下来。

是的，这两样东西太棘手了。他会落到今时今地的处境，与这两样东西脱不了干系。

世人都喜欢趋利避害，连他自己在查案的时候都几次产生过犹豫，又怎么能够强求眼前这位姑娘去接手他留下的烂摊子？

虽然能够理解衡玉的选择，但尚原还是无法克制地失落起来。

这两个盒子里的东西，耗费了他足足六年的时间和精力，是他人生中最后的勇气。

现在这种情况，他哪怕豁出命去，把这两个盒子交给陛下，陛下为了太子，也肯定会把这些事情都遮掩了，轻拿轻放。

现在还不是把玉盒拿出来的最好时机。但他没有那个能力再保管玉盒了，他遍观满朝、满洛城，唯有她、沈小少爷和三皇子是真心救自己的。但沈小少爷太单纯，三皇子因身份特殊也无能为力。

如果她拒绝了自己……

就在他的心一点点冰凉，就如同出仕二十年，骨子里的热血一点点变得冰凉一般时，衡玉点了头，无论是神态、动作还是语气，都和先前一模一样："可以。"

如坠冰窖的心，在那一刻回到了原地。

尚原难以置信地抬头看她。

衡玉在他的注视下平静地说："我会尽快把木盒呈上去，也会为大人保留玉盒。如果有朝一日大人觉得时机到了，想要取回玉盒，尽管来找我。"

"郡主，"尚原用力咽了咽口水，眼角莫名湿润起来，"你……"

"只是保存罢了，你又不是让我马上把它交上去。这些事情，只能算是小事。"衡玉依旧平静。

尚原说不出话来，直到此时，他才从心底真正平等看待衡玉，而不是只把她当作一个聪明良善、保留底线的后辈。

他展袖，不顾背上才结痂的伤口，缓缓俯下身子向衡玉行一大礼，真心实意地道："多谢郡主！"

衡玉坦然受此大礼。

行完礼后，见时间实在耽误不得，尚原直起身来："第三件事，是想问郡主，你可想要密阁副阁主一职？"

衡玉与他对视，微微眯起眼来。

尚原说："各党派都盯着我这个位置，似乎早就把这个位置视为自己的囊中之物，但下官凭什么任他们算计？凭什么任他们抢走属于我的东西？哪怕它不再属于我了，也应该是从我手中送出去，给一个我认可的人。

"我朝从未有过一名女子入仕，但密阁不同于六部，它本身行的只是侦查监视之职，在密阁里，我们也培养了不少女子做密探。所以，如果女子要入仕，密阁是最合适的。

"在那个位置坐了六年，如果郡主想要，下官定会尽力谋划，并且将自己的所有心腹及人脉都交给郡主。如此一来，郡主便可以在最短时间内坐稳那个位置，也无人敢因郡主的女子身份而随便置喙。"

现在，就等眼前的人告诉他，她是否要这个位置了。

尚原想到这，心底苦笑了下。他觉得，想要对方答应下来这第三件事，怕是比要对方答应下来第二件事还难。

这位……可是名副其实的大衍第一纨绔啊。

"容我思考一番吧。"衡玉没有直接拒绝，而是给出了这个答案。

"好。"今天的一切已经算是意外之喜，尚原也没有再强求。

探视时间已经到了，尚原远远就瞧见衙役走来的身影。他迅速说了一个地址，确定衡玉已记下，他垂下眼，执起筷子慢慢吃起衡玉带给他的食物。

衡玉回到府里，先补了个觉。一觉睡醒，她坐在窗边看着窗外飞雪。

就在衡玉无所事事发愣时，一个栗子突然掉落在她的窗前。

衡玉愣了愣，伸手捡起栗子。栗子入手还带余温，显然是刚出炉不久的。她剥开尝了尝，只觉栗肉香甜绵软。

在她吃完这颗栗子后，又有一颗栗子准确地落到她的窗台上，衡玉捡起来再吃。

连着重复了六次，衡玉扬声："还站在外面不进来，你不觉得冷吗？"

窗户被人从外面推起来，露出沈洛那张眉目张扬的脸："你怎么猜到是我的？"

"这还用猜？除了你，还有谁这么幼稚啊？"衡玉抓起窗台上的雪撒向了他，笑着说。

沈洛好脾气地抹掉雪。

他素来好脾气，哪怕气得嗷嗷叫，那气也是一阵的，很容易就过去了。

"今天你与尚大人聊得如何？"

"尚大人的确是个好官。"衡玉诚恳道，"他还给我许了一件天大的好处。"

"什么好处啊？"

"他问我想不想做大官。"

"做大官？"沈洛的第一反应并非"女子也能做官？"，他的第一反应是，"你平日里这么懒散，又已经是富贵权势到了头，干吗要做官啊？"

做官多累啊。要不是他是家族的嫡长孙，生来就有责任在身，他肯定要当一辈子的纨绔。那生活啊，简直美死。

"我也是这么想的。"衡玉颇为赞同，"但是那个官还挺自由的，不用一天到晚去点卯，哪怕我三五个月不去衙门好像也没什么大事。这个又让我有点儿心动。"

沈洛眼巴巴地看着衡玉，比衡玉心动了上千倍不止。他小心翼翼地问，生怕这种官职是一场梦："什么官啊？"

"密阁副阁主。"

沈洛险些脚底一打滑："什么？等等——"他狠狠抹了把脸。

在他整理思绪时，衡玉继续说："你昨天不是还在嚷嚷，要破坏那些人的如意算盘吗？只要我取了密阁副阁主的位置，那些人的如意算盘就全部落空了，我也将成为整个棋局里最大的赢家。你觉得如何？"

沈洛并不高兴，他下意识地抿了抿唇："我们最开始想救尚大人，又不是想从他那里谋求什么，你要是不想当就不当，反正天下那么多俊杰，除了你，其他人也能当。"

听他这么一说，衡玉唇角微微一弯，旋即很快放平下来："你这么想，我很高兴。但这个机会千载难逢，它现在就摆在我的面前，只要我说上一声'要'，尚原会拼尽一切为我谋划。有了这个权势，我既可以为百姓做些什么，也可以寻到新的事情打发时间，而且在你们想要做些什么事情的时候，就更方便。"

沈洛与她对视："但你也会变得身不由己。"

沈洛从来不是个聪明人，在某些方面却异常敏锐。衡玉点头："是的。"

"你原本是整个大衍朝最有资格任性、玩世不恭的人。"

"是的。"

"你可以一直如此。"

"我的确可以一直如此。"

沈洛和云成弦都有可能变，唯独她，可以一直如初。

因为，她已经如此走过了漫长的岁月。

"那就一直如此。"

衡玉轻笑了下："可我怕你和弦堂兄很难一直如此。而且你们遇险我不会坐视不管，万一你们把天捅破了，身为纨绔的我帮不了你们，那可怎么办？总不能眼睁睁看着你们出事吧？"

总不能明明已经看不惯很多事情，却还是放任吧。

总不能眼睁睁看着沈洛和云成弦在政治旋涡里苦苦挣扎吧。

总不能眼睁睁看着行唐关陷入无尽战火，边境十室九空吧。

看来这辈子她又不能当个纯粹的纨绔了。

衡玉这么想着，朗声大笑起来，对沈洛说："来切磋一番，我已许久没和人动过武了。"

突然被衡玉拉起切磋，打到最后，沈洛累得嗷嗷叫，已经把自己想说的话都忘了个一干二净。送走沈洛，衡玉派去取盒子的人回来了。

衡玉将玉盒放在她床下暗格里，木盒摆在床头，打算明日再入宫呈递给康元帝——现在这个点，宫门已是落锁，她进不去。

做好这一切，衡玉又去见了礼亲王。她的第一句话就是："我打算入密阁。请爹放心，我不会随意插手党派之争，影响爹的立场，只一心为大衍谋划，所以，还望爹能助我一臂之力。"

一切事情都变得顺利起来。

先是衡玉低调入宫，呈上木盒。

太子一党的几个重要官员自顾不暇，只想着如何保住自己，已经无心去针对尚原。

随后，尚原上书，自陈其罪，并且说自己已经不配再任密阁副阁主，为了不误国误民，自请离去。康元帝看到尚原的折子后，命人将他接进宫里。这对君臣不知道说了些什么，足足聊了近一个时辰，等尚原出来时，他满脸泪痕，康元帝也隐有泪意。

再之后，康元帝召礼亲王、沈国公、太傅等人进宫，又将太子一并叫来，与他们商量起选谁接替密阁副阁主之位。礼亲王和沈国公早已达成共识，彼此对视一眼，没有说话，最近太子忙得焦头烂额，不知内情，试探性地举荐了几个自己的人。

康元帝脸色毫无变化，却在太子开口后，沉声道："朕倒是觉得，衡玉颇能担此重任。"直接拂了太子的面子。

太子脸色一变，却不敢再说话了。

太傅见三人都没说话，沉默片刻，也没开口。

见众人都没意见，康元帝淡淡道："那这件事就这么定了。"

听到这句话，礼亲王才做了个样子："陛下，小女年纪尚幼，又素来荒唐，如何担得起朝中正四品一职？"

"无妨。"康元帝放下茶盏，轻声道，"短时间内，这个消息不会公布出去，直到衡玉做出政绩来再公之于众也不迟。衡玉也和朕说了，希望朕能给她些时间考察她。"

礼亲王这才不再多言。

康元帝交代完自己想说的事情，就命礼亲王他们退下了。

太子在康元帝面前还能稍稍克制自己的情绪，一出御书房，脸色就彻底沉了下来，甩袖而去。

这一幕，恰好被前来找康元帝的云成弦收入眼底。

他心底冷笑了下，垂下眼，恭敬地进了御书房。

第八十五章 欲买 桂花同载酒 16

尚原一案的后续发展，出乎朝中所有人的预料。

绝大多数人原以为，这次案子，会是太子一党全面胜利。

结果尚原确实是辞官了，但瞧着陛下赐下的那些东西，就知道陛下依旧是记着这位臣子的；密阁副阁主的位置也确实是空出来了，但没落到太子一党手里；陛下确实是更关心他的儿子了，但关心的是老三。

可以说，太子一党这次不仅没讨着一个好，还把三个重要的官员都折了进去。

在整件案子中，衡玉、沈洛和云成弦三个人也正式进入朝中官员的视线。朝中官员对于他们为什么会站出来保尚原众说纷纭，各种阴谋论甚嚣尘上。

然而，有人在听完他的猜测后，轻叹着问："为什么诸位都觉得他们一定是受到了某人的授意，而非他们少年气盛，看不惯这样的不公不允才出手相助呢？"

有人嗤笑："他们三人获利这么大，你说他们真的没有半点儿别的心思？"

"他们以善以诚待人，尚原于绝地反击时，顺便为他们谋划一二以报答他们的情谊，又有何不可？好人有好报，这个道理，我想诸位在幼年攻读'四书五经'时都曾经学过吧。"

那些背地里的争执，衡玉三人全都不知道。

今天是沈洛和云成弦的休沐日，一大清早，二人就骑着马来到礼亲王府，和衡玉碰头后，三人一块儿往城北赶去。

尚府就在城北。

尚原在十天前已经从刑部牢房里被释放出来了，养了十天的伤，身体恢复了不少。他既感谢衡玉他们奔走相救，又感谢他们照顾他的家眷，所以趁着休沐日给他们下了帖子，请他们到府上饮酒吃宴席。

三人一到尚府，发现尚原穿着蓝袍，束着玉冠，外罩灰色大氅，亲自站在大门口迎接

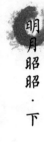
他们三人。他两手笼在袖间，立如修竹苍松，目光温和清浅。

"三位小友，你们到了。"尚原含笑道，态度自然而熟稔，仿佛是在迎接三位许久未曾相见的友人。

哪怕这三位友人是满帝都都有名的纨绔，哪怕他们三人比他小了一轮多。

沈洛几乎是不自觉地拘谨起来。要知道，哪怕是入宫面圣，他都是一副天不怕地不怕的样子。

云成弦也抓了抓脸颊，觉得有些不好意思。

其实，朝中的任何官员见了他都是以礼相待、恭恭敬敬的，但云成弦知道，这种恭敬源于他的身份，唯有这一次，是源于他的所作所为。

"到了。"衡玉将马缰递给尚府的下人，回身抱拳行了一礼，"怎么还劳烦大人亲自相迎？"

"屋里炭火足，我有些待不住，就出门透透风，这一会儿的工夫你们就到了。"尚原请他们进府，"你们莫拘谨，当这是自己家就好。"他一笑，话音一转，调侃起来，"不过我府邸小，可能经不起折腾，你们把它当成自己家的时候也要注意一下我囊中羞涩。"

闻言，沈洛和云成弦都笑起来，放松了不少。

尚府的确和尚原说的一样，不大，布局简单。

尚原为官清廉，不喜官员贿赂成风，本人除了该拿的银子就没碰过其他钱。而住在京城里花销大，尚府简陋也情有可原。

沈洛和云成弦看多了奢华的建筑，此时瞧着尚府，倒没觉得有什么，他们反而觉得尚府哪哪看着都很顺眼——作为纨绔，他们何时被人如此礼遇感激过？

屋子简陋不要紧啊，他们心情美滋滋的。

尚原是什么人？哪怕沈洛和云成弦没把高兴写在脸上，他依旧能看出来。于是他就被他们这种纯粹的喜悦给逗笑和感染了。

他心想：和这些少年待在一起，自己的心态也变得年轻了不少。看来等日后回了老家，收上一两个学生悉心教导，倒也是个不错的主意。

"到了。"尚原开口，待客的正厅已在眼前。

尚夫人已经在里面恭候多时。进了屋里，众人解掉大氅，将要入座时，沈洛挠头："我们是不是该去向尚老夫人请个安再入席？"他记得去其他府里做客时基本都有这个流程。以往他从不在乎，但现在……他总希望自己能够不失礼。

尚原微愣，着实没想到沈洛会注意到这一点，转念一想，他又微笑起来，感慨这份赤子心。

尚夫人笑道："老夫人还在睡着，不如等会儿开席，我请她出来与我们一道用膳。她素来喜欢俊秀的少年郎，说瞧着他们，自己也觉得有了活力。等会儿瞧见你们肯定高兴。"

沈洛高兴地应了声好。

酒早在尚原去迎接三人时就已经温上，到现在温度刚好能够入口。尚原摆了五个酒杯，打开酒坛盖，亲自把五个酒杯都满上。

"我少年时嗜酒如命,每日都要和同窗小酌几杯怡情,如此才能定下心来读书温习。"想起那时候的荒唐岁月,尚原低下头,也觉得有些好笑,"今日我请你们来,就是想请你们陪我一起饮酒。算年纪,我比你们大了一轮多,还望你们莫不自在。"

沈洛对尚原一直颇为仰慕,见尚原并没有流露出苦闷的情绪,而是洒脱非常,那股子仰慕又添了几分。他朝尚原一抱拳,音色清脆干净:"求之不得。"

"求之不得。"云成弦也举杯。

衡玉说:"那日去牢中,最可惜的就是忘了带一坛酒去,大人今天倒是为我弥补了遗憾。"

尚原朗声笑起来:"来来来,不说那些虚话了,我们来玩行酒令。"

"不不不,我们来划拳吧!"对行酒令,沈洛是拒绝的。就他那个文化水平,还是别丢人现眼了。

云成弦笑着摇头:"划拳也好,我们不要这么文绉绉的。"

尚夫人坐陪一会儿,起身告辞,去厨房看看宴席准备得如何了。

酒过三巡,气氛热闹起来。

沈洛喝过酒,话匣子就打开了,他拉着衡玉和云成弦,兴致勃勃地说起他们是如何想办法营救尚原的。

这样的话衡玉已经听沈洛说了不下三遍,她有些走神,恰好注意到尚原好像已经很久没说过话了,侧头看过去。

只见尚原正斜倚藤椅,抱着酒杯含笑听他们说话,目光似乎是落在他们身上,又似乎是透过他们在追忆某些人,神情温和。

注意到衡玉打量的目光,尚原斜移视线,朝她举起杯中美酒,认真地敬了她一杯酒,又像是在敬那段绝无可能回头的岁月。

敬少年干净剔透,意气风发,肆意轻狂。

敬他们还未被岁月蹉跎、世事打磨,仍觉得世事皆可挽,未发现人力有时穷。

敬他们正处在最好的年华。

将杯中酒一口饮尽,尚原加入沈洛他们聊天的行列,说起他年少时的那些好友。他们也曾经醉酒高歌,怒骂当朝时局,呵斥贪官污吏,击鼓只为百姓鸣冤。

沈洛听得颇为神往,兴致勃勃地问道:"尚大人,你那些好友现在都如何了?"

"他们中绝大多数人都已官运亨通。"尚原说。

"那你们现在还有联系吗?"

尚原早已孑然一身,被困刑部牢房时朝中没有一个人敢豁出去为他奔走,答案其实已经十分明显了,但他看着沈洛,看着沈洛眼里的期待,以无比肯定的语气道:"闲时饮酒。"

这个答案,怕只有沈洛这个傻子相信了。

看着沈洛那乐呵呵的模样,已经半醉的云成弦抬手抚额。这种一根筋的人最容易在官场上吃亏,吃小亏还好,他祖父还能为他兜着,但若是吃了大亏呢?不行不行,日后自己得多照看着点，千万不能让沈洛有吃大亏的机会。

到最后，云成弦和沈洛两个人被尚府的下人架上了马车，衡玉站在马车旁与尚原道别："今天实在是叨扰大人了。"

尚原摇头："和三位小友一块儿饮酒，我心情很愉悦。"

衡玉轻笑，问："大人打算何时离京？"

"三日后。"

"离京后打算做些什么？"

"云游四方，做一闲云野鹤。如果朝堂还有用得到我的地方，兴许我会回来。"

"这朝堂怎么可能用不到大人？"衡玉行了一礼，"大人且先自在几年。"

听出了衡玉话中的隐意，尚原眸光微动，他的视线落在衡玉身上："我的眼光的确没错，希望密阁能在你的手里发挥出更大的作用，不要让它折于党派内斗，它本是一柄针对大周的绝世妖刀。"

"我都知晓的。大人放心，我不是那等不知轻重之人。"

尚原颔首，两手展袖高举到额前交叠，缓缓俯下身子向衡玉行一大礼。

他立于雪地之上，苍茫天地，青袍长立："愿诸位，前路珍重。"

三日后，尚原一家离京。沈洛和云成弦因为正在当值，没办法相送，只有衡玉来了，她没有与尚原多说什么，该说的，那天饮酒的时候都说过了，只是在他们离开的时候递了个食盒给他们："里面是一些糕点，是我命厨下专门为老夫人准备的。"

"有心了。"尚原接过食盒。

马车上路，尚夫人打开食盒，突然发出一声惊呼。只见食盒里躺着一张一千两的银票，以及一封书信。

——买酒钱。

铁画银钩，龙飞凤舞。

端的是好字好风骨。

"这字可不是一般人能写出来的。"尚原微微一笑，眼里蕴着柔和的光芒，"往日果然都是在藏锋啊。"

第八十六章 欲买 桂花同载酒 17

这偌大的帝都不会因为一个人的离开而出现任何波澜，它依旧矗立在那里，一如它以往的模样，安静地看着众生沉浮。

衡玉折返，先回了趟家里接云成锦和云衡茹。

亲自把这两个裹得厚实的小家伙提溜上马车，衡玉说："走吧走吧，我带你们出去玩，你们说不动你们母妃，就来烦我。"

这些天衡玉忙着尚原的事情，都没陪他们玩。

云成锦和云衡茹平时很听话，但两个未满十岁的小孩跟衡玉玩惯了，怎么可能长时间待在屋里？一直闹腾着要出府逛街。

衡玉被他们吵得烦了，就随口答应下来，只恨这亲王府里怎么没多个哥哥姐姐，让他们为她"负重前行"。

云成锦假装没听到，乖巧地道："长姐，等会儿我们去吃什么？"

衡玉顺着他的话问："你们想吃什么？"

傍晚，沈洛回到家里，陪着沈国公一块儿用晚膳。

用过晚膳，沈国公不知道为什么突然起了兴致，将沈洛叫出来陪他在院子里散步。

"三皇子以前一直不讨陛下喜欢，但这次事情过后，陛下应该会稍加看重他。"

"这是为何？"

"陛下能从三皇子身上看到自己的影子。以陛下的性子，不会苛待三皇子的。但这样一来，太子殿下怕是不能善罢甘休了。"

皇宫里，云成弦被太子堵住了去路。

红墙白瓦的宫道长廊里，云成弦恭敬地向太子行礼，绝无半点儿能让人挑出毛病的地方。

太子脚步极轻，步步逼近云成弦。就在两人只有半步之遥时，太子停下脚步，冰凉的右手虚虚地握在云成弦的脖颈上，带起一阵刺骨的战栗："老三，你可真是好手段。孤头一次栽跟头，居然是栽到了你们手里，也是笑话。"

云成弦垂眸："弟弟不知太子这话是什么意思。"

太子猛地收回手，用丝绸制的帕子仔仔细细地擦拭右手，仿佛刚刚触碰到什么脏东西一般。云成弦注意到这一幕，眼神比地上的碎雪更冰。

"你素来聪明，是不懂，还是装作不懂，你自己心里清楚。这些年你在宫中安安分分的，你说，怎么就不能继续装下去，非要学你那薄命的母妃？"

云成弦身体猛地一震，紧咬牙关。但他不敢抬头，不敢让太子看见他眼里的怒火与恨意。

他就这么低着头，两手笼在身侧，看着那蟒袍的衣角一点点消失在他的视线里。

直到周围都已悄无人声，他才缓慢抬起眼来，最后一抹余晖映入他的眼里，他的眼睛一片血红。

有些仇恨一直在暗处滋长，它从来都没有消失过，但总有人不明白这个道理，一次又一次地激化仇恨。

行唐关自那次惨败后，一直紧守城不出。

攻城耗损太大，大周试攻几次终于放弃，提着他们的战利品回去了，只留下行唐关血迹斑斑、尸横遍野。

不用打仗了，朝廷终于能腾出手去商议如何安抚边境百姓、抚恤那些死去的士兵，一时之间，兵部和户部忙得不可开交。

衡玉在家里休息了两天，就到了她要去密阁报到的日子了。

前一天晚上，礼亲王将她叫了过去："我从来没想过要你掺和进朝堂，不过如今圣旨已下，你也有意做出一番作为，那就去吧。只是我想着你在外行走，总得取个字才好。"

他把衡玉喊过来，就是想和她商量一下取字的事情。

礼亲王这些天翻阅古籍，给她取了几个字，想让她从里面挑选出自己最心仪的一个。

衡玉接过簿笺，扫视上面的字。可以说礼亲王取的字都很不错，寓意极好，但衡玉还是说："爹，其实我自己也想了一个字。"

礼亲王听出了她的意思："你和爹说说，我看看如何。"

衡玉取过挂在旁边的毛笔，蘸了刚磨好的墨，提笔写下"明初"二字。

——明礼知进退，不移改初衷。

这个字是最贴合她心境的，就像她的名一般，陪着她度过了一世又一世。她不想用其他字取而代之，也是想以此来提醒自己不要忘记了来处。

看着这两个字，礼亲王琢磨一二，点头："这个字的确比爹取的那几个要好。"

"明初啊，日后行事要多思量。入了朝堂，就再也不能像以前做纨绔那样了。"

"密阁是监察机构，它是陛下掌控天下的耳目，你身为密阁副阁主，不能结党营私，在朝堂上不能站队，哪怕你和三皇子的关系很好，也绝对不能在皇储的事情上站位。即使陛下是你的伯伯，他素来疼你，这件事他也是绝对不能容忍的。

"我能为你兜很多事情，但有些事，哪怕我贵为亲王也无能为力。你弟弟日后会继承我的爵位，可是亲王府日后前程如何，我知道，是要看你。

"你和我还有你母妃关系淡薄，对你弟弟妹妹也只是简单尽了姐姐的责任，这都没什么，但在你做一些冒险的事情时，爹希望你记得，你行事不仅仅会牵连到自己，还会牵扯到整个家族。"

听着这些语重心长的话语，衡玉突然有种真切的感觉：爹是真的老了。

"爹放心吧。"在礼亲王说完话后，衡玉轻声开口，"在其位谋其政，身为密阁副阁主，我知道什么是自己该做的，什么是绝对不能碰的。"皇帝这些年待她不薄，只向帝王一人效忠，这是应该的。

第二日睡到天色微亮，婢女就将衡玉摇醒了。她迷迷糊糊起身，任婢女为她梳洗穿衣，等到出了门，寒风刮脸，始终笼罩在她身上的困意才淡了下去。

密阁设立在六部衙门的反方向，就在城北一个荒凉而阔大的宅院里。仅从那陈旧的外表，路过这座宅子的路人绝对想不到这就是密阁。

衡玉下了马车，只见密阁大门并没有挂牌匾，门口也并无守卫。

秋分上前叩门，大门应声而开，门后却没有任何人影。

"是机关。"衡玉说完，拂开秋分，走进府里。

府里景致荒凉，衡玉一路行来，没有遇到任何人，直到她走上游廊，才遇到了她进府来的第一个人影。对方反手持剑，恭敬行礼："密八见过副阁主，之前未曾想到副阁主到得如此早，察觉到大门机关动了，这才赶忙过来相迎，还请副阁主恕罪。"

密八，尚原留给她的心腹，长着一张平平无奇、没有任何特点的脸，丢到人海里几乎引不起任何关注。

衡玉早就听说过密阁风气之自由，面对的又是尚原留给她的人，自然不会生气，直接让密八免了礼。

密八走在前面领路，带衡玉去正厅，为她介绍起密阁的情况："现在留在密阁本部的密探只有十八人，京城分部还有三十二人正在接受训练。至于散落出去的密探有多少人，只有副阁主和阁主两人知道。"

衡玉点头："阁主在吗？"

"阁主知道副阁主今日会到，说了巳时会来，还请副阁主稍等。"

现在已经差不多到巳时了，衡玉说："你先带我见见那十七人吧。"

这十八人里只有三个是尚原留给她的人。不过也不难理解，尚原的人手基本都派到大周了，留在帝都的人并不多。

衡玉刚将他们的脸和代号都对上，密阁阁主宋骁就到了。

宋骁今年只有五十岁上下，看上去气质儒雅，不像是个在暗地里拨弄风云的密探头子，反倒更像是在翰林院里吟诗作画的风流儒士。

他出身并不高，本是康元帝的亲卫，几次救康元帝于危难之中，深受康元帝的信任，所以密阁一成立，他就直接成了密阁之主。

"宋阁主。"衡玉与他见礼。

"云副阁主何时到的密阁？"宋骁回礼，请她坐下，挥袖遣退其他人。

"刚到不久。"衡玉在他身边坐下，与他闲聊起来。

两个人没有任何利益之争，相处得很愉快，宋骁也乐意给予衡玉指点，将密阁的很多秘密都透露给她。这里面有很多事情衡玉都听尚原说过了，但还是没有打断宋骁的话，侧耳恭听。

聊到午时，两人一块儿用了午膳，宋骁说："接下来我就不打扰云副阁主了，你先好好适应，若是有任何需要尽管找我。"

宋骁走后，衡玉命密八带她在这府里闲逛，了解府中设下的所有机关。

足足花了三天时间，衡玉才理清楚密阁里的一切。然后她就不去密阁了，天天窝在家里，看上去和以前差不多，唯一的不同，大概是以前她手里捧着的是话本游记，现在捧着的是密阁众人的详细资料和大周情报。

她将资料翻过新的一页，帝都也到了新的一年。

过年这段时间其他衙门都放了假，唯独禁卫军无假可放，要日日在京中巡逻以防事端。直到上元节那天，沈洛一得空闲，连忙把衡玉和云成弦都喊了出来。

他们已经有段日子没聚了，三人凑在一起吃了顿饭，就打算去猜灯谜赢灯笼。

就凭沈洛和云成弦那才智，要是等他们猜出足够的灯谜赢下灯笼，老板非得赔得倾家荡产不成。

到了后面，他们两个都果断放弃了，只在一旁为衡玉摇旗呐喊助威，看着她赢了一个又一个灯笼，直到三个人手里都有了灯笼才停下来。

三人提着灯笼，思考接下来要去哪里。

在他们思考的时候，身前有对母女笑着走过，她们说着等会儿要去洛湖边上放花灯。

不知是谁出了声，提议道："不如我们也去吧？"

这个提议迅速得到了另外两个人的同意："好啊。"

他们三人勾肩搭背，一路行至洛湖。当初他们就是在这个湖畔经历了一场刺杀，从而结下生死之交。

此时此刻，洛湖里早已漂满了花灯。

衡玉将手里的灯笼递给沈洛，让他帮忙提着，她自己则快走几步来到一个摊子前，认真挑选起摆在桌上的花灯。

"这位姑娘，你喜欢哪款花灯？"摊主是个上了年纪的老婆婆，此时摊前只有衡玉一个客人，她笑着招呼道。

衡玉迅速挑了三款不同的花灯，朝刚赶到的云成弦仰了仰下巴，然后就和沈洛一块儿抱着属于他们的花灯跑了。

云成弦也没问价格，直接从袖子里取出碎银递给老婆婆。

"这……这位郎君，我这里是小本经营，实在是找不开。"

"没事，不用找了。"云成弦说罢，抱着花灯追上衡玉他们。

放完花灯，三人又在外面吃了顿消夜，这才各自打道回府。

花灯节过后，酷热炎炎的六月就是沈洛的加冠礼。

身为沈国公的嫡长孙，他的加冠礼非常盛大，康元帝虽没有亲至，但也赐下了不少东西。

冠礼上，沈洛直跪而下，背脊绷直，沈国公抚摸他的额头，苍老的声音里蕴着温和：

"你的名字是陛下取的，他希望你能继承沈府儿郎的锐意，庇护大衍朝浩浩疆土，为大衍百姓而战。

"终此一生，都不要忘了你是为什么人而举剑，不要忘了你背后站着的是什么人。我沈家儿郎生来享受荣誉，也绝不是承担不起责任的懦夫！"

以帝都洛城之"洛"作为他的名，康元帝寄予沈洛的期望不可谓不高。

"今日，祖父为你取字少归，愿你永如今日，坦荡磊落；愿你如你佩剑，毕生凯旋。"

这已经是一位长辈能够给予的最好的祝福了。

第八十七章
欲采桂花同载酒 18

有了字以后，沈洛在外行走，别人都以"沈少归"相称。

加冠礼过去没多久，沈洛的婚事就提上了日程，然后他就惊奇地发现自己参加赏花宴、宫宴，甚至是在帝都里巡视时，都能"偶遇"很多贵女。他一开始没意识到这是为什么，直到沈国公笑眯眯地来找他，问他有没有相中哪个女孩，沈洛像是个兔子般惊得跑了。

他在庭院里站了片刻，吹了吹冷风，清醒过后觉得有些难为情，打算去三皇子府找云成弦支支招。

到三皇子府时里面正乱成一团，沈洛扯过急匆匆从他面前跑过去的管事，问发生了何事，云成弦现在又在哪里。

"三皇子妃诊出了喜脉，三皇子十分高兴，现在正在主院里陪着三皇子妃。沈公子过来可是要找三皇子？奴才这就去为您通报。"管事满脸喜气。

沈洛迟疑了下，摇头："不了，我也没什么要紧事，让云三陪着三皇子妃吧，替我向云三和三皇子妃说声恭喜。"转头去了亲王府。

正值盛夏，天气闷热，夏蝉藏在桂树里鸣叫。

衡玉命人把藤椅搬到院子里，她斜倚在藤椅上，晒着午后艳艳的阳光，翻看着大周的线报。

这些线报，都是潜伏在大周的密探费尽心思传回来的，里面介绍了大周朝堂和民间的最新动向。

衡玉安静地看着，似乎是看到了什么有意思的东西，微微坐直，再次将这份线报通阅了一遍。

"前段时间大周五皇子手底下有一名将领突然连升五级，现在已经是大周正四品武将了？"

她皱起眉心。

无论是大周还是大衍，武将在没有战功加持的情况下，是很难升迁的，哪怕升迁，也顶多是升上一两级。现在这个叫木星河的武将，出身平平，却能一口气升了五级。

她的手指轻敲藤椅扶手：近来大周并无内患，唯一的战役就是去年攻打行唐关一役。她之前一直很好奇行唐关的局是哪位能人设下的，大周何时有了这样的人才，现在看来，幕后黑手怕是要浮出水面了。

"这个叫木星河的，认真查查，我要了解他的详细资料。"

衡玉的声音很轻，不知道是在对谁说的。

但她话音落下后，太阳未曾更改方位，院中桂树里的阴影却似乎淡去了一些。

把事情交代下去，衡玉继续翻看她手里的线报。

"明初！"沈洛人还没进院子，声音先从院外传了进来。衡玉侧头看去，恰好看见沈洛迈进院中，"我就知道来找你准能找到人。"

衡玉放下手中线报，将它们合在一起，递给冬至拿去放好，然后对沈洛说："你怎么突然过来了？"

沈洛挠挠头，有些难为情。他干脆把三皇子妃怀孕的消息告诉了衡玉。

这是件高兴事，衡玉和沈洛聊了几句，她的眼里突然多了几分兴味："你先去找了弦堂兄再来找我，不会是想聊你的亲事吧？怎么，你祖父给你相看哪家闺秀了？"

沈洛听出她话中的调笑，气鼓鼓地瞪她一眼："我不知道。"

衡玉被他那色厉内荏的姿态逗得大笑。

衡玉笑了半天，眼见沈洛的表情越来越不好，这才摆摆手表示自己不笑了："伯母应该会从边境回来操持你的婚事，这件事你别太担忧，国公府的嫡长孙媳必然是个才貌双全、家世出众、贴合你性情的闺秀。"

沈家为武将世家，家风极正，家中儿郎在娶妻前是不允许纳妾的，连通房都不能有。按照祖训，除非年过四十正妻仍无子，才能够纳妾开枝散叶。

在这个时代来说，已算是极好的了。

所以沈洛的婚事完全不用愁，甚至可以说他是异常抢手。

两人聊了几句，衡玉命人把她的棋纸拿出来，陪沈洛下五子棋。

瞧着沈洛那越下越高兴的样子，衡玉心下长叹：她一代围棋圣手，居然要沦落到陪兄弟下五子棋。

这真是……

"快快快，到你了，你发什么呆？"沈洛嚷道。

"来了来了。"衡玉挽了挽袖子，兴致勃勃地在棋纸上画下一个圈。

蝉鸣之声不仅在亲王府响了起来，云成弦站在院子里吹风，也听到了夏蝉的鸣唱。

三皇子妃被诊出有喜，高兴过一阵后就睡下了，他在屋内没事干，干脆出来纳凉，想着礼部秋闱的事情。

近来礼部尚书身体不大好，秋闱的事情都是由礼部左侍郎负责，他做了礼部左侍郎的副手，所以需要操劳的事情有很多。

他想着想着，又想到了一件高兴事。他父皇夸他在礼部干得不错，没有失了皇家风范。

这回秋闱，他要更尽力一些才是。

因为三皇子妃是头胎，怀相也不是很好，这之后云成弦的生活变成两点一线，清晨起床去礼部忙碌，傍晚归家陪着三皇子妃用膳、散步。

沈洛和衡玉知道他忙，来过一趟给三皇子妃送了些东西，稍坐片刻便起身告辞了。

云成弦送他们出府，向他们告罪："等忙完秋闱，我一定在京城最好的酒楼设宴款待你们。"

"那就这么说定了。"

"一言为定。"

三人在三皇子府门口笑着道。

时间很快就进入了七月，京城的外地学子逐渐多了起来。

云成弦有礼部这层关系在，有不少学子给三皇子府投了拜帖。

云成弦很注意，并没有见那些学子，不过三皇子妃有一位关系亲近的族兄从江南进京赶考，双方有这层亲戚关系在，云成弦斟酌一二，还是接下了他的拜帖，与他见上一面，勉励一番后让他去后院见了三皇子妃。

这位族兄在三皇子府留宿一晚，第二日便主动告辞，没有再多留。

这不过是一个小插曲罢了，云成弦并没有在意，直到那件惊天的事情揭露出来，他才后知后觉地意识到，原来他早已深陷于阴谋的泥潭里，难以解脱。

八月，秋闱。

三场考试，为期九天。

秋闱考完后十天出结果。

红榜张贴出去，整个礼部都松了口气。每到大比之年，他们礼部都要累上这么一遭，今年尚书大人身体不适，眼看就要致仕回乡，压在他们身上的担子又重了许多。

哪怕是一贯用冷面示人的云成弦，也大大松了口气。

秋闱过后，他可以好好休息一段时间陪三皇子妃，找衡玉、沈洛他们饮酒了。

对了，现在正是秋季，他在京郊有一处院子，里面的枫树生得极好，倒是可以约衡玉、沈洛他们一块儿去郊外骑马，顺便带三皇子妃出门散散心，她怀了孕，一直待在府里也闷得慌。

云成弦把一切都盘算好了，起身收拾东西，与同僚们告辞，骑马回府。

他是个干脆人，说了要邀请衡玉他们去郊外别院骑马，当天晚上就给衡玉和沈洛写了信。

第三天下午，一行人在京城门口会合，有说有笑出了城，在官道里慢悠悠地骑着马。

"你们最近都在忙些什么？"云成弦晃着马鞭，随口问道。

沈洛活动筋骨："我能忙什么啊？天天值班。"

"你的亲事呢？"

"还没着落，反正慢慢议着呗。"沈洛满不在乎道，这个世道对女子更为苛责，对男子来说，二十岁未议亲很常见，"年前我娘亲会从边关回京过年，她会好好替我筹划的。"

云成弦又看向衡玉。

明明衡玉的婚事才是最急切的，但他和沈洛一直没怎么关心过。

但以衡玉的能力，总是能处理好的。所以想了想，云成弦问起密阁的事情。

衡玉挑拣些能说的说了，她视线一转，落在沈洛身上："大周最近有个青年名将横空出世，再多给他一些时间，日后怕是会成为大衍朝的心腹大敌。"

沈洛眉心一动："青年名将？是何人？"

大周数得上名号的青年将领，他都是听说过的。

"叫木星河，我大衍三万士兵的血骨，成就了他的平步青云，你说他是不是我们的心腹大敌？"

沈洛先是一愣，下一刻，怒火从他眼里喷薄而出："就是这个人？"

多少年了，大衍朝多少年没吃过这种大亏了，这回居然有足足三万士兵折损，这笔血债，沈洛可没有忘记，朝中也没有忘记。

云成弦要冷静克制许多，只抿着唇说："具体是什么情况？你能透露的都给我们透露一下。"

在衡玉的声音里，木星河的故事被一点点道出。

这个人就比沈洛大了两岁，出身卑微，后来遇到饥荒，家人都死绝了，为了活下来他自卖为奴，就这么进了一位将领的府里做事。

木星河心思深沉，不知怎么就被那位将领注意到并且收为义子。

那个将领是大周太子的人，木星河以此为踏板与大周太子搭上了线。可是大周太子手底下能用的人实在是太多了，完全轮不到一个正六品将领的义子在太子面前刷存在感。

在那之后，木星河就低调了下来，直到两年后，经行唐关一役，他成了大周五皇子的心腹，深受五皇子的信重。

"好深沉的心机。"云成弦语调晦涩，嘲讽出声。

"这个人的确很危险，而且行军布阵使的都是诡术，不按常理来。"沈洛说。

从行唐关一役就能看出来，木星河居然会选择在一个最不可能伏击的地方完成了伏击，最终还大获全胜。

这就是本事了。

不过——

沈洛原还有些忧心忡忡，下一刻便眉飞色舞起来："我才不怕他。诡道终非正途，小爷我啊，可是要做千古名将，战无不胜的。"

说罢，腰侧凯旋剑被他拔出剑鞘。剑光凛凛，"凯旋"二字于太阳底下熠熠生辉。

衡玉微笑起来，正欲说些什么，就听到身后的官道突然传来一阵激烈的跑马声。

她扭头看去，只见一行人身穿兵甲疾驰骏马，最后在他们这行人身边勒住马缰。

"三皇子殿下。"为首的人抱拳，"礼部出了些乱子，陛下命我们即刻召您回京。"

礼部出了乱子？

衡玉心头微动，总觉得事情有些不对劲。

礼部能出什么乱子？

联想到刚刚结束的秋闱，衡玉心下升起一股不好的预感。

如果真是她想的那样，那帝都官场接下来怕是要大地震了。

"礼部……"云成弦刚想出声询问，突然被衡玉轻拽了袖子。凭着这几年养成的默契与信任，云成弦直接住了嘴，"好，我这就回去。"

他策马去安抚三皇子妃，吩咐车队马上掉转车头回京，然后才策马回到衡玉的身边，压低了声音问："你觉得是发生了何事？"

"怕是科举舞弊。"

云成弦瞳孔一缩，回过神时掌心微微出汗。

果然是出大事了。

回到帝都，稍稍打听了下情况，衡玉才发现事情居然比她想象中的还要严重许多。

就在今天下午，有一名叫作陈双的江南考生前往京兆尹府击鼓鸣冤，称此次秋闱排名不公，有人提前泄露了考题，徇私舞弊。

按照京兆尹的规定，但凡击鼓鸣冤者，不管有什么冤情，都要先打上三十大板再说。陈双受了三十大板，被打得奄奄一息，才得到了面见京兆尹的机会。

他说他有一个同住的江南考生叫梁平。这个叫梁平的平日里治学态度并不严谨，但出身名门，有好老师教导，所以也勉勉强强考了功名。但按照梁平以往的成绩，是断不可能考出十二名这种好名次的。

陈双本就生了疑，结果昨天晚上，他听到梁平醉酒后说了梦话，透露了有人给他泄露考题答案，他才能考得如此顺利。陈双苦思一夜，最后决定豁出一切，前来京兆尹府告御状。

一听到居然有人敢科举舞弊，一众考生群情激愤，他们有人直接去了宫门前长跪不起，有人商量着要去礼部讨个说法，有人去打听这个梁平的事情。

最后，他们发现这个梁平居然是三皇子妃的族兄，还曾经在三皇子府上留宿过一夜。

这下可直接捅破天了。

这三皇子可是礼部的人，位高权重的，要说这里面没点儿猫腻，别说那些学子了，要不是云成弦真没做过这些事，他自己也是不信的！

所以就有了刚刚侍卫请云成弦回京的那一幕。

云成弦现在已经进宫了，衡玉在宫外打听清楚情况后，命人先将三皇子妃送回府——她现在正怀着孕，不能受惊。

衡玉吩咐三皇子妃身边的人："你们多宽慰宽慰三皇子妃，让她别多想。凡事有我和沈洛在，总不会让三皇子吃什么大亏。"

目送三皇子妃的马车离开，衡玉侧头看向沈洛："我们到皇宫门口去看看。"

沈洛点头，在这个时候，他不再如平日一般闹腾腾的，反而有一种异常的沉稳。

"你说，这到底是怎么回事？"

衡玉回："从三皇子妃的族兄留宿一夜，再到今天有人击鼓鸣冤告发，我觉得这些事情环环相扣，巧合得就像是一个局。"

一个专门针对云成弦布下的局。

"局？"不知为何，沈洛突然打了个冷战，他干笑道，"云三可是皇子，谁敢布局来……陷害他……"

说到后面，沈洛的声音渐渐低了下去。

显然也是知道自己这句话没有任何的说服力。

第八十八章
欲买桂花同载酒 19

沉默片刻，衡玉掉转马头。

沈洛跟上，边追边问："我们现在要做什么？"

"这件科举舞弊案处处透着诡异，现在最重要的是要派人去看好陈双和梁平这两个人，千万不能让他们畏罪自尽，最后来个死无对证。"

在说出"畏罪自尽"这四个字时，衡玉的声音有些许讥讽。

"云三不会出事吧？"

"不会有性命之忧，但要是洗不清他身上的污名，他这一辈子……就要毁了。"

这个时代，话语权都是掌握在士子手里的。

"科举舞弊案"可以说是得罪全天下的士子，如果云三不能从这件事里摘出去，怕是到了史书上，都要被后世文人拎出来口诛笔伐。

沈洛神色一凛，用力夹住马腹。

与已经打听出来到底发生了何事的衡玉、沈洛二人不同，直到马车到了宫门口，云成弦还是没想通整件事到底是哪里出了岔子。

他垂下眼，两手笼在袖间。

走神之时，外面传来内侍阴柔的声音："三皇子，到宫门了，请您下马车。"

云成弦掀开马车帘，眼睛下意识地扫视四周，握着马车帘的动作顿时僵住了。

他看到宫门外乌压压跪了近百名穿着士子服的赶考士子，秋风吹过来时，将他们的声音也一并裹挟而来。

"陛下，科举乃最为公平的选官任官手段，绝不能容许任何人破坏其公正性。"

"士子十年寒窗，换一朝金榜题名，入宫门辅佐圣上。如今有人纵容科举舞弊，欲将科举公平与圣上威仪踩在脚下，请圣上裁决！"

"陛下……"

听着那些质问声和叩首声，云成弦发自内心地生出寒意来。

他疑心天要变了。

可仰起头，烈日高照，万里无云，不还是那样吗？

"殿下，该下马车了，陛下和内阁已经在御书房里等您很长时间了。"内侍再度提醒。

云成弦冷冷一笑，整个人身上带着一种尖锐的、伤人伤己的刺芒："知道了。"

他在内侍的簇拥下，穿过红色宫墙，一步步走入这座他生活了近二十年的皇宫。

那股已经消失许久的压抑感再次袭来，云成弦几乎要被压得喘不过气。

他隐在长袖底下的手都在抖。他知道自己在害怕，也在愤怒。

今日为了出游，他特意换了身长衫，蓝袍金冠，袍角压着云纹，本是清隽雅致的少年郎，此时却浑身都透着狼狈。

宫墙尽头，再绕过几座宫殿，距离御书房就近了。

对面宫道突然走来一队人。

为首被簇拥着的男人一身四爪蟒袍，头戴金冠，笑容堪称温和亲切。

那一刻，云成弦的心脏剧烈跳动。

他隐隐约约有种感觉，真正站在科举舞弊案背后的人，是太子。

太子要借此来彻彻底底碾压他、报复他。

"老三啊。"太子与云成弦狭路相逢，他停下脚步，望着云成弦，眼神悲悯，你做事也实在是太不小心了，你说是不是？日后行事啊，还望多思量。"

丢下这句话，太子越过云成弦，先行入了御书房。

云成弦站在御书房外，看着这座被阳光笼罩的宫殿，头晕目眩。

小时候云成弦腿短个子小，所以觉得皇宫非常大，有如猛兽。

后来他长大了，他丈量完了皇宫的绝大多数土地，于是觉得它就是一座大一点的囚笼。

前段时间尚原一案，他受到父皇的青睐，于是他生平第一次觉得皇宫也能算半个家。

但此时此刻，云成弦发现他错了，原来哪怕他长大了，这皇宫还是有如猛兽。它汇聚了这天底下最至高无上的权势，也是天底下最无情肮脏之地。

"跪下！"

云成弦一入御书房，连里面的场景都没看清楚，就听到上首传来一声怒喝，里面是毫不掩饰的怒意。

"老三，这件事到底是怎么回事！你给朕解释清楚！"

云成弦跪下，他不知道自己到底在想些什么，他只是麻木地俯拜下去，双眼没有神采："回父皇，儿臣什么都不知道。"

陈双和梁平现在就被关押在京兆尹府大牢里。

从皇宫前往京兆尹府需要经过闹市，闹市没办法疾驰，只能放慢马的速度前行。

衡玉慢悠悠地骑着马，思索站在背后策划这整件事情的人到底是谁。

自古以来，会出现科举舞弊，多数是因为考官想要让自家的后辈顺利考出好名次，少部分是做了利益交换。

但这两种理由放在云成弦身上都站不住脚。

背后布局的人明显是冲着云成弦这个人来的，那对方要的……是云成弦失去康元帝的信任？

如果顺着这个逻辑往下思考，云成弦失宠只会对几个皇子有利。

云成弦以前在宫中的存在感不高，是尚原一事后才有了存在感的。而尚原一事里，他将太子得罪狠了，以太子睚眦必报的个性是必然要报复的。

这会不会就是太子迟来的报复？

如果是的话，那这个报复当真是足够狠而准，带着要将云成弦一击毙命的毒辣。

如果这个局真的是太子布出来的，他能不能猜到后续她和沈洛会做些什么？

衡玉不断梳理着整件事情，同时慢悠悠地跟着沈洛，不知不觉间就出了这条闹市。

前方道路瞬间变得开阔起来，沈洛刚想加快速度，衡玉突然叫住他。

"我们现在去京兆尹……怕是晚了。"

若她是太子，云成弦一入宫，陈双和梁平这两个人就必死无疑。

沈洛猛地回头，满脸震惊地看着衡玉："那可是京兆尹，怎么可能就这么……"

衡玉没回话，她从腰间取出自己的令牌，打了个手势。

一直暗中贴身跟随她的密八瞬间出现，以沈洛的武功，居然也没发现密八是从哪里跳出来的。

"带着密阁的令牌去京兆尹，说我们密阁要提审两个犯人。科举舞弊案事关重大，牵扯到朝堂阴私，密阁有权插手。"衡玉吩咐道。

不管怎样，还是得派人去看看，万一正好能赶上救下那两个人呢。

衡玉声音沉稳："如果有人敢阻拦你，直接以武力行事，出了任何岔子，都由我给你一力担着。"

目送着密八离开，衡玉扭头看着沈洛："我们现在入宫。"

"现在入宫能做什么？"

"陪在云三身边，为他争取机会，为他挡去猜忌的、中伤的话语。"顿了顿，衡玉笑问，"少归，没忘了当初你做纨绔时，在红袖招和我打架时的刁钻吧？"

"喂，没忘是没忘，但是你不觉得用'刁钻'这个词来形容很不贴切吗？"

"那是刁蛮？"

"呵，果然是不学无术。"

"你来想一个更贴切的。"

"……啊，还是算了吧，突然感觉'刁钻'这个词也挺不错的。"

"呵，果然是草包。"

两人斗着嘴，却没有任何耽搁，掉转了马头直接往皇宫方向奔去。

这整件事情牵扯太大了，背后的布局也太巧妙了，要如何破局？

衡玉选择的是以蛮力去破。

身为纨绔，不必讲理。

他们两个人身上穿着的是常服，又正逢休沐日，此时此刻他们不是朝廷的官员，只是云成弦的知交好友。

云成弦已经跪了大半个时辰了。

他从进入御书房起，就滴水未沾。

上首，内侍总管正在向他介绍科举舞弊案的始末。他已经头晕目眩，却还不得不集中精力去听对方说出的每一个字。

他越听越觉得讽刺："父皇。"

他的声音如同被瓦砾摩擦过，刺耳难听："儿臣在秋闱开始前从未接触过秋闱考题，敢问儿臣是如何偷走考题的？"

无人回答他。

"敢问京兆尹可有儿臣收受贿赂的证据？"

"敢问父皇，为什么在事情毫无头绪的时候，让儿臣在内阁面前跪了这么长的时间？"

他一声比一声沙哑。

上首终于有人动了。

却是太子的声音传了下来："三弟，父皇从未疑心你，但此事事关重大，所有疑点又都指向了你，这才召你来询问，你莫……"

"太子殿下！"云成弦已经感觉到喉间的腥甜了，他咽下了那股腥甜的滋味，讥讽道，"事情如何，你比任何人都清楚，何必在这里假做好人？"

"放肆！"刚刚一直没说话的康元帝再次怒拍案首，"太子是兄，是君，你一个做弟弟、做臣子的，是怎么对太子说话的？"

云成弦自嘲地一笑，垂落在膝盖的两手用力攥紧。

世人总说兄友弟恭，可是怎么忘了，如果兄长不友善，那做弟弟的，又凭什么恭顺？

他的头越来越重，越来越重，云成弦浑身都透着厌倦。

"父皇莫动怒，三弟只是觉得一时气闷罢了。其实，孤也知道此事肯定与三弟无关，但如今群情激愤，近百名士子就跪在宫门外求您查明事情真相，我们总得给世人一个交代。"

太子安抚好康元帝，侧头去看云成弦，声音放柔放缓："三弟，这件事……"

然而，太子这句话还没说完，外面突然传来两道声音。

"皇帝伯伯，衡玉有要事求见。"

"陛下，沈洛有要事求见。"

这两道声音，一道清脆，一道清朗。如拨开层层迷雾的光芒，照得云成弦的眼睛骤然明亮起来。

在看到那些士子跪在宫门口时云成弦没有哭，在被他父皇呵斥的时候云成弦没有哭，在被太子刁难的时候云成弦没有哭。

然而，只是这么简单的两句声音，就让他的眼眶一瞬间热了起来。

"他们怎么来了？"康元帝蹙起眉来。

就连一直坐在下首的礼亲王和沈国公也没想到他们会出现在这里，下意识对视了一眼。

不过，礼亲王注意到了他们的自称。

——没有冠以任何的官职，只是简简单单说出了名字。

就在康元帝问出这句话的下一刻，守在御书房外的侍卫便匆匆进来禀报，满头大汗："陛下，郡主和沈小公子在外面求见。"

康元帝几乎要喊出一句"不见"了，一直袖手旁观的礼亲王却先他一步开了口："皇兄，这件事定然是明初拉着少归在胡闹了，等臣弟回到府里，定会好好管教她。"

沈国公也连忙附和起来。

他们明面上在斥责衡玉和沈洛，实际上都是在为衡玉和沈洛开脱，让康元帝治不了两人的罪。

康元帝哪里看不出他们的小心思？

他心下一叹："你若能管教得了她，她还能无法无天到今日？罢了罢了，让他们进来吧，朕倒要看看他们葫芦里卖的是什么药。"

得到了康元帝的允许，衡玉和沈洛进了御书房。

两个人没有对视，就默契地走到了云成弦两侧，一左一右地站着，朝着上方的康元帝行礼。

第八十九章 欲采 桂花同载酒 20

康元帝没有马上免了他们行礼，他那沉如深渊的目光落在两人身上。

更确切地说，是落在衡玉身上。

她穿常服，口中称呼他为"皇帝伯伯"，显然是在用郡主而非密阁副阁主的身份站在他的面前。

"都免礼吧。"康元帝免了两人的礼，放下一直端着的茶杯，"老三，你也起来吧。"

云成弦跪得太久了，久到膝盖气血不流通。他想要站起来，身体却下意识一跟跄。

左右两侧立即有人伸出手来，扣住他的手臂，给他借力，让他能够稳稳当当站起来、站直。

"科举舞弊案的事情，都听说了？"康元帝问。

"听说了。"衡玉点头，软了语气，"正因为觉得此事颇多蹊跷，我才和少归贸然进宫面见皇帝伯伯，还请皇帝伯伯恕罪。"

康元帝见她软和下来，不动声色地问："此事蹊跷在何处？"

"现在嫌疑最大的人是三皇子，皇帝伯伯想要从三皇子身上入手彻查此案，这个思路是没错的。但一个小小族兄，有什么资格让三皇子铤而走险，冒天下之大不韪？相比从三皇子身上入手，直接彻查整个礼部的官员，才是最佳的解决思路。"衡玉平静地道，"三皇子不能直接接触到试题，所以礼部里肯定还有其他官员牵涉其中。"

"朕已经派京兆尹去彻查礼部了。"康元帝说。

衡玉俯身再行一礼："皇帝伯伯，此案干系极大，不如请京兆尹、大理寺、刑部和密阁四部共同审理。四部同审之下，绝对没人敢徇私包庇，最后审出来的结果也更能得到天下人的认可。"

从前朝往今朝数，三司会审的情况只出现过一次。

然而此时此刻，衡玉居然直接要求四部同审！

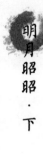

她这个做法，是要将这件事闹到最大。

只有四部同审，坦坦荡荡才能堵住天下悠悠之口，天下人才不会置疑最后的结果，才能彻底洗刷掉云成弦身上的污名，而不是怀疑帝王为了包庇他的儿子，刻意颠倒黑白。

一直坐在旁边的太子适时出声："若孤没记错，衡玉妹妹就是密阁副阁主吧？"

衡玉微笑，没有直视太子，说出来的话却不像她表现出来的那样恭敬："密阁，是陛下的密阁。就如刑部，也是陛下的刑部。"

她这句话的意思，是说密阁只忠诚于康元帝。

而刑部尚书作为太子妃的亲生父亲，可是赤裸裸的太子党，刑部是否完全只忠诚于康元帝已经不好说了，她都不忌惮刑部来审案，太子何必忌惮密阁插手？

这番话可以说是诛心之言。

太子和刑部尚书的脸色都微微变了。

康元帝的目光恍若无意般掠过太子，太子身体一凛，不再多言。

康元帝这才慢悠悠开口，允了衡玉的提议："朕在位二十载，还是第一次出现如此大的科举舞弊案，就让四部同审，以安民心吧。"然而下一刻，他的脸色就冷了下去："云衡玉、沈洛、云成弦三人在这段时间内都必须禁足府中，不得外出，更不得插手此事。"

"陛下圣明。"沈洛开口。

"皇帝伯伯圣明。"衡玉也道。

康元帝拂袖："你们三人且先退下。"他还要与内阁商量后续的事宜。

三人慢慢退了出去。

一出御书房，衡玉和沈洛连忙将云成弦搀扶住。

"你的腿怎么样？"沈洛问道。

云成弦摆手，唇角微弯，语调轻松："无妨，等回府中，命人给我按摩按摩就好了，只是现在有些不好走动。"

"你居然还能笑出来。"沈洛骂道。

他刚刚在御书房里大气都不敢喘一下，祖父刺在他身上的目光仿佛都带了杀意，这让他觉得自己大限将至，今夜回到府上怕是又要被他祖父狂揍一顿了。

"真好。"云成弦发现这天并没有变。

他仰起头，烈日高照，万里无云。

他低下头，长袍下的手已经不再颤抖，他也不再害怕。

"真的很好。"云成弦唇角的笑容又放大了许多。

他被身边的这两个人搀扶着。

他们三个人并肩走在这条漫长的宫道上。

这个天底下最无情肮脏的地方，令他生厌，却没办法令他畏惧臣服了。甚至……

云成弦抬起手，摸了摸自己剧烈跳动的心脏。他感觉到有一颗名为野心的种子掉落在了里面，正在破土发芽。

既然兄不友善，君不体恤，那做弟弟、做臣子的，又何必恭敬，何必做那忠孝仁义之辈！

他和衡玉、沈洛原本无话不说，但这个心思……他闭了闭眼，咽了下去，没有敢透露给他们。

衡玉是礼亲王府的郡主，是密阁副阁主，她若是掺和进夺嫡之争，绝对只有坏处没有好处。

沈洛是沈国公府的嫡长孙，是禁卫军统领，日后还会前往边境继承家业，执掌数十万大军。他必须是纯粹的帝党，否则帝王不会放心让他统领军队。

他们是他无话不谈、生死相托的挚友，但是这一条坎坷的路，他自己来走就好，无须他们为难。

宫门外跪着的士子越来越多了，黑压压一片。

他们的声音已经沙哑，却还是在声嘶力竭地怒吼质问。

云成弦闭着眼听他们的质问，心情平和。

他能感觉到沈洛正在担忧地看着他。

云成弦微微一笑，睁开眼睛说："我先出去，你们随后再来。"说着，他挣脱了衡玉他们的搀扶，弯下腰拍掉膝盖上的浮尘，再理正衣冠，挺直背脊走出宫门。

有士子认出了他，低声交谈。

很快，越来越多的士子抬起头来，无声地盯着他。

云成弦深吸一口气，双手平举到眼前，恭敬地弯下腰行了一礼："请诸位放心，科举公平与帝王威仪绝不会被任何人踩在脚下践踏。如今陛下已经决定由四部同审此案，我相信四部能还我清白，也能还天下士子一个朗朗清明的科举！在此之前，还请诸位耐心等待！"

三人毕竟已经被康元帝禁足，出了宫门后，很快就分道扬镳，各自回了府邸。

密八早已在亲王府门口恭候多时，他上前附耳道："事情果然不出副阁主所料，陈双和梁平已经畏罪自尽，属下赶到时只有陈双还存着一口气，现在已经派人去抢救他了。那位大夫暗地里是我们密阁的人，在此期间，他会尽量保住陈双的性命。"

"好。你去请示阁主，请阁主派些人潜伏在周围，如果有人铤而走险来杀陈双，直接抓起来严刑拷打，务必拿到他们的证词。"说这话时，衡玉语气温和，像是在说今天天气真好一般。

密八瞬间知道行事的分寸了。

待密八悄然离开，衡玉慢悠悠进了府里，琢磨着下一步该做些什么。

至于康元帝所说的禁足和不允许她插手此事，只要不被人抓住马脚，她就不算是违背圣旨。

有些事情只要是做了，就必然会露出蛛丝马迹。

当天晚上，有礼部官员被查出有问题。密阁顺藤摸瓜，发现这位官员的独子不见了踪迹，并且从他府中地窖里挖出了百两黄金。

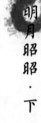

第二日，有死士前去刺杀陈双，被早有准备的密阁密探制服，并且扳了他们的下颚，防止这些死士服毒自尽。

又过了数日，陈双被大理寺查出问题。

在密阁的连番审问之下，陈双最终交代他不是听到梁平的醉酒之言才知道梁平作弊，而是有人将此事透露给他，并且给了他一千两要他去大理寺击鼓鸣冤。

没过多久，密阁查出除了梁平外，还有三位举人同样通过一些秘密途径，提前得到了科举试题。

这个消息一出来，更是引得众人哗然。

有康元帝亲自坐镇，暗地里的魑魅魍魉都不敢闹出什么太大的动静，更不敢推波助澜。

大半个月后，康元十九年的科举舞弊案终于彻底落下帷幕。

担任本次主考官的官员被贬出京，礼部尚书罚俸一年，礼部左侍郎有监管不力之责，同样被贬出京，礼部多位官员被下了天牢，盗取贩卖科举题目的那些官员更是直接被夷了三族。

只是，如果有人注意到的话，会发现担任本次主考官的官员与太子素有旧怨，而礼部尚书、礼部左侍郎等人的政见也素来与太子不合。

"这一步棋下得可真好。"

午后，衡玉和密阁阁主坐在庭院里下棋。

她将一枚白子放到棋盘上，悠悠出声，也不知道到底是在夸自己还是在夸太子。

密阁阁主宋骁看着衡玉将三个棋子取走，微微一笑："一石三鸟之计，的确下得好。"

太子这个计策，粗看，是想要废掉云成弦。但走到现在这一步，已经能看出来他想要的是什么了。

除了想要废掉云成弦外，他还想要让担任主考官的官员和礼部左侍郎都被调出京城，这样一来，帝都可以一次性空出两个重要官职。太子想要他的人坐上这两个位置。

衡玉继续下棋："可惜我没有成人之美的美德。"

那两个官职，落到哪个党派手里都可以。唯独太子那一派，什么都别想捞着。

"看来你都安排好了？"宋骁笑容加深。

衡玉轻声道："都安排好了。我给太傅一系卖了人情，表示会助他的人得到那两个官职。"她这些天可没有闲着。

下完棋后，衡玉起身告辞，离开密阁本部。

天又下起秋雨来。

衡玉微微抬起伞沿，看着那黑沉沉的天色："这帝都啊……还真是风起云涌。"

第九十章 欲买桂花同载酒 21

是啊，古往今来，哪个王朝的帝都能避免得了这样的阴谋算计？仁人君子，利欲小人，他们在这里上演了一场又一场戏码。

云成弦站在半开的窗边，任由冷风灌进屋子里，他仰着头，看着窗外淅淅沥沥的雨，有些走神。

指尖握着一颗黑子，他用力摩挲着棋子边缘，将那本就圆滑的棋子摩挲得更加光滑。

"礼部撤下去了很多人，现在有三分之一的官职都空了出来……

"礼部尚书待我亲近，礼部右侍郎与我关系尚可，如果重新填补进礼部的是我的人，是不是……就像刑部被太子掌控一样，礼部也能彻底为我所用了……"

他的声音压得很低，甚至没有窗外的雨声重。

身后突然传来一阵脚步声，云成弦脸上的冷峻慢慢化了，他的唇角微微勾起，只是那笑意未及眼底。

"帝都总是这么多雨水。"沈洛站在屋檐下，抬手接了滑落下来的雨滴，脸上的表情有些伤感。

干燥的掌心被打湿，他掌心的纹路清晰地显露出来。

"怎么，是想边境了？"沈国公走进他的院子，恰好听到他这句感慨，"的确，边境气候干燥，雨水是比帝都这里要少上许多。"

"祖父，你怎么过来了？"沈洛诧异地看着他。

沈国公拍了拍微微被雨水溅湿的肩膀："闲着无事，就过来看看你。"

沈洛连忙抹去掌心的水渍，请沈国公进屋里坐下。

外面太潮湿了，他祖父早年征战时身体受了很多伤，尤其是膝盖那处伤得很严重，湿

气入体，今夜怕是有的折腾了。

沈国公知道他在担心些什么，随着他进了屋里，只是不免感慨道："年轻的时候不觉得有什么，便使劲折腾，等到上了年纪就知道痛苦了。你也要注意些，别仗着自己年轻就总是胡闹，不把身体当一回事。"

屋内烧了炭盆，炭火虽然不旺，但也很好地驱散了屋内的寒意。

等到下人奉上茶水，沈国公屏退屋内所有人，捧着茶杯问："在愁些什么？"

沈洛连忙否认。

沈国公骂道："你是我孙子，我还能看不出来？我看，是和近日这桩科举舞弊案有关系吧？"

沈洛抿了抿唇角，沉默片刻，喏声道："我就是觉得自己在帝都能做的事情太少了。"

他蹙起眉，组织了下语言："这桩科举舞弊案牵连极大，幕后的人明摆着是要毁了云三的名声。但我身为云三和明初的大哥，什么都做不了，只能靠明初为云三谋划，就连那天进了御书房，也一直是明初在周旋，我只能站在旁边干看着。"

就是在那一刻，沈洛突然清楚意识到了自己的弱小。

后来出了御书房，他待在府里，仍然想着能为云三做些什么。可是直到这桩通天大案落下帷幕，他还是什么都没能做成。

他一直觉得自己的力量很大，一直铆着劲去争取让云三和明初都认可他，喊他一声"大哥"。但是当事情牵涉到朝堂，牵涉到朝中大臣，他才意识到何为"人力有时穷"。

"我知道自己不是那种心细的人，我大大咧咧，不懂得这些事情背后的党派之争和利益牵扯。但我总想着，自己能做些什么，能站在他们的身前护着他们，而不是默默跟随在他们的身后。"

沈洛抬起手挠了挠头，脸上越发苦恼。

他的世界其实很大，也很小。

大到装着大衍朝浩浩江山，想着有朝一日能踏平大周疆域；小到只想护着他的家人和他的两个兄弟。

可是他不知道该怎么做。

他没有明初那样的谋划，也没有云三那样的能力，他自幼学的是兵法，而非经世治国的圣贤文章。

沈国公静静地看着他："洛儿，不要强求，你的天赋不在朝堂上。"

他抬起手，温热宽厚、长满薄茧的手掌落在沈洛的头上。一股暖意从他的手掌传递到沈洛的心尖。

"过年前你娘亲就要回到帝都，然后为你挑选妻子。等到成了亲，你娘会留在帝都，你就回你爹身边吧，我沈家好儿郎本就是为战场而生的。

"等你掌握了更多的权势，才能有更多的话语权，才能保护这天下黎民，保护你的家人和你的好友。"

只是……

看着沈洛重新变得踌躇满志的年轻脸庞，沈国公咽下了后半句话，压下了泛上来的淡淡惆怅。他在心里说：洛儿，等你掌握了更多的权势，有了更多的话语权，就会发现你看到的世界和你少年时看到的世界不一样了。

空出来的两个正四品官职，都落到了太傅一系的官员头上。

至于礼部的空缺，在一番低调的谋划下，也得到了填补。

圣旨刚下，太子寝宫里就传来噼里啪啦砸东西的声响。

费尽心机竭力谋划，徒为他人作了嫁衣。

这句话说的就是太子。

东宫在皇宫里面，砸东西的动静闹得实在是太大了，事情很快就传到了康元帝的耳朵里。

康元帝合上手里的奏折，面色平静地吩咐道："给太子赐一碗冰糖雪梨，让他降降火，告诉他，这大冷天的，火气别这么大。"

气得抓狂的太子原本想喊来自己的幕僚，与他们商议这件事情，结果他还没来得及命人去请幕僚，就先一步等来了康元帝赐下的那碗冰糖雪梨。

看着冒着热气的冰糖雪梨，一股寒意从太子的脚底迅速升腾而起——他知道这是父皇对他的警告。父皇没有彻底细究这个科举舞弊案，不代表猜不到他在背后扮演了一个怎样的角色。

"替孤多谢父皇的体恤。"太子僵着脸，笑着挤出这句话。

自此，科举舞弊案就算是彻底告一段落了。

帝都也在这样表面平静、实则暗潮汹涌的情况下，迎来了初冬的第一场雪。

刚好赶上休沐日，云成弦邀请衡玉、沈洛去郊外骑马赏雪。

三人披着厚重的大氅，骑马飞驰。

冬日冷风如刀子般打在脸上，衡玉这辈子娇生惯养，第一个受不了，勒住马缰放缓速度，骂道："弦堂兄你有没有搞错，大冬天的邀请我们两个人出来骑马踏冬。我只听说过踏春，还是第一次听说有踏冬这个说法。"

云成弦哈哈大笑，也跟着放慢了速度："既然能踏春，为何不能踏冬？"

瞧着衡玉的脸已经被寒风吹得通红，他连忙告饶："不过此事是我不对，迟些我自罚三杯给你赔罪。"

沈洛刚刚骑得最快，已经跑到了他们前头。一直没见他们跟上，连忙勒停了马。

回头一看，沈洛顿时乐了，连忙掉转马头跑回他们身边："不比了？"

"不比了。"衡玉摆手，"天太冷了，风吹得人难受。"

"行吧行吧，就你最娇气了。"沈洛啧一声。

衡玉一脚踹了过去。

"娇气怎么了？作为大衍朝第一纨绔，不娇气完全说不过去。"

云成弦失笑。

因为科举舞弊案的事情，他和三皇子妃的关系比以前疏离了一些，只有在衡玉和沈洛的身边，他才能真正笑得开怀。

"你们别闹了，我们走吧，还有很长一段路才能到别院。"

三人慢慢骑着马，往云成弦在郊外的别院赶去。

沈洛闲着无事，跟他们说起他十五岁那年经历过的夜袭战："边境的冬天比帝都冷多了，那时是寒冬腊月，我和其他三千名士兵在冰里卧了足足大半个时辰，我冻得险些连剑都举不起来。但好在那场夜袭大获全胜，没有白白受罪。"

说完了夜袭战，他又说起另一场攻城战。

那场攻城战险象环生，彼时他才十七岁，就已经做好了要和城池共存亡、以身殉国的准备。

现在他刚刚加冠，年满二十岁尚未成家的年纪，就已经经历过大大小小近百次战役。这些战役里，有亲赴战场参与其中的，也有站在墙头看着他父亲指挥的。

这是和歌舞升平的帝都完全不同的景致。

"你在边境待得好好的，怎么突然回帝都了？"云成弦问道。

沈洛说得满不在乎："我娘亲从帝都去照顾我爹，我就回帝都陪我祖父了。正好我这个年纪也可以在帝都谋个一官半职，方便日后商议婚事。"

其实他知道，这是为了让陛下安心。

他爹在外面执掌二十万兵马，权势太大了，哪怕陛下信任沈国公府，但沈国公府不能仗着陛下信任而僭越了臣子的本分。

所以他娘亲离开了帝都，他就要回帝都待着，如果边境局势有变，他和祖父就是人质。

这就是帝王权术。

第九十一章
欲采 桂花同载酒 22

一场小聚过后，年节就不远了。

沈洛的娘亲赶在过年前抵达帝都，稍作休整，便开始忙活起过年的事情。

沈洛除了日常值班，还要陪着他娘，云成弦也不知道终日在忙活些什么，只有衡玉悠闲如往常。

闲来无事，她干脆把院子里的下人都叫去花园堆雪人、雕冰雕、铺冰梯，拽着云成锦和云衡茹两个在院子里玩闹了一整天。

过年那段时间三皇子妃即将临盆，云成弦更加没有空闲，直到云成弦的第一个孩子百日宴后，衡玉掰着手指一算，才发现三人有整整半年时间没有单独聚过了，每次相见都是在人来人往的场合上，来不及交流上几句话。

"果然是变忙了啊。"

衡玉散着头发躺在软榻上，两个婢女打着扇子，屋内角落里摆着两个融化了一半的冰盆，冰块融化时散发出来的凉意驱逐了夏日的炎热。

系统抱着它用数据模拟出来的冰棍，也做纳凉状。

听到她的感慨，它放下冰棍："谁变忙了？"

"大家都变忙了。"衡玉挥退婢女，自己把玩着扇子，"云成锦和云衡茹以前恨不得天天跑来找我，让我带他们出门玩，现在都忙着学圣贤文章、学打理良田商铺了。"

"你觉得难过？"

"人之常情，有什么好难过的？"衡玉懒够了，爬起来翻看密阁递上来的密折。看了片刻，她唇角笑意微冷，"木星河这个人还真是不容小觑，我手中密探花了一年时间，居然只是堪堪进了他的府邸。"

早在衡玉察觉出木星河这个人的威胁时，她就蓄意拨了一批人去接近木星河。

这些密探是密阁精心培养出来的，衡玉也给他们上过一门课，专讲潜伏之道。

他们到了大周后，非常快速地适应了大周的环境，并且时常有收获，唯独在木星河的事情上屡屡碰壁。单凭这一点，就能看出木星河这个人的能耐了。

"看来要换一个思路了。"衡玉微微一笑。

衡玉用手指轻敲窗口，发出沉闷的声响。

密八悄无声息地出现在窗外，垂首等待衡玉的指令。

"木星河原本是大周太子的人，为了谋求上位，转投了五皇子。大周太子当真是有容人之量，居然能容忍木星河在他眼皮子底下蹦跶。

"找人去问大周太子：如若放任木星河身居高位，太子难道不怕身边其他人有样学样吗？

"再找人去问大周五皇子：木星河对五皇子当真忠诚吗？还是说，他明面上投靠了五皇子，暗地里依旧是太子的人？三姓家奴不足以信，还望五皇子多加思量。

"对了，再问木星河那位义父：你收留木星河，还将他举荐到太子面前，他行事却从不顾及你，毫无孝道可言。与这样的人相处，如果没点儿他的把柄在手里，你真的能安心酣睡吗？"

杀人诛心。

她远在大衍朝，没办法直接要了木星河的性命，那就先试试离间计好了。

就算离间计没有太大的效果，但埋下一颗名为怀疑的种子也是好的。谁知道这颗种子什么时候就能生根发芽、为她所用了呢？

衡玉展合折扇，百无聊赖，方才还站在窗外的密八已经悄然离去，就如他来时那般无声无息。

折扇一开一合，时间就从酷暑炎炎的六月盛夏，钻进了凉意习习的九月深秋。

九月，沈夫人在谨慎挑选下，终于为沈洛选好了未婚妻。

对方是太傅次子的嫡长女，出身书香门第，性情温和，又因为下面还有几个弟弟妹妹，行事稳妥，很早就随着她娘亲一块儿掌家了。

"她已满十七，原本早就该议亲的，但要守母孝三年，就耽搁了下来。"

沈洛盘膝坐在梧桐树下，惬意地眯着眼，与衡玉介绍着他的未婚妻。

"我娘亲最属意的人选不是她，但我觉得挺好的，等到三媒六聘入了门，她也要满十八了。年纪太小不好，我这个性子，若是她年纪小了，倒不知道该怎么哄她才好。"

衡玉问："你见过她吗？"

沈洛一摊手，无奈道："没见过。她之前一直在老家那边守母孝，这个月方才回了京。"

衡玉顿时猜到沈洛的那些小心思了。

她就想，又不是什么休沐日，沈洛怎么会突然兴致冲冲跑来她的府上，原来是想让她陪他去悄悄看看那位顾姑娘。

心下已经有数，衡玉面上还是一副笑吟吟的模样，顾左右而言他，压根没有主动提及这件事。

沈洛跟她绕了半天的圈子，他这个人本来就是直来直往的性子，绕到后面还是举手求饶，把自己那点小心思说了出来。

"明初，我休沐日那天顾姑娘会去郊外的白云寺上香，你就陪我去看看吧。"

衡玉微微一笑："好啊，我答应你。"

沈洛刚要拍手喊一声"果然是我的好兄弟"，就听衡玉说："但是亲兄弟也要明算账，你欠我三顿客来居的饭。"

沈洛一口气呛在嗓子眼里，险些要把自己给呛死："你这多像是在趁火打劫啊！"

"你这话说得就不对了。"衡玉轻飘飘地道，"我明摆着就是在趁火打劫。"

沈洛咧了咧嘴，服了她。

转眼间就到了休沐日。

白云寺的香火素来旺盛，无论什么时候过来，这里都是香客如云。

沈洛和衡玉磨磨蹭蹭上了山，他已经服了衡玉："人人都是天未亮透就醒了，偏你要睡到日上三竿。"

衡玉一点儿也不觉得睡到日上三竿有什么好羞愧的，她抬手掩面，悄悄打了个哈欠。

两个人就这么互相打骂着，进了寺庙里。

沈洛的小厮早就在里面等着了，一瞧见沈洛，连忙上前将顾姑娘的行踪告诉他："顾家那边的人说了，迟些顾姑娘会去姻缘树那边系姻缘绳，公子可以先在那边候着。"

很显然，这次见面是顾家和沈家这边提前说好的，两人已经算是未婚夫妻，婚前悄悄见上一面也不算是什么大事。

沈洛一听这话，急匆匆拽着衡玉过去。

疾走几步，沈洛又停下来，有些苦恼："今天庙里这么热闹，姻缘树那边肯定有很多姑娘，我如果贸然出现在那里，是不是会让她们不自在？"

衡玉顺着他的话思索。

片刻后，她说："你放心吧，我有一个好主意。"

衡玉这个主意，好就好在它既能达成目的，又够损。

"你能不能轻点？"

一处墙角边，沈洛鬼鬼祟祟地缩在那里，正乖乖地让衡玉踩着他的肩膀翻到墙上。衡玉闻言又加重了两分力道，这才利落地翻上墙头，勾下身子朝沈洛伸手，将他从下面拉上来。

这处墙头旁边有棵高大的银杏树，现在正值深秋，银杏树叶子凋敝，不会遮挡衡玉和沈洛的视线，其他人又不容易发现他们，正是个方便偷看的好角落。

而且按照那位顾姑娘的行踪，她是肯定会途经这个角落的。

衡玉稳稳地趴在墙头上，感慨道："想我堂堂一个郡主、密阁副阁主，有朝一日居然要和你一起扒墙头看姑娘。这事要是传了出去，得多丢脸啊。"

沈洛拍拍衡玉的肩膀："好兄弟就应该一起扒墙头偷看姑娘家。"

衡玉慢悠悠打开折扇，用宽大的折扇遮住脸，她一副不愿与沈洛多说话的模样，只看得沈洛牙痒。

衡玉逗够了人，连忙指了指天色："看时间已经差不多了，你安静些。"

就在这句话话音刚落下时，小径尽头传来了轻盈的脚步声。然后是一位年纪不大的婢女清脆的声音："小姐，那位沈公子应该已经在姻缘树那等着了。奴婢听说他一表人才，而且是位少年将军，这不是和您梦寐以求的如意郎君一模一样吗？"

一听这话，衡玉就知道他们要等的人来了，沈洛下意识地挺了挺胸膛，脸上泛起不自知的笑容。

婢女话音落下，又有一道女声响起。

这道声音清雅温柔，细缓若山间微风轻轻拂过。

"莫在外面乱说。姻缘树那边人多眼杂，就算是见上了，怕是也没办法说上什么话。"

当这句话落下时，那位顾姑娘的相貌也落在了沈洛的眼里。

他盯着顾姑娘发愣之际，感觉到身侧的衡玉轻轻动了一下，出声道："顾姑娘请留步。"

主仆二人吓了一跳，她们站立不动时，衡玉轻推沈洛。沈洛会意，拨开前侧的枝丫，就倚坐在墙头上，朝他的未婚妻微笑着打了个招呼。在他做这些动作时，衡玉已经从容跃下墙头消失，没有打扰他们，自己胡乱在寺庙里逛着。

大概半个时辰后，沈洛才回来："我找了好久才找到你。"

"和顾姑娘聊得怎么样？"衡玉笑着问，语调戏谑。

沈洛轻咳一声，知道她是在看自己的笑话，却还是坦然点头："顾姑娘非常好。"

衡玉顿时大笑起来。

"好了好了，我们下山吧，我带你去客来居吃饭。"沈洛怕她又要来调侃自己，连忙把话题转移走。

两人往山下走去，沈洛突然道："等到成了亲，我就要回我爹身边了。等我立下赫赫战功，再回来帝都看你们。"

见过一面，沈洛消停不少，偶尔瞧见什么有意思的小玩意，都会命人给顾姑娘送过去。

等到走完三媒六聘，成亲的吉日已经是来年三月。

沈国公府张灯结彩，沈洛一身喜袍，脸上带着掩饰不住的紧张。

他满心欢喜地与自己心怡的姑娘拜了堂，成了家。

成亲不过一个月，沈洛便上了折子，自请去边境。

第九十二章
欲买 桂花同载酒 23

有关沈洛去边境的事情，沈国公早已和康元帝通过气。这道折子很快就批复下来，康元帝准许了沈洛的请求。

一下早朝，沈洛兴冲冲来找衡玉。

午后阳光温暖，他偷拿衡玉面前那坛已经开封却没喝过的酒，仰头灌了几口，惬意地眯起眼睛。

"兵部那边新研制了一批弩箭，现在正在加大规模生产。陛下的意思是让我再多等半个月，到时候亲自护送这批弩箭给我爹，也算是立一个功。"

他本来就要去他爹那边，现在运送弩箭的功劳基本算是白捡的，沈洛当然爽快地应了下来。

衡玉瞥他一眼，寻思着下回得找密八要些泻药，好好整治沈洛一番。这个念头从衡玉心底一划而过，她垂下眼，抱起新的酒坛子："弦堂兄怎么没和你一块儿过来？"

"原本是要和我一块儿过来的，但陛下身边的内侍突然来找他，不知道说了些什么，他就和内侍走了。"

衡玉想了想："应该不是什么大事。"

沈洛沉默了下，突然屏退了院子里的人。

能进院子里伺候的都是衡玉的心腹，见到沈洛的动作，他们没有请示衡玉就自觉退了下去，显然是衡玉早有交代。

衡玉捻起一块枣酥咬了口，有点过于甜了："发生了什么事？"

沈洛似乎是斟酌了很久，脸上难得布满凝重。

"我在御林军听那些同僚说起过一件事，前段时间云三府里有两个下人无缘无故死了。"若这件事出在其他府里，沈洛压根不会当回事，但听说是云成弦府里出了异常，他就留了心，

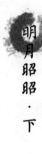

"我瞧着……云三像是在处理探子。"

已经开了口，后面要说的其他话也变得顺理成章起来，沈洛忧心忡忡地道："我们刚认识那会儿，为兵部布防图失窃一事，云三提议要将红袖招上百号人全部抓起来严刑拷打。他的手段素来残忍，这些年为了你我，也没什么值得他动怒的地方，他才显得手段柔和了不少。"

"自从科举舞弊案后，云三就变得忙碌起来，和你我聚在一起的时间也少了。我不知道他在背地里忙活些什么，但明初——"

在衡玉面前，他没有掩饰自己的忧虑。

"我总怕云三会误入歧途。"

他从来不是个笨人，在事关他最好的两个朋友时，他甚至比这天底下绝大多数人都要敏锐。

他猜不到背后曾经发生过什么，但他能察觉到云成弦的变化。哪怕这种变化很细微。

衡玉放下了枣酥。这会儿倒觉得这个糕点的味道苦涩了起来。

她微微蹙起眉来，似乎是想和沈洛说些什么，唇角轻轻一颤，却没有说话。

沈洛见不得她蹙眉，长臂一伸，搭在衡玉的肩膀上："我祖父总说，一个活生生、有血有肉的人是有来处的，那些一步步走到现在的经历都会塑造一个人的性情，影响一个人的心性。"

沈洛总是难得正经严肃。但这样大大咧咧的人突然端凝认真起来，才更为慑人，让人在意他说出口的话。

因为他在此时此刻说出来的每一句话，必然都是反复思虑过后的认真之言。

"云三不像我，我从小虽然吃了很多苦，但家里人都是宠着的；也不像你，你没有得到父母的疼爱，可你过得肆意，谁也不能给你气受。他那人吃了太多的苦，就养成了今日的性情，哪怕我们再努力改变，也很难在短短几年时间里把他的性子给完全扳回来。

"所以我们要多盯着点，别让他犯了错。"

其实，衡玉是不想问的。

但她听着沈洛的话，许久之后，还是微微笑了下："如果他还是犯了错怎么办？"

沈洛用力拍拍她的肩膀，没有丝毫迟疑。

显然，对这个问题，他早已有了答案。

"我在边境，离帝都太远了，你多盯着他点。如果发现他犯了错，你就写信给我，我会狠狠骂他，把他骂醒的。

"要是骂不醒，等我从边境回来，我就狠狠揍他一顿，到时候你别帮忙，他那副小身板是绝对打不过我的。"

衡玉点头："好，我会多盯着他的。"

听到衡玉的许诺，沈洛长长吁了口气。

他收回手，两手轻松一合："这样我就能放心去边境了。"

衡玉不免又笑了下："看来你是真的担心这件事。"

"当然啊，我可是你们二人的大哥，总不能看着云三入了歧途。不过你放心吧，我不会厚此薄彼。"沈洛用力拍着胸膛保证，"等到了边境，我给你寄那里的特产。"

"说起来，边境还有一种花，别名陌上，那花长得并不金贵，但是只有边境的风沙水土才能养得活它，我看有没有别的办法养活它，到时候带回来给你瞧瞧。"

"我屋里要什么花没有？"衡玉知道他的意思，却还是调侃。

"那哪能一样？你我这种俗人，养那些兰花附庸风雅干吗？"

好吧，她养盆兰花，就成附庸风雅了。

衡玉失笑，又喝了一口酒。

外面突然传来一阵杂乱的脚步声，随后是冬至的声音：

"殿下，三皇子那边派人传了口讯，说是有事要离京一段时间，怕是没办法送沈公子了，不过他已让三皇子妃为沈公子准备好了仪仗，还请沈公子多多担待。"

离京？

衡玉放下酒坛，与沈洛对视。

云成弦离京的行踪非常隐秘，结合他之前被康元帝身边的内侍叫走，不难猜出他离京是为了给康元帝办事。

半个月的时间一晃而过，今天就是沈洛离京的日子。

他穿着一身轻甲，腰配凯旋剑，站在一匹汗血宝马旁边牵着马缰，含笑看着衡玉："道别的话已经说过几次了，不是说了让你今日别过来了吗？"

衡玉将一个信封递给沈洛："想起来有些东西忘了给你。"

沈洛接过，奇道："这是什么？"

"这三四年里，我手底下培养出了不少能用的人，里面有许多擅长刺杀追踪的暗卫，但沈国公府百年名门，绝对不缺暗卫用，我就不给你了。"

沈洛身份贵重，沈国公他们安排在他身边保护他的暗卫绝对不少。

"至于这个信封，它里面是一张密阁密探的联络名单，依照上面的口令，你可以与名单上的那几个人取得联系，也许会对你的行事有帮助。必要时，你自己见机行事。"

"哇。"沈洛赞叹，连忙把信封贴身塞好，"你这份礼物送得好。"

衡玉失笑，瞧着大部队已经要准备离开，她旋即正色，朝沈洛拱手："多加小心。"

"我会的。"沈洛笑，又说，"你若是没事做，就带我娘子去京郊外玩一圈。她这些年守孝，也没去过什么地方。我们刚成亲我就去了边境，她虽然没说什么，但我心底总觉得有些愧疚。"

提到他的妻子时，沈洛眉间柔和下来。

"放心吧。"

衡玉慢慢往后退，退出人群。

她上了城墙，站在这座千年古城的墙头，看着这位白甲红袍的年轻将领骑在高头大马上渐行渐远，逐渐消失在她的视线里。

他似乎是知道背后一直有人在目送他，行了片刻，没有回头，举起他的右手用力挥动。

天边骄阳似火，一阵风吹过来时并没有让人感觉到清凉，反而觉得燥热。

衡玉仰头一看。

原来又到了夏天。

前去边境的这一路上，沈洛都非常悠闲，除了赶路外，其他时间都被他花在欣赏沿路风光和写信上了。

衡玉隔个三五天就能收到他的一封信。

沈洛的信很有他这个人的风格。字迹潦草不说，还话痨，别看写满了五六页纸，可通篇都是废话、口水话。但就是有种神奇的魔力，让人在读信时不自觉地会心一笑。

看完信后，衡玉不急着写回信，吆喝着要弄个露天烤肉。

烤肉一般都是冬日吃，冬至抬头看看天，觉得能在这艳阳高照的日子里吃烤肉的，也就是他们家郡主了。

但能怎么办？郡主想吃，他们任劳任怨地去准备就好了。

在冬至叹息着往厨房走去时，远在千里之外的江宁城中，云成弦负手从一座府邸里走出来。

他一身黑色锦袍，尽显肃杀冷厉之气。

走了两步，他似乎意识到了些什么，垂眸从袖子里取出帕子，擦拭掉不知何时溅在他手背上的几点血迹。

可惜的是，他注意到这几点血迹时已经晚了，血迹已经凝固在他的手背上，随着他的擦拭，血迹被涂抹成了一大片，弄脏了他整个手背，也让白净的帕子染上了扎眼的红。

这份红太扎眼了，云成弦死死地盯着，没有再做出下一步举动。

"公子。"身后，他的贴身侍卫小跑到他身边，满身血气。他此行南下隐藏了身份，所以身边人都称呼他为公子，"都处理好了，十二口，无一活口。江南总督那边递了拜帖，说想过来给您请安，您看……"

若按照云成弦以往的性子，一句"不见"定然直接甩了过去。然而，他紧闭双眼，"让他过来"四个字几乎是从他的牙缝间生生挤出来的。

——他不能在双手沾染了那么多血腥后，还一无所获。

江南总督，必须见。

只是在贴身侍卫离开后，云成弦的眼前出现一阵眩晕，一手扶着身侧的墙沿才勉强站稳。

他仰起头看天，一时之间也不知道是他的眼里蒙上了一层血色，还是这天异变成了红色。

还没等他细究，天际突然飘下雨来。

云成弦伸出手去接雨，看着雨水冲刷走他手背上的血色。他的手又恢复了以往的干净。

可是他又无比肯定，有些事情终究还是不一样了。

第九十三章
欲买桂花同载酒 24

大衍朝边境，樊城。

夜色浓重，星光璀璨。

沈洛和他的下属们从阴影处一步步走进光亮处，来到一座颇为奢华的府邸前。

他站在灯笼底下，被昏黄的灯光笼罩着，轻轻活动了下手指，五官早已褪去了青涩，下颚紧绷，带出一股难言的肃杀与冷厉。

"里面的人不打算开门，那我们就自己撞开吧。

"连这笔银子都敢贪，这样的人死不足惜。行动时也给我注意些，别惊扰了院子里的女眷和孩子，否则军法处置。"

沈洛话音落下，腰侧的凯旋剑已是出了鞘，剑光如虹，照亮尘寰。

与此同时，帝都城北。

夜晚，大雨滂沱。

这是一座从外面看上去普普通通的民宅，青砖红瓦，倒也显出了几分气派。

这个时辰已经很晚了，如果是平常，宅子里的人早已安歇下来，今日却是例外，宅子里满是打斗声、厮杀声与惨叫声。

但这些巨大的声响都被稀里哗啦的雨声和震天动地的雷声给淹没了。

衡玉披着一身黑色长袍，站在宅子紧闭的大门屋檐下，手里拎着一壶酒。

她的听力极佳，轻而易举就能分辨出雨声、雷声，以及掺杂在其中的打斗声。

"我倒是不知道木星河的人居然已经潜入帝都来了，还就在我的眼皮子底下行动。"

她轻笑了下，眼神锐利，眼底的杀意都被浓重的夜色遮掩了。

等宅子里的打斗声彻底停歇下来，衡玉拔掉酒坛塞子，大口饮完这一小坛酒。手腕一松，酒坛掉地破碎，她缓步走入府内。

密阁密探站在血泊中，齐身向她跪拜，神情恭敬无比。

在他们身侧，横七竖八躺着十几具尸体，有自己人的，但更多的还是大周那边派来的人。

"他们的联络方式找到了吗？"衡玉问。

"回副阁主，已经找到了。"密八恭敬道。

衡玉眼里的笑更浓了几分。

云成弦是在帝都最热的时候回来的。

他满身风尘，面容疲惫，身体里透着一种止不住的困倦。

当天晚上，他就发起高热来。

这一两年来，因为科举舞弊案，云成弦和三皇子妃虽不像刚成亲时那般亲密无间，但小两口的关系还是很不错的。

三皇子妃守在外间，等着大夫诊治，好不容易瞧见大夫出来了，她连忙跑到大夫面前，问起云成弦的情况。

大夫整理着手中的东西，回道："三皇子没什么大碍，按照老夫开的药方连着服用五天，再注意些饮食，就没什么了。只是……"

三皇子妃连忙追问："只是什么？"

大夫面色有些许迟疑，但他刚刚已经露了口风，迟疑一下，还是继续道："老夫瞧着三皇子这像是终日疲倦后郁结于心，才导致了这场风寒。"

"郁结于心？！"三皇子妃诧异，很快，她收敛了自己脸上的失态，命人给了大夫一笔赏银。

她掀开珠帘进了屋内，发现云成弦不知何时已经醒了过来。

"殿下。"

云成弦点头，声音虚弱："沈洛离京了？"

"是，一个月前就离开了。"

"他可曾给我写了信？若有，拿来给我瞧瞧吧。"

三皇子妃有些担忧，想要劝他先好好休息，有什么事情等身体好了再说，但触及他那坚毅的面容，三皇子妃将到嘴边的劝说之语又咽了下去，她点点头，命人将那几封信拿来。

拆开信封，先入眼的便是潦草又熟悉的字迹。

还没仔细阅读信的内容，单是看到这字迹，云成弦脸上的寒霜便淡去了。

他不自觉地轻弯嘴角，阅读着沈洛的书信。

看完了一封，刚想拆开另一封，云成弦突然想起一件事，他对三皇子妃说："我回京的消息先瞒着，等过几日我身体大好了再说。"

若是知道他回了京城，明初肯定会过来见他的，可是现在他病着，没有心力去掩饰自己的失态，以明初的敏锐，怕是会看出端倪。

倒不如先不把消息传出去，等他能够极好地掩饰自己，再去见明初。

想到这里，云成弦刚刚轻松一些的心态再次沉重起来。

看啊，在最要好的友人面前，他竟然也需要伪装自己了。

他自嘲地一笑。

云成弦还年轻，身体恢复得很好，不过三天，就已经好得差不多了。至少从面色来看，完全看不出他刚刚大病了一场。

第二日上午，他提着在客来居买的糕点，步行到亲王府，结果被告知衡玉有事出门了。

云成弦笑："往常这个点她都还没起身，现在倒是难得，居然已经出门了。"

提着糕点进了衡玉的院子，坐在院子凉亭里，使唤着衡玉的下人给他沏了壶茶，他边喝着茶边等她。

衡玉今天起了个大早，是要给密阁的学子上课。这堂课足足上了一个半时辰才结束。

说起来也是好笑，木星河派来帝都的卧底就是被这帮学子挖出来的。他们终日里在大街小巷游走，做着她布置的任务，结果她布置的任务没完成，倒是意外收获。

上完课后，衡玉低调地离开了这座宅子，坐着马车回到府里，自然知晓了云成弦来找她的消息。

"知道了。"衡玉挥退下人，脚步不停，一入院子便瞧见了身穿淡青色长袍、头戴玉冠的云成弦。

他以前很喜欢穿深色，今日突然穿了身淡青色的衣袍，让衡玉有些不适应。

她心下念头起伏，没有表现出来，平静地走到云成弦对面，将倒扣着的茶杯翻正过来，指尖在桌面轻点，示意云成弦给她把茶满上。

"以前少归在，你都是使唤少归，现在他去了边境，被使唤的人就成了我。"云成弦嘴上抱怨，还是笑着拎起了茶壶。

衡玉坐姿懒散，说得理直气壮："没办法，我已经懒到连茶壶都不想拎了。"

云成弦被她这理直气壮的模样逗得一笑。

两个人喝着茶吹了会儿燥热的风，衡玉突然出声："什么时候回到京城的？"

"昨天傍晚刚回来，这不，一大早就买了你最喜欢的糕点来找你了。"

衡玉轻笑了下："是吗？"

云成弦拨茶沫的动作微微僵住，他仿佛是好奇一样，问道："怎么了？你不信吗？"

衡玉扭头，看着院子里那丛生长得极好的紫竹。

风吹过它们的时候，会发出呜呜咽咽的声音。

其实吧，她原是信的，那句"是吗"也只是随口一说，但云成弦的反问，却让她没办法信了。

这些小事，何必瞒着她？他此次离京是为了什么？又做了什么？

疑惑浮上心头，但是只在衡玉的脑海里停留了一瞬，她就将它们都压下去了。不到万不得已的时候，她不想去置疑云成弦，不想去猜测他的做法，哪怕他的做法让她有些无法理解，她依然会保持尊重。

"没什么。"于是衡玉只回答了他前一句话。

云成弦的身体又是一僵。他沉默了片刻，顺着衡玉的目光看过去，落在那丛竹子上："我想吃竹筒饭。"

"暴殄天物。"衡玉骂他，"为了移植这竹子，不知道花了我多少钱。"

顿了顿，她琢磨："不过普通的竹筒饭我吃过，用这极品南海竹做的我倒是没吃过，也不知道到底是什么滋味。"

于是她的视线就转到了一直站在后面的冬至身上，吩咐冬至赶紧去砍竹子。

冬至满头大汗地跑了。

云成弦的心情又明朗起来。

也不知道是不是因为用了价格昂贵的竹子来做竹筒饭，总之，这顿饭吃着，是比普通的竹筒饭要香不少。吃完饭后，云成弦躺在院子草坪上，学着衡玉，嘴里叼了一根草，舒舒服服地晒着太阳。

在他昏昏沉沉要睡过去时，衡玉的声音悠悠飘来：

"弦堂兄，一生汲汲追逐的人，也最容易一生受累；一直沉浸权术的人，也最容易被权术玩弄。"

这番话，她说得那么轻那么淡。

仿佛是一个早已历经一切，将权术玩弄于股掌的人，在对他这个正沉浸于权术的人的告诫。

云成弦睫毛微微一颤，没有出声，片刻，已是睡了过去。

衡玉在他身边坐了很久，终于动了下，拿掉叼在嘴里的那根枯草。

她望着天，声音很轻：

"其实啊，少归那人是最纯粹，也是最大度的，只要没有触碰到他的原则和底线，无论你我做了什么，他都能原谅，过个几天就把一切都忘光了。

"要不是有少归在中间调和，以你我的性子，很难彼此交心，成为无话不说的友人。

"说实在的，在这个世道，手染鲜血的未必是恶人，手中无一人命的也未必是好人。端看自己是为了什么而沾染鲜血，端看自己有没有违背了自己心中的那份道义。如果有违心中的道义，兴许就真是在不知不觉间，成了自己曾几何时最不喜欢的那种恶人。"

说完这几句话，衡玉又沉默了很久。她终于从地上站起来，亲自进了屋取来一条薄毯，轻轻盖在云成弦的身上。

"这天气，看来就快要入秋了。肃杀之秋，就让大周死些人吧。"

第九十四章
欲采 桂花同载酒 25

九月初二，肃杀秋气席卷边境。

当天夜里，沈洛领五千士兵设伏，大破敌军，斩大周一万精锐于丹枫谷。

战报传回帝都，康元帝龙心大悦。

过几天就是他的寿辰，在这个节骨眼上取得了一场漂亮的胜利，是个非常好的兆头。

康元帝一高兴，赏赐自然也大方，打算给沈洛升官。然而等到早朝结束后，圣旨颁布下来，却是只给沈洛的妻子加了诰命，关于升官一事只字不提。

礼亲王回到府上，来找衡玉："今天早朝吵得不可开交。"

衡玉闻言有些诧异。

设伏的计策就是她给沈洛出的，她自然知道今天早朝讨论的是什么事。

"这场战斗打得漂亮，几乎挑不出什么差错，为何会吵起来？"

"就是因为打得漂亮，挑不出什么差错，才会吵起来。"

礼亲王坐下："本朝素来重文轻武，朝中文臣几乎都是主和派，他们觉得陛下太过优待沈国公府了。

"文臣寒窗十年，方才一朝天下闻名。武将只要一场胜利，兴许就能加官进爵。沈洛现在才二十二岁，这些文臣怎么可能看着他坐到正四品的位置上，自然就极力劝阻了。"

衡玉瞬间就明白了："文臣和武将的升官途径本来就不一样，今早早朝真像是一场闹剧。"

"可不是。"

礼亲王也觉得吵得很。

"说起来，今早朝中倒是有件趣事，太子殿下站出来驳斥主和派的观点，就差指着太傅的鼻子骂了。我听着他的观点，像是个主战的。"

衡玉眉梢微挑："太子是主战的？"

现在大衍朝和大周朝的矛盾越来越激烈，衡玉本人其实也是主战派。

应该说她骨子里偏爱冒险。强大的邻邦虎视眈眈，不把他们打趴下，她压根就不会觉得安稳。

衡玉思索片刻，感慨道："这位太子殿下的见识和手段都是一等一的，只是有些狠戾。"颇有暴君之相。

后面这句话，衡玉没有说出来。

礼亲王扫她一眼，眼里颇有些意味深长，显然是听出了她的未尽之意。

他轻轻敲击桌面，对衡玉说："有些话藏在心里就好。"

衡玉一笑。

其实，朝中并没有高兴太久，来自大周的反击就到了。

被沈洛斩杀的一万精锐都是木星河的人，两人直接摽上劲了。这回木星河有备而来，沈洛被杀得措手不及，右手和胳膊都中了箭，要不是他的下属及时救下他，他的情况怕是更加危险。

衡玉很快就收到了从前线传回来的战报，她眉心微蹙，有些担心沈洛的情况。提笔写了封信，还没寄出去，就先一步收到了由沈洛口述、他人代写的书信。

"不好好养伤，乱折腾什么？"看着这封书信，衡玉蹙起眉来。

秋分笑道："沈小少爷肯定是怕殿下担心，您的消息有多灵通，他又不是不知道。"

衡玉被他逗笑，这才拆信阅读起来。

木星河那混账，小爷我算是记住他了。要不是我足够威武英勇，这回怕是要折在他手里了。

在提及这场战役时，沈洛一笔带过，但是衡玉仍然能感受到其中的凶险。

她合上书信，琢磨着木星河这个人。

这些年，她不断离间木星河和大周五皇子等人。离间已经有了效果，奈何木星河的领兵能力太强了，大周一边忌惮他，一边又不得不重用他。

"要对付木星河，看来得换个法子了。"

时间就这么慢悠悠地过去了，仿佛才是一眨眼的时间，就进入了康元二十二年。

衡玉每日都能收到从边境传回来的战报，有好有坏；也偶尔收到沈洛的书信，信上都是高兴之事，报喜不报忧。

边境战况陷入胶着，帝都依旧歌舞升平。

不过要衡玉说，帝都私底下的暗潮汹涌，可比边境明刀明枪的杀伐要凶险上几分，毕竟，太子虽然是储君，但他下面的四个弟弟都成年了，夺嫡之争已经渐渐浮出水面。

二皇子、四皇子、五皇子的小动作都不少。

甚至是……云成弦也一直参与其中。

衡玉消息灵通，第一次察觉出蛛丝马迹时，她坐在院子里的秋千上，晒了半个时辰的太阳，没有去找云成弦当面对峙，只是吩咐冬至办了一件事。

——拿她的手令，为云成弦抹掉尾巴，让其他势力的人查探不出这些蛛丝马迹，发现不了云成弦在背后到底动过什么手脚。做好这一切后，再去一趟三皇子府，把这些事告诉云成弦。

冬至握着衡玉的手令退下，退到屏风边时，忍不住停下脚步，仰头看向衡玉："殿下，真的不劝劝三皇子吗？夺嫡之事凶险异常，就算我们为他遮掩，又能够遮掩到什么时候？如果东窗事发，属下怕会牵连到您。"

"冬至。"衡玉唇角一翘，神情平静温和，"云三已经加冠，是个孩子的父亲了。他知道自己要的是什么，也知道自己在做什么。如果能劝动的话，我不会不劝。况且，身在皇家，有野心是一件多么正常的事情。只要云三不要背弃了他心中的道义，伤了我们三人间的情谊，他做什么，我都会尊重，并且在一定范围内给予帮助。"

冬至若有所思，行礼退下。

房间里除衡玉外，已经再无其他人。

她散着头发，懒洋洋地倚着软榻。

原是想睡上一觉的，又有些心烦意乱，衡玉躺了很久，最后干脆爬起来，拿过旁边放着的一本书胡乱翻了翻，却一个字也没看进去。

她用力合上书，甩回原处，对系统道："其实我不怕夺嫡凶险，只是担心人心易变。"

"你觉得云三会变吗？"

"我不知道。"

她又和系统强调了一遍："未来的事情，我不知道。"

这个世界上最好利用的就是人心。

可是最难控制的，也是人心。

人心，思变。

云成弦刚回到府中，就听下人禀报说冬至早已在府中恭候多时。

"他怎么过来了？"云成弦有些惊讶，问，"郡主来了吗？"

"郡主没有。"

"是奉衡玉的命给我送东西？"云成弦低声自语，先回屋里换下官袍，穿上常服，这才去见了冬至。

实际上，冬至的确是来给云成弦送东西的，只是送的那样东西超乎了云成弦的意料。他拆掉信封，才看了第一行，脸色就大变，双手险些握不住这封并不厚的信，颤抖得有些用力。

冬至束着双手，低垂下头，一副恭恭敬敬的模样，并没有直视云成弦。

云成弦抬头扫了眼冬至，用力咬了咬后槽牙，低下头继续往下看。

看到最后，他的脸色莫名有些颓唐。

"你们郡主让你给我带了什么话吗？"他开口时，才发现自己的声音竟然变得这么沙哑。

"郡主说身在皇家，有野心是一件很正常的事情，但只要您不背弃心中的道义，伤了三人间的情谊，她会对您的做法保持尊重，并且在一定范围内给予帮助。"

听到冬至这句话，云成弦长舒了一口气，紧绷的身体瞬间放松下来。

他伸手去端茶时，才发现自己的掌心不知道什么时候已经被冷汗浸湿了。

"你们郡主的话我记下了。"

云成弦喝了两口茶。

茶水是凉的，不过在这个时候，这股冰凉很好地抚平了他心头的急切。

他斟酌片刻，抬头对冬至说："去告诉你们郡主，帮我遮掩一次就够了，以后不要再亲自涉险，我日后行事会更加注意。"

这一刻，冬至莫名眼眶一热。他俯身向云成弦行礼。

听到云成弦的回话，衡玉微微一笑，将她刚修剪好的兰花放回窗台。

没过几日，衡玉查到山西铁矿场出了问题。

铁矿场作为军备资源，一旦出了问题，整个山西官场怕是都要出现震动。

她迅速调人暗查山西官场，历时足足两个月，查出来的事情一件比一件触目惊心。

担心再往下查会打草惊蛇，衡玉暂时收了手，握着她查出来的罪证进了宫，呈递给康元帝看。

康元帝只看完第一张纸，就气得一拍桌案，脸上杀意一闪而逝。但没过一会儿，他便平静了下来，继续往下翻看。

他越看越平静，但这种平静，不过是暴风雨来临的前奏罢了。

"臣愿往山西走一趟，肃清山西官场。"衡玉出声请命。

她进宫时就想好了，肃清山西官场这件事，她几乎是最合适的人选。与其让康元帝亲自下令，还不如她自己请命。

然而，出乎她意料的是，康元帝驳回了她的请命："这次山西之行，让老三去就好。"

听到这句话，衡玉微微一怔。

山西官场早已沆瀣一气，官官相护贪腐成风。山西之行并不是什么好差事，甚至可以说是一件苦差中的苦差。

若是办得好了，还能得到一些好名声；但若是办得不好，怕是不仅得不到好名声，还要得罪大半个官场。

康元帝这个做法……分明是拿云成弦做一把刀。但是云成弦这把刀还太年轻了，一个不小心，可能就要折在山西了。

"陛下，三皇子年轻气盛，这件事由他来督办，臣以为不妥。"衡玉出声道。

康元帝平静道："无妨，历练历练也就出来了。"

"臣请求随同三皇子前往山西，我们一明一暗，更便于肃清官场。"

"此事不必由你出面。近来大周异动频繁，你专心盯着大周就好。"

康元帝话已经说到这个份上，衡玉沉默片刻，只有行礼退下。

第九十五章
欲采桂花同载酒 26

云成弦接到旨意入宫。

他起初还没明白康元帝喊他进宫的原因，后来看到山西铁矿场的消息，心中已经有了猜测。

果然，康元帝的话印证了他心底的猜测。

"儿臣遵旨。"云成弦垂下眼，平静地回道，毫无多余情绪。他抱着那些由衡玉收集来的资料离开皇宫，神情恍惚地回到皇子府，才下马车，便看到一道披着红色斗篷的熟悉背影——是衡玉。

云成弦脚步一顿，在原地踌躇，一时之间升起不敢上前见她的惶恐感。

衡玉早已听到马车入巷的动静，她稍等片刻，察觉到云成弦并没有上前，只有一道目光紧紧粘在她的身上。

心下轻叹，衡玉抱着手炉转过身来，上下打量云成弦一番，语气自然而熟稔，仿佛与他昨日刚刚见过："三四个月没见，怎么觉得你瘦了许多？"

云成弦听到她这话，有点心虚。

他现在在帝都已经勉强站稳了脚跟，按理来说，再忙隔上一两个月与衡玉小聚一次的时间也是抽得出来的，可是……

他有些心虚。

他云成弦自认手段凌厉，从不是个善人，但唯独不想让云明初、沈少归二人看见自己的不堪。然而他没有遮掩好，还是让明初发现了蛛丝马迹……

他害怕此刻会从明初那双明净透彻的眼睛里看到，哪怕一丝一毫对他的失望。

"怎么了？在想什么？"衡玉缓步上前。

两个人明明只有几步路的距离，可偏偏是这几步路，让衡玉知道有些东西真的不一样了。

也许他们的情谊并没有改变丝毫，但曾经那段无话不说、连最阴暗卑鄙心思都敢于吐露给对方知晓的无上完美岁月，是真的……真的回不去了。

可是这又能怪谁呢？

是沈洛这个大哥做得还不够好吗？是她还不够竭尽全力护着他们吗？还是该怪云成弦生出野心要去夺嫡？正是因为谁都没有做错，衡玉才知道这一切都如黄河之逆流般难以挽回。若是做错了、生了误会，还能解释，但这种悄然的改变，才是最让人难以下手、最无能为力的。

在这一刻，哪怕心性坚韧如衡玉，也不免升起几分怅惘。

也罢，谁能永远是纯真少年？

只要情谊没有改变，就足够了。

心下想着事情，衡玉的脚步并没有停，她慢慢来到了云成弦的面前，让他能直视她的双眼，看见她眼里倒映的笑意与一如既往的温柔无奈。

"怎么不说话？"衡玉又问了声。

"我……"

云成弦深深凝视着她的眼，在这一刻，他那如浮萍般飘荡的心彻底回到原地。

——她不曾对他失望。哪怕知道他的手并不干净，哪怕知道他野心勃勃。

"什么？"

"我近来比较忙，没能去找你，等会儿自罚三杯。"话在这一瞬间变得顺溜起来了，云成弦笑着说道。

衡玉顺着他的话点头，也故作平常："这还差不多。我们快些进去吧，我饿了，也在门口站累了。"

云成弦脸色顿时冷下来："你到门口多久了？我府里的下人为何不迎你进去坐等，可是……"

衡玉连忙叫停："没有，我一下马车他们就请我进府了，但我想在门口等你。他们原是要搬张太师椅来的，可你不觉得这么站着更能显出我的英姿吗？我就这么傻站着等了足足两刻钟，这才把你等回来。"说到后面，衡玉忍不住长叹口气，装酷果然是要付出代价的。

云成弦又好笑又好气，连忙请衡玉进里面休息，又让他的侍卫赶紧跑去客来居买两份衡玉最喜欢吃的桂花糖蒸栗粉糕。

就着温热的茶水吃了两块糕点，衡玉跷着二郎腿，对有些走神的云成弦说："我给你十个暗卫。"

"啊？"云成弦听到这句话，有些蒙。

"这十名暗卫里，三人擅探听，七人擅刺杀。再加上你本身的暗卫，应该能护你此行周全。除了他们，我再将自己埋在山西的几个暗桩全部给你，他们人脉极广，应该能方便你行事。"

衡玉从袖间取出一块令牌，放在桌上，缓缓推到云成弦眼前。

"山西的陈乔威早已暗中投靠了我，他手里有五千兵，必要时，拿我的令牌去找他。

除了他，山西官场还有一些能用之人，他们不是我的人，但是并未同流合污，仍忠于朝廷忠于陛下，也是能用可信之人，稍后我将名单写给你。

"还有一些是有可能对你产生威胁的人，我也会将他们的名单列给你。"

从衡玉刚刚开口起，云成弦就已经蒙了。

他茫然听着衡玉的话，只觉得心底升起了一股火。这股火并不灼人，带着恰到好处的温度，很好地化去了他心底的戾气。

从接下去山西的旨意起，他便是戾气横生，只是怕她看出端倪，才一直在遮掩。他不可能没有怨言。云成弦从来不是个心机浅薄的人，他从资料里早已看出山西官场有多少问题，也知道要查山西铁矿场会遇到多大的危险，父皇让他去，不是出于器重，或者说也有器重，但是更多的还是在拿他当一把刀。

但现在，他那股戾气都消散了。

哪怕他因为母族曾犯下足以抄家灭族的罪孽，一直得不到他父皇的喜欢又如何，老天爷终究还是没有薄待了他，看他孤苦伶仃一人独行于世，便给他送来了这样的至交好友。

云成弦声音很轻："你都知道了？"

说完，他觉得自己简直是问了一句废话。

衡玉轻笑了下，端起茶水，用茶盖慢慢拨弄茶沫，耐心解释道："消息就是我递上去的。现在的山西官场宛如龙潭虎穴，危机重重，我改变不了皇帝伯伯的意思，只能从这些方面给你一番助力，保佑你能平安无事。"

云成弦沉默一会儿，才开口道："你给我这么多人，怕是会牵扯其中。有些事情是你所处的这个位置不应该做也不能做的。"

衡玉点头，对云成弦的话表示认可："是的，作为密阁副阁主，不应该和一个皇子牵扯太深。但从你我的私交来说，总不能看着你陷入危险之中仍然视而不见吧。要知道，我最开始想当这密阁副阁主，就是想着有朝一日若你们深陷危险，我不至于太无能为力。"

云成弦睫毛轻颤几下——原来明初当初答应当密阁副阁主，是因为这。他就说，素来懒散的人怎么会突然想要进密阁。

"山西之行，我一定会成功的。"云成弦终于下定决心，他抬起眼直视衡玉，眼底的亮光令人为之震动。他一字一句，以一种此生少有的认真说道，"我一定会办得漂漂亮亮的。"

衡玉看着他眼里陡然爆发的光彩，唇角轻轻一弯："祝你好运。"

写下两份名单，衡玉又在三皇子府里用了晚膳，便告辞了。

三天后，云成弦带着衡玉拨给他的暗卫和康元帝拨给他的侍卫，伪装成商队离开了帝都，前往山西。

"算着日子，现在也该出城了吧。"衡玉在府里听着台上唱戏，突然悠悠自语。

的确是出城了。

出城后一路跋涉，云成弦一行人在大半个月后才低调进入山西地界。

云成弦在山西折腾时，沈洛的处境也不是很安全。

——他和他的部队已被木星河逼进了一处山谷里，现在完全是仗着熟悉山谷地形迂回躲藏。

沈洛狠狠吃了口干粮，低声骂道："木星河那混账，千万别落在我手里，不然我定要将他碎尸万段。"

骂了两声出出心里的恶气，沈洛一扭头，看着身边所剩人数不多的部队，眼里有黯然和悲伤一闪而过。

大衍的大好儿郎，难道要随他一起折损在这里吗？

心里越是悲伤，情况越是危机，沈洛就越是冷静。他不断思索着当前的局势，不需要看地图，他已经能在脑海里完整勾勒出这处山谷的地形。

思索了很久很久，久到天色越来越暗，周围鼾声渐起，沈洛的眼睛猛地亮起来——他知道该如何破局了。

山西一行困难重重。

哪怕云成弦智谋出众，手段不凡，也接连遇到了刺杀。

要不是衡玉派来他身边的暗卫是这方面的行家，能先看透对方的机关，他很可能早就栽了。

最危险的时候，就连衡玉都长达半个月没有收到过云成弦的任何消息。

暗中蛰伏近两个月，云成弦终于彻底摸清了山西官场，也寻到了破局的最佳思路。在破局之时，或是低调拉拢，或是利益交换，或是许以将来，等到山西铁矿场的事情尘埃落定，云成弦在山西这里已成功拉拢到了不少人，还收获了民心。

要知道这些官员都在私底下偷挖铁矿，为了不被上面发现这件事，他们利用威逼利诱等手段，直接将铁矿周边村子的青壮年都弄进矿场里，让这些青壮年为他们卖命挖矿。

死在矿场的百姓太多了，云成弦在解决铁矿场一事时，还顺带解决了一些贪官污吏，自然就获得了不少民心。

六月初七，云成弦和新任山西总督交流过后，领着他的大队人马离开了山西，赶回帝都。

六月二十二日，云成弦一行人回到帝都。

他骑在高头大马上，扫了眼自己比之前黑了数倍的手背，又摸了摸自己饱经风霜的脸，感慨道："离开帝都的时候才刚入二月，现在竟然已经快七月了。"

这一去，就去了足足五个月。

感慨一番，云成弦策马进城，先回了趟三皇子府梳洗，换身新衣服。

三皇子妃牵着儿子过来看他时，眼眶瞬间就红了："怎么憔悴了这么多？"

云成弦换好衣服，解释道："在外面风餐露宿的，憔悴些也是正常，在帝都养几个月就好了。"又摸了摸儿子的头，便出了门，直奔皇宫向康元帝复命。

这回不仅有康元帝在，内阁大臣和太子都在。康元帝听完云成弦的复命，龙颜大悦，翻来覆去夸了云成弦许久，并给他诸多赏赐，还封了块封地，就是山西。

山西，古称晋地，自古以来就是兵家必争之地。这块封地不能说是顶顶好，但已经是相当不错了，至少已经出乎云成弦的意料，毕竟坐在一旁的太子眼里都露出怒意了。

可是，这股诡异的气氛还没有过去，康元帝继续道："除了赐下封地，朕还想再给老三赐个字。按照惯例，皇室子弟多半不取字，但朕想着取一个也无妨，于是苦思冥想，倒是想到一个不错的字。"

他的声音里夹杂着淡淡的笑意，听在旁人耳朵里，倒是有了几分慈父的样子："老三，你觉得'横臣'二字如何？"

这句话如惊雷一般劈斩而下。

"横臣"两个字听在耳里，多么像是"恒臣"，一世为臣。

这个字一出来，太子眼里的怒意化去了，转为了得意扬扬；旁边的内阁大臣们互相对视，都为康元帝的喜怒不定诧异。

而云成弦，只觉得浑身的血液在这一刻都冻结了。

他九死一生才从山西官场活着爬回来，最危险的时候，他躺在洞里足足高烧了三天三夜。可是哪怕如此，父皇依旧在打压他，在警告他，在给完他一个甜枣后都舍不得让他开心三秒，就当头狠狠甩了他一巴掌。

为什么？

又凭什么？

为什么这么对他！

又凭什么这么对他！

作为帝王就能无视他的心情，就能践踏他的功劳吗？

他死死克制着颤抖的身体，克制着自己去质问为什么。

他咽下了不公和苦楚。

于是他感觉到了自己喉咙里的腥甜。

按照风俗，除皇家外，男子到了加冠的年纪，一般都会由家中长辈来为他取字。每个人的字无论是什么，基本都寄托了长辈对这个人的期许和祝福。就如同衡玉之"明初"，也如同沈洛之"少归"，都是寓意极美好的字。

但身在帝王之家，康元帝却给云成弦取字"横臣"，对他的期许是——

一世为臣。

朝中储君已定，这个期许本无可厚非。但他不应该在这个节骨眼上，以取字的方式道出来。因为这个字更像是一种屈辱，更像是一位父亲对儿子的不信任。

这在外人看来，多像是康元帝在指着云成弦的鼻子骂：为了避免你日后成为不忠不义、不仁不孝之徒，朕先为你取字"横臣"，你日后行事且记着何为臣子的本分，莫僭越了才是！

"皇兄……"

云成弦没有问，可是一直坐在旁边的礼亲王不忍心了。

他轻叹了下，委婉地劝康元帝："我们皇室子弟本就不用取字，你何必突然给成弦取字？"

"朕只是突然想起来很多年前，明初就站在老三的那个位置上，亲口说密阁是朕的密阁，刑部也是朕的刑部。今日朕倒是有感而发，这山西，还是朕的山西吗？"康元帝意味不明地笑了下。

这句话意味颇为深长，云成弦瞬间就知道问题出在哪里了。

他拉拢山西官员的事情，怕是被父皇察觉出来了。

所有的不甘和痛苦，一瞬间如风消逝。云成弦觉得自己从未如此冷静过。

他缓缓跪下来，两手平举展袖，额头贴着地面，以前所未有的恭敬姿态道："儿臣多谢父皇赐字。"

父皇只想让他做一把砍人的刀，听话就好，能用就好。但他凭什么认命，他生来就是为了做一把早晚都有可能折断的刀吗？

都是帝王的儿子，凭什么他人有的，他没有！

他曾经想要成为一个光风霁月的人物，曾经努力去做一个更好的人，曾经也是铮铮傲骨。

但是这些都要成为曾经了。

怎么样都好，哪怕他日后会变得面目全非，变得叫明初和少归都开始对他失望，甚至开始讨厌他，他也要不择手段去争夺那九五至尊之位，去做这主宰众生沉浮而不是被人主宰之人。

第九十六章
欲采桂花同载酒 27

被内侍总管从地上扶起来时，云成弦甚至还能朝对方微微一笑，面色平静至极，仿佛刚刚悲愤到喉腔里溢出血腥味的人不是他。

礼亲王离开时瞥见那抹笑容，不知道怎么的，心底升起一股疲倦和无奈来。

他走出御书房，在原地稍等片刻，见到从里面走出来的云成弦，抬手拍了拍他的肩膀，轻声问道："才刚到家就进宫了吧？瞧你黑了瘦了不少，这几天记得在府里好好补补，赶紧把身子补回来。"

说完这番话，也不等云成弦做出任何反应，礼亲王便大步流星地离开了。

云成弦目送礼亲王的背影。

他在原地静默许久，刚想离开，又一道从容的脚步声自不远处传进他的耳中。

随后，绣着四爪蟒纹的黑色衣摆落入他的眼里。

太子手握折扇，对上云成弦的视线，微微一笑："横臣怎么还没回去？"

云成弦面无表情："多谢太子记挂，这就回去了。"

刚往前迈了两步，又被太子给拦了下来。

太子从宫人手里接过一把伞，递给云成弦，语气温柔得仿佛是个极疼爱弟弟的兄长："就快要下雨了，雨天路滑，横臣慢行。"

云成弦轻而坚定地接过伞："弟弟可以慢行，太子殿下却要快行了，不然，就要被身后那些虎视眈眈的人追上了。"

他绕过太子，大步流星地离去，像是想起什么一般，仰起头来凝望天色："看来帝都暴雨将至。"

可不是吗？

午后的天黑沉沉一片，乌云盖日，带着一种风雨欲来的压抑和逼仄感。

大约一刻钟后，暴雨倾盆。

衡玉睡了个午觉，被雨声用力敲打窗户的声音吵醒，她慢慢起身，问进来给她梳妆的婢女："三皇子来了吗？"她睡下前，云成弦那边派了人过来，说迟些要来找她叙旧。

婢女表示没有。

衡玉点头，让婢女退下，她自己坐在床边翻看话本打发时间，等着云成弦过来。

但这一等，就足足等到了傍晚，说好了要过来的云成弦依旧没有来。

"殿下，现在要传膳吗？"婢女进屋，柔声询问起衡玉。

"不必了，我去趟主院。"衡玉甩下话本，打算去找礼亲王询问下情况。云成弦绝不会轻易爽约，只可能是宫里面突然出了什么事情，他才没过来。

瞧见她过来，礼亲王竟是一副意料之中的模样。他将今天发生在御书房的事情都告诉了衡玉，末了，他轻声叹道："你皇伯父擅长制衡之道，以往将制衡之道用在臣子身上也就罢了，现如今将这份制衡之道用在他的儿子身上，倒是显得过于伤人了。"

"帝王已老，而他的儿子们正当盛年，皇帝伯伯怕是忌惮了。"

"何至于此。"礼亲王再次叹息，这回的力度重了许多。

这帝王之家啊。

"我瞧着成弦的情况不太对，你素来与他交好，明日若是无事，就去看看他吧。"

衡玉却出乎礼亲王意料地摇了摇头："还是算了。"

礼亲王抬眼看她。

衡玉低头看着茶杯里随波逐流的半片茶叶："山西官场如龙潭虎穴，但他依旧闯过去了，手握天子剑斩了数十名昏官贪官，他在山西时多么厉害。所以他一回到帝都，就兴致勃勃地让他的人来找我，说迟些要来找我叙旧，给我谈谈那些已经过去的危机四伏的事情。

"可是入宫一趟，他的锐意和自傲都被折断了。我想，他此时此刻最不想见到的人应该就是我了。既然如此，我又何必亲眼去瞧他的狼狈，让他难堪？"

她的声音很轻很淡，仿佛是在娓娓道出一件与她无关的事情。

"你接下来有什么打算？"沉吟片刻，礼亲王问道。

"接下来朝中夺嫡之争怕是要愈演愈烈，扰人得很。"

衡玉往香炉里抛了块沉香，浅淡的香味渐渐在屋内弥漫开来。

"能成为夺嫡之争最终赢家的，哪个不是踩着无数的血骨爬到最后的？云三的手段还是太稚嫩了，留他在帝都里慢慢磨砺吧，只要没有性命之危，怎样都好。我打算外出云游一番，去江南看看，去边境看看，再去隔壁大周那里游玩一趟。"

她这些年在屋里闲着无事，就总喜欢翻看游记。看得久了，对这片陌生的大好河山也起了几分兴趣。

自从穿跃进这个世界后，她一直困守帝都，从来没有离开过这里，干脆趁着现在没事做，多去看看吧。

礼亲王端起茶杯抿了口茶水："江南，天下巨富成堆、贪腐成风之地；边境，兵家必争之地；大周，大衍宿敌之地。你选的这三个地方倒都不简单。

"游玩是真，但是趁机去把这些地方查个底朝天，怕也是真的。"

衡玉的笑容温和无害："果然什么都瞒不了父亲。"

衡玉素来懒散，但一旦做好了决定，执行力也惊人。

两天时间，她已经收拾妥当，随时可以离京了。

离京前夕，衡玉翻出一个平平无奇的木盒，往里面装了许多东西，又写了封信，命冬至悄悄前往三皇子府，把这个木盒转呈给云成弦。

收到这个木盒，云成弦枯坐许久，终于缓慢抬起手，打开了它。

木盒里装有三样东西：

二十万两银票。

一个从白云观求来的平安符。

一封信。

信纸不大，文字简洁。

别的就不帮你了，可是本郡主我实在是太有钱了，喷，就便宜你这个穷光蛋了。给你的暗卫也继续留着吧，他们今后就是你的属下了。前路坎坷，多多保重！

云成弦只觉得眼睛像是被针扎了一般。

这种痛并不剧烈，但是绵长，从他的眼睛一路蔓延进他的心里，于是他觉得心头苦涩难耐。

他实在直不起身子了，深深弯下腰来，双臂抱着自己的肚子，哪怕极力忍耐，还是止不住浑身颤抖。

眼泪大滴大滴无声落下，云成弦将他的脸埋在膝上。不知不觉间，膝盖处的衣服就湿了一大片。

"来人！"他提高声音。

外面有小厮跑进来，被他那满脸泪水的模样吓得呆在原地。

"去给我拿两坛酒来……"话没说完，云成弦声音一顿，颓然笑道，"算了，你退下去吧。"

自己一个人饮酒又有什么意思？

他不是个贪杯的人，这些年喜欢饮酒，也不过是因为少归喜欢。

才过去短短几年时间，他竟已体会到了尚原大人昔日的心境。

"少爷少爷，吃块菱粉糕吧，新鲜出炉的，您闻闻这个味道，多香啊。"

冬至话刚说完，就被秋分悄悄挤去了一边。

秋分一脸谄媚地捧着藕粉桂花糕，递到衡玉眼前，陶醉地吸了吸鼻子："少爷，您别听冬至瞎说，他的品位素来一般。您来尝尝这个，这可是我精挑细选的，保证合您的口味，若是不合，您就罚我半个月月俸。"

闻言，冬至与秋分疯狂进行眼神厮杀。

月霜穿着一身鹅黄色长裙，纤纤素手撑着六十四骨节油纸伞，为她身侧的人挡去炎炎的烈日。

被秋分、冬至争相献殷勤，还能让月霜这位绝色佳人亲自打伞的，自然只有衡玉。

今日穿着一身水蓝云纹锦袍，头戴金冠，手中折扇同样以金丝勾边，端的是富贵逼人。

自古以来，美人多为权贵的装饰品，能得月霜这样一位绝色佳人相伴的，若不是极有钱，就是身份非常高贵。有眼光的人瞧一眼月霜，就知道衡玉是个非常不好招惹的角色。

瞧着秋分和冬至越吵越激烈，衡玉终于懒洋洋地甩开折扇，啪的一声脆响，没什么威慑力地训斥道："行了行了，小爷又不是小孩子了，吃什么糕点？也不嫌丢人。"

衡玉命秋分和冬至把糕点收起来，然后仰起头，望着车水马龙的这条长街。

他们一行人沿着水路前行了半个月，终于在两天前抵达金陵城。衡玉到来时闹出的动静很大，金陵城的不少官员都特意过来拜见她。衡玉只说自己是来游玩的，见了这些官员一面就把他们都打发走了。

在衡玉出神想事情时，月霜柔声问道："公子，我们现在要去哪里？"

衡玉回神，摇了两下折扇："去赌坊看看吧，我还没见识过金陵的赌坊。对了，冬至你现在赶紧去包条画舫，我们今晚就去见识见识秦淮河的大好风光。"

接下来一段时间，衡玉什么正事也没做，日日出入赌坊，兴致起来就去斗鸡遛狗，偶尔还会去秦淮河畔宿醉不归。

金陵城里最富贵的纨绔子弟，都未必能有她三分风采。

赌坊的消息最为流通，秦淮河畔牛鬼蛇神都有。衡玉倚在画舫栏杆边上，望着这潋滟多姿的秦淮河，缓缓倾倒酒杯，将杯中的美酒倾洒而下，让它们滚入这片河流里。

等到杯中的美酒倒完，衡玉把手松开，这樽金杯也落入河里，发出一声沉闷的声响，像极了为金陵一些官员敲响的丧钟声。

她在金陵一待就是一个月，该摸清的，该查探的，都已经差不多了。

"明日我们出发去嘉兴吧。"衡玉转身对冬至说。

冬至行礼退下，将衡玉的意思转达给队伍的其他人。

时间一晃而过，天气最酷热的时候，衡玉抵达了桐城。

桐城乃人杰地灵之地，这里有座名山叫龙眠山，盛产茶叶，衡玉到了这里后就不急着离开了。

——天气这么热，太阳这么晒，打死她她也要在这里避避暑再走。

"快，秋分我不行了，再换盆冰来。"衡玉趴在马车里，叫苦连天。

秋分和冬至原本是能忍受这些酷热的，生生被她喊得也觉得热起来。

二人知道自家殿下什么都好，就是自幼娇生惯养，受不得一点罪。冬至无奈道："少爷您再忍忍，我们快到尚府了，到了那儿才有冰用。"他们现在坐在马车里赶路，刚刚已经下去买过冰块了，现在马车行到了茶林间，哪来的冰换？

没办法了，秋分、冬至和月霜三人只好用力给衡玉打着扇子，让她能够舒服一些。

衡玉叹口气，自己也抓过一把折扇，用力摇着。

这人啊，就是不能太娇生惯养。年年都是冬暖夏凉的，突然酷热难耐，自然就遭了罪。

"好了好了，尚府到了！"充当车夫的密八素来沉稳，今天却激动得险些破了音。

衡玉眼睛一亮，原本还病恹恹的一个人瞬间精神起来。她从趴到坐，快速整理自己的衣袍、发冠，很快就恢复了那副翩翩俊公子的姿态。

马车停下，衡玉亲自掀开帘子，踩着梯子走下马车。她抬起眼，正好撞上尚原的视线。

这回她来桐城，主要是为了访友。尚原自从几年前离开京城后，就回了桐城老家，住在龙眠山脚下，兴致起来会带着妻子去茶田里侍弄茶叶，平日就焚香煮茶，教导自己收下的两个弟子。

衡玉过来前派人给尚原送了信，所以尚原才能恰好在门口候着她。

多年没见，尚原丝毫不显老态，背脊依旧挺得笔直，只是比起当年那似有青锋长剑破骨而出的气质，现在的他已经懂得了收敛长剑利芒。

"尚大人。"衡玉朝他拱手，笑容真挚灿烂。

这几年里衡玉和尚原时不时有书信来往，早已是忘年之交。

尚原回礼，态度温和亲近："收到你的信后，我和夫人就一直期待着你的到来。屋子都收拾出来了，你舟车劳顿，我先带你去看看你的住处，等你稍作休息，你我再来叙旧。"

衡玉身后，密八向这位昔日旧主恭敬行礼。

尚原含笑地看他一眼，没有与他交谈。

一行人在尚原的带领下，往尚府后院走去。

途中遇尚夫人，衡玉笑着朝冬至使个眼色，冬至将精心挑选来的见面礼转递给尚夫人。

"些许薄礼，希望夫人能喜欢。"衡玉说道，与尚夫人告辞，继续往里走。

尚府收拾出来给她住的院子既宽敞又清幽，院子旁边有个人工湖，虽算不上大，但胜在小巧精致，衡玉只要推开屋里的小窗就能看见。

衡玉在打量屋子时，尚原笑道："府里已经置办了足够的冰块，你若是缺了冰块，尽管命人去拿。"

衡玉感慨："尚大人知我。"

尚原哈哈一笑："你一身富贵闲骨，合该如此。不过我府里用度素来简朴，在这里，肯定没办法和你平时比。"

他会为衡玉置办足够多的冰块，可是由俭入奢易，由奢入俭难，总不能因为衡玉来做客半个月，府中就变得奢靡无度起来。

衡玉无奈苦笑："客随主便，只要府中冰块足够，其他的都没关系。"

"既能享受无边富贵，又能从容轻俭度日，明初的心境令人赞叹。"

两人交谈几句后，尚原告辞开，让衡玉先休息。

衡玉出了薄汗，沐浴过后一觉睡到天色微暗才起床梳洗，赶去正厅和尚原一家人用晚膳。

用过晚膳，尚原请衡玉去院子凉亭里坐坐，纳凉、喝茶、赏月。

尚原开门见山："你此次离京，应该不是只为了游历吧？"

衡玉抱着茶杯，笑而不语。

尚原于是知道答案了，他端起茶杯，本想喝一口茶水，可还没掀开杯盖又先放下了："你我多年不见，不应该喝茶，我命人取酒来。"

等到上来两坛温好的酒，衡玉慢慢掀开酒坛盖，嗅了嗅酒香，随口感慨道："我已经许久没喝过酒了，今天，定要与大人喝个痛快，把我当年赠给大人的买酒钱都喝回来。"

尚原端酒的动作微微一顿。一口干掉杯里的美酒，心里五味杂陈。

第九十七章
欲买 桂花同载酒 28

尚原这些年时不时会打听京中的消息，当听到衡玉那句"已经许久没喝过酒"时，他敏锐地察觉到了这句话中的淡淡怅惘。

才过去这么几年时间，想当初他还坐在那里笑看衡玉三人打闹，与他们三人共饮，今日就只剩下他这个老头子和衡玉两个人坐在这里对酌了。

世事变化还真是……无常啊。

"要与我说说发生了什么吗？"尚原把两人的酒杯都满上。

衡玉唇角微微弯起，声音里的最后一抹怅惘消散无踪。她平静地道："好像没什么好说的，我们三人就是很自然而然地发展到了今天这一步。"

"没什么好说的，那就来喝酒吧，今夜你我二人喝个痛快。"尚原略过这个话题，招呼衡玉来喝酒。

两人酒量都很好，下人端来的几坛酒慢慢都见了底。

喝到夜色渐深，空气中增添了几分凉意，衡玉起身告辞。

尚原起身，负手而立，目送着衡玉被婢女搀扶回去。直到衡玉和婢女的身影都消失在他的视线里，尚原才缓缓抬起头，看着高挂在天上的那轮皎皎明月。

"千古以来，你一直高挂在那里，没有变过。但是人啊，变得可真快。"

接下来半个月衡玉都待在尚府，偶尔兴致起来，她会趁着日头还不晒，和尚原一起爬到龙眠山山腰，取山泉水泡茶；也会趁着天色多云时，戴一顶斗笠，背着箩筐前往茶田，采摘茶叶回去自己炒制；尚原的两个学生过来时，她也会给他们上几堂课，教他们官场之道。

总之，衡玉干了一切附庸风雅之事，和尚原聊了很多话题。只是在聊天时，也许是有意，也许是无意，两个人从来没有聊过朝堂如今越来越扑朔迷离的局势。

眨眼间，衡玉已经在尚府叨扰了足足半个月。

八月二日，天气难得清凉，是个适合远行的好日子。

衡玉穿着一身宽松凉快的长袍，站在马车边与尚原告别。

其他下人都在收拾行李，很有眼色地离两人远远的，没有上前打扰他们。

尚原将一个不大的食盒递给衡玉："你喜欢我府上厨子做的栗子藕糕，我就命他做了些，你带在路上吃。"他笑了下，不知道又从哪儿变出一壶酒和两个干净的空酒杯来："此次一别，不知道又要何时再见，你我再共饮一壶酒吧。"

衡玉亲自接过食盒，又端走尚原刚倒好的一杯酒。

她一口干掉杯子里的美酒，把空杯子推到尚原的眼前。

"麻烦尚大人再给我满上。"

尚原失笑，任劳任怨地帮她满上酒。

两人不再说话，就这么安静地喝着酒。

一壶酒喝完，下人也已经把行李收拾得差不多了。

衡玉抬起手，折断那朵斜伸到她眼前、开得雍容华贵的月季花，将花朵递到鼻尖轻嗅两下，突然笑问："大人还记得吗？你曾经在我这里寄放了一个玉盒。当时我告诉大人，如果有朝一日大人觉得时机到了，想要取回玉盒，尽管来找我。现在大人想要取走吗？"

尚原负手而立："那个玉盒，早已经是小友你的东西了。是拿出来用还是毁掉，都由你来决断，不必再过问我的意思。"

衡玉唇角微微弯起一丝弧度："多谢大人成全。"

尚原也笑起来："这个玉盒里寄托着我一生的政治理想，我没有那个勇气和胆量把它拿出来，只巴不得其他人有这个勇气和胆量。如果要道谢的话，也该由我来谢你。"

作为密阁之人，应该是个纯粹的帝党没错。但太子做了那等狠戾歹毒、丧尽天良之事，难道就不需要付出代价吗？

他不会背叛陛下，可他的政治理想也让他的眼里容忍不了这些事情。

斟酌片刻，尚原问道："这个玉盒你打算如何处理？是要给三皇子吗？"

夏日连风都是燥热的，迎面吹过来，衡玉抬手理了理被吹乱的头发："先留在我手里吧。日后要如何处理，我也没想好。"总归，现在也没到拿出来的最好时机。

太子乃储君，乃这偌大江山的未来继承人，一旦定下，想要废掉他的储君之位就非常困难。更何况现在康元帝对太子还很满意。

目前，仅凭玉盒里的东西，还扳不倒太子。

衡玉扫了眼整装待发的马车队伍，朝尚原一拱手："尚大人，就此别过。"

尚原拱手回礼，认真道："就此别过了。"

离开桐城后，衡玉又走访了其他几个县城。

她在江南足足待了一年时间，几乎将江南大好河山都走访了一个遍，也将各种富有盛名的美食都尝了一个遍。

可这一年下来，她是一点儿也没黑没瘦，秋分和冬至倒是黑了不少，行事也更加干练了。

次年六月，趁着长江水源充足，衡玉一行人乘船北上，途经帝都而不入，直接赶去北境找沈洛叙旧。

年初，沈洛靠着这几年积累下来的战功，升为正四品宣武将军，手下领两万人马。

目前他和他的军队都在樊城这个小城镇边上驻扎着。

沈洛这个升迁速度不知道羡煞了多少人，然而，这还是沈国公有意压制的结果，不想让沈洛和沈家站在风口浪尖上。

如果不加以压制，单纯用这些年的战功来筹算功劳，沈洛现在怕是已经能以二十五六岁的年纪，坐稳正三品武将的位置了。

沈洛对此习以为常，反正对他来说，升官不升官没什么区别，他就算没有官职在身上，也敢指着一堆朝廷重臣破口大骂。好吧，当然他从来没骂过就是了。

今天天还没亮，沈洛就醒了。

他早已经习惯了这个作息，起床洗漱后，穿着一身薄衫在演武场里活动筋骨。

等到全身活动开，沈洛取过挂在架上的凯旋剑，练了套完整的剑法。

在他挥舞长剑时，天色也逐渐变得明亮。算着时间差不多了，沈洛收起长剑，用布巾擦着汗，回屋里洗漱，换了身干净的衣服。

用过早膳，他一身清爽地走去军营，日常巡查军务。

这样的生活几乎没什么变化，巡查完军务，就差不多到中午了，沈洛觉得肚子有些饿，于是把钱袋子塞进袖子里，揣着这装满铜钱碎银的钱袋子往城门附近的面摊走去——以往他最常来这家面摊吃东西。

面摊主人是一对老夫妻，与沈洛早就已经熟了，见到他来了，正在揉面的老妇人笑道："沈大人，还是两碗云吞面再卧两个鸡蛋吗？"

他们这个面摊是小本经营，再加上樊城贫穷，面摊上原本是没有鸡蛋这种金贵物的，但沈洛时常来，老妇人知道他身份尊贵，就会在摊子里备上那么几个从邻居家收来的鸡蛋。

沈洛笑得眉眼都弯了起来。

他是浓眉大眼的长相，边境的风沙、战场的硝烟打磨了他曾经青涩的棱角，此时他轮廓分明，手按长剑，身穿轻甲，分明已经是一位英姿勃发的青年将领。

"好，就这么来。张婶，你都不知道，我已经饿得前胸贴后背了。"

老妇人笑容更盛："好好好，很快就好。"

老妇人手脚麻利，她的丈夫烧着火，夫妻配合，很快，两碗云吞面就出炉了。每一碗云吞面上都放着一个白里透黄、卖相诱人的鸡蛋。

沈洛说自己饿得前胸贴后背是丝毫没夸张，两碗面一上桌，他立即从筷桶里取出一双筷子，眼巴巴等着云吞面放凉。

当沈洛眼巴巴望着那碗云吞面时，一个仅有三辆马车的车队缓慢地抵达樊城，正在排队接受入城审查。

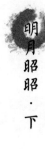

衡玉撩开马车帘，望着这座入眼几乎都是茅草房的城镇。

"这樊城，是越来越荒凉了。"月霜端起一杯刚沏好的茶递到衡玉眼前，顺着衡玉撩起的那条缝隙往外看，感慨道。

她出生于行唐关内，老家距离樊城并不远，小时候她家里没出现变故时，她父母还带她来樊城走过亲戚。

如今她父母早已辞世多年，这樊城也越来越没有人气了。

"樊城的地理位置太靠边境了。这些年大周和大衍的仗就没停过，城里能跑的都跑了，剩下的都是跑不掉的，可不就荒凉了吗？"

衡玉感慨一声，有些唏嘘，接过茶水喝了一口。

从樊城拖家带口跑出去的人不少，但是进樊城的就少了。衡玉他们这个车队看上去颇为富贵豪华，才一入城，就受到了最严格的审查。

冬至跳下马车，快步跑上前，没和守城的士兵摆架子，而是笑着将路引等物递给了守城士兵。

所有手续都是齐全的，守城士兵自然没有为难他们，颇有些拘谨地把路引递还给冬至。

他怎么觉得这个下人就已经很有气势了，乖乖，那坐在马车里的主人，得是怎么样的气势啊？

心下嘀咕着，守城士兵随口问道："我瞧着你们一行人身份不简单，怎么会千里迢迢从帝都来樊城？"

路引上只写着衡玉是哪里人士、姓甚名谁，并没有详细写她的身份，守城士兵就是个小士卒，自然也不可能从她的名字猜出她的身份。

"我们家公子是来访友的。"冬至好脾气地一笑，他素来稳重。

"访友？"守城士兵更稀奇了，这樊城百姓，该跑的都跑了，怎么会有人特意来访友？他自以为猜到了真相，"你们是来探亲的吧？"

"也可以说是探亲，挚友如同亲人嘛。"冬至又笑，声音提高了一些，"我们家公子是来找沈将军的，听说他现在就驻扎在樊城周围……"

"沈将军！"守城士兵的声音猛地拔高。

他的嗓门很大，大到一直背对着城门吃云吞面的沈洛都听见了。

他用干净的袖口随意擦了擦嘴角，扭过头，往声音的来处看去。只一眼，他就看到了冬至。

这是衡玉身边最得力的小厮之一，哪怕几年没见，沈洛还是清楚地记得对方。

"这可赶巧了，沈将军就坐在面摊那吃云吞面呢，哪，你看到没？"那个士兵再度开口，还指了指面摊的方位。

下一刻，紧闭的马车帘被人用力掀开，熟悉的容貌落入沈洛眼里。

从马车上下来的人一身常服，看上去用料都很普通，全身上下只有一支木簪作为装饰品。她在马车边站稳后，环视一圈，恰好撞进他的眼里。

然后，衡玉唇角的弧度微微上扬。

弧度越来越大。

到了最后，她眼里笑意浓重而灿烂。

衡玉脚步轻快，很快来到了面摊前。

"老婆婆，麻烦也给我来碗面，就跟他的一样。"衡玉指着沈洛。

老妇人已经看衡玉看愣了，压根没听到衡玉在说什么。

乖乖，她居然也能见到这般俊秀到好像神仙人物的公子哥。

好在她的老伴听到了，轻轻撞了下老妇人，低声催她赶紧下云吞面。

衡玉在沈洛对面坐下，上上下下打量了他两眼，啧了一声，颇为嫌弃地道："你在信上说自己黑了很多，我原本还想着再黑又能黑到哪里去，没想到这都黑得能赶上新鲜出炉的木炭了。"

沈洛一边眉梢高高扬起，展开双臂，让衡玉能打量得更仔细些，一边回怼道："明初，不是我说，几年不见，你的眼神怎么越来越不好使了？你居然只看到我变黑了，没发现我长得越来越帅了吗？"

衡玉微笑："不是我眼神不好，是我天天照铜镜，早已对世上一切美色免疫了。"

沈洛想如此自恋的话，也亏她能说得出来。

但等他仔细看了看衡玉的脸，到嘴的吐槽就没办法再说出口了。

这句话听着自恋，可放在衡玉身上，又贴切得不能再贴切了。

他打量着打量着，突然沉不住气了，大笑起来。他一乐，衡玉也撑不住了，手扶着桌子跟着笑起来。

两个人就这么对视着笑了半晌，其实也压根不知道自己在笑些什么。

大概……就是真的高兴吧。

笑声刚歇，老妇人已经煮好了云吞面端上来。

面刚放下，沈洛就已经自觉地从筷桶里抽出筷子，双手举着递到衡玉面前了。

衡玉没跟他客气，伸手接过筷子，慢吞吞地搅拌着碗里的云吞面。

"你那些下人和侍卫……要不要让他们过来吃点东西？"沈洛扭头去看冬至他们。

此时冬至他们早就进了城，为了不影响道路交通，也不打扰衡玉和沈洛叙旧，他们把马车停在了一个背阴的角落里安静地等待着。

衡玉说道："不用了，我们进城前半个时辰刚吃了些东西，他们现在应该还没饿，等到了住的地方再吃也不迟。"

她其实也不是很饿，只是想陪沈洛一块儿吃点东西罢了。

"那就好。"沈洛点头，"你也不提前给我来封信，现在府里乱糟糟的，可能一时间没办法把厢房收拾出来给你们住。"

衡玉笑道："没关系，时辰还早，等到了你府上让他们自己收拾，不用麻烦你府里的人。"

云吞面已经放凉，衡玉轻轻扣了扣桌面，招呼沈洛一起吃云吞面。

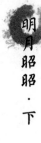

沈洛已经解决掉一碗，现在还剩下一碗，他低下头大口吃云吞面，偶尔抬眼，余光扫见衡玉同样在大口认真吃云吞面。

沈洛心底一乐，吃得更起劲了，觉得今天这碗云吞面的滋味更胜平时几分。

吃完云吞面，沈洛打开钱袋子，数了十几个铜板出来，摆在桌面上，起身招呼衡玉："好了，我们回府吧。"

走出面摊一段距离，衡玉才说："没想到我们的沈大少爷有朝一日居然会一枚铜板一枚铜板地数。"

沈洛撇嘴，不屑地道："你不知道的事情可多了。再说了，在樊城能和在帝都时一样吗？你不也换了套平平无奇的衣服才入城吗？"

在樊城这个地方穿绸缎锦袍，那不是展示自己的身份地位，那是脑子有病！只会引来围观，不会引来惊羡！

沈洛住的地方是这城中仅有两处用砖头砌起来的宅子之一，另一处自然是县衙。

宅子修建得很简陋，里面的装饰也很普通，好在宽敞，空屋子足够容纳下衡玉一行人。

沈洛一进府，便提高嗓门嚷嚷道："人呢人呢？宋厨师，你赶紧下个十二人份的面条，府里有客人到了。"

不远处真的传来一道嘹亮的回应声："好嘞，将军放心，我现在马上起锅！"

衡玉在旁边围观全程。

沈洛似乎是察觉出了她的诧异，扭头看她，咧着嘴笑："怎么样，没想到还能这么操作吧？这个宅子是把三个宅子打通合并后建的，前门和厨房离得很近，布局上没有讲究。"

衡玉点头，打量这个宅子，客观评价道："布局虽然没有讲究，但风水不错。"

沈洛瞪大眼睛，凑到她近前："你连这都知道？"

衡玉摊手："不是都和你说过了吗？我可是状元他老师之才，小小风水术法怎么可能难得倒我？"

沈洛："状元之才就算了，状元他老师之才是什么？"

瞧着后院已经近在眼前，不等衡玉回话，沈洛伸手推她，连声催促："来来来，我们快些进去。"

衡玉趴在床上，享受着月霜的按摩。

越往北走，路越不好走，衡玉每天待在马车里，哪怕马车的防震功能已经做得极好，她还是觉得自己的骨头要被颠散架了。

沈洛大步流星地过来找衡玉时，衡玉正好享受完按摩，穿着件松垮舒适的长袍，瘫坐在地上。

衡玉瞧见他，丝毫不意外。

"我正想着你什么时候会来找我，你就过来了。"

沈洛来到近前，一撩衣摆，在她身侧坐下："怎么不让人给你取个蒲团？直接坐在地上多脏啊。"

"没事，我在家里素来随意。"

沈洛轻笑，知道她是把这当成家，所以想做什么就由着性子来，不拘束。

"你之前给我写信，只说自己离开了江南，我还以为你会直接回帝都，没想到你居然来了樊城。"

"我打算巡查一下边境，顺便来看看你。你这些年都没回过帝都，很久没见你了。"

沈洛也很想衡玉和云三。

他们三个人一起干过的事情太多了，偶尔尝块糕点喝口酒，他第一反应都是：这个糕点很合云三的口味；这个酒没有衡玉陪他喝，总觉得没有在帝都时好喝。

他抬手，拂去衡玉肩上的落叶："你要在樊城待多久？"

"待一个月。"

樊城没有什么可以查探的，衡玉就只是单纯地想留在樊城。

这个时间长度远远出乎沈洛的意料，他的眼睛一瞬间明亮起来，宛若夏夜里最瑰丽璀璨的星火："这实在是太好了。"

他的喜悦感染了衡玉，衡玉翘着一边唇角，双手搭在后脑勺上，懒洋洋地往后一靠。

"不过你到的这个时间有些可惜。春天才是陌上花的花期，等到它开的时候，你怕是早就离开了。"

"这么说是有些遗憾。"在沈洛写给她的信里，已经提到过好几次陌上花了，衡玉一时之间也觉得可惜，"以后肯定还有机会的。"

两人安静下来。

天边一点点出现火烧云，已经到了傍晚时分。

衡玉维持一个姿势太久了，轻轻活动了一下。她的动作打破了两人之间的沉默，沈洛抬起手遮住脸，打了个哈欠。

他的眼尾泛起淡淡的困倦之色。

待那困倦之色淡下去，沈洛的声音是前所未有的冷静克制：

"云三身上到底发生了什么事情？发生了什么改变？"

第九十八章 欲买桂花同载酒 29

衡玉笑着看他，没有说话。

沈洛与她对视。

他的眼睛很明亮，就像当年在红袖招初见时，木制面具佩戴在他的脸上，都遮不住他眼里的光芒。

衡玉掐指算了算，发现他们竟然已经认识了近十年时间。

一个普通人的一生能有多少个十年？

始终没等到衡玉开口，沈洛的唇角轻轻抿紧。他只是想要一个答案。

衡玉看出他的固执，干脆别开了眼。其实，沈洛的心里就跟个明镜一样。他这个人在该聪明的时候，可从来都不笨。

沈洛眼里的光，第一次黯淡下来。

他的呼吸突然急促了，眉头也下意识地蹙起，像是想不通衡玉为什么要沉默，又像是寻不到出路的无头苍蝇一般，只能盯着他看到的唯一一光亮努力使劲："知道了原因，我们肯定能让云三变回来的，不是吗？不是吗？……"

衡玉缓缓开口，声音空空的，仿佛没有落到实处："变不回来了，夺嫡之路凶险异常，踏上去之后只要稍退半步，就有可能会粉身碎骨。而且这条路是云三自己选的，他不会愿意退的。他不愿意退，任你我有百般智谋千般计策，也只能落得个无能为力。"

人心这种东西，是这个世界上最好利用的。

她借人心不知道做成过多少事情。

可是人心这种东西也是最容易改变的，它说变，就真的变了。

沈洛终于颓然，抬起手来捂着自己的脸，咬牙切齿地问道："凭什么？云三凭什么说变就变？云三他变的时候有没有想过你我，有没有想过他曾经的誓言，有没有想过他不仅仅是放弃了你我，更是……更是放弃了曾经的他自己？"

"底线会越来越低的……"沈洛抓着衡玉的肩膀，像是怕惊了她，于是在触及她的时候，又不自觉放轻了力度，只是借着触碰，让她感受到他浑身的颤抖和惶恐不安，"当他开始放弃一样东西，很快，他就会开始放弃第二样、第三样，越来越不择手段，直到最后，他放弃掉了所有的东西，面目全非……

"他是云三啊，再这么下去，他还是他吗？"

沈洛直直地与衡玉对视，眼泪大滴大滴往外冒。他不知道自己为什么落泪，也许是因为自己的无能为力，也许是因为他预感到了云三将会走上一条怎样众叛亲离的路。

他最害怕的，不是云三放弃了他们之间的情谊；他最害怕的，是那个面上桀骜冷漠、心底柔软良善、一身傲骨的云三被云成弦放弃。

天上突然落起雨来。

几乎是一眨眼的工夫，天就彻底暗了下去。

狂风暴雨，雨越来越大。

衡玉坐在屋檐下，看着这场突然降临的暴雨，沈洛坐在她身边大口喘气，压抑自己无处宣泄的心情。

他想问一句"为什么"很久了。

当年离京时，他就察觉到了云三的改变。后来他到了边境，隔三岔五与衡玉和云三通信。

他的信一如既往，衡玉和云三的信里却越来越少提到彼此的相聚。那时候，沈洛就敏锐地觉察出了问题。

再到后来，"横臣"这个字、衡玉离开帝都、云三与太傅一系交往过密……这些事情一起爆发出来，他满目惶恐，写了无数封信，信上只有一句话，他想问云三一句"为什么"。为什么事情会发展成这个样子？为什么他在边境镇守一方没有改变，帝都却已经面目全非？为什么云三什么都不告诉他？

可是他写了多少封，就撕了多少封。

樊城和帝都相隔千里，一封书信只要半个月时间就能送达，可是他心底的一句"为什么"，压了足足两年时间都没有问出口。以前他和云三一起逛过花楼，一起睡过皇宫屋顶，一起营救过尚原，一起在御书房里直面帝王愤怒，无话不说。现在只是一句"为什么"却都不敢问了，仿佛只要问了，就真的会伤了彼此强行粉饰的太平，就真的要暴露了无话可说的真相。

衡玉突然伸出手，紧紧握住他不停颤抖的手，无声地给予安抚。

沈洛学着她的动作，仰起头来，看着越下越大的雨。

"那至高无上的位置，就这么好吗？"

"不好。"

"既然不好，为什么他心心念念？"

"他不争，心底有愤怒难平；他不争，就活得狼狈难堪。当他开始有所求时，自然就身不由己了。"

"你恨他吗？"沈洛问她。

"不怨不恨，我理解他，也怜悯他。"

"我心底一直有些怨他，自从你离开帝都后，我就与他断了书信来往。他一开始以为出了什么事，急急忙忙给我寄了很多信件，后来大抵是知道了我在想些什么，就再也没有来过信了。"沈洛的声音里带着几分颤抖，夹杂在雨声中，依旧哽咽得令人心酸，"我没办法不怨他，可是我知道他心里也不好受，看他那样，我更怨自己的无能为力。怪不得你们从来不喊我一声大哥，你看，都到这种地步了，我还是什么都做不了。"

衡玉听在耳中，伸出另一只空着的手，接了捧雨水："事情发展到这一步，谁也不想的。你的想法，我都理解。"

沈洛紧闭双眼，喉结用力上下滑动，仿佛在极力压制自己的情绪。

衡玉声音温柔下来："少归，想哭就哭吧。"

"哭能改变什么吗？"

"能让你舒服一些。"

"那还是算了……"

沈洛苦笑一声，低着头不说话。

片刻，他轻动唇角，问道："你为他做了什么？"

衡玉没有瞒他，把山西的事情、二十万两银子、玉盒的事情都一一说了。

沈洛再次苦笑："当初我们救尚原，只是单纯为他鸣不平，并无其他所求。可是现在，这件最值得我夸耀的事情也蒙了尘。"

衡玉轻叹，反驳他："让玉盒重见天日，是在成全尚原的政治理想，并没有蒙尘，你不要多想。"

沈洛没有和她争。

可他没有和她辩驳，让衡玉觉得更无力。

她换了个话题："你在樊城一待就是三年，应该快要回京述职了吧？"

沈洛顺着她的话回道："今年年底会回去，可能要在帝都多待上一段时间。"

"这样也好。"

两人彻底沉默下来，坐在一起，看着狂风骤雨。

不知道是谁先问了声"要不要饮酒"，另一个人答了句"好"，于是两人就勾肩搭背往厨房走去，冒雨摸来了六坛酒。

樊城的酒和京城不同，京城装酒喜欢用巴掌大的酒坛，再大也不过是半个怀抱那么大，可边境这边的酒坛子连沈洛抱着都吃力，分量极沉，体积也大。

两个人搬运酒坛的动静很大，但一路上没有任何人来帮他们，等到最后两坛酒也搬好时，衡玉和沈洛两个人靠扶着墙壁直喘气，缓过劲后，对视两眼，突然都笑起来。

一开始还是克制的笑，到后来，两个人已经是笑得前仰后合，还没饮酒，便已经先醉了。

148

"好了好了，别笑了，笑得我肚子疼。"衡玉挥手，自己也纳闷为什么笑，"我们怎么喝啊？"

"我刚刚拿了两个大碗，我们倒在碗里喝，看这分量，估计够我们两个喝到第二天天亮。"

屋檐底下被他们踩湿了，两人也没介意，反正他们现在已经足够狼狈了。沈洛大大咧咧坐下来，一条腿伸着一条腿屈着，拍掉酒封给衡玉倒酒："边境的酒喝起来没有帝都的酒香，但是比帝都的酒要带劲很多，我每次打完仗回来就要喝酒：赢了一仗，高兴得喝两坛；输了一仗，难受自责得喝三坛。"

衡玉忍不住呸了他一声，合着怎么样都能喝酒。

沈洛白她一眼，直接干了碗里满得快要溢出来的酒，用袖子抹了抹嘴角："这你就不懂了，诛杀敌人回来喝上这灼烈甘醇的酒，是最好睡觉的。我和我手底下的兵都这样。"军营里管得严，平时不能饮酒，唯有战事结束犒劳战士时才能喝上一些。好在衡玉到的时间也合适，明日恰好是休沐日，他今晚可以不醉不归。

衡玉笑了一声："我还真懂。"

沈洛随口敷衍道："行行行，你都懂，你可是状元老师之才，就没多少事是你不懂的。"瞧着衡玉没有动，沈洛连声催促道："哎，你别坐着不动啊，酒已经给你满上了。喝不完明天还得把酒坛子抱回去，多累人啊。"

刚刚已经小了很多的雨再次变大，伴着雨声，衡玉喝下了樊城的美酒。

酒入穿肠，烧灼心肺。

那股劲还没压下去，沈洛又帮她把酒满上了。

"这酒的确不错，有北地特色。"衡玉再干一碗，赞叹道。

"那可不是，我推荐的怎么可能会出错？"沈洛笑起来，眼底的光又慢慢凝聚了回去。

"喝着这个酒，我倒是想起一个酒方子。等我明日就写好送回帝都，让我手底下的人照着方子来酿。"

"你还懂酿酒？"沈洛侧身看着她，有些惊讶。

他们两人认识这么久了，明初总是能够出乎他的意料。

"会。这酒你肯定喜欢。"衡玉肯定道。

"哈，那我就先期待着了。这酒你取好名字了吗？"

"千日醉。"

"一醉解千愁？这个名字挺好的。"

"没错，是这个意思。"

赏着雨喝了一夜酒，听起来的确是件风雅事。

如果能够不染上风寒就更好了。

衡玉从床上爬起来，一口气干掉已经放凉的治风寒的苦药，往嘴里塞了两颗梅子压下苦味，朝着正从门口走进来的月霜感慨道："所谓的名士风流，都是用命、用病换来的。"

月霜哭笑不得，端着碗酥酪递给衡玉："厨房做了酥酪当点心，我给殿下端了碗过来。"

今早她一进院子，就看到衡玉和沈洛各自披着厚外袍，正靠着墙睡得极沉。

他们身侧都是喝空了的酒坛子。

两个人倒是没喝醉，纯粹就是喝困了。

瞧着衡玉在吃酥酪，月霜边帮她整理东西边道："一个时辰前沈公子贴身伺候的小厮过来找冬至，说沈公子好像是梦魇了，睡觉时一直在又哭又喊。"

衡玉一顿，放下那碗吃了几口的酥酪，扯过外袍披在身上，在床上坐直："是做噩梦了？现在怎么样了？"

"现在应该已经醒了，我去厨房端酥酪时，也瞧见了那个小厮。"

"那就好。"衡玉放下心来，这才再次端起酥酪。别说，沈洛府里的厨子做的酥酪真是不错，"他的小厮可说了少归喊了什么？"

"好像……一直在说自己没用，还说……还说尚原尚大人、沈国公、殿下和三皇子，你们都在骗他。"月霜瞧着衡玉神色不对，迟疑不语，在衡玉的目光示意下，这才把话给说全了。

"是啊。"

碗已经空了，衡玉起身下地，把碗放到桌边，透过半掩的大门，看着一夜大雨过后满院的狼藉。

"他没有说错，尚原、沈国公、我、云成弦，我们每个人都觉得他心性纯粹赤忱，不想让他看到灰色，不想让他失望，所以用语言给他编织了一个很美好的未来。但是这个未来没有实现，我们这些被他信之重之的人，亲自践踏了他期待的未来。"

月霜给衡玉递了条刚拧干的帕子，走过去把紧闭的窗户打开些许，慢慢说道："其实殿下与沈公子相识的那天，也是我与殿下的初识。"

"这些年陪伴在殿下身边，对你们的事情，月霜不敢说全部知晓，却也知道一些细节。整件事里，殿下已经竭尽全力，问心无愧。沈公子也是知道的，他难过伤心是真，可是肯定没有怪过殿下，也没有怪过三皇子，他更多的，怕是在自责。"

作为曾经名动天下的红袖招花魁，月霜的眼光可以说是极高的，看人看得很准。

衡玉听着她说话，笑了下："不必宽慰我。"示意月霜来给她束发："喝完药感觉身体好受多了，换身衣服，我们到处逛逛吧。"

衡玉的头发只是简单地用一根簪子绾了起来，她穿着便于行动的衣服，握着折扇，领着月霜、秋分和冬至三人出了门。

才出府门，就见沈洛穿着黑色劲装抱剑倚墙，嘴里叼着根不知道从哪拔来的狗尾巴草。

他这么孤零零地站着，也让人觉得欢喜热闹，好像这一天时间里的崩溃都只是浮梦一场。

瞧见衡玉，沈洛嘴里的狗尾巴草上下晃动了好几下，站直了身子，长剑一抛换了只手拿，自觉上前揽住衡玉的肩膀："就知道你肯定闲不住要出门逛逛，你看，我在门口才候了不到一刻钟，可不就把你给候到了吗？"

衡玉斜睨他一眼，看着他额头明显是刚剧烈运动过后才冒出来的薄汗。

很显然，这是一听到她招呼人出门的消息就百米冲刺跑到门口摆姿势，装作"其实我已经等你很久了"的样子。

她用折扇拍了拍他的胸口，幽幽一叹，决定还是给这位大少爷留些面子，免得他直接恼羞成怒了。

旁边同样看出来端倪的月霜和冬至低下头，强压住了笑意。

衡玉说："正好，你熟悉樊城，带我们几个去吃好吃的。"

"樊城好吃的肯定没有京城的多，不过这里的人情味足，我带你们去几家我常去的小摊子吃。"沈洛昂首阔步往前走，骄傲地道，"你都不知道，我在樊城多出名，上到八十岁老妇，下到八岁女童都认识我。"

还在忍着笑的月霜和冬至受不了了，直接笑出声来。一旁的秋分挠挠头，不知道有什么好笑的，但看着他们那傻傻的样子，居然笑得比月霜和冬至还厉害。

沈洛往前的脚步生生刹住。

他回过头，狠狠瞪了这几人一眼。

他沈大公子好歹也是帝都三大纨绔之一，不说这令小娘子眼馋动心的容貌（虽然他已经黑得差不多成了炭），就说这满身的气度，怎么不能风靡全樊城了？

这些人真是离谱！刁钻！

最可怕的是真真没有眼光，不懂欣赏！

衡玉展开折扇，用折扇挡住半张脸，压下自己的满脸笑意。

"好了好了，我们走吧。"赶在沈洛扭头看她前，衡玉轻咳两声，装作一本正经的样子，没什么威慑力地训斥起月霜他们来。

衡玉和沈洛这一路都非常默契。两个人没有再聊那些会让彼此不愉快的话题，只是挑着樊城的风土人情在低声讨论。

沈洛先前的话其实没有夸大，樊城的百姓真的都认识他，一路过来都有衣着普通的百姓和他打招呼，时不时用没有恶意的眼神好奇地打量衡玉。

偶尔还有人笑着问沈洛是不是朋友过来了。

沈洛也乐呵呵说是，是他这辈子最好的朋友。

"这位公子可真俊，一看就是从帝都来的，我们樊城的水土养不出公子这样水灵的人。"

听到这些纯朴的夸奖，衡玉笑着收下："樊城也是人杰地灵，怎么养不出来？"

几人一路闲聊着，不紧不慢，偶尔走累了，就在路旁的小摊子坐下，花个几文钱买一碗消暑的绿豆汤，坐在店家提供的小板凳上，边喝边看路上的行人，直到天色暗下来才走回府里。

只要不打仗，樊城的日子就无波无澜，带着平和的生活气息。

沈洛在军营忙着处理军务、练兵时，衡玉就带着月霜他们在小城中闲逛。

樊城非常小，主街道就只有两条，沈洛带他们走过一次，街道两边的很多店家都认得他们了，待他们很是热情。

沈洛闲下来时，衡玉就陪他下五子棋，与他聊边境的军备，聊大周的局势。

偶尔衡玉会和他提起江南，提起她斩下的贪官人头、抄过的家、灭过的族。

在她说这些的时候，沈洛就夸她一身铁胆武艺高强，直把衡玉夸得朗声大笑。

时间在指缝里游走，分别的四五年时光在一次次谈话中被补上，就要到了再次分别的日子。

临行前一天晚上，沈洛敲了衡玉的窗户，等她在屋子里把窗户推开时，沈洛两只手撑在窗口边上，朝她微弯唇角："困了吗？没困的话赶紧穿好衣服出来，我们爬到屋顶上晒月光啊。"

"晒月光？这个词亏你想得出来。"衡玉边吐槽边转身，不一会儿大门从屋内被人拉开，衡玉从里面走出来，穿戴整齐，明显是没睡，"我一直在等你过来。"

说完，衡玉自己就先笑了："你之前说在府门口等我，是假的；我这回说的，可是真的。"

明天一大早她就要离开，猜到沈洛今晚会过来找她，实在是件再容易不过的事情。

院子里有一棵三人抱的梧桐树，两个人依次爬上树，顺着树干轻松地跳上屋顶。

沈洛拍掉肩膀上的枯枝碎叶："你离开樊城后要去哪里？"

衡玉当然不能告诉他她要去大周帝都玩一圈，只说自己要在附近走走看看。

沈洛总疑心她没说实话，眉头一皱，又想不出她这话哪里有问题。

这话的确没任何问题，衡玉只是隐瞒了一部分行踪。

"我年底回帝都，有可能在帝都再次和你相聚吗？"沈洛问。

"应该赶不上了。"衡玉遗憾道。

她至少还得在外面待一年时间。

"那就算了。"

沈洛直直往后一倒，躺在屋顶上，两只手枕在脑后，看着天上这轮千古未曾变过的皎皎明月。

衡玉与他一起躺下赏月。

沈洛突然低语："你爹院子里那池锦鲤是不是又长肥了？"

"肥得不得了了。"

沈洛咽了咽口水："还是它们好，乖乖长大等着小爷回京。"

衡玉失笑。

"你说……"沈洛话音一转，声音突然低沉下来，"时间要是永远凝固在少年的时候该有多好啊。"

他现在看到的世界，和他少年时看到的世界，已经发生天翻地覆的变化。

沈洛在屋顶上睡了一晚。

第二天，他浑身酸痛，骂骂咧咧地爬下屋顶。

"你也太不讲义气了，自己回屋睡觉，留我在上面吹冷风。"沈洛一脸哀怨，死死盯着在柔软的床上睡了一夜的衡玉。

衡玉伸了个懒腰，抬手掩面，打了个哈欠，满脸困倦："昨晚明明是你让我别吵你的。谁知道我们的沈少将军这些年在外征战，是不是养成了什么奇怪的癖好？"

听着衡玉在这里颠倒黑白、胡言乱语，沈洛气得瞪她几眼，把盖在自己身上一宿的外袍还给她，背着手气冲冲去了演武场练武，舒展舒展酸痛的筋骨。

在府里用了碗酥酪，衡玉一行人就差不多该启程了。

这一回衡玉没有坐在马车里，而是骑在马上。

她缓缓离开樊城，身后那道送别的目光一直落在她的背影上，直到她的身影彻底消失在远天斜阳里。

入了秋，天气凉爽不少。

"唉，这一趟，又白跑了。"

大周，宿城，一家小酒肆里，一个面容富态的中年男人喝着酒，满面愁苦。

"每次到了秋天，两国边境都会戒严，压根不放我们过去。那守城的士兵认识我，原本塞上几块银子就能过去的，结果他们军营里的一个千户，前几天刚因放奸细进了城被砍了头，他说什么都不让我进去，还说我再纠缠，就要把我给下了牢。这可真是无稽之谈啊，我哪是什么奸细啊，我就想做些生意赚些钱而已。"

这些年大周和大衍的战争就没停过，两国明面上没有任何商业贸易活动，但两国所处的地理位置不同，产出也不同，大周的东西卖到大衍，价格能翻上好几倍甚至上十倍。同理，大衍的东西卖到大周也是这样。

利益大了，铤而走险把脑袋别在裤腰带上的人自然就多了。私底下，有不少商人都在两国之间来回跑，靠着这样的方式来做生意。

两国都知道这样的事情，但边境没有什么产出，只能靠这样的方式来获得赋税，对于两国私底下通商的事情，两边都是睁一只眼闭一只眼。

中年男人这话得到了他同伴的认可。

"可不是嘛！现在的生意真是越来越难做了，也不知道上面的人到底在想些什么，放着太平日子不过，非要打仗。"

两个人的声音都不大，若不是衡玉就坐在他们隔壁桌，又自幼习武耳聪目明，肯定也听不到。

衡玉听了半天，颇为唏嘘。

"唉，这一趟，可真是太难了。"她苦着脸，看向同样做了伪装的密八。

"你说说这都是什么事啊！"衡玉那张目前只能算清秀的脸上，浮现出一层痛苦，"我原本想着这一趟行商能多赚点，好给妹妹攒一笔丰厚的嫁妆，让她体面地嫁过去，在婆家能直得起腰板子。可是……可是……唉……"

说到后面，衡玉沉重长叹，语调也哽咽起来："都怪我这个做哥哥的没用啊。"

衡玉又气又恼，恨极了自己的无能，一巴掌拍在木桌上，握起茶壶对着茶嘴咕噜咕噜喝了几大口。

放下茶壶，衡玉苦笑一声："好在这一趟也不算是空手而归……那些货物全部卖出去，也还是能赚上一些，稍微凑一凑，应该也能够给莹儿添些嫁妆。"

"胡文老弟，你也别太伤心了，事情已经发生了，你就该看开点，往好处想。"密八拍拍衡玉的肩膀，长叹一声，他咬咬牙道，"这样吧，你若是不凑手，我先借你一些，等你手头宽裕了再还我。"

"米兄，这……你这……不行不行，我和莹儿这些年里一直承蒙你的照顾，早就亏欠你太多了……不不，这笔钱我绝对不能要，你还要奉养家里的老太太，还要供儿子读书，我怎么能……"衡玉又羞愧又感动，连连摆手推辞。

密八豪爽地挥挥手："胡文老弟，你又跟我见外了。莹儿也是我看着长大的，你妹子不就是我妹子？做哥哥的，给妹妹添嫁妆是人之常情。"

他们这番动静不算大也不算小，隔壁桌子的两个游商都听到了。

"两位。"面容富态的中年游商突然转过身，朝两人拱手，"在下龚子昭，同为京城人士。方才无意听到两位的对话，心中感慨两位的重情重义，冒昧想要与两位结识一番，还请两位见谅。"

衡玉眼睛微微瞪大，有些诧异，很快，她意识到了自己这个行为里的不妥当和失礼之处，连忙拱手回了一礼，涨红着脸，局促道："原来是龚老板，在下胡文。"

第九十九章
欲采桂花同载酒30

同为游商，同样损失惨重，生活失意，同样要去帝都，再加上胡文、米乐两兄弟如此重情重义，龚子昭和他们搭话，再到相谈甚欢称兄道弟，再到打算结伴一起走，都是自然而然的事情。

相处几日，龚子昭自觉已经了解清楚这二人了。

胡文年纪不算大，是某个大家族的庶出子弟，一家人靠着父亲的手艺在帝都定了居。

眼看着日子就要红火起来，胡文的父亲生了场大病，很快就撒手而去了，母亲遭了打击，没过几天也不大好了。已经懂事的胡文一边照顾妹妹，一边用家里的积蓄给母亲治病。

可惜的是母亲还是去了，家底也耗了个一干二净。看着年纪还小的妹妹，长兄如父，胡文没办法，只得肩负起了养家糊口的重担。这些年来，他到过不少地方，吃过的苦头也多，年纪轻轻见多识广，也多愁善感。

最令龚子昭头疼的是，这人话痨。没相熟的时候就格外话多，相熟之后，话更是多得不能再多，什么都能聊，什么都喜欢问，问了就一定要得到答案，龚子昭觉得他对自己儿子都没这么有耐心。

而对米乐，龚子昭就两个词：仗义！豪气！

马车驮着货物和人慢悠悠地行走在官道上。

与风景秀丽、水乡居多的大衍朝相比，大周的风景要显得粗犷许多。

龚子昭坐在马车外，握着酒袋喝了口美酒，刚想舒服地叹口气，身后那辆马车突然传来青年清亮的声音："龚兄，一路闲着无事，不如你我来闲聊闲聊，如何？"一开腔，就是地道的大周官话。

龚子昭心底迅速浮现一个念头：又来？

好吧，和胡文兄弟聊天是开心，可天天这么聊，他也有些吃不消啊。

心下感慨年轻人的精力就是充沛，龚子昭无奈地笑应了一声。

身后传来几声跑动声，衡玉跑到龚子昭身边，手里拎着一小袋花生，翻坐到龚子昭留出来的空位上。

"龚兄，吃些花生吧，距离下个镇子还有一段路。"

龚子昭爽快地应了，和衡玉坐在一块儿剥着花生，揉掉花生的外皮："眼看着还有三四天就要到都城了。"

衡玉按捺着心底的激动："太好了，我这趟出门走了足足四个月，妹妹在家肯定等急了。在外面跑来跑去太累，还是在家待着舒坦啊。"

龚子昭不由得一笑，这个胡文兄弟啊，怎么这么不沉稳？也罢，这是没拿他当外人。

两人吃了一小袋花生，不知怎么的，就聊到了那位木星河将军。

提到木星河，龚子昭第一反应是蹙眉。

衡玉没发现龚子昭的异样，乐呵呵地道："木将军战无不胜，从一介微末晋身，简直是我辈传奇。每次回到家，我妹妹十句话里有八句不离那位木将军，帝都的人都说他容貌俊美至极，一人便夺了天下十二分造化，天下倒欠他二分。不知这话可是真的？"

眼看着衡玉还要兴致勃勃地夸下去，龚子昭好笑道："看来胡文兄弟没怎么听过京中流言。"

衡玉挠挠头，有些不好意思："也不是没听过，妹妹她会和我说。"

龚子昭唉了一声，笑："姑娘家看重皮相，木将军那张脸，自然讨人喜欢。只是令妹不常去酒楼茶楼等地，自然不知道别的事情。"

衡玉眼睛微微瞪大，请龚子昭详细说说。

密阁潜伏在大周帝都的密探早就把木星河祖宗十八代的事迹都挖出来了，衡玉关注木星河多年，对他的事迹如数家珍，但听着龚子昭说起木星河，她还是听得极为认真。

每个人所处的位置不同，所站的视角不同，也许一千句、一万句里只有一句话真的有用，但旅途漫长，多些耐心总是好的。

"木将军这个人俊美是真俊美，残暴也是真残暴。

"他手底下有一支精锐，相传是由牢中死囚、重囚组成，个个都是过一天算一天、在刀尖舔血的疯子。"

能驾驭疯子的，自然是比疯子还要疯上几分的人物。

龚子昭挥了挥缰绳，催促马儿继续往前跑："我听说，这支军队出动时连粮草都不带。"

衡玉垂下眼，微微一笑。

明明脸上没什么杀意，一直在"躺尸"的系统却被猛地炸醒。

"怎……怎么了？"

衡玉没回它。

这支军队当然不用带粮草。

他们所过之处，大衍百姓民不聊生，大衍士兵死伤无数。

如果只是立场不同各为其主，衡玉还挺欣赏木星河的军事才能，此人之勇敢之谋略，足以称得上当世顶尖名将。

可是他的领兵手段过于残暴，对人命毫无敬畏之心。

这支凶残到极致的军队，是木星河有意纵容和培养出来的。

"他这么做，不会被陛下问责吗……这未免也……也太……"衡玉用力咽了咽口水，被这样狠辣的手段吓住了，脸上一阵惶恐，鼻尖泛起薄薄一层汗水，紧张道，"那样的神仙人物，怎么杀性这么大……"

龚子昭摇摇头，脸色也有些不好看："算了算了，我们不聊这些事情。"

衡玉配合着换了话题，思绪却还停留在木星河身上。

三天时间一晃而过，大周帝都的城门已近在眼前。

衡玉排队入城，耐心等着守城门的士兵检查她的文书。

她既然敢来大周帝都，自然做好了一切准备，她和密八的身份是完全经得起查的。

"好了，进去吧。"士兵检查过后，挥挥手让她进去。

衡玉高兴地笑了，听口音就知道这肯定是帝都人士："多谢官爷，多谢官爷。"

马车入城，衡玉望着人潮涌动、车马穿行而不乱的繁华街道，脸上露出放松的笑容："在外面待了这么久，终于到家了。"

"可不是吗？"龚子昭笑，他也迫不及待想回家看看家里的婆娘和孩子了，"胡文兄弟，等过两天收拾好了，你和米乐兄弟来我家，我肯定用好酒好菜招待你们。"

衡玉正要应声好，不远处突然传来一句语带哭腔的喊声："兄长！"

紧接着，一个穿着鹅黄色布裙、面容娇俏秀美的女子提着裙子，小跑到衡玉面前，距离她两三步才停了下来。女子抿了抿唇角，明明是想笑的，眼里却先盈了泪光："我前两天就收到你的信了，这些天就在门口候着，总算是等到你了。"

胡莹朝一旁的密八微微屈膝，行了一礼："米大哥，你也回来了。"

密八爽朗一笑，衡玉蹙起眉头，说着埋怨的话："早知道我就不给你写信了，你看看你，都快要出嫁的人了，还这么冒失。"

衡玉用手拍了拍额头，似乎是刚想起龚子昭，连忙为龚子昭介绍胡莹。

见过礼后，龚子昭先行离开，密八也告辞离开："我也先回家了，马车里的货物我先驮回我家，你休息一晚，明天再过来我家清点。"

胡莹挽着衡玉，脚步轻快，与她一块儿走街串巷，进了条环境一般的巷子。

待到了一家门口边上种着几盆水仙的屋子，胡莹停下脚步，上前推门，与衡玉一道进去。

大门合上，胡莹松开挽着衡玉的手。

她迅速后退两步，俯首单膝跪下。

"密阁密莹，见过副阁主。"

小厮忙前忙后收拾行李，沈洛在屋里看了会儿，见没什么用得上自己的地方，便默默退到院子里。

他在半个月前收到了帝都那边传来的旨意，要他回京述职。

这些天里，他已经把军营的事情都交接完毕了，府里的东西也已收拾得差不多，明日就要回京了。

想到帝都，沈洛心下踌躇。

他回京述职，然后呢？

在樊城时，可以逃避，假装视而不见，粉饰太平；可到了帝都，他和云三总是避免不了相见，那时候他该用怎样的态度去面对云三？

沈洛想来想去，头疼了一路，眼看着还差二三十里就到帝都了，沈洛还是没把这件事想透。

"少爷。"小厮策马上前，"瞧这天色，可能是要下雨了。两里外有个亭子，不如我们加快些速度，在亭子里稍作休整，等这场雨过去再继续赶路？"

沈洛仰头望了望天色："也好，我们加快速度，这雨就要来了。"

小厮迅速将沈洛的命令传达下去，一众人加快速度，策马奔跑在官道上。

帝都的雨扰人得很，说来就来，冰凉的雨水落在沈洛的额头上，他的马距离凉亭还差几百米，凉亭远远映入他的眼里。

离得更近时，沈洛才看到亭子边上立着一人。

那人身穿玄色云纹常服，金色腰带缠身，玉冠束发，一身冷淡威严气度。右手持着六十四骨节竹伞，神情从容，望着沈洛的目光无悲无喜，似乎已经在这里站了很久，正耐心等待着这位阔别多年的至交好友。

沈洛骑在马上，下意识勒住马缰，与云成弦对视，面无表情。

雨一点点变大。

没有人开口说话。

第一百章
欲买桂花同载酒 31

这片树林里，树木叶子已经枯黄，只有薄薄一层挂在树上，被风雨一吹打，哗啦啦落了一地。

天地如此嘈杂，偏偏无人出声。

这场无声的僵持似乎过去了很久，又似乎只是过去了一瞬。

云成弦抬步，靴子踩在枯枝落叶上，簌簌作响，他就这么走到了沈洛的马前，要仰起头才能看清沈洛的脸。

"初冬时节天气寒凉，淋雨不好。"

云成弦说话的同时，一把丢开手里的油纸伞。

素雅的伞落在地上，粘了泥土，一下子就脏了。

沈洛扬了扬眉梢，想开口说些什么，话到了嘴边又咽了回去。

云成弦又说："你离京时我没赶上，一别六年，这次回来，我总要出城二十里亲迎的。"他后退两步，负手，直视沈洛，脸上说不清是什么情绪："下来吧，喝杯热茶再回去……可好？"

话到最后，竟生生透了几分没有底气。

沈洛喉间一哽。

他不是故意沉默，只是这场久别重逢太过突然，他直到现在都没有思考清楚该用怎样的态度来面对云三。

"好。"

沈洛抬手，用力抹了把脸，像是要把脸上的雨水都抹掉。

他翻身下马，弯腰捡起被云成弦丢掉的油纸伞，开口道："我淋雨无妨，你身体素来虚弱，赶快进去吧。"

两人一前一后走进亭子。

进亭子前，沈洛随手把油纸伞靠在柱子上。

下人上前沏茶，两人再度无言。

直到茶泡开，下人退去，沈洛接过一杯茶，捧在手心里，垂下眼睛看着杯中茶水："几个月前我见过明初了。"

"她到了樊城？"云成弦放松了些，侧头看着凉亭外面，"她在江南闹出来的动静很大，后面就销声匿迹了，没想到是跑去了边境。这一南一北，看来她已经把整个大衍跑得差不多了。"

"她很自在。"

"自在就好。"

又没人说话了。

茶已经放凉了，沈洛端起茶杯一饮而尽，用力放下杯子，说："天色不早了，我们尽快启程吧。"说完径直走出凉亭，丢云成弦一个人坐在凉亭里。

云成弦仿佛没听到他的话，依旧直直地看着凉亭外面，片刻后，低头自嘲而笑。抿了一口茶水，苦意从舌尖一路蔓延，入了喉间，苦得令人喘不过气来。

云成弦蹙眉，用力将杯子里的茶水全部泼掉，杯子也一并掷了出去，冷声对沏茶的下人道："这茶沏得不好，过于苦涩了，回到府中自行领罚。"

这些年里，在衡玉的运作下，潜伏在大周帝都的密阁密探总共有三十六人。

人并不多，但都是精锐中的精锐，既是密探也是死士，每个人都有独当一面的能力。他们每个人的身份都经得住查探，往上追溯祖宗十八代都能追查出来。

而他们又各自培养了自己的班底，可以说，在这大周帝都，衡玉要是想，至少能够动用超过两百人。这两百人只要不是拿去正面冲锋陷阵，已经完全够用了。

衡玉在来大周之前，就已经把大周帝都的情况摸透了，现在见了胡莹，与她关上门聊了两个时辰，尽可能把疏漏之处都补上。

"按照副阁主的吩咐，目前只有我这条线上的人知道副阁主到了这里。"胡莹回禀道。

衡玉点头："你做得很好。"

胡莹脸上多了几分笑意。她是副阁主手把手教出来的学生。

高兴了一会儿，胡莹连忙掩去脸上的失态，起身笑道："兄长一路奔波，定是累了，我去外面买二斤排骨，再打一壶酒，今晚给兄长接风洗尘。"

"不辛苦，只要你过得开心平安，兄长再辛苦也不算什么。"衡玉活动活动筋骨，笑了下，"不过你提醒了我，我的确是累了，这个天气太冷了，厨房里有热水吗？我简单洗漱一下。"

胡莹回了屋子，取了一小袋铜板出门，一路上没怎么和邻居聊天，偶尔遇到个相熟的，也就是点两下头，只在买肉时与肉摊老板聊了几句，喜气洋洋地说着自己哥哥回到家的事情。

等胡莹走后，肉摊老板和隔壁卖鱼的人笑着说："这个胡姑娘话少得很，也就是她哥哥回来的时候能多说两句。"

卖鱼的老板好奇道："你见过她哥吗？"

"邻里邻居的，见过几次，但是她哥在外跑生意，三五个月都不回一趟家。"

卖鱼老板恍然："原来如此，那小姑娘话少也正常，她和她哥哥相依为命，往常时候怕是也不好出门，我们这一带流氓地痞不少，总归是有些乱的。"

胡莹不知道别人在背后怎么议论她，就算知道，她也无所谓。作为密探，不可能与周围邻居私交过甚，但为了安全起见也不能毫无交集，其中的度要如何把控都是衡玉亲手教她的，胡莹学得非常好。

回到家里，胡莹着手做饭，才刚生起火，外面就传来敲门的动静，然后是密八的大嗓门："胡莹妹子、胡文兄弟，快来开门。"

连忙去开门，瞧见密八手里提着的那块肉，惊喜道："米大哥，你来就来，怎么还这么客气？"

"哎——"密八笑道，"这是拿给你吃的，你哥可没这个福分。"

"快快进屋里说话，别在外面站着。"衡玉换好衣服，迎了出来。

院里大门一合上，密八爽朗的神色瞬间消散，他把肉递给胡莹，让她去处理，自己则陪着衡玉慢慢踱步至厨房："我已经联系上了密三。"

密阁里，只有最精锐的一部分人才能以数字为代号。

数字越是靠前，代表他们越厉害。

衡玉说："联系上了就好。"

"要让密三来见您一面吗？"

"你联系他已经很冒险了，不要再轻易动他。"衡玉微微一笑，"从尚原到我，他在大周潜伏了二十多年，从来没有让他出手做过任何一件事，为的就是在最关键的时刻动用他。如果提前暴露，这枚棋子就要废了。"

吃过晚饭，胡莹坐在院子里洗碗，把碗擦了一遍又一遍，擦得已经能照见人影时，终于等到密八从衡玉的屋子里出来了。

她放下碗，悄悄朝密八挥了挥手。

密八走近她，在她旁边蹲下身。

"副阁主要在这里待多长时间？"

"不好说，短则一个月，长则半年。"密八道，"这件事是可以透露给胡莹的。不过，你是不是有什么事？"

"我有个手下好不容易潜伏进木星河府里，守了半年，才给我传了一趟信，就被木星河清理掉了。要不是我机敏，绕了七八个圈子才拿走那封信，怕是也要出问题。"

密八脸色微变："是什么时候的事情？"

胡莹低声道："一个月前。"

那时副阁主已经启程赶来大周，她没办法联系上副阁主。

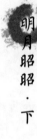

密八声音冷厉下去："你确定扫尾扫干净了？"

胡莹苦笑："我转了八趟。你知道的，按照密阁的规矩，只要转手四趟就可以确定安全无忧。这件事原本可以不告诉你，但那个木星河不能用常理来推测，我左思右想，为了确保副阁主的安全，还是和你说一声。"

密八的神色这才缓和下来——的确，按照密阁的规矩，胡莹原本可以不向他禀报这件事的。

"这件事我知道了，我会多加小心。"看了胡莹一眼，密八仿佛不经意道，"你没坏了规矩，副阁主不会责罚你的，放宽心吧。"

听到密八的应答，胡莹忍不住长舒了口气："我这不是怕副阁主怀疑我的能力吗？"

夜色越来越重，月亮高挂枝梢。

木府，木星河卸去长剑，随手拔掉束发的那支木簪，正在缓慢解他的腰带："追查得如何了？"

下属用力跪下："对方扫尾非常干净，我的人一路追查到江家铺子就断了线索，还请将军责罚。"

木星河右边眉梢微微上挑，侧过脸来，被烛火照亮的侧脸俊秀得几可入画："做事如此周全，只可能是大衍密阁之人。把你搜查到的线索都呈上来给我，近日闲来无事，容我亲自会会他们。"

第二天，密八把胡莹的事情告诉了衡玉。

衡玉不知道从哪里翻出来一盒弹珠，正一个人蹲在地上弹着弹珠，闻言来了兴致："扫尾扫了七八遍？胡莹很不错，那木星河不是常人，对他再小心再谨慎都是不为过的。"

"是。副阁主要见见胡莹吗？"

"你喊她进来，我想听听细节。"衡玉把弹珠弹得到处都是，玩得不亦乐乎，"对这位木星河，我闻名多年，但是一直没能完全摸透他的深浅，现在这么好的机会摆在面前，不入一入局就可惜了。"

"这……会不会太冒险了？"

衡玉起身，拍掉手上的灰："我们现在待在别人的地盘上，还有比这更冒险的事情吗？放宽心，这大周帝都太小，还不配容下我这条命。"

第一百零一章
欲采桂花同载酒 32

胡莹进屋时，衡玉正在弯腰捡拾弹珠。

"副阁主。"胡莹行礼，顺便捡起滚到她脚边的两颗弹珠。

衡玉将弹珠抛回盒子里，直接吩咐："说吧。"

胡莹应了一声，从她是如何安排那个手下进木府，再到那个手下传递了什么消息给她，一直讲到她扫尾时都做了什么。

衡玉抱着盒子听她说话，没有出声打断她。

等到她全部说完，衡玉用指尖轻敲桌面，看向旁边的密八："如果由你来追查，你觉得你现在能追查到哪一步？"

密八呃了一声，思索片刻："副阁主知道，我的长处不在追踪，而在暗杀和保护。如果是由我来追查的话，大概是在第三趟到第四趟，到江家铺子那边就彻底断了线索。"

衡玉点头，心中有数了："那我们也不低估对手，就假设木星河那边现在已经追查到了江家铺子，甚至还快上一分半分。"

"那副阁主，我们现在要做什么？"胡莹问道。

衡玉："大周帝都现在太平静了，先让它乱一点吧。"

乱了，才方便浑水摸鱼。至于怎么乱……

衡玉想了想，乐道："大周成年皇子一共有七位，主要分为太子系、三皇子系和五皇子系。在这三方势力里，木星河所属的五皇子系的势力最为单薄，你们说如果木星河查到三皇子暗中与大衍朝的人有来往，他会怎么做？"

胡莹问道："副阁主，木星河会相信吗？"

"不好说，但是聪明人最信任的就是自己查到的东西，这种对自己的极端信任，有时候也会蒙蔽了自己的眼睛。"

衡玉拨弄着盒子里的弹珠，听着它们撞击在一起时发出的脆响。

"木星河的谋算远胜这世间绝大多数人，但可惜的是，他始终是一名将领，而不能称为谋士。比起真正的顶尖谋士，他还要欠缺许多。"

木星河翻来覆去查了足足两天，终于从江家铺子的账本里发现了一丝蛛丝马迹。

木星河最信任的下属盯着账本，长长松了口气："如果不是将军亲自追查，其他人怕是都要疏忽了这点。"

木星河摸了摸已经卷边的账本，再次把追查过程过了两遍，确定没有一丝疏漏，唇角才泛起淡淡笑意，感慨道："大衍朝密阁的密探果然不容小觑。"

以前大周还时常能抓到大衍朝的密探，自从密阁换了一位副阁主后，大衍朝密探就鲜少有折损了。

不过现在，他倒是摸到了一丝踪迹，顺着这丝踪迹追查下去，肯定能有更大的收获。

"接下来将军还要亲自查吗？"下属问道。

木星河平静地点头：他若不亲自追查，仅凭他手底下的人，很难查出什么东西。

这回的调查更加艰难，木星河顺着账本足足查了三天，才又发现了一条新的线索。

看着那条新的线索，下属深吸了口气："密阁的密探也太谨慎了，这么追查下去，要什么时候才能到头？"

木星河翻来覆去地打量那半块碎布，打量了很久很久，唇角绽起一丝冷笑："我们就要查到了，密阁的密探也不过如此。"

下属一愣，不知道木星河这句话是什么意思。木星河淡淡扫他一眼，说："如果你已经谨慎小心地扫了五遍尾，是不是觉得自己已经大功告成安全逃脱了，然后就会放松警惕？"

下属下意识点头。

"这是人之常情，所以你看，之前留下的线索都很隐蔽，反倒是这最后一次留下的线索，会比前几次留下的线索要明显。"木星河举着那半块碎布，展示给下属看，"这半块碎布的材质看着不算普通，你沿着这个地方展开调查，看看周围的成衣铺子哪家铺子有卖这种布料。"

下属接过木星河手里的碎布，领命退下。

又过了半天，下属急匆匆跑到木星河的书房，向他禀报："将军，我们按照您的吩咐查到了那家成衣铺子。夜里属下命人潜入其中，发现那家铺子居然设置有暗门和暗格。"

木星河右边眉梢下意识上挑："一家普通的成衣铺子也值得设置暗门和暗格？"

"是……属下查过了，那家铺子是三皇子府的管事开的……"

听到"三皇子"这三个字，木星河下意识坐直了身体，原本慵懒的目光瞬间锐利："在暗格里发现什么东西吗？"

"有一份还没来得及被人拿走的信，以及一瓶毒药。属下没拆开信来查看，但是那毒药已经确定了，是点绛唇，见血封喉，乃世间第一等奇毒，相传是密阁副阁主研制出来的，因为材料难得，哪怕是密阁也只有五瓶。"

木星河微微眯起眼，接过下属递来的书信，确定信封上的火漆完好无损，这才将信封撕开，取出里面的信件。

才看完信的前两行，木星河的神色顿时就变了，他冷声道："备马，我去趟五皇子府。"

骏马一路疾驰，出了木府的巷子，拐进另一条巷子里。

衡玉待在酒楼二楼的一间包厢里，借着窗扉的遮掩，垂眸看着骏马一路远去。

直到再也看不到木星河的身影，衡玉才将窗扉合拢，轻声道："点绛唇这么珍贵的东西送到了你们手里，你们会做些什么？"

大衍帝都的初雪来得很早。

沈洛一觉醒来，外面已经铺了薄薄一层雪。

他两手抱臂，靠着门边发呆。

"傻站在那里干吗呢？"院子外突然传来沈国公的声音，随着沈洛抬眼看去，沈国公已撑着伞走到他面前，收伞站在檐下。

"祖父，您怎么过来了？"沈洛连忙行礼。

"今天休沐日，过来找你聊聊。"沈国公跟着沈洛走进屋子里，屋里四个角落都摆上了炭盆，驱散一室寒凉，"你这些天都没出过门？"

"明初不在帝都，我就懒得出去了。"瞧着沈国公似乎想提云成弦，沈洛连忙补充道，"最近太子党和太傅一系吵得不可开交，不出门正好能避免麻烦。"

今年起，康元帝的身体大不如前，早朝也缺了几次。朝中人心浮动，夺嫡之争已经愈演愈烈，不出门就能尽量不掺和进这些政治旋涡里。

沈洛这个理由无可挑剔，可沈国公知道只是借口罢了，他心下一叹："在祖父面前也不说实话。你还没想通要怎么面对三皇子，是吗？"

沈洛踌躇片刻，唇角翕动，瓮声道："有一点点这个原因。"

沈国公看着他，眼里流淌出几分难过："少归，祖父竟不知道把你养成这样黑白分明、疾恶如仇的性子到底是好是坏了。"

做长辈的，总希望自己的晚辈能德才兼备，希望他行事正直、光明磊落，希望他能拥有一个美好的未来。可是沈家站得太高了，少归这个孩子多好啊，没有辜负长辈的期许，偏偏他又是沈家人，要背负沈家人的使命。

"祖父……"沈洛一愣，没想到祖父会说出这种话，他强笑道，"我这样有什么不好吗？"

沈国公摇头："不，就是太好了。"

沈国公抬起手，粗糙宽厚的手掌落在沈洛额前，他声音温和慈祥："在家里过完年，就回边境去吧。等到帝都一切尘埃落定再回来，或者永远不回来，一直为大衍朝驻守边境抵御大周。

"这是最适合你的路。就如明初、三皇子也有他们自己的路一般。

"路从来都没有对错之分，你不要埋怨三皇子背弃了年少的自己，背弃了你们三人曾经许下的诺言。那是他自己选择的路，只是他选的那条路要与你们分道扬镳罢了。"

　　沈洛下意识眨了眨眼。直到一滴眼泪眨落下来，他才慢慢回神。

　　在沈洛和沈国公闲聊时，云成弦正坐在马车里。

　　马车抵达目的地有一段时间了，可是他一直没有动。

　　他安静地坐在原地，紧闭双眼，搭在膝间的双手握紧，不断地犹豫和迟疑。

　　只要他下了马车，他就再也……再也没有回头路了，再也不配得到少归和明初的原谅。

　　许久许久，云成弦浑身无力。

　　外面碎雪纷飞，他后背却被冷汗浸得几乎湿透。

　　他一只手用力撑着马车壁，缓慢起身，一点点挪到马车前，掀开马车帘。

　　寒冷刺骨的北风从外面钻进来，吹得云成弦狠狠打了个冷战。

　　他终于咬紧牙关，踩着脚踏下了马车，挥退上前的下属，冒着雪花往湖心的一处亭子里走去。

　　湖心亭子里，此时坐着一位老人。老人听到脚步声，缓缓回头，面上露出笑容："殿下还是来了。"

　　云成弦自嘲一笑，朝老人点头致意："让太傅久等了。"

　　"无妨，只要殿下亲自来了，老臣等多久都没关系。"

第一百零二章 欲采桂花同载酒 33

　　武将能够靠着在战场上抛头颅洒热血来获得战功，而对于文臣来说，最大的功劳莫过于从龙之功。

　　太子身边已经站了太多人了，早就没有了太傅的位置。

　　而且这些年来，太子党和太傅一系的争斗越来越激烈，私底下的恩怨极多，一旦太子登基，太傅一系别的官员还好，太傅和他的家族肯定讨不了什么好。

　　为了自己和家族，太傅在暗中观察了云成弦几年，直到半年前，终于在暗中一点点倾向云成弦。

　　有了太傅一系的官员作为助力，云成弦在朝中逐渐能和太子分庭抗礼了。

　　最近这段时间朝廷闹得厉害，基本都是围绕着江南总督甘溪这个人。

　　甘溪是太子的人，是太子党的中坚力量，这些年他坐镇江南，一直在为百姓做实事，个人能力上无可挑剔。

　　要说他有什么错处，也有，他曾经联名推举过几个太子系的官员。其中有一个官员在漕运上任职，利用职务的便利大肆敛财。这个事情被揭露出来后，这个大肆敛财的官员就被下狱抄家了。

　　按理来说到了这一步，事态也该平息下去了，但是太傅一系盯上了江南总督这个位置。甘溪现在出了纰漏，正是把他拉下马、换自己人上去的大好时机。

　　……

　　太傅今天见云成弦，是想与他达成共识，双方一起努力将甘溪拉下来，换自己的人坐到江南总督的位置上。

　　云成弦迟疑了很久才来见太傅，是因为——今日之甘溪，和昔日之尚原有什么区别！

　　当初尚原有错，可是罪不至死；

今日甘溪有错，可是这个错没到要让他下狱贬官的地步。

当初他与少归、明初多方奔走，齐心协力营救尚原；今日他却成为迫害甘溪的一方。

当初他能坦坦荡荡，蔑视满朝文武，笑话他们怯懦；今日他已经成了当初自己最唾弃轻蔑的那一类人。

真是讽刺！

然而……然而……他能怎么办？

夺嫡之争已经到了这一步，无论是为了他自己，还是为了那些追随他的人，他都不能往后退了。

从他决定踏入夺嫡旋涡的那一刻开始，他就已经身不由己，或是自愿，或是被站在他身后的那些人推着不断向前。直到成功登临帝位，或是失败尸首异处。

云成弦深深凝视太傅几眼，声音艰涩。

可是再艰涩，语速再缓慢，他还是说完了那句话：

"我们的人动起来吧……甘溪在江南总督这个位置上坐得太久了，这样……不好。"

湖心亭的雪越下越大，冷得让人瑟瑟发抖。

沈国公府的雪也越下越大，明明屋子里摆满了炭盆，可是不知道为什么，沈洛莫名觉得很冷。

刺骨的寒冷，冷得他的牙根都在发抖打战。

"来人，去看看炭盆是不是灭了，这屋里怎么这么冷？"沈洛恼怒地朝屋外喊了一声，看上去有几分失态。

守在外面的小厮赶紧跑进来，瞧着炭火正旺的炭盆，没敢反驳沈洛的话，只是急忙又往炭盆里添了新炭，还给沈洛递了个暖手用的暖炉。

沈国公安静看着沈洛的失态，眼里再次流淌出几分悲伤。他不忍再待在这里，一把站起身，对沈洛说："明日就是大朝会，天未亮就要进皇宫了，今晚早点歇息。"

沈洛连忙跟着起身，要送沈国公出去。

沈国公抬手按在沈洛的肩膀上，稍稍用了几分力，强行把沈洛按回椅子上："不用送，你好好休息，好好睡上一觉，都会过去的……没有什么是过不去的……"

拄着拐杖，沈国公慢慢走出沈洛的视线。

沈洛坐在椅子上发呆，许久之后，他拖着满身疲倦躺回床榻，闭眼熟睡过去。

天还没亮，宫殿外就已经站满了穿着厚重官服的官员。

沈洛扶着沈国公到得有些晚了，他们到的时候，宫殿大门已经开启，官员们鱼贯而入，在自己的位置上手持笏板站定，屏息等待着早朝开始。

沈洛是正四品，他的站位在中间靠前的地方，视野极为开阔，能将朝堂上的很多地方都纳进视线里，也能看清站在第二排的云成弦的背影。

不知道是不是察觉到了沈洛的打量，云成弦突然回了下头，在人群中环视，似乎是在寻找什么人。在两人视线对上的前一刻，沈洛迅速垂下眼，不再胡乱打量，耐心等待着早朝的开始。

大约半刻钟后，康元帝入殿，坐到宝座上。

内侍总管出列宣布早朝开始。

今天的早朝很安静，偶尔有官员出列，说的也都是些鸡毛蒜皮的小事。

就在众人以为早朝要如此结束时，一位姓简的御史突然出列，掷地有声地状告江南总督甘溪，足足状告了甘溪六条罪名。末了，这位简御史还强调甘溪辜负了陛下的信任，德不配位。

简御史话音落下，太傅一系和云成弦一系的官员便出声附和；太子党的官员急忙跟上，反驳简御史的话。

沈洛站在人群中，看着早朝的这一团乱象，不知道为什么心跳越来越剧烈。他总觉得有些什么令他难以接受的事情就要发生了。

他听着太傅发言，听着太子发言，听着二皇子发言，然后看着云成弦被点出列。

云成弦俯身，恭敬回道："儿臣以为简御史所言有许多偏颇和不实之处。"

这句话一出来，沈洛的心跳缓了不少，他悄悄松了口气——

云成弦声音停顿片刻，继续道："只是空穴来风未必无因。如今漕运总督贪污近二十万两漕银，甘溪曾经联名推举过漕运总督，儿臣觉得……甘溪未必无辜。"

云成弦这句定论一下，沈洛的睫毛快速颤了几下——

轻飘飘两句话，就将甘溪和贪污二十万两绑在了一起。

他居然到了今天才发现，云成弦这么会说话！

是不是直到现在，他才真正认清了云成弦到底是个怎样的人！

在沈洛神游天外时，康元帝并没有马上对甘溪的事情发表任何看法，只是命人宣布散朝。

周围的人慢慢退出宫殿，沈洛被他们裹挟着，下意识跟了出去。

等到走出宫殿，被寒风刮了一脸，沈洛才回过神。

他走到了宫殿角落，耐心等待。

稍等片刻，其他大臣都走远了，云成弦和太傅才一前一后走出来。两人低声交谈着，并没有注意到站在角落的沈洛，直到那透着疏离和陌生的声音传来。

"三皇子。"沈洛平静地出声。

云成弦猛地扭头，视线与沈洛撞上，神情瞬间慌乱："少归，你……"

沈洛目不斜视。他恭恭敬敬地抬起双手，将双手平举到额前，俯下身子，朝云成弦行了一个非常庄重的大礼。

"如果这就是殿下想走的路，殿下所求的道，那沈洛祝殿下得偿所愿——

"只是，请恕沈洛，自今日起，就要与殿下恩断义绝了。"

曾经辗转反侧，曾经几次恸哭几番宿醉，可是到了割袍断义的这一天，沈洛才发现自己是如此平静。

他平静地说完这番话，平静地转身离开。

他平静地与这位昔日至交彻底分道扬镳。

欲买桂花同载酒，终不似，少年游。

云成弦凝视着沈洛的背影，他原本想要追上沈洛，却仿佛被钉死在原地般，只能看着沈洛一点点走远，一点点走出他的人生。

直到最后，这苍茫雪地，仅留下沈洛的两串脚印。

云成弦看了很久很久，抬起手来一抹脸颊，才发现自己早已泪流满面。

第一百零二章
欲采桂花同载酒 34

"那石猴天生地养,吸取日月精华成了一只仙猴。后来笑闹花果山,大闹天宫偷取蟠桃,肆意妄为。再后来西天取经,摇身一变,嘿,就成了斗战胜佛。"

茶楼里,说书人慢悠悠地说着这在民间流传多年、百听不厌的西游传说。

衡玉坐在二楼临窗一桌,边喝着茶,边认真听着说书人说书。

听到这段,她用指尖轻敲桌面,问旁边的密八:"你觉得孙悟空是乐意当一只天生地养的石猴呢,还是更乐意当威风凛凛的斗战胜佛?"

没等密八回答,衡玉又自语道:"罢了,这个问题没什么意义。无论他乐不乐意,他都成了斗战胜佛。"

旁边桌子坐着一家三口,其中一个七八岁的小男孩转着眼珠子,朝衡玉咧嘴一笑:"哥哥,我觉得他当齐天大圣的时候比当斗战胜佛要威风凛凛!斗战胜佛是神仙,齐天大圣还是野猴子,已经不同了!"

衡玉失笑,抬手摸摸他的头:"你真厉害,说得好有道理。"

衡玉拎起放在旁边的茶壶,满上茶水。

她转过头,看了眼人潮涌动、车马穿行的街道:"这两天大街上可真是热闹。"

密八顺着她的目光看过去:"可不是吗?就快过年了。"

"过年啊。"看着皇宫的采买队伍从她眼皮子底下慢慢穿过,衡玉轻声道,"皇宫年年都会举办宫宴,今年看来也不例外,到时,朝中大臣和皇子们应该都会到宴,舞女们应该也会到场献艺吧?"

再没有比这更好的动手时机了,用舞女刺杀太子。

再利用三皇子和大衍朝"暗中有来往"这件事,将刺杀一事栽赃给三皇子。就算三皇子不会死,经过这一遭,估计也要与帝位无缘了。

这样一来，就只剩下五皇子了。

未来的大周储君绝对要落在五皇子头上。

衡玉慢慢眯起眼来。

而五皇子……

说起来，密三现在就潜伏在五皇子身边，一潜伏就是近二十年，他早已成为五皇子府最受信重的管事之一。

衡玉将茶杯里的茶水一口气喝完，朝密八笑道："这段时间，这条街道会越来越热闹，我打算安心待在家里休息，能不出门就尽量不出门。"

密八惊讶道："你倒是和我想到一块儿去了，我接下来一段时间也不打算出门，趁着过年多陪陪我娘亲和妻子，不然等出了年我们去跑商，又得三五个月不着家。"

"是啊，我也打算多陪陪莹儿。"

两人说着话，将几枚铜板放到桌子上，慢悠悠下了楼，穿梭在人群之中，最后回到衡玉家里。

"让我们的人动起来吧。"四下无人，也绝对隔墙无耳，衡玉压低了声音，吩咐密八。

"是，都已经联络好了。"密八回答。

"木星河如果出手刺杀太子是最好的，如果他不出手，就由我们的人来为他完成这场刺杀。每个人都必须打起精神，做好随机应变的准备。"

衡玉补充道："如果在行动之前有超过三个地方出了纰漏，就即刻停止行动，等待下一次机会。"

如果只是有一到两个地方出了纰漏，还能随时补救；超过三个地方出了纰漏，这场刺杀行动估计就很难完成了。与其冒险一试，还不如保全人手，等待下一次机会。

毕竟，为了把这些密探深深埋进大周帝都，衡玉不知道花费了多少人力物力。如果这些密探被挖出来，想要再重新安插钉子，困难程度肯定会直线上升。

密八牢牢记下衡玉的话："请副阁主放心。"

衡玉没什么不放心的。

她安插在大周帝都的人，每一个都是精挑细选、千锤百炼出来的，随便拎出来一个都是能够独当一面的人物。

她挥挥手，示意密八退下。

等密八离开，衡玉抱着一盆生花生，坐在火炉边烤火，随手将花生抛在火炉四周，等花生烤得刚刚好，她连忙伸手捡起花生，吃掉里面的花生米，剥掉的外壳就随便扔在厨房角落。

厨房角落的花生外壳慢慢垒起，等它堆成一个小堆时，除夕就到了。

这顿年夜饭，是衡玉来到这个世界后吃过的最简陋的一顿。

填饱肚子，衡玉和胡莹一块儿坐在门槛上。

衡玉支着一条腿，胡莹两手抱膝，两个人安静地仰起头，看着夜空中璀璨的烟火表演。

衡玉开口道："城内的烟火表演已经开始，宫中的献艺也该开始了。"

胡莹有些许紧张："是的。不知道他们的行动还顺利吗？"

她在大周帝都负责的是联络，不会参与任何刺杀行动。

听出她话里的紧张，衡玉轻笑了一下。

胡莹侧过头，眸光明亮地看着衡玉："副阁主，如果大周帝都乱了，边境接下来应该能够安生几年吧？"

这几年，大周和大衍朝的边境从来没有停止过厮杀。边境早已是十室九空、民不聊生。

在嘈杂的烟火背景声中，衡玉分析道："大周兵马比大衍兵马要强悍许多，连年征战下来，我们国家边境的士兵早已不堪重负。两三年内，我们国家都不会主动挑起战争。

"而大周这边，大周皇帝已经老了，时日无多，如果最有机会夺嫡的几个皇子都出了事，他们背后的各方势力一定会出现混乱猜忌和争斗。并且肯定还有人想着去扶持新的皇子上位，毕竟从龙之功，始终诱人。朝堂一乱，粮草筹备不全，这仗自然而然就打不起来了。这样一来，未来两三年内，边境都能安稳无忧，哪怕有动乱，也只是些小打小闹。"当然，等大周内部安稳下来后，他们肯定会集结兵马给予大衍雷霆报复。

但康元帝和内阁重臣在看过衡玉的折子后，接连商讨数日，最后所有人都支持衡玉开展这一次行动。

——大衍朝太需要这两三年的时间来缓口气了。

等大衍缓过这口气，大周要打，大衍也有取胜的把握。

夜空中的烟火逐渐由璀璨转为凋零，这场烟火表演只持续了两刻钟时间。

衡玉剥了颗花生，刚要把花生米送进嘴里，突然听到外面传来整齐划一的沉重的脚步声和马蹄声。

衡玉眉梢微微一挑，平静道："禁卫军出动了，看来大周太子已死。"

大周皇宫里，方才还奢靡热闹的宫宴现在已经变成乱糟糟一片，各种尖叫声此起彼伏。

看上去英俊年轻的大周太子穿着四爪蟒袍，神情惊恐地倒在桌案上，脖颈处有一道不深不浅的刀伤。

原本这刀伤是不足以置他于死地的，但刀上沾了见血封喉的毒药，他方才中刀，瞬息之间，唇色便从红润转为青紫，整个人已气绝当场。

木星河在一片混乱中小心地护着五皇子，瞧见太子已气绝，他转眸，与五皇子对视了片刻。

"后面的事情也都安排妥当了。"木星河用唇语说完这番话，迅速移开了目光，脸上没有露出任何异样。

当晚，除夕宴上太子被舞姬刺杀身亡的消息就流传了出来。

帝都全城禁严，家家户户人人自危，闭门不出。

禁卫军全部出动，奔跑在帝都的大街小巷里，似乎是在追查什么人。

衡玉原本是不打算守夜的，但外面实在太吵，她估计自己现在躺下也睡不着，干脆就

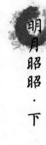

一直坐在火炉边和胡莹烤火。

胡莹为衡玉剥开花生，将花生米递给衡玉时，踌躇了两秒，还是按捺不住心里的好奇："副阁主，您当初为什么会进密阁？"

衡玉吃了颗花生米，说话时有几分含糊："我啊，有很多原因。最重要的两点是受人之托，以及想要护人安危。"

胡莹歪了歪头，用木棍拨弄炭火："我刚进密阁的时候，总觉得密阁的人都是行走在阴暗潮湿的角落里，直到那天您一身锦服地走到我们面前，我还和旁边的人嘀咕，说这是哪家的郎君走错了地方。"

衡玉觉得好笑："密阁的人行走在黑暗中，但是立身一直是正的。我们行的是刺杀阴诡之术，双手不干净，可所作所为，都不是为了自己的私心利欲，而是为了大衍百姓，为了自己的道义。"

谋求大局时总是难以避免牺牲。这些牺牲，可能是敌人那一方的，也可能是自己这一方的，甚至很可能就是自己。

在对与错难辨的情况下，只要不违背自己的道义，那就已经很难得了。

胡莹抿唇，有几分羞涩地笑道："其实我一开始进密阁，就是想着混口饭吃、能活命而已，被您这么一说，倒有几分英雄气概了。"

三更过后，有禁卫军来敲门，查验过衡玉和胡莹的身份无疑后，便匆匆离开。

一直到正月初二，禁卫军找到了三皇子与大衍朝联络的信件，还从三皇子府中搜出了已经被用得差不多的点绛唇。

瞧着摆在桌案上的信件和毒药，大周皇帝大怒，当着朝中重臣的面呵斥三皇子，甚至说出三皇子不配为人子的诛心之言。

就在三皇子极力为自己辩解之时，前去请五皇子进宫的侍卫神色惊恐地跑进来，一把跪在大周皇帝面前，声音惊惧到险些变了调。

"陛……陛下……五皇子他，他中毒身亡了！"

"什么？！"

"你说什么？"

惊呼出前面一句话的，是大周皇帝。

而震惊地说出后面一句话的，是一直站在角落里旁听的木星河。

木星河抬起头，死死盯着那个侍卫，眼里的血色和杀意几乎要将那个侍卫淹没。

这时候，木星河已经顾不上会不会冒犯皇帝了，他一个字一个字从牙缝间挤出来："你说五皇子怎么了？"

"五皇子……五皇子中毒身亡，瞧着他的死状，似乎是……是和太子殿下一样。"

木星河浑身一震。

太子被舞姬刺杀，中点绛唇殒命，三皇子作为最大的嫌疑方被问责，这是他的手笔。

可五皇子中点绛唇殒命，又是谁的手笔……

一瞬间，木星河想起下属曾经对他说过的话：点绛唇相传是密阁副阁主研制出来的，因为材料难得，哪怕是密阁也只有五瓶。

……五皇子出事的背后，肯定有大衍朝密阁的影子。

甚至……会不会他得到的点绛唇，也是密阁故意送到他手里的。

他怕是从一开始就中了对方的计谋，进了对方的棋局里。

木星河眼里的血色更浓重了几分，转念一想到殒命的五皇子，他眼里的血色又被浓烈的悲伤取而代之。

大周帝都足足戒严了十天。

十天之后，才放松了戒严，但在每个巷子口依旧有重兵把守巡视。

密八在自己的屋子里足足窝了十五天，等到风声彻底淡去，才寻了个合适的机会悄悄来找衡玉。

"密三已经安全脱身，目前正藏在帝都的某个角落。我没有再与他联络，免得动作太大露出马脚。

"太子、五皇子中毒身亡，三皇子是最大的嫌疑人，现在正被拘禁在宫中。

"不过三皇子的嫌疑被压了下去，现在大周百姓都说是我们下手害的太子和五皇子。

"大周皇帝得知五皇子死讯的第二天就病倒了，在病中大发脾气，问责了很多人，禁卫军统领作为他的亲信也被痛骂一顿，罚俸三年。

"现在帝都里的戒严全部交给了木星河来负责，他的能力太强，我们埋伏在外围的人手被拔除掉了十几人。还有密鹰，他露了马脚，他那一条线上的六个密探全部都被拔除了，他们每个人被捉拿前……都已服毒自尽，没有给对手留下活口。"

说到密鹰时，密八的语气哽咽了一瞬。

他和密鹰相识多年，两人昔日在一起上课接受训练的场景还历历在目。但是作为密探的下场就是这样，行事稍有不慎，灭顶之灾就近在眼前。

衡玉安静听着密八的话，轻轻叹了口气："这件事我知晓了，你继续说。"

"是。"

密八瞬间压下情绪，继续汇报其他事情。

"我暗中去了城门一趟，发现城门的各个地方都被木星河埋下了暗桩。"

衡玉动了动手指，抬眼道："木星河大概猜到了我就在城中。"

这次行动的阵势太大了，密阁肯定是有重要人物亲自过来坐镇指挥，木星河在城门口布下天罗地网，怕是存着将她活捉的心思。

密八点头，神情冷峻："属下也这么觉得。"

衡玉平静道："没关系，我在大周帝都里待得好好的，我们多待两三个月再离开。"

城门口的暗桩可以埋伏半个月、一个月，难道还能一直在那里埋伏？

木星河肯定以为她做成了事情就会急急忙忙脱身离开大周帝都，但她啊，其实一点儿都不急着离开。

城门口的暗桩安插在那里已经有大半个月了。可是，始终没有等到任何有嫌疑的人出现。

侍卫进了木星河的书房向他禀告这件事，迟疑地道："将军，您说，那个人会不会已经成功脱身了？"

木星河穿着一身素净的衣服，屋子里颜色鲜艳的东西也早已撤了下去。

听到侍卫的话，木星河撩起眼皮："我倒是觉得，那个人比我以为的要沉得住气。你们继续盯着城门，我倒要看看，那位密阁副阁主还能龟缩多长时间！"

时间一晃，又是七天过去。

侍卫再来向木星河禀报时，木星河的脸色肉眼可见地沉了下来。

他再也坐不住，亲自去城门走了好几遭。

在木星河忙忙碌碌找人的时候，他心心念念想找的人正拉着胡莹和密八在赌钱，一心琢磨着怎么赢光自己下属的私房钱。

当胡莹和密八的私房钱逐渐见底，冬天过去，冬雪消融时，帝都恢复成了没出事时的样子。

三月，春回大地。

衡玉和密八驾着马车，驮着一车货物轻松低调地离开了大周帝都。

第一百零四章 欲买桂花同载酒 35

边境太平了一整个冬天。

衡玉回到隶属大衍的宁城时，总觉得宁城的空气比先前的要清新几分。

宁城县令见到毫发无损、面色红润的衡玉，长长舒了一大口气，下意识从袖子里取出手帕，擦掉额头冒出来的虚汗。

老天保佑老天保佑，还好郡主平安无事，不然的话，他别说什么官职前程了，怕是连小命都要拿去给郡主陪葬。

衡玉上下打量了宁城县令几眼，开玩笑地道："县令大人瞧着瘦了不少，看来这个年过得不怎么好啊。"

宁城县令讪笑："让郡主见笑了，下官这是……呃，苦夏，对苦夏，您看这天热得可真快，下官额头的汗到现在都没停过。"

衡玉哈哈一笑，转了转手中的折扇："我倒是觉得这天还挺清凉的。"

宁城县令脸上的笑带了几分苦意："这……下官……"

"好了好了。"

衡玉合拢刚刚被她展开的折扇，朝宁城县令摆手，也不再调侃他。

"你放心吧，此行你助我顺利混进大周，当记一功，等我回到了帝都会亲自为你请功。"

宁城县令的眼睛瞬间亮了起来，下意识搓了搓手，又觉得自己这样过于失态，连忙朝衡玉抱了一拳："多谢郡主，多谢郡主。对了，郡主，那个大周太子和五皇子……"

衡玉勾唇，微笑道："你是不是听说了什么传言？比如我们的人刺杀了大周太子和五皇子。"

下一刻，她的脸色瞬间冷厉下来，呵斥道："荒谬，简直是荒谬，那都是大周的人泼到我们头上的脏水！大周死了太子和五皇子，对我们有什么天大的好处吗？真正会为他们

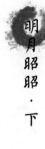
的死鼓掌叫好的，是大周那些野心家、弄权者！"

宁城县令直面她这股气势，脸色唰地一下惨白下来，知道自己刚刚是说错了话："是是是，下官……都是下官口不择言，郡主您大人有大量，千万别计较下官的失言。"

衡玉莞尔，恢复常色："这样的失言有一次就好了，大人可千万别再有第二次。"

"是是是。"宁城县令连忙拱手讨饶，赔着笑送衡玉回厢房歇息。等到从厢房折返，迎上来找他的县尉，宁城县令才忍不住软了腿，苦着脸对县尉感慨道："郡主的气势，我瞧着怎么比总督大人还大？"

总督大人那可已经是正一品高官了。

县尉扶住宁城县令："郡主的气势自然比总督大人强，要不然也没那个胆魄去……"他朝大周所在的方位努了努嘴。

宁城县令点了点头，觉得也是。

这位郡主明明出身天潢贵胄之家，生来锦衣玉食，却能抛下享乐，深入龙潭虎穴而面不改色，光是这份胆魄和决断，就不知要胜过世间多少人。

这趟大周之行没有累到衡玉，却累到了密八。

他的心理素质本来就没衡玉好，这几个月来还一直担忧着衡玉的安危，煎熬了这么长时间，平安回到宁城后心里那口气终于松了下来。这口气一松，整个人立马撑不住了，第二天就发起高烧来，整个人烧得直说胡话。

宁城没什么好的大夫，衡玉便亲自为密八开了药方。

折腾了足足三天，密八才从浑浑噩噩的状态里清醒过来。

瞧着来探望他的衡玉，密八脸上露出愧疚的神情："副阁主，是属下无能……"

衡玉打断他的话："身体有力气了吗？有力气的话就自己坐起来喝药吧，喝完这碗药应该就差不多了。"

在密八喝药时，衡玉卷了卷手里握着的兵书，起身开了小半扇窗通风，驱散屋内浓重的药味："你能撑这么久，已经很出乎我的意料了。"

密八赧然，没想到副阁主能看出来自己一直在强撑。

"别再胡思乱想了，安心养病吧，三日后我们就启程回京。"衡玉说。

"是！"密八利落地应道。

放着密八在县衙里养伤，衡玉挥退宁城县令派来伺候的人，出了县衙在宁城里闲逛起来。

宁城和樊城很相似，人都不多，一眼望过去，几乎都是老人和妇女小孩，压根看不到几个青年男人。

看得出来宁城县令治理得还算不错，宁城虽然几经战乱之苦，但百姓的精神面貌还算可以，并没有过多麻木之态，孩子脸上的笑容也足够真切。

这些年幼的孩子高兴了，就证明日子过得……至少不算很差。

衡玉安静地走着，走得累了，就在小摊子里吃些东西歇歇脚，与旁边桌的人笑着闲聊，说着今年的天气，聊着今年的希冀。

一连三天，衡玉都是这么过的。

三天后，风和日丽，宁城县令亲自将衡玉送出宁城。

衡玉这几天的行踪他都有耳闻，看着马车渐行渐远，宁城县令侧过头，向县尉推崇道："这位郡主大人是真的体恤百姓之人。"

马车一路向帝都驶去。

来边境时，衡玉还带了秋分、冬至、月霜等人。但她去大周时并没有带这些人，他们早已折返帝都，所以回去的时候稍显冷清。

这一路上衡玉没有多做停留，不过中途遇到沈洛的父亲沈大将军，衡玉进城拜访了一番，受到了沈大将军的热情款待。

休整一番后，衡玉去书房见了沈大将军，将她对大周的了解都告知了沈大将军。

尤其是木星河这个人，衡玉和沈大将军聊了很久。

聊完正事，沈大将军笑道："少归经常和我说起你。"

衡玉也笑起来："他定然没说什么好话吧？"

"他翻来覆去地夸你，还说你的聪慧是夺天地造化而生。"沈大将军回想了下，好笑道。原以为自己儿子是在夸大，现在想来，倒也不无道理。

衡玉失笑，问："沈洛现在回到边境了吗？"

"还没，原本是过完年就要启程的，但他祖父突然受了风寒重病一场，陛下开恩让他在帝都多留了一段时日。他祖父已经恢复得差不多了，你现在赶回去，应该还有机会与他见上一面。"

衡玉说："看来我接下来该加快行程了。"

沈洛一向是个热闹性子。衡玉以前感慨过，哪怕他安安静静地站在那里，也能让人觉得热闹喧嚣。

但这个年，他过得非常冷清。

下人们大概是察觉到了他心情不悦，走动或说话时都会刻意压低声音，以至于整个沈国公府也变得冷清下来。

出了年就要启程离京了，沈洛的心情原本已经恢复得差不多，却赶上沈国公病倒。

眼看着沈国公的身体康复得差不多了，沈洛扶着沈国公去上早朝，结果今天，安静了几个月的朝堂又吵了起来。

这回是为了行唐关守将一职。

行唐关守将蒋将军是一位经年老将，他的军事才能一般，但防守方面做得不错，谨慎小心，不急功近利，这样的性子正适合为大衍朝守行唐关这个天险。

这一守，就守了十几年。

蒋将军年岁已大，去年冬天连着病了几个月，现下虽然病好了，但再也没有精力担任这么重要的职位。他上了折子，请求康元帝另择将领去接替他的职务。

蒋将军是太傅的妹婿，勉强算是云成弦的人。

靠着太傅，云成弦在文臣里的势力扩大，但在武将方面一直没什么门路，蒋将军已经是他的势力里官职最高的武将了。

现在蒋将军要退下去，云成弦这边便断了一臂，自然不甘心这个职位落到太子党手里，于是极力相争。

双方相争不下时，太子出列，微微一笑："孤觉得这件事没什么好争的，内阁这边推举几个合适的名单上去，父皇看着谁最合适，就点谁去行唐关接任蒋将军即可。"

话音刚落，太子眸光微转，盯着云成弦的视线里满是阴郁之色："孤以为，周贺将军可以接替这个职务，不知道三弟这边打算推举哪个武将？"

云成弦顿时愣住。

——周贺是大衍朝赫赫有名的将军，军功罗列出来，比蒋将军还要出色几分。

云成弦迅速在脑海里过了一遍，面色微冷。

要是单纯从军功资历来论，他和太傅选出来的那个武将，绝对争不过周贺。

太子脸上的笑容放大许多。

瞧着太子那仿佛已是胜券在握的笑容，云成弦面色不变，负在身后的手却已紧握成拳头。

坐在上首的康元帝思索一二，同意了太子的这个提议，命内阁在明天将名单拟出来，随后宣布早朝结束。

沈洛一直垂着头，一副神游天外的姿态，直到听到"退朝"两个字，他才回神，扶着他祖父离开宫殿，上了马车。

马车驶出皇宫，沈洛突然问沈国公："祖父，周贺贪功冒进，虽然战功赫赫，但他守西面比守行唐关合适，不宜擅自行动。现在太子为了争行唐关一职，居然要调动周贺的驻军，这未免太儿戏了。"

沈国公站了一个早晨，精神有些萎靡，正靠着马车壁闭目养神。听到沈洛的话，他慢慢睁开眼睛："你说得倒是有几分道理。"

沈洛点头，板着脸，语气颇有几分刚硬："边境军务非同小可，绝不能沦为党派相争的牺牲品。陛下明日肯定会宣您进宫，询问您对行唐关守将人选的看法，您可一定要直言不讳啊。不合适就是不合适，这没什么好商量的。"

沈国公蹙起眉来，沈洛连忙俯身上前，用温热的指腹，力度适中地为沈国公按揉太阳穴。

沈国公眉心松开，低声道："否决了太子和三皇子提出的人选，肯定要另外推选一个人上去。"他嘁了一声："一时之间，我倒是没想好还有什么人能担任这个要职。"

"我啊！"沈洛激动得险些要跳起来，"祖父，还能有比我更合适的人吗？您别忘了，我以前跟着我娘在行唐关生活过整整十年，十三岁就上了战场护卫行唐关。别看我年纪不大，但要说谁适合接替蒋将军，还真得是我。"

沈国公嫌弃地看了他几眼，似乎是在掂量他的能力。

沈洛挺直背脊，拍拍胸膛，企图让自己显得更雄伟可信些。

"就你？"沈国公撇嘴。

沈洛瞪眼，不满地嘟囔道："论起官职，我和蒋将军的官职是一样的，我怎么不行了？"

年前，沈洛接了圣旨，现在已是朝中正三品武将。

"而且我的确比周贺合适啊，我又不是不知轻重，拿这种事来和你开玩笑。"

沈国公蹙起眉，没说什么话，再度闭上眼睛。

瞧着沈国公明显不想再搭理他，沈洛轻叹了口气，身体往后仰："行吧行吧，反正我是很乐意去的，就看你和陛下是怎么打算了。"

沈国公眼皮子撩起，扫了他一眼，又重新合上了。

第二天上午，御书房里，康元帝拿到了内阁呈递上来的人选。他看了几眼，将名单递给坐在侧下方的礼亲王："你们觉得谁最合适？"

礼亲王接过看完，将它递给沈国公。

沈国公瞟了几眼，轻声道："陛下，臣以为，名单上的这些人都不合适。"

闻言，礼亲王诧异地看向沈国公。

康元帝微愣，笑道："那你觉得谁更合适？"

沈国公闭了闭眼，心下长叹。

行唐关作为阻拦大周的第一道天险，是前线中的前线，虽然易守难攻，但也容易被敌人切断后援。

而现在……

他要将自己最疼爱的孙子，亲手送去那个险地。

半个时辰后，一道圣旨在京城所有官员诧异的目光下，被送入了沈国公府。

"着令沈洛于半个月内启程，赶往行唐关接替行唐关守将一职，钦此。"

沈洛行礼："臣，遵旨！"

第一百零五章
欲买桂花同载酒36

沈洛这个人选突然杀出，出乎各方意料——原本所有人都以为太子党已是胜券在握了。

太子那边得知这个消息后是何等反应暂时不得而知，太傅这边，听到下人来禀时先是惊讶，随后松了口气，对坐在他对面的云成弦说："这个官职我们保不住，落到沈少将军头上也好。"总归比落到太子那边要强上许多。

云成弦抱着茶杯，自从听说了这个消息后，他就一直在发愣，整个人处于一种神游天外的状态。

听到太傅的话，他低低应了一声，又低下头。

事情会是他想的那样吗？沈洛做出这个决定时，是不是有一部分原因在他？

也罢，何必多想？

圣旨颁布下来的第七天，衡玉终于回到了帝都。

瞧着城门上那笔力十足的"洛城"二字，衡玉忍不住漾起笑容——这一走，就是足足两年时间，总算是回来了。

衡玉用折扇轻敲虎口，对系统说："这回我定要好好沉醉在富贵温柔乡里。"

系统敷衍地给她放了两个礼花，勉强算作鼓励、庆祝。

衡玉轻喷一声，将系统屏蔽掉，倚着马车闭目养神。这辆马车防震效果一般，行驶在平坦的青石地板上也难免有轻微颠簸，在摇晃中困意逐渐上涌，衡玉不知不觉睡了过去。等她被人轻轻推醒时，已回到了自己住的院子里。

月霜一袭鹅黄色长裙明媚动人，朝她轻笑："郡主，到家了，已经为您备好热水，您沐浴过后再继续睡吧。"

"好。"

衡玉应了一声。

她刚刚睡了一觉，现在倒不是很困了。

才下马车，秋分和冬至这两个小厮就立马凑过来朝衡玉嬉皮笑脸，被她用折扇狠敲了额头，才嬉笑着把路让开，请她赶紧去沐浴休息。

沐浴过后，衡玉躺在柔软的床榻上。

昏昏欲睡时，月霜轻手轻脚推开门，绕过屏风来到衡玉身边："郡主，宫里来人了，说是要请您进宫一趟。"

衡玉半睁着眼睛，问月霜："他脸上有急色吗？"

"没有急色，只见喜色。"

"皇帝伯伯找我应该只是想问我此行的细节，你直接回拒了那个内侍吧，说我现在要休息，待明日午后再入宫请见皇帝伯伯。"

月霜没想到衡玉会做出这样的应对，在原地踟蹰片刻，瞧着衡玉已经合上了眼，显然不打算再睁眼，只好转身出了屋子，将衡玉的话复述给内侍总管。

内侍总管表情错愕。

这满帝都里，敢拒绝陛下召见的，还真就一个云衡玉郡主了。

不过人家郡主身份有身份，要宠信有宠信，要功劳，那更是有滔天的功劳，说白了，就是拒绝得底气十足，压根不怕陛下会因此怪罪或者不满啊。

内侍总管轻咳两声，姿态越发恭敬："奴才这就回宫禀告陛下，郡主且先好好歇息。"

内侍总管从亲王府离开，急匆匆回到宫中，进了御书房。

御书房，康元帝、礼亲王和沈国公坐在里面，边闲聊边等着衡玉到来。

内侍总管瞧着只有一人进来，康元帝忍不住探头看了看御书房门口，奇道："怎么就你一人？衡玉那孩子没来？她可不是那种会乖乖站在门口等着通报召见的人。"

内侍总管一五一十复述了月霜的那番话。

礼亲王脸色微变："这孩子真是胡闹！"

沈国公好笑地瞥了礼亲王一眼："她潜入敌国帝都的事情，可比这件事胡闹多了。"

康元帝先是错愕，听到礼亲王和沈国公的交谈后，又忍不住笑着摇头，神情无奈："这倒是朕思虑不周了，只想着赶紧打听那件事的细节，忘了她在外奔波两年刚回到家，正是需要休息的时候。"

礼亲王拱手致歉："都是臣弟平日太惯着她了。"

康元帝手指礼亲王，哈哈一笑："要是朕能惯出这样的女儿，朕定也要好好惯着。"他转了目光，再看向内侍总管，吩咐道："你再跑一趟，将宫里刚制出来的熏香送去给郡主，顺便告诉郡主，先在家好好休息几天，什么时候休息好了，什么时候再进宫见朕。"

有了熏香助眠，衡玉这一觉睡得更沉更香了，最后是饿醒的。

她慢吞吞地从床上爬起来，刚撩起床幔，婢女便鱼贯而入，伺候她梳洗和用膳。

衡玉胃口很好，吃着东西时，月霜进来传达了康元帝的意思。衡玉唇角微弯，吩咐

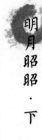

婢女："今晚备好我明日进宫要穿的衣服。"

进了皇宫，衡玉被康元帝拉着聊了两个时辰，又去探望了太后，将江南风光娓娓道给太后她老人家听，哄得她老人家开心得多用了半碗饭，衡玉这才从容地离开皇宫。

此时，已是黄昏过后，夜色微暗。

云成弦站在骏马旁，手里提着一盏灯笼，立在宫门边上。

衡玉一出宫门便瞧见了他。

他大概是刚听到消息就急匆匆赶过来的，外袍底下露出来的里衣素净凌乱，头发也没束好。

她脚步微顿，与他隔着四五米的距离对视着。

她大概有将近三年时间没这么近距离打量过他了。以前那个俊美冷漠的青年，现在已经学会用一副温和的模样来示人，五官轮廓越发成熟分明，瘦得令人心惊。他大概是经常皱眉，眉心已经留下了淡淡的褶痕。

衡玉欲言又止。

云成弦将手头的灯笼提到胸前，借着灯笼散发出来的光线，上上下下打量了她一遍，轻笑起来。

他什么话也没说，只朝她挥挥手。

衡玉话到了嘴边，都化为无声的微笑。

她也抬起手朝他挥了挥。

挥完手后，她转过身去，脚步不停地离开了皇宫。

而他站在原地，一直目送她，直到她的身影消失在巷子尽头，才抬手紧了紧身上的外袍，走着她先前走过的路，离开了。

大衍不设宵禁，现在才刚入夜不久，街上正是热闹的时候。不少忙碌了一天的父母都趁着刚吃完饭，牵着自己的孩子出门看热闹消食。

衡玉一个人走了很久，才走到沈国公府外。

她站在墙角下。

墙的另一头，就是沈洛住的院子。

衡玉轻松地爬上了墙头，安安稳稳坐在上面，取过随手放在袖子里的长笛，递到唇边吹奏起来。

三秒后，有人利落地翻窗而出，在长廊下站定，双手抱臂并含笑望着她："大晚上的，有正门不走非要爬墙。"

衡玉放下长笛，朝他勾手。

沈洛一阵助跑，迅速拉近和衡玉之间的距离，同时借着这股冲劲直攀上墙，在她身边坐下，连喘都没有喘一下。

"我祖父说你去了大周？"沈洛刚坐稳就兴奋出声，"深入敌国帝都搅动风云依旧全

184

身而退，这简直是我梦寐以求的经历。"他用拳头捶了下衡玉，"明初你也太不够意思了，当时在樊城的时候你也不和我透露一二。"

衡玉笑道："透露给你又有什么用？以你的性子也不适合跟过去，只能白白担心。"

沈洛："也是，唉。"

"叹什么气？"

沈洛抬起头，看着没有星月的夜空："也没什么。你见到他了吗？"

"见到了，瘦得厉害。"

沈洛侧头看向衡玉，平静地把一个既定事实告诉衡玉："我去年说了要和他恩断义绝。"

衡玉"哦"了一声，表示自己知道了："不算意外。"

"你就这个反应？"她的反应太平淡，沈洛反倒有些措手不及。原本他都做好了衡玉会以一种不认可的目光看他的心理准备。

"有些时候，及时分道扬镳并不是一件坏事。"衡玉轻声说道。

沈洛下意识地抿了抿唇。

衡玉不是很想聊这个话题，反而更关注沈洛被任命为行唐关守将这件事："我听皇帝伯伯提了一句，这件事到底是怎么回事？行唐关乃天险之地，你怎么会自请前去行唐关驻守？"

沈洛乐道："因为没有比我更合适的人选了。"

衡玉蹙起眉来，紧盯着他。

沈洛被她盯得有些不自在，抬手挠挠头："不说这些了，我明早就要启程离京，你回来得太是时候了，要是现在你我没能见上一面，下次再见又不知道是何时了。"

衡玉顺着他的意思转移了话题，问道："明早什么时候启程？"

"天没亮就要启程，挺早的。你今晚就当送行了，明早别再特意过来一趟了。"

"也好。"

"真可惜，我明天还要行军，今晚不能拉着你喝酒了。"

衡玉失笑："那我以茶代酒为你饯行，你看如何？"

"倒也不错。"说着，沈洛自墙头一跃而下。站稳后，他朝衡玉伸手，将她一把从墙头拽下来，险些把衡玉拽得扑倒在地，跟跄了两步才勉强稳住身子。

"沈少归！"衡玉一字一顿，咬牙切齿地喊道。

沈洛哈哈大笑："你底盘不稳，看来这些年在武艺上是疏忽了。"

衡玉嗤笑："的确是疏忽了，但揍你一顿的实力还是有的。"话没说完，她就迅速抬腿横扫过去。

沈洛早有准备，闪身一避，与她战在一起。

两人你来我往，招招不留情，打了小半刻钟，不知是谁先退了一步，另一人也迅速后撤分开。两人分别站定，喘着气对视，突然都撑着墙笑起来。

笑了有一阵，沈洛对衡玉说："我给你一份名单吧。"

"什么名单？"

"这些年我在军中认识了不少人，有些人军事才能出众，但因为出身寒门，一直没什么出头的机会。我就算想帮，也有心无力。"

衡玉懂了："为什么不自己给？"

"何必呢。"沈洛活动活动筋骨，"反正在我心目中，他已经不是我兄弟了。"

"说着恩断义绝，可恩是否已断，义是否已绝，你应该比我清楚。"

沈洛扬眉，朝衡玉耸了耸肩，一副吊儿郎当的模样。

衡玉也耸了耸肩："行吧，等会儿把名单给我，我到时会想个不突兀的办法，把这些人送到他和太傅的视线里。"

第二天一大清早，天际刚刚拂晓，帝都城门缓缓打开，沈洛便当头驾着一马，领着他的亲卫奔赴属于他的疆场。

沈洛没有回头，所以没有看到，有人着一身玄衣长袍，负手立在城墙之上，安静地目送他远行。

沈洛的离开，对帝都并没有造成太大的影响，这里依旧暗潮汹涌。

衡玉恪守着密阁副阁主的身份，明面上始终是一副置身事外的模样，每天闲得斗鸡赛狗，看遍洛城景致。

云成弦一系的人在军营里努力了半年时间，拉拢了几个有能力、出身寒门的将领。有了他和太傅在背后大力扶持，这几个将领迅速在军营里崭露头角，虽然没有身居高位，但也都被安排在了关键位置上，只要多熬上几年，不怕出不了头。

时间一点点推移，一晃就是三年。

这三年里，沈洛有了一对龙凤胎，云成弦实力大增，已经有了和太子叫板的底气，行事上也越发有分寸，每一桩落到他手里的公务，都能被处理得很好。

反观太子这边，却是越发失了分寸，连着做了几件昏头的事情，惹得康元帝大怒。

时值深秋，衡玉难得起了个大早。

她抬手理了理身上的外袍，绕过屏风往外走去，对守在门口的秋分说："备马车，我去趟密阁本部。"

半个时辰后，衡玉抵达密阁本部。

密八早已在门口恭候多时，瞧见衡玉踩着脚踏下了马车，他上前行礼："副阁主，大周的情报已经送回来了。"

每月十五号，大周那边的情报都会被送达密阁本部。

只有遇到十万火急的事情，密阁的人才会用飞鸽传书的方式迅速示警。毕竟飞鸽传书的安全性，总是要差上些许的。

大周和大衍已经相安无事整整三年，但是大周那边死了一个太子、一个五皇子，他们绝对不会善罢甘休，衡玉总觉得这种相安无事，像极了暴风雨来临前的宁静，带着一种逼仄的压抑感。

她最近一直在紧盯着大周那边，就是希望能及时知道大周的最新动向。

绕过游廊，衡玉进了密室，跪坐在桌案前翻看新呈递上来的情报。从情报上倒是看不出什么异常，木星河也还安安分分地待在大周帝都里。

衡玉把所有情报又重新过了一遍，还是没有发现任何问题。

她稍稍放下心来，开始处理其他堆积的公务，忙到午后才离开密阁。上马车前，衡玉回头，多嘱咐了密八一句："让他们再盯紧点。"

"是。"密八拱手应了声"是"。

回到屋子里，衡玉坐下给沈洛写了封信，信上提醒沈洛要加强日常巡逻。写好信后，她便命人快马加鞭送过去。

转眼入了初冬。

初冬一点点过去，洛城的雪越下越大。然而，大周那边还是没什么大动静。

"只有千日做贼，没有千日防贼的。"

边境，行唐关。副将爬上积雪厚重的城墙，对甲胄在身、神情冷峻直视前方的沈洛说道。

他顺着沈洛的目光，看着前方苍茫一片的雪地说："将军，你说大周真的会来攻打行唐关吗？"

沈洛眉梢间已经凝了一层薄雪，他轻轻眨了下眼睛，哈出一团白气："我也说不准，但是小心谨慎些总没错。"

副将叹了口气，骂道："要不是行唐关易守难攻，我真想领着我手下那帮兵冲出去，直接杀去大周边境，打他个措手不及。"

沈洛好笑道："风行城的驻军不是已经出动了吗？正面厮杀的事情交给他们那些驻军就好了，我们在行唐关这里有天险可守，要是攻出去，就是放弃了这道天险，这么冒进的打法绝对不行。"

——宁可杀不了敌，行唐关这道关卡也绝对不能有失。

行唐关一旦沦陷，它身后的十六座城池瞬间无险可守，十六城里手无寸铁的百姓都要丧命于敌军的屠刀之下。

"说得也是。"副将嘿嘿笑了一声，他也知道行唐关的重要性，"属下就是气不过，随便说说。"

"行了，我们下去吧。这天可真是太冷了。"沈洛叹了口气，摸了摸看似厚实，实则一拍就松散开来的积雪，"行唐关这边本来就难以补足后援，现在还下了这么大的雪，粮草要运上来就更难了。"

副将回道："换个角度想想，我们的粮草难运上来，大周的人要是想攻打怕是也不容易。"

"说得也是。对了，粮草和新式弓弩都运到了吗？我们得赶在过年前再补充一次。"沈洛想起一事，出声问道。

"还没。"副将脸色也不好看，"这回负责给我们送粮草和弓弩的是周贺将军的儿子。将军你也知道，我们来守这行唐关，就是从周贺将军那里夺来的差事……我说了他几次，他说是风雪大耽误了行程，还说太子殿下都能体恤他们，我们凭什么不体恤？"

见对方连太子都搬了出来，沈洛紧蹙着眉。

他压下心头的不满，说道："你以前怎么没和我说过此事？你再派人去催催，这次就算了，你告诉他，如果再有下次，我直接上折子，问问陛下我该不该这么体恤下属。"

两人边说着话，边下了城墙。

在他们离开后不久，有个穿着千户军服的魁梧男人走上城墙。

"高千户，您怎么上来了？"有守兵看到他，诧异道。

"我今天弄到一壶烧酒，这不是想着就要换防了，上来给你们送些酒，让你们暖暖身子。"被称为高千户的人笑容热情爽朗，从怀里掏出一个酒囊。

天险易守难攻，最怕的，从来都不是来自外部的攻势。

入了深冬，年节就要到了。

眼看着距离除夕没几天了，帝都很快进入了过年的热闹氛围中。

宫中会在除夕这天晚上大摆宫宴，今年一整年歌舞升平，自然也不例外。

一大清早，衡玉起床沐浴梳妆，换上厚重烦琐、奢靡至极的华服，乘坐马车进入皇宫参加宫宴。

宫宴对衡玉来说很无聊，但又不好不出席。她倚坐在那，低头吃着糕点剥着橘子打发时间。

好不容易挨到后半夜，眼看着这场宫宴快要告一段落，衡玉总算是精神了不少。

礼亲王瞥见她这副陡然精神的模样，忍不住笑了下，刚想与她说上两句话，宫宴外突然传来一阵喧哗声。

衡玉侧头看去，瞧着那被拦下之人熟悉的身影，眼睛顿时微微眯起。

"爹，我过去看看。"衡玉说话的同时起身离席，很快就来到了宫宴外围。她抬手挥退侍卫，看着在冬日里跑出满头汗的密八，迅速将他带到了无人的角落，冷声道，"是大周出了什么急事吗？"

密八总算喘匀了那口气，神情异常严肃："副阁主，行唐关出事了。"

衡玉的脸色一点点冷下来："信。"

密八连忙将信取出来。

衡玉冷静地接过信，取出信纸抖开。

盯着上面那平平无奇的一行字盯了很久，衡玉缓慢合上信纸，微合双眼，一字一顿地说道："行唐关，怕是快要沦陷了……"

下一刻，她猛地掀开眼眸，厉声呵斥："马上去给我查！到底发生了什么，为什么行唐关已经被围困了半个月，消息才传到我这里！"

"粮草早在半个月前就已经被烧光了，这行唐关，怎么还没沦陷？"与此同时，簌簌大雪中，木星河甲胄在身，站在一处断崖前，眺望着远处那座静默矗立的行唐关。

天地间这场大雪越下越大，却没办法掩埋掉行唐关遍地都是的血污。

行唐关西北侧，专门屯放粮仓的地方只余焦黑。

为了从滔天烈焰中抢救出些许粮食，行唐关有近百名士兵被活活烧死，他们的尸体在这寒冬腊月里甚至不用掩埋，只消一天，就被大雪覆盖了。

哪怕再节省，抢救出来的粮食也只够全行唐关士兵吃十天。

城墙上，有人手中长刀早已砍得卷刃，饿得浑身发冷发颤，一个没站稳，握着刀软绵绵地倒在地上，再也没办法爬起来。

有人连哭的力气都没有，麻木地把所有的力气和精力都用在砍杀敌人上，直到他面前的敌人被杀光，或者他被冲上城墙的敌人杀死。

沈洛觉得自己已经很多天都没睡过觉了，要不然他怎么可能会这么虚弱，虚弱到连手中的凯旋剑都握不住了？

面前的敌人被砍杀一空，暂时没有敌人冲上来。

沈洛趁着这个间隙，愣愣地侧过头，看着身边越来越少的同袍，和越来越多的，属于敌人也属于自己这方的尸体。

他的嘴唇已经干得完全起皮皲裂，吃力地咽了咽口水，眨了眨眼睛，勉强恢复过几分精力来。

"将军，你放心，行唐关肯定能守住的……"站在旁边的副将注意到沈洛的异常，侧过头，扯着嗓子，勉强笑了下。

沈洛的神情一点点坚毅："没错，在我倒下去之前，行唐关绝不会沦陷。"

敌人攻势暂歇，鸣金收兵。

沈洛身体瞬间脱力，狠狠摔在雪地里，被沾着血污的积雪淋了一头一脸。他用力尝试了几次，都没能从地上爬起来，干脆也不挣扎了，就倒在地上，眼睛直直地看着天上。

"今天是除夕。"

他抽了抽鼻子，眼眶一下子就红了，抓起一把雪挥到空中，气恼道："气死小爷了，打完这场仗，我要回家吃团圆饭。"

第一百零六章
欲买 桂花同载酒 37

时间紧迫，衡玉握着信箭步走入宫宴，找到内侍总管，附耳低声与他说话。

早在衡玉急匆匆离开宫宴时，云成弦就已经注意到了她的动静。此时瞧见她面色冷厉，知道肯定是发生了什么事情，等衡玉和内侍总管说完话，顾不得其他，他迅速走到衡玉身边，压低了声音问："怎么了？瞧着你有些心神不宁的样子。"

衡玉抬眸与云成弦对视，没瞒他："行唐关危矣。"

云成弦唇角骤然轻颤，只觉有一股辛辣之气直冲他的眼眶，他咬着牙问："行唐关这么大一道天险，怎么会突然危矣？"

衡玉吸了口气，没说话。她也一直在思考问题到底出在哪里。

就如云三所说，行唐关是大衍朝最大的天险，大衍建朝百年来，世世代代之人都在加固这道天险。只要粮草充足，行唐关里的将士哪怕闭城不出，也能死守三个月等到援军。

等等——

粮草充足？

衡玉下意识地抿紧唇角，她知道问题出在哪里了。

"少归他……"身侧的人突然放轻了声音，问得小心翼翼，似乎是在害怕她口中的答案会远远超出他的接受范围。

"现在只有一封信，行唐关里具体是什么情况还不清楚，我已经命人去调查了。"

云成弦勉强挤出一分笑："没事没事，你别担心，这种时候没有消息就是最好的消息。"这话听起来也不知道到底是在安抚衡玉，还是在自我宽慰。

一场好好的宫宴因为这封突然的信提前结束了，所有参与宫宴的人也逐个退席离开了。若是有心人会发现朝中一众重臣在退席后并没有离开皇宫，而是被内侍请去了御书房。

衡玉、云成弦和康元帝早已在御书房里等待众人多时。

密阁阁主宋骁急匆匆向康元帝行完礼，侧头追问衡玉，神情有些许苍白："行唐关到底发生了何事？"

在密阁里，云衡玉主要负责针对大周的行动，他则负责侦查大衍内部。两人的职责虽会有重叠之处，但绝大多数时候都是各司其职。

行唐关那边的密探可是由他一手安排的，结果出了这么大的岔子，他先前连一点儿风声都没有听到过，这实在是莫大的失职。

衡玉摇头，示意他少安毋躁。现在人还没到齐，有些事情多说无益。

沈国公看完衡玉递给他的书信，仿佛一瞬间苍老了十来岁。可这种颓废只是在他身上一闪而过，这位在疆场上纵横一世的将军就稳住了。他将书信递给旁边的云成弦，甚至还亲自安抚了明显焦躁不安的云成弦："他在请求我送他去行唐关时，就已经做好了一切准备。"

这些准备里，自然也包括把性命永远留在那里的决心和勇气。

云成弦额角都是汗，朝着沈国公笑了下，没回话。

稍等片刻，所有人都到齐了。

在来的路上已经有内侍告诉过他们到底发生了什么事情，一时之间，御书房里一片寂静，没有人说话。

衡玉坐在椅子上，突然想到了三年前她的大周之行——那时大周太子就是在除夕夜的宫宴上被刺身亡，大周帝都从除夕夜一直混乱到了上元佳节。而现在，同样的处境落到了大衍帝都的头上。

她一口气喝完还有余热的茶水，放下茶盏，站起身来，将所有人的注意力都吸引到她身上："行唐关那边的消息还需要确认，我们现在先做好部署，必须要做好最坏的打算。"

"你觉得什么是最坏的打算？"密阁阁主宋骁追问道。

衡玉侧头看向他，一字字清晰吐出："行唐关已经沦陷，大周兵马已攻入行唐关内，这就是最坏的打算。"

闻言，在场所有人的心都沉甸甸地往下落。

行唐关若是沦陷，驻守关内的士兵和身后的十六城百姓怕是……还有，沦陷之后，想再收复回来，又不知道要填进去多少士兵的性命。

这短短半个月里，行唐关到底发生了什么？

瞧着众人神色难看，仿佛是被她的话吓住了，衡玉放缓声音："当然，事情未必就到了那一步，我相信行唐关的将士们会为国土死战，绝不让大周敌人踏入我国分寸之地。"

沈国公也言之凿凿："陛下放心，行唐关守将绝不会弃城而逃。只要主将不逃，军心仍稳，行唐关就不会轻易沦陷。"

沈家百年将门风骨，从来只有死战殉城的守将，哪有溃逃弃城的败将？

这句宽慰的话由沈国公说出来，反倒让人不知该如何接话才好。

众人一时沉默，沈国公看向衡玉："副阁主，依你之见，行唐关内发生了什么，才会在短短半个月内陷于绝地？”

衡玉迅速回道：“有人里应外合。密阁安插在行唐关附近的密探怕是叛变或者早就出事了，还有行唐关内的补给怕是也出了问题。”

“不可能！”一直低头坐着旁听的太子猛地反驳。

认真听着衡玉说话的云成弦侧头看向太子，眼睛微微眯起：这件事，和太子有关？

衡玉冷厉的目光同时压过去，杀得太子神情转为慌乱：“殿下不必急着反驳，可不可能，事后臣会亲自查明。臣以为，当务之急是讨论如何调兵前去支援行唐关，又要从何处调配粮草。”

对上衡玉和云成弦的目光，太子只觉得心惊肉跳。

他在军中的势力比云成弦要大，粮草官一职身处战场后方不容易遇到危险，又容易捞战功，所以军中好几个粮草官都是他的人。负责给行唐关补给的那位粮草官就是太子党。

这些年里太子对沈洛颇有诟病，他总觉得沈洛当年横插一脚成为行唐关守将，怕是为了云成弦才来驳他的面子。所以他曾经给粮草官去过一封手书，命对方暗中克扣粮草军械。

这件事若是放在平常，糊弄糊弄估计也就过去了，反正也没耽误什么正事。但现在要是行唐关沦陷，沈洛殒命……

回想起云衡玉那带着冷淡杀气的目光，太子的后背渐渐被冷汗濡湿。他从未有一刻如此坚信，哪怕他是一国储君，云衡玉也绝不会轻易放过他。

　

帝都一夜无眠。御书房灯火彻夜通明。

商谈了许久，衡玉和内阁总算商量出了对策——

调派驻扎在北方的高宁军急行军，携带五天的粮草赶去行唐关进行支援。

北方粮仓立即开仓，直隶总督亲自负责把控后勤，务必在高宁军抵达行唐关的三天内，将粮食送达行唐关。

战时危及，其中若有任何人敢耽搁或是阳奉阴违，正三品以下的官员，直隶总督可持天子剑直接处斩；正三品及以上可直接下狱，等待事后问责，他们的职务暂由副手接管。

这两件事是重中之重，敲定清楚这两件事，大致方向便定了下来。

众人又商讨了许多细节，直到把所有细节都商议好，外面已是晨光初亮，御书房里众人一夜未眠，哪怕再忧心边境的情况，这时也有些萎靡不振。

康元帝命人拟了好几道圣旨，快马加鞭送往边境。

衡玉喝了几口提神用的浓茶，走到康元帝身边，低声道：“皇帝伯伯，先让各位大臣回去歇息吧，我自己留在这里等消息就好。等密阁的消息送达，我再派人去请您。”

“你……”康元帝斟酌一二，“这样也好。”

得到了康元帝的口令，众人被内侍搀扶着走出御书房。

片刻，御书房里冷清下来，只剩下衡玉和云成弦两个人。

衡玉偏头看着没有一丝起身动静的云成弦：“不回去？”

云成弦按了按眼角的青黛："我陪你一起等。"

"也好。"

帝都下起了鹅毛大雪。明明还未到傍晚，天色却暗得很。

衡玉在里面等得又闷又困，于是披着红色大氅走去外面透风，随意踢着脚下还没来得及清理掉的一层积雪。云成弦站在几步开外，两手揣在袖间，安静地看着她。

远处突然传来一阵急促的脚步声，衡玉和云成弦闻声看去，便看到手上握着一封信、匆匆赶来的密八。

"副阁主！"密八刚到近前，便单膝跪下，双手将信平举过头顶。

在衡玉拆信阅读时，密八出声，言简意赅地介绍着密阁调查了一天一夜调查出来的事情真相——

驻守在行唐关附近的两个密探，怕是早就身首异处了。大周的人假冒他们的身份继续和密阁本部联系，所以密阁本部这边得到的消息都是"行唐关没有异样"。

大周那边的确没有太大的动静，因为木星河出动的是私兵。几方势力分批调动士兵，每次只调动几千人，刻意避开了大周密探的视线。

行唐关周围设置有重重陷阱，连信鸽和鹞鹰都不能够从行唐关内飞出来传递信息，更别说是人了。

此次密阁能得到消息，还是因为距离行唐关几十里地的樊城发现了异常，才急匆匆将消息上报。

衡玉手指一根根收紧，将信纸边缘捏出无法复原的褶痕："不愧是压抑了三年的报复，木星河那边果然是准备周全。"

密八急声请罪："还请副阁主恕罪，此次全在密阁疏忽。"

"你们的确是疏忽了，看来安逸了三年，对你们来说并不是什么好事。"衡玉目光落在密八身上。密阁是她遍布天下的眼睛，一旦眼睛疏忽了，她困于消息来源不足，能做的事情就有限很多："你告诉他们，我给他们将功补过的机会——只要行唐关能守住。"

"是！"

衡玉问起另一个更关心的问题："目前能查探到行唐关内部的消息吗？"

"属下无能！还请副阁主再给属下几天时间！"

衡玉挥退他，转过身看着云成弦："我估计短时间内都没办法得到行唐关内部的第一手消息。"

云成弦拢了拢身上的斗篷，裸露在外的手背透着淡淡的青紫色，他仰起头，望着晦暗不明的天色。

"军中势力盘根错节，直隶总督师良策老谋深算，素来是能不得罪人就不得罪人，由他握着天子剑，怕是遇到了什么问题，也不敢轻易动用这柄剑来杀人。"

衡玉看着他，知道他还有下文。

"再说了，大臣代掌天子剑素有不妥，由皇子代掌天子剑监察百官才最为名正言顺。这一趟，我亲自去边境走上一遭吧。"

云成弦眸中仿佛跃动着一团烈焰，他与衡玉对视，语气坚决，显然是早就想好了。

"所有胆敢阻挠、耽搁时间的人，无论他们有怎样的家世，全部下狱或直接斩杀。我可以立下军令状，务必在最快时间内调动后勤，保证整个边境都处于统一战线，如臂使指。"

他唇角微微颤动起来："兴许是我自作多情，可我总想着，他会自请去行唐关驻守和我脱不了干系。他既是为我而去，就该由我接他回来。无论是生着回来，还是……"眼眶不知不觉间就红了，云成弦的语气顿时哽咽起来。

他看着衡玉，脸上露出几分茫然和委屈："还是扶灵而归。"

身侧的人突然给他递了条帕子，他眨了眨眼，泪水自眼角缓缓滑落，他才后知后觉意识到自己又落泪了。

"我们一起去。无论如何，我们一起接他回家。"

夜半时分，紧闭的帝都城门破例打开。

衡玉穿着厚重的斗篷，领着密阁的一队下属，与刚到不久、手握天子剑的云成弦在城门外会合。

两人对视了一眼又分开，衡玉伸手戴上斗篷帽檐，帽檐极宽大，遮住了她大半个额头。下一刻，她用力夹紧马腹，策马驱驰。

天地间的风雪越来越喧嚣，呼啸狂躁的北风如刀子般吹割衡玉的脸，她不适地蹙起眉来，下一刻又迅速松开，平静地扬起马鞭，再次加快驰骋速度。

云成弦紧跟在她身后，身子伏得极低。用这种姿势骑马，既能减少体力消耗，又能稍稍保暖。

他听着刮过耳畔的喧嚣风声，深深吸了口气。

——与他陌路也好，恩断义绝也罢。怎样都可以，至少沈少归这个人要活在这个世界上。

跟随自己八年的副将倒下去时，沈洛以为他会哭。但他只是麻木地、直愣愣地站在原地，看着不远处副将那具满身血污，气绝依旧不倒的伟岸身影。

他眨了眨眼，平生第一次知道，原来悲伤都是一件会耗费很多力气的事情。于是他只是麻木地拖着自己的身躯上前，轻轻与副将拥抱了一下，蹭了副将满身血污，也将副将满身的血污都蹭到了自己身上。

"将军……"沈洛的最后一个亲卫低低出声。

沈洛仿佛没听到亲卫的话，自顾自念叨道："还有人有力气吗？有力气的话，扶他下去躺好，要是没力气了，就先这样吧，传介他这个粗人不会介意的。"

话说完，他扯了扯嘴角。

早在十天之前，行唐关里仅剩的粮食就全部吃完了。

他亲自挥剑，斩了自己最心爱的那匹战马，看着它脖颈处的滚烫鲜血喷涌而出，淋了他一头一身，看着它用那种信赖的目光盯着他然后倒下，沈洛命伙头兵迅速上前，将它拖下去烧了，用马肉来给将士充饥。

马杀了一匹又一匹。可是哪里有那么多马来杀？

三天前，粮食彻底告罄。

或者说，在更早之前，就已经有人为了给其他人留下活路，自发减少了食量。

副将真的是被敌人杀死的吗？他身上密密麻麻的刀伤箭伤不少，却无一处致命伤。

他手底下那么多铁骨铮铮的兵，真的是战死于敌手吗？还是自知别无他法，在杀光自己能杀的敌人后，引颈就戮？

在沈洛走神时，刚刚退下的敌人再次如潮水般攻了过来。他下意识地攥紧手里的凯旋剑。

剑柄之上铭刻的"凯旋"龙飞凤舞，似有破剑而出的铮然之势。它被敌血洗礼过后，越发锋利无匹，反倒是他这个握剑人骨瘦如柴，双手惨白，早已呈油尽灯枯之势。

迎上敌军前，沈洛回头望了望后方。援军还没到吗？

怎么办？他就要守不住了。

要是行唐关破了，他就要成为大衍朝的千古罪人了。沈家的几世英名难道要毁在他手里？

沈洛紧闭上眼，毅然决然往前迈去，用尽最后的力气朝身侧其他人吼道："所有能起来的人，都给我起来死战！"

慢慢地，有不少人应声而起，零零散散站在城墙上方，麻木地直视前方。

但更多的人枕着他们的长剑，听着呼啸的风，感受着冰凉的雪，靠坐在城墙边安详地沉睡了，至死也没有离开过最前线一寸。

天光昏暗，再到天光乍破，一夜血战。

行唐关内的士兵越来越少，数倍于他们的大周士兵却被杀得心生了畏惧。

"行唐关怎么还没有破！"一直胜券在握的木星河越来越急躁。

行唐关内才有多少士兵，在粮草被烧尽的情况下他们居然坚持了整整一个月！

眺望着大衍朝所在的方位，木星河的面色彻底冷了下来："再次整军，半个时辰后所有士兵全部压上，我亲自领军。再来一两次，行唐关就要落到我们手里了。

"儿郎们，行唐关一旦落入我们手里，大衍朝前线就再无屏障，我大周士兵也不必再受战乱之苦！"

木星河在军中威望极高，他的命令一下达，半个时辰内全军整装待发。随着他一声令下，战鼓齐擂，大军步步压向行唐关。

快要进入行唐关射程范围时，木星河仰起头，眯眼望着行唐关这座矗立了上百年、饱经风霜雪雨的城墙。他视线梭巡，很快锁定了一个身穿明光铠、披着血红色披风的青年将领。

青年将领逆光直立，仿佛永不会倒下的一座英雄雕像。

隔得太远，木星河看不清那个青年将领的面容，但看对方的穿着，很显然，这应该就是行唐关守将沈洛。

"可惜了。"木星河声音极轻。

他刚要出声下令，只见地面上突然传来一阵不大的持续震动，这股震动越来越剧烈，一支大军陡然自大周军队后方杀出。

在看清那写着"高宁"二字，迎风猎猎作响的军旗时，木星河面色剧变。

"将……将军……"身侧有人迟疑出声。

木星河浑身颤抖，右手拳头紧握，狠狠捶了下大腿外侧，心底满是懊悔。要是他早一点发起最后的冲锋，是不是就能成功打下行唐关了？

可是……

木星河想了想，又知道并不是自己指挥上出现了问题——行唐关里那些士兵，明明已经饿到极致，惨烈到极致，那股哀兵之势过于惊人，靠着这股气势，他们仿佛永远也不会战败，更不会倒下。

高宁军方才还在远处，不过片刻，距离大周军队已是越来越近，再也没有时间让木星河懊恼思索，他果断喊道："所有人，转身迎敌！"

这支仓促迎敌的军队，和裹挟着锋利无匹气势碾压而来的高宁军相撞，然后融合。

只是十几个照面的功夫，大周军队败相便显。

交战片刻，木星河心下已生撤退之意。可是即便他想退，这时候也已由不得他了，高宁军死死黏着他的军队，绝对不容许他们轻易撤出战场。

就在木星河思索应对之策时，一支锐利的弩箭穿破风雪，刺透天光，直直朝木星河袭杀而来。

"将军小心！"有亲卫余光扫见那支弩箭，惊呼出声。可是，这支弩箭太快了。哪怕亲卫提醒得很及时，木星河在仓促闪避之下，还是被那支弩箭狠狠刺入他的左肩，钉穿他的血骨。

弩箭去势未减，木星河身形不稳，险些从马背上一头栽下。其他亲卫迅速收拢阵形，将木星河护在最中间。

木星河稳住身形，刚刚松了口气，庆幸这一箭虽然凶险，但总算是没有击中他的致命处，也不影响他握着武器。可下一刻，一阵剧烈的麻痹感从他的左肩伤口开始迅速蔓延。这种感觉越来越浓烈，木星河身体前倾，捂着胸口狠狠吐出一大口黑紫色瘀血来。

看着雪地里那团瘀血，一个念头袭上木星河的脑海——见血封喉，点绛唇。

密阁仅有五瓶的世间奇毒，有三瓶都用在了大周身上。

他这一生为了活下去，为了活得像个人，汲汲于名利算计、战场厮杀，一生跌宕起伏，却死得……这么简单？他还有很多事没做，还有很多仇没报，他……不甘！

木星河还没倒下，战场上便传来一阵接着一阵的吼声。

"木星河已死！"

"木星河已死，尔等还不缴械投降！"

吼声之中，木星河的身躯轰然倒地。

大周军队的迎敌本就仓促，溃败之势尽显，再加上主将已死，军心彻底涣散，高宁军主将立即率军追击绞杀。不过也有一小股人没有追击，而是从战场中缓慢撤出，骑着马一点点接近行唐关。

　　衡玉脸上没有血色，眉梢间挂着一层薄薄的冰碴。

　　她仰着头，看着那个站在城墙上，在高宁军出现后也没有动过一动的青年将领，深深喘了口气，哈出一大团白雾。

　　白雾模糊了她的视线，衡玉立在马上。

　　"密阁云明初，前来接沈少归回家。"

　　"烦请行唐关内仍活着的士兵，打开城门。"

　　等待了足足一刻钟，紧闭的城门终于传来轻微的动静。

　　很久很久，城门内终于破开了一条足以容一人通过的小口子。

　　衡玉踩镫下马，慢慢走入已如人间炼狱般的行唐关。她一步步穿过那些尸骨，一步步走上城墙，在距离那人还有几米距离时停了下来。

　　那人依旧紧握长剑，只是长剑已然断裂。

　　凯旋剑没有庇护它的主人凯旋，连它自己也没能凯旋。

　　"喂，回家了。"衡玉开口，等了很久，都没等到那人侧过头，吊儿郎当地朝她扬眉微笑。

行唐关城门后的碎石已经被清理掉大半，城门半开。

云成弦骑马进入行唐关，下马时几乎一头栽进雪地里。他脚步踉跄，连滚带爬地穿过那些正在帮忙搬运尸体的高宁军，径直爬上城墙。

城墙上堆积了一层又一层的尸体已经被搬运下去，唯有那些没被白雪覆盖住的厚厚血污，昭示着这里曾经发生过怎样惨烈的战事。

只看着这些血污，云成弦便有些站不稳了。

他第一次真真切切感受到，所谓战争和牺牲，并不是奏章里的一个简简单单的数字，而是切实的人命堆积起来的。难怪少归从来不认可他。

他一直站在最高处，从未直面过战争的惨烈和百姓疾苦。现在头一次面对，便是挚友的战死。

他的挚友用最惨烈的方式，给他上了最沉重的一课。

视线前方，衡玉披着素色大氅，蹲在雪地里。

云成弦扶着墙头大口喘气，一时之间不敢上前。踌躇片刻，他低下头整理衣着、头发，放轻放慢步子，缓缓来到衡玉身侧，看着她用被雪水打湿的帕子，擦拭着沈洛满是血污的年轻脸庞。

血污模糊了他的五官，冰雪覆盖了他的眉梢。

衡玉不用回头，也知道是谁站在她的身后。

她声音不大，夹杂在风雪声中，依旧显得温和："他是昨天晚上离开的。"

云成弦安静地听着。

"我来见他的时候，他的身体依旧直挺挺立在城墙上头，手里紧握着凯旋剑，仿佛一座永远也不会倒下的英雄雕像。

"他的亲卫说，从昨天晚上到今天早上，敌军的攻势一波接着一波，哪怕他一动未动，也没有敌人敢冲上来与他正面交锋，那些人在这一个月里都被他杀怕了。他用尽他的生命，庇护住了身后的行唐关和十六座城池。"

衡玉说了两句，又沉默下来。攥在手里的帕子很快就脏得看不出本来的颜色了："这块帕子已经脏透了，把你的帕子递给我一下。"

云成弦蹲下身，从袖子里掏出手帕，用新堆积起来的、干净的雪打湿帕子，将它递给衡玉。

衡玉继续擦拭。她擦得很认真，也很用力。不用力的话，沈洛脸庞的血污根本擦不掉。

云成弦急促喘息片刻，睫毛颤动得厉害："我来吧！"他伸手，覆在衡玉的手背上，夺走手帕。

在这个过程中，无可避免地，云成弦触碰到了沈洛僵硬的脸庞。仿佛是触电般，他惊得动了动手指，险些拿不稳薄得压根没有什么重量的手帕。

"我来吧。"

云成弦慢慢平复了心情，垂着眼，认真地给沈洛擦拭脸庞、收殓尸体。

血污淡去，青年将军的五官轮廓逐渐清晰。他闭着眼，面容平静地迎接宿命。

他永远不会再睁开眼，再为大衍百姓拔一次剑，再在酣战一场后豪饮一坛酒，笑着与挚友说一句话。

"你看到他的遗书了吗？"云成弦问。

"看到了，我没有拆开，那封遗书还是交给沈大将军吧。"衡玉理了理沈洛凌乱的鬓角，"不过我能猜到他会留下什么遗言。"

"我也能猜到。他素来啰唆，若是写遗书的话，挂念着的那些人、那些事定是全部都要提及一遍的。"

"他肯定会在遗书里狠狠骂你一顿，骂完之后，问你：许诺的那句'一生不识愁别滋味'真的不作数了吗？"

"那他肯定会在遗书里再和你约一场酒，约一次架，说他答应要让你看的陌上花还没看到。"

"我酿了一种酒叫千日醉，原本是想着酿好后让他第一个品尝。酿了好几年了，现在他不在了，千日醉也没必要再留着了，等回到帝都，我就把它们全部运到他的墓前砸个干净。"

云成弦尝试着从沈洛手里取走凯旋剑，可是凯旋剑已经被他死死抱在怀里，仿佛粘在了他的右手手心上，怎么都没办法取走，无奈之下，云成弦只能放弃。

他低声道："他肯定会问你我一个问题。"

"我知道。"衡玉忍不住闭上眼，她弯了弯唇角，声音压着颤抖，"大哥。"

"大哥。"云成弦也低低喊了一声，"这行唐关，你守住了。以后你挂念的人和物，我为你守着。你不是最讨厌我迫害忠臣吗？我以后绝对不会再做那种事了，我绝不会重蹈我父皇的路，成为他那样的人。"

天地之间，风雪骤然加剧。云成弦仰起头凝视天光，蓦然落泪。

他们没有再说话，安静地为沈洛擦拭干净脸上和手心的血污，小心翼翼地将他搬下城墙，放入棺椁。

"副阁主。"密八悄悄上前。

衡玉在棺椁旁边站了一会儿，才侧头看向他，示意他开口说话。

密八是来汇报情况的。刚刚衡玉和云成弦在收殓尸体时，他负责安置城中仍然活着的士兵，顺便从他们口中打听这场战事的细节。

"说是，城中的粮草和军械都被克扣，只是做得不明显。这些事在边境都是常有的。

"战事起来前，运粮官耽搁了好几天才将粮草送到。那时候天寒地冻的，粮草很难从后方运进行唐关内。沈小将军调拨了很多士兵去运粮，他自己也去监督运粮。内鬼钻了这个空子，才一举将粮仓里的粮草和刚送来的粮草都烧了个干净。"

衡玉问："这次的运粮官是谁？"

"听说是周贺的大儿子。"

"去见周贺，问他是要保自己的儿子，还是要保周家满门。"瞧着密八要退走，衡玉低下头，看了眼坠在她腰间的玉佩，这是某一年沈洛送她的生辰礼，"如果我没记错，周贺是太子的人？"

她语调平静，话中透露出来的意思却让密八心惊肉跳。

"是。"

"我知道了。"衡玉挥退密八，两手揣在袖间，慢慢行走在行唐关内，看着这座矗立百年、沈洛誓死守卫的关卡，又像是在看着这片山河。

"你说，是不是人越长大，越没办法做一个纯粹的纨绔？"

衡玉低声说着，像是在询问谁。然而她侧耳等待了片刻，依旧没有等到答案，只有北风呼啸过她的耳畔。

"其实我也不是那么热衷做这个密阁副阁主，但这片山河如果是你想守着的，那你希望它是什么模样的，终我一生，会为你实现你心中所想，然后为你著书，告诉世人，这个世上有这样一位将军值得天下人敬仰称颂，为臣子也好，为挚友也好，无论是哪一种身份，他都做得尽善尽美。

"至于我啊……弑杀弄权，暗杀擅权，一世功过，都交由后人评说吧。"

衡玉用沁骨的雪水洗了把脸，随手束起长发，开门走出去。

密八早已在门外恭候多时，躬身回禀道："副阁主，运粮军赶到了。周贺带着他的儿子跟着运粮军一块儿过来，现在他儿子正负着荆条，跪在行唐关外请罪。"

衡玉淡声应道："什么时候冻死了，什么时候再来和我说一声。"

越过密八，衡玉朝会议厅走去。

高宁军主将也已经赶来了，正在和幕僚商量着追缴败军的行军路线，瞧见衡玉进来，他和幕僚连忙站起来向衡玉行礼。

衡玉大步走到席间，朝他摆手："不必多礼，坐下吧。"随后询问起现在战场的情况如何。

木星河此次攻打行唐关，前前后后调了近十万人数的军队前来。在和行唐关将士们死战时消耗了四万，被衡玉他们追杀时又消耗三万，现在大概只剩下两万多残兵。

"我们人数上占优，直接去渡风口拦截，投降不杀。如果大周那边派了援军过来，就全部杀了。"衡玉轻轻敲击桌面，迅速下令，"这一战过后，我要大周元气大伤，十年内再无举兵攻打我们的能力。"

高宁军主将连忙应了。

衡玉说："这件事由你全权负责，我与三皇子殿下会在明早启程离开行唐关。"

他们过来，只是为了接少归回家。现在行唐关的危机已经解除，也是时候带他回家了。

雪落在棺木上。

行唐关大门彻底打开，关内所有将士穿着整齐的军装，一路目送他们的主将离开。

"岂曰无衣？与子同袍。"

"王于兴师，修我戈矛。与子同仇！"

在将士的战歌声中，车轮碾过雪地，送年轻将军一路远行。

"岂曰无衣？与子同泽。"

"王于兴师，修我矛戟。与子偕作！"

歌声越来越高昂，也越来越悲愤。风拂入行唐关时发出呜咽的哭声，仿佛在应和着这首战歌。

棺木距离樊城还有十里之地，十里长亭外，曾经得到沈洛数年庇护的樊城百姓几乎全部自发出了城，他们身着素服，跪在官道边上迎他回家。

"游子北望，故乡迢迢。"

"将士南望，故乡杳杳。"

这支在北地流传最广的送葬歌，响彻苍鹰回旋的浩浩碧空。

"请沈将军一路走好！"

棺木即将离开樊城范围时，有人声嘶力竭呐喊出声。一瞬寂静后，无数道声音起起伏伏，全部都是在说着同一句话。

"请沈将军一路走好。"

樊城过后便是宁城，是甘城。

大衍建朝百年，从未有一位将领能得到这么多边境百姓的尊崇与爱戴。可沈洛从出生到逝去，除了中间在帝都住了几年，其他时候他一直随着祖父和父母辗转在边境十六城里。他不仅是行唐关主将，也是这边境一十六城的子弟兵，他在这里长大，也为这里战死。

甘城过后，一直等待在这里的是白发人送黑发人的沈大将军。

素来沉稳如山的人在接近棺木时，脚下竟然踉跄。他的手抬起，轻轻落在棺木上，仿佛这样就能触碰到长子年轻而意气风发的脸庞。

"将军百战死，洛儿，你经常问我担不担心你有朝一日会毁了沈家百年威名，那时我总是生气，没好好回答过你的问题。现在，我要认真地告诉你答案——

"我从来没有担心过这个问题。你生在百年将门世家，从一生下来，就被陛下赐予帝都洛城之洛为名。你从来没有辜负过沈家的姓，更没有辜负过自己的名字。作为父亲，我因为有你这样一个儿子而深深地感到自豪。"

与沈洛絮叨了许久，沈大将军的情绪才慢慢平复下来。他认真整理了身上的衣着，朝一身素服的衡玉和云成弦行了一个大礼。

"我有军务在身，没办法送我儿回家，接下来还要麻烦两位送他回去长眠。"

衡玉和云成弦认真受了他这一礼。他们知道，沈大将军这一礼里不仅有对他们的感谢，也有对沈洛的浓烈愧疚。

身为父亲，他非常悲痛沈洛的离世，可是他首先是沈家人，是这大衍朝的将领。他背负的使命，与死守在行唐关的沈洛是一致的。

车队停驻许久，再次缓行。

沈大将军负手立在原地，一路目送他们远去。

一十六城——道别，在车队即将离开边境范围时，骑在马上的衡玉突然注意到路边有一丛白色的花在冬春之交肆意绽放。

"这是什么花？"衡玉询问一直跟在身边的密八。

"回副阁主，这应该就是边境百姓常说的陌上。"

"说起来，边境还有一种花，别名陌上，那花生并不金贵，但是只有边境的风沙水土能养得活它，我看看有没有别的办法养活它，到时候带回来给你瞧瞧。"少年时期，沈洛说的那番话陡然跃上衡玉心间。

"原来这就是陌上花，的确是开得灿烂又生机勃勃。"

衡玉下意识勒住了马缰，翻身下马，走到这丛白色的花旁边，弯下腰摘了几朵，将它放到棺木之上。

"少归，我看到陌上花了。

"你心心念念想让我看看它，这一念就是十来年时间。现在陌上花开了，我见到它了，你也快要到家了。"

衡玉侧过头眺望远方，仿佛已经看到了帝都洛城那高大的城门。

行至帝都三十里外，官道旁边的亭子里，沈国公负手而立，微笑着等待他们这一行人的抵达。

他走上前来，站在棺木旁边：

"当年祖父为你取字少归，取字时告诉你，愿你如你今日，坦荡磊落；愿你如你佩剑，毕生凯旋。初初听到噩耗时，我在书房里闭门不出，想着是不是给你取错了字。后来有一刻突然恍然——再没有什么字，比这个字更配你……少归，到家了。"

第一百零八章
欲买 桂花同载酒 39

沈洛下葬那日，帝都一夜入春。

衡玉如她所说的，命人将埋在别院里的一百多坛千日醉全部挖了出来，运到沈洛的坟前，一坛接着一坛敲碎，看着琼浆玉液从破碎的坛子里流出，没入泥里。

千日醉，闻者足以自醉。

单是闻着这浓郁醉人的酒香，就知道这千日醉定然是举世难寻的佳酿。可是这个世界上再也没有人能一尝千日醉的滋味，因为最有资格品尝的那个人已经不在了。

砸完千日醉，衡玉在沈洛的墓前站了很久，缓缓转身，拥抱了下沈洛的一对龙凤胎，又担忧身上的酒气会惊吓到他们，只是拥抱了一瞬，便迅速退开了。

葬礼过后，衡玉一直待在书房打理密阁事务，该责罚的责罚，该杀的杀。

云成弦也闭门不出，日日锁在府里写折子，他这一趟手握天子剑前往边境，斩了大大小小六十七个官员，斩的时候不必说清缘由，但斩完总要给满朝文武一个交代。

沈国公待在家里养病，也不接见任何人。

而当朝太子，自从行唐关出事后就一直被禁足于东宫，与外界断了联系。

行唐关一事涉及各方，有人立下赫赫功劳，有人犯了灭族大罪。可是很奇异的是，接连两次早朝，都没有人提及"行唐关"这个词，就连康元帝也都对此沉默，没有立即追究责任、论功行赏。

在这样的异常背后，满是风雨欲来之势。

"这朝廷，怕是要变天了。"某位老臣悄悄发出感慨。

十日后，又一次大早朝。

从来没有来上过早朝的衡玉破天荒起了个大早，命人给她换上官服。马车已经备好，她抱着一个玉盒登上马车进入皇宫，在所有人诧异的目光下来到宫殿外，等待大早朝的开启。

片刻，云成弦出现了。他走到衡玉身边站定。

这是时隔多年后，他们再一次在朝中并肩站立。

两个人没有进行任何言语交流，也没有过哪怕一瞬的视线对视，他们甚至没有过任何异样的表情。

没过多久，御辇抵达，康元帝出现。

这场足以载入史册的大早朝正式宣告开始。

伴着内侍总管一声"有事启奏，无事退朝"，不知道为什么，在场所有人的目光几乎是下意识地落在了衡玉身上。

在这些或是探究或是打量的目光里，衡玉缓步出列，将手中玉盒举过头顶，声音冷厉而强硬。

"臣，有事启奏！臣今日要状告当朝太子六条罪状。一告太子纵容手下党羽为祸一方，无为君之量；二告太子纵容太子妃母族侵占上万亩良田，无为君之仁……"

储君代表着一国国本、一国国体，这些罪名若是在平日里拎出来，怕是会被康元帝轻轻放下，这就是尚原从未动用过玉盒的原因。

她一项一项，数落太子的罪状。直到最后一条罪名，她的声音陡然拔高：

"六告太子写信默许运粮官克扣行唐关粮草军械，以此报私人之怨，毫无为君之德！恳请陛下将这六项罪名昭示天下，废太子储君之位！行唐关粮草被扣留，一战过后行唐关三万名将士几乎全军覆灭，此役之责必须有人承担才能化解民愤，平息三万英灵之冤，恳请陛下赐废太子一死！"

一言废太子。

一言赐废太子死。

满朝打量着衡玉的目光瞬间化为惊悚，显然没想到她居然会说出这样一番话。

储君是什么？储君是君，她一介臣子，逼君上赴死！

就在众人惊讶得失去言语时，云成弦突然出列，与衡玉并肩站立，俯身行礼，声音里没有一丝迟疑："儿臣附议密阁副阁主所言。以废太子之罪状当死不入皇陵，用庶人之礼草草下葬，死后以戾这个恶谥为谥号，令万世史书唾骂。"

不悔前过曰戾，不思顺受曰戾，知过不改曰戾。

作为太子同父同母的弟弟，附议这样的话，不只是后世史书，本朝的史官在提到他时怕是都要悄悄戳脊梁骨，骂云成弦一声不忠不义不仁不孝，但云成弦丝毫不在乎。

然而，更让在场所有官员没想到的是——

康元帝没有呵斥云衡玉和云成弦，只是很平静地下令，命人将云衡玉手里捧着的玉盒送到他的案前。

慢慢看完玉盒里的东西，他直接命人拟旨废了太子。至于后面那个赐死太子的请求，康元帝没有同意，却也没有反驳，只是暂时按下不表。

在满朝文武的见证下，康元帝亲自在圣旨上盖下玉玺。玉玺落下的那一刻，圣旨生效，太子已经不再是太子。

做好这一切后，康元帝似乎是有些疲倦了。他挥挥手，对下方众人说："今天这场大早朝到此为止，其他要事押后再议，诸位都散了吧。"然后被人扶着离开了宫殿。

衡玉和云成弦一前一后退出了宫殿，只留下一群刚刚从震惊中缓过神来的大臣。

"你接下来打算去哪？"云成弦问她。

衡玉回："去见陛下，从他手里要一份密旨。"

云成弦迅速道："我陪你一起去。"

"别的事都无所谓。"衡玉看着他，声音里带着无法回旋的拒绝，"唯独要密旨这件事，我一个人去就好。"

云成弦紧抿唇角，与她对视片刻，终于缓了语气："那我不进去，我在御书房外等你拿了密旨出来，然后陪你一起去东宫。"

在御书房外静等了半个时辰，云成弦无从知晓里面的谈话，他只看到了结果——衡玉从御书房里走出来，脸色平静从容，脚步不疾不徐，径直来到他的面前。

她说："去东宫吧。"

云成弦便知道，她已经拿到了她想要的东西。

他们到东宫时，里面已经乱成一团，很显然，废太子的旨意已在刚刚送达了东宫。

这座居住着储君的宫殿此时缭绕着砸东西的噼里啪啦声、宫女压抑的尖叫声和哭泣声，以及废太子崩溃的嘶吼声。这些声音夹杂在一起，让这座富丽堂皇的宫殿呈现出了一种临死前的挣扎和狰狞。

衡玉宽袖素履，缓步踩过一地碎片，绕过倒下的山河刺绣屏风，走进太子寝宫，看着那个衣冠不整、形状疯魔、举起一个前朝花瓶就要狠狠掷出的男人，微笑道："废太子。"

听到这三个字，废太子猛地僵在原地。

他愣愣地转过身，血红的双眼直勾勾地盯着衡玉和云成弦。似乎是看了很久，他才终于认出眼前的两人来。

"兄长。"云成弦平静地与他打了个招呼。

废太子眼里遽然升起熊熊烈焰，这团火苗仿佛是他生命的最后余晖。

"你——你们——"他猛地朝衡玉掷出手里的花瓶。

可惜力度太轻，花瓶不过往前扔了一米就摔落在地，一声脆响后，彻底碎了一地。

衡玉淡淡瞥了眼那些碎片，面无表情，再次抬眼看废太子。

废太子用手指着衡玉，指着云成弦，朝他们哈哈大笑："废了我，你们以为你们就赢了吗？沈洛只是开始，你们以为我真的没有反击之力……"

衡玉从袖子里取出密旨，一把甩在废太子榻上："请废太子奉旨赴死。"

一瞬间，废太子像是被什么掐住了喉咙一般，他难以置信地看着那道密旨，浑身剧烈地颤抖起来。虎毒尚且不食子，他的父皇……

"不！不可能！"

废太子猛地朝前扑去，迅速扯开圣旨，看清里面的字后，他脸上的表情顿时变得凄凉起来。

"这道圣旨……"废太子扭过头，死死盯着衡玉和云成弦，头发披散，已是入了魔怔，"父皇不会下这道圣旨，是你们！你们做了什么？"

云成弦下意识地上前一步，挡在衡玉斜前方。

他与废太子对视，平静地看着这个将死之人的垂死挣扎。

当天晚上，一条消息从宫内流传出去——废太子自饮毒酒归了西天。

只是，那杯毒酒到底是废太子自己心甘情愿喝下去的，还是康元帝赐的，抑或是密阁和三皇子那边为他准备的，世人众说纷纭，却都得不到答案。

唯一为世人所知晓的，是康元帝在得知这条消息后的反应。

"废太子自饮毒酒，如此不惜己身，不忠不义不孝。他的葬礼就以庶民之礼来安排，至于死后的谥号，便赐一个'戾'字。"

戾太子草草下葬后，朝堂终于恢复了正常。

等到行唐关一事彻底尘埃落定时，帝都已经入了夏。赶在立夏这一天，尚原携家眷乘船回到了帝都。

他站在船头，看着碧水与天际一色，看着洛湖湖岸一点点映入他的眼里，最后，他看到锦衣玉冠、站在杨柳岸边等他的衡玉。

"当年大人离京，我就说大人您且先去自在几年，后面总是要回京继续为百姓服务的。"

看着跳下船急急走到她面前的尚原，衡玉眼里蕴着柔和的光。她轻笑着继续说道："今日我总算是候到了大人回京。"

尚原在她面前停下来，拍了拍她的肩膀，眼底又酸又涩："当时你送我离京，现在又接我回来，这份情谊，尚某无以为报。"

"大人多为天下做些实事，就是报答了。"

这天下啊，太缺尚原这样的官员了。

衡玉抬起手，做了个请的动作，示意尚原上车。

马车一路缓行，抵达尚府。

衡玉和尚原一起用了午饭，吃过饭，婢女为两人奉上新沏好的茶水。

尚原抱着茶盏，沉默片刻，突然对衡玉说："我在江南也听说了少归的事情，江南百姓都说他是大衍朝最年轻的战神。你也知道，江南说书风气盛行，他们把少归的事迹改编成了话本，时常在茶馆里说着。"

他学着说书人的姿态，笑念了里面的一句台词："千军万马行唐关，一人一剑沈少归。"

衡玉笑起来。

尚原见她笑了，也跟着笑了下："少归的事情我也很遗憾。"

衡玉唇角微微弯起一丝弧度，旋即放平。她说："少归那样过于纯粹的人，反倒是真应了那一句'最是人间留不住'。

"他是将军，战场上只有胜与败、生与死；我和云三应该算是政客，除了黑与白，更需要懂得灰色。"衡玉低下头，拨弄着茶杯里的茶沫，"其实很早，我就预料到我们会有背道而驰的一天，也不是没试过挽回，可是他们要是听劝的性子，我们也不会走到今天这一步了。"

她唯一没有预料到的，大概就是他会这么早离开。

喝完了茶，瞥见尚原眉间的淡淡倦色，衡玉起身告辞，让他先好好休息。

尚原一路送她出了府邸。

"大人的职位已经定了，旨意大概会过两天送到您的府上。"衡玉突然出声。

尚原看着她，听她继续道："您补的是刑部尚书的缺。密阁的职务与刑部本就有诸多相似之处，我相信大人一定能担此重任。"前任刑部尚书，是废太子妃的父亲。

惊讶之色一点点漫上尚原的眼角眉梢，他突然想起来很多年前的事。那时他还是密阁副阁主，因为行唐关一役惨败受到牵连，他被关押在刑部大牢里；又因为他与刑部尚书有旧怨，他被关在刑部大牢时接连遭受酷刑。

就是在那时候，他结识了衡玉、沈洛和云成弦三人。

时间兜兜转转，曾经的仇人已经被贬出京，而他接替了仇人的职务。世事，当真是变幻莫测啊。

"这个职务定是明初帮我争取来的，我会尽我所能治理好刑部。"尚原朝她拱手。

衡玉莞尔："等大人在刑部尚书的位置坐稳，重新册立储君的时机也该到了。到时若是方便，希望大人能够助云三一臂之力。"

尚原没答话，只是又行了一礼。

时间慢悠悠地流淌过去，当新的一年到来时，有臣子上折请求康元帝重新册立一位储君，以固国本。

当天傍晚，礼亲王走进衡玉的院子。

看着这个斜倚在软榻上，姿态散漫，正在阅读手中书卷的女儿，礼亲王开门见山地问道："今天早朝上有人提出要重新册立储君，那是你的人？"

衡玉合上书卷，请礼亲王坐下："不瞒父亲，我在朝中其实并无太多助力。那个人不是我的人，只是一个想要投靠云三的小官员罢了。"

朝堂上最不缺的，就是这种投机取巧之人。

礼亲王没坐下，他站在衡玉身边，问了一个积压在他心里太久的问题："你是如何从你皇伯父那里求到了赐死太子的圣旨？"

衡玉抬眼与礼亲王对视，唇角微弯："我以为父亲永远不会问我这个问题。"

礼亲王深吸口气："我原是不想问的，但我担忧你牵扯太深，有朝一日可能惹来杀身之祸，连我也护不住你。"

衡玉轻轻叹息了一下，神情有些疲倦无奈："请父亲放心，不会有这么一天的。"

目送礼亲王转身离开，衡玉缓缓合上眼，脑海里突然回想起那天在御书房里的那场对话。

"陛下，用废太子的性命换来天下一统，您愿意吗？"

"朕写下这道密旨，为的不是得到天下一统的功绩，而是想给沈国公、给天下人一个交代。"

世人猜测她用手段逼迫了康元帝，猜测她僭越了皇权。是低估了她，也是低估了康元帝。

连她的父亲都会置疑她，日后那些史官言官、后世之人又会怎么评价她呢？

稍微想了想他们可能会给出的评价，衡玉顿时乐了——都是些荒谬之言！

六月份，康元帝下旨册立三皇子云成弦为太子，入主东宫。

康元帝于弱冠之年登基，今年已经是康元二十八年，他的身体状况不再像年轻时那样硬朗。

储君册立大典刚刚结束，康元帝便时常将云成弦带在身边，耐心教导他为君之道，慢慢将这个庞大帝国的权力移交到云成弦手里。

十年磨一剑，从当年那个自卑敏感、用冷漠来武装自己的小可怜皇子，到一国储君之位，这条路云成弦走了整整十年。

刚接手储君政务时，云成弦的手段还有些青涩，不过手忙脚乱几个月后，他就已经能在不动声色间将朝堂把控在他手里了。

论起帝王之术、平衡之道，他比康元帝还要得心应手。

当大衍朝蒸蒸日上、不断积攒实力、恢复巩固民生时，隔壁大周在衡玉的煽风点火下，依旧陷于激烈的夺嫡之争中。

大周的夺嫡之争愈演愈烈，早已没有多少上位者还记得去发展民生、安抚百姓。

康元三十二年，沈大将军奉旨，领十万军队陈兵行唐关，对大周虎视眈眈。

大周内部人人自危，大周皇帝召集内阁开会，想要选出一个能与沈大将军争锋的将领。

然而——大周军队早已人才凋零。木星河之后，大周内部再也没有天才将领横空出世。几个经年老将都陷入夺嫡的水深火热中，要么受到牵连满门抄斩，要么已经是垂垂老矣不再有掌兵的能力。

康元三十二年冬，大衍朝这边已经将粮草筹备齐全，军械也全部更换一新。沈大将军被点为征远大将军，衡玉任副统领，两人挥师北上。

这些随着沈大将军、衡玉出征的士兵，心里也早早就压了一团怒火。

这团怒火从沈洛壮烈牺牲那一日就开始烧起，烧了整整四年。现在陡然爆发出来，这股力量令人咋舌。

靠着这样一支雄师，沈大将军和衡玉一路势如破竹。

当年行唐关一役，大衍朝死了三万将士，大周死了足足七万青壮年，可是大周朝堂并未做好后续的抚恤工作。

这些年来，大周边境的百姓生活在水深火热之中，在衡玉的舆论造势下，有不少人揭竿而起，诛杀城内官员，大开城门迎接王师入城。

短短两个月时间，大周边境的十八座城池已全部易主。

其中六座是城内官员主动归顺，四座是百姓杀官开了城门，主动迎接大衍军队入城。

边境十八城易主后，大周腹地再无屏障，一马平川。

当大周冬雪消融、春光复苏时，大衍朝铁骑已经兵临大周帝都。

靠着里应外合，雄伟的城门在衡玉眼前一点点打开。

她再次勒令全军下马入城，不得惊扰城中百姓。违令者，直接以军法处斩。

确定军令传达给所有士兵后，衡玉才踩镫下马，握剑入城。

看着这座第二次来到的城池，衡玉的情绪很平静。

当她不疾不徐赶到皇宫时，她的人马早已将大周皇宫控制住，大周皇帝和几个皇子也全部都被关押在勤政殿里。

守在勤政殿外的两个侍卫推开殿门，恭敬地请衡玉入内。

衡玉抬步，跨过有些高的宫殿门槛，安静凝视着被捆成一团、缩在角落里瑟瑟发抖的大周皇帝和大周皇子们。

"点绛唇还剩下两瓶，送他们归天吧。"

第一百零九章
欲买桂花同载酒40（完）

大周皇族归西后，除了部分有气节的臣子外，绝大多数臣子都已向大衍朝俯首称臣。

沈大将军掌军队，负责帝都治安，围剿剩余叛军；衡玉掌内政，坐镇皇宫。

紧赶慢赶，他们花了一个多月的时间，彻底梳理清楚了大周的朝政。

沈大将军率部分军队先行赶回边境，衡玉则继续留在这里坐镇，等待其他官员赶来接替她的职务。

这天上午，风和日丽。

衡玉用过早膳，换了身便服，带着秋分、冬至和几个暗卫出门闲逛，打算看看民生恢复的情况。

朱雀大街是这座城市最繁华热闹的街道。

在大衍朝军队兵临城下时，朱雀大街萧条了一段时间，可是当商人、百姓发现大衍朝军队没有任何扰民之举后，这条街道的商铺便开门做起了生意，百姓也敢带着自己的孩子逛街买东西了。

现在，朱雀大街已经恢复了热闹。衡玉走在人群中，耳边尽是卖东西的吆喝声和讨价还价声。

她打开折扇，将折扇压在唇角，露在扇子外的一双眼睛透着明显的愉悦之情。

很快，衡玉路了一家名为"奇珍阁"的小商铺。这家铺子不大不小，从外面看，甚至有些许陈旧，没什么新奇的地方。

衡玉却在门口停住了脚步。她摇了摇折扇，盯着"奇珍阁"三个字看了好一会儿，越看越觉得眼熟。突然，她折扇一合，笑着走进铺子里。

奇珍阁柜台边上，龚子昭穿着一袭青色长袍，将算盘的珠子拨得噼里啪啦响。

这噼里啪啦的声音，以往听着非常悦耳，可现在，龚子昭却是听得一个头两个大。又亏损了！

他这个商铺，已经接连亏损九个月了。再亏损下去，这间从他父亲传到他手里的铺子，怕只能关门大吉了。

说起来，这倒不是龚子昭经营不善导致的。

他这间奇珍阁是南货北卖。也就是说，他每隔一段时间就会悄悄跑到边境，将大周的商品卖去大衍；又将大衍的商品运回大周贩卖，利用货物的差价来盈利。

以前还好，可近几年边境越来越不太平，龚子昭去边境做生意越来越艰难。哪怕他勉强维持，到了去年，这间铺子也还是维持不下去了。怕是下个月，下下个月，它就该关门大吉了。

一想到这，龚子昭心里就有些伤感。一个四五十岁的大男人了，只觉得一股热气直冲鼻尖和眼睛，眼眶瞬间泛红起来。

就在这时，一阵脚步声从门口传来。

龚子昭悄悄用袖子抹了抹眼睛，笑容灿烂地迎上前去，要招待这位新进来的客人。当他看清客人的容貌时，下意识地"咦"了一声。

不知道为什么，明明从来没见过这位客人，可是在看到这位客人的第一眼，龚子昭心里竟然升起一种奇异的亲切感和熟悉感。

他悄悄打量了几眼，再次确定自己是真的没见过这位年轻公子。以这位公子的姿容气质，若是见过，他绝不会轻易忘记。

"掌柜的。"衡玉与龚子昭对视，眉眼笑弯，"怎么了，是我身上有什么不妥吗？"

龚子昭心底羞惭，寻思着自己见过那么多大场面，结果今天居然会因为一位公子失神。他连忙朝衡玉拱手微笑，解释道："公子之风仪是我生平仅见，一时看得有些出了神，还请公子不要见怪。"

衡玉笑着用折扇敲了敲左手虎口："不见怪，习惯了。"

龚子昭愕然，下一刻，脸上的笑更热情几分。

他连忙将衡玉请进来："公子可要看看我们这里的东西？这都是南边贵族们用的好东西。"

衡玉跟着他的脚步，将铺子绕了一圈，饶有兴致地打量着这些商品，却没有任何想掏钱买的冲动。

龚子昭心下有些失望，但还是很用心地陪着衡玉。

看完所有商品，大概花了一炷香时间。

衡玉两手空空地走到商铺门口，回头对龚子昭说："方才多谢掌柜招待，只是我没什么想买的，耽误掌柜的时间了。"

龚子昭笑着朝她拱手："打开门做生意的，有客人来了，热情招待是应该的。公子没有什么想买的东西，是我这间商铺的东西不能入公子的眼。"

他这番话说得得体从容，令人一听便多添了几分好感。

衡玉轻笑起来："为了感谢掌柜的热情招待，明日我会命人将谢礼送给掌柜。"

言罢，她领着秋分和冬至离开了。

她要送的那份谢礼，不是谢龚子昭的热情招待，而是谢很多年前，龚子昭真的拿"胡文"这个人当了兄弟。只可惜，胡文终究只是胡文，所以不必相认。

龚子昭没把衡玉这番话放在心上，继续低着头，忧愁地拨打他的算盘。

第二天同一时刻，龚子昭正伏在柜台前写账本，突然有人走了进来。

龚子昭抬起眼，看清那个人身上的官袍时，他脸色微变，连忙上前相迎："不知道京兆尹大人此次前来……"

"这位龚贤弟。"负责京中治安的京兆尹哈哈大笑，热情迎上来，大手连拍了几下龚子昭的肩膀，"我此次前来，是有好消息要告诉你。有贵人将你点为天下八大皇商之一，这可是天大的好消息啊！"

也不知道这个叫龚子昭的小商人是怎么入了那位贵人的眼。要是平时，京兆尹也不会亲自跑这一趟，但他现在正是夹起尾巴做人的时候，可不得特意跑这一趟。

皇商？！

这两个字把龚子昭砸得晕头转向。他他他、他怎么就成皇商了？！

突然，昨天的那番对话跃上龚子昭心头，他的心跳骤然剧烈起来——

这就是那位公子给他的谢礼？

可是……为什么？

"大人，不知道那位贵人的身份是……小人想要亲自去谢谢贵人。"龚子昭连忙看向京兆尹。

京兆尹摆摆手："那位贵人让我转告你：我与你虽是萍水相逢，却有一见如故之感，所以随手帮了你一把，你不用特意去登门感谢，有缘自会再次相见。"

是的，有缘自会再次相见。

八月底，大周帝都的事情尘埃落定，衡玉启程赶回洛城，在距离洛城还剩二十里地时，衡玉见到了早已等候她多时的云成弦。

他一身素服，除一根束发用的玉簪，全身上下再也没有其他装饰物。

衡玉勒停骏马，骑在马上与云成弦对视。

云成弦说："酒和酒杯都带齐了，我们走吧。"

衡玉点头："好。"

两人没有多言，纵马疾驰，赶往位于帝都郊外的西山——这里是沈洛的长眠之地。

衡玉和云成弦席地而坐，中间空地上摆了三个酒碗。

云成弦拎起酒坛，将三个酒碗满上，端起其中一碗递给衡玉。

衡玉接过，道了声谢。

云成弦又端起一碗，慢慢倒在地上，最后剩的那碗，他端起来一饮而尽。

"明年父皇打算退位当太上皇，把皇位让给我。"

衡玉试探性地说道："恭喜？"

云成弦失笑，点了点头："是该恭喜。"又问她："你想当什么官？"

"嗯？为什么这么问？难道说我想当什么官，你就能让我当什么官？"

云成弦的语气堪称风轻云淡："是的。以你的功绩，哪怕是直入内阁，也无人敢提出异议。"

仿佛是听到了什么很有意思的话一般，衡玉拊掌大笑。

"我杀了庆太子，杀光了大周皇族，以臣子的身份逼迫君上，偏偏又功高盖主。我这样的人只能做平乱世的一把刀，是不能在太平盛世里身居高位的。"

衡玉缓缓收起脸上的笑，把酒碗满上。

"我这辈子其实没什么名垂青史的想法，就只想安安心心当个纨绔。

"王朝兴盛又衰败，千古如此，所以我从来都没想过去平乱世、为大衍一统天下，只不过造化弄人，身不由己。现在天下已经逐渐安定，我也该功成身退，去寻我真正想过的日子了。"

她朝云成弦举了举酒碗，笑着将碗里的酒一饮而尽。

其实她已经有很多年没有和云成弦面对面坐在一起，开诚布公地说自己真实的想法了。趁着这个机会，干脆一口气说完。

"等你登基后我会卸去密阁副阁主的职务。这些年来我一直在培养密八，即使我离开密阁，有他在，密阁的运作也不会出现太大问题。

"再之后，我应该会离开帝都，到桐城龙眠山隐居。兴致起了就去秦淮河畔夜夜笙歌，玩累了就在山野间放松身心，这样的日子可比你在帝都要轻松自在许多。"

云成弦哑然失笑，沉默片刻，说："这还真像是你能说出来的话、做出来的选择。

"以前你过生辰的时候，我找了街头的算命先生，让算命先生给你批字。他批出来的那句话其实是我写给你的祝福：着锦衣华服，看遍人间富贵，一生不识愁别滋味。

"我和少归终究没能庇护你一生不识愁别滋味，所以你现在要去看遍人间富贵，我不拦你。"

次年二月，康元帝宣布退位为太上皇。

三月，新帝登基大典隆重举行。

衡玉站在人群之中，看着云成弦身穿冕服，头戴十二旒冕，一步步走上祭坛。

她看了很久，微微一笑，转身离开人群。

在衡玉离开后，云成弦终于登临祭坛最高处的无人之巅，回首山河永寂。

六月，衡玉卸下密阁副阁主的职务，与礼亲王、沈国公等人一一道过别后，带着秋分、冬至和月霜他们乘船下了江南。

大船缓缓远航，离开洛湖岸边。

衡玉站在船舱吹风，隐约看见一道黑色身影站在岸边，目送她离京。其实她看不清那道身影的面容，但她无比肯定那人的身份。

衡玉举起右手，朝着那道身影用力挥动。岸边的人似乎是愣了下，但很快也举起手朝她挥动。

当年他们三人在洛湖岸边遭遇大周暗探刺杀，自此成为生死之交，如今他们也在此道别。

那段无上完美的岁月，那些曾经桀骜风流、满身少年意气又光芒万丈的故人，都要作别了。